LE PRIEURÉ DE L'ORANGER

Première partie

SAMANTHA SHANNON

LE PRIEURÉ DE L'ORANGER

Première partie

ROMAN

Traduit de l'anglais (Royaume-Uni)
Par Benjamin Kuntzer et Jean-Baptiste Bernett

J'AI LU

Collection dirigée par Thibaud Eliroff

Retrouvez-nous sur Facebook :
www.facebook.com/jailu.collection.imaginaire

Titre original :
THE PRIORY OF THE ORANGE TREE

Note de l'autrice

Les territoires fictionnels du Prieuré de l'Oranger sont inspirés d'évènements et de légendes issus de diverses parties du monde. Ce récit n'a aucunement l'ambition d'être la représentation fidèle d'un pays ou d'une culture quelconques, à aucun moment de l'histoire.

Sommaire

REINAUME D'INYS
MER CENDRÉE
Nurtha
Morga
Port-Calibrûle
Ascalon
Suth
Portlété
Pointe-Albatros
Perchette
DÉTROIT DU CYGNE
Zeedeur
Samana
Brygstad
Perunta
Salza
Armata
MONTS SAURGA
ROYAUME DRACONIQUE DE YSCALIN
BAIE DES QUAR
VASTE PLAINE YSCALINE
mont Effroi
Vazuva
Gáuria
Cárscaro
mont Fruma
FUSEAUX
Córvugar
terres écorchées
Jotenya
LAMES-DES-DIEUX
Nzene
MER HALASSA
Dimabu
mont Dinduru
DÉSERT CRAMOISI
Isriq
PRIEURÉ
Yikala
bassin lasian
DOMAINE DU LASIA
Majigu
DÉSERT DE SUTTU
mont Kiri
MONTS ULUMA
Kumenga
Jungo

Elding
ROYAUME
DE HRÓTH
Kantmarkt
Rozentun
ÉTAT LIBRE
DE MENTENDON
Spilda
L'ABYSSE
GOLFE D'ÉDIN
Ostendeur
Fratāma
DÉSERT
U RÊVE-
URMENTÉ
Drayasta
DÉSERT
DE DARANIYA
udaya
Zirin
BASSES-
MONTAGNES
N
E
S
W
LE
RLHA
DÉSERT BLANC
LES ERSYR
Apata
SARRAS
MER DE CARMENTUM

EMPIRE DES DOUZE-LACS
mont Whin
Daprang
CRÊTE DE WHINSHAN
lac des Aubes Froides
Xothu
MER INAPAISÉE
Kawontay
Cité des Mille Fleurs
Grande Vallée impériale
Shim
lac des Longs-Jours
PÉNINSULE DE SEPUL
Kanxang
NHANGTO
MONTS LAKRA
Kenglim
lac des Arbres-du-Soir
MER DE DANSOLEIL
Ginura
lac du Soleil-Endormi
rivière des ombres
Cap-Hisan
mont Tégo
Orisima
baie de Ginura
Kapara
lac des Nombreux-Papillons
Brakwa
Sidupi
Tikara
SEIIKI
baie d'Isunka
Nanta
lac de la Mer-du-Sud
L'ABYSSE
Tukupa
Basai
Apampi
Ampiki
MER INFINIE
cap Penne
ÎLE PLUME

I

Légendes d'antan

Et je vis un ange descendre du ciel,
portant la clef de l'Abysse et tenant en sa
main une grande chaîne. Il saisit le dragon,
ce serpent immémorial, qui est le diable, ou Satan, et
l'entrava pour un millénaire.

Il le jeta dans l'Abysse, qu'il verrouilla et scella
sur lui, afin de l'empêcher de duper encore les nations
avant la fin du millénaire.

— Apocalypse 20.1-3

1

Est

L'inconnu sortit de l'eau tel un spectre aquatique, pieds nus et arborant les cicatrices de son périple. Il fendait tel un ivrogne la brume qui s'accrochait par filaments à la Seiiki.

Les légendes d'antan affirmaient que les spectres aquatiques étaient condamnés à vivre dans le silence. Que leur langue s'était flétrie en même temps que leur peau, et que leurs os n'étaient plus recouverts que d'algues. Qu'ils se tapissaient dans les hauts-fonds pour entraîner les imprudents au cœur de l'Abysse.

Tané n'avait plus craint ces racontars depuis la petite enfance. Désormais, son poignard incurvé tel un sourire brandi devant elle, elle fixait du regard la silhouette avançant dans l'obscurité.

Quand le spectre l'appela, elle tressaillit.

Les nuages laissèrent alors filtrer le clair de lune qu'ils avaient retenu. Juste assez pour lui permettre de voir à qui elle avait affaire. Et réciproquement.

Il ne s'agissait pas d'un fantôme, mais d'un étranger. Elle l'avait vu, et il était trop tard pour revenir en arrière.

Sa peau était brûlée par le soleil ; ses cheveux étaient semblables à de la paille, et sa barbe dégouttait d'eau. Les passeurs avaient dû l'abandonner au large, le laissant nager jusqu'à la rive. Il ne savait manifestement rien de sa langue, mais elle comprenait suffisamment la sienne pour deviner qu'il réclamait de l'aide. Qu'il voulait voir le seigneur de guerre de Seiiki.

Elle avait le cœur comme une poignée de tonnerre. Elle n'osa parler, car lui montrer qu'elle connaissait sa langue aurait suffi à forger un lien entre eux et à se trahir. À trahir le fait que, si elle était présentement témoin de son crime, il l'était également du sien.

Elle aurait dû vivre en recluse, bien à l'abri derrière les murailles de la maison Sud, prête à s'élever, purifiée, pour le jour le plus important de son existence. À présent, elle était salie. Souillée par-delà toute rédemption. Tout ça parce qu'elle avait voulu s'immerger une fois encore dans la mer avant le jour de la Sélection. D'après certaines rumeurs, le grand Kwiriki avait un penchant pour celles qui avaient le cran de s'éclipser pour chercher les vagues durant leur réclusion. Au lieu de quoi, il lui avait envoyé ce cauchemar.

Elle avait été trop chanceuse toute sa vie.

C'était son châtiment.

Elle tint l'étranger à distance à l'aide de son poignard. Confronté à la mort, il se mit à trembler.

Elle envisagea alors une multitude de possibilités, chacune plus terrible que la précédente. Si elle livrait l'inconnu aux autorités, elle révélerait qu'elle avait contrevenu à la réclusion.

Le jour de la Sélection n'aurait peut-être pas lieu. L'honoré gouverneur du Cap-Hisan – cette province de Seiiki – ne laisserait jamais les dieux entrer dans un lieu potentiellement vicié par le mal rouge. Il faudrait des semaines avant que la ville soit à nouveau déclarée sûre, et l'on décréterait sans doute que l'étranger était un signe de mauvais augure et qu'il faudrait attendre la prochaine génération d'apprentis, pas la sienne, pour désigner les nouveaux dragonniers. Cela lui coûterait tout.

Elle ne pouvait pas le dénoncer. Pas non plus l'abandonner. S'il était effectivement affecté du mal rouge, le laisser divaguer sans surveillance mettrait en péril l'île tout entière.

Il n'y avait qu'une solution.

*
* *

Elle lui noua un morceau de tissu autour du visage pour lui éviter de transmettre ses miasmes. Ses mains tremblaient. Quand elle eut terminé, elle l'accompagna depuis la plage de sable noir jusqu'à la ville, restant aussi près de lui qu'elle l'osait, la lame appuyée contre son dos.

Le Cap-Hisan ne dormait jamais. Elle fit traverser à l'étranger ses marchés de nuit, longeant des autels sculptés dans du bois flotté, passant sous des guirlandes de lanternes bleues et blanches suspendues en prévision du jour de la Sélection. Son prisonnier observait tout cela en silence. L'obscurité assombrissait ses traits, mais elle lui tapota la tête du plat de la lame pour le contraindre à baisser le front. Cependant, elle s'efforçait de le tenir à l'écart du reste de la population.

Elle pensait savoir comment l'isoler pour de bon.

Une île artificielle était accrochée au cap : Orisima. Elle faisait figure de curiosité pour les gens du coin. Ce comptoir commercial avait été bâti pour accueillir une poignée de marchands et de savants venus de l'État libre de Mentendon. Mis à part les Lacustrins, qui vivaient de l'autre côté du cap, seuls les Mentendoniens avaient obtenu l'autorisation de continuer à faire des affaires en Seiiki après que l'île avait été fermée au reste du monde.

Orisima.

Voilà où elle allait emmener l'étranger.

Des sentinelles armées gardaient le pont illuminé de flambeaux qui menait au comptoir. De rares Seiikinois avaient le droit d'y pénétrer, et elle n'en faisait pas partie. Le seul autre moyen de franchir la clôture était le portail du débarcadère, qui n'était ouvert qu'une fois l'an pour décharger les marchandises mentendoniennes.

Tané fit longer le canal à l'étranger. Elle ne pouvait pas se faufiler elle-même sur Orisima, mais elle connaissait une femme qui en était capable. Et qui saurait exactement où le cacher au sein du comptoir commercial.

*
* *

Il y avait fort longtemps que Niclays Roos n'avait plus reçu de visiteurs.

Il se servait un peu de vin – une goutte de sa misérable pension – quand on frappa à sa porte. Le vin était l'un de ses ultimes plaisirs en ce monde, et il avait pris l'habitude d'en humer les arômes et de savourer l'instant délicieux précédant la première gorgée.

Et voilà qu'on l'interrompait. Naturellement. Il se déracina avec un soupir, grogna en éprouvant un élancement dans la cheville. La goutte était revenue le contrarier.

Nouveau coup à la porte.

« Oh, *la ferme* », maugréa-t-il.

La pluie tambourinait contre le toit tandis qu'il cherchait sa canne à tâtons. *Une pluie de prunes*, comme l'appelaient les Seiikinois en cette période de l'année où l'air était aussi dense et humide qu'un nuage et où les fruits gorgés de sucre s'épanouissaient sur les arbres. Il clopina sur les nattes tout en jurant dans sa barbe pour aller entrouvrir la porte.

Une femme se tenait dans la pénombre. Ses cheveux bruns lui tombaient à la taille, et sa robe était constellée de fleurs de sel. La pluie ne suffisait pas à justifier qu'elle soit trempée à ce point.

« Bonsoir, éminent docteur Roos », dit-elle.

Niclays haussa les sourcils. « Je déteste recevoir de la visite à cette heure, répliqua-t-il. Ou à n'importe quelle heure. » Il aurait dû la saluer, mais il n'avait aucune raison de vouloir impressionner l'inconnue. « Comment connaissez-vous mon nom ?

— On me l'a dit. » Pas d'autre explication. « L'un de vos concitoyens m'accompagne. Il va passer la nuit chez vous, et je reviendrai le chercher demain, au coucher du soleil.

— L'un de mes concitoyens », répéta-t-il.

Sa visiteuse tourna très légèrement la tête. Une silhouette s'écarta d'un arbre voisin.

« Des passeurs l'ont amené en Seiiki, reprit la femme. Je le conduirai demain devant l'honoré gouverneur. »

Lorsque le nouveau venu s'avança dans le rai de lumière filtrant par l'embrasure, Niclays se glaça.

Un homme aux cheveux dorés, aussi trempé que la femme, se trouvait sur le pas de sa porte. Un homme qu'il n'avait jamais vu à Orisima.

Vingt personnes vivaient au comptoir. Il les connaissait toutes de visage et de nom. Et aucun vaisseau mentendonien ne devait amener d'arrivants si tôt dans la saison.

D'une manière ou d'une autre, tous deux avaient réussi à débarquer sans se faire remarquer.

« Non. » Niclays la fixa du regard. « Par le Saint, femme, chercheriez-vous à m'impliquer dans une affaire de contrebande ? » Il tenta nerveusement de repousser le battant. « Je *ne peux pas* abriter un intrus. Si quelqu'un l'apprenait…

— Une nuit.

— Une nuit, une année… on nous trancherait la tête quoi qu'il en soit. Bonne soirée. »

Alors qu'il s'apprêtait à claquer la porte, la femme coinça son coude dans l'entrebâillement.

« Si vous acceptez », reprit-elle, désormais si proche que Niclays pouvait percevoir son haleine, « vous serez récompensé en bon argent. Plus que vous ne pourriez en transporter. »

Niclays Roos hésita.

C'était tentant. Il avait joué une partie de cartes enivrée de trop avec les sentinelles et leur devait plus qu'il ne pourrait jamais amasser. Jusqu'à présent, il avait réussi à gagner du temps en leur promettant des bijoux par le prochain arrivage mentendonien, mais il savait pertinemment qu'il ne s'en trouverait pas un seul à bord. Pas pour les gens comme lui.

Son côté immature voulait accepter la proposition, ne serait-ce que pour l'adrénaline. Et avant que son côté plus mûr et plus sage ne puisse intervenir, la femme s'écarta.

« Je reviendrai demain soir, déclara-t-elle. Ne le laissez pas se montrer.

— Attendez », la rappela-t-il, furieux. « Qui êtes-vous ? »

Elle était déjà partie. Après un coup d'œil dans la rue et un grommellement agacé, Niclays attira l'homme apeuré à l'intérieur.

C'était de la folie. Si ses voisins se rendaient compte qu'il accueillait un clandestin, on le traînerait devant le seigneur de guerre, qui serait fort courroucé et n'était pas réputé pour sa clémence.

Pourtant, Niclays en était là.

Il verrouilla la porte. En dépit de la chaleur, le nouveau venu tremblait sur les nattes. Sa peau olivâtre était brûlée au niveau des joues, ses yeux bleus rougis par le sel. Au moins dans le but de reprendre contenance, Niclays alla chercher une couverture rapportée de Mentendon et la tendit à l'inconnu, qui s'en saisit sans un mot. Il avait de quoi être effrayé.

« D'où arrivez-vous ? lui demanda Niclays d'un ton cassant.

— Désolé, murmura son hôte. Je ne comprends pas. Vous parlez seiikinois ? »

De l'inysse. Une langue qu'il n'avait plus entendue depuis des années.

« Ce n'était pas du seiikinois, le détrompa Niclays en changeant de dialecte, mais du mentendonien. Je pensais que vous veniez de là-bas.

— Non, monsieur. Je viens d'Ascalon, fit-il d'une voix douce. Puis-je vous demander votre nom, puisque je dois vous remercier de m'abriter ? »

Typique des Inyssiens. La courtoisie avant tout. « Roos, cracha Niclays. Docteur Niclays Roos. Maître chirurgien. Dont vous mettez la vie en péril par votre simple présence. »

Le jeune homme le dévisagea.

« Docteur… » Il déglutit. « Docteur Niclays Roos ?

— Félicitations, mon garçon. L'eau de mer n'a pas affecté votre ouïe. »

Son invité prit une inspiration tremblante. « Docteur Roos, c'est l'œuvre de la divine Providence. Le fait que le Chevalier de la Communion m'ait conduit à *vous*, directement…

— À *moi.* » Niclays fronça les sourcils. « Nous sommes-nous déjà rencontrés ? »

Il fouilla dans ses souvenirs de l'époque passée en Inys, mais il était certain de ne jamais avoir posé l'œil sur cette personne. À moins qu'il ait été ivre, naturellement. Il l'avait souvent été, là-bas.

« Non, monsieur, mais une amie m'a dit votre nom. » L'homme se tamponna le visage de sa manche. « J'étais certain de périr en mer, mais vous voir m'a ranimé. Merci le Saint.

— Votre Saint n'a aucun pouvoir ici, marmonna Niclays. Bon, et comment vous appelez-vous ?

— Sulyard. Maître Triam Sulyard, monsieur, à votre service. J'étais écuyer pour la maison de Sa Majesté Sabran Berethnet, reine d'Inys. »

Niclays grinça des dents. Ce nom alimentait une ire profonde cuisant dans ses entrailles.

« Un écuyer. » Il s'assit. « Sabran s'est-elle lassée de vous, ainsi qu'elle se lasse de tous ses sujets ? »

Sulyard se hérissa. « Si vous insultez ma reine, je vais…

— Qu'allez-vous faire ? » Niclays le considéra par-dessus la monture de ses lunettes. « Peut-être devrais-je vous appeler Triam Nullard. Avez-vous la moindre idée du sort qu'ils réservent aux étrangers, par ici ? Sabran vous a-t-elle envoyé subir une mort particulièrement lente ?

— Sa Majesté ignore tout de ma présence ici. »

Intéressant. Niclays lui servit un verre de vin. « Buvez, dit-il à contrecœur. Cul sec. »

Sulyard s'exécuta.

« À présent, Maître Sulyard, écoutez-moi très attentivement. Combien de personnes vous ont-elles vu ?

— Ils m'ont forcé à nager jusqu'à la rive. Je suis d'abord arrivé dans une anse. Le sable y était noir. » Sulyard grelottait. « Une femme m'a trouvé et m'a conduit en ville à la pointe du couteau. Elle m'a abandonné dans une étable… puis une autre femme est arrivée et m'a ordonné de la suivre. Elle m'a ramené dans la mer, et nous avons nagé jusqu'à une jetée. Il y avait un portail tout au bout.

— Et était-il ouvert ?

— Oui. »

La femme devait connaître l'une des sentinelles. Elle avait dû lui demander de laisser libre l'accès au débarcadère.

Sulyard se frotta les yeux. Le temps passé en mer l'avait tanné, mais Niclays voyait désormais à quel point il était jeune, peut-être une vingtaine d'années.

« Docteur Roos, reprit l'étranger, je suis chargé d'une mission de la plus haute importance. Je dois m'entretenir avec l…

— Je dois vous interrompre ici, Maître Sulyard. Les raisons de votre présence ici ne m'intéressent en rien.

— Mais…

— Quelles que soient vos motivations, vous êtes venu ici sans autorisation quelconque, ce qui est pure folie. Si le capitaine vous découvre ici et vous emmène pour vous interroger, j'aimerais pouvoir lui dire en toute honnêteté que je n'ai pas la moindre idée de la raison de votre apparition sur le pas de ma porte au milieu de la nuit ni de ce qui a pu vous faire croire que vous seriez le bienvenu en Seiiki. »

Sulyard cilla. « Le capitaine ?

— L'officiel seiikinois responsable de cette décharge flottante, même s'il semble se prendre pour un dieu mineur. Savez-vous au moins où nous sommes ?

— À Orisima, le dernier comptoir commercial occidental de l'Est. C'est son existence même qui m'a fait espérer que le seigneur de guerre accepterait de me recevoir.

— Je vous assure que Pitosu Nadama n'accueillera jamais un intrus à sa cour, quelles que soient les circonstances. Ce qu'il fera en revanche, s'il a vent de votre présence ici, c'est vous exécuter. »

Sulyard ne répondit rien.

Niclays envisagea brièvement d'expliquer à son hôte que sa sauveteuse avait prévu de revenir le chercher, peut-être après avoir prévenu les autorités de son arrivée. Il s'en abstint finalement. Sulyard risquait de paniquer et de tenter de s'enfuir, alors qu'il n'avait nulle part où aller.

Demain. Il serait parti demain.

Niclays entendit alors des voix à l'extérieur. Des bottes foulaient avec fracas les marches en bois des habitations voisines. Il réprima un frisson.

« Cachez-vous », ordonna-t-il en empoignant sa canne.

Sulyard disparut derrière un paravent. Niclays ouvrit sa porte, les mains tremblantes.

Des siècles plus tôt, le premier seigneur de guerre de Seiiki avait signé le Grand Édit interdisant l'île à tous, sauf aux Lacustrins et aux Mentendoniens, et ce, dans l'espoir de protéger son peuple de la peste draconique. Même après la fin de l'épidémie, la séparation était restée. Tout étranger arrivé sans permission devait être éliminé. Ainsi que tous ses complices.

Il n'y avait aucune sentinelle dans les rues, mais plusieurs de ses voisins s'étaient rassemblés. Niclays alla se joindre à eux.

« Au nom de Galian, que se passe-t-il ? » demanda-t-il au cuisinier, qui observait un point au-dessus de leur tête, la bouche suffisamment béante pour gober des papillons. « Je te conseille de ne plus jamais faire cette tête, Harolt. On pourrait te prendre pour un demeuré.

— Regarde, Roos, souffla le cuisinier. Regarde !

— J'espère que c'est… »

Il s'interrompit en l'apercevant.

Une tête énorme se dressait au-dessus de la clôture d'Orisima. Elle appartenait à une créature née d'un joyau et de la mer.

Des nuages s'élevaient de ses écailles – des écailles en pierre de lune, si lumineuses qu'elles paraissaient luire de l'intérieur. Une croûte de gouttelettes semblables à des gemmes scintillait sur chacune. Chaque œil était une étoile en fusion, chaque corne du vif-argent éclairé par la lune blafarde. La créature voleta au-dessus du pont avec la grâce d'un ruban et prit son essor vers le firmament, aussi légère et discrète qu'un cerf-volant.

Un dragon. Et alors qu'il s'élevait au-dessus du Cap-Hisan, d'autres s'envolaient depuis l'eau, laissant derrière eux un sillage d'embruns. Niclays porta une main à son cœur qui battait à tout rompre.

« Ça alors, murmura-t-il. Que font-ils ici ? »

2

Ouest

Il était masqué, bien entendu. Ils l'étaient toujours. Seul un imbécile s'introduirait clandestinement dans le donjon de la reine sans s'assurer de son anonymat, et si ce coupe-jarret avait réussi à atteindre l'antichambre, c'est qu'il était loin d'être idiot.

Dans la grande chambre à coucher de l'autre côté, Sabran dormait profondément. Les cheveux détachés et ses longs cils noirs reposant sur ses joues, la reine d'Inys était l'illustration parfaite du sommeil. Ce soir, c'était Roslain Crest qui partageait sa couche.

Toutes deux étaient inconscientes de l'ombre assoiffée de sang qui se rapprochait à chaque instant.

Lorsque Sabran se retirait, la clef de son espace le plus intime était conservée par l'une de ses dames de la chambre. Katryen d'Osier en avait pour l'instant la charge, et elle se trouvait dans la galerie des cors. Les appartements royaux étaient gardés par les chevaliers du corps, mais la porte de la grande chambre n'était pas toujours surveillée. Après tout, il n'en existait qu'une seule clef.

Aucun risque d'intrusion.

Dans l'antichambre – ultime rempart entre la couche royale et le monde extérieur –, l'assassin jeta un coup d'œil en arrière. Sire Gueules Lande était revenu de son poste à l'extérieur, ignorant de la menace qui s'était introduite furtivement durant son absence. Inconscient de la présence d'Ead, dissimulée parmi les chevrons, qui observait le coupe-jarret toucher la porte qui le conduirait à la reine. Dans le silence, l'intrus tira une clef de son manteau et l'introduisit dans la serrure.

Où elle pivota.

Pendant un long moment, il demeura immobile. Attendant le bon moment.

Celui-ci était infiniment plus prudent que les autres. Lorsque Lande fut en proie à l'une de ses quintes de toux fréquentes, l'intrus entrouvrit la porte de la grande chambre. De sa main libre, il dégaina une lame. Le même genre de lame que les autres avaient utilisé.

Lorsqu'il bougea, Ead en fit autant. Elle se laissa silencieusement tomber de la poutre qui le surplombait.

Ses pieds nus se posèrent sans bruit sur le marbre. Alors que le coupe-jarret s'introduisait dans la pièce, la dague au clair, elle lui couvrit la bouche et lui enfonça son poignard entre les côtes.

L'assassin se débattit. Ead tint bon, veillant à ne pas se laisser souiller par la moindre goutte de sang. Lorsque le corps s'immobilisa, elle l'allongea au sol et souleva le masque de velours que portait sa victime, à l'instar de ses prédécesseurs.

Le visage en dessous était bien trop jeune, à peine sorti de l'enfance. Ses grands yeux troubles étaient rivés sur le plafond.

Ead ne le reconnut pas. Elle lui embrassa le front et l'abandonna sur le marbre.

Dès l'instant où elle retourna se tapir dans l'ombre, elle entendit un appel au secours.

*
* *

Au point du jour, elle se trouvait sur les terres du palais. Ses cheveux étaient prisonniers d'une résille d'or parsemée d'émeraudes.

Tous les matins, elle s'attelait à la même routine. Rester prévisible était une sécurité. Elle commença par aller trouver le maître des postes, qui confirma qu'il n'avait pas reçu de lettre à son intention. Puis elle se rendit au portail pour contempler la ville d'Ascalon, dans laquelle elle s'imaginait déambuler un jour, jusqu'à aboutir à un port et un bateau qui la ramènerait au Lasia. Parfois, elle avisait quelqu'un qu'elle connaissait, et ils échangeaient un signe de tête presque imperceptible. Enfin, elle gagna le pavillon des banquets, où elle petit-déjeuna en compagnie de Margret. Puis, à huit heures, ses obligations commencèrent.

La première du jour était de dépister la blanchisseuse royale. Ead la retrouva derrière la grande cuisine, dans un renfoncement drapé de lierre. Un garçon d'écurie semblait compter du bout de la langue les taches de rousseur sur son cou.

« Bien le bonjour à tous les deux », lança Ead.

Les tourtereaux s'écartèrent l'un de l'autre avec un hoquet de surprise. Les yeux écarquillés, le lad détala comme l'un de ses chevaux.

« Mademoiselle Duryan ! » La blanchisseuse lissa ses jupons et inclina respectueusement la tête pour la saluer. Elle avait rougi jusqu'à la racine des cheveux. « Oh, par pitié, ne dites rien à personne, mademoiselle, ou je serais perdue.

— Inutile de me faire la révérence. Je ne suis pas une dame. » Ead sourit. « Je jugeais plus prudent de te rappeler que tu devais t'occuper de Sa Majesté *tous les jours*. Tu as fait preuve de relâchement, dernièrement.

— Oh, Mademoiselle Duryan, j'avoue avoir eu l'esprit ailleurs, mais je suis tellement inquiète. » La domestique tordit ses mains calleuses. « Les servantes ne cessent de chuchoter, mademoiselle. Elles prétendent qu'une vouivrette a ravi du bétail près des lacs il n'y a pas deux jours de cela. Une vouivrette ! N'est-il pas effrayant que les serviteurs du Sans-Nom se réveillent ?

— Eh bien, tu viens justement de mettre le doigt sur la raison qui t'oblige à te montrer diligente dans ton travail. Ces serviteurs du Sans-Nom souhaitent voir Sa Majesté disparaître, car sa mort ramènerait leur maître dans ce monde. Voilà en quoi ton rôle est *vital*. Tu dois impérativement chercher chaque jour la trace d'un poison sur ses draps, et t'assurer que sa couche demeure pure et fraîche.

— Naturellement, oui. Je vous promets de me montrer plus appliquée.

— Oh, mais tu n'as rien à me promettre. Tu dois t'engager devant le Saint. » Ead inclina la tête en direction du sanctuaire royal. « Va le voir sans tarder. Tu pourrais même en profiter pour demander pardon pour ton… imprudence. Vas-y avec ton amoureux, et implore sa clémence. Hâte-toi ! »

Tandis que la blanchisseuse s'éloignait en courant, Ead réprima un sourire. Jouer avec les nerfs des Inyssiens était presque trop facile.

Son sourire mourut bientôt. Une vouivrette avait effectivement osé voler le bétail des humains. Même si les créatures draconiques étaient sorties de leur longue torpeur depuis maintenant des années, elles se faisaient toutefois discrètes – pourtant, on en avait aperçu plusieurs au cours des derniers mois.

Que les bêtes trouvent l'audace de venir chasser dans les régions habitées ne présageait rien de bon.

S'en tenant à l'ombre, Ead effectua un large détour pour rejoindre les appartements royaux. Elle contourna la bibliothèque royale, évita l'un des paons blancs qui erraient sur les terres et pénétra dans les cloîtres.

Le palais d'Ascalon – édifice vertigineux de calcaire clair – était la plus vaste et la plus ancienne des résidences de la maison Berethnet, qui régnait sur le reinaume d'Inys. Les dégâts subis par la nation durant le Chagrin des Siècles, au cours duquel l'armée draconique avait mené sa guerre d'un an contre l'humanité, avaient depuis longtemps été effacés. Chaque fenêtre était ornée d'un vitrail multicolore. Le domaine accueillait un sanctuaire des Vertus, des jardins aux pelouses bien entretenues, ainsi que l'immense bibliothèque royale et son clocher en marbre. C'était le seul endroit où Sabran acceptait de passer l'été avec sa suite.

Un pommier se dressait au milieu de la cour. Ead s'immobilisa en l'apercevant, le cœur serré.

Il y avait cinq jours que Loth avait disparu du palais au cœur de la nuit, en compagnie de Lord Kitston Sommière. Nul ne savait où ils étaient partis ni pourquoi ils avaient quitté la cour sans autorisation. Sabran n'avait pas hésité à exhiber son trouble, mais Ead avait gardé le sien pour elle.

Elle se rappelait l'odeur de bois brûlé sentie pour sa première fête de la Communion, lorsqu'elle avait fait la connaissance de Lord Arteloth Ru. Chaque automne, la cour se rassemblait pour échanger des présents et se réjouir de leur appartenance au règne de la Vertu. C'était la première fois qu'ils se rencontraient en personne, mais Loth lui avait plus tard avoué s'être depuis longtemps renseigné sur cette nouvelle demoiselle d'honneur. Il avait eu vent d'une Sudienne de dix-huit ans, ni noble ni paysanne, fraîchement convertie aux Vertus de la Chevalerie. De nombreux courtisans avaient vu l'ambassadeur des Ersyr la présenter à la reine.

Je n'apporte ni bijoux ni or pour célébrer la nouvelle année, Votre Majesté. Seulement une dame pour votre royale maisonnée, avait déclaré Chassar. *La loyauté est le plus beau présent qui soit.*

La reine elle-même n'avait alors que vingt ans. Une demoiselle d'honneur sans titre ni sang noble faisait un étrange cadeau, mais la courtoisie l'avait contrainte à l'accepter.

Cela s'appelait la fête de la Communion, mais la communion avait ses limites. Personne n'avait proposé à Ead de danser ce soir-là – personne, sauf Loth, large d'épaules, plus grand qu'elle d'une bonne tête, la peau d'un noir profond et un chaleureux accent du nord. Tout le monde à la cour connaissait son nom. Il était l'héritier de Bouleaudor – lieu de naissance du Saint – et un proche ami de la reine Sabran.

Mademoiselle Duryan, l'avait-il abordée avec une révérence, *si vous acceptiez de me faire l'honneur d'une danse pour me permettre d'échapper à la terne conversation du chancelier du Trésor, je vous en serais infiniment reconnaissant. En contrepartie, j'irais chercher une cruche du meilleur vin d'Ascalon, dont la moitié vous reviendrait. Qu'en dites-vous ?*

Elle avait alors grand besoin d'un ami. Et d'une boisson plus forte. Ainsi, même s'il était Lord Arteloth Ru, et même s'il lui était parfaitement étranger, ils avaient dansé trois pavanes et passé le reste de la soirée auprès du pommier, à boire et à discuter sous les étoiles. Et en un rien de temps, une amitié était née.

À présent, il était parti, et il n'y avait qu'une explication possible. Loth n'aurait jamais quitté la cour de son propre chef – certainement pas sans en informer sa sœur ni sans demander congé à Sabran. Il y avait donc été contraint.

Margret et elle avaient bien essayé de l'avertir. Elles lui avaient dit que son amitié avec Sabran – née dès leur tendre enfance – finirait par faire de lui une menace pour les prétendants de la reine. Il devait donc prendre ses distances avec elle, maintenant qu'ils étaient plus âgés.

Loth n'avait jamais voulu entendre raison.

Ead secoua la tête pour se tirer de sa rêverie. En quittant les cloîtres, elle se tint à l'écart d'un groupe de servantes attachées à Lady Igrain Crest, duchesse de la Justice. Le symbole de sa livrée était cousu sur leur tabard.

Le jardin du cadran buvait la lumière matinale. Ses sentiers étaient baignés d'une lumière de la couleur du miel, et les roses qui bordaient les pelouses rougissaient discrètement. Les lieux étaient dominés par les statues des cinq Grandes Reines de la maison Berethnet, qui se dressaient sur un linteau au-dessus de l'entrée de la tour obscure. Habituellement, Sabran aimait à se promener là, bras dessus bras dessous avec l'une de ses dames de compagnie, mais ce jour-là, les chemins étaient déserts. La reine ne serait pas d'humeur à se baguenauder alors qu'un cadavre avait été retrouvé si près de son lit.

Ead s'approcha du donjon de la reine. Les vignebois qui serpentaient sur sa façade croulaient sous les fleurs pourpres. Elle gravit les nombreuses marches à l'intérieur pour gagner les appartements royaux.

Douze chevaliers du corps, revêtus de leur armure dorée et de leur manteau d'hiver sinople, flanquaient les portes de l'antichambre. Des motifs floraux couvraient leurs canons d'avant-bras, tandis que les armes des Berethnet trônaient fièrement sur leur plastron. Ils redressèrent brusquement la tête à l'arrivée d'Ead.

« Bon matin », lança-t-elle.

Ils se détendirent et s'effacèrent pour laisser entrer l'une des dames de l'antichambre.

Ead retrouva bientôt Lady Katryen d'Osier, nièce du duc de la Communion. À vingt-quatre ans, elle était la plus jeune et la plus grande des dames de la chambre. Dotée d'une peau brune et lisse et de lèvres pleines, elle arborait une crinière crépue d'un rouge si profond qu'il en paraissait presque noir.

« Mademoiselle Duryan », dit-elle. Comme tout le monde au palais, elle portait le sinople et l'or de l'été. « Sa Majesté est encore couchée. Avez-vous pu trouver la blanchisseuse ?

— Oui, ma dame. » Ead fit une révérence. « Il semble que des… obligations familiales l'aient retenue.

— Aucune obligation ne prime sur notre devoir envers la couronne. » Katryen lança un regard vers les portes. « Il y a eu une nouvelle intrusion. Cette fois, le scélérat était bien moins maladroit. Non seulement a-t-il réussi à atteindre la grande chambre, mais il en possédait la clef.

— La grande chambre », répéta Ead, qui espérait paraître sincèrement choquée. « Cela signifie que quelqu'un de la royale maisonnée a trahi Sa Majesté. »

Katryen opina du chef. « Nous pensons qu'il est arrivé par l'escalier dérobé. Cela lui aura permis d'échapper à la plupart des chevaliers du corps pour aboutir directement dans l'antichambre. Et étant donné que cet escalier était scellé depuis… » Elle soupira. « Le sergent Porter a été congédié pour son laxisme. Dorénavant, la porte de la grande chambre ne devra jamais plus être quittée des yeux. »

Ead acquiesça. « Qu'attendez-vous de nous, aujourd'hui ?

— J'ai une mission particulière à vous confier. Comme vous le savez, l'ambassadeur mentendonien, Oscarde utt Zeedeur, doit arriver ce jour. Sa fille a eu du relâchement dans ses tenues ces derniers temps, ajouta Katryen en pinçant les lèvres. Lady Truyde était toujours élégante à son arrivée à la cour, mais à présent… tenez, elle avait une *feuille* dans les cheveux lors de l'oraison d'hier. Quant à la veille, elle avait tout bonnement oublié sa gaine. » Elle étudia Ead longuement. « Vous semblez savoir vous vêtir conformément à votre condition. Veillez à ce que Lady Truyde soit prête.

— Oui, ma dame.

— Oh, et Ead, pas un mot sur l'intrusion. Sa Majesté ne souhaite pas semer le trouble à la cour.

— Naturellement. »

En repassant devant les gardes, Ead coula un regard vers leurs visages inexpressifs.

Elle savait depuis longtemps que quelqu'un laissait entrer des coupe-jarrets au palais. Et voilà qu'on avait confié au dernier d'entre eux la clef lui permettant d'atteindre la reine d'Inys dans son sommeil.

Ead avait la ferme intention de démasquer le coupable.

*
* *

À l'instar de la plupart des maisons royales, la maison Berethnet avait connu son lot de morts prématurées. Glorian Ire avait bu du vin empoisonné. Jillian III n'avait régné qu'un an, avant d'être poignardée par l'une de ses domestiques. La propre mère de Sabran, Rosarian IV, avait succombé à une robe imprégnée de venin de basilic. Nul ne savait comment cette tenue avait abouti dans la garde-robe royale, mais on soupçonnait un acte de trahison.

Et voilà que les assassins revenaient s'occuper de la dernière descendante de la famille Berethnet. Ils se rapprochaient un peu plus de la souveraine à chacune de leurs tentatives. L'un d'eux s'était trahi en renversant un buste, une autre avait été surprise à voler dans la galerie des cors, un troisième avait hurlé des insanités devant les portes du donjon jusqu'à ce que les gardes interviennent. Aucun lien n'avait pu être établi entre les meurtriers en herbe, mais Ead était convaincue qu'ils servaient le même maître. Quelqu'un qui connaissait bien le palais. Quelqu'un qui aurait pu voler la clef, la reproduire et la remettre en place en l'espace d'une journée. Quelqu'un qui savait comment ouvrir l'escalier dérobé, demeuré verrouillé depuis la mort de la reine Rosarian.

Si Ead faisait partie des dames de la chambre, du cercle de confiance de Sabran, protéger celle-ci serait plus aisé. Elle attendait donc que l'occasion se présente depuis son arrivée en Inys, mais elle commençait à croire que cela n'adviendrait pas. Une convertie sans titre ne faisait pas une candidate convenable.

Ead trouva Truyde dans la chambre des coffres, où dormaient les demoiselles d'honneur. Douze lits y étaient disposés côte à côte. Leurs quartiers étaient plus confortables ici que dans bien des palais, mais trop exigus au goût de filles de noble famille.

Les plus jeunes, hilares, faisaient les imbéciles avec des oreillers, mais elles cessèrent dès qu'Ead apparut. La fille que celle-ci cherchait était encore au lit.

Lady Truyde, marquise de Zeedeur, était une jeune femme sérieuse, à la peau laiteuse couverte de taches de son et aux yeux charbonneux. Elle avait été envoyée en Inys à l'âge de quinze ans, deux ans plus tôt, pour y apprendre les manières de la cour avant d'hériter de son père le duché de Zeedeur. Il y avait chez elle une vigilance évoquant à Ead celle du moineau. Elle passait de longues heures dans la salle de lecture, à mi-hauteur des échelles ou compulsant des ouvrages fragiles.

« Lady Truyde, dit Ead en se fendant d'une révérence.

— Qu'y a-t-il ? » s'enquit la fille d'un air las. Son accent était toujours à couper au couteau.

« Lady Katryen m'a envoyée vous aider à vous habiller, répondit Ead. Si cela vous sied.

— J'ai dix-sept ans, Mademoiselle Duryan, et m'estime suffisamment maligne pour me vêtir moi-même. »

Les autres jeunes filles retinrent leur souffle.

« Je crains fort que Lady Katryen ne partage pas votre opinion, répliqua Ead d'un ton égal.

— Lady Katryen se fourvoie. »

Nouvelles inspirations stupéfaites. Ead se demanda s'il restait le moindre souffle d'air dans la pièce.

« Mesdames, lança-t-elle à la cantonade, allez chercher une servante et faites remplir la cuvette, je vous prie. »

Elles s'exécutèrent. Sans la moindre révérence. Elle avait beau occuper une place plus importante qu'elles au sein de la maisonnée, elles avaient toutes le sang bleu.

Truyde contempla la fenêtre au plomb quelques instants avant de se lever. Elle alla s'installer sur le tabouret près de la cuvette.

« Pardonnez-moi, Mademoiselle Duryan. Je suis d'humeur maussade, aujourd'hui. C'est que je dors très mal, ces derniers temps. » Elle croisa les mains sur son giron. « Si Lady Katryen le souhaite, vous pouvez m'aider à m'habiller. »

Elle semblait effectivement fatiguée. Ead alla réchauffer du linge près du feu. Lorsqu'une domestique eut apporté de l'eau, elle vint se placer derrière Truyde et rassembla ses boucles abondantes. Celles-ci, d'un vrai rouge de garance, lui cascadaient jusqu'à la taille. Une chevelure pareille était banale dans l'État libre de Mentendon, de l'autre côté du détroit du Cygne, mais inhabituelle en Inys.

Truyde se lava la figure. Ead lui frictionna les cheveux avec un onguent crémeux, puis rinça le tout et les démêla longuement. La fille n'ouvrit pas la bouche de tout le processus.

« Vous sentez-vous bien, madame ?

— Plutôt. » Truyde fit pivoter sa bague de pouce, révélant la tache verte qu'elle dissimulait. « Seulement... agacée par la présence des autres demoiselles et leurs ragots constants. Dites-moi, Mademoiselle Duryan, savez-vous quelque chose de Maître Triam Sulyard, l'ancien écuyer de sire Marke Bouleaunay ? »

Ead tamponna les cheveux de Truyde à l'aide du linge réchauffé. « Pas grand-chose. Je sais juste qu'il a quitté la cour sans permission cet hiver et qu'il a contracté des dettes de jeu. Pourquoi ?

— Les filles parlent sans arrêt de son absence, inventant les histoires les plus folles. J'espérais apprendre de quoi les faire taire.

— Navrée de vous décevoir. »

Truyde l'observa par-dessous ses longs cils auburn. « Vous avez naguère été demoiselle d'honneur.

— Oui. » Ead tordit le linge. « Pendant quatre ans, après que l'ambassadeur uq-Ispad m'a amenée à la cour.

— Puis vous avez été promue. Peut-être la reine Sabran me fera-t-elle un jour dame de l'antichambre à mon tour. Je n'aurais alors plus à dormir dans cette cage.

— Le monde entier est une cage aux yeux d'une jeune fille. » Ead lui posa la main sur l'épaule. « Je vais chercher votre robe. »

Truyde alla s'asseoir devant le feu et se coiffa avec les doigts. Ead la laissa se sécher.

De l'autre côté de la porte, Lady Oliva Marchyn, Mère des Demoiselles, bousculait ses protégées de sa voix pareille à celle d'un tournebout. En apercevant Ead, elle lança avec raideur : « Mademoiselle Duryan. »

Elle prononça son nom comme s'il s'agissait d'une maladie. Ead en avait pris l'habitude, avec certains membres de la cour. Après tout, elle n'était qu'une Sudienne, née en dehors du règne de la Vertu, ce qui rendait les Inyssiens soupçonneux.

« Lady Olivia, dit-elle calmement. Lady Katryen m'a chargée de venir aider Lady Truyde. Pourrais-je avoir sa robe ?

— Hum. Suivez-moi. » Oliva la conduisit dans un autre couloir. Une mèche de cheveux gris s'échappa de sa coiffe. « J'aimerais bien qu'elle mange. Elle va flétrir comme un bourgeon en hiver.

— Depuis combien de temps n'a-t-elle plus d'appétit ?

— Depuis la fête du début de printemps. » Olivia lui jeta un regard dédaigneux. « Donnez-lui fière allure. Son père sera contrarié s'il la trouve mal nourrie.

— Elle n'est pas malade, au moins ?

— Je sais reconnaître les signes d'une maladie, mademoiselle. »

Ead eut un léger sourire. « Peut-être un mal d'amour, alors ? »

Oliva fit la moue. « C'est une demoiselle d'honneur. Et je ne saurais tolérer aucun commérage dans la chambre des coffres.

— Veuillez m'excuser, ma dame. C'était une plaisanterie.

— Vous êtes la dame d'honneur de la reine Sabran, pas sa bouffonne. »

Oliva retira la robe de la presse avec un reniflement méprisant et la tendit à Ead. Celle-ci fit la révérence et prit congé.

Elle abhorrait cette femme de toute son âme. Les quatre années qu'elle avait passées en tant que demoiselle d'honneur avaient été les plus misérables de son existence. Même après sa conversion publique aux Six Vertus, son dévouement envers la maison Berethnet n'avait cessé d'être remis en question.

Elle se rappelait les moments passés sur son matelas trop ferme de la chambre des coffres, avec les pieds en compote, à endurer les quolibets des autres filles qui se moquaient de son accent du sud et se demandaient quelles hérésies elle avait bien pu commettre dans les Ersyr. Oliva n'avait jamais tenté de les faire taire. Au fond d'elle, Ead avait su que cela finirait par se tarir, mais cela avait heurté sa fierté d'être ainsi ridiculisée. Lorsqu'un poste s'était libéré dans l'antichambre, la Mère des Demoiselles avait été trop heureuse de se débarrasser d'elle. Ead avait cessé de danser pour la reine, et s'occupait à présent de vider sa baignoire et de nettoyer les appartements royaux. Elle disposait désormais de sa propre chambre et de meilleurs émoluments.

Dans la chambre des coffres, Truyde avait enfilé une chemise propre. Ead l'aida à mettre son corset et son jupon d'été, avant de l'habiller d'une robe de soie noire aux manches bouffantes et une pèlerine en dentelle. Une broche à l'effigie de son protecteur, le Chevalier du Courage, miroitait sur son cœur. Tous les enfants du règne de la Vertu choisissaient leur chevalier patron le jour de leur douzième anniversaire.

Ead portait une broche différente. Une gerbe de blé, pour la générosité. Elle l'avait reçue à l'occasion de sa conversion.

« Mademoiselle, dit Truyde, les autres demoiselles d'honneur prétendent que vous êtes une hérétique.

— Je dis mes oraisons au sanctuaire, contrairement à certaines d'entre elles », se défendit Ead.

Truyde scruta son visage. « Est-ce qu'Ead Duryan est votre véritable nom ? s'enquit-elle subitement. Ça ne sonne pas très ersyrien. »

Ead ramassa un rouleau de ruban doré. « Vous parlez donc ersyrien, ma dame ?

— Non, mais j'ai lu des histoires sur le pays.

— La lecture, fit Ead d'un ton badin. Un passetemps dangereux. »

Truyde la dévisagea d'un air mauvais. « Vous vous moquez de moi.

— En aucune manière. Les histoires recèlent de grands pouvoirs.

— Toutes les histoires germent d'une graine de vérité, renchérit Truyde. Elles regorgent de connaissances dissimulées.

— En ce cas, je vous fais confiance pour employer la vôtre à bon escient. » Ead fit glisser ses doigts parmi les boucles rousses. « Et puisque vous tenez tant à le savoir… non, ce n'est pas mon vrai nom.

— C'est ce que je me disais. Alors, quel est-il ? »

Ead sépara deux mèches de cheveux et les tressa avec le ruban. « Personne ici ne l'a jamais entendu. »

Truyde haussa les sourcils. « Pas même Sa Majesté ?

— Non. » Ead fit pivoter la fille afin de lui faire face. « La Mère des Demoiselles s'inquiète pour votre santé. Êtes-vous sûre d'aller bien ? » Truyde hésita. Ead lui posa une main amicale sur le bras. « Vous connaissez l'un de mes secrets. Nous sommes liées par un vœu de silence. Vous êtes enceinte, n'est-ce pas ? »

Truyde se raidit. « Pas du tout.

— En ce cas, qu'y a-t-il ?

— Cela ne vous concerne pas. J'ai l'estomac fragile, voilà tout, depuis...

— Depuis le départ de Maître Sulyard. »

Truyde la dévisagea comme si elle l'avait giflée.

« Il est parti au printemps, reprit Ead. Lady Oliva affirme que vous n'avez plus d'appétit depuis lors.

— Vous conjecturez trop, Mademoiselle Duryan. Beaucoup trop. » Truyde s'écarta d'elle, les narines dilatées. « Je suis Truyde utt Zeedeur, de la lignée des Vatten, marquise de Zeedeur. L'idée même de m'abaisser à fricoter avec un simple écuyer... » Elle lui tourna le dos. « Dégagez de ma vue, où je dirai à Lady Oliva que vous colportez des mensonges sur une demoiselle d'honneur. »

Ead se retira avec un léger sourire. Elle était à la cour depuis trop longtemps pour se laisser contrarier par une enfant.

Oliva la regarda disparaître au bout du couloir. En sortant à la lumière du jour, Ead inspira à pleins poumons l'odeur de l'herbe fraîchement coupée.

Une chose était certaine. Truyde utt Zeedeur avait secrètement fréquenté Triam Sulyard – et Ead mettait un point d'honneur à connaître les secrets de la cour. Si la Mère le voulait, elle percerait également ce mystère à jour.

3

Est

L'aube fendillait tel un œuf de héron le ciel de la Seiiki. Une pâle lueur se déversait lentement dans la pièce. Les volets avaient été ouverts pour la première fois depuis huit jours.

Tané contemplait le plafond, les yeux à vif. Elle n'avait pas dormi de la nuit, ayant eu tour à tour trop chaud ou trop froid.

Elle ne se réveillerait jamais plus dans cette chambre. Le jour de la Sélection était venu. Ce jour qu'elle attendait depuis l'enfance – et que, comme une imbécile, elle avait mis en péril en décidant de transgresser la réclusion. En demandant à Susa de cacher l'étranger à Orisima, elle avait en outre mis leurs deux vies en péril.

Son ventre tournait tel un moulin à eau. Elle ramassa uniforme et trousse de toilette, passa devant une Ishari encore endormie et sortit furtivement de la pièce.

La maison Sud se dressait sur les contreforts de la Mâchoire-de-l'Ours, la chaîne de montagnes qui dominait le Cap-Hisan. Avec les trois autres maisons d'apprentissage, elle servait à former les apprentis pour la garde de haute mer. Tané vivait entre ces murs depuis ses trois ans.

Sortir lui fit l'effet d'entrer dans un four. La chaleur lui vernissa la peau et lui épaissit la chevelure.

La Seiiki avait sa propre odeur. Le parfum du duramen des arbres, révélé par la pluie, et de la chlorophylle des feuilles. Généralement, Tané trouvait ces senteurs apaisantes, mais rien n'aurait su la réconforter ce jour-là.

Les sources d'eau chaude fumaient dans la brume matinale. Tané se dépouilla de son peignoir, entra dans le bassin le plus proche et se frictionna à l'aide d'une poignée de son. À l'ombre des pruniers, elle se para de son uniforme et peigna ses longs cheveux d'un côté de son cou, afin que le dragon bleu puisse être visible sur sa tunique. Quand elle retourna à l'intérieur, il y avait du mouvement dans les chambres.

Elle petit-déjeuna de thé et de bouillon. Quelques apprentis lui souhaitèrent bonne chance en passant.

Lorsque l'heure fut venue, elle fut la première à partir.

Dehors, les servantes attendaient avec les chevaux. Elles saluèrent à l'unisson. Alors que Tané montait sur son coursier, Ishari sortit de la maison en courant, dans tous ses états. Elle grimpa en selle à son tour.

Tané l'observa faire, la gorge obstruée. Ishari et elle partageaient leur chambre depuis six ans. Après la cérémonie, elles ne se reverraient peut-être plus jamais.

Elles chevauchèrent jusqu'au portail séparant les maisons d'apprentissage du reste du Cap-Hisan, franchirent le pont et le ruisseau qui descendait de la montagne, et allèrent rejoindre les apprentis venus d'ailleurs dans la région. Tané aperçut Turosa, son rival, qui ricanait depuis sa rangée. Elle soutint son regard jusqu'à ce qu'il talonne sa monture et parte au grand galop vers la ville, accompagné de ses amis.

Tané jeta un dernier coup d'œil en arrière pour graver dans sa mémoire la verdure luxuriante des collines et les silhouettes des mélèzes qui se dessinaient devant le ciel bleu pâle. Puis elle riva son regard sur l'horizon.

*
* *

Ce fut une lente procession à travers le Cap-Hisan. De nombreux citoyens s'étaient réveillés tôt pour voir les apprentis chevaucher jusqu'au temple. Ils lançaient des fleurs de sel sur la chaussée et bouchaient chaque allée, tendant le cou pour apercevoir ceux qui seraient peut-être bientôt choisis par les dieux. Tané essayait de se concentrer sur la chaleur de son cheval, sur le claquement de ses sabots – tout ce qui pouvait lui permettre d'éviter de penser à l'étranger.

Susa avait accepté d'emmener l'Inyssien à Orisima. Évidemment. Elle aurait fait n'importe quoi pour Tané, et réciproquement.

Il se trouvait que Susa avait autrefois eu une liaison avec l'une des sentinelles du comptoir commercial ; l'homme était depuis déterminé à la reconquérir. Une fois le portail déverrouillé, Susa prévoyait de l'atteindre à la nage en compagnie de l'inconnu et d'accompagner celui-ci chez le maître chirurgien d'Orisima, en lui promettant de le couvrir d'un argent imaginaire s'il acceptait. Il croulait apparemment sous les dettes de jeu.

Si l'intrus souffrait du mal rouge, la maladie serait confinée à Orisima. Après la cérémonie, Susa le dénoncerait anonymement au gouverneur du Cap-Hisan. Le chirurgien serait fouetté quand ils découvriraient un étranger chez lui, mais Tané ne pensait pas qu'il serait condamné à mort – cela mettrait en péril l'alliance conclue avec l'État libre de Mentendon. Si la torture permettait de lui délier la langue, l'intrus dénoncerait peut-être aux autorités les deux femmes intervenues au soir de son arrivée, mais il n'aurait guère de temps pour plaider sa cause. Il serait passé par l'épée pour éviter tout risque de contamination.

Tané contempla alors ses mains, où apparaîtraient les premières rougeurs. Elle n'avait pas touché sa peau, mais le simple fait de s'approcher de lui avait représenté un risque considérable. Un instant de pure folie. Et si Susa avait contracté le mal rouge, elle ne se le pardonnerait jamais.

Son amie avait tout mis en péril pour s'assurer que cette journée soit conforme à ce dont Tané avait toujours rêvé. Susa n'avait pas remis en cause ses scrupules ni sa santé mentale. Elle s'était contentée d'accepter de l'aider.

Les portes du grand temple du Cap étaient ouvertes pour la première fois depuis une décennie. Elles étaient flanquées de deux statues colossales représentant des dragons, la gueule béante, rugissant pour l'éternité. Quarante chevaux trottèrent entre elles. Jadis fait de bois, le temple avait été réduit en cendres au cours du Grand Chagrin avant d'être rebâti en pierre. Des centaines de lanternes en verre bleu pendaient à ses avant-toits, exsudant une lumière froide. On eût dit des bouchons de pêche.

Tané mit pied à terre et accompagna Ishari vers l'entrée en bois flotté. Turosa leur emboîta le pas.

« Que le grand Kwiriki te sourie, aujourd'hui, Tané, déclara-t-il. Quelle honte ce serait, pour une apprentie de ton rang, d'être expédiée sur l'île Plume.

— Ce serait une vie respectable, rétorqua Tané en confiant son cheval à un valet d'écurie.

— Je suis sûr que tu parviendras à t'en convaincre quand tu y habiteras.

— Peut-être m'y accompagneras-tu, honorable Turosa. »

Il eut un tic nerveux et partit à grands pas rejoindre ses amis de la maison Nord.

« Il devrait s'adresser à toi avec davantage de respect, murmura Ishari. Dumu dit que tu obtiens de meilleurs résultats que lui dans la plupart des disciplines. »

Tané ne répondit rien. Elle avait des fourmis plein les bras. Elle était la meilleure de sa maison, mais Turosa également.

Une fontaine sculptée à l'effigie du grand Kwiriki – le premier dragon à avoir jamais accepté un humain sur son dos – se dressait dans la cour extérieure du temple. De l'eau de mer se déversait de sa bouche. Tané s'y lava les mains et en déposa une goutte sur ses lèvres.

Elle semblait pure.

« Tané, dit Ishari. J'espère que tout se passera comme tu le désires.

— Je te souhaite la même chose. » Tout le monde aspirait à la même issue.

« Je me suis réveillée tard. » Ishari pratiqua à son tour ses ablutions. « J'ai cru entendre coulisser les cloisons de notre chambre cette nuit. Ça m'a perturbée… Je n'ai pas réussi à me rendormir avant un moment. Tu es sortie de la pièce ?

— Non. C'était peut-être notre éminent professeur.

— Oui, peut-être. »

Les apprentis avancèrent jusqu'à la vaste cour intérieure, où le soleil illuminait les toits.

Un homme doté d'une longue moustache se tenait au sommet des marches, un casque coincé sous le bras. Son visage était bronzé et buriné. Équipé de brassards et de gantelets, d'une cuirasse légère recouvrant une cotte bleu nuit, ainsi que d'un surcot à haut col de velours noir et de brocart doré, il était à l'évidence à la fois une personne de haut rang et un soldat.

Tané oublia brièvement ses craintes. Elle était redevenue une enfant rêvant de dragons.

Cet homme était l'honoré général de mer de Seiiki. Chef du clan Miduchi, la dynastie des dragonniers – une dynastie unie non par le sang, mais par un but. Tané espérait prendre ce nom.

En atteignant les marches, les apprentis formèrent deux lignes, s'agenouillèrent et posèrent le front contre le sol. Tané entendait le souffle d'Ishari. Nul ne se releva. Nul ne bougea.

Une écaille racla contre la pierre. Chaque tendon du corps de Tané sembla se crisper.

Elle leva les yeux.

Ils étaient huit. Elle avait passé des années à prier devant des statues de dragon, à les étudier, à les observer de loin, mais jamais n'en avait-elle vu d'aussi près.

Leur taille était époustouflante. La plupart étaient seiikinois, avec leur cuir souple et argenté, leur forme de badine. Des corps d'une longueur impossible soutenant une tête magnifique. Chaque créature avait quatre pattes musclées, qui s'achevaient sur des pieds dotés de trois serres. De longs barbillons tombaient en tourbillonnant de leur museau telles des lignes de cerf-volant. La majorité d'entre elles étaient encore jeunes, peut-être quatre cents ans, mais plusieurs arboraient les stigmates du Grand Chagrin. Toutes étaient couvertes d'écailles et cernées de marques de succion, souvenirs de leurs querelles avec les calmarissimes.

Deux possédaient un quatrième orteil : il s'agissait des dragons venus de l'empire des Douze-Lacs. L'un d'eux – un mâle – était muni d'ailes. La plupart des dragons n'en avaient pas et volaient grâce à un organe situé au niveau de la tête, que les savants avaient baptisé la *couronne*. Les ailes ne poussaient jamais avant au moins deux mille ans d'existence.

Le dragon ailé était le plus massif. Si Tané s'était mise debout, elle n'aurait sans doute pas pu le toucher entre les yeux et le museau. Même si ses ailes paraissaient aussi fragiles que de la soie, elles étaient suffisamment solides pour provoquer un typhon. Tané scruta la poche sous son menton. Comme les huîtres, les dragons pouvaient fabriquer des perles, une seule par vie. Elle ne quittait jamais cette poche.

La dragonne près du mâle, une Lacustrine elle aussi, partageait presque sa stature. La femelle avait des écailles pâles d'un vert trouble, comme du jade laiteux ; sa crinière était du brun doré des algues de rivière.

« Bienvenue », lança le général de mer.

Sa voix retentit tel l'appel d'une conque de guerre.

« Debout », ordonna-t-il alors. Et tous obéirent. « Vous êtes rassemblés aujourd'hui pour être voués à l'une ou l'autre vie : celle de garde de haute mer, avec la mission de défendre la Seiiki de la maladie et des invasions, ou celle de l'apprentissage et de la prière sur l'île Plume. Parmi les premiers, douze d'entre eux auront l'insigne honneur de devenir dragonniers. »

Douze seulement. Habituellement, il y en avait plus.

« Comme vous le savez sans doute, aucun œuf n'a éclos au cours des deux siècles écoulés. Plusieurs dragons ont par ailleurs été capturés par la flotte de l'Œil-de-Tigre, qui poursuit son commerce répugnant de chair de dragon, sous le joug de la prétendue Impératrice Dorée. »

Des têtes se ployèrent.

« Pour renforcer nos rangs, nous sommes honorés d'accueillir ces deux grands guerriers issus de l'empire des Douze-Lacs. Gageons que cela augurera d'un rapprochement amical avec nos alliés du Nord. »

Le général de mer inclina la tête devant les deux dragons lacustrins. Ils n'auraient pas autant l'habitude du large que les dragons seiikinois, puisqu'ils préféraient vivre dans des rivières ou autres étendues d'eau douce, mais les dragons des deux nations avaient combattu côte à côte durant le Grand Chagrin, et ils avaient un certain nombre d'ancêtres communs.

Tané sentit que Turosa la regardait. S'il devenait dragonnier, il clamerait que son dragon était le plus grand d'entre tous.

« Aujourd'hui, votre destinée vous sera révélée. » Le général tira un parchemin de son surcot et le déroula. « Commençons. »

Tané s'arma de courage.

La première apprentie à être appelée fut élevée au noble rang de garde de haute mer. Le général de mer lui tendit une tunique de la couleur d'un ciel d'été. Quand elle s'en saisit, un dragon seiikinois noir cracha un nuage de fumée qui la fit sursauter. Le dragon respira bruyamment.

Dumusa de la maison Ouest devint également une garde de mer. Petite-fille de deux dragonniers, elle avait des origines sudiennes autant que seiikinoises. Tané l'observa accepter son nouvel uniforme, faire la révérence au général, puis prendre place à sa droite.

L'apprenti suivant fut le premier à rejoindre les rangs des érudits. Sa soie était du rouge profond des griottes, et ses épaules tremblaient quand il salua. Tané perçut la tension chez les autres apprentis, aussi soudaine qu'une lame de fond.

Turosa rejoignit la garde de haute mer, sans surprise. Une éternité sembla s'écouler avant que Tané entende enfin son nom :

« L'honorable Tané, de la maison Sud. »

Elle avança d'un pas.

Les dragons la considérèrent. L'on disait qu'ils pouvaient lire au plus profond des âmes, car les êtres humains étaient faits d'eau, et l'eau était leur élément.

Et s'ils découvraient ce qu'elle avait fait ?

Elle se concentra sur la position de ses pieds. Quand elle vint se placer devant le général de mer, celui-ci sembla la dévisager pendant des années. Elle dut rassembler tout son courage pour ne pas flageoler.

Il finit par empoigner un uniforme bleu. Tané souffla longuement. Des larmes de soulagement lui piquaient les yeux.

« Pour votre aptitude et votre dévouement, vous voici élevée au rang de garde de haute mer. Vous devez jurer de suivre la voie du dragon jusqu'à votre dernier souffle. » Il se pencha vers elle. « Vos professeurs disent beaucoup de bien de vous. Ce sera un privilège de vous compter parmi mes gardes. »

Elle fit une profonde révérence. « Vous me faites honneur, grand seigneur. »

Le général de mer sourit.

Tané alla rejoindre les quatre apprentis déjà placés à sa droite, dans un état de félicité incroyable. Son sang s'écoulait en elle tel le courant sur des galets. Alors que le prochain candidat s'avançait, Turosa lui chuchota à l'oreille : « Alors comme ça, nous nous affronterons lors des épreuves de l'eau. » Son haleine sentait le lait. « Bien.

— Ce sera un plaisir de me mesurer à un guerrier de ton talent, honorable Turosa, répliqua calmement Tané.

— Je vois clair dans ton jeu, bouseuse. Je lis dans ton cœur la même chose que dans le mien. De l'ambition. » Il marqua une pause alors qu'un jeune homme allait rejoindre l'autre groupe. « La différence vient de ce que je suis, et de ce que tu es. »

Elle se tourna vers lui. « Nous sommes sur un pied d'égalité, honorable Turosa. »

Son rire lui donna le frisson.

« L'honorable Ishari, de la maison Sud », appela le général.

Celle-ci gravit lentement les marches. Quand elle se trouva devant lui, le général de mer lui tendit un ballot de soie rouge.

« Pour votre aptitude et votre dévouement, lui dit-il, vous voici élevée au rang d'érudite. Vous devez jurer de vous consacrer à l'approfondissement de la connaissance jusqu'à votre dernier souffle. »

Même si ces mots la firent tressaillir, Ishari se saisit de la robe et s'inclina profondément. « Merci, grand seigneur », murmura-t-elle.

Tané la regarda aller se placer du côté gauche.

Ishari devait être affolée. Cependant, elle s'en sortirait peut-être très bien sur l'île Plume, et finirait par revenir en Seiiki en tant qu'enseignante.

« Dommage, commenta Turosa. N'est-ce pas ton amie ? »

Tané se mordit la langue.

La principale apprentie de la maison Est rejoignit ensuite leurs rangs. Onren était petite et solidement charpentée ; son visage bruni par le soleil était parsemé de taches de rousseur. Son épaisse chevelure, asséchée par le sel et aux pointes cassantes, lui tombait aux épaules. Du sang de bivalve lui assombrissait les lèvres.

« Tané, dit-elle en venant se positionner près d'elle. Félicitations.

— À toi aussi, Onren. »

Elles étaient les deux seules apprenties à se lever invariablement à l'aube pour aller nager, et une forme d'amitié était née de cette habitude. Tané ne doutait pas qu'Onren ait également prêté l'oreille aux rumeurs et soit allée s'immerger une dernière fois avant la cérémonie.

Cette pensée la troubla. Le rivage du Cap-Hisan était festonné de nombreuses criques, mais le sort l'avait fait choisir celle par laquelle l'étranger était arrivé.

Onren contempla sa soie bleue. Comme Tané, elle était issue d'une famille pauvre.

« Ils sont magnifiques, chuchota-t-elle en désignant les dragons. Je parie que tu espères faire partie des douze.

— N'es-tu pas trop petite pour chevaucher un dragon, Onren ? commenta Turosa d'une voix traînante. Remarque, tu parviendrais peut-être à te percher sur une queue… »

Onren lui retourna un regard noir.

« Il me semblait t'avoir entendu parler. On se connaît ? » Alors qu'il ouvrait la bouche pour répondre, elle reprit : « Ne te donne pas la peine. Tu es clairement un imbécile, et je n'ai pas de temps à perdre avec les imbéciles. »

Tané dissimula son sourire derrière ses cheveux. Pour une fois, Turosa fermait sa grande bouche.

Lorsque le dernier apprenti eut accepté son uniforme, les deux groupes se tournèrent vers le général de mer. Ishari, dont les joues étaient maculées de larmes, ne détourna pas le regard du morceau de tissu entre ses bras.

« Vous n'êtes plus des enfants. Votre avenir vous attend. » Le général regarda à sa droite. « Quatre des gardes de mer ont réussi au-delà de nos espérances : Turosa, de la maison Nord ; Onren, de la maison Est ; Tané, de la maison Sud ; et Dumusa, de la maison Ouest. Tournez-vous face à nos anciens, qu'ils connaissent votre nom et votre visage. »

Ils s'exécutèrent. Tané s'avança en même temps que les autres et posa à nouveau le front par terre.

« Debout », dit l'un des dragons.

Sa voix fit trembler le sol. Elle était si profonde, si grave que Tané peina tout d'abord à la comprendre.

Tous quatre obéirent et se redressèrent. Le plus gros des dragons seiikinois abaissa la tête pour pouvoir les regarder en face. Il darda sa longue langue entre ses dents.

D'une puissante poussée sur ses membres, il prit subitement son essor. Les apprentis se jetèrent tous à plat ventre. Le général, qui, seul, était encore debout, éclata d'un rire tonitruant.

La dragonne lacustrine d'un vert laiteux exhiba ses dents en un large sourire. Tané se retrouva captivée par le tourbillon incessant de ses yeux.

La dragonne et ses autres congénères allèrent alors se jucher sur les toits de la ville. De l'eau faite chair. Alors qu'une brume de pluie divine ruisselait de leurs écailles, trempant les humains en contrebas, un mâle seiikinois se cabra, prit une grande inspiration et cracha une puissante bourrasque de vent.

Toutes les cloches du temple sonnèrent en réaction.

*
* *

Niclays se réveilla avec la bouche sèche et une migraine redoutable, comme un millier de fois auparavant. Il cligna des paupières et se frotta le coin de l'œil.

Des cloches.

Voilà ce qui l'avait réveillé. Il vivait sur cette île depuis des années, mais n'en avait jamais entendu aucune. Il empoigna sa canne et se leva, son bras tremblant sous l'effort.

Il devait s'agir d'une alarme. Ils venaient chercher Sulyard, les arrêter tous les deux.

Niclays tourna sur lui-même, au désespoir. Sa seule chance était de faire croire que l'autre s'était caché chez lui à son insu.

Il jeta un coup d'œil de l'autre côté du paravent. Sulyard dormait profondément, la tête tournée vers le mur. Eh bien, au moins mourrait-il paisiblement.

Le soleil déversait bien trop de lumière. Non loin de la petite maison qu'occupait Niclays, son assistant, Muste, était assis sous un prunier avec sa compagne seiikinoise, Panaya.

« Muste ! s'écria Niclays. Quel est ce raffut ? »

Muste se contenta d'un signe de la main. Niclays enfila ses sandales en jurant et se dirigea vers le jeune couple, s'efforçant de réprimer le sentiment de se précipiter vers sa perte.

« Bonjour à toi, honorable Panaya », lança-t-il en seiikinois, et se fendant d'une révérence.

« Éminent Niclays. » Elle plissa le coin des yeux. Elle portait une robe légère, à motifs de fleurs blanches sur fond bleu, et dont les manches et l'encolure étaient brodées d'argent. « Les cloches vous ont-elles réveillé ?

— Oui. Puis-je te demander ce qu'elles signifient ?

— Elles sonnent pour le jour de la Sélection, répondit-elle. Les apprentis les plus âgés des maisons d'apprentissage ont terminé leurs études et ont été répartis parmi les érudits ou la garde de haute mer. »

Rien à voir avec les intrus, donc. Niclays sortit son mouchoir et se tamponna la figure.

« Est-ce que vous allez bien, Roos ? s'inquiéta Muste en plaçant une main en visière sur son front.

— Tu sais à quel point je déteste l'été ici. » Niclays remisa son mouchoir dans son pourpoint. « Le jour de la Sélection a pourtant lieu une fois par an, non ? demanda-t-il à Panaya. Je n'avais encore jamais entendu les cloches. »

Pas des cloches, mais des tambours. Le bruit enivrant de la joie et des festivités.

« Ah », répondit Panaya, dont le sourire s'élargissait. « Mais cette Sélection n'est pas comme les autres.

— Vraiment ?

— L'ignorez-vous, Roos ? Pouffa Muste. Vous habitez ici depuis plus longtemps que moi.

— Ce n'est pas quelque chose qu'on lui aurait dit, le défendit Panaya d'une voix douce. Voyez-vous, Niclays, il a été convenu après le Grand Chagrin que, tous les cinquante ans, un certain nombre de dragons seiikinois accepteraient sur leur dos des humains, afin que nous soyons toujours préparés à combattre ensemble une fois encore. Ceux qui ont été désignés pour la garde de haute mer ce matin vont avoir cette opportunité. Mais avant, ils vont devoir subir les épreuves de l'eau pour déterminer lesquels deviendront dragonniers.

— Je vois », répondit Niclays, suffisamment passionné pour oublier un instant sa terreur. « Et ensuite, je suppose qu'ils s'envoleront sur leurs destriers pour combattre pirates et contrebandiers.

— Pas des *destriers*, Niclays. Les dragons ne sont pas des chevaux.

— Mille excuses, honorable dame. J'ai mal choisi mes mots. »

Panaya hocha la tête. Elle porta la main à son pendentif en forme de dragon.

Un tel bijou serait détruit sous le règne de la Vertu, où l'on ne faisait plus la différence entre les anciens dragons de l'Est et les wyrms cracheurs de feu, plus jeunes, qui avaient autrefois terrorisé le monde. Les deux espèces étaient jugées malveillantes. La porte de l'Est était fermée depuis si longtemps que des malentendus autour de ses coutumes étaient nés.

Niclays avait cru la même chose avant son arrivée à Orisima. Il avait été à moitié convaincu, la veille de son départ de Mentendon, qu'il avait été banni vers une terre où la population était asservie à des créatures tout aussi pernicieuses que le Sans-Nom.

Comme il avait été effrayé, ce jour-là. Tous les enfants mentendoniens connaissaient les histoires du Sans-Nom depuis le jour où ils découvraient le langage. Sa chère mère avait pris un malin plaisir à le terrifier aux larmes en lui décrivant le père et suzerain de tous les cracheurs de feu – celui qui avait émergé du mont Effroi à califourchon sur le chaos et la destruction. Sire Galian Berethnet l'avait alors blessé grièvement avant qu'il puisse assujettir l'humanité. Mille ans plus tard, son spectre rôdait encore dans les cauchemars de chacun.

Juste alors, un fracas de sabots traversa le pont d'Orisima, tirant brusquement Niclays de sa rêverie.

Des soldats.

Il se décomposa. Ils venaient le chercher – et maintenant que l'heure était venue, il se sentait plus exalté qu'effrayé. Ainsi soit-il. De toute façon, c'était soit ça, soit mourir aux mains des sentinelles à cause de ses dettes de jeu.

Saint, pria-t-il, *accordez-moi seulement de ne pas me faire dessus*.

Les soldats portaient une tunique verte sous leur cotte. À leur tête se trouvait, bien sûr, leur capitaine – ce beau capitaine, toujours accommodant, qui refusait de dire son nom à quiconque sur Orisima. Il dominait Niclays d'un pied complet et était toujours en armure.

Le capitaine mit pied à terre et se dirigea à grands pas vers la maison de Niclays. Il était entouré de ses sentinelles, une main posée sur le pommeau de son épée.

« Roos ! » Un poing prisonnier d'un gantelet frappa contre la porte. « Roos, ouvrez cette porte, ou je l'enfonce !

— Inutile de casser quoi que ce soit, honorable capitaine, intervint Muste. L'éminent docteur Roos est ici. »

Le capitaine tourna les talons. Ses yeux noirs s'embrasèrent, et il s'approcha d'eux.

« Roos. »

Niclays aurait aimé prétendre que nul ne s'adressait jamais à lui avec un tel mépris, mais c'eût été mentir. « Vous pouvez tout à fait m'appeler Niclays, honorable capitaine, répondit-il avec toute la gaieté qu'il pouvait feindre. Nous nous connaissons depuis assez longt…

— Silence », aboya le capitaine. Niclays se tut. « Mes sentinelles ont trouvé la porte du débarcadère ouverte, hier soir. Un vaisseau pirate a été aperçu non loin. Si l'un d'entre vous abrite des intrus ou de la contrebande, parlez maintenant, et le dragon fera peut-être preuve de merci. »

Panaya et Muste restèrent muets. Niclays, cependant, était violemment tiraillé. Sulyard n'avait nulle part où se cacher. Ferait-il mieux de tout avouer ?

Avant qu'il ait pu se décider, le capitaine fit signe à ses sentinelles. « Fouillez les maisons. »

Niclays retint son souffle.

Il y avait, en Seiiki, une espèce d'oiseau dont le cri ressemblait au début d'un geignement de bébé. Niclays percevait cela comme un symbole douloureux de sa vie à Orisima. Le gémissement ne se transformait jamais totalement en hurlement. Il se trouvait dans l'attente permanente d'un coup qui ne tombait jamais. Alors que les sentinelles retournaient son intérieur, ce maudit oiseau se mit à chanter, et Niclays n'entendit plus que ça.

Les soldats finirent par revenir les mains vides. « Personne là-dedans », affirma l'un d'eux.

Niclays dut fournir un gros effort pour ne pas s'effondrer à genoux. Le capitaine le dévisagea longuement, la mine insondable, puis s'en alla vers la rue voisine.

Et l'oiseau continuait de glapir. *Hic, hic, hic.*

4

Ouest

Quelque part dans le palais d'Ascalon, les aiguilles noires d'une horloge en verre laiteux s'approchaient lentement de midi.

La chambre de présence était comble pour accueillir la délégation mentendonienne, comme toujours lorsque des ambassadeurs étrangers se présentaient en Inys. Les fenêtres avaient été ouvertes pour laisser entrer la brise aux senteurs de chèvrefeuille. Celle-ci ne suffisait toutefois pas à dissiper la chaleur. Les fronts étaient moites de sueur et les éventails en plume étaient de sortie, si bien que la pièce semblait envahie d'oiseaux batifolant.

Ead se tenait parmi la foule avec les autres dames de l'antichambre ; Margret Ru se trouvait à sa droite. Les demoiselles d'honneur leur faisaient face, de l'autre côté du tapis. Truyde utt Zeedeur rajusta son carcanet. Ead n'arrivait pas à comprendre pourquoi les Occidentaux n'acceptaient pas de se dépouiller de quelques couches de vêtements durant l'été.

Des murmures résonnaient dans la salle caverneuse. Assise bien au-dessus de ses sujets, Sabran IX observait la scène depuis son trône de marbre.

La reine d'Inys était le portrait craché de sa mère, et de sa grand-mère, et ainsi de suite sur plusieurs générations. La ressemblance était troublante. À l'instar de ses ancêtres, elle était dotée de cheveux noirs et d'yeux vert d'eau qui semblaient se fracturer au soleil. L'on prétendait que, tant que sa lignée perdurerait, le Sans-Nom ne pourrait jamais s'éveiller de son sommeil.

Sabran embrassait tous ses sujets d'un regard détaché, qui ne s'attardait sur personne en particulier. Elle avait vingt-huit ans, mais ses prunelles recelaient la sagesse d'une dame bien plus âgée.

Aujourd'hui, elle incarnait la richesse du reinaume d'Inys. Sa robe en satin noir, rendant hommage à la mode mentendonienne, était ouverte jusqu'à la taille pour laisser paraître une pièce d'estomac aussi pâle que sa peau, dont les broderies argentées et les semences de perles scintillaient. Une couronne de diamants attestait son sang royal.

Les trompettes annoncèrent l'arrivée de la délégation mentendonienne. Sabran chuchota quelques mots à Lady Arbella Valon, vicomtesse de Suth, qui sourit et posa sa main couverte de taches brunes sur la sienne.

Les porte-étendard entrèrent les premiers. Ils brandissaient le cygne argenté de Mentendon reposant sur un fond noir, l'Épée Véritable tournée pointe vers le bas entre ses ailes.

Puis vinrent les domestiques et les gardes, les interprètes et les officiels. Enfin, Lord Oscarde, duc de Zeedeur, pénétra d'un bon pas dans la pièce, accompagné de l'ambassadeur d'Inys à Mentendon. Zeedeur était fortement charpenté. Sa barbe et sa chevelure étaient aussi rouges que le bout de son nez. Contrairement à sa fille, il avait les yeux gris des Vatten.

« Majesté. » Il se fendit d'une révérence élaborée. « Quel honneur d'être à nouveau reçu à votre cour.

— Bienvenue, Monsieur le Duc. » La voix de Sabran était basse, chargée d'autorité. Elle tendit la main à Zeedeur, qui gravit les marches pour embrasser l'anneau royal. « Cela nous réchauffe le cœur de vous revoir en Inys. Votre voyage a-t-il été paisible ? »

Ead avait toujours du mal avec le nous de majesté. En public, Sabran s'exprimait tant en son nom qu'en celui de son ancêtre, le Saint.

« Hélas, madame, répondit Zeedeur d'une voix sombre, nous avons été attaqués par une vouivre adulte dans les Dunes. Mes archers l'ont abattue, mais si elle avait été plus alerte, nous n'aurions pas échappé au bain de sang. »

Des murmures. Ead remarqua les regards stupéfaits qui se faisaient écho dans toute la pièce.

« Encore, marmonna Margret pour elle-même. Deux vouivres en deux jours.

— Nous sommes extrêmement contrariés de l'apprendre, affirma Sabran à l'ambassadeur. Nos meilleurs chevaliers errants vous raccompagneront à Perchette. Votre voyage de retour sera moins mouvementé.

— Je vous en remercie, Majesté.

— À présent, vous désirez sans doute voir votre fille. » Sabran se tourna vers la demoiselle en question. « Approchez, mon enfant. »

Truyde s'avança sur le tapis et fit la révérence. Quand elle se redressa, son père l'étreignit.

« Ma fille. » Il lui prit les mains et son visage se fendit d'un sourire immense. « Tu es radieuse. Comme tu as grandi. Dis-moi, comment te traite-t-on, en Inys ?

— Mieux que je ne le mérite, père, répondit Truyde.

— Qu'est-ce qui te fait dire ça ?

— Cette cour est si grandiose, indiqua-t-elle en désignant le dôme qui les surplombait. Parfois, je me sens bien petite et bien terne, comme si ces plafonds étaient plus magnifiques que je ne le serai jamais. »

Des éclats de rire emplirent la pièce. « Elle est si vive d'esprit, chuchota Linora à Ead. N'est-ce pas ? »

Ead ferma les yeux. *Ah, ces gens.*

« Balivernes, intervint Sabran en s'adressant à Zeedeur. Votre fille est très appréciée à la cour. Elle fera une digne compagne pour celui que son cœur choisira. »

Truyde baissa les yeux avec un sourire. Son père pouffa près d'elle. « Ah, Majesté, je crains que Truyde soit trop indépendante pour prendre déjà époux, même s'il me tarde d'être grand-père. Je vous remercie de prendre si bien soin d'elle.

— Inutile de me remercier. » Sabran empoigna les accoudoirs de son trône. « Nous sommes toujours ravis de recevoir nos amis des Vertus à la cour. Nous sommes cependant curieux de savoir ce qui vous amène de Mentendon.

— Monseigneur de Zeedeur vous apporte une proposition, Majesté, intervint l'ambassadeur d'Inys. Une proposition que nous pensons digne d'intérêt.

— En effet. » Zeedeur toussota pour s'éclaircir la voix. « Son Altesse Royale Aubrecht II, Grand Prince de l'État libre de Mentendon, admire Votre Majesté depuis longtemps. Il a entendu parler de votre courage, de votre beauté et de votre fervent dévouement aux Six Vertus. À présent que feu son grand-oncle a été enseveli, il sollicite un renforcement de l'alliance entre nos deux pays.

— Et comment Son Altesse Royale compte-t-elle raffermir une telle alliance ? s'enquit Sabran.

— Par le mariage, Majesté. »

Toutes les têtes pivotèrent vers le trône.

Il y avait toujours une période de fragilité avant qu'une souveraine Berethnet attende un héritier. Leur maison était une maison de filles, une par reine. Leurs sujets estimaient qu'il s'agissait là d'une preuve de leur sainteté.

Chaque reine d'Inys était supposée se marier et engendrer aussi vite que possible, afin de ne pas mourir sans héritière véritable. Cela se révélerait dangereux dans n'importe quel pays, car cela précipiterait une guerre civile, mais selon les croyances inyssiennes, l'effondrement de la maison Berethnet causerait en outre la résurrection du Sans-Nom et la dévastation du monde.

Pourtant, Sabran avait jusqu'à présent refusé toute proposition de mariage.

La reine se rencogna dans son trône et considéra Zeedeur. Le visage de Sa Majesté ne trahissait rien, comme à son habitude.

« Mon cher Oscarde, déclara-t-elle. Si flattés que nous soyons, nous pensons nous souvenir que vous êtes déjà marié. »

La cour éclata de rire. Zeedeur avait jusqu'à présent eu l'air nerveux, mais il souriait désormais.

« Majesté ! s'esclaffa-t-il. C'est mon maître qui sollicite votre main.

— Poursuivez, je vous prie », l'encouragea Sabran avec l'ombre d'un sourire.

La vouivre était oubliée. Enhardi, Zeedeur avança d'un autre pas.

« Madame, reprit-il, comme vous le savez, votre ancêtre la reine Sabran VII était mariée à mon propre lointain parent, Haynrick Vatten, intendant prospectif de Mentendon, tant que le pays était sous contrôle étranger. Depuis que la maison Lievelyn a chassé les Vatten, en revanche, il n'y a plus eu aucun lien formel entre nos nations, en dehors de notre religion commune. »

Sabran l'écouta avec un air d'indifférence qui ne confinait jamais à l'ennui ni au mépris.

« Le prince Aubrecht est conscient que la demande en mariage de feu son grand-oncle a été déclinée par Votre Majesté… et, euh, aussi par la reine mère… » Zeedeur se racla à nouveau la gorge. « Toutefois, mon maître pense offrir une autre sorte de compagnie. Il estime également qu'il y aurait de nombreux avantages à renouer une alliance entre l'Inys et Mentendon. Nous sommes le seul pays à disposer d'une présence commerciale à l'Est, et à présent que la Yscalin est tombée dans le péché, il juge qu'une alliance embrassant notre foi serait vitale. »

Quelques murmures suivirent cette dernière déclaration. Peu de temps auparavant, le royaume de Yscalin, au Sud, vivait également sous le règne de la Vertu, avant d'adopter le Sans-Nom comme nouveau dieu.

« Le Grand Prince souhaite vous offrir un gage de son affection, si Votre Majesté veut bien avoir la grâce de l'accepter, reprit Zeedeur. Il connaît votre amour pour les perles issues de la mer de Dansoleil. »

Il claqua des doigts. Une domestique mentendonienne approcha du trône et s'agenouilla. Une huître reposait sur le coussin de velours qu'elle tenait devant elle. La coquille entrouverte laissait apparaître une perle noire iridescente, aussi grosse qu'une cerise et légèrement teintée de vert. Elle brillait tel de l'acier plié exposé au soleil.

« C'est la plus belle perle dansante de sa collection, capturée au large de la Seiiki, expliqua Zeedeur.

Elle a plus de valeur que le vaisseau qui lui a fait traverser l'Abysse. »

Sabran se pencha en avant. La servante souleva le coussin un peu plus haut.

« Il est vrai que nous avons une tendresse particulière pour les perles dansantes, et que nous en manquons, répondit la reine. Nous l'acceptons donc volontiers. Cela ne signifie pas pour autant que la proposition l'est également.

— Naturellement, Majesté. Il s'agit d'un simple présent d'un ami de la Vertu, rien de plus.

— Fort bien. »

Sabran coula alors un regard vers Lady Roslain Crest, principale gente dame de la chambre, qui portait une robe en soie émeraude et une pèlerine de fine dentelle blanche. Sa broche exhibait deux coupes, comme celle de quiconque prenait la Chevaleresse de la Justice comme patronne, sauf que la sienne était dorée, preuve qu'elle était de la lignée de ladite chevaleresse. Roslain fit un signe à peine perceptible à l'une de ses demoiselles d'honneur, qui se hâta d'emporter le coussin.

« Même si nous sommes touchés par ce présent, votre maître doit savoir notre mépris pour les pratiques hérétiques des Seiikinois, déclara Sabran. Nous ne désirons aucun rapport avec l'Est.

— Naturellement, répondit Zeedeur. Malgré tout, notre maître pense que l'origine de la perle n'atténue en rien sa beauté.

— Votre maître a peut-être raison. » Sabran se réinstalla confortablement dans son trône. « Nous avons appris que Son Altesse Royale se préparait à devenir sanctarien avant d'être nommée Grand Prince de Mentendon. Parlez-nous de ses autres… attributs. »

Gloussements.

« Le prince Aubrecht est très intelligent et doux, Majesté, en plus d'être doté d'un grand flair politique, détailla Zeedeur. Il a trente-quatre ans, et les cheveux d'un roux plus clair que le mien. Il joue magnifiquement du luth et danse avec une grande vigueur.

— Avec qui, aimerions-nous savoir ?

— Souvent avec ses nobles sœurs, Majesté. Il en a trois : les princesses Ermuna, Bédona et Bétriese. Toutes sont impatientes de faire votre connaissance.

— Prie-t-il souvent ?

— Trois fois par jour. Il est essentiellement dévoué au Chevalier de la Générosité, son saint patron.

— Votre prince a-t-il le moindre défaut, Oscarde ?

— Ah, Majesté, tous les mortels en ont – mis à part vous, naturellement. Le seul défaut de mon maître est qu'il s'épuise à force de s'inquiéter pour son peuple. »

Sabran recouvra son sérieux.

« En cela, nous ne faisons déjà qu'un. »

Des chuchotements se répandirent dans la pièce telle une traînée de poudre.

« Notre âme est touchée. Nous allons considérer la proposition de votre maître. » Quelques applaudissements timides retentirent. « Notre conseil des Vertus va prendre des dispositions pour approfondir le sujet. Avant cela, cependant, vous et votre suite nous honoreriez en acceptant de banqueter en notre compagnie. »

Zeedeur se fendit d'une profonde révérence. « Tout l'honneur serait pour nous, Majesté. »

La cour sembla onduler sous l'effet des salutations et des courbettes. Sabran descendit les marches, suivie de ses dames de la chambre. Les demoiselles d'honneur leur emboîtèrent le pas.

Ead savait que Sabran n'épouserait jamais le Prince rouge. Elle fonctionnait ainsi. Elle jouait avec ses prétendants comme avec des poissons au bout de sa ligne, acceptant présents et flatteries, sans jamais offrir sa main en contrepartie.

Alors que les courtisans se dispersaient, Ead s'éclipsa par une autre porte avec les autres dames de l'antichambre. Lady Linora Payance, une blonde aux joues bien roses, était l'une des quatorze enfants du comte et de la comtesse de Mont-Payance. Son passe-temps préféré était les commérages. Ead la trouvait particulièrement agaçante.

Lady Margret Ru, en revanche, était sa proche amie depuis longtemps, désormais. Elle avait rejoint la royale maisonnée trois ans plus tôt, et s'était rapprochée d'Ead aussi vite que son frère, Loth, de six ans son aîné. Ead avait rapidement découvert que Margret et elle partageaient un même sens de l'humour et qu'elles se comprenaient d'un regard. Elles avaient, en outre, le même avis sur la plupart des gens de la cour.

« Nous devons travailler vite, aujourd'hui, dit Margret. Sabran s'attend à nous voir au banquet. »

Margret ressemblait énormément à son frère, avec sa peau d'ébène et ses traits affirmés. Loth avait disparu depuis une semaine, et elle en avait encore les yeux gonflés.

« Une demande en mariage », commenta Linora alors qu'elles enfilaient le couloir, hors de portée d'oreilles du reste de la cour. « Et de la part du prince Aubrecht ! Je le pensais trop pieux pour se marier.

— Aucun prince n'est trop pieux pour épouser la reine d'Inys, la détrompa Ead. C'est elle qui l'est trop pour accepter.

— Mais le reinaume *doit* avoir une princesse.

— Linora, intervint Margret d'un air pincé, un peu de modération, voyons.

— C'est pourtant vrai.

— La reine Sabran n'a pas encore trente ans. Elle a tout le temps du monde. »

Ead comprit qu'elles n'avaient pas eu vent de l'assassin, ou Linora aurait eu la mine plus grave. D'un autre côté, Linora ne paraissait jamais sérieuse. Pour elle, une tragédie était une source de bon ragot.

« J'ai entendu dire que le Grand Prince était immensément riche », reprit-elle sans se laisser démonter. Margret soupira. « Et nous pourrions tirer profit de leur comptoir commercial à l'Est. Imaginez donc : pouvoir accéder à toutes les perles de la mer de Dansoleil, au plus bel argent, aux épices et aux bijoux…

— La reine Sabran dédaigne l'Est, ainsi que nous devrions toutes le faire, rétorqua Ead. Ce sont des adorateurs de wyrms.

— L'Inys n'aurait aucun négoce à y faire, idiote. Nous pourrions tout acheter aux Mentendoniens. »

La souillure n'en serait pas moins grande. Les Mentendoniens commerçaient avec l'Est, et l'Est idolâtrait les wyrms.

« Je m'inquiète surtout pour des questions d'affinité, réagit Margret. Le Grand Prince a un temps été promis à la Donmata Marosa. Une femme qui est désormais princesse héritière d'un royaume draconique.

— Oh, ces fiançailles ont été dissoutes il y a longtemps, contra Linora en rejetant ses cheveux en arrière. Et puis, je ne pense pas qu'il l'appréciait beaucoup. Il a dû percevoir qu'elle avait le cœur maléfique. »

Une fois aux portes de l'antichambre, Ead se tourna vers les deux autres femmes.

« Mesdames, je m'occuperai de vos corvées, aujourd'hui. Vous devriez assister au banquet. »

Margret fronça les sourcils. « Sans toi ?

— Je ne manquerai à personne. » Ead sourit. « Allez-y toutes les deux. Et profitez-en.

— Le Chevalier de la Générosité te bénisse, Ead. » Linora avait déjà remonté la moitié du couloir. « Tu es tellement bonne ! »

Alors que Margret s'apprêtait à la suivre, Ead la rattrapa par le coude. « As-tu eu des nouvelles de Loth ? murmura-t-elle.

— Pas encore. » Margret lui toucha le bras. « Mais il se trame quelque chose. Le Faucon-de-Nuit m'a convoquée ce soir. »

Lord Seyton Combe. Le maître-espion en personne. Tout le monde ou presque l'appelait le Faucon-de-Nuit, car il cueillait ses proies sous le couvert des ténèbres. Les mécontents, les seigneurs affamés de pouvoir, ceux qui se montraient trop entreprenants avec la reine – il pouvait faire disparaître n'importe quel problème.

« Penses-tu qu'il sache quelque chose ? s'enquit doucement Ead.

— Je suppose que nous le découvrirons vite. » Margret lui pressa la main avant de partir rejoindre Linora.

Lorsque Margret Ru souffrait, elle souffrait seule. Elle détestait se délester de son fardeau sur quelqu'un d'autre. Même ses plus proches amies.

Ead n'avait jamais voulu faire partie de celles-ci. À son arrivée en Inys, elle s'était résolue à rester seule autant que possible, ce qui était le meilleur moyen de préserver son secret. Toutefois, elle avait été éduquée dans un environnement très uni, et elle s'était très vite sentie en mal de compagnie et de conversation. Jondu, sa sœur en tout point sauf le sang, avait été à son côté depuis sa naissance ou presque, et Ead s'était sentie désespérée sans elle. Ainsi, quand les

Ru lui avaient proposé leur amitié, elle avait fini par céder, et ne le regrettait pas.

Elle reverrait Jondu, quand on la rappellerait enfin au pays, mais elle perdrait alors Loth et Margret. Cependant, si elle pouvait se fier au silence du Prieuré, ce jour n'était pas pour demain.

La grande chambre du palais d'Ascalon était haute de plafond et dotée de murs pâles, d'un sol de marbre et du vaste lit à baldaquin qui trônait en son centre. Les traversins et la courtepointe étaient en brocart ivoire, les draps tissés dans le lin mentendonien le plus délicat. Le lit était par surcroît équipé de deux jeux de rideaux, un lourd et un léger, en fonction de la quantité de lumière que Sabran souhaitait laisser filtrer.

Un panier en osier attendait au pied du lit, et le pot de chambre était absent de son placard. Apparemment, la blanchisseuse royale s'était remise à l'ouvrage.

La maisonnée avait été si occupée à préparer la visite de l'ambassadeur que le changement de draps avait été repoussé. Ead ouvrit les portes du balcon pour laisser s'échapper la chaleur étouffante, retira les draps et la courtepointe, et fit glisser ses mains sur le matelas en plume pour découvrir la moindre lame ou bouteille de poison susceptibles d'y être dissimulées.

Même sans l'aide de Margret et Linora, elle travaillait vite. Tant que les demoiselles d'honneur étaient au banquet, la chambre des coffres demeurerait vide. L'occasion idéale d'enquêter sur la relation qu'elle soupçonnait Truyde utt Zeedeur d'entretenir avec Triam Sulyard, l'écuyer disparu. Connaître les affaires de la cour, des cuisines jusqu'au trône, payait toujours. Seule une certitude absolue lui permettrait de protéger la reine.

Truyde était une fille de bonne famille, héritière d'une grande fortune. Elle n'avait aucune raison de s'éprendre d'un écuyer sans titre. Pourtant, lorsque Ead avait évoqué un lien entre elle et lui, elle avait paru coupable, comme un écureuil surpris avec un gland.

Ead connaissait l'odeur des secrets. Elle la portait tel du parfum.

Une fois la grande chambre inspectée en profondeur, Ead laissa le lit s'aérer et se dirigea vers la salle des coffres. Oliva Marchyn se trouverait au pavillon des banquets, mais elle avait un espion. Ead gravit doucement l'escalier et franchit le seuil.

« Ohé, croassa une voix. Qui va là ? »

Elle s'immobilisa. Personne d'autre n'aurait pu l'entendre, mais l'espion avait l'ouïe fine.

« Intrus. Qui va là ?

— Maudit volatile », chuchota Ead.

Une goutte de sueur dégoulina le long de son échine. Elle retroussa ses jupons et dégaina le couteau rangé dans l'étui accroché à son mollet.

L'espion était assis sur un perchoir, juste devant la porte. Quand Ead s'approcha de lui, il inclina la tête.

« Intrus, répéta-t-il d'un ton menaçant. Vilaine fille. Hors de mon palais.

— Écoute-moi bien, coquin. » Ead lui montra la lame, et il hérissa ses plumes. « Tu te crois peut-être intouchable ici, mais tôt ou tard, Sa Majesté aura envie d'une tourte au pigeon. Je doute fort qu'elle s'en rende compte si *tu* fais office de farce. »

En vérité, il s'agissait d'un fort bel oiseau, un mainate arc-en-ciel. Ses plumes allaient du bleu, au vert, au rouge carthame, alors que sa tête était d'un rose criard. Elle rangea son couteau, pinça les lèvres et plongea la main dans la bourse de soie à sa ceinture.

« Tiens. » Elle déposa trois dragées dans son assiette. « Je te donnerai le reste si tu te tiens bien. »

L'oiseau était trop occupé à picorer les sucreries pour répondre.

La chambre des coffres n'était jamais verrouillée. Les jeunes dames n'étaient pas censées avoir quoi que ce soit à cacher. À l'intérieur, les rideaux étaient tirés, le feu étouffé, les lits faits.

Une demoiselle d'honneur un peu maligne n'avait qu'un endroit où dissimuler ses trésors secrets.

Ead souleva le tapis et se servit de sa lame pour déloger une latte de parquet. En dessous, dans la poussière, reposait une boîte en chêne poli. Elle la posa sur ses genoux.

Elle y découvrit un ensemble d'objets qu'Olivia aurait joyeusement confisqués. Un livre épais, embossé du symbole alchimique de l'or. Une plume et un encrier. Des morceaux de parchemin. Un pendentif sculpté dans du bois. Et une liasse de lettres, retenues par un ruban.

Ead en déroula une. À en juger par la date légèrement effacée, elle avait été écrite l'été précédent.

Il lui fallut un moment pour en déchiffrer le codage. Il était un poil plus sophistiqué que la plupart de ceux traditionnellement employés pour les correspondances amoureuses à la cour, mais Ead avait été formée à décrypter les messages depuis sa plus tendre enfance.

Pour vous, disait la lettre dans une écriture peu soignée. *Je l'ai acheté à Pointe Albatros. Portez-le parfois en pensant à moi. Je vous réécrirai bientôt.* Elle se saisit d'une autre missive, rédigée sur un papier plus épais. Celle-ci datait de l'année d'avant. *Pardonnez-moi de me montrer si direct, ma dame, mais je ne pense à rien d'autre que vous*. Une autre.

Mon amour. Retrouvez-moi sous le clocher après les oraisons.

Sans s'attarder trop longtemps, il était évident que Truyde et Sulyard entretenaient une liaison amoureuse, et que leur désir avait été consommé. Les sornettes habituelles. Certaines phrases retenaient toutefois son attention.

Notre entreprise ébranlera le monde. Cette besogne est notre vocation divine. Deux jeunes amoureux ne décriraient jamais leur passion comme une « besogne » (à moins, bien sûr, que leurs rapports ne soient pas à la hauteur de leur poésie). *Nous devrions entamer les préparatifs, mon amour.*

Ead compulsa ce mélange d'énigmes et de conversations sur l'oreiller jusqu'à découvrir une lettre datée du début du printemps, quand Sulyard avait disparu. L'écriture avait coulé.

> *Pardonnez-moi. J'ai dû partir. J'ai rencontré une femme marin à Perchette, qui m'a fait une proposition que je n'ai pas pu refuser. Je sais que nous avions prévu de partir ensemble, et peut-être me détesterez-vous jusqu'à la fin de nos jours, mais c'est mieux ainsi, ma bien-aimée. Vous pourrez être utile où vous êtes, à la cour. Quand je vous aviserai de mon succès, convainquez la reine Sabran de poser un œil aimable sur notre entreprise. Faites en sorte qu'elle mesure l'importance du danger.*
>
> *Brûlez cette lettre. Que personne ne sache ce que nous préparons jusqu'à ce que tout soit accompli. Nous entrerons bientôt dans la légende, Truyde.*

Perchette. Le plus grand port d'Inys, porte principale vers le continent. Sulyard avait donc fui en bateau.

Il y avait autre chose, sous ce plancher. Un livre fin, relié de cuir. Ead fit courir son doigt sur le titre, rédigé en une écriture indiscutablement orientale.

Truyde n'aurait pas pu trouver cet ouvrage dans une bibliothèque inyssienne. Se renseigner sur l'Est était une hérésie. Si quiconque découvrait le tome, elle s'attirerait bien plus qu'une réprimande.

« Quelqu'un vient », croassa le mainate.

Une porte se referma en bas. Ead dissimula le livre et les lettres sous sa cape, puis rangea la boîte dans sa cachette.

Des pas retentirent à travers les chevrons. Elle replaça la latte. En passant devant le perchoir, elle vida ses dernières dragées dans l'assiette.

« Pas un mot, chuchota-t-elle à l'espion, ou je te plume. »

Le mainate ricana sinistrement tandis qu'Ead disparaissait par la fenêtre.

* * *

Ils étaient allongés côte à côte sous le pommier de la cour, comme souvent durant le plein été. Une cruche de vin sortie de la grande cuisine reposait près d'eux, ainsi qu'un plat de fromage épicé et de pain frais. Ead lui rapportait une farce que les demoiselles d'honneur avaient jouée à Lady Oliva Marchyn, et il riait si fort qu'il en avait mal au ventre. Elle était en partie poète et en partie bouffonne, quand il était question de raconter des histoires.

Le soleil faisait sortir les taches de rousseur sur son nez. Ses cheveux noirs s'étalaient en corolle sur l'herbe. Par-delà l'éclat du soleil, il distinguait le clocher qui les dominait, ainsi que les vitraux des cloîtres et les pommes sur leurs branches. Tout allait bien.

« *Mon seigneur.* »

Le souvenir se brisa. Loth leva les yeux vers un homme édenté.

L'auberge était pleine de campagnards. Quelque part, un luthiste jouait une ballade vantant la beauté de la reine Sabran. Quelques jours plus tôt, il chassait avec elle. À présent, il se trouvait à des lieues de là, à écouter une chanson l'évoquant tel un mythe. Tout ce qu'il savait, c'est qu'il se dirigeait vers une mort quasi certaine en Yscalin, et que les Ducs Spirituels le détestaient suffisamment pour l'avoir envoyé à sa perte.

Comme une vie pouvait s'écrouler rapidement…

L'aubergiste déposa un tranchoir devant lui. Deux bols de potage reposaient dessus, au côté d'un bon morceau de fromage et d'une miche de pain d'orge.

« Autre chose pour votre service, mes seigneurs ?

— Non, répondit Loth. Merci. »

Le patron s'inclina bassement. Ce n'était sans doute pas tous les jours qu'il accueillait les nobles fils de Comtes Provinciaux dans son établissement.

Sur l'autre banc, Lord Kitston Sommière, son cher ami, croquait dans le pain à pleines dents.

« Oh, pour… » Il recracha sa bouchée. « Aussi rassis qu'un livre de prières. Oserai-je goûter le fromage ? »

Loth sirotait son hydromel, regrettant qu'il ne soit pas frais.

« Si la nourriture de ta province est aussi infecte, tu devrais en parler à ton seigneur de père », lui dit-il.

Kit ricana. « Oui, il apprécie ce genre de conversation assommante.

— Tu devrais t'estimer heureux de faire une telle pitance. Tu ne trouveras sans doute rien de meilleur à bord.

— Je sais, je sais. Je ne suis qu'un noble aux mains douces qui dort sur du duvet de cygne, qui aime de trop nombreuses courtisanes et qui se gave de confiseries. La cour m'a fichu en l'air. Voilà ce que mon père m'a dit quand je suis devenu poète, tu sais ? » Kit poussa délicatement le morceau de fromage. « D'ailleurs, je devrais écrire quelque chose tant que je suis ici – peut-être une pastorale. Mon peuple n'est-il pas charmant ?

— Si fait », confirma Loth.

Il ne parvenait pas à feindre l'enjouement, aujourd'hui. Kit tendit le bras par-dessus la table pour lui serrer l'épaule.

« Reste avec moi, Arteloth. » Loth grommela. « Le cocher t'a-t-il donné le nom de notre capitaine ?

— Harman, je crois.

— Tu veux dire Harlowe ? » Loth haussa les épaules. « Oh, Loth, tu as forcément entendu parler de Gian Harlowe. Le pirate ! Tout le monde en Ascalon…

— Je ne suis manifestement pas comme tout le monde en Ascalon. » Loth se massa l'arête du nez. « Je t'en prie, explique-moi qui est ce fripon qui nous emmène en Yscalin.

— Un fripon de légende, répondit Kit à mi-voix. Harlowe est arrivé en Inys quand il n'était encore qu'un garçon issu de côtes lointaines. Il a rejoint la marine à neuf ans et commandait son propre navire à dix-huit – mais à l'instar de nombreux jeunes officiers prometteurs, il s'est laissé tenter par la piraterie. » Il remplit leurs chopes d'hydromel. « Il a parcouru toutes les mers du monde, des mers qu'aucun cartographe n'a jamais recensées. À force de piller des navires, on dit qu'il a amassé avant ses trente ans une fortune rivalisant avec celle des Ducs Spirituels. »

Loth but une nouvelle gorgée. Il avait le sentiment qu'il aurait besoin d'une chope supplémentaire avant leur départ.

« Dans ce cas, Kit, je me demande bien pourquoi ce hors-la-loi tristement célèbre nous emmène en Yscalin.

— C'est peut-être le seul capitaine assez courageux pour effectuer la traversée. C'est un homme intrépide. La reine Rosarian tenait beaucoup à lui, tu sais ? »

La mère de Sabran. Loth redressa la tête, enfin intéressé. « Vraiment ?

— Oui. Il paraît même qu'il était amoureux d'elle.

— J'espère que tu ne sous-entends pas que la reine Rosarian ait jamais été infidèle envers le prince Wilstan.

— Arteloth, mon triste ami nordien – je n'ai jamais dit que ses sentiments étaient partagés, répondit Kit flegmatiquement. Mais elle l'appréciait suffisamment pour lui confier le plus grand cuirassé de sa flotte, qu'il baptisa la *Rose éternelle*. À présent, il se prétend corsaire en toute impunité.

— Ah. Corsaire. » Loth parvint à pouffer doucement. « Le titre le plus convoité du monde.

— Son équipage a capturé plusieurs navires yscalins ces deux dernières années. Je doute qu'ils nous accueillent à bras ouverts.

— J'imagine que les Yscalins n'accueillent pas grand monde à bras ouverts, ces temps-ci. »

Ils restèrent attablés un moment. Pendant que Kit mangeait, Loth regardait par la fenêtre.

Cela s'était déroulé au milieu de la nuit. Des serviteurs portant comme insigne le livre ailé de Lord Seyton Combe avaient pénétré dans ses appartements et lui avaient ordonné de les suivre. En un rien de temps, il s'était retrouvé jeté dans un coche avec Kit – qui avait lui aussi été arraché à son logement en pleine nuit –, où on lui avait remis une note pour lui expliquer les circonstances.

Lord Arteloth Ru,

Vous et Lord Kitston êtres les nouveaux ambassadeurs en résidence au royaume draconique de Yscalin. Les Yscalins ont été informés de votre venue.

Renseignez-vous sur le précédent ambassadeur, le Duc de la Tempérance. Observez la cour des Vetalda. Et surtout, découvrez ce qu'ils trament, et s'ils prévoient l'invasion de l'Inys.

Pour la reine, et pour le pays.

Le billet lui avait été arraché des mains quelques instants plus tard, pour sans doute être brûlé.

Loth n'arrivait pas à comprendre le *pourquoi* de la chose. Pourquoi lui, et pas un autre, était envoyé en Yscalin. L'Inys devait savoir ce qui se déroulait à Cárscaro, mais il n'avait rien d'un espion.

Le désespoir était à ses trousses, mais il ne pouvait pas se laisser fléchir. Il n'était pas seul.

« Kit, pardonne-moi. Tu as été contraint de m'accompagner en exil, et je me suis montré de bien piètre compagnie.

— Ne t'avise pas de t'excuser. J'ai toujours aimé l'aventure. » Kit lissa des deux mains ses cheveux de lin. « Mais puisque tu sembles enfin décidé à parler, autant en profiter pour évoquer notre… situation.

— Non. Pas maintenant, Kit. Ce qui est fait est fait.

— Tu ne dois surtout pas croire que la reine Sabran a ordonné ton bannissement, affirma Kit d'un ton assuré. Crois-moi, tout ceci a été organisé sans qu'elle en ait connaissance. Combe lui aura dit que tu as quitté la cour de ton propre gré, et elle aura des doutes sur son maître-espion. Tu dois lui révéler la vérité. Écris-lui. Explique-lui ce qu'ils ont fait, et…

— Combe lit chaque lettre avant qu'elle lui parvienne.

— Ne pourrais-tu pas employer une sorte de code ?

— Aucun code n'échappe à la surveillance du Faucon-de-Nuit. Ce n'est pas pour rien que Sabran l'a nommé maître-espion.

— Dans ce cas, écris à ta famille. Sollicite leur aide.

— Sabran ne les recevra pas avant que Combe les ait interrogés d'abord. Et même s'ils parvenaient à lui parler, il serait alors trop tard pour nous. Nous serions déjà à Cárscaro.

— N'empêche qu'ils devraient savoir où tu es. » Kit secoua la tête. « Par le Saint, je commence à croire que tu avais vraiment envie de partir.

— Si les Ducs Spirituels estiment que je suis le mieux placé pour découvrir ce qui se trame en Yscalin, alors peut-être qu'ils ne se trompent pas.

— Oh, arrête, Loth. Tu sais très bien ce qui se passe. Tout le monde a essayé de te prévenir. »

Loth attendit la suite, les sourcils froncés. Avec un soupir, Kit vida sa chope et se pencha vers lui.

« La reine Sabran n'est pas encore mariée », murmura-t-il. Loth se crispa. « Si les Ducs Spirituels lui cherchent un époux étranger, alors ta présence à son côté… eh bien, cela complique les choses.

— Tu sais que Sab et moi n'avons *jamais*…

— Ce que je sais importe moins que ce que voit le monde, l'interrompit Kit. Permets-moi de me fendre d'une petite allégorie. L'art. L'art n'est pas un grand acte de création, mais un ensemble de petites choses. Lorsque tu lis l'un de mes poèmes, tu ignores tout des semaines de travail soigneux qu'il m'a fallu fournir pour le produire – la réflexion, les mots biffés, les pages brûlées par dépit. Ce que tu vois finalement est ce que je veux que tu voies. Ainsi va la politique. »

Loth plissa un peu plus le front.

« Pour s'assurer une héritière, les Ducs Spirituels doivent peindre un certain tableau de la cour inyssienne et de sa reine éligible, précisa Kit. S'ils estiment que ta proximité avec Sabran risque de gâcher cette image – de dissuader d'éventuels prétendants étrangers –, cela explique qu'ils t'aient choisi pour cette mission diplomatique bien particulière. Ils avaient besoin de t'éloigner, alors ils t'ont… chassé du tableau. »

Un nouveau silence s'imposa. Loth joignit ses doigts lestés de bagues et reposa la tête dessus.

Quel imbécile il faisait.

« Maintenant, si mon pressentiment est exact, la bonne nouvelle est que nous devrions être autorisés à regagner la cour dès que la reine Sabran sera mariée, reprit Kit. Je suggère qu'on survive aux prochaines semaines, qu'on retrouve le pauvre vieux prince Wilstan si on y parvient, puis qu'on rentre en Inys par tous les moyens possibles. Combe ne nous en empêchera pas. Pas après qu'il aura eu ce qu'il désire.

— Tu oublies que, si nous rentrons, nous pourrons révéler ses machinations à Sabran. Il va forcément y penser. Nous ne pourrons jamais plus approcher des portes de la ville.

— Nous écrirons d'abord à Sa Grâce. Nous lui ferons une proposition. Notre silence contre la paix.

— Je ne pourrai pas garder cela pour moi, cracha Loth. Si le conseil des Vertus complote derrière son dos, Sab doit impérativement l'apprendre. Combe sait que je le lui dirai. Crois-moi, Kit : il tient à ce qu'on reste à Cárscaro pour de bon. Qu'on lui serve d'yeux dans la cour la plus dangereuse de l'Ouest.

— Maudit soit-il. On trouvera le moyen de rentrer, insista Kit. Après tout, le Saint ne promet-il pas que ce sera le cas pour chacun d'entre nous ? »

Loth vida sa chope.

« Tu sais te montrer très sage, mon ami. » Puis il ajouta dans un soupir : « J'imagine ce que doit ressentir Margret à cet instant. Elle va peut-être hériter de Bouleaudor.

— Meg ne doit surtout pas encombrer son brillant cerveau avec ça. Bouleaudor n'aura pas besoin d'elle comme héritière, car nous serons de retour en Inys en un rien de temps. Cette mission semble peut-être vouée à l'échec », insista Kit, qui avait retrouvé de sa jovialité, « mais on ne sait jamais. On reviendra peut-être comme des princes.

— Je n'aurais jamais imaginé que tu puisses avoir plus la foi que moi. » Loth inspira longuement par le nez. « Allons réveiller le cocher. Nous nous sommes attardés ici bien assez longtemps. »

5

Est

Les nouveaux soldats de la garde de haute mer avaient été autorisés à passer leurs dernières heures au Cap-Hisan de la manière qu'il leur plaisait. La plupart d'entre eux étaient rentrés dire adieu à leurs amis. À la neuvième heure de la nuit, ils rallieraient la capitale à bord de palanquins.

Les érudits avaient déjà pris place à bord du vaisseau qui les mènerait à l'île Plume. Ishari n'était pas restée sur le pont avec les autres pour voir la Seiiki disparaître à l'horizon.

Elles avaient été proches pendant des années. Tané avait soigné Ishari durant une fièvre qui avait failli l'emporter. Ishari avait été comme une sœur pour Tané quand celle-ci avait eu ses premières règles, lui apprenant comment se protéger à l'aide de tampons de papier. À présent, elles risquaient de ne jamais plus se revoir. Si seulement Ishari avait étudié plus dur – s'était davantage consacrée à son apprentissage –, elles auraient pu devenir dragonnières ensemble.

Pour l'heure, Tané devait se tourner vers une autre amie. Elle traversa, tête basse, la clameur du Cap-Hisan, où danseurs et percussionnistes étaient venus célébrer le jour de la Sélection. Des enfants sautillaient çà et là en riant, faisant flotter des cerfs-volants colorés haut dans le ciel.

Les rues grouillaient de personnes en nage qui se tamponnaient la figure. En esquivant les colporteurs, elle perçut des effluves d'encens, l'odeur de la pluie mêlée à la sueur, les bouffées de poisson frais. Elle écouta les appels des ferblantiers et des négociants, ainsi que les hoquets de ravissement quand un minuscule oiseau jaune entonna une chanson.

C'était peut-être bien la dernière fois qu'elle déambulait à Cap-Hisan, la seule ville qu'elle ait jamais connue.

Venir ici avait toujours représenté un risque. La cité était un lieu dangereux où les apprentis risquaient d'être tentés d'agir selon des manières qui les corrompraient. On y trouvait des lupanars et des tavernes, des parties de cartes et des combats de coqs, des recruteurs venus leur ouvrir les portes de la piraterie. Tané s'était souvent demandé si les maisons d'apprentissage avaient été bâties si près de toutes ces distractions pour éprouver leur volonté.

Quand elle atteignit l'auberge, elle poussa un long soupir de soulagement. Il n'y avait pas de sentinelles.

« Excusez-moi », appela-t-elle à travers les barreaux.

Une minuscule fillette s'approcha du portail. Quand elle avisa Tané et la tunique bleue de la garde de haute mer, la gamine s'agenouilla et posa le front entre ses mains.

« Je cherche l'honorable Susa, dit Tané avec douceur. Veux-tu bien aller la trouver pour moi ? »

La fillette retourna en courant dans l'établissement.

Personne ne s'était encore incliné ainsi devant Tané. Issue d'une famille de pêcheurs, elle était née dans un village pauvre, Ampiki, à la pointe méridionale de la Seiiki. Par un jour d'hiver glacial, un feu avait pris dans la forêt voisine et englouti presque chaque demeure.

Tané ne conservait aucun souvenir de ses parents. Si, contrairement à eux, elle en avait réchappé, c'était parce qu'elle avait poursuivi un papillon depuis chez elle jusqu'à la mer. La plupart des enfants trouvés et des orphelins aboutissaient dans l'armée de terre, mais une femme sainte avait interprété le papillon comme une intervention divine et décidé que Tané méritait un meilleur sort.

Susa s'approcha du portail dans une robe de soie blanche ornée de riches broderies. Sa chevelure tombait librement sur ses épaules.

« Tané. » Elle entrouvrit le battant. « On a à parler. »

Tané reconnut son expression. Elles se glissèrent dans une allée près de la bâtisse, où Susa déploya son parapluie au-dessus de leurs têtes.

« Il est parti. »

Tané s'humecta les lèvres. « L'étranger ?

— Oui. » Susa semblait nerveuse. Elle ne l'était pourtant jamais. « Il y a eu des rumeurs sur le marché, tout à l'heure. Un vaisseau pirate a été repéré au large. Les sentinelles ont fouillé la ville en quête de marchandises de contrebande, mais quand elles sont reparties, elles n'avaient rien trouvé.

— Elles sont allées à Orisima », comprit Tané. Susa acquiesça. « Et l'étranger n'y était pas ?

— Non. Mais il n'y a nulle part où se cacher, là-bas. » Susa se tourna vers la rue, dont la lumière des lanternes se refléta dans ses prunelles. « Il a dû s'enfuir pendant que les sentinelles étaient distraites.

— C'est impossible de traverser le pont sans se faire remarquer. Il est forcément encore là-bas.

— Il doit être à moitié fantôme, s'il peut se cacher si bien. » Susa raffermit sa prise sur le parapluie.

« Tané, penses-tu toujours que nous devrions parler de lui à l'honoré gouverneur ? »

Tané n'avait cessé de se poser la même question depuis la cérémonie.

« J'ai dit à Roos que nous viendrions le chercher, mais… peut-être que s'il restait caché à Orisima, il parviendrait à échapper à l'épée et à embarquer à bord du prochain navire pour Mentendon, poursuivit Susa. Ils pourraient le prendre pour un colon légal. Il n'était pas plus âgé que nous, Tané, et il n'a pas forcément choisi de venir ici. Je n'ai aucune envie de le condamner à mort.

— Alors, évitons. Qu'il suive sa propre route.

— Et le mal rouge ?

— Il n'en porte aucun symptôme. S'il est encore à Orisima – et je ne vois pas comment il pourrait en être autrement –, la maladie ne se répandra pas bien loin. On ne peut pas se permettre de frayer avec lui, Susa, c'est beaucoup trop dangereux. Tu l'as mené en sécurité, le reste ne nous appartient pas.

— Mais s'ils le retrouvent, il risque de leur parler de nous, chuchota Susa.

— Et qui le croira ? »

Susa prit une profonde inspiration, et ses épaules s'affaissèrent. Elle observa Tané des pieds à la tête.

« Apparemment, ça valait le coup de courir le risque. » Son sourire fit scintiller ses yeux. « Le jour de la Sélection était-il à la hauteur de tes attentes ? »

Elle éprouvait le besoin d'en parler depuis des heures. « Encore mieux que ça. Les dragons sont tellement magnifiques, expliqua Tané. Tu les as vus ?

— Non. Je dormais », avoua Susa. Elle avait dû rester debout toute la nuit. « Combien de dragonniers y aura-t-il cette année ?

— Douze. L'honoré empereur continuel a envoyé deux grands guerriers pour accroître nos troupes.

— Je n'ai jamais vu de dragon lacustrin. Sont-ils très différents des nôtres ?

— Leur corps est plus épais, et ils ont un orteil supplémentaire. Ce serait un privilège de chevaucher sur l'un d'eux. » Tané se rapprocha de son amie pour s'abriter mieux. « Il faut absolument que je devienne dragonnière, Susa. Je culpabilise d'être si exigeante alors que j'ai déjà eu tant de chance, mais…

— Tu en rêves depuis que tu es toute petite. Tu as de l'ambition, Tané. Ne t'excuse jamais pour cela. » Susa hésita. « Est-ce que tu as peur ?

— Bien sûr.

— Tant mieux. La peur te poussera à te battre. Ne laisse pas un petit merdeux comme ce Turosa prendre le meilleur sur toi, qui que soit sa mère. » Tané lui décocha un regard réprobateur, mais elle sourit. « Maintenant, tu dois te dépêcher. Mais souviens-toi : aussi loin du Cap-Hisan que tu puisses être, je resterai toujours ton amie.

— Et moi la tienne. »

La porte de l'auberge s'entrebâilla alors, les faisant sursauter toutes deux. « Susa, appela la fillette. Tu dois rentrer tout de suite. »

Susa se tourna vers la maison. « Il faut que j'y aille. » Elle regarda Tané, hésita à nouveau. « Est-ce qu'ils me laisseront t'écrire ?

— Ils n'auront pas le choix. » Tané n'avait jamais eu vent d'une roturière entretenant une amitié avec une garde de mer, mais elle priait pour qu'elles fassent figure d'exceptions. « Je t'en prie, Susa, sois prudente.

— Toujours. » Son sourire vacilla. « Je ne vais pas te manquer tant que ça. Quand tu t'envoleras au-dessus des nuages, on te paraîtra tous très petits.

— Où que je sois, tu m'accompagneras toujours », promit Tané.

Susa avait tout risqué pour un rêve qui n'était pas le sien. Ce genre d'amitié ne se trouvait qu'une fois dans une vie. Parfois même jamais.

L'air ambiant était saturé de souvenirs, et leurs visages n'étaient plus uniquement mouillés à cause de la pluie. Tané reviendrait peut-être au Cap-Hisan pour surveiller la côte, ou Susa serait peut-être autorisée à lui rendre visite, mais pour une fois dans sa vie, elle n'avait aucune certitude. Leurs chemins étaient sur le point de se séparer, et à moins que le dragon le désire, ils ne se recroiseraient probablement jamais.

« S'il arrive quoi que ce soit – si quiconque mentionne ton nom en lien avec l'étranger –, hâte-toi de venir à Ginura, dit doucement Tané. Viens me chercher, Susa. Je te protégerai toujours. »

*
* *

Dans une piètre imitation de salle de travail à Orisima, une lanterne crachota quand Niclays Roos porta une fiole à sa lueur. L'étiquette ternie indiquait EXTRAIT DE REIN. Il peinait à ne plus penser à Sulyard, mais l'un des moyens les plus sûrs d'y parvenir était de se lancer à corps perdu dans son grand projet.

Même s'il n'accomplissait pas grand-chose, d'important ou non. Il était en manque cruel d'ingrédients, et son matériel d'alchimie était aussi vieux que lui, mais il tenait à effectuer une dernière tentative avant de solliciter davantage de fournitures. Le gouverneur du Cap-Hisan était bien disposé à son égard, mais sa générosité était souvent mise à mal par le seigneur de guerre, qui semblait avoir vent de tout ce qui se tramait en Seiiki.

Le seigneur de guerre était un être quasi mythique. Sa famille s'était emparée du pouvoir après que la maison impériale de Noziken avait été détruite durant le Grand Chagrin. Tout ce que Niclays savait réellement de cet homme était qu'il vivait dans un château à Ginura. Chaque année, la vice-reine d'Orisima s'y rendait dans un palanquin verrouillé pour lui payer tribut, lui offrir des présents venus de Mentendon et en recevoir en retour.

Niclays était la seule personne du poste de garde à n'avoir jamais été invité à l'accompagner dans son voyage. Ses concitoyens mentendoniens étaient de simples civils, mais contrairement à eux, il était là, car il y avait été exilé. Le fait qu'aucun d'entre eux ne sache pourquoi n'arrangeait pas l'opinion qu'il se faisait de ses compatriotes.

Parfois, il voulait se dévoiler, juste pour voir leur tête. Leur apprendre que c'était lui, l'alchimiste qui avait convaincu la jeune reine d'Inys qu'il pouvait lui concocter un élixir de jouvence, la dispensant ainsi de prendre mari ou de donner vie à une héritière. Que c'était lui, le panier percé qui avait dilapidé l'argent des Berethnet pour financer des années d'hypothèses, d'expériences et de débauche.

Comme ils seraient tous horrifiés. Comme ils seraient scandalisés par son absence de vertu. Ils ignoraient aussi que, même lorsqu'il était arrivé en Inys dix ans plus tôt, véritable poudrière de douleur et de colère, il était resté fidèle, dans les confins de son cœur, aux principes de l'alchimie. La Distillation, la Cération, la Sublimation – telles étaient les seules divinités qu'il glorifierait jamais. Ils ne pouvaient pas non plus savoir que, tandis qu'il suait au-dessus du creuset, convaincu de pouvoir trouver le moyen de prolonger éternellement la prime jeunesse, il cherchait également le moyen de faire fondre le couteau du chagrin enfoui dans son flanc. Un couteau qui l'avait finalement éloigné du creuset pour le rapprocher du confort et de l'oubli permis par le vin.

Il avait échoué dans ses deux entreprises. Et pour cela, Sabran Berethnet lui avait fait payer le prix fort.

Pas en lui ôtant la vie. Léovart lui avait dit qu'il devrait être reconnaissant à Son Inimitié pour sa prétendue clémence. Non, Sabran ne lui avait pas pris sa tête – mais elle l'avait dépouillé de tout le reste. À présent, il se retrouvait piégé au bord du monde, entouré de personnes qui le détestaient.

Qu'ils chuchotent entre eux. Si cette expérience fonctionnait, tous viendraient frapper à sa porte pour réclamer sa potion. La langue pincée entre les dents, il versa l'extrait de rein dans son creuset.

Il aurait aussi bien pu s'agir de poudre à canon. En un rien de temps, le breuvage bouillonnait. Il déborda sur la table en éructant un nuage de fumée nauséabonde.

Niclays observa l'intérieur du récipient avec désespoir. Il ne subsistait qu'un résidu goudronneux. Avec un soupir, il essuya la suie qui noircissait ses lunettes. Sa création évoquait davantage des selles nocturnes qu'un élixir de vie.

L'extrait de rein n'était pas la solution. D'un autre côté, cette poudre n'était peut-être pas du tout de l'extrait de rein. Panaya l'avait achetée à un marchand pour son compte, et les marchands n'étaient pas réputés pour leur honnêteté.

Que le Sans-Nom emporte tout cela. Il aurait depuis longtemps laissé tomber cet élixir s'il avait eu les moyens d'échapper à cette île en se payant la traversée vers l'Ouest.

Naturellement, il n'avait aucunement l'intention de l'offrir à Sabran Berethnet. Qu'elle aille se faire pendre. Mais s'il faisait savoir à quelque souverain qu'il possédait une telle recette, l'on veillerait à ce qu'il soit rapatrié à Mentendon pour y couler une retraite dans le luxe et l'opulence. Il s'assurerait alors que Sabran sache de quoi il était capable, et quand elle viendrait le chercher, l'implorant de lui concéder une goutte d'éternité, il ne connaîtrait pas de plaisir plus délicat que celui de la lui refuser.

Il était toutefois encore loin de ce jour de gloire. Il lui fallait ces produits coûteux que les anciens souverains lacustrins avaient convoités pour étendre leur durée de vie, comme l'or, l'orpiment et des plantes rares. Même si la plupart de ces dirigeants s'étaient empoisonnés en essayant d'acquérir la vie éternelle, il subsistait une chance que leurs recettes pour l'élixir fassent naître en lui l'étincelle de l'inspiration.

Le temps était à nouveau venu d'écrire à Léovart pour lui demander de flatter le seigneur de guerre d'une missive bien tournée. Seul un prince pourrait le convaincre d'offrir son or à la fonte.

Niclays finit sa tasse de thé froid en regrettant qu'il ne soit pas plus fort. La vice-reine d'Orisima lui avait interdit l'accès à la taverne et le limitait à deux coupes de vin par semaine. Ses mains avaient tremblé pendant des mois.

Elles tremblaient à présent, mais pas à cause du manque. Il n'y avait toujours aucune nouvelle de Triam Sulyard.

Les cloches retentirent de nouveau bruyamment en ville. Les gardes de la mer devaient être en chemin pour la capitale. Les autres apprentis mettaient cependant le cap vers l'île Plume, en pleine mer de Dansoleil, où étaient archivées toutes les connaissances relatives aux dragons. Niclays avait écrit à plusieurs reprises au gouverneur du Cap-Hisan, sollicitant la permission d'y voyager, mais il avait essuyé autant de rebuffades. L'île Plume n'était pas autorisée aux étrangers.

Les dragons pouvaient cependant receler la clef de sa quête. Ils pouvaient vivre des milliers d'années. Quelque chose dans leur corps devait leur permettre de se renouveler sans cesse.

Ils n'étaient plus comme antan. Selon la légende orientale, les dragons avaient possédé des facultés mystiques, comme la métamorphose ou la façon des rêves. La dernière fois qu'ils avaient exhibé ces pouvoirs, c'était durant les années qui avaient suivi la fin du Grand Chagrin. Ce soir-là, une comète avait traversé le ciel, et si les wyrms du monde étaient tombés dans un sommeil de pierre, les dragons de l'Est s'étaient retrouvés plus puissants que depuis des siècles.

À présent, leurs pouvoirs avaient décru de nouveau. Et pourtant, ils vivaient encore. L'élixir incarné.

Même si cette théorie n'aiderait guère Niclays. Au contraire, cette prise de conscience avait précipité ses recherches dans une impasse. Les insulaires considéraient leurs dragons comme sacrés. En conséquence, toute forme de commerce impliquant la moindre substance issue de leur corps était passible d'une mort particulièrement lente et atroce. Seuls les pirates s'y risquaient encore.

Les dents serrées, en proie à la migraine, Niclays sortit de son atelier en clopinant. Quand il posa le pied sur les nattes, il hoqueta de stupeur.

Triam Sulyard était assis près de la cheminée. Il était trempé jusqu'à l'os.

« Par la braguette du Saint… » Niclays le dévisagea. « Sulyard ! »

Le garçon paraissait blessé. « Vous ne devriez pas invoquer en vain l'intimité du Saint.

— Tenez votre langue », aboya Niclays, le cœur battant. « Ma parole, vous êtes un affreux veinard. Si vous avez trouvé le moyen de quitter cet endroit, dites-le-moi maintenant.

— J'ai essayé de partir, confirma Sulyard. J'ai réussi à échapper aux gardes et à m'éclipser hors de la maison, mais il y en avait d'autres près du portail. Alors j'ai plongé dans l'eau et je me suis caché sous le pont en attendant que le chevalier de l'Est s'en aille.

— Le capitaine n'est pas un chevalier, pauvre idiot. » Niclays laissa échapper un grognement agacé. « Par le Saint, pourquoi a-t-il fallu que vous reveniez ? Qu'ai-je donc fait pour que vous ne cessiez de venir menacer ce qu'il me reste d'existence ? » Il s'interrompit. « Non, ne répondez pas. »

Sulyard demeura silencieux. Niclays lui passa devant en furie et entreprit d'allumer un feu.

« Docteur Roos, reprit Sulyard après une hésitation. Pourquoi Orisima est-il si bien surveillé ?

— Parce que les étrangers ne peuvent pas poser le pied en Seiiki sous peine de mort. Et les Seiikinois, pour leur part, n'ont pas le droit de partir. » Niclays suspendit la bouilloire au-dessus de l'âtre. « Ils nous autorisent à rester pour pouvoir commercer avec nous et absorber quelques bribes du savoir mentendonien, et pour que nous puissions donner au seigneur de guerre un vague aperçu de l'autre côté de l'Abysse, mais nous ne pouvons pas quitter Orisima ni faire preuve d'hérésie envers les Seiikinois.

— D'hérésie comme les Six Vertus ?

— Exactement. Ils soupçonnent en outre, de façon très compréhensible, tous les étrangers d'être porteurs de la peste draconique – le mal rouge, comme ils l'appellent. Si vous vous étiez donné la peine d'effectuer quelques recherches avant de venir ici…

— Mais ils nous écouteraient sans doute si nous sollicitions leur aide, l'interrompit Sulyard avec conviction. À vrai dire, pendant que je me cachais, j'ai eu l'idée de me laisser découvrir, afin qu'ils m'emmènent à la capitale. » Il ne sembla pas remarquer le regard consterné que lui retourna Niclays. « Je dois impérativement m'entretenir avec le seigneur de guerre, docteur Roos. Si vous vouliez bien écouter ce que je suis venu…

— Comme je vous l'ai déjà dit, rétorqua Niclays d'un ton cinglant, votre mission ne m'intéresse en rien, Maître Sulyard.

— Mais le règne de la Vertu est en péril. Le *monde* tout entier est en péril, insista Sulyard. La reine Sabran a besoin de notre aide.

— Elle est en grand danger, c'est bien ça ? » Il essaya de ne pas laisser transparaître son espoir. « En danger de mort ?

— Oui, docteur Roos. Et je sais comment la sauver.

— La femme la plus riche de l'Ouest, vénérée par trois nations, a besoin qu'un écuyer vienne la sauver. Fascinant. » Niclays poussa un soupir. « Très bien, Sulyard. Je vais vous faire ce plaisir. Expliquez-moi comment vous comptez sauver la reine Sabran de ce fameux péril.

— En intercédant auprès de l'Est. » Sulyard avait l'air déterminé. « Le seigneur de guerre de la Seiiki doit envoyer ses dragons au secours de Sa Majesté. Je compte le convaincre de le faire. Il doit aider la Vertu à éliminer les créatures draconiques avant leur plein essor. Avant que…

— Attendez, l'interrompit Niclays. Voulez-vous dire que vous souhaitez… une *alliance* entre l'Inys et la Seiiki ?

— Pas seulement entre l'Inys et la Seiiki, docteur Roos. Entre la Vertu et l'Est. »

Niclays prit le temps de digérer ces paroles. Le coin de sa bouche tressaillit. Et comme Sulyard paraissait toujours grave comme un sanctuaire, Niclays rejeta la tête en arrière et éclata de rire.

« Oh, c'est magnifique. Splendide. » Le garçon le dévisagea. « Oh, Sulyard. J'ai rarement l'occasion de m'amuser par ici. Merci.

— Ce n'est pas une blague, docteur Roos, s'indigna Triam.

— Oh, mais bien sûr que si, mon garçon. Vous pensez à vous seul pouvoir renverser le Grand Édit, une loi en vigueur depuis cinq *siècles*, et ce en demandant gentiment ? Que vous êtes naïf. » Niclays pouffa à nouveau. « Et je présume que cette brillante idée ne vous est pas venue toute seule ? »

Sulyard se rembrunit. « Je sais que vous vous moquez de moi, messire, mais vous ne devez pas vous gausser de ma dame. Je donnerais mille fois ma vie pour elle dont je ne peux dire le nom. Une personne qui est le phare de mon existence, le souffle dans mon sein, le soleil de…

— Oui, c'est bon, cela suffit. N'a-t-elle pas souhaité vous accompagner en Seiiki ?

— Nous avions prévu de venir ensemble, mais lorsque je suis allé rendre visite à ma mère, à Perchette, durant l'hiver, j'ai croisé par hasard une navigatrice. Elle m'a offert une place à bord de son navire pour la Seiiki. » Ses épaules se voûtèrent. « J'ai envoyé un message à mon amour de la cour… je prie pour qu'elle comprenne ma décision. Pour qu'elle me pardonne. »

Il y avait longtemps que Niclays n'avait plus eu l'occasion de goûter à quelque ragot de la cour. Qu'il ait hâte d'en entendre en disait long sur son ennui. Il remplit deux tasses d'une infusion de saule et s'assit sur les nattes, étendant devant lui sa jambe douloureuse. « J'en déduis que cette dame est votre promise.

— Ma compagne. » Un sourire étira ses lèvres craquelées. « Nous avons déjà formulé nos vœux.

— Et je présume que Sabran a donné sa bénédiction à cette union ? »

Sulyard rougit. « Nous... n'avons pas demandé l'accord de Sa Majesté. Nul n'est informé. »

Il était plus courageux qu'il en avait l'air. Sabran châtiait sévèrement ceux qui se mariaient en secret. C'était en cela qu'elle différait de feu la reine mère, toujours avide d'une bonne histoire d'amour.

« Votre dame doit être de bien basse extraction, pour que *vous* ayez dû l'épouser en secret, songea Niclays.

— Non ! Ma dame a le sang bleu. Elle est aussi douce que le plus riche des miels, aussi magnifique qu'un soleil d'aut...

— Par le Saint, assez ! Vous me donnez mal à la tête. » C'était à se demander comment Sabran avait pu le garder auprès d'elle sans lui faire arracher la langue. « Quel âge avez-vous exactement, Sulyard ?

— Dix-huit ans.

— Un homme adulte, donc. En tout cas suffisamment âgé pour comprendre que tous les rêves ne doivent pas être assouvis, surtout ceux engendrés sur le lit de plume de l'amour. Si le capitaine vous avait découvert, il vous aurait mené droit au gouverneur du Cap-Hisan. Pas au seigneur de guerre. » Niclays sirota son infusion. « Laissez-moi vous faire plaisir à nouveau, Sulyard. Si vous savez que Sabran court un grand danger – un danger tel qu'elle aurait besoin de l'aide de la Seiiki, ce dont je doute –, pourquoi ne pas le lui avoir dit ? »

Sulyard hésita.

« Sa Majesté se méfie de l'Orient, à son propre détriment, finit-il par répliquer. Mais eux seuls peuvent nous aider. Même lorsqu'elle aura conscience du danger qui la menace, ce qui n'est pas pour tout de suite, sa fierté l'empêchera de solliciter l'aide des Estriens. Si je parvenais seulement à m'entretenir avec le seigneur de guerre en son nom, Truyde affirme qu'elle pourrait accomplir le…

— Truyde. » La tasse trembla entre ses mains. « Truyde, chuchota-t-il encore. Pas… pas Truyde utt Zeedeur, fille de Lord Oscarde ? »

Sulyard était tétanisé.

« Docteur Roos, finit-il par reprendre dans un bégaiement douloureux, cela doit rester secret. »

Niclays ne put s'empêcher d'éclater de rire de nouveau. Mais cette fois, avec une pointe d'hystérie.

« Ça, par exemple, s'esclaffa-t-il, vous êtes vraiment un sacré numéro, Maître Sulyard ! D'abord, vous épousez la marquise de Zeedeur sans autorisation, ce qui pourrait ruiner sa réputation. Puis vous l'abandonnez. Et enfin, vous glissez son nom à un homme qui connaît parfaitement son grand-père. » Il se tamponna les yeux de la manche. Sulyard semblait sur le point de défaillir. « Ah, comme vous méritez son amour. Qu'allez-vous m'annoncer ensuite ? Que vous l'avez laissée enceinte ?

— Non, non… » Sulyard s'approcha de lui. « Je vous en conjure, docteur Roos, ne faites part à personne de nos péchés. Je ne mérite clairement pas son amour, pourtant… je l'aime de tout mon cœur. Et j'ai l'âme en peine. »

Niclays le repoussa d'un coup de pied, dégoûté. Lui avait l'âme en peine d'apprendre que Truyde avait choisi de s'unir à ce blanc-bec d'Inyssien.

« Je ne la trahirai pas, rassurez-vous », ricana-t-il. Sulyard se mit à sangloter de plus belle. « Elle est l'héritière du duché de Zeedeur, le sang des Vatten. Prions pour qu'un jour elle choisisse d'épouser un homme avec un peu de cran. » Il retourna s'asseoir. « Et puis, même si je voulais écrire au prince Léovart pour l'informer que Lady Truyde s'était secrètement mariée en deçà de sa condition, il faudrait des semaines pour que ma missive franchisse l'Abysse. Elle aura alors oublié jusqu'à votre existence. »

Sulyard renifla et parvint à déclarer : « Le prince Léovart est mort. »

Le Grand Prince de Mentendon. La seule personne qui ait un jour essayé de venir en aide à Niclays, depuis qu'il était à Orisima.

« Cela expliquerait qu'il ne réponde plus à mes lettres. » Niclays porta sa tasse à ses lèvres. « Quand ?

— Il y a moins d'un an, docteur Roos. Une vouivre a réduit en cendres son pavillon de chasse. »

Niclays éprouva un pincement au cœur en apprenant la disparition de Léovart. La vice-reine d'Orisima en avait sans doute été informée, mais avait choisi de ne rien lui révéler.

« Je vois, commenta-t-il. Et qui règne sur Mentendon, à présent ?

— Le prince Aubrecht. »

Aubrecht. Niclays se souvenait d'un jeune homme réservé qui ne s'intéressait à rien d'autre que ses livres de prières. Même s'il était déjà adulte lorsque la fièvre avait emporté son oncle, Edvart, il avait été décidé que Léovart – le propre oncle d'Edvart – régnerait le premier, afin de montrer la voie à cet Aubrecht au cœur tendre. Et naturellement, dès que Léovart était monté sur le trône, il avait trouvé de bonnes raisons pour ne plus le quitter.

À présent, Aubrecht avait récupéré sa place légitime. Il lui faudrait s'armer d'une volonté de fer s'il entendait contrôler Mentendon.

Niclays s'arracha à ses pensées nostalgiques, de crainte de s'y laisser entraîner pour de bon. Sulyard le contemplait encore, la figure marbrée de taches roses.

« Sulyard, déclara Niclays, rentrez chez vous. Lorsque le vaisseau mentendonien arrivera, embarquez clandestinement. Allez retrouver Truyde et fuyez au lagon Lacté ou… qui sait où se rendent les amoureux de nos jours ? » Lorsque Sulyard ouvrit la bouche pour répondre, il reprit : « Croyez-moi. Vous ne trouverez rien d'autre que la mort, ici.

— Mais ma besogne…

— Nous ne pouvons pas tous achever nos grands projets. »

Sulyard se tut. Niclays retira ses lunettes et les nettoya sur sa manche.

« Je n'ai aucune affection pour votre reine. En réalité, je la déteste catégoriquement, assena-t-il pour le plaisir de voir tressaillir son compagnon, mais je ne pense pas que Sabran souhaiterait qu'un écuyer de dix-huit ans meure pour elle. » Il ne put empêcher sa voix de chevroter. « Je veux que vous partiez, Triam. Et je veux que vous disiez pour moi à Truyde d'arrêter de se mêler d'affaires qui pourraient la conduire à sa perte. »

Sulyard baissa les yeux.

« Pardonnez-moi, docteur Roos, mais c'est impossible. Je dois rester. »

Niclays le dévisagea avec lassitude. « Pour accomplir quoi ?

— Je trouverai le moyen de m'entretenir avec le seigneur de guerre… mais je ne vous impliquerai pas davantage dans cette entreprise.

— Le fait que vous vous trouviez chez moi m'implique suffisamment pour me coûter la tête. »

Même si Sulyard resta coi, il serrait les dents d'un air déterminé. Niclays fit la moue.

« Vous semblez pieux, Maître Sulyard. Je vous suggère de prier. Priez pour que les sentinelles ne s'approchent plus de ma maison avant la cargaison mentendonienne, afin que vous ayez le temps de recouvrer vos esprits. Si nous survivons aux quelques prochains jours, il se pourrait bien que je me remette moi-même à croire. »

6

Ouest

Lorsqu'elle évitait le pavillon des banquets, ce qui lui arrivait souvent, la reine d'Inys soupait dans son antichambre. Ce soir-là, Ead et Linora avaient été invitées à casser la croûte avec elle, un honneur ordinairement réservé aux trois femmes qui avaient l'habitude de partager sa couche.

Margret souffrait de l'une de ses migraines. Des *brise-crâne*, ainsi qu'elle les surnommait. La plupart du temps, cela ne la détournait pas de ses obligations, mais elle devait être malade d'inquiétude pour Loth.

En dépit de la chaleur estivale, un feu crépitait dans l'âtre. Jusqu'à présent, nul ne s'était adressé à Ead.

Parfois, elle avait l'impression que les autres pouvaient sentir ses secrets. Comme si elles percevaient qu'elle n'était pas venue à la cour pour devenir dame d'honneur.

Comme si elles savaient pour le Prieuré.

« Que penses-tu de ses yeux, Ros ? »

Sabran contemplait la miniature entre ses mains. Les femmes se l'étaient déjà fait passer pour l'étudier sous tous les angles. À présent, Roslain Crest la reprit en main pour l'analyser à nouveau.

La principale gente dame de l'antichambre, héritière présomptive du duché de la Justice, était née six jours à peine avant Sabran. Son épaisse chevelure était noire comme la mélasse, ses yeux d'un bleu de smalt très pâle. Toujours habillée à la dernière mode, elle avait passé presque toute sa vie en compagnie de la reine. Sa mère avait en son temps été principale gente dame de la reine Rosarian.

« Ils sont agréables, Votre Majesté, conclut Roslain. Gentils.

— Je les trouve un soupçon trop rapprochés, commenta Sabran. Ils me font penser à un loir. »

Linora partit de son petit rire sot et délicat.

« Mieux vaut une souris qu'un animal plus bruyant, dit Roslain à la reine. Il a intérêt à se souvenir de son rang s'il vous épouse. Ce n'est pas lui qui descend du Saint. »

Sabran lui tapota la main. « Comment fais-tu pour être toujours si sage ?

— Je vous écoute, Majesté.

— Mais pas ta grand-mère, en l'occurrence. » Sabran releva le front vers elle. « Lady Igrain pense que Mentendon pompera les ressources de l'Inys. Et que les Lievelyn ne devraient pas commercer avec la Seiiki. Elle m'a prévenue qu'elle en parlerait à la prochaine réunion du conseil des Vertus.

— Dame ma grand-mère s'inquiète pour vous. Cela la rend trop prudente. » Roslain s'assit près d'elle. « Je sais qu'elle préfère le chef d'Askrdal. Il est à la fois riche et dévot. Un candidat plus sûr. Je comprends également ses réserves par rapport à Lievelyn.

— Mais… ? »

Roslain se fendit d'un sourire timide. « Je crois qu'il est dans notre intérêt de laisser sa chance à ce nouveau Prince rouge.

— Je suis d'accord. » Katryen était étendue sur une banquette, à feuilleter un ouvrage de poésie.

« Le conseil des Vertus est là pour vous mettre en garde, mais vos dames doivent vous enhardir pour ce genre d'affaires. »

Assise à côté d'Ead, Linora buvait la conversation dans un silence vorace.

« Mademoiselle Duryan, déclara subitement Sabran, quelle est votre opinion au sujet du prince Aubrecht ? »

Tous les regards se portèrent sur Ead. Lentement, celle-ci posa son couteau. « Vous voudriez connaître *mon* opinion, Majesté ?

— À moins qu'il y ait une autre mademoiselle Duryan dans cette pièce ? »

Personne ne rit. La salle était silencieuse quand Roslain lui déposa la miniature dans les mains.

Ead observa le Prince rouge. Pommettes hautes. Cheveux cuivrés et lissés. Sourcils affirmés dominant des yeux sombres, qui contrastaient de façon marquante avec la pâleur de son teint. L'expression de sa bouche était plutôt sévère, mais, dans l'ensemble, son visage était beau.

Néanmoins, les miniatures mentaient souvent. L'artiste l'avait sans doute mis en valeur.

« Il est relativement avenant, commenta-t-elle.

— Ce n'est pas très glorieux. » Sabran plongea les lèvres dans sa coupe. « Vous êtes plus difficile que mes autres dames, Mademoiselle Duryan. Les hommes des Ersyr seraient-ils plus séduisants que le prince ?

— Ils sont différents, Votre Majesté. » Ead marqua une pause avant d'ajouter : « Ils ressemblent moins à des loirs. »

La reine la dévisagea, sans expression. Pendant un instant, Ead se demanda si elle était allée trop loin.

Le regard dévasté de Katryen ne fit qu'alimenter ses doutes.

« Vous avez la langue aussi déliée que les pieds légers. » La reine d'Inys se rencogna dans son fauteuil. « Nous n'avons pas parlé souvent depuis votre arrivée à la cour. Beaucoup de temps s'est écoulé – six ans, je crois.

— Huit, Majesté. »

Roslain lui décocha un regard menaçant. On ne contredisait pas la descendante du Saint.

« Bien sûr. Huit, se contenta de répondre Sabran. Dites-moi, arrive-t-il à l'ambassadeur uq-Ispad de vous écrire ?

— Pas souvent, ma reine. Son Excellence est occupée par d'autres affaires.

— Quelle hérésie. »

Ead baissa les yeux. « L'ambassadeur est un fervent adepte du Chantaube, Majesté.

— Mais ce n'est naturellement plus votre cas », insista Sabran. Et Ead inclina la tête. « Lady Arbella m'a dit que vous priiez souvent au sanctuaire. »

Qu'Arbella Valon parvienne à livrer des informations à la reine était un mystère, puisqu'elle semblait ne jamais parler.

« Les Six Vertus sont une foi magnifique, Majesté, se défendit Ead. Et comment ne pas y croire, alors que la véritable descendante du Saint se trouve parmi nous ? »

Il s'agissait bien entendu d'un mensonge. Sa foi véritable – sa foi en la Mère – brûlait aussi ardemment que jamais.

« L'on doit conter les légendes de mes ancêtres, dans les Ersyr, répondit Sabran. Surtout de la Damoiselle.

— Oui, ma dame. Elle est considérée dans le Sud comme la femme la plus sage et la plus altruiste de son époque. »

Cléolind Onjenyu était également perçue là-bas comme la plus grande guerrière de son temps, mais les Inyssiens refusaient d'y croire. Ils étaient convaincus qu'elle avait dû être secourue.

Pour Ead, Cléolind n'était pas la Damoiselle.

C'était la Mère.

« Lady Oliva m'a rapporté que Mademoiselle Duryan était une conteuse née », intervint Roslain, en la gratifiant d'un air glacial. « Ne voudriez-vous pas nous narrer l'histoire du Saint et de la Damoiselle ainsi qu'on vous l'a enseignée dans le Sud, mademoiselle ? »

Ead perçut le piège. Les Inyssiens n'aimaient généralement pas entendre d'autre point de vue que le leur, surtout au sujet de leur récit le plus sacré. Roslain voulait la pousser à faire un faux pas.

« Ma dame, répondit Ead, je ne pourrais la dire mieux que le Sanctarien. De toute manière, nous l'entendrons dem…

— Nous l'entendrons maintenant, trancha Sabran. En ces temps où les wyrms s'éveillent, cela réconfortera mes dames. »

Le feu crépita. En observant Sabran, Ead perçut une étrange tension, comme si un fil les unissait. Finalement, elle se leva pour aller s'installer près de l'âtre. La place de la conteuse.

« Comme vous le souhaiterez. » Elle lissa ses jupons. « Par où dois-je commencer ?

— Par la naissance du Sans-Nom, décida Sabran. Lorsque le grand démon est sorti du mont Effroi. »

Katryen prit la reine par la main. Ead inspira longuement pour apaiser son trouble. Si elle racontait la véritable histoire, elle serait sans conteste condamnée au bûcher.

Elle allait devoir réciter celle qu'elle entendait quotidiennement au sanctuaire. La version massacrée.

Une demi-légende.

« Il existe une matrice de feu qui brûle sous ce monde, commença-t-elle. Il y a plus d'un millénaire, le magma à l'intérieur s'aggloméra subitement, formant une bête d'une ampleur indicible – à l'instar d'une épée façonnée dans une forge. Elle se nourrissait du feu de la matrice, dont elle avait une soif inextinguible. Elle en but jusqu'à ce que son cœur entre en fusion. »

Katryen frissonna.

« Bientôt, cette créature, ce wyrm, devint trop grosse pour la Matrice. Il lui tardait d'utiliser ces ailes dont on l'avait dotée. Ayant réussi à se frayer un chemin jusqu'à la surface, elle brisa la cime d'une montagne de Mentendon, le mont Effroi, entraînant dans son sillage un flot de feu fondu. Des éclairs rouges illuminèrent le sommet. Les ténèbres tombèrent sur la ville de Gulthaga, dont tous les habitants moururent étouffés par la fumée pernicieuse.

» Ce wyrm avait le désir de conquérir tout ce qu'il voyait. Il vola vers le sud jusqu'au Lasia, où la maison Onjenyu régnait sur un puissant royaume, et s'installa près de leur siège de Yikala. » Ead but une gorgée de bière pour s'humidifier la gorge. « La bête sans nom était porteuse d'un mal terrible – un mal qu'aucun humain n'avait encore jamais rencontré. Le sang de ceux qui en souffraient se mettait à brûler, ce qui les rendait fous. Pour tenir le wyrm à l'écart, la population de Yikala lui envoya des moutons et des bœufs, mais le Sans-Nom n'était jamais rassasié. Il convoitait une chair plus tendre – la chair humaine. Ainsi, quotidiennement, les habitants tiraient au sort, et l'un d'eux était sacrifié. »

La pièce était plongée dans le silence.

« Le Lasia était alors gouverné par Sélinu, Souverain Suprême de la maison Onjenyu. Un jour, sa fille, la princesse Cléolind, fut désignée pour le sacrifice. » Ead prononça son nom doucement, avec révérence. « Bien que son père offrît à ses sujets or et bijoux, les implorant de choisir quelqu'un d'autre, ils ne cédèrent pas. Et Cléolind s'en alla avec dignité, car elle savait que c'était ce qui était juste.

» Ce matin-là, un chevalier venu des îles Inysca chevauchait vers Yikala. À cette époque, les îles étaient déchirées par la guerre et la superstition, de trop nombreux rois voulant régner sur des roitelets, et le peuple tremblait dans l'ombre d'une sorcière. Toutefois, de nombreux hommes bons demeuraient là, dévoués aux Vertus de la Chevalerie. Ce chevalier, poursuivit Ead, se nommait sire Galian Berethnet. »

L'Imposteur.

Voilà comment on le surnommait dans de nombreuses parties du Lasia, même si Sabran l'ignorait.

« Sire Galian avait eu vent de la terreur qui planait désormais sur le Lasia, et il souhaitait proposer ses services à Sélinu. Il portait une épée d'une extraordinaire beauté : elle s'appelait Ascalon. En arrivant près de Yikala, il vit une damoiselle pleurer dans l'ombre des arbres et lui demanda ce qui l'effrayait à ce point. *Bon chevalier*, répondit Cléolind, *vous avez le cœur pur, mais pour votre bien, laissez-moi à mes prières, car un wyrm va venir réclamer ma vie.* »

Parler de la Mère ainsi, comme d'une pauvre orpheline misérable, lui donnait la nausée.

« Le chevalier, poursuivit-elle, en fut ému aux larmes. *Ma douce dame*, dit-il, *je préférerais m'enfoncer mon épée dans le cœur à voir votre sang inonder cette terre. Si votre peuple accepte de dédier son âme aux*

Vertus de la Chevalerie, et si vous acceptez de m'offrir votre main, je chasserai cette créature féroce de ces terres. Telle fut sa promesse. »

Ead marqua une pause pour reprendre son souffle. Et soudain, un goût inattendu pénétra dans sa bouche.

Le goût de la vérité.

« Cléolind demanda au chevalier de partir, insultée par les conditions qu'il posait, se surprit-elle à déclarer. Mais sire Galian ne se laissa pas décourager. Déterminé à s'approprier toute la gloire, il…

— Non, l'interrompit Sabran. Cléolind a accepté la proposition avec reconnaissance.

— Je vous livre la version que l'on m'a enseignée dans le Sud. » Ead haussa les sourcils, même si son cœur battait à tout rompre. « Lady Roslain m'a demandé de…

— Et à présent, votre reine vous ordonne le contraire. Racontez la suite comme le fait le Sanctarien.

— Oui, Majesté. »

Sabran lui fit signe de poursuivre.

« Alors que sire Galian livrait bataille contre le Sans-Nom, reprit Ead, il fut grièvement blessé. Néanmoins, avec un courage surhumain, il trouva la force de pourfendre le monstre. Le Sans-Nom s'éloigna en rampant, affaibli et perdant beaucoup de sang. Il parvint à replonger dans la Matrice de Feu, où il demeure encore ce jour. »

Elle avait trop conscience du regard scrutateur de Sabran.

« Sire Galian regagna les îles Inysca en compagnie de la princesse, constituant en chemin une Sainte Escorte de chevaliers. Puis il fut couronné roi d'Inys – un nouveau nom pour une nouvelle ère –, et son premier décret fut d'imposer les Vertus de la

Chevalerie comme seule et véritable religion. Il fit bâtir la cité d'Ascalon, à laquelle il donna le nom de l'épée qui avait blessé le Sans-Nom, et ce fut là que la reine Cléolind et lui se marièrent dans la liesse. En moins d'un an, la reine enfanta une fille. Et le roi Galian, le Saint, jura à son peuple que tant que sa lignée régnerait sur Inys, le Sans-Nom ne reviendrait jamais. »

Une belle histoire, que les Inyssiens se racontaient sans arrêt. Mais une histoire incomplète.

Les Inyssiens ignoraient notamment que c'était Cléolind, et non Galian, qui avait banni le Sans-Nom.

Et ils ne savaient rien de l'Oranger.

« Cinq cents ans plus tard, reprit Ead d'une voix plus douce, la faille du mont Effroi s'ouvrit de nouveau, et d'autres wyrms en sortirent. Il y eut d'abord les cinq hauts-ouestriens, les plus grandes et les plus cruelles des créatures draconiques, menées par Feúdel, le plus dévoué au Sans-Nom. Leurs serviteurs les vouivres les suivirent bientôt, chacune embrasée par le feu de l'un des hauts-ouestriens. Ces vouivres construisirent leur nid dans les montagnes et les grottes, et elles s'unirent à des oiseaux pour donner naissance au coquatrix, à des serpents pour engendrer le basilic et l'amphiptère, à des bœufs pour accoucher de l'ophitaure, et à des loups pour créer les jaculus. Et de toutes ces unions naquit l'armée draconique.

» Feúdel aspirait à accomplir ce que le Sans-Nom n'avait pas réussi à faire : conquérir l'humanité. Pendant plus d'une année, il fit s'abattre la puissance de son armée sur le monde. De nombreux grands royaumes s'écroulèrent durant cette période que nous appelons le Chagrin des Siècles. Pourtant, l'Inys, dirigée par Glorian III, était encore debout quand une comète survola le monde, replongeant les wyrms dans leur sommeil séculaire, mettant un terme à la terreur et au bain de sang. Et à ce jour, le Sans-Nom demeure dans son tombeau sous le monde, enchaîné par le sang sacré des Berethnet. »

Un silence.

Ead croisa les mains dans son giron et regarda Sabran droit dans les yeux. Le visage glacial de la souveraine était indéchiffrable.

« Lady Oliva avait raison, finit par déclarer la reine. Vous avez effectivement la langue d'une conteuse – mais je crains que vous ayez entendu trop de racontars et pas assez de vérités. Je vous invite à bien écouter au sanctuaire. » Elle déposa sa coupe. « Je suis fatiguée. Bonne nuit, mesdames. »

Ead se leva, imitée par Linora. Elles firent la révérence et prirent congé.

« Sa Majesté était contrariée, lâcha Linora avec humeur lorsqu'elles se furent suffisamment éloignées. Tu avais tellement bien commencé. Pourquoi as-tu fini par dire que la Damoiselle avait éconduit le Saint ? Aucun sanctarien n'a jamais dit ça. Quelle idée !

— Si Sa Majesté était mécontente, j'en suis navrée.

— Maintenant, elle risque de ne plus jamais nous inviter à souper avec elle. » Linora était fâchée. « Tu aurais pu au moins lui présenter tes excuses. Tu devrais peut-être aller prier plus souvent la Chevaleresse de la Courtoisie. »

Par bonheur, Linora refusa de parler encore après tous ces reproches. Elles se séparèrent quand Ead atteignit sa chambre.

Elle alluma quelques cierges à l'intérieur. La pièce était exiguë, mais elle était à elle.

Elle délaça ses manches et retira la pièce d'estomac de sa robe. Quand elle en fut libérée, elle se dépouilla aussi de son jupon et de son vertugadin, avant d'ôter finalement son corset.

La nuit était encore jeune. Ead s'installa à son bureau. Elle avait rangé dans un tiroir le livre emprunté à Truyde utt Zeedeur. Elle était incapable de décrypter les langues orientales, mais l'ouvrage portait la marque d'un imprimeur mentendonien. Il avait dû être publié avant le Chagrin des Siècles, à l'époque où les textes estriens étaient encore autorisés sous le règne de la Vertu. Truyde était donc une hérétique en devenir, fascinée par ces terres où les wyrms jouissaient de l'idolâtrie humaine.

À la fin du volume, sur une page de garde, se trouvait un nom écrit à l'encre fraîche dans une écriture déliée.

Niclays.

Ead y réfléchit en tressant ses cheveux. C'était un nom courant à Mentendon, mais il y avait eu un Niclays Roos à son arrivée à la cour. Il s'était distingué en anatomie à l'université de Brygstad, et l'on disait qu'il pratiquait l'alchimie. Elle se rappelait quelqu'un de bedonnant et d'enjoué, assez affable pour la saluer alors que tant d'autres l'ignoraient complètement. Des ennuis avaient précipité son départ d'Inys, mais la nature de l'incident demeurait un secret bien protégé.

Dans le silence de la nuit, elle écouta son corps. La dernière fois, le coupe-jarret avait failli atteindre la grande chambre avant elle. Elle n'avait pas ressenti la vibration de ses protections avant qu'il soit presque trop tard.

Son siden était faible. Les protections qu'elle avait conçues avec avaient maintenu Sabran en sécurité pendant des années, mais le pouvoir se mourait finalement, telle une chandelle en bout de mèche. Le siden, le don de l'oranger – une magie de feu, de bois et de terre. Les Inyssiens, dans leur grande stupidité, appelleraient cela de la *sorcellerie*. Leur conception de la magie était née de leur peur de ce qu'ils ne comprenaient pas.

C'était Margret qui lui avait un jour expliqué pourquoi les Inyssiens redoutaient tant la magie. Il y avait dans ces îles une ancienne légende, encore racontée aux enfants du nord, celle d'un personnage surnommé la Dame des Bois. Son véritable nom était oublié depuis longtemps, mais la crainte de ses enchantements et de sa grande malice était profondément ancrée dans les croyances inyssiennes et s'était perpétuée au fil des générations. Même Margret, pondérée en toute chose ou presque, rechignait à l'évoquer.

Ead leva la main. Elle rassembla son pouvoir, et une lumière dorée crachota au bout de ses doigts. Au Lasia, lorsqu'elle s'était trouvée près de l'oranger, le siden avait flamboyé tel du verre fondu dans ses veines.

Puis la Prieure l'avait envoyée ici pour protéger Sabran. Si des années d'éloignement éteignaient son pouvoir pour de bon, la reine demeurerait à jamais vulnérable. Dormir à son côté serait le seul moyen de la défendre, et seules les dames de la chambre en avaient l'autorisation. Ead était loin de devenir une favorite.

Elle avait perdu la mesure au souper, en racontant cette histoire. Elle avait appris à jouer un jeu au fil des années, à répéter les faussetés des Inyssiens et à réciter leurs prières, mais respecter cette histoire massacrée avait été une torture. Et même si son instant de rébellion pouvait mettre en péril ses chances de gravir les échelons au sein de la cour, elle ne le regrettait pas complètement. Le livre et les lettres sous le bras, Ead grimpa sur le dossier de sa chaise et appuya sur le plafond tressé, décalant de côté un panneau flottant. Elle glissa ses trésors dans l'alcôve, où était également dissimulé son arc droit. Quand elle était demoiselle d'honneur, elle l'enfouissait sur le domaine des palais que la cour occupait, mais elle était certaine que même le Faucon-de-Nuit ne le débusquerait pas ici.

Lorsqu'elle fut prête à se mettre au lit, elle s'attabla une fois de plus pour écrire un message à Chassar. En langage codé, elle lui expliqua que Sabran avait essuyé une nouvelle attaque et qu'elle l'avait arrêtée.

Chassar avait promis de répondre à ses lettres, mais il ne l'avait jamais fait. Pas depuis huit ans qu'elle se trouvait ici.

Elle plia sa missive. Le maître des postes la lirait pour le compte du Faucon-de-Nuit, mais il n'y découvrirait rien d'autre que des amabilités. Chassar, lui, saurait la vérité.

On frappa à sa porte.

« Mademoiselle Duryan ? »

Ead enfila sa robe de chambre et ôta le loquet. Dans le couloir, une femme portait un insigne en forme de livre ailé, prouvant son appartenance au service de Seyton Combe.

« Oui ?

— Mademoiselle Duryan, bonsoir. On m'a chargée de vous informer que le secrétaire principal souhaitait vous voir à neuf heures trente demain. Je vous escorterai à la tour alabastrine.

— Moi toute seule ?

— Lady Katryen et Lady Margret ont toutes deux été interrogées dans la journée. »

Ead serra plus fort la poignée de sa porte. « Il s'agit donc d'un interrogatoire.

— Je le crois. »

De sa main libre, Ead resserra sa robe de chambre contre elle. « Très bien, répondit-elle. Y avait-il autre chose ?

— Non. Bonne nuit, mademoiselle.

— Bonne nuit. »

Lorsque la servante s'éloigna, les ténèbres envahirent à nouveau le corridor. Ead referma la porte et posa la tête dessus.

Elle ne dormirait pas cette nuit.

*
* *

La *Rose éternelle* gîtait sur l'eau, subissant le fort vent d'est. C'était ce vaisseau qui lui ferait traverser la mer jusqu'à la Yscalin.

« C'est un très beau navire, déclara Kit tandis qu'ils marchaient dans sa direction. Je crois que je l'épouserais, si j'étais un bateau moi-même. »

Loth ne pouvait qu'abonder dans son sens. La *Rose* portait les stigmates des combats, mais demeurait très belle – et colossale. Même lorsqu'il avait eu l'occasion d'aller inspecter la marine en compagnie de Sabran, il n'avait jamais posé les yeux sur un vaisseau aussi immense que ce cuirassé. Elle exhibait cent huit canons, un rostre terrifiant et dix-huit voiles, chacune étant ornée de l'Épée Véritable, l'emblème de la Vertu. Le pavillon attestait qu'il s'agissait d'un vaisseau inyssien et que les actes de son équipage, si douteux moralement qu'ils puissent paraître, étaient approuvés par la monarchie.

La figure de proue encaustiquée avec amour et qui fixait les flots depuis l'avant était à l'effigie de Rosarian IV. Cheveux noirs, peau laiteuse. Des yeux verre de mer. Son corps s'achevait en une queue dorée.

Loth gardait de tendres souvenirs de la reine Rosarian qu'il avait connue quelques années avant sa mort. La reine mère, ainsi qu'on l'appelait désormais, l'avait souvent regardé jouer avec Sabran et Roslain dans les vergers. Elle était plus douce que sa fille, prompte à rire et à s'amuser, contrairement à cette dernière.

« C'est une beauté, pour sûr », se rengorgea Gautfred Plume, le maître de manœuvre, un nain issu d'une famille de Lasians. « Pas autant qu'la dame qu'l'a offerte au cap'taine, quand même.

— Ah, oui. » Kit ôta son chapeau à plumes et l'agita en direction de la figure de proue. « Qu'elle repose pour l'éternité dans les bras du Saint. »

Plume émit un bruit de langue. « La reine Rosarian avait une âme de merrow. Elle devrait r'poser dans les bras d'la mer.

— Oh, par le Saint, comme c'est joliment dit. Est-ce que les merrows existent, d'ailleurs ? En avez-vous déjà vu, en franchissant l'Abysse ?

— Non. Des orques, des calmarissimes ou des baleines, oui, mais point l'bout du chapeau d'une fille de mer. »

Kit parut découragé.

Des mouettes tournoyaient dans le ciel zébré de nuages. Le port de Perchette était toujours paré au pire. Les jetées crépitaient sous le poids des soldats armés de mousquets à longue portée. Des rangées de mangonneaux et de canons dégueulant de boulets chaînés, protégés de mantelets de pierre, patientaient, menaçants, sur la berge. Des archers occupaient les tours de guet, prêts à embraser leurs fanaux au moindre souffle d'ailes ou à la vue d'un vaisseau ennemi.

Plus haut, une petite ville vacillait. Perchette était baptisée ainsi, car elle était juchée sur deux grandes saillies qui émergeaient à flanc de falaise. Un long escalier de travers permettait de gagner la plage ou le sommet de l'escarpement. Les bâtiments étaient blottis les uns contre les autres, tels des oiseaux sur une branche. Kit s'était amusé de la précarité de l'endroit (« Par le Saint, l'architecte a dû sacrément abuser de la boisson »), mais Loth était nerveux. Une simple bourrasque semblait capable de précipiter la ville entière dans la mer.

Néanmoins, il l'observa longuement pour en mémoriser les moindres détails. C'était peut-être la dernière vision qu'il aurait de l'Inys, le seul pays qu'il ait jamais connu.

Ils retrouvèrent Gian Harlowe dans sa cabine, perdu dans sa correspondance. L'homme que la reine mère avait ainsi gâté n'était pas tel que Loth l'avait imaginé. Rasé de frais, les manchettes amidonnées, il demeurait toutefois menaçant. Sa mâchoire était tendue tel un piège prêt à claquer.

Il leva les yeux à leur arrivée. La variole avait grêlé son visage profondément buriné.

« Gautfred. » Une crinière de cheveux d'étain scintilla au soleil. « J'en déduis qu'c'est nos… invités. »

Même si son accent était profondément inyssien, Kit avait précisé qu'Harlowe venait de lointains rivages. Selon la rumeur, c'était un descendant de Carmentum, une république du Sud autrefois prospère, tombée durant le Chagrin des Siècles. Les survivants s'étaient dispersés aux quatre coins du monde.

« Ouais, confirma Plume d'un air blasé. Lord Arteloth Ru et Lord Kitston Sommière.

— Kit », corrigea l'intéressé.

Harlowe posa sa plume. « Messeigneurs, déclara-t-il froidement. Bienvenue à bord d'la *Rose éternelle*.

— Merci de nous avoir trouvé des cabines dans des délais aussi courts, capitaine Harlowe, répondit Loth. Il s'agit d'une mission de la plus haute importance.

— Et t'nue au plus grand secret, m'a-t-on dit. Étrange que nul autre qu'l'héritier d'Bouleaudor ait pu s'en charger. » Harlowe considéra Loth. « On mettra les voiles pour l'port yscalin de Perunta au crépuscule. Mon équipage a pas l'habitude d'avoir des nobles dans les pattes, il s'rait p'têt mieux pour nous tous qu'vous restiez dans vos cabines l'temps d'la traversée.

— Oui, acquiesça Kit. Bonne idée.

— J'en manque pas, se flatta le capitaine. L'un d'vous s'est d'jà rendu en Yscalin par l'passé ? » Comme tous deux secouaient la tête, il ajouta : « Lequel d'entre vous a offensé l'secrétaire principal ? »

Loth sentit, sans le voir, que Kit le désignait du pouce.

« Lord Arteloth. » Harlowe éclata d'un rire rocailleux. « Un homme si respectable. À l'évidence, z'avez contrarié Sa Grâce au point qu'elle veuille plus vous r'voir en vie. » Le capitaine se rencogna contre son dossier. « J'suis sûr qu'vous savez tous deux qu'la maison Vetalda a désormais officiellement r'vendiqué son allégeance draconique ? »

Loth frissonna. Apprendre qu'un pays pouvait, en quelques années à peine, abandonner le Saint pour vénérer son ennemi juré avait ébranlé tout le règne de la Vertu.

« Et tous obéissent ? s'inquiéta-t-il.

— L'peuple fait c'que son roi commande, mais il souffre. On tient des débardeurs qu'l'épidémie sévit dans toute la Yscalin. » Harlowe reprit sa plume. « À propos, mon équipage vous accompagnera pas jusqu'à la côte. Vous gagnerez Perunta en canot. »

Kit déglutit. « Et ensuite ?

— Un émissaire viendra à vot' rencontre, avant d'vous emmener à Cárscaro. La cour est probablement à l'abri d'la maladie, puisqu' les nobles familles peuvent s'payer le luxe de s'barricader dans leur forteresse quand c'genre d'chose arrive. Essayez c'pendant d'toucher personne. L'infection la plus courante s'transmet par la peau.

— Comment le savez-vous ? l'interrogea Loth. La peste draconique a été éradiquée depuis des siècles.

— J'm'intéresse à tout c'qui touche à la survie, lord Arteloth. J'vous recommande d'en faire autant. » Le capitaine se leva. « Maître Plume, prépare le bateau. Veille à c'que messeigneurs arrivent à bon bord, même s'ils doivent mourir une fois sur place. »

7

Ouest

La tour alabastrine était l'une des plus hautes du palais d'Ascalon. Au sommet de son escalier en colimaçon se trouvait la salle du conseil, circulaire et lumineuse, dont les fenêtres étaient encadrées de simples rideaux.

Ead fut introduite alors que le clocher sonnait neuf heures trente. Outre l'une de ses plus belles robes, elle avait enfilé une modeste collerette et son unique carcanet.

Un portrait du Saint la toisait depuis un mur. Sire Galian Berethnet, ancêtre direct de Sabran. Il brandissait Ascalon, l'Épée Véritable, qui avait donné son nom à la capitale.

Ead lui trouva l'air balourd.

Le conseil des Vertus était constitué de trois corps. Les plus puissants étaient les Ducs Spirituels, chacun issu de l'une des lignées de la Sainte Escorte – les six chevaliers de Galian Berethnet –, chacun le gardien de l'une des Vertus de la Chevalerie. Venaient ensuite les Comtes Provinciaux – les chefs de nobles familles qui contrôlaient les six comtés d'Inys –, puis les Chevaliers Solitaires, nés roturiers.

Ce jour-là, seuls quatre membres du conseil trônaient à la table qui dominait la pièce.

L'huissière frappa son bâton à terre.

« Mademoiselle Ead Duryan, annonça-t-elle. Servante ordinaire de l'antichambre de Sa Majesté. »

La reine d'Inys siégeait en haut de table. Ses lèvres étaient peintes d'un rouge sang.

« Mademoiselle Duryan, dit-elle.

— Majesté. » Ead rendit hommage. « Vos Grâces.

— Asseyez-vous. »

Alors qu'elle s'exécutait, Ead surprit sire Tharian Lintley, capitaine des chevaliers du corps, à lui adresser un sourire rassurant depuis son poste, près des portes. À l'instar de la plupart des membres de la garde royale, Lintley était grand, robuste et ne manquait pas d'admiratrices à la cour. Il s'était épris de Margret depuis l'arrivée de celle-ci, et Ead savait ses sentiments partagés, mais leur différence de rang leur empêchait tout rapprochement.

« Mademoiselle Duryan », dit Lord Seyton Combe en haussant les sourcils. Le Duc de la Courtoisie était assis à la gauche de la reine. « Vous sentez-vous mal ?

— Je vous demande pardon, monseigneur ?

— Vous êtes toute cernée.

— Je vais très bien, Votre Grâce. Je suis seulement fatiguée à cause de l'agitation liée à la visite de la délégation mentendonienne. »

Combe la jaugea par-dessus le rebord de sa tasse. Approchant la soixantaine, avec des yeux tels des orages, le teint cireux et des lèvres presque inexistantes, le secrétaire principal était une présence redoutable. L'on disait que si un complot était ourdi contre la reine Sabran le matin, il mettrait les complices au supplice avant midi. Dommage que le maître des coupe-jarrets lui échappât encore…

« En effet. Une visite imprévue, mais agréable », répliqua Combe, et une esquisse de sourire vint étirer ses lèvres. Toutes ses expressions étaient dissolues, comme du vin coupé à l'eau. « Nous avons déjà interrogé de nombreux membres de la royale maisonnée, mais nous jugions prudent de préserver les dames de Sa Majesté pour la fin, toutes occupées que vous étiez par la visite de l'ambassadeur. »

Ead soutint son regard. Combe avait beau maîtriser le langage des secrets, il ignorait les siens.

Lady Igrain Crest, la Duchesse de la Justice, était assise de l'autre côté de la reine. Elle avait été la principale conseillère de Sabran durant sa minorité, après la mort de la reine Rosarian, et avait apparemment contribué largement à la façonner en un parangon de vertu.

« À présent que Mademoiselle Duryan est arrivée, dit-elle en souriant à Ead, nous pourrions peut-être commencer. »

Crest partageait la même ossature fine et les mêmes yeux azur que sa petite-fille Roslain – bien que sa chevelure, qui frisait aux tempes, eût depuis longtemps viré à l'argent. Des rides légères creusaient la peau autour de ses lèvres presque aussi blêmes que le reste de sa figure.

« Tout à fait », répondit Lady Nelda Eaucalme. La Duchesse du Courage était une femme bien en chair, à la peau d'un brun profond et au crâne couvert de boucles noires. Un carcanet de rubis scintillait à son cou. « Mademoiselle Duryan, un homme a été retrouvé mort sur le seuil de la grande chambre il y a deux nuits de cela. Il était armé d'une dague yscaline. »

Une dague de parade, plus précisément. Lors des duels, celles-ci étaient employées en lieu et place des boucliers pour protéger et défendre leur propriétaire, mais elles étaient également capables de tuer. Tous les assassins en avaient possédé une.

« Il semble qu'il ait eu l'intention d'éliminer Sa Majesté, poursuivit Eaucalme, mais qu'il se soit fait tuer avant cela.

— C'est terrible », marmonna le Duc de la Générosité. Lord Ritshard Eller, qui devait avoir au moins quatre-vingt-dix ans, portait d'épaisses fourrures, même en plein été. De ce qu'Ead avait pu en observer, ce n'était qu'un pauvre imbécile moralisateur.

Elle contrôla ses expressions. « Encore un coupe-jarret ?

— Oui, confirma Eaucalme en plissant le front. Comme vous l'aurez sans doute appris, ce n'est pas la première fois que cela arrive au cours de l'année écoulée. Des neuf tueurs potentiels ayant réussi à accéder au palais d'Ascalon, cinq ont été tués avant d'avoir pu être appréhendés.

— Tout cela est très étrange, intervint Combe d'un air songeur, mais il semble raisonnable de conclure qu'une personne de la royale maisonnée a éliminé ce fripon.

— Un bien noble exploit », commenta Ead.

Crest pouffa. « Non pas, ma chère, rétorqua-t-elle. Ce *protecteur*, qui qu'il soit, est aussi un tueur, et tous doivent être démasqués. » Sa voix n'était qu'un filet de frustration. « À l'instar de l'assassin, cette personne a pénétré sans être vue dans les appartements royaux, parvenant on ne sait comment à échapper à la surveillance des chevaliers du corps. Puis elle a commis un meurtre et abandonné le corps devant Sa Majesté. Son intention était-elle d'effrayer notre souveraine à mort ?

— J'imagine plutôt qu'elle était d'empêcher notre reine d'être *poignardée* à mort, Votre Grâce. »

Sabran haussa un sourcil.

« La Chevaleresse de la Justice réprouve tout sang versé, Mademoiselle Duryan, répliqua Crest. Si l'assassin des coupe-jarrets s'était présenté à nous, nous aurions pu le pardonner, mais ce refus de se révéler laisse augurer de quelque sinistre intention. Nous finirons par découvrir de qui il s'agit.

— Nous comptons sur des témoins pour nous y aider, mademoiselle. Cet incident s'est déroulé avant-hier soir, aux alentours de minuit, précisa Combe. Dites-moi, avez-vous vu ou entendu quoi que ce soit de suspect ?

— Rien qui me vienne à l'esprit, Votre Grâce »

Sabran n'avait cessé de la dévisager. Cette insistance donna un coup de chaud à Ead.

« Mademoiselle Duryan, reprit Combe, vous êtes une dévouée servante de la cour. Je doute sincèrement que l'ambassadeur uq-Ispad ait présenté à Sa Majesté une dame n'étant pas dépourvue de défauts. Néanmoins, je dois vous informer que taire quelque chose aujourd'hui s'apparenterait à un acte de trahison. Alors, savez-vous *quoi que ce soit* sur ce coupe-jarret ? Avez-vous entendu quiconque exprimer de l'antipathie à l'encontre de Sa Majesté, ou de la sympathie pour le royaume draconique de Yscalin ?

— Non, Votre Grâce, affirma Ead. Mais si je devais surprendre des rumeurs, je ne manquerais pas de vous les rapporter. »

Combe et Sabran échangèrent un regard.

« Bonne journée à vous, mademoiselle, la congédia la reine. Attelez-vous à vos obligations. »

Ead fit la révérence et quitta la pièce. Lintley referma les portes derrière elle.

Il n'y avait pas de gardes ici ; ceux-ci patientaient à la base de la tour. Ead s'assura de se diriger bruyamment vers l'escalier, mais elle s'immobilisa dès les premières marches.

Elle avait l'ouïe plus fine que la plupart. L'un des avantages prodigués par la magie qui coulait encore dans ses veines.

« … semble sincère, disait Crest, mais j'ai entendu dire que certains Ersyriens versaient dans les arts interdits.

— Balivernes, s'exclama Combe. Vous ne croyez tout de même pas à ces histoires d'alchimie et de sorcellerie.

— En tant que Duchesse de la Justice, je me dois de tenir compte de chaque possibilité, Seyton. Nous savons tous que ces assassins ont été envoyés par la Yscalin, bien sûr – nul ne désire plus qu'eux voir périr Sa Majesté –, mais nous devons également dénicher ce *protecteur*, qui tue avec une expertise si manifeste. Je serais très intéressée de m'entretenir avec lui de son… art.

— Mademoiselle Duryan a toujours été une dame d'honneur appliquée, Igrain, intervint Sabran. Si vous n'avez aucune preuve de son implication, nous devrions peut-être passer à autre chose.

— Comme vous le souhaitez, Majesté. »

Ead laissa échapper un long soupir de soulagement. Son secret était préservé. Nul ne l'avait vue pénétrer dans les appartements royaux ce soir-là. Se déplacer sans être vue était un autre de ses talents, car la flamme s'accompagnait de la subtilité des ombres.

Un bruit venu d'en bas. Des solerets sur les marches. Les chevaliers du corps effectuant leur ronde.

Elle devait trouver un endroit moins exposé pour continuer d'épier la conversation. Lestement, elle descendit d'un étage et se glissa sur un balcon.

« … du même âge que vous, très agréable et intelligent selon tous les rapports, en plus d'être un souverain de la Vertu. » dit Combe. « Comme vous le savez, Majesté, les cinq dernières reines Berethnet ont pris des maris inyssiens. Il n'y a plus eu de mariage étranger depuis plus de deux siècles.

— Vous semblez préoccupé, Votre Grâce, répondit Sabran. Ne prêtez-vous si peu de foi aux charmes des Inyssiens pour paraître surpris que mes ancêtres les aient choisis pour époux ? »

Des ricanements.

« En tant qu'Inyssien, je me dois de réfuter cette assertion, répliqua Combe d'un ton badin, mais les temps ont changé. Une union avec un royaume étranger est cruciale. Notre plus vieil allié a désormais trahi la véritable religion, nous *devons* montrer au monde que les trois derniers pays à avoir juré allégeance au Saint font toujours front ensemble, quoi qu'il advienne, et qu'aucun d'eux n'aura l'idée de soutenir la Yscalin dans sa conviction erronée que le Sans-Nom reparaîtra bientôt.

— Leur revendication est dangereuse, intervint Crest. Les Estriens vénèrent les wyrms. Ils pourraient être tentés par l'idée d'une alliance avec un territoire draconique.

— Je crois que vous méjugez le véritable danger, Igrain, la détrompa Eaucalme. Aux dernières nouvelles, les Orientaux craignaient encore la peste draconique.

— Tout comme les Yscalins jadis.

— Une chose est certaine, souligna Combe, nous ne pouvons pas nous autoriser le moindre signe de faiblesse. Si vous deviez épouser Lievelyn, Majesté, cela ferait savoir que les mailles de la Vertu n'ont jamais été aussi serrées.

— Le Prince rouge fait du commerce avec les adorateurs de wyrms, insista Sabran. Il serait sans doute malavisé de donner notre accord implicite à de telles pratiques. Surtout maintenant. N'êtes-vous point d'accord, Igrain ? »

Tandis qu'elle écoutait, Ead ne put s'empêcher de sourire. La reine avait déjà trouvé une raison d'évincer son soupirant.

« Même si assurer la lignée au plus tôt est le devoir impérieux d'une Berethnet, je partage votre avis, Votre Majesté. C'est finement observé, la flatta Crest d'un ton maternel. Lievelyn ne mérite pas la descendante du Saint. Son négoce avec la Seiiki couvre d'opprobre toute la Vertu. En faisant valoir la moindre tolérance vis-à-vis de cette hérésie, nous risquerions d'enhardir ceux qui adorent le Sans-Nom. N'oublions pas que Lievelyn était fiancé à la Donmata Marosa, désormais l'héritière d'un territoire draconique. Une forme d'affection subsiste peut-être encore entre eux. »

Un chevalier du corps passa devant le balcon. Ead se plaqua contre le mur.

« Les fiançailles ont été rompues dès l'instant où les Yscalins ont trahi la foi, bredouilla Combe. Quant au commerce avec l'Est, les Lievelyn ne s'y adonneraient pas si ce n'était strictement nécessaire. Les Vatten ont peut-être converti Mentendon à la foi, mais ils l'ont également ruiné. Si nous proposions aux Mentendoniens des termes favorables pour une alliance, et si une union royale se dessinait à l'horizon, ils interrompraient peut-être ces pratiques.

— Mon cher Seyton, ce n'est pas la nécessité qui contraint les Mentendoniens, mais l'avidité, riposta Crest. Ils se délectent de jouir du monopole commercial avec l'Est. Par ailleurs, nous ne pouvons pas non plus les soutenir éternellement. Non, il est inutile d'envisager Lievelyn. Une union bien plus puissante – dont je vous vante les mérites depuis longtemps, Majesté – pourrait être conclue avec le Grand Chef d'Askrdal. Nous devons entretenir des liens forts avec le Hróth.

— Il a soixante-dix ans, fit remarquer Eaucalme d'un air consterné.

— Et Glorian Cœurdécu n'a-t-elle pas épousé Guma Vetalda, qui en avait alors soixante-quatorze ? fit valoir Eller.

— Si, en effet, et il lui a donné un enfant en pleine santé. » Crest paraissait ravie. « L'Askrdal apporterait une expérience et une sagesse dont Lievelyn, prince d'un jeune royaume, est dépourvu. »

Après une courte pause, Sabran reprit la parole. « N'existe-t-il pas d'autres prétendants ? »

Il y eut un silence prolongé. « La rumeur de votre proximité avec Lord Arteloth s'est propagée, Majesté, expliqua Eller d'une voix tremblante. D'aucuns pensent même que vous êtes secrètement *mariée* à…

— Épargnez-moi les ragots de bas étage, Votre Grâce, rétorqua la reine. Mais puisque l'on parle de Lord Arteloth, il a quitté la cour sans raison ni avertissement. Je ne veux plus entendre parler de lui. »

Silence tendu.

« Majesté, reprit finalement Combe, mes informateurs m'ont appris que Lord Arteloth avait embarqué en compagnie de Lord Kitston Sommière à bord d'un navire en partance pour la Yscalin. Il aurait apparemment eu vent de mon intention d'envoyer un espion pour retrouver le seigneur votre père… et il pense être le seul à même d'accomplir une mission qui concerne d'aussi près Votre Majesté. »

La Yscalin.

L'espace d'un terrible instant, Ead ne put plus ni bouger ni respirer.

Loth.

« C'est peut-être pour le mieux, poursuivit Combe dans le silence stupéfait. L'absence de Lord Arteloth permettra aux rumeurs qui vous concernent de se dissiper – et il est grand temps que nous découvrions ce qui se trame en Yscalin. Et que nous apprenions si le prince Wilstan est vivant. »

Combe mentait. Il était impossible que Loth ait appris par hasard l'imminence de l'envoi d'un espion en Yscalin, ou qu'il ait choisi de s'y rendre en personne. Cette perspective était tout bonnement absurde. Non seulement Loth n'aurait jamais été si téméraire, mais le Faucon-de-Nuit n'aurait jamais laissé un tel plan s'ébruiter.

Il avait combiné tout ceci.

« Il y a quelque chose qui cloche, flaira finalement Sabran. Cela ne lui ressemble pas de se comporter aussi imprudemment. Et j'ai énormément de mal à croire qu'aucun de vous n'ait deviné ses intentions. N'êtes-vous pas mes conseillers ? N'avez-vous pas des yeux à chaque coin de ma cour ? »

Le silence qui s'ensuivit fut aussi lourd qu'un massepain.

« Je vous ai demandé d'envoyer quelqu'un récupérer mon père il y a deux ans de cela, Lord Seyton, reprit la reine d'un ton radouci. Vous m'avez répondu que le risque était trop grand.

— C'est ce que je craignais, Majesté. Mais j'estime aujourd'hui qu'il s'agit d'un risque nécessaire si nous souhaitons connaître la vérité.

— La vie de Lord Arteloth ne doit pas être mise en péril. » Il y avait une tension évidente dans sa voix. « Vous allez charger vos informateurs de le ramener en Inys. Vous devez impérativement l'arrêter, Seyton.

— Pardonnez-moi, Majesté, mais il doit déjà se trouver en territoire draconique, à présent. Il est presque impossible d'envoyer quelqu'un le chercher sans trahir la nature non autorisée de sa quête auprès des Vetalda, qui doivent déjà soupçonner quelque chose. Nous ne ferions que mettre sa vie en danger. »

Ead tenta de ravaler la boule qui lui obstruait la gorge. Non seulement Combe avait-il envoyé Loth loin de là, mais il l'avait expédié à un endroit où Sabran n'exerçait plus aucune influence. Il n'y avait rien qu'elle puisse y faire. Pas alors que la Yscalin était devenue cet ennemi imprévisible, capable de détruire en un rien de temps la paix fragile qui subsistait encore.

« Votre Majesté, intervint Eaucalme, je comprends que cette nouvelle vous attriste, mais nous devons prendre une décision par rapport à cette demande en mariage.

— Sa Majesté s'est déjà opposée à épouser Lievelyn, trancha Crest. L'Askrdal est le seul…

— Je me dois d'insister pour que nous en débattions plus avant, Igrain. Lievelyn fait un meilleur candidat par bien des aspects, et je ne vous laisserai pas l'écarter sans l'avoir sérieusement considéré. » Le ton d'Eaucalme était des plus secs. « Pardonnez-moi, Majesté, il s'agit d'une affaire délicate – mais vous devez assurer votre succession, et vite, afin de rassurer votre peuple et de sécuriser le trône pour la prochaine génération. Cela ne serait pas aussi urgent si l'on n'avait attenté à votre vie. Si seulement vous aviez une fille…

— Je vous remercie pour votre sollicitude, Votre Grâce, répondit Sabran d'un ton cassant, mais je ne suis pas assez remise d'avoir découvert un cadavre auprès de mon lit pour envisager de m'en servir pour enfanter. » Une chaise racla le sol, imitée par quatre autres. « Vous pouvez interroger Lady Linora à votre guise.

— Majesté… commença Combe.

— Je vais déjeuner. Bonne matinée. »

Ead était rentrée et avait commencé à descendre avant que les portes de la salle du conseil ne s'ouvrent. Au pied de la tour, elle suivit le chemin, le cœur battant la chamade.

Margret serait dévastée d'apprendre cela. Son frère était trop naïf, trop tendre pour servir d'espion à la cour des Vetalda.

Il n'y ferait pas de vieux os.

Dans le donjon de la reine, la royale maisonnée s'agitait sous le concert des oiseaux. Valets et domestiques circulaient d'une chambre à l'autre. L'odeur du pain chaud se déversait de la cuisine privée. Ravalant son amertume, Ead traversa la chambre de présence, où les requérants étaient, comme à leur habitude, agglutinés en attendant la reine.

Ead sentit ses sortilèges de défense tandis qu'elle approchait de la grande chambre. Elle les avait disposés tels des pièges dans tout le palais. Durant sa première année à la cour, elle n'avait été qu'un bouquet de nerfs, incapable de dormir comme ils s'éveillaient à chaque mouvement, mais peu à peu, elle avait appris à reconnaître les sensations qui grésillaient en elle, et à les déplacer comme sur un boulier. Elle avait appris à remarquer seulement quand une personne n'était pas à sa place. Ou quand un étranger arrivait à la cour.

À l'intérieur, Margret défaisait les draps et Roslain Crest secouait de simples linges en toile. Sabran devait être proche de ses menstrues, qui venaient lui rappeler chaque mois qu'elle n'était pas enceinte.

Ead alla aider Margret dans sa tâche. Il fallait qu'elle lui parle de Loth, mais ça allait devoir attendre qu'elles se retrouvent seules.

Roslain rompit le silence. « Mademoiselle Duryan ? »

Ead se redressa. « Ma dame ?

— Lady Katryen était malade, ce matin. » La principale gente dame accrocha l'un des linges à une ceinture de soie. « Vous goûterez la nourriture de Sa Majesté à sa place. »

Margret fronça les sourcils.

« Naturellement », répondit Ead calmement.

C'était son châtiment pour avoir failli en racontant l'histoire du Saint. Les dames de la chambre étaient récompensées en nature des risques qu'elles couraient en tant que goûteuses, mais pour une simple femme de chambre, il s'agissait d'une corvée gratuite et dangereuse.

Pour Ead, c'était aussi une occasion en or.

En se dirigeant vers le solarium royal, une autre opportunité se présenta à elle. Truyde utt Zeedeur marchait derrière deux autres demoiselles d'honneur. Quand elle la croisa, Ead l'attrapa par l'épaule pour l'attirer à l'écart et lui chuchoter à l'oreille : « Retrouvez-moi demain soir après les oraisons, ou je veillerai à ce que Sa Majesté reçoive vos lettres. »

Lorsque les autres demoiselles d'honneur se retournèrent, Truyde sourit, comme si Ead venait de lui raconter une plaisanterie. Rusée comme un renard.

« Où ? » demanda-t-elle, toujours souriante.

« L'escalier dérobé. »

Elles repartirent chacune d'un côté.

Le solarium royal était un havre de paix. Trois de ses murs faisaient saillie depuis le donjon, offrant une vue sans pareille sur la capitale inyssienne, Ascalon, et le fleuve qui s'enroulait autour. Des colonnes de pierre et de fumée s'élevaient de ses rues. Quelque deux cent mille âmes étaient ici chez elles.

Ead s'y rendait rarement. Il n'était pas convenable, pour des dames d'honneur, d'être vues en train de chicaner avec des marchands ou de marcher dans la fange.

Le soleil projetait des ombres au sol. La reine apparaissait à sa table, seule, en dehors des chevaliers du corps qui gardaient la porte. Ils croisèrent leur pertuisane devant Ead.

« Mademoiselle, dit l'un d'eux, vous n'êtes pas supposée servir le repas de Sa Majesté aujourd'hui. »

Avant qu'elle puisse s'expliquer, Sabran demanda : « Qui va là ?

— Mademoiselle Ead Duryan, Votre Majesté. Votre femme de chambre. »

Un silence. Puis : « Laissez-la entrer. »

Les chevaliers s'effacèrent aussitôt. Ead s'approcha de la reine, les talons de ses chaussures ne produisant aucun son.

« Bon jour, Majesté. » Elle fit la révérence.

Sabran avait déjà reporté les yeux sur son livre de prières en émail doré. « Je m'attendais à voir Kate.

— Lady Katryen est tombée malade.

— Elle a partagé ma couche la nuit dernière. Je le saurais, si elle était malade.

— C'est ce que m'a dit Lady Roslain, révéla Ead. Si vous le voulez bien, c'est moi qui goûterai votre nourriture aujourd'hui. »

Comme elle ne reçut pas de réponse, Ead s'assit. Elle était si près de Sabran qu'elle pouvait sentir son diffuseur de parfum, bourré de racines d'iris et de clous de girofle. Les Inyssiens pensaient ces odeurs capables de repousser les maladies.

Elles restèrent assises muettement pendant un moment. La poitrine de Sabran se soulevait et s'abaissait à un rythme régulier, mais ses dents serrées trahissaient sa colère.

« Majesté, finit par dire Ead, pardonnez mon impertinence, mais vous ne semblez pas bien disposée, aujourd'hui.

— C'est effectivement très impertinent. Vous êtes ici pour vous assurer que ma nourriture n'est pas empoisonnée, pas pour vous autoriser des commentaires sur mon humeur.

— Pardonnez-moi.

— J'ai déjà été bien trop clémente. » Sabran referma brusquement son livre de prières. « À l'évidence, vous ne tenez aucun compte des enseignements de la Chevaleresse de la Courtoisie, Mademoiselle Duryan. Peut-être n'êtes-vous pas une véritable convertie. Peut-être faites-vous seulement semblant de rendre hommage à mon ancêtre, tout en vous adonnant secrètement à une religion impie. »

Elle était là depuis une minute à peine, et déjà Ead se trouvait sur des charbons ardents.

« Madame, reprit-elle avec prudence, la reine Cléolind, votre ancêtre, était une princesse couronnée du Lasia.

— Il est inutile de me le rappeler. Me prenez-vous pour une idiote ?

— Je ne voulais pas vous insulter », affirma Ead. Sabran repoussa son livre de prières. « La reine Cléolind était noble et avait grand cœur. Ce n'était pas sa faute si elle ne savait rien des Six Vertus à sa naissance. Je suis peut-être naïve, mais plutôt que de les punir, nous devrions sans doute avoir pitié de ceux qui sont dans l'ignorance et les mener vers la lumière.

— En effet, repartit flegmatiquement Sabran. Vers la lumière du bûcher.

— Si vous envisagez de me faire rôtir, Madame, vous m'en voyez navrée. Il paraît que nous autres Ersyriens faisons un piètre combustible. Nous sommes tel le sable : trop habitués au soleil pour brûler. »

La reine la dévisagea. Son regard se posa ensuite sur la broche épinglée à sa robe.

« Vous avez adopté le Chevalier de la Générosité comme patron. »

Ead toucha le bijou.

« Oui, confirma-t-elle. En tant que l'une de vos dames, je vous offre ma loyauté, Majesté. Pour offrir, il faut être généreux.

— La Générosité. Comme Lievelyn. » Sabran formula ce commentaire presque pour elle-même. « Vous vous révélerez peut-être plus généreuse que certaines autres dames. D'abord, Ros a insisté pour tomber enceinte, elle était donc trop fatiguée pour me servir ; puis Arbella s'est mise à refuser les promenades avec moi ; et voilà que Kate feint d'être malade. Cela me rappelle quotidiennement qu'aucune d'elles n'a choisi la Générosité comme patron. »

Ead savait Sabran en colère, mais il lui fallut fournir un gros effort de sang-froid pour ne pas lui renverser son vin sur la tête. Les dames de la chambre consentaient énormément de sacrifices pour être au service de la reine toute la journée et toute la nuit. Elles goûtaient sa nourriture, essayaient ses robes, mettaient leur vie en péril. Katryen, l'une des femmes les plus désirables de la cour, ne prendrait sans doute jamais de compagnon. Quant à Arbella, elle avait soixante-dix ans, avait servi tant Sabran que sa mère, et ne faisait toujours pas valoir ses droits à la retraite.

Ead fut dispensée de répondre par l'arrivée du repas. Truyde utt Zeedeur faisait partie des demoiselles d'honneur qui l'apportèrent, mais elle refusa de croiser le regard d'Ead.

De nombreuses traditions inyssiennes l'avaient déconcertée au fil des années, mais les repas royaux comptaient parmi les plus absurdes. Tout d'abord, la reine choisissait le vin qu'elle voulait qu'on lui serve – puis, ce n'était pas un, ni deux, mais *dix-huit* plats qui lui étaient proposés. Des tranches de viande brune coupées en lamelles presque transparentes ; des fromentées aux groseilles ; d'épaisses crêpes couvertes de miel noir, de beurre de pomme ou d'œufs de caille ; du poisson fumé venu de Limber ; des fraises des bois sur un lit de crème fouettée…

Comme toujours, Sabran ne choisissait qu'une boule de pain doré. Un hochement de tête dans sa direction était sa seule indication.

Un silence. Truyde observait par la fenêtre. L'une des autres demoiselles d'honneur, l'air paniqué, lui donna de petits coups de coude. Subitement rappelée à sa tâche, Truyde se saisit d'une boule à l'aide d'un chiffon et la déposa sur l'assiette royale avec une révérence ; une autre demoiselle d'honneur apporta un tortillon de beurre doux.

L'heure était finalement venue de goûter. Avec un sourire narquois, Truyde tendit à Ead le couteau au manche en os.

Ead commença par siroter une gorgée de vin. Puis elle testa le beurre. Ni l'un ni l'autre n'avaient été trafiqués. Elle découpa alors un morceau de pain et le toucha du bout de la langue. Une goutte de douairière lui picoterait le palais, du venin de dipsas lui brûlerait les lèvres et la poussière d'éternité – le plus rare des poisons – laisserait à chaque bouchée un arrière-goût écœurant.

Il n'y avait rien qu'un pain bien dense. Elle fit glisser les plats devant la reine et rendit le couteau de dégustation à Truyde, qui l'essuya une fois avant de l'enrouler dans un torchon.

« Laissez-nous », décréta Sabran.

On échangea des regards. Généralement, la reine demandait à être distraite par ses demoiselles d'honneur à l'heure des repas. Dans un même élan, toutes firent néanmoins la révérence avant de quitter la pièce. Ead fut la dernière à se lever.

« Pas vous. »

Elle se rassit.

Le soleil brillait désormais plus ardemment, emplissant le solarium de lumière. Celle-ci dansait sur la carafe de vin d'églantier.

« Lady Truyde semble distraite, depuis quelque temps. » Sabran contemplait la porte. « Peut-être est-elle malade, comme Kate. Ce genre d'affection frappe pourtant plutôt la cour en hiver.

— C'est probablement le rhume des roses, Madame, rien de plus. Mais je pense que Lady Truyde est surtout nostalgique. À moins… qu'elle soit malade d'amour, comme c'est souvent le cas chez les jeunes filles.

— Vous êtes trop jeune pour dire des choses pareilles. Quel âge avez-vous ?

— Vingt-six ans, Majesté.

— Pas beaucoup moins que moi, donc. Et vous, êtes-vous malade d'amour, ainsi que le sont si souvent les jeunes filles ? »

La question aurait pu paraître malicieuse sur d'autres lèvres, mais les yeux qui les accompagnaient étaient aussi froids que les joyaux que la reine portait à la gorge.

« Je crains qu'un Inyssien ait du mal à aimer une personne autrefois dévouée à une autre foi », répliqua Ead après un instant de réflexion.

La question de Sabran n'était pas si innocente. Faire la cour était une affaire sérieuse, en Inys.

« Balivernes », rétorqua la reine. Le soleil jouait dans ses cheveux. « J'ai cru comprendre que vous étiez proche de Lord Arteloth. Il m'a confié que vous vous échangiez des présents à chaque fête de la Communion.

— Oui, Madame, confirma Ead. Nous sommes proches. J'ai été peinée d'apprendre qu'il avait quitté la ville.

— Il reviendra. » Sabran la jaugea du regard. « Vous a-t-il courtisée ?

— Non, répondit Ead en toute sincérité. Je considère Lord Arteloth comme un proche ami, et cela me satisfait pleinement. Et même dans le cas contraire, je ne suis pas digne d'épouser le futur duc de Bouleaudor.

— En effet. L'ambassadeur uq-Ispad m'a rapporté que vous étiez de basse extraction. » Sabran sirota de son vin. « Vous n'êtes donc pas amoureuse. »

Une femme si prompte à insulter ceux qui étaient nés en dessous de sa condition devait être sensible à la flagornerie. « Non, Madame, répondit Ead. Je ne suis pas ici pour perdre du temps à courir après un compagnon. Je suis venue servir la très gracieuse reine d'Inys. Cela me suffit amplement. »

Sabran ne sourit pas, mais son visage perdit un peu de sa sévérité.

« Peut-être accepteriez-vous de vous promener avec moi dans les jardins privés demain, dit-elle. Enfin, si Lady Arbella est toujours indisposée.

— Si tel est votre bon plaisir, Majesté », répondit Ead.

*
* *

La cabine était à peine assez vaste pour accueillir deux couchettes. Un Mentendonien solidement charpenté leur apporta un souper composé de bœuf salé, d'un morceau de poisson gros comme le pouce et de pain suffisamment rassis pour s'y casser les dents. Kit parvint à avaler la moitié de sa viande avant de fuir sur le pont.

Loth capitula au milieu de son pain. On était à mille lieues des mets somptueux servis à la cour, mais une si piètre pitance était le cadet de ses soucis. Combe l'envoyait droit à sa perte, et tout ça pour rien.

Il avait toujours su le Faucon-de-Nuit capable de faire disparaître les gêneurs. Des gens qu'il percevait comme des menaces envers la maison Berethnet, qui se comportaient de façon dégradante pour ceux de leur rang ou qui convoitaient plus de pouvoir qu'il ne leur en était dû.

Même avant que Margret et Ead l'avertissent des rumeurs qui circulaient sur son compte, Loth en avait eu vent. L'on disait qu'il avait séduit Sabran, qu'il l'avait épousée en secret. À présent, les Ducs Spirituels cherchaient un mari étranger à la souveraine, et les ragots, quoiqu'infondés, constituaient un obstacle. Loth était devenu un problème que Combe avait résolu.

Il devait exister un moyen de faire parvenir un mot à Sabran. Pour l'instant, cependant, il allait devoir se concentrer sur sa mission : apprendre à devenir un espion à Cárscaro.

Loth se frotta l'arête du nez en réfléchissant à tout ce qu'il pouvait savoir sur Lord Wilstan Pynson.

Enfant, Sabran n'avait jamais été très proche de son père. Soigné, barbu, d'allure martiale, Pynson avait toujours incarné aux yeux de Loth les qualités de son ancêtre, le Chevalier de la Tempérance. Le prince consort n'avait jamais été en proie aux effusions, mais il avait toujours choyé sa famille, et donnait l'impression à Loth et Roslain – les plus proches amis de sa fille – qu'ils en faisaient partie.

Lorsque Sabran avait été couronnée, leur relation avait changé. Père et fille lisaient souvent dans la bibliothèque royale, et il l'avait conseillée sur les affaires courantes du reinaume. La mort de la reine Rosarian leur avait donné à tous deux un peu d'espace pour vivre leur vie, ce qui leur avait permis de se rapprocher l'un de l'autre – mais cela n'avait pas suffi à Pynson. Rosarian avait été son phare dans la nuit et, sans elle, il s'était senti perdu dans l'immensité de la cour inyssienne. Il avait demandé à Sabran l'autorisation d'élire domicile en Yscalin en tant qu'ambassadeur, et s'était depuis satisfait de ce rôle, lui écrivant chaque saison. Elle attendait toujours avec beaucoup d'impatience ses lettres venues de Cárscaro, où la maison Vetalda régnait sur une cour joyeuse. Loth supposait qu'il était plus simple pour Pynson d'oublier son chagrin loin de cette demeure qu'il avait partagée avec Rosarian.

Sa dernière missive avait été différente. Il avait longuement expliqué à Sabran qu'il pensait que les Vetalda avaient joué un rôle dans l'assassinat de Rosarian. C'était la dernière fois que quiconque en Inys avait eu des nouvelles du Duc de la Tempérance, avant que des pigeons bisets s'envolent depuis Cárscaro pour annoncer que la Yscalin avait désormais adopté le Sans-Nom comme son dieu et maître.

Loth entendait découvrir ce qui s'était passé dans cette ville. Ce qui avait pu causer ce schisme avec la Vertu, et ce qu'il était advenu de Pynson. La moindre information pourrait se révéler inestimable si la Yscalin décidait un jour de déclarer la guerre à la maison Berethnet, ainsi que Sabran le redoutait depuis longtemps.

Il s'essuya le front. Kit devait bouillir comme un lapin sur le pont. À bien y réfléchir, son ami était d'ailleurs dehors depuis un très long moment.

Loth se leva avec un profond soupir. Il n'y avait pas de verrou à la porte, mais il supposait de toute façon que les pirates ne pourraient pas aller bien loin avec le coffre de voyage rempli de vêtements et d'autres effets qui les avait suivis depuis le coche. Combe avait dû envoyer ses agents chercher ses affaires tandis que Loth se trouvait dans l'antichambre, à souper tranquillement en compagnie de Sabran et Roslain.

L'air était frais à l'extérieur. Une brise soufflait au-dessus des vagues. Tout en s'affairant, l'équipage beuglait une chanson trop rapide et mouillée de jargon pour que Loth puisse la comprendre. Malgré les dires d'Harlowe, nul ne le remarqua quand il grimpa jusqu'au gaillard d'arrière.

Le détroit du Cygne séparait le reinaume d'Inys du grand continent englobant l'Ouest et le Sud. Même en plein été, des vents glacials balayaient ce chenal depuis la mer Cendrée.

Il trouva Kit accroché au bastingage, en train d'essuyer une coulure de vomi sur son menton. « Bon soir à toi, coquin. » Loth lui tapa dans le dos. « Aurais-tu bu trop de vin pirate ? »

Kit était blanc comme un lis. « Arteloth, répondit-il, je ne me sens pas très bien.

— Tu as besoin d'une bonne bière.

— Je n'ose leur en demander. Ils n'ont cessé de mugir de la sorte depuis que je suis sorti.

— C'est des chansons d'marins », les avisa une voix voilée.

Loth dévisagea la femme au large chapeau noir qui était accoudée au plat-bord.

« Des chansons d'travail. » Elle lança une outre à vin à Kit. « Ça aide les fauberts à passer l'temps. »

Kit dévissa le bouchon. « Avez-vous dit les *fauberts*, mademoiselle ?

— Ceux qui nettoient les ponts. »

À en juger par son allure et son accent, la pirate venait de Yscalin. Une peau profondément olivâtre, tannée et couverte de taches de rousseur. Des cheveux pareils à du vin d'orge. Des yeux d'un ambre clair, légèrement soulignés de peinture noire, une cicatrice sous le gauche. Elle présentait bien, pour une pirate, jusqu'au lustre de ses bottes et à son pourpoint immaculé. Une rapière pendait à son côté.

« Si j'étais vous, j'retourn'rais dans ma cabine avant la nuit, dit-elle. L'essentiel d'l'équipage aime pas trop les p'tits marquis. Plume les surveille, mais quand il dort, leurs bonnes manières s'endorment aussi.

— Je ne crois pas que nous ayons déjà fait connaissance, mademoiselle », répondit Kit.

Le sourire de la femme s'accentua. « Et qu'est-ce qui vous fait croire qu'j'ai envie d'faire la vôtre, nob' seigneur ?

— Eh bien, c'est vous qui êtes venue nous parler.

— P'têt que j'm'ennuyais.

— Peut-être que nous sommes intéressants. » Il se fendit d'une révérence extravagante. « Je suis lord Kitston Sommière, poète à la cour. Futur comte de Ruissemiel, au grand désespoir de mon père. Enchanté de vous rencontrer.

— Lord Arteloth Ru. » Loth inclina la tête. « Héritier du comte et de la comtesse de Bouleaudor. »

La femme haussa un sourcil. « Estina Melaugo. Héritière d'mes prop' ch'veux gris. Maît' d'équipage d'la *Rose éternelle.* »

À l'expression de Kit, Loth devina qu'il connaissait cette femme. Il préféra ne pas l'interroger pour l'instant.

« Alors, reprit Melaugo, z'êtes en route pour Cárscaro ?

— Êtes-vous originaire de cette ville, mademoiselle ? s'enquit Loth.

— Non. D'Vazuva. »

Loth la regarda boire au goulot d'une bouteille en verre.

« Mademoiselle, reprit-il, pourriez-vous nous dire à quoi ressemble la cour du roi Sigoso ? Nous ne savons presque rien de ce qui s'est passé en Yscalin au cours des deux années écoulées.

— J'en sais autant qu'vous, mon seigneur. J'ai fui la Yscalin, moi et que'ques autres, l'jour où la maison Vetalda a annoncé son allégeance au Sans-Nom. »

Kit reprit la parole : « Et tous les fuyards sont-ils devenus pirates ?

— *Corsaires*, s'il vous plaît. » Melaugo désigna le pavillon. « Et non. La plupart des exilés sont partis r'faire leur vie à Mentendon ou aux Ersyr. Mais tout l'monde s'en est pas tiré.

— Se pourrait-il donc que tous les Yscalins ne ploient pas le genou devant le Sans-Nom ? s'étonna Loth. Qu'ils aient simplement peur de leur roi, ou se retrouvent piégés dans le pays ?

— Probab'. Plus personne sort, désormais, et pas grand monde entre. Cárscaro accepte encore les ambassadeurs étrangers, comme l'atteste vot' présence, mais l'reste du pays pourrait bien avoir succombé à la fièvre, pour autant qu'j'le sache. » Une mèche se rabattit devant ses yeux. « Si vous arrivez à en r'partir, faudra me dire à quoi ressemble Cárscaro aujourd'hui. Paraît qu'y a eu un grand incendie juste avant l'envol des oiseaux. Y avait des champs d'lavande autour d'la capitale, mais z'auraient tous cramé. »

Ces nouvelles rendaient Loth encore plus mal à l'aise qu'il ne l'était déjà.

« J'avoue qu'j'me d'mande pourquoi vot' reine vous envoie dans c'nid d'serpents. J'croyais qu'vous étiez un d'ses favoris, lord Arteloth.

— Ce n'est pas la reine Sabran qui nous envoie, mademoiselle, la détrompa Kit, mais le sinistre Seyton Combe. » Il poussa un soupir. « Il n'a jamais aimé ma poésie, savez-vous ? Seul un rustre sans âme peut détester la poésie.

— Ah, l'Faucon-de-Nuit, pouffa Melaugo. Un familier approprié pour not' reine. »

Loth se crispa. « Qu'entendez-vous par là ?

— Par le Saint. » Kit paraissait fasciné. « Une hérétique en plus d'une pirate. Voulez-vous dire que la reine Sabran serait une espèce de sorcière ?

— *Corsaire*, le corrigea une fois encore Melaugo. Et parlez pas si fort. » Elle jeta un coup d'œil pardessus son épaule. « Vous méprenez pas, messeigneurs. À tit' personnel, j'ai aucune antipathie pour la reine Sabran, mais j'viens d'une région superstitieuse d'la Yscalin, et y a quand même que'que chose d'étrange chez les Berethnet. Chaque reine enfante qu'un seul enfant, toujours une fille, et elles se ressemblent tant… J'sais pas. Ça r'ssemble bien à de la sorcel…

— Ombre ! »

Melaugo se retourna. Le rugissement émanait du nid-de-pie.

« Encore une vouivre, commenta-t-elle à mi-voix. Pardonnez-moi. »

Elle bondit sur les cordages et grimpa. Kit courut vers le bord. « Une vouivre ? Je n'en ai jamais vu.

— Et c'est très bien comme ça », lui assura Loth, dont les bras étaient hérissés de chair de poule. « Nous n'avons rien à faire là, Kit. Viens, redescendons sous le pont avant que…

— Attends. » Kit mit sa main en visière. Ses boucles dansaient dans le vent. « Loth, tu as vu ça ? »

Loth jeta un coup d'œil soupçonneux vers l'horizon. Le soleil était bas et rouge, presque aveuglant.

Melaugo, accrochée aux enfléchures, avait l'œil vissé à sa longue-vue. « Mère de… » Elle abaissa sa lunette, puis la releva. « Plume, c'est… J'arrive pas à en croire mes yeux.

— C'est quoi ? demanda le maître de manœuvre. Estina ?

— C'est un… un haut-ouestrien. » Son cri était rauque. « Un haut-ouestrien ! »

Ces mots produisirent l'effet d'une étincelle dans une poudrière. L'ordre explosa au profit du chaos. Loth sentit ses jambes se raidir.

Un haut-ouestrien.

« Préparez les harpons et les boulets chaînés ! ordonna une Mentendonienne. Ça va chauffer ! Engagez pas le combat à moins qu'il attaque ! »

En avisant la créature, Loth se sentit geler jusqu'à la moelle. Il ne sentait plus ses mains ni son visage.

C'était impossible, et pourtant…

Un wyrm. Un monstrueux wyrm à quatre pattes, long de plus de deux cents pieds du museau jusqu'à la pointe de la queue.

Ce n'était pas une simple vouivrette chassant le bétail. C'était une espèce qu'on n'avait plus vue depuis une éternité, depuis les dernières heures sombres du Chagrin des Siècles. La plus formidable des créatures draconiques. Les hauts-ouestriens étaient les plus grands et les plus brutaux des dragons, les seigneurs redoutés de tous les wyrms.

L'un d'entre eux s'était *réveillé*.

La bête plana au-dessus du navire. Quand elle passa, Loth sentit sa chaleur, le mélange fétide de fumée et de soufre.

Le piège à ours qui lui tenait lieu de gueule. Les charbons noirs de ses yeux. Tout cela s'inscrivit dans sa mémoire. Il avait entendu des histoires depuis sa plus tendre enfance, vu d'atroces illustrations dans certains bestiaires – mais même ses pires cauchemars n'avaient jamais donné naissance à une chose aussi terrifiante.

« Engagez pas le combat, répéta la Mentendonienne. Calme ! »

Loth s'adossa au grand mât.

Il ne pouvait nier ce que ses yeux voyaient. Cette créature n'était peut-être pas dotée des écailles rouges du Sans-Nom, mais c'était l'un de ses congénères.

L'équipage se déplaçait tels les membres d'une fourmilière prenant l'eau, mais le wyrm semblait avoir un autre objectif en tête. Il vola au-dessus du détroit du Cygne. Loth voyait le feu palpiter dans son corps, sur toute la longueur de sa gorge et de son ventre. Sa queue hérissée de piquants s'achevait en un fouet imposant.

Loth s'agrippa au plat-bord pour ne pas s'effondrer. Ses oreilles sifflaient. Non loin de lui, l'un des plus jeunes marins tremblait de tous ses membres, debout dans une flaque jaune foncé.

Harlowe avait émergé de sa cabine. Il observa le haut-ouestrien s'éloigner.

« Z'avez intérêt à prier pour vot' salut, messeigneurs, lança-t-il doucement. Feúdel, l'aile droite du Sans-Nom, semble s'êt' réveillé. »

8

Est

Sulyard ronflait. Encore une raison pour laquelle Truyde avait eu tort de s'engager avec lui. Niclays n'aurait de toute façon pas pu trouver le sommeil même avec un invité silencieux, car un typhon s'était déclaré.

Le tonnerre grondait, faisant hennir un cheval dehors. Une seule coupe de vin avait suffi à enivrer Sulyard, qui dormait désormais comme un sonneur.

Niclays demeurait allongé sur son lit, lui-même légèrement saoul. Sulyard et lui avaient passé la soirée à jouer aux cartes et à échanger des histoires. Sulyard avait raconté la sombre légende de la Reine de Jamais, tandis que Niclays s'était contenté des charmes plus réjouissants d'Escarboucle et Scade.

Il ne nourrissait toujours aucune affection pour son hôte, mais il devait à Truyde de protéger son compagnon. Il le devait à Jannart.

Jan.

L'étau du chagrin se referma autour de son cœur. Il ferma les yeux et fut renvoyé à ce matin d'automne où ils s'étaient rencontrés pour la première fois dans la roseraie du palais de Brygstad, alors qu'Edvart II, tout juste couronné, regorgeait de perspectives d'avenir.

Au début de la vingtaine, alors qu'il était encore marquis de Zeedeur, Jannart était grand et d'une beauté saisissante, avec des magnifiques cheveux roux qui ondoyaient jusqu'au bas de son dos. À cette époque, Niclays était l'un des rares Mentendoniens à être doté d'une crinière de l'auburn le plus clair, tirant davantage sur l'or que sur le cuivre.

C'était ce qui avait poussé Jannart à l'approcher ce jour-là. *Rose d'or*, avait-il surnommé sa tignasse. Il avait demandé à Niclays l'autorisation de peindre son portrait, pour capturer cette teinte pour la postérité, et Roos, à l'instar de n'importe quel jeune courtisan imbu de sa personne, avait été plus que ravi d'y consentir.

Des cheveux roux dans une roseraie. Voilà comment tout avait commencé.

Ils avaient passé toute la saison ensemble, avec le chevalet, la musique et leurs rires pour seule compagnie. Même après l'achèvement du portrait, ils étaient restés unis comme les doigts de la main.

Niclays n'avait encore jamais été amoureux. C'était Jannart qui avait été suffisamment intrigué pour vouloir lui tirer le portrait, mais bientôt, Niclays avait regretté de ne savoir peindre lui aussi, afin de reproduire la teinte foncée de ses longs cils, la façon dont le soleil brillait dans ses cheveux, l'élégance de ses mains sur le clavecin. Il avait contemplé ses lèvres de soie et l'endroit où son cou rencontrait sa mâchoire ; il avait observé la veine qui battait dans ce berceau de vie. Il avait imaginé, en détails vivifiants, à quoi ressembleraient ses prunelles à l'aube, lorsque le sommeil alourdissait encore les paupières. Cet ambre profond si exquis, semblable au miel des abeilles noires.

Il avait vécu pour entendre cette voix, à la fois grave et suave. Oh, ce ténor savait chanter des ballades, et avait le don de se passionner pour les conversations tendant vers l'art ou l'histoire. Ces sujets allumaient en Jannart un brasier dont la chaleur attirait son entourage. Grâce à ses mots seuls, il était capable de magnifier un objet banal ou de faire revivre des civilisations ancestrales. Pour Niclays, il avait été un rayon de soleil illuminant toutes les facettes de son monde.

Il avait toujours su qu'il n'y avait aucun espoir. Après tout, Jannart était un marquis, héritier d'un duché, en plus d'être le plus proche ami du prince Edvart, alors que Niclays, lui, n'était qu'un arriviste de Rozentun.

Et pourtant, Jannart l'avait remarqué. Il l'avait vu et ne s'était plus détourné.

Dehors, de nouvelles vagues vinrent s'écraser contre la clôture. Niclays roula sur le côté, souffrant de partout.

« Jan, murmura-t-il doucement, quand sommes-nous devenus si vieux ? »

La cargaison mentendonienne devait désormais arriver d'un jour à l'autre ; et quand le navire repartirait, Sulyard serait à son bord. Encore quelques jours, et Niclays serait débarrassé de ce rappel vivant de Truyde et Jannart, ainsi que de la cour inyssienne abandonnée du Saint. Il pourrait recommencer à bricoler ses potions dans sa prison au bord du monde, exilé et oublié.

Il finit par s'endormir, son oreiller serré contre sa poitrine. Lorsqu'il se réveilla, il faisait encore nuit, mais les petits cheveux de sa nuque étaient hérissés.

Il s'assit pour scruter les ténèbres.

« Sulyard. »

Pas de réponse. Quelque chose remua dans le noir.

« Sulyard, c'est vous ? »

Lorsque l'éclair fit apparaître la silhouette devant lui, il reconnut aussitôt son visage.

« Honoré capitaine », dit-il d'une voix rauque. Mais on était déjà en train de l'arracher du lit.

Deux sentinelles le bousculèrent jusqu'à la porte. Étranglé par la terreur, il parvint cependant à ramasser sa canne, dont il donna un coup fulgurant. Elle claqua comme un fouet contre une joue. Il n'eut qu'un instant pour se féliciter de sa précision avant de recevoir un coup de matraque en fer.

Il n'avait jamais éprouvé une telle douleur. Sa lèvre inférieure éclata comme un fruit trop mûr. Toutes ses dents tremblèrent dans leurs alvéoles. Son ventre se souleva quand un goût cuivré lui coula sur la langue.

La sentinelle brandit à nouveau sa matraque et lui assena un second coup terrible, sur le genou. Implorant pitié, Niclays se protégea la tête de ses bras et laissa tomber sa canne. Une botte en cuir la brisa en deux. Les assauts se mirent à pleuvoir de toutes parts, atteignant tant son dos que sa figure. Il s'écroula sur les nattes en poussant de petits couinements de soumission et d'excuse. La maison était réduite en miettes autour de lui.

Le bruit distinct du verre qui se brise émanait de son atelier. Tout son équipement, qui valait plus d'argent qu'il n'en gagnerait jamais.

« Pitié. » Du sang lui dégoulinait sur le menton. « Honorées sentinelles, je vous en prie, vous ne comprenez pas. Ce travail… »

Ignorant ses complaintes, ils le firent sortir sous l'orage. Il était simplement vêtu de sa chemise de nuit. Sa cheville était trop faible pour le porter, ils le traînèrent donc tel un sac de millet. Les quelques Mentendoniens qui travaillaient de nuit émergeaient de leur logement.

« Docteur Roos ! s'exclama l'un d'eux. Que se passe-t-il ? »

Niclays chercha son souffle. « Qui est-ce ? » Sa voix fut couverte par le bruit du tonnerre. « Muste », cria-t-il, la langue pâteuse. « Muste, aide-moi, espèce d'imbécile ! »

Une main se plaqua contre sa bouche ensanglantée. Il entendait désormais Sulyard appeler à l'aide dans les ténèbres.

« Niclays ! »

Il leva les yeux, s'attendant à découvrir Muste, mais c'était Panaya qui se précipitait dans la mêlée. D'une manière ou d'une autre, elle parvint à se faufiler entre les sentinelles et se dressa devant lui tel le Chevalier du Courage. « S'il se trouve en état d'arrestation, dit-elle, alors montrez-moi le mandat délivré par l'honoré gouverneur du Cap-Hisan. »

Niclays l'aurait embrassée. Le capitaine se tenait non loin de là, pour observer ses hommes mettre la maison à sac.

« Retourne chez toi, lança-t-il à Panaya sans un regard pour elle.

— L'éminent docteur Roos mérite le respect. Si vous lui faites du mal, le Grand Prince de Mentendon le saura.

— Le Prince rouge n'a aucun pouvoir ici. »

Panaya se mit en garde en face de lui. Niclays ne pouvait que considérer avec admiration cette femme en tenue de nuit qui défiait un soldat en armure.

« Tant que des Mentendoniens vivent ici, ils jouissent de la protection du très honoré seigneur de guerre, affirma-t-elle. Que dira-t-il quand il apprendra que vous avez fait couler le sang à Orisima ? »

Le capitaine se rapprocha alors d'elle. « Peut-être estimera-t-il que j'ai été trop clément, rétorqua-t-il d'un ton méprisant, car ce menteur dissimulait un *intrus* chez lui. »

Panaya resta muette, manifestement stupéfaite.

« Panaya, chuchota Niclays. Je peux tout expliquer.

— Niclays, souffla-t-elle. Oh, Niclays. Vous avez défié le Grand Édit. »

La cheville de Roos palpitait. « Où vont-ils m'emmener ? »

Panaya jeta un coup d'œil nerveux vers le capitaine en train de beugler ses ordres à ses sentinelles. « Chez l'honoré gouverneur du Cap-Hisan. Ils vous soupçonneront d'avoir contracté le mal rouge », murmura-t-elle en mentendonien. Soudain, elle se crispa. « L'avez-vous touché ? »

Niclays y réfléchit, en panique. « Non, finit-il par affirmer. Non, pas sa peau directement.

— Vous devez le leur dire. Jurez-le sur votre Saint, lui conseilla-t-elle. S'ils vous soupçonnent de leur mentir, ils feront tout ce qu'ils peuvent pour vous arracher la vérité.

— La torture ? » Son visage ruisselait de sueur. « Pas la torture. Vous ne parliez tout de même pas de torture, si ?

— Suffit, aboya le capitaine. Emmenez ce traître ! »

Sur ce, les sentinelles empoignèrent Niclays pour le conduire de force, tel un agneau à l'abattoir. « Je veux un avocat ! hurla-t-il. Soyez maudits, il doit bien y avoir un avocat à moitié compétent sur cette foutue île abandonnée par le Saint ? » Comme personne ne répondait, il implora désespérément Panaya. « Demande à Muste de réparer mon matériel. Continuez mon œuvre ! » Elle le considéra, impuissante. « Et protégez mes livres ! Pour l'amour du Saint, *sauvez mes livres*, Panaya ! »

9

Ouest

« Je présume que l'on peut rarement s'adonner à ce genre de promenade, dans les Ersyr. La chaleur doit y être intolérable. »

Elles marchaient dans le jardin royal. Ead n'y avait jusqu'alors jamais mis les pieds. Cette retraite était réservée au plaisir de la reine, de ses dames de la chambre et des membres du conseil des Vertus.

Lady Arbella Valon était toujours alitée. La cour bruissait de murmures. Si elle mourait, une nouvelle dame de la chambre serait nommée. Celles de l'antichambre s'efforçaient déjà de faire étalage de leur vivacité d'esprit et de leurs talents devant Sabran.

C'était à n'en pas douter pour cela que Linora avait été tellement contrariée par le fait qu'Ead ait, à ses yeux, saboté son récit. Elle ne voulait pas que ses chances soient amoindries par ricochet.

« Pas pendant l'hiver. En été, nous portons des soies amples pour dissiper la chaleur, expliqua Ead. Quand je vivais sur le domaine de Son Excellence, à Rumelabar, je m'asseyais souvent pour lire près du bassin de la cour. Des citronniers doux ombrageaient les chemins et les fontaines pour rafraîchir l'air. C'était une époque paisible. »

En vérité, elle n'y était allée qu'une fois. Elle avait passé son enfance au Prieuré.

« Je vois. » Sabran tenait un éventail très orné. « Et vous priiez le Chantaube.

— Oui, Madame. Dans une maison de silence. »

Elles flânèrent jusqu'à l'un des vergers, où les reines-claudes étaient en pleine floraison. Douze chevaliers du corps les suivaient à distance.

Au cours des dernières heures, Ead avait découvert que, sous ses dehors d'omniscience, la reine d'Inys disposait d'une vision limitée du monde. Prisonnière des murailles de ses palais, sa connaissance des terres au-delà des frontières d'Inys provenait de globes en bois et de lettres reçues de ses ambassadeurs ou d'autres souverains. Elle parlait couramment l'yscalin et le hróthin, et ses tuteurs lui avaient enseigné l'histoire du règne de la Vertu, mais elle ne savait à part ça pas grand-chose. Ead sentait qu'elle se retenait de l'interroger sur le Sud.

Les Ersyriens n'adhéraient pas aux Six Vertus. Pas plus que leurs voisins du Domaine de Lasia, en dépit du rôle important de celui-ci dans la légende fondatrice inyssienne.

Ead s'était publiquement convertie aux Six Vertus peu après son arrivée à la cour. Par un après-midi de printemps, elle s'était présentée au sanctuaire royal, avait prêté allégeance à la maison Berethnet et avait reçu les éperons et la ceinture des adorateurs de Galian. En retour, elle s'était vu promettre une place au Halgalant, la cour céleste. Elle avait déclaré à l'archisanctarien qu'avant son arrivée en Inys, elle croyait en le Chantaube, la divinité la plus appréciée aux Ersyr. Nul n'avait jamais remis sa parole en doute.

Ead n'avait jamais été une adepte du Chantaube. Bien qu'elle eût du sang ersyrien, elle n'était pas née là-bas et n'y avait presque jamais mis les pieds. Son véritable credo n'était connu qu'au Prieuré.

« Son Excellence m'a dit que votre mère ne venait pas des Ersyr, dit Sabran.

— Non. Elle est née au Lasia.

— Comment s'appelait-elle ?

— Zāla.

— Je suis sincèrement navrée pour votre perte.

— Merci, Madame. Elle est morte il y a longtemps. »

Malgré tout ce qui pouvait les séparer, elles savaient toutes deux ce que c'était que de perdre sa mère.

Alors que le clocher frappait onze coups, Sabran s'arrêta sous sa volière privée. Elle en ôta le loquet, et un minuscule oiseau vert lui sauta sur le poignet.

« Ces oiseaux viennent des monts Uluma », déclara-t-elle. Des rayons de soleil dansaient dans les émeraudes qui lui ceignaient le cou. « Ils viennent souvent passer l'hiver là-bas.

— Êtes-vous déjà allée au Lasia, Majesté ? s'enquit Ead.

— Non. Je n'ai jamais pu quitter la Vertu. »

Ead éprouva une pointe d'agacement désormais familière. Quelle hypocrisie pour les Inyssiens de considérer le Lasia comme la pierre angulaire de leur légende fondatrice, tout en traitant, avec condescendance, son peuple d'hérétique.

« Naturellement », répondit-elle.

Sabran coula un regard dans sa direction. Elle saisit une bourse à sa ceinture et fit tomber quelques graines dans sa paume.

« En Inys, cet oiseau s'appelle le geai d'amour », lui apprit-elle. L'oiseau poussa un pépiement joyeux. « Ils restent toute leur vie avec le même partenaire et se souviennent de leur chant des années après leur séparation. Voilà pourquoi le geai d'amour était sacré pour le Chevalier de la Communion. Ces oiseaux incarnent son désir de voir toutes les âmes entrer en communion.

— Je les connais bien », répondit Ead. L'oiseau picora les graines. « Dans le Sud, on les appelle des mainates à tête de pêche.

— À tête de pêche ?

— Une pêche est un fruit orange très sucré, Majesté, avec un noyau au milieu. Il en pousse dans les Ersyr et dans certaines régions de l'Est. »

Sabran observa l'oiseau manger. « Ne parlons pas de l'Est », décréta-t-elle en reposant l'animal sur son perchoir.

Le soleil était brûlant, mais la reine ne montrait aucun désir de rentrer. Elles continuèrent donc à cheminer le long d'un sentier flanqué de cerisiers.

« Sentez-vous la fumée, mademoiselle ? demanda Sabran. C'est l'odeur d'un feu en ville. Ce matin, deux prophètes de malheur ont été brûlés sur la place Marian. Trouvez-vous cela bien ? »

Il existait deux sortes d'hérétiques en Inys. Quelques-uns, éparpillés, restaient fidèles à la religion primordiale du pays, une forme de vénération de la nature adoptée avant la fondation de la maison Berethnet, à l'époque où la chevalerie était encore jeune et le pays hanté par la Dame des Bois. Ils pouvaient abjurer ou être emprisonnés.

Et puis il y avait ceux qui professaient le retour du Sans-Nom. Au cours des deux années écoulées, ces prophètes de malheur étaient arrivés de Yscalin au compte-gouttes et prêchaient dans les villes aussi longtemps qu'ils le pouvaient. Ils étaient ensuite brûlés, par décret de la Duchesse de la Justice.

« C'est une mort cruelle, commenta Ead.

— Ils veulent voir l'Inys consumée par les flammes. Ils veulent que nous ouvrions grand les bras au Sans-Nom, que nous fassions de lui notre dieu. Lady Igrain estime que nous devons infliger à nos ennemis ce qu'ils nous infligeraient.

— Est-ce également ce que disait le Saint, Madame ? s'enquit Ead d'un ton posé. Je ne suis pas aussi versée dans les Six Vertus que vous.

— Le Chevalier du Courage nous ordonne de défendre la foi.

— Et pourtant, vous avez accepté un présent de la part du prince Aubrecht de Mentendon, qui commerce avec l'Est. Il vous a même offert une perle orientale. D'aucuns pourraient prétendre qu'il finance l'hérésie. »

Elle avait été incapable de retenir ses paroles. Sabran la gratifia d'un regard glacial.

« Je ne suis pas une sanctarienne dont le rôle est de vous enseigner les complexités des Six Vertus, rétorqua-t-elle. Si vous souhaitez débattre de ces problématiques, Mademoiselle Duryan, je vous conseille de vous tourner vers quelqu'un d'autre. Dans la tour obscure, peut-être, là où se rendent ceux qui mettent en doute mon jugement – qui émane, ainsi que je ne devrais pas avoir à vous le rappeler, du Saint en personne. » Elle se détourna. « Bonne journée. »

Elle s'éloigna à grands pas, suivie de ses chevaliers du corps. Ead resta seule sous les arbres.

Lorsque la reine eut disparu, elle traversa la pelouse pour aller s'asseoir au bord d'une fontaine en se morigénant. La chaleur la rendait irrationnelle.

Elle s'aspergea la figure d'un peu d'eau, puis but dans ses mains en coupe sous le regard de la statue de Carnélian Ire, la Fleur d'Ascalon, quatrième reine de la maison Berethnet. Bientôt, la dynastie régnerait sur l'Inys depuis mille six ans.

Ead ferma les yeux et laissa l'eau lui dégouliner dans le cou. Voilà huit années qu'elle se trouvait à la cour de la reine Sabran IX. Pendant tout ce temps, elle n'avait jamais rien dit qui pût la contrarier. Et voilà qu'elle se comportait telle une vipère, incapable de tenir sa langue. Quelque chose lui donnait envie d'asticoter la reine d'Inys.

Elle devait impérativement se défaire de cette propension, sinon la cour finirait par la dévorer vivante.

*
* *

Elle effectua ses corvées du jour dans un état second. La chaleur rendait chacune de ses tâches un peu plus difficile. Même Linora semblait au ralenti, ses cheveux blonds plaqués par la sueur ; quant à Roslain Crest, elle passa l'après-midi à s'éventer avec une fureur croissante.

Après le souper, Ead rejoignit les autres femmes au sanctuaire des Vertus pour les oraisons. La reine mère avait ordonné que l'on installe des vitraux bleus dans la salle, afin que l'on ait l'impression de se trouver sous l'eau.

Il y avait une statue dans le sanctuaire, sur le côté droit de l'autel. Galian Berethnet se dressait là, les mains croisées sur le pommeau d'Ascalon.

Sur la gauche, un simple socle avait été érigé en mémoire de la femme que les Inyssiens appelaient la reine Cléolind : la Damoiselle.

Les Inyssiens ne possédaient aucune archive détaillant l'apparence de Cléolind. Toutes les images d'elle, pour autant qu'elles aient jamais existé, avaient été détruites après sa mort, et aucun sculpteur n'avait jamais tenté de la recréer depuis. Nombreux étaient ceux qui mettaient cela sur le compte du fait que le roi Galian n'avait pas supporté de voir la femme qu'il avait perdue en couches.

Même le Prieuré ne possédait que peu de documents concernant la Mère. Tant de vestiges avaient été détruits ou perdus.

Tandis que les autres priaient, Ead en fit autant de son côté.

Mère, je vous en conjure, guidez-moi sur les terres de l'Imposteur. Mère, je vous implore, aidez-moi à me comporter avec dignité en présence de cette femme qui se prétend votre descendante et que j'ai juré de protéger. Mère, je vous en prie, donnez-moi le courage digne de mon manteau.

Sabran se leva et toucha la statue de son ancêtre. Tandis qu'elle et ses dames sortaient en file du sanctuaire, Ead aperçut Truyde. Celle-ci regardait droit devant elle, mais avait les mains jointes un peu trop fermement.

*
* *

Lorsque la nuit tomba et qu'elle eut achevé son travail au donjon, Ead descendit par l'escalier dérobé jusqu'à la poterne, où des barges apportaient des marchandises depuis la ville, et patienta dans l'alcôve renfermant le puits.

Truyde utt Zeedeur vint la rejoindre, tout encapuchonnée.

« Je n'ai pas le droit de sortir de la chambre des coffres sans chaperon après la nuit tombée. » Elle rentra une mèche de cheveux roux dans sa capuche. « Si Lady Oliva découvre que je suis sortie…

— Vous êtes maintes fois sortie rejoindre votre amant, ma dame, lui signala Ead. Vraisemblablement sans chaperon. »

Des yeux sombres l'observèrent depuis sous la capuche. « Que voulez-vous ?

— Je veux savoir ce que Sulyard et vous tramiez. Vous faites allusion à une besogne dans vos lettres.

— Cela ne vous concerne en rien.

— En ce cas, permettez-moi d'avancer une théorie. J'en ai vu assez pour savoir que vous portez un intérêt inhabituel à l'Est. Je pense que Sulyard et vous aviez l'intention de traverser l'Abysse ensemble pour accomplir quelque sinistre dessein, mais qu'il est parti sans vous. Me trompé-je ?

— Oui. Si vous tenez absolument à vous en mêler, autant que vous sachiez la vérité. » Truyde paraissait presque s'ennuyer. « Triam est parti au lagon Lacté. Nous comptions vivre ensemble, en couple, sans que la reine Sabran ni mon père ne puissent s'offusquer de notre union.

— Ne me mentez pas, ma dame. Vous sortez votre masque d'innocence à la cour, mais je pense que vous en avez un second. »

La poterne s'ouvrit. Elles se tapirent plus profondément dans l'alcôve tandis qu'un garde passait en sifflotant, flambeau à la main. Il se rendit droit à l'escalier dérobé sans les voir.

« Je dois retourner à la chambre des coffres, souffla Truyde. J'ai dû trouver *seize* dragées pour cet horrible oiseau. Il va faire du pétard si je pars trop longtemps.

— Dans ce cas, dites-moi ce que vous fomentiez avec Sulyard.

— Sinon quoi ? » Truyde laissa échapper un petit éclat de rire. « Que comptez-vous faire, Mademoiselle Duryan ?

— Peut-être rapporter au secrétaire principal que je vous soupçonne de conspirer contre Sa Majesté. Souvenez-vous, mon enfant, que vos lettres sont en ma possession. Ou peut-être devrais-je vous faire parler par d'autres moyens ? »

Truyde plissa les paupières.

« Ce ne sont pas des manières courtoises, commenta-t-elle doucement. Qui êtes-vous ? Pourquoi les secrets de la cour inyssienne vous intéressent-ils tant ? » Un air de prudence parcourut son regard. « Vous faites partie des agents de Combe, c'est bien ça ? Il paraît qu'il a recours à des espions de la plus basse espèce.

— Tout ce que vous devez savoir, c'est que je prends très à cœur la sécurité de Sa Majesté.

— Vous êtes une femme de chambre, pas une chevaleresse du corps. N'avez-vous pas des draps à étendre ? »

Ead se rapprocha d'un pas. Elle dominait Truyde d'une demi-tête, alors que celle-ci avait désormais la main posée sur le couteau passé à sa ceinture.

« Je ne suis peut-être pas chevaleresse, répliqua Ead, mais quand je suis arrivée à la cour, j'ai juré de protéger la reine Sabran de tous ses ennemis.

— Et j'en ai fait autant, rétorqua Truyde avec passion. Je ne suis pas son ennemie – et le peuple de l'Est non plus. Ils détestent le Sans-Nom autant que nous. Les nobles créatures qu'ils vénèrent n'ont rien à voir avec les wyrms. » Elle se redressa. « Les bêtes draconiques se réveillent, Ead. Bientôt, le Sans-Nom et ses serviteurs prendront leur essor, et leur courroux sera terrible. Et lorsqu'ils se rallieront contre nous, nous aurons besoin d'aide pour les affronter. »

Un frisson parcourut Ead.

« Vous voulez négocier une alliance militaire avec l'Est, murmura-t-elle. Vous voulez vous servir de *leurs* wyrms… pour nous aider à lutter contre l'éveil. » Truyde la dévisageait, les yeux brillants. « Imbéciles. Imbéciles impétueux. Lorsque la reine découvrira que vous voulez frayer avec des *wyrms*…

— Ce ne sont pas des wyrms ! Ce sont des *dragons*, des créatures d'une grande douceur. J'en ai vu des images, j'ai lu des tas de livres à leur sujet.

— Des livres orientaux.

— *Oui*. Leurs dragons ne font qu'un avec l'air et l'eau, pas avec le feu. Nous sommes brouillés avec l'Est depuis si longtemps que nous en avons oublié la différence. » Alors qu'Ead se contentait de la contempler, incrédule, Truyde tenta une approche différente. « Je vous parle d'étrangère à étrangère, alors écoutez-moi : et si les Inyssiens se trompaient, et si la perpétuation de la lignée des Berethnet ne suffisait pas à maintenir le Sans-Nom endormi ?

— Qu'est-ce que vous babillez, fillette ?

— Vous savez que quelque chose a changé. Les créatures draconiques se réveillent, la scission de la Yscalin avec la Vertu – ces événements ne sont qu'un début ». Elle baissa d'un ton. « Le Sans-Nom revient. Et je pense que son avènement est pour bientôt. »

Ead demeura d'abord muette de stupeur.

Et si la perpétuation de la lignée des Berethnet ne suffisait pas à maintenir le Sans-Nom endormi ?

Comment une jeune femme issue de la Vertu pouvait-elle en arriver à tirer une conclusion aussi hérétique ?

Naturellement, elle n'avait pas forcément tort. La Prieure en avait dit autant à Ead avant sa venue en Inys, expliquant pourquoi une sœur devait être envoyée pour protéger la reine Sabran.

La maison Berethnet pourrait nous protéger du Sans-Nom, ou pas. Il n'y a aucune certitude dans un sens ni dans l'autre. Nous n'en avons pas non plus sur le fait que les reines Berethnet soient effectivement les descendantes de la Mère. Si c'est bien le cas, leur sang est sacré et doit être protégé. Elle visualisait désormais parfaitement la Prieure, claire comme de l'eau de roche. *C'est le problème avec les histoires, mon enfant. Leur véracité ne peut pas être attestée.*

Voilà pourquoi Ead avait été envoyée en Inys. Pour protéger Sabran, au cas où le mythe soit vrai et où son sang puisse permettre d'empêcher le réveil de l'ennemi.

« Et vous entendez nous préparer à ce… second avènement ? » déclara Ead en feignant l'amusement.

Truyde dressa le menton. « Oui. Les Estriens possèdent de nombreux dragons qui vivent au côté des humains. Et qui ne répondent pas au Sans-Nom. Quand il reviendra, nous aurons besoin de ces dragons orientaux pour le défaire. Nous devons nous tenir unis pour empêcher un deuxième Chagrin des Siècles. Triam et moi ne laisserons pas l'humanité se précipiter vers son extinction. Nous sommes peut-être petits, et nous sommes peut-être jeunes, mais nous remuerons ciel et terre pour faire entendre nos croyances. »

Quelle que soit la vérité, la fille avait de grandes ambitions.

« Comment pouvez-vous être aussi certaine que le Sans-Nom reviendra ? demanda Ead. N'êtes-vous pas une fille de la Vertu, née pour croire que la reine Sabran le garde enchaîné ? »

Truyde leva fièrement le front.

« J'adore la reine Sabran, affirma-t-elle, mais je ne suis pas non plus naïve au point de croire tout ce qu'on m'annonce. Les Inyssiens sont sans doute aveuglés par leur foi, mais à Mentendon, nous préférons avoir des preuves.

— Et en avez-vous que le Sans-Nom reviendra ? Ou n'est-ce qu'une intuition ?

— Pas une intuition. Une conjecture.

— Quoi que vous puissiez conjecturer, votre projet relève de l'hérésie.

— Ne me parlez pas d'hérésie, riposta Truyde. Ne vénériez-vous pas autrefois le Chantaube ?

— Ce n'est pas la question. » Ead marqua une pause. « Voilà donc où Sulyard est parti. Lancé dans une quête insensée pour l'Est, déterminé à négocier une alliance impossible pour le compte d'une reine qui ignore tout de cette entreprise. » Elle se laissa tomber sur le muret du puits. « Votre amant mourra en essayant.

— Non. Les Seiikinois l'écouteront…

— Il n'est même pas l'ambassadeur officiel d'Inys. Pourquoi l'écouteraient-ils ?

— Triam parviendra à les convaincre. Nul ne parle mieux du cœur que lui. Et lorsque les dirigeants estriens seront convaincus de la menace, nous irons trouver la reine Sabran. Et elle se rendra compte de la nécessité d'une alliance. »

La fille était aveuglée par la passion. Sulyard serait exécuté dès l'instant où il poserait le pied à l'Est, et Sabran préférerait se sectionner le nez plutôt que de conclure un pacte avec les adorateurs de wyrms, même si elle finissait par croire que le Sans-Nom risquait bien de reparaître sous son règne.

« Le Nord est faible, insista Truyde, et le Sud est trop fier pour traiter avec la Vertu. » Ses joues s'étaient embrasées. « Vous osez me juger pour vouloir chercher de l'aide ailleurs ? »

Ead la regarda droit dans les yeux.

« Vous imaginez peut-être être la seule à chercher à protéger ce monde, lança-t-elle, mais vous n'avez pas idée de là où vous mettez les pieds. Vous l'ignorez tous. » Lorsque Truyde fronça les sourcils, Ead ajouta : « Sulyard a sollicité votre aide. Qu'avez-vous fait pour lui prêter main-forte ? Quels projets avez-vous élaborés ? » Truyde demeura silencieuse. « Si vous avez fait *quoi que ce soit* pour le soutenir dans cette entreprise, c'est de la trahison.

— Je n'ajouterai pas un mot. » Truyde s'écarta. « Allez trouver lady Oliva, si vous le souhaitez. Mais d'abord, vous devrez lui expliquer ce que vous faisiez dans la chambre des coffres. »

Comme elle tournait les talons pour partir, Ead la rattrapa par le poignet.

« Vous avez écrit un nom dans le livre. *Niclays*. Je crois qu'il s'agit de Niclays Roos, l'anatomiste. » Truyde secoua la tête, mais Ead lut la confirmation dans son regard. « Qu'a-t-il à voir avec ça ? »

Avant que Truyde puisse répondre, une bourrasque secoua les terres.

Toutes les branches de tous les arbres tremblèrent. Les oiseaux de la volière cessèrent de chanter. Ead lâcha la main de Truyde et sortit de l'alcôve.

Des canons se mirent à cracher dans toute la ville. Les mousquets crépitèrent telles des châtaignes laissées au feu. Truyde, pour sa part, resta en retrait.

« Qu'est-ce que c'est que ça ? » s'inquiéta-t-elle.

Ead souffla en sentant son pouls s'accélérer. Il y avait longtemps que ce sentiment ne l'avait plus envahie. Pour la première fois depuis des années, son siden avait été attisé.

Quelque chose arrivait. S'il était parvenu si loin, il devait avoir trouvé le moyen de franchir les défenses côtières. Ou de les détruire.

Un éclat aussi puissant que le soleil fendit la nuée, si chaud qu'elle lui brûla les yeux et les lèvres, et un wyrm s'éleva au-dessus du mur-rideau. Le jet de feu carbonisa les archers et les mousquetaires, réduisant en éclats une rangée de catapultes. Truyde se laissa glisser au sol.

Ead comprit de quoi il s'agissait à l'ampleur du phénomène. Un haut-ouestrien. Un monstre depuis les dents jusqu'à sa queue en fouet, d'où des piquants mortels saillaient. Son abdomen portant les stigmates de batailles passées était d'un brun rouille, mais le reste de son corps était aussi noir que le goudron. Les flèches qui jaillirent depuis les tours de guet rebondirent contre ses écailles.

Ces projectiles étaient inefficaces. Les mousquets l'étaient tout autant. Il ne s'agissait pas de n'importe quel wyrm, ni même de n'importe quel haut-ouestrien. Aucun être vivant n'avait jamais posé les yeux sur cette créature, mais Ead en connaissait le nom.

Feúdel.

Celui qui s'était autoproclamé aile droite du Sans-Nom. Feúdel, qui avait élevé et conduit l'armée draconique contre l'humanité durant le Chagrin des Siècles.

Il s'était réveillé.

La bête tournoya au-dessus du palais d'Ascalon, projetant son ombre sur les pelouses et les vergers. Ead en eut mal au cœur ; la peau lui brûlait, et l'odeur du monstre embrasa le siden dans son sang.

Son arc droit était resté dans sa chambre, hors de sa portée. Des années de routine avaient émoussé sa vigilance.

Feúdel se posa sur la tour obscure. Sa queue s'enroula autour, tandis que ses griffes s'enfonçaient dans le toit. Des tuiles s'effondrèrent, contraignant gardes et serviteurs en contrebas à se disperser.

Sa tête était couronnée de deux cornes cruelles. Des yeux pareils à des puits de magma rougeoyaient dans le noir.

« REINE SABRAN. »

Le ciel lui-même sembla répercuter ses paroles. La moitié d'Ascalon avait dû les entendre.

« FILLE DES CŒURDÉÇU » D'autres pierres dégringolèrent de la tour. De nouveaux traits rebondirent contre son armure. « VIENS AFFRONTER TON ENNEMI DE TOUJOURS, OU REGARDE TA CITÉ BRÛLER. »

Sabran ne répondrait pas à la menace. Quelqu'un l'en empêcherait. Le conseil des Vertus enverrait un représentant pour négocier.

Feúdel exposa ses dents métalliques scintillantes. La tour alabastrine était trop haute pour qu'Ead en aperçoive le dernier balcon, mais son ouïe nouvellement affûtée perçut une deuxième voix. « Je suis là, abomination. »

Ead se figea.

L'imbécile. L'imbécile complète. En se montrant, Sabran venait de signer son arrêt de mort.

Des hurlements s'élevaient de chaque bâtiment. Courtisans et domestiques se penchaient par la fenêtre pour observer le démon. D'autres couraient comme des dératés pour gagner les portes de la ville. Ead s'élança dans l'escalier dérobé.

« Tu es donc réveillé, Feúdel, déclara Sabran avec mépris. Pourquoi être venu ici ?

— Pour t'avertir, reine d'Inys. Le temps de choisir ton camp approche. » Feúdel poussa un sifflement qui couvrit Ead de chair de poule. « Les miens s'agitent dans leurs grottes. Mon frère, Orsul, s'est déjà envolé, et notre sœur, Valeysa, en fera bientôt autant. Avant la fin de l'année, tous nos partisans se seront réveillés. L'armée draconique sera de nouveau sur pied.

— Je n'ai que faire de tes avertissements, rétorqua Sabran. Je n'ai pas peur de toi, lézard. Tes menaces ne pèsent rien. »

Ead entendait ces paroles comme un grondement dans sa tête. Les émanations qui s'élevaient de Feúdel affûtaient ses sens.

« Mon maître s'éveille dans l'Abysse, reprit-il en faisant darder sa langue. Le millénaire touche à son terme. Ta maison était notre plus grand ennemi de l'époque, Sabran Berethnet, lors de ce que vous nommez le Chagrin des Siècles.

— Mon ancêtre vous a alors montré la fougue des Inyssiens, et j'en ferai autant aujourd'hui, riposta Sabran. Tu parles d'un millénaire, wyrm. Quelle tromperie ta langue fourchue vend-elle ? »

Sa voix était aussi tranchante que de l'acier.

« Tu le découvriras sous peu. » Le wyrm étendit son long cou pour rapprocher sa tête de l'autre tour. « Je t'offre une chance de jurer fidélité à mon maître et de te nommer reine de chair de l'Inys. » Des flammes rugissaient derrière ses yeux. « Viens avec moi. Capitule. Choisis le bon côté, comme la Yscalin a pu le faire. Résiste, et tu brûleras. »

Ead observa le beffroi. Elle ne pouvait pas atteindre son arc, mais elle n'était pas dépourvue pour autant.

« Tes mensonges ne s'ancreront dans aucun cœur inyssien. Je ne suis pas le roi Sigoso. Mon peuple sait que ton maître ne se réveillera pas tant que la lignée du Saint perdurera. Si tu t'imagines que je nommerai un jour cette nation le reinaume draconique d'Inys, tu risques d'être profondément déçu, wyrm.

— Tu prétends que ton sang protège ce royaume, répondit Feúdel. Et pourtant, tu es sortie m'affronter. »

Ses dents étaient chauffées au rouge. « Ne crains-tu pas ma flamme ?

— Le Saint me protégera. »

Même le plus convaincu des dévots ne pensait pas un instant que sire Galian Berethnet allait tendre la main depuis sa cour céleste pour les protéger d'un ventre plein de feu.

« Tu t'adresses à quelqu'un qui connaît la faiblesse de la chair. J'ai massacré Sabran l'Ambitieuse dès le premier jour du Chagrin. Ton Saint », cracha Feúdel, la bouche fumante, « ne l'a pas protégée. Incline-toi devant moi, et je t'épargnerai cette fin. Refuse, et tu la rejoindras sans tarder. »

Si Sabran répondit, Ead ne l'entendit pas. Le vent sifflait à ses oreilles tandis qu'elle traversait le jardin du Cadran en courant. Les archers décochaient flèche après flèche, mais pas une pointe ne perça les écailles.

Sabran continuerait à provoquer Feúdel jusqu'à ce qu'il l'embrase. Cette idiote devait réellement penser que ce satané Saint la protégerait.

Ead passa devant la tour alabastrine. Des débris continuaient de tomber, et un garde s'effondra, mort, devant elle. Pestant contre le poids de sa robe, elle finit par atteindre la bibliothèque royale, dont elle ouvrit les portes à la volée avant de sinuer entre les étagères jusqu'à atteindre l'entrée du beffroi.

Elle se dépouilla alors de son manteau, déboucla sa ceinture. Elle entama l'ascension du long colimaçon.

Dehors, Feúdel continuait de persifler Sabran. Ead s'arrêta dans le beffroi, où le vent hurlait entre les fenêtres en plein cintre. Elle avisa alors cette scène improbable.

La reine d'Inys se trouvait sur le balcon supérieur de la tour alabastrine. Celle-ci était située au sud-est de la tour obscure, où était juché Feúdel. Un wyrm sur un bâtiment, une reine sur un autre. La souveraine tenait dans sa main la lame cérémonielle qui représentait Ascalon, l'Épée Véritable.

Inutile.

« Quitte la ville sans faire de mal à personne, ordonna-t-elle, ou je te jure par le Saint dont le sang coule en moi que tu subiras la pire défaite que la maison Berethnet ait jamais infligée aux tiens. » Feúdel exhiba à nouveau ses crocs, mais Sabran s'avança d'un pas de plus vers le rebord. « Avant de quitter ce monde, je veillerai à ce que ton engeance soit replongée pour l'éternité dans le gouffre de la montagne. »

Feúdel se cabra et déploya ses ailes. Face à ce béhémoth, la reine d'Inys paraissait plus petite qu'une poupée.

Néanmoins, elle ne se déroba pas.

La soif de sang du wyrm se lisait dans ses yeux. Ceux-ci brûlaient aussi fort que la fournaise dans son ventre. Ead comprit qu'elle ne disposait que de quelques instants pour décider quoi faire ensuite.

Il faudrait employer un sort de vent. Ce genre de sortilège nécessitait une grande quantité de siden, et il lui en restait si peu… Mais peut-être qu'en puisant dans ses dernières réserves pour fournir un ultime effort, elle parviendrait à en jeter un sur Sabran.

Elle tendit la main vers la tour alabastrine, projetant son siden et l'enroulant en volutes autour de la reine d'Inys.

Quand Feúdel cracha sa flamme, Ead brisa les chaînes de son pouvoir resté si longtemps endormi. Le feu vint heurter la pierre ancestrale. Sabran disparut dans un nuage de lumière et de fumée. Ead était vaguement consciente de l'arrivée de Truyde dans le beffroi, mais il était trop tard pour dissimuler son acte.

Ses sens se focalisèrent sur Sabran. Elle sentit la tension sur le treillis de protection autour de la reine, le feu cherchant à affirmer sa supériorité, la douleur dans son propre corps tandis que le sortilège engloutissait son siden. Son corset était inondé de sueur. Son bras tremblait sous l'effort fourni par cette main tendue.

Lorsque Feúdel referma ses mâchoires, tout devint silencieux. Des vapeurs noires s'élevaient de la tour, se dissipant lentement. Ead attendit, le cœur tendu comme un tambour, jusqu'à apercevoir une silhouette au milieu du nuage.

Sabran Berethnet était indemne.

« À mon tour de te donner un avertissement, dit-elle à court de souffle. Un avertissement émanant de mon ancêtre : si tu déclares la guerre à la Vertu, ce sang sanctifié éteindra ton feu. Pour toujours. »

Feúdel ne réagit pas. Pas cette fois. Il contemplait la pierre noircie et le cercle immaculé autour de Sabran.

Un cercle parfait.

Ses naseaux se dilatèrent. Ses pupilles s'étrécirent jusqu'à n'être plus que deux fentes. Il avait déjà vu un sortilège. Ead se tenait aussi immobile qu'une statue, tandis que le regard de la bête parcourait les alentours à sa recherche. Sabran ne bougeait pas non plus. Quand Feúdel fut tourné face au beffroi, il renifla, et Ead comprit qu'il avait flairé sa piste. Elle sortit de l'ombre sous l'horloge.

Feúdel dévoila ses dents. Toutes les épines de son dos se hérissèrent, et un long sifflement glissa sur sa langue. Soutenant son regard, Ead dégaina son couteau et le pointa vers lui.

« Je suis là, déclara-t-elle doucement. Je suis là. »

Le haut-ouestrien poussa un hurlement de rage. D'une poussée sur ses pattes arrière, il décolla de la tour obscure, emportant avec lui une partie de la flèche et l'essentiel de la façade est. Ead se jeta derrière une colonne quand une boule de feu explosa contre le beffroi.

La cadence du battement d'ailes s'estompa. Ead retourna vers la balustrade en titubant. Sabran était toujours sur son balcon, au milieu de son cercle de pierre pâle. L'épée lui avait échappé de la main. Elle n'avait pas regardé le beffroi ni vu Ead l'observer. Lorsque Combe vint à sa hauteur, elle se laissa aller contre lui, et il la ramena à l'intérieur de la tour alabastrine.

« Qu'avez-vous fait ? » demanda une voix tremblante derrière Ead. Truyde. « Je vous ai vue. Qu'avez-vous fait ? »

Ead se laissa glisser sur le sol du beffroi, la tête pendante. De grands frissons lui secouaient le corps.

L'essence contenue dans son sang avait été dépensée. Ses os lui paraissaient creux, sa peau à vif, comme si elle avait été écorchée. Elle avait besoin de l'arbre, d'une bouchée de son fruit. L'oranger la sauverait…

« Vous êtes une sorcière. » Truyde s'éloigna, blême. « Sorcière. Vous pratiquez la sorcellerie. Je l'ai vu…

— Tu n'as rien vu du tout.

— C'était de l'aéromancie, souffla Truyde. À présent, je connais votre secret, et il pue bien plus que le mien. Voyons si vous arrivez à poursuivre Triam depuis le bûcher. »

Elle tourna les talons vers l'escalier. Ead lança son couteau.

Même dans son état, elle atteignit sa cible. Truyde fut brusquement tirée en arrière et poussa un hoquet étranglé, la cape clouée au chambranle de la porte. Avant qu'elle puisse prendre la fuite, Ead se dressait devant elle.

« Mon devoir est d'éliminer les serviteurs du Sans-Nom. Je tuerai également ceux qui menacent la maison Berethnet, murmura-t-elle. Si tu comptes m'accuser de sorcellerie devant le conseil des Vertus, je te conseille de trouver le moyen de prouver tes dires – et vite, avant que je fabrique des poupées à l'effigie de ton amant et toi, et que je les poignarde en plein cœur. Crois-tu que, sous prétexte que Triam Sulyard se trouve à l'Est, je ne puisse plus l'atteindre ? »

Truyde respirait laborieusement, sans desserrer les dents.

« Si vous touchez à un seul de ses cheveux, chuchota Truyde, je veillerai à ce que vous brûliez place Marian.

— Le feu ne peut rien contre moi. »

Elle libéra son couteau. Truyde s'écroula contre le mur, haletante, une main portée à sa gorge.

Ead se tourna vers la porte. Son haleine était chaude et saccadée, ses oreilles bourdonnaient.

Elle fit un pas avant de s'effondrer.

10

Est

Ginura était conforme aux espérances de Tané. Depuis l'enfance, elle avait visualisé la capitale sous toutes les coutures. Inspirée par ce qu'elle avait entendu de la bouche de ses éminents professeurs, son imagination avait développé une chimère de châteaux, de maisons de thé et de bateaux de plaisance.

Elle avait vu juste. Les lieux saints étaient plus vastes que n'importe lequel de ceux du Cap-Hisan, les rues scintillaient comme le sable sous le soleil, et des pétales flottaient le long des canaux. Toutefois, plus d'habitants signifiait plus de bruit et d'agitation. De la fumée de charbon épaississait l'air. Des bœufs tractaient des chariots de biens, des messagers couraient ou chevauchaient parmi les bâtiments, des chiens errants fouillaient parmi les détritus et, çà et là, un ivrogne invectivait la foule.

Et quelle foule ! Tané trouvait déjà que le Cap-Hisan grouillait d'activité, mais cent mille personnes se bousculaient à Ginura, et pour la première fois de sa vie, elle mesurait quelle faible proportion du monde elle avait vue.

Les palanquins emmenaient les apprentis plus profondément dans la ville. Les arbres des saisons étaient aussi colorés que Tané l'avait toujours entendu dire, avec leurs feuilles estivales jaune beurre, et les artistes de rue jouaient de la musique que Susa aurait adorée. Elle repéra deux singes des neiges perchés sur un toit. Des marchands vantaient leur soie, leur étain et leurs raisins de mer venus de la côte septentrionale.

Alors que les litières traversaient les canaux en empruntant d'innombrables ponts, les gens leur tournaient le dos, comme s'ils n'étaient pas dignes de regarder les gardes de mer. Parmi eux se trouvaient les hommes-poissons, ainsi qu'on les surnommait de façon méprisante au Cap-Hisan : les courtisans vêtus comme s'ils venaient de sortir de l'océan. L'on disait que certains d'entre eux raclaient les écailles des poissons-arc-en-ciel pour s'en orner les cheveux.

Lorsque Tané aperçut le château de Ginura, elle en eut le souffle coupé. Les toits étaient de la couleur du corail blanchi par le soleil, les murs ressemblaient à des os de seiche. Le bâtiment avait été conçu pour ressembler au palais des Maintes-Perles, où les dragons seiikinois entraient en sommeil chaque année pour, pensait-on, relier les plans maritime et céleste.

Autrefois, à l'époque où ils avaient été en pleine possession de leurs pouvoirs, les dragons n'avaient pas eu besoin de cette saison de repos. Le cortège s'arrêta devant l'école de guerre de Ginura, où les gardes de mer seraient répartis pour la dernière fois. Il s'agissait de la plus vieille et de la plus prestigieuse institution de ce genre, où les nouveaux soldats étaient cantonnés et poursuivaient leur formation dans l'art de la guerre. C'était là que Tané prouverait qu'elle méritait d'intégrer le clan Miduchi. Là qu'elle ferait étalage des capacités qu'elle affûtait depuis l'enfance.

Le tonnerre grondait dans le ciel. Quand elle émergea de son palanquin, ses jambes menacèrent de la trahir, engourdies d'être restées ployées si longtemps. Turosa ricana, mais un domestique la rattrapa.

« Je vous tiens, honorable dame.

— Merci », répondit Tané. Voyant qu'elle avait recouvré une forme de stabilité, il lui déploya un parapluie au-dessus de la tête.

Les premières gouttes de pluie lui trempèrent les bottes tandis qu'elle franchissait le portail avec les autres, admirant la magnificence de ses feuilles d'argent et de son bois blanchi par l'iode. Des sculptures des grands guerriers de l'histoire seiikinoise se côtoyaient sous son pignon, comme pour se cacher de l'orage. Tané remarqua parmi eux l'honorée de longue date princesse Dumai, ainsi que le premier seigneur de guerre. Les héros de son enfance.

Une femme les attendait dans l'entrée, où ils retirèrent leurs bottes. Ses cheveux étaient soigneusement lustrés et coiffés.

« Bienvenue à Ginura, déclara-t-elle d'une voix froide. Vous avez la matinée pour vous laver et vous reposer dans vos quartiers. À midi, vous commencerez la première de vos épreuves de l'eau. Vous serez alors observés par l'honoré général de mer, et par ceux qui deviendront peut-être vos pairs. »

Le clan Miduchi. Tané frétillait d'impatience.

La femme les accompagna plus loin dans l'école, à travers des cours et des galeries couvertes. Chacun des gardes de mer se vit attribuer une petite chambre. Tané se retrouva installée à l'étage supérieur, près des trois autres principaux apprentis. Sa fenêtre donnait sur une cour intérieure, où un bassin à poissons bouillonnait à cause de l'averse.

Ses vêtements de voyage empestaient. Voilà trois jours qu'ils s'étaient arrêtés dans une auberge en bord de route.

Elle trouva une baignoire en cyprès derrière un paravent. Des huiles parfumées et des pétales flottaient dans l'eau. Ses cheveux se déployèrent autour d'elle quand elle s'immergea dans la cuve en repensant au Cap-Hisan. À Susa.

Elle s'en sortirait. À l'instar d'un chat, son amie avait le don de toujours retomber sur ses pattes. Quand elles étaient jeunes et que Tané se rendait encore régulièrement en ville, Susa dérobait des racines de lotus sautées ou des prunes salées, détalant comme un renard si toutefois on la remarquait. Elles se cachaient alors quelque part et se goinfraient à s'en donner mal au ventre sans cesser de rire. La seule fois que Susa avait eu peur, c'était lors de sa première rencontre avec Tané.

Cet hiver-là était long et rigoureux. Par une soirée particulièrement froide, Tané avait bravé le blizzard avec l'un de ses professeurs pour acheter du bois de chauffage au Cap-Hisan. Tandis que l'adulte négociait avec le marchand, Tané s'était légèrement éloignée pour aller se réchauffer les mains au-dessus d'un fourneau de charbons ardents.

C'était alors qu'elle avait entendu les rires, et une voix brisée appelant à l'aide. Dans une ruelle voisine, elle avait trouvé une autre enfant, que des garnements rouaient de coups de pied dans la neige. Tané avait dégainé son épée de bois en criant. Même si elle n'avait que onze ans, elle savait déjà s'en servir.

Les gamins du Cap-Hisan étaient des combattants aguerris. L'un d'eux, visant l'œil, avait remonté sa lame sur sa pommette, y inscrivant une cicatrice en forme d'hameçon.

Ils avaient rossé Susa – une orpheline affamée – pour avoir mangé un morceau de viande dérobé dans un temple. Une fois que Tané eut effrayé les petits vauriens, elle était allée chercher son professeur pour solliciter son aide. Âgée de dix ans, Susa ne pouvait plus entamer un cursus normal dans les maisons d'apprentissage, mais elle fut bien vite adoptée par une aubergiste au cœur tendre. Elles riaient parfois du fait qu'elles pourraient être sœurs, puisque Susa ignorait tout de ses parents.

Sœurs de mer, avait un jour suggéré Susa. *Deux perles formées dans la même huître.*

Tané sortit de son bain.

Comme elle avait changé, depuis ce soir-là dans la neige. Si la même chose se produisait maintenant, elle déciderait peut-être que ce n'était pas un comportement digne d'une apprentie. Elle considérerait peut-être même que cette fillette méritait son sort, pour avoir volé ce qui était destiné aux dieux. À une époque, elle avait commencé à mesurer la chance qu'elle avait de pouvoir espérer devenir dragonnière. C'était alors que son cœur s'était endurci, telle une coque de navire se couvrant de patelles.

Et pourtant, une partie de la petite fille qu'elle avait été subsistait en elle. La partie qui avait caché l'homme croisé à la plage.

Elle n'aurait pas de deuxième chance, si elle était trop fatiguée durant sa première journée de formation. Tané se sécha à l'aide d'un linge, enfila le peignoir uni posé sur le lit et s'allongea.

Quand elle se réveilla, l'extérieur était encore brumeux, mais un filet de lumière cireuse fendait les nuages. Sa peau avait séché, et elle se sentait plus fraîche, avec les idées plus claires.

Un groupe de servantes arriva peu après. Elle n'avait plus été vêtue par quiconque depuis l'enfance, mais elle eut la jugeote de ne pas discuter.

La première épreuve se tiendrait dans une cour au milieu de l'école, où le général de mer patientait. Les gardes de mer s'installèrent sur des gradins en pierre. Les dragons étaient déjà là, à les observer depuis les toits. Tané essaya de ne pas les regarder.

« Bienvenue à votre première épreuve de l'eau. Vous avez voyagé plusieurs jours, mais les soldats de la garde de haute mer n'ont guère le temps de se reposer, déclara le général. Aujourd'hui, vous allez démontrer votre capacité à manier la hallebarde. Commençons par deux apprentis dont les éminents professeurs vantent les mérites. Honorable Onren, de la maison Est, honorable Tané, de la maison Sud, voyons laquelle d'entre vous parviendra à défaire l'autre. »

Tané se leva, la gorge serrée. Quand elle atteignit le bas des gradins, un homme lui tendit une hallebarde, une arme d'hast légère à la hampe de chêne blanc et dont la lame d'acier était incurvée. Elle la retira de son fourreau laqué et fit courir son doigt jusqu'à la pointe.

Dans la maison Sud, les lames étaient en bois. Maintenant, elle allait enfin pouvoir se servir de l'acier. Lorsque Onren reçut son arme à son tour, elles se dirigèrent l'une vers l'autre.

Onren sourit. Tané conserva une expression neutre, malgré la moiteur de ses paumes. Son cœur était tel un papillon en cage. *L'eau qui s'écoule en toi est froide*, lui avait un jour dit son professeur. *Quand tu brandis une arme, tu deviens un fantôme sans visage. Tu ne trahis plus rien.*

Elles se saluèrent. Un voile se posa sur son esprit, comme le calme naissant au crépuscule.

« Combattez », ordonna le général.

Aussitôt, Onren combla l'espace qui les séparait. Tané fit tournoyer sa hallebarde entre ses mains, et les lames se fracassèrent l'une contre l'autre. Onren poussa un cri bref et sonore.

Tané demeura silencieuse.

Onren rompit l'assaut en reculant, la hallebarde pointée vers la poitrine de Tané. Celle-ci attendit l'attaque suivante. Il y avait forcément une raison pour qu'Onren ait été désignée principale apprentie de la maison Est.

Comme capable de lire dans ses pensées, Onren commença à faire tournoyer sa hallebarde autour d'elle, la faisant aisément passer au-dessus de ses bras et entre ses mains pour exhiber sa grande confiance. Tané raffermit son étreinte et étudia ses mouvements.

Onren avait un côté favori. Elle évitait systématiquement de mettre trop de poids sur son genou gauche. Tané se rappelait vaguement que son adversaire du jour avait essuyé une ruade de cheval étant plus jeune.

Enhardie, Tané avança, hallebarde brandie. Onren vint à sa rencontre. Cette fois, elles furent plus rapides. Un, deux, trois chocs. Onren aboyait des menaces inarticulées à chaque coup porté. Tané parait en silence.

Quatre, cinq, six. Tané levait et baissait sa hallebarde, se servant de la hampe autant que de la lame.

Sept, huit, neuf.

Lorsqu'un coup plongeant tomba, elle mania son arme comme si elle était fixée sur un pivot – une extrémité en haut, puis l'autre, écartant l'assaut et exposant Onren. Celle-ci récupéra à temps pour dévier l'attaque suivante – mais quand elle frappa à nouveau, Tané n'entendit que du vent. Elle porta la main à son oreille, s'attendant à y trouver du sang, mais il n'y avait rien.

Sa distraction lui coûta cher. Onren lui tomba dessus dans une rafale de chêne et d'acier, déployant sa force considérable. Elles se battaient pour l'honneur, pour la gloire, pour des rêves qu'elles couvaient depuis l'enfance. Tané serra les dents tout en dansant pour esquiver ; sa tunique était trempée de sueur, les cheveux lui collaient à la nuque. L'un des dragons souffla bruyamment.

Ce rappel de leur présence renforça sa détermination. Pour l'emporter, elle allait devoir toucher son adversaire.

Elle laissa Onren lui frapper le bras de sa hampe, suffisamment fort pour la faire souffrir. Elle ressentit la douleur en profondeur. Onren maniait son arme tel un trident de pêche. Tané recula d'un bond pour prendre ses distances – puis, alors qu'Onren armait son coup décisif, Tané roula de côté et visa son genou faible. Le bois heurta l'os dans un son caractéristique.

Onren dérapa en haletant. Son genou céda. Sans lui laisser le temps de se relever, Tané plaça sa lame entre les épaules de sa victime.

« Debout », ordonna le général de mer, l'air satisfait. « Beau combat. Honorable Tané de la maison Sud, la victoire vous revient. »

Les spectateurs applaudirent. Tané rendit la hallebarde à un domestique et tendit la main à Onren.

« Je t'ai fait mal ? » s'inquiéta-t-elle.

Onren se laissa relever. « Eh bien, répondit-elle en haletant, je crois que tu m'as cassé la rotule. »

Un souffle d'air saumâtre s'éleva derrière eux. La dragonne lacustrine verte souriait à Tané depuis le toit, dévoilant toutes ses dents. Pour la première fois, Tané lui sourit en retour.

Elle se rendit vaguement compte qu'Onren lui parlait encore.

« Pardon », fit-elle, grisée par le succès. « Tu disais ?

— Je faisais simplement remarquer que les guerriers les plus féroces peuvent parfois se cacher derrière des visages d'ange. » Elles se saluèrent avant qu'Onren lui désigne les gradins, où les apprentis applaudissaient encore. « Regarde bien Turosa. Il sait qu'il a du pain sur la planche. »

Tané suivit la direction indiquée. Turosa n'avait jamais eu l'air aussi furieux – ni aussi déterminé.

11

Ouest

« Et voilà », dit Estina Melaugo en embrassant la terre d'un vaste geste du bras. « Régalez-vous les yeux du cloaque draconique d'la Yscalin.

— Non, merci. » Kit but une rasade à la bouteille qu'ils partageaient. « J'aimerais autant mourir par surprise. »

Loth observa à la longue-vue. Même maintenant, un jour après avoir vu le haut-ouestrien, ses mains tremblaient encore.

Feúdel. L'aile droite du Sans-Nom. Commandant de l'armée draconique. S'il s'était réveillé, ses congénères en feraient sans doute autant bientôt. C'était en eux que le reste des wyrms puisaient leur force. Lorsqu'un haut-ouestrien mourait, le feu de ses vouivres et de leur progéniture s'éteignait avec lui.

Le Sans-Nom lui-même ne pouvait pas revenir – pas tant que la maison Berethnet régnait –, mais ses serviteurs pouvaient tout ravager sans lui. Le Chagrin des Siècles l'avait prouvé.

Il devait y avoir une raison à leur essor. Ils s'étaient endormis à la fin du Grand Chagrin, en même temps qu'une comète avait traversé le ciel. Pendant des siècles, des savants avaient tenté de deviner quand, et dans quelles circonstances, ils pourraient se réveiller, mais aucun n'avait trouvé de réponse à ces interrogations. Peu à peu, tout le monde s'était mis à croire que cela ne se produirait plus. Que les wyrms s'étaient transformés en fossiles vivants.

Loth reporta son attention sur ce qu'il voyait par la lunette. La lune formait un œil à moitié clos, et ils flottaient sur des eaux aussi sombres que ses pensées. Il ne distinguait rien d'autre que les nids de lumière de Perunta. Un lieu potentiellement ravagé par la peste draconique.

Ce mal était d'abord né du Sans-Nom, dont le souffle, disait-on, était un poison à action lente. Une souche bien plus terrible était apparue avec l'émergence des cinq hauts-ouestriens. À l'instar des rats pour d'autres épidémies, eux et leurs vouivres en avaient été les vecteurs. Ce fléau n'existait que dans certaines poches depuis la fin du Chagrin des Siècles, mais Loth en avait lu les symptômes dans des livres.

Cela commençait par un rougissement des mains. Puis une urticaire squameuse. À mesure que l'inflammation se répandait à tout le corps, le malade se mettait à souffrir de douleurs articulaires, de fièvre et d'hallucinations. S'il avait l'infortune de survivre à cette étape, le sang s'embrasait. C'était là qu'il devenait le plus contagieux, car faute d'être entravé, il se mettait à courir partout en hurlant, comme s'il se consumait, et tous ceux avec lesquels sa peau entrait en contact se retrouvaient à leur tour contaminés. Généralement, on en mourait en quelques jours, même si, dans de rares cas recensés, le supplice se prolongeait.

Il n'existait aucun remède à cette épidémie. Ni remède ni protection.

Loth referma la longue-vue et la tendit à Melaugo.

« Je suppose que les dés sont jetés, commenta-t-il.

— Abandonnez pas tout espoir, lord Arteloth. » Elle avait un air détaché. « J'doute que l'mal soit entré au palais. C'sont les personnes comme moi, celles que vous appelez les gens du commun, qui souffrent le plus aux heures difficiles. »

Plume et Harlowe s'approchaient de la proue, le second avec sa pipe en terre à la main.

« Bon, messeigneurs, déclara le capitaine. On a été ravis d'vous accueillir, sincèrement, mais toutes les bonnes choses ont une fin. »

Kit sembla alors prendre la mesure du danger auquel ils se trouvaient confrontés. Soit il était pris de boisson, soit il avait perdu l'esprit, mais il lui empoigna les mains. « Je vous en conjure, capitaine Harlowe, laissez-nous rejoindre votre équipage. » Son regard était enfiévré. « Inutile d'en aviser Lord Seyton. Nos familles ont de l'argent.

— Quoi ? siffla Loth. Kit…

— Laissez-le parler. » Harlowe agita sa pipe en signe d'encouragement. « Continuez, Lord Kitston.

— Nous avons des terres, dans les Dunes. De bonnes terres. Épargnez-nous, et elles sont à vous.

— J'ai les flots sous mes pieds, répliqua Harlowe. J'ai nul b'soin d'terres. C'qu'il me faut, c'est des marins.

— Avec vos conseils, je parie que nous deviendrons des marins hors du commun. Je descends d'une longue lignée de cartographes, savez-vous ? » Un mensonge éhonté. « Et Arteloth manœuvrait sur le lac Elsand. »

Harlowe les dévisagea de ses yeux sombres.

« Non, déclara Loth d'un ton catégorique. Capitaine, Lord Kitston n'est pas à l'aise avec notre tâche, mais le devoir nous impose de nous rendre en Yscalin. Afin de nous assurer que justice soit faite. »

Aussi livide qu'une pomme pelée, Kit l'empoigna par le pourpoint et l'attira à l'écart.

« Arteloth, souffla-t-il, j'essaie de nous sortir de là. Parce que ça... » Il fit pivoter son ami vers les lumières au loin. « Cela n'a rien à voir avec la justice. C'est l'œuvre du Faucon-de-Nuit, qui nous envoie à la mort pour des ragots sans valeur.

— Combe m'a peut-être banni dans un autre but, mais pour l'heure, je me trouve au bord de la Yscalin, et je tiens à découvrir ce qu'il est arrivé au prince Wilstan. » Loth lui posa la main sur l'épaule. « Si tu veux me laisser y aller seul, Kit, je ne t'en tiendrai pas rigueur. Ce n'était pas ton châtiment. »

Kit le dévisagea avec un air de profond agacement. « Oh, Loth », reprit-il, radouci. « Tu n'es pas le Saint.

— Non, mais il a des couilles, commenta Melaugo.

— J'pas d'temps à perdre avec ces paroles pieuses, les interrompit Harlowe, mais j'partage l'opinion d'Estina pour c'qui est d'vos couilles, Lord Arteloth. » Son regard était perçant. « J'ai b'soin d'hommes qui aient vot' cœur. Si vous pensez pouvoir supporter la mer, dites-le maintenant, et j'vous incorpore à l'équipage. »

Kit cligna des paupières. « Vraiment ? »

Harlowe demeura insondable. Comme Loth ne réagissait pas, Kit soupira.

« C'est c'que j'pensais. » Harlowe le gratifia d'un regard froid. « À présent, dégagez d'mon vaisseau. »

Les pirates les raillèrent. Melaugo, une moue aux lèvres, fit signe à Loth et Kit. Tandis que son ami se tournait pour l'accompagner, Loth le rattrapa par le bras.

« Kit, murmura-t-il, saisis cette chance et joins-toi à eux. Contrairement à moi, tu ne représentes pas une menace aux yeux de Combe. Tu pourrais toujours rentrer en Inys. »

Kit secoua la tête, une ébauche de sourire aux lèvres.

« Viens, Arteloth, dit-il. Le peu de foi qu'il me reste, je te le dois. Il n'est peut-être pas mon patron, mais je sais que le Chevalier de la Communion nous enjoint de ne pas laisser tomber un ami. »

Loth voulut tenter de le convaincre, mais il se surprit à lui sourire. Ils emboîtèrent le pas à Melaugo.

Ils durent descendre de la *Rose éternelle* par une échelle de corde. Leurs bottes polies glissaient sur les barreaux. Lorsqu'ils furent installés dans leur canot, où leurs coffres de voyage les attendaient déjà, Melaugo les y rejoignit.

« Passez-moi les rames, Lord Arteloth. » Quand Loth s'exécuta, elle siffla. « À bientôt, cap'taine. Partez pas sans moi.

— Jamais, Estina. » Harlowe se pencha par-dessus le bastingage. « Adieu, messeigneurs.

— Gardez vos diffuseurs d'parfum sur vous, p'tits marquis, ajouta Plume. Allez pas choper que'que chose. »

L'équipage partit d'un rire tonitruant tandis que Melaugo s'éloignait de la *Rose*.

« Faites pas attention à eux. Ils s'pisseraient d'sus s'ils d'vaient faire la même chose que vous. » Elle lorgna ses passagers. « Qu'est-ce qui vous a poussé à proposer vos services comme pirate, Lord Kitston ? Cette vie est pas comme dans les chansons, vous savez. Y a plus de merdes et d'scorbut.

— Un éclair de génie, sans doute. » Kit lui retourna un regard faussement affecté. « J'ai choisi la Chevaleresse de la Courtoisie comme patronne, mademoiselle. Elle ordonne aux poètes de magnifier le monde – mais comment le ferais-je, si je ne le visite pas ?

— Y m'faudrait que'ques verres pour répondre à c'te question. »

Alors qu'ils se rapprochaient de la côte, Loth sortit son mouchoir et le plaqua contre son nez. Un mélange de vinaigre, de poisson et de fumée âcre constituait le bouquet putride de Perunta. Kit s'efforçait de sourire, mais ses yeux s'humidifièrent.

« Comme c'est rafraîchissant », parvint-il à plaisanter.

Melaugo ne souriait pas. « Gardez effectivement vos diffuseurs, déclara-t-elle. Ça vaut la peine, ne serait-ce que pour vot' confort personnel.

— N'y a-t-il rien avec quoi nous pourrions nous protéger ? s'enquit Loth.

— V'pouvez essayer d'pas respirer. Paraît qu'l'épidémie est partout, et nul sait avec certitude comment elle s'propage. Certains portent un voile ou un masque pour s'en prémunir.

— Rien d'autre ?

— Oh, vous verrez des marchands vendre toute sorte de choses. Des miroirs pour repousser les vapeurs viciées, d'innombrables potions et cataplasmes… autant avaler directement votre or. L'mieux à faire est d'mettre un terme aux souffrances des malades. » Elle effectua une manœuvre autour d'un rocher. « J'imagine qu'vous avez pas dû voir beaucoup d'morts.

— Je m'inscris en faux ! s'offusqua Kit. J'ai vu ma chère vieille tante reposant dans sa bière.

— Oui, et j'suppose qu'elle portait une robe rouge en prévision d'sa rencontre avec le Saint. Elle devait être propre comme un sou neuf et embaumer l'romarin. » Comme Kit faisait la grimace, elle ajouta : « Vous avez jamais vu la mort, mon seigneur. Seulement l'masque qu'on pose dessus. »

Ils restèrent alors assis silencieusement. Lorsque l'eau fut suffisamment peu profonde pour y barboter, Melaugo cessa de ramer.

« Je m'approcherai pas davantage. » Elle désigna la ville d'un geste du menton. « Rendez-vous dans une taverne nommée *La Vigne*. Quelqu'un d'vrait v'nir vous chercher. » Elle bouscula Kit de la pointe de sa botte. « Allez-y, maintenant. J'suis une corsaire, pas une nourrice. »

Loth se leva. « Nos remerciements, Mademoiselle Melaugo. Nous n'oublierons pas votre bonté.

— Si, j'vous en prie. J'ai une réputation à t'nir. »

Ils descendirent de l'embarcation avec leurs coffres. Lorsqu'ils furent tous les deux dégoulinants sur le sable, Melaugo retourna à la *Rose éternelle* en chantant dans un yscalin chevrotant.

Harlowe aurait pu les engager tous les deux. Ils auraient pu visiter des lieux qui ne portaient plus de nom, des océans qui n'avaient jamais été franchis par des navires commerciaux. Loth aurait pu se retrouver à la proue de son propre bâtiment un jour – mais il n'était pas ce genre d'homme, et ne le serait jamais.

« Pas notre entrée la plus digne. » Haletant, Kit laissa tomber son coffre. « Alors, comment va-t-on trouver cette taverne ?

— En… s'en remettant à notre instinct », répondit Loth, incertain. « Les gens du commun doivent bien y parvenir.

— Arteloth, nous sommes des courtisans. Notre instinct ne nous sert à rien. »

Loth n'avait pas de repartie.

Ils entrèrent lentement en ville. Leurs coffres étaient lourds, et ils n'avaient ni carte ni boussole pour s'orienter.

Perunta avait autrefois eu la réputation d'être le plus beau port de l'Ouest. Ses rues maculées de boue, regorgeant d'arêtes de poisson, de cendres et d'eaux grasses n'étaient pas conformes à ce que Loth avait imaginé. Un oiseau mort grouillait d'asticots. Les fosses d'aisances débordaient. Sur une place non éclairée, un sanctuaire était en ruines. Sabran avait reçu des rapports lui signalant que le roi Sigoso avait exécuté les sanctariens qui refusaient de renoncer au Saint, mais elle n'avait pas voulu les croire.

Loth essaya de ne pas respirer quand il enjamba un ruisseau de liquide noirâtre. Il n'osait trop s'éloigner de Kit. Des gens se bousculaient autour d'eux, le visage dissimulé derrière un voile ou un morceau de chiffon.

Ils aperçurent le premier dispensaire sur la rue voisine. Les fenêtres avaient été barricadées à l'aide de planches, la porte de chêne était peinte d'ailes écarlates. Des mots en yscalin avaient été écrits au-dessus à la craie.

« *Pitié pour cette maison, car nous sommes tous maudits* », traduisit Kit.

Loth lui jeta un regard de biais. « Tu sais lire l'yscalin ?

— Je sais. Ça t'étonne, répliqua Kit d'un ton grave. Après tout, je suis un tel maître de l'inysse, un tel prodige du vers, qu'il semble impossible qu'il demeure la moindre place dans mon crâne pour maîtriser une autre langue, mais…

— Kit.

— Melaugo m'a appris la traduction. »

L'obscurité leur faisait perdre tout sens de l'orientation. Peu de bougies brûlaient à Perunta, même si des brasiers fumigeaient les chaussées les plus larges. À force d'avancer avec une confiance chancelante, Loth et Kit finirent par tomber sur la taverne où ils devaient retrouver la personne censée les escorter à Cárscaro. L'enseigne montrait une grappe d'appétissant raisin noir qui n'avait pas sa place dans cette fosse.

Un coche stationnait devant le bâtiment. Construit dans ce qui ressemblait à du fer, Loth s'en inquiéta avant même de réfléchir au cheval qui pouvait être capable de tracter une chose pareille. Puis il le vit.

Une énorme tête de loup se tourna vers lui, dotée d'une mâchoire impressionnante remplie de crocs d'où dégoulinait un filet de bave.

La créature était plus imposante qu'un ours. Son cou épais prenait naissance sur un corps de serpent, que pouvaient déplacer ses membres musclés ou une paire d'ailes de chauve-souris. Un deuxième monstre, celui-ci couvert d'une fourrure grise, se tenait à son côté. Leurs yeux étaient identiques. Des tisons issus de la Matrice de Feu.

Des jaculus.

Les rejetons d'une vouivre et d'un loup.

« Ne bouge pas, chuchota Kit. J'ai lu qu'ils bondissaient au moins geste brusque. »

L'une des bêtes grogna. Loth voulut faire le signe de l'épée, mais il n'osa esquisser le moindre geste.

Combien de créatures draconiques étaient-elles réveillées en Yscalin ?

Le cocher était un Yscalin aux cheveux graisseux. « Lords Arteloth et Kitston, je présume ? »

Kit fit un bruit inintelligible. Le postillon tira sur un levier, et quelques marches se déployèrent. « Laissez vos coffres, ordonna-t-il. Montez. »

Ils s'exécutèrent.

Une femme vêtue d'une lourde robe écarlate et d'un voile de dentelle noire les attendait à l'intérieur du véhicule. Elle portait de longs gants de velours, ornés d'une ruche au niveau du coude. Un diffuseur de parfum en filigrane pendait à son côté.

« Lord Arteloth. Lord Kitston », dit-elle d'une voix douce. Loth distinguait à peine ses yeux noirs au travers de son voile. « Bienvenue à Perunta. Je suis Priessa Yelarigas, première dame de la chambre de Sa Splendeur, la Donmata Marosa du royaume draconique de Yscalin. »

Elle n'était pas contaminée. Aucune personne atteinte de cette peste ne s'exprimerait de manière si raffinée.

« Merci d'être venue nous chercher, ma dame. » Loth s'évertuait à parler d'une voix stable. Kit se tassa contre lui dans la voiture. « Nous sommes honorés d'être reçus à la cour du roi Sigoso.

— Sa Majesté est honorée de vous recevoir. »

Un fouet claqua à l'extérieur, et le coche s'ébranla.

« Je dois m'avouer surpris que Sa Splendeur envoie une dame d'aussi haut rang à notre rencontre, reprit Loth. D'autant que la ville est en proie à la maladie.

— Si le Sans-Nom souhaite que je livre ma vie à son fléau, ainsi soit-il », répliqua-t-elle d'un ton neutre.

Loth serra les dents. Dire que ce peuple avait autrefois juré fidélité à Sabran et à la Vertu…

« Vous devez avoir l'habitude de voir des chevaux tracter les coches, mes seigneurs, reprit Lady Priessa, mais il faudrait plusieurs jours pour traverser la Yscalin de cette manière. Les jaculus sont plus rapides et ne se fatiguent jamais. »

Elle croisa les mains dans son giron. Ses doigts accueillaient plusieurs bagues en or, ajustées pardessus ses gants.

« Vous devriez vous reposer, dit-elle. Si rapide soit notre voiture, la route sera longue, messeigneurs. »

Loth essaya de sourire. « Je préfère observer le paysage.

— Comme vous le souhaiterez. »

En vérité, il faisait bien trop sombre pour y voir quoi que ce soit, mais il refusait de dormir en la présence d'une adoratrice de wyrms.

Ils se trouvaient en territoire draconique. Il s'élèverait du coussin de soie de la noblesse et trouverait l'espion en lui. Il s'endurcirait pour se mettre au diapason des dangers de sa mission. Ainsi, tandis que Kit s'assoupissait, Loth demeura assis, aussi immobile qu'il le pouvait, les yeux maintenus ouverts par la seule force de sa volonté, et il adressa une promesse au Saint.

Il accepterait cette route sur laquelle on l'avait précipité. Il chercherait le prince Wilstan. Il réunirait la reine et son père. Et il trouverait le moyen de rentrer chez lui.

Il aurait été bien incapable de déterminer si Priessa Yelarigas dormit, ou si elle l'observa toute la nuit.

*
* *

Elle avait de la fumée dans les cheveux. Elle le sentait.

« Où dans la Vertu l'avez-vous trouvée ?

— Dans le beffroi ! »

Des bruits de pas. « Par le Saint, c'est Mademoiselle Duryan. Faites prévenir Sa Majesté sur-le-champ. Et ramenez un médecin. »

Sa langue était telle une énorme braise dans sa bouche. Quand les inconnus la lâchèrent, elle plongea dans un rêve enfiévré.

Elle était à nouveau une enfant, abritée du soleil par les branches de l'arbre. Le fruit pendait au-dessus de sa tête, trop haut pour qu'elle puisse l'atteindre, et Jondu lui disait : *viens ici, Eadaz, viens voir.*

Puis la Prieure portait une coupe à ses lèvres, en lui disant que c'était le sang de la Mère. Le liquide avait le goût du soleil, du rire et de la prière. Elle avait brûlé de la même manière dans les jours qui avaient suivi, brûlé jusqu'à ce que le feu fasse fondre son ignorance. Ce jour-là, elle était née à nouveau.

Lorsqu'elle se réveilla, une femme qu'elle connaissait se trouvait à son chevet. Elle versait l'eau d'une aiguière dans une cuvette.

« Meg. »

Margret se retourna si brusquement vers elle qu'elle manqua renverser l'aiguière.

« Ead ! » Avec un rire de soulagement, elle se pencha pour l'embrasser sur le front. « Oh, merci le Saint. Tu es restée inconsciente pendant des jours. Les médecins disaient que tu avais une fièvre, puis la suée, puis la peste…

— Sabran, articula Ead d'une voix râpeuse. Meg, est-ce qu'elle va bien ?

— Nous devons d'abord déterminer si *tu* vas bien. » Margret lui toucha les joues, le cou. « Tu as mal quelque part ? Tu veux que j'aille chercher un médecin ?

— Pas de médecin. Je me sens très bien. » Ead s'humecta les lèvres. « Je peux avoir à boire ?

— Bien sûr. »

Margret remplit une coupe et la porta à sa bouche. Ead déglutit un peu de la bière qu'elle contenait.

« Tu étais dans le beffroi, expliqua Margret. Qu'est-ce que tu faisais là-haut ? »

Ead inventa un mensonge. « Je me suis trompée d'allée dans la bibliothèque. J'ai vu que la porte du beffroi était ouverte, je me suis dit que j'allais en profiter pour explorer un peu. C'est là que la bête est apparue… J'imagine que ses… exhalaisons atroces m'ont donné la fièvre. » Avant que Margret puisse mettre en doute sa version des faits, elle ajouta : « Maintenant, dis-moi si Sabran va bien.

— Sabran n'a jamais été en si bonne forme, et toute l'Inys sait que Feúdel en personne n'a pas pu l'atteindre avec ses flammes.

— Où est le wyrm, maintenant ? »

Margret reposa la coupe sur la table de nuit et trempa un linge dans la cuvette.

« Parti. » Elle plissa le front. « Il n'y a pas eu de morts, mais il a mis le feu à quelques entrepôts. Le capitaine Lintley dit que la ville est à cran. Sabran a envoyé des hérauts pour assurer le peuple de sa protection, mais tout le monde peine à croire qu'un haut-ouestrien se soit réveillé.

— Ça devait arriver un jour. Des créatures plus petites s'agitent depuis quelque temps.

— Oui, mais jamais l'un des suzerains. Par chance, la plupart des habitants ignorent qu'ils ont vu l'aile droite du Sans-Nom. Toutes les tapisseries qui le décrivent sont cachées ici. » Margret essora le linge. « Lui et ses frères infernaux…

— Il a dit qu'Orsul était déjà réveillé. » Ead but une nouvelle gorgée de bière. « Et que Valeysa ne tarderait plus.

— Au moins, les autres sont morts depuis longtemps. Et, bien sûr, le Sans-Nom ne peut pas revenir en personne. Pas tant que la maison Berethnet régnera. »

Quand Ead essaya de s'asseoir, ses bras se mirent à trembler, et elle retomba sur son oreiller. Margret alla prévenir une domestique à la porte avant de revenir vers elle.

« Meg, fit Ead tandis que son amie lui tamponnait le front. J'ai entendu les Ducs Spirituels parler avec Sabran. Combe prétend que Loth a été envoyé à Cárscaro en tant qu'espion – pour découvrir ce qui se trame là-bas, et pour chercher Wilstan Pynson. Il affirme que Loth est parti sans autorisation... mais je pense que nous connaissons toutes les deux la vérité. »

Lentement, Margret s'assit sur le lit. Elle porta la main à son ventre.

« Saint, sauvez mon frère, murmura-t-elle. Ce n'est pas un espion. Combe l'a condamné à mort. »

Un silence s'ensuivit, tout juste brisé par le chant des oiseaux à l'extérieur.

« Je lui avais dit, Ead, finit par déclarer Margret. Je l'avais prévenu qu'une amitié avec une reine n'était pas une amitié comme les autres, et qu'il devait se montrer prudent. Mais Loth n'en fait toujours qu'à sa tête. » Elle se fendit d'un léger sourire empreint d'ironie. « Mon frère pense que tout le monde est aussi bon que lui. »

Ead chercha des mots de réconfort, mais n'en trouva aucun. Loth courait un trop grand danger.

« Je sais. J'ai essayé de l'avertir, moi aussi. » Elle saisit la main de son amie. « Il trouvera peut-être le moyen de rentrer.

— Tu sais qu'il ne survivra pas longtemps à Cárscaro.

— Tu pourrais prier Combe de le faire revenir. Tu es Lady Margret Ru.

— Et Combe est le Duc de la Courtoisie. Il a plus d'influence et de fortune que je n'en aurai jamais.

— Ne pourrais-tu pas le dire à Sabran directement, en ce cas ? s'enquit Ead. À l'évidence, elle ne soupçonne rien.

— Je ne peux pas accuser Combe ni personne d'autre sans avoir la moindre preuve de complot. S'il a dit à Sab que Loth était parti de son plein gré, et si je n'ai aucun moyen d'attester qu'il s'agit d'un mensonge, même elle ne pourra rien y faire. »

Ead savait que Margret disait vrai. Elle serra sa main plus fort, et son amie laissa échapper un soupir tremblant.

Quelqu'un frappa alors doucement à la porte. Margret murmura quelque chose à la personne dehors. À présent que son siden était muet et tous ses sens émoussés, Ead ne pouvait plus entendre ce qui se racontait.

Son amie revint avec une coupe. « Du lait de poule, expliqua-t-elle. Tallys l'a préparé exprès pour toi. Elle est tellement gentille. »

La boisson chaude, si sucrée qu'elle en était presque écœurante, était la réponse à tous les maux, en Inys. Trop faible pour attraper les anses, Ead laissa son amie la faire boire à la cuiller.

On frappa derechef. Cette fois, quand Margret ouvrit la porte, elle se fendit d'une profonde révérence.

« Laissez-nous un instant, Meg. »

Ead reconnut cette voix. Margret lui jeta un coup d'œil, puis s'éclipsa.

La reine d'Inys entra dans la chambre. Sa tenue d'amazone était du vert sombre du houx.

« Appelez si vous avez besoin de nous, Majesté, lança une voix bourrue venue de l'extérieur.

— Je ne pense pas qu'une femme alitée représente un trop grand danger pour ma personne, sire Gueules, mais merci. »

La porte se referma. Ead s'assit du mieux qu'elle put, consciente de sa chemise trempée de sueur et de l'aigreur de son haleine.

« Ead », dit Sabran en la jaugeant du regard. Elle s'empourpra légèrement. « Vous êtes enfin réveillée. Vous êtes restée absente de chez moi bien trop longtemps.

— Pardonnez-moi, Majesté.

— Votre générosité manque à beaucoup de monde. Je voulais vous rendre visite plus tôt, mais les médecins craignaient que vous ayez la suée. » Le soleil illuminait ses prunelles. « Vous étiez dans le beffroi le jour de la venue du wyrm. J'aimerais savoir pourquoi.

— Madame ?

— La bibliothécaire royale vous a trouvée là. Lady Oliva Marchyn m'a informée que certains domestiques et courtisans se servaient du beffroi pour… la débauche.

— Je n'ai pas d'amant, Majesté.

— Je ne tolérerai aucune lubricité dans ce palais. Avouez, et la Chevaleresse de la Courtoisie se montrera peut-être clémente. »

Ead comprit que la reine n'avalerait pas l'histoire de la mauvaise allée visitée dans la bibliothèque. « Je suis montée au beffroi… pour essayer de détourner l'attention de la bête de Votre Majesté. » Elle aurait aimé avoir la force de se défendre avec davantage de conviction. « Mais je n'aurais pas dû craindre pour votre santé. »

C'était la vérité, dépouillée de ses principales caractéristiques.

« Je me doute que l'ambassadeur uq-Ispad ne recommanderait pas pour la royale maisonnée une personne aux mœurs dissolues, décida Sabran, mais que je n'entende plus dire que vous avez visité le beffroi.

— Bien sûr, Madame. »

La reine s'approcha de la fenêtre ouverte. Elle posa une main sur le rebord et contempla le domaine du palais.

« Majesté, dit Ead, puis-je vous demander pourquoi vous êtes sortie affronter le wyrm ? » Une brise délicate soufflait depuis l'extérieur. « Si Feúdel vous avait terrassée, tout aurait été perdu. »

Sabran ne répondit pas immédiatement.

« Il a menacé mon peuple, murmura-t-elle enfin. Je suis sortie avant même d'avoir réfléchi à une autre solution. » Elle se retourna vers Ead. « J'ai reçu un autre rapport vous concernant. Lady Truyde utt Zeedeur ne cesse de raconter à mes courtisans que vous êtes une sorcière. »

Cette fichue petite fouine rousse. Ead admirait presque son courage d'ignorer ainsi la menace d'une malédiction.

« Madame, je ne connais rien à la sorcellerie », répondit-elle en teintant ses paroles d'une pointe de mépris.

Le terme *sorcellerie* n'était pas très apprécié de la Prieure.

« Probablement pas, admit Sabran, mais Lady Truyde a dans l'idée que c'est *vous* qui m'avez protégée de Feúdel. Elle prétend vous avoir vue jeter un sort dans ma direction depuis le beffroi. »

Cette fois, Ead demeura silencieuse. Il n'existait aucun argument pour contrer cette accusation.

« Bien sûr, reprit la reine, c'est une menteuse. »

Ead n'osait plus parler.

« C'est le Saint qui a repoussé ce wyrm. Il a brandi son bouclier céleste pour me protéger du feu. Suggérer qu'il puisse s'agir de sorcellerie de bas étage confine à la trahison, déclara Sabran d'une voix plate. J'ai presque envie de l'envoyer à la tour obscure. »

Toute la tension emmagasinée s'évanouit. Ead sentit un rire de soulagement gargouiller dans sa gorge, menaçant de déborder.

« Ce n'est qu'une enfant, Votre Majesté, affirma-t-elle pour le réprimer. Elle a la folie de son jeune âge.

— Elle est suffisamment âgée pour vous accuser à tort, fit remarquer Sabran. N'allez-vous pas réclamer vengeance ?

— Je préfère la saveur du pardon. Cela m'aide à mieux dormir la nuit. »

Des yeux glacials la jaugèrent longuement. « Sous-entendez-vous que je devrais faire preuve de clémence plus souvent ? »

Ead était trop épuisée pour craindre ce regard. « Non. Simplement, je doute que Lady Truyde ait voulu insulter Votre Majesté. Il est plus vraisemblable qu'elle ait une dent contre moi, puisque j'ai été promue à une position qu'elle convoite. »

Sabran dressa le menton.

« Vous retournerez à vos devoirs dans trois jours. D'ici là, je demanderai au médecin royal de prendre soin de vous », déclara-t-elle. Ead haussa les sourcils. « J'ai besoin de vous, continua Sabran en se levant pour partir. Lorsque l'annonce sera faite, j'aurai besoin de toutes mes dames à mon côté.

— L'annonce, Madame ? »

Sabran lui tournait le dos, désormais, mais Ead vit ses épaules se crisper.

« L'annonce, répondit-elle, de mes fiançailles avec Aubrecht Lievelyn, Grand Prince de l'État libre de Mentendon. »

12

Est

Les épreuves de l'eau se déroulèrent comme dans un long rêve. La plupart des citoyens se barricadèrent chez eux quand la tempête se mit à battre la côte occidentale de la Seiiki, mais les gardes de mer étaient censés endurer les pires conditions climatiques.

« La pluie, c'est de l'eau, comme nous », leur cria le général pour couvrir le tonnerre tandis qu'il passait parmi les rangs. Ses cheveux étaient plaqués contre son crâne, et des gouttes roulaient jusqu'au bout de son nez. « Si un peu d'eau suffit à vous abattre, vous ne pouvez ni chevaucher un dragon ni garder la mer, vous n'êtes donc pas à votre place. » Il haussa le ton. « Allez-vous vous laisser abattre par de l'eau ?

— Non, honoré général de mer », s'écrièrent les apprentis.

Tané dégoulinait déjà. Au moins, la pluie était chaude.

Le tir, à l'arc ou à l'arme à feu, était relativement simple. Malgré l'averse, Tané avait une bonne vue et la main sûre. Dumusa était meilleure qu'elle à l'arc – elle aurait pu atteindre n'importe quelle cible les yeux bandés –, mais Tané était juste derrière. Aucun d'eux, pas même Dumusa, ne prenait le meilleur sur elle au pistolet, mais un gardien de mer de la maison Ouest la concurrençait : Kanperu, le plus âgé et le plus grand d'entre tous, dont la mâchoire semblait pouvoir encaisser un coup d'épée, et dont les mains paraissaient assez larges pour s'enrouler autour d'un tronc.

Vint ensuite l'épreuve d'archerie montée. Chacun devait viser six flotteurs en verre suspendus à une poutre. Dumusa n'était pas aussi à l'aise à dos de cheval qu'à pied, et elle n'en atteignit que cinq. Onren, qui n'aimait guère les chevaux, serra les dents pendant tout l'exercice, perdit le contrôle de son coursier et en manqua trois. Tané, en revanche, fit mouche chaque fois – jusqu'à ce que sa monture trébuche et fasse dévier son dernier tir, ce qui permit à Turosa de s'emparer de la première place.

Ils ramenèrent les chevaux à l'écurie. « Pas de bol, bouseuse, la railla Turosa quand elle mit pied à terre. J'imagine que certaines choses sont dans le sang. Peut-être qu'un jour l'honoré général de mer se rendra compte qu'être dragonnier est inné, pas acquis. »

Tané contracta les mâchoires tandis qu'un valet d'écurie récupérait la bride de son étalon. La robe de ce dernier était assombrie par la pluie et la sueur.

« Ne fais pas attention à lui, Tané », lui conseilla Dumusa en descendant de selle. Ses cheveux détrempés s'enroulaient autour de ses épaules. « Nous sommes tous constitués de la même eau. »

Turosa fit la moue, mais s'en alla. Il ne se disputait jamais avec les autres descendants de dragonniers.

Quand il fut parti, Tané s'inclina devant sa camarade. « Tu as beaucoup de talent, honorable Dumusa, déclara-t-elle. J'espère un jour devenir aussi bonne archère que toi. »

Dumusa la salua en retour. « Et j'espère acquérir ta maîtrise des armes à feu, honorable Tané. »

Elles quittèrent l'écurie ensemble. Tané avait déjà parlé à Dumusa par le passé, mais à présent qu'elles se retrouvaient seules, elle ne savait plus trop quoi lui dire. Elle s'était souvent demandé ce que l'on ressentait quand on grandissait sur un domaine de Ginura en compagnie de ses grands-parents Miduchi.

Quand elles atteignirent la salle d'entraînement, elles s'assirent l'une près de l'autre, et Tané entreprit de nettoyer la boue sur ses flèches. Kanperu, l'apprenti grand et discret, était déjà là à fourbir son pistolet en argent.

Tandis qu'ils s'affairaient, Onren entra dans la salle.

« Je n'ai jamais tiré aussi mal de ma vie, déclara-t-elle en peignant ses cheveux trempés en arrière. Je devrais me trouver un temple et implorer le grand Kwiriki de supprimer tous les chevaux de cette planète. Ils ne font que me contrarier depuis ma naissance.

— Sois en paix, lui dit Dumusa sans se détourner de son arc. Tu as tout le temps de prouver tes talents aux Miduchi.

— C'est facile à dire, pour toi. Leur sang coule dans tes veines. Vous finissez tous par devenir dragonniers.

— Il y a toujours le risque que je sois la première à échouer.

— En effet, convint Onren, mais nous savons tous qu'il est infime. »

Son genou était encore enflé depuis le duel. Elle allait devoir travailler dur si elle voulait devenir dragonnière.

Kanperu rangea son arme au râtelier. Avant de quitter la pièce, il adressa à Onren un regard indéchiffrable.

« Il paraît que l'honorable Kanperu s'est mis à fréquenter une taverne près du marché aux fruits, murmura Dumusa à Onren quand le garçon fut hors de portée de voix. Il s'y rendrait chaque soir.

— Et alors ?

— Je me disais qu'on pourrait y aller nous aussi. Quand on sera dragonniers, on passera tous beaucoup de temps ensemble. Nous avons intérêt à bien nous entendre. Tu n'es pas d'accord ? »

Onren sourit. « Dumu, répondit-elle, essaierais-tu de me distraire pour nuire à mes résultats ?

— Tu sais pertinemment que tu me domines en tout sauf en tir à l'arc. » Dumusa se remit à inspecter son arme. « Allez. J'ai besoin de sortir d'ici pendant quelques heures.

— Je devrais faire savoir au général de mer que tu as mauvaise influence. » Onren se leva et s'étira. « Tu viens, Tané ? »

Il lui fallut un moment pour se rendre compte qu'elles la dévisageaient toutes deux, dans l'attente d'une réponse.

Elles étaient sérieuses. En plein pendant les épreuves de l'eau, elles comptaient se rendre dans une taverne.

« Merci, répondit-elle doucement, mais je dois rester ici pour m'entraîner à la prochaine épreuve. » Elle marqua une pause. « Tu ne devrais pas te préparer pour demain, toi aussi, Onren ? »

Celle-ci ricana. « Je me suis entraînée toute ma vie. Et le faire hier soir ne m'a servi à rien aujourd'hui. Non, pour l'heure, j'ai juste besoin de boire un coup. Et peut-être d'en tirer un… » Elle coula un regard vers Dumusa, et même si elles pincèrent les lèvres pour se retenir, elles finirent toutes deux par éclater de rire.

Elles avaient perdu la tête. En de telles circonstances, elles ne pouvaient pas s'autoriser la moindre distraction.

« Profitez bien de votre soirée, leur lança Tané en se levant. Bonne nuit.

— Bonne nuit, Tané », répondit Onren. Son sourire s'évanouit et elle fronça les sourcils. « Essaie de dormir un peu, d'accord ?

— Bien sûr. »

Tané traversa la salle pour aller accrocher son arc. Turosa, qui allait s'entraîner au combat à mains nues avec des amis, croisa son regard et frappa du poing dans sa paume.

Une brise humide parcourait les couloirs, aussi chaude que la vapeur d'une soupe tout juste servie. Les sols lustrés claquaient sous ses pieds tandis qu'elle traversait l'école.

Elle se débarbouilla et s'exerça à l'épée, seule dans sa chambre. Quand elle finit par avoir mal au bras, l'inquiétude se mit à la ronger. Son cheval n'avait eu aucune raison de trébucher durant l'épreuve. Et si Turosa lui avait fait quelque chose, juste pour la contrarier ?

Elle se décida à retourner aux écuries. Quand elle trouva le maréchal-ferrant, celui-ci lui assura que tout allait bien. La terre était mouillée. Sans doute la bête avait-elle glissé.

Ne laisse pas un petit merdeux comme ce Turosa prendre le meilleur sur toi, lui avait dit Susa. Mais sa voix lui semblait désormais si lointaine.

Tané passa le reste de la soirée dans la salle d'entraînement, à cribler les épouvantails de couteaux de jet. Seulement après avoir percé l'œil de chacun d'eux s'autorisa-t-elle à retourner dans sa chambre, où elle alluma sa lampe à pétrole pour écrire sa première lettre à Susa.

Pour l'instant, les épreuves sont aussi difficiles que je le craignais. Aujourd'hui, mon cheval a glissé, et j'en ai payé le prix.

Même si j'ai l'impression de m'être tuée à l'entraînement, certains autres s'en sortent aussi bien que moi sans pour autant s'exercer sans relâche. Ils boivent, ils fument et ils s'amusent ensemble, alors que je ne fais que perfectionner mon talent. Après quatorze années de préparation, l'eau refuse toujours de s'écouler en moi de façon fluide. Et je suis terrifiée, Susa.

Ces quatorze années ne valent plus rien, ici. Nous sommes jugés sur aujourd'hui, pas sur hier.

Elle chargea une servante de l'expédier au Cap-Hisan, puis alla s'allonger et se concentra sur le bruit de sa respiration.

Dehors, une chouette hulula. Au bout de quelques minutes, Tané se releva et se faufila hors de sa chambre.

Elle pouvait bien s'exercer encore un peu.

*
* *

Le gouverneur du Cap-Hisan était un homme mince et propre sur lui, qui vivait dans un illustre manoir au milieu de la ville. Contrairement au capitaine, il savait sourire. Il avait les cheveux gris, le visage affable et la réputation de fermer facilement les yeux sur la petite délinquance.

Dommage que Niclays, qui avait transgressé la règle cardinale de Seiiki, ne pût en aucun cas être considéré comme un *petit* délinquant.

« Alors, dit le gouverneur, la femme a amené l'étranger à votre porte.

— Oui », confirma Niclays. Il peinait à articuler tant sa gorge était sèche. « Oui, en effet, honoré gouverneur. Je buvais une coupe de votre remarquable vin seiikinois juste avant leur arrivée. »

Ils l'avaient détenu dans une cellule pendant plusieurs jours. Il avait perdu le compte, à cause de l'obscurité. Lorsque des soldats étaient enfin venus l'y chercher, il s'était presque évanoui, craignant qu'ils l'emmènent au billot. Au lieu de quoi, ils l'avaient présenté à un médecin, qui lui avait examiné les mains et les yeux. Les gardes lui avaient ensuite donné des vêtements propres, avant de l'escorter vers l'officiel le plus puissant de cette région de la Seiiki.

« Et donc, vous avez accueilli cet homme chez vous, poursuivit le fonctionnaire. Pensiez-vous qu'il s'agissait d'un résident légal d'Orisima ? »

Niclays se racla la gorge. « Je, ah… non. Je connais tout le monde à Orisima. Mais la femme m'a menacé, confessa-t-il en s'efforçant d'avoir l'air hanté par ce souvenir. Elle… elle m'a plaqué un couteau sous la gorge et m'a… m'a dit que si je ne l'accueillais pas, elle me t… tuerait. »

Panaya lui avait conseillé de faire preuve d'honnêteté, mais pour qu'elle soit bonne, une histoire méritait toujours d'être embellie.

Deux fantassins le surveillaient de près. Leur tête et leur nuque disparaissaient sous un heaume attaché à l'aide d'un cordon vert noué sous le menton. Dans un même élan, ils firent coulisser les panneaux muraux et laissèrent entrer deux autres soldates, traînant entre elles une prisonnière.

« S'agissait-il de cette femme ? » s'enquit le gouverneur.

Elle avait les cheveux ramassés autour des épaules. L'un de ses yeux était tuméfié. À en juger par la lèvre éclatée de la garde à sa gauche, elle s'était débattue. Quelqu'un de galant aurait nié.

« Oui », confirma Niclays.

Elle lui décocha un regard haineux.

« Oui, répéta le gouverneur. Elle est musicienne dans un théâtre du Cap-Hisan. Le très honoré seigneur de guerre autorise quelques artistes seiikinois à venir distraire ou faire la conversation aux gens d'Orisima certains jours. » Il haussa les sourcils. « Avez-vous déjà reçu ce genre de visite ? »

Niclays se fendit d'un sourire pincé. « Je me satisfais généralement de ma propre compagnie.

— Tant mieux, lui cracha la femme. Dans ce cas, va donc te tripoter, espèce de menteur assoiffé d'argent. »

L'une des soldates la cogna. « Silence. »

Niclays tressaillit. La femme tomba au sol, où elle rentra les épaules et porta la main à sa joue.

« Merci d'avoir confirmé qu'il s'agissait bien de cette femme. » Le gouverneur tira à lui son nécessaire d'écriture, contenu dans une boîte laquée. « Elle refuse de révéler comment un étranger a pu aboutir sur cette île. Le savez-vous ? »

Niclays peina à avaler sa salive, épaisse comme du potage.

Tant pis pour l'honnêteté. Si loin d'ici qu'elle puisse être, il ne pouvait pas compromettre Truyde.

« Non, mentit-il. Il n'a rien voulu me dire. »

Le gouverneur le scruta par-dessus ses montures. Ses petits yeux noirs étaient profondément cernés.

« Éminent docteur Roos, dit-il en diluant un bâton d'encre dans de l'eau, je respecte votre érudition, je vais donc être honnête avec vous. Si vous ne pouvez rien m'apprendre de plus, cette femme sera torturée. »

La prisonnière se mit à trembler.

« Nous n'avons habituellement pas recours à de telles méthodes, sauf lorsque les circonstances l'exigent. Nous possédons assez de preuves pour déterminer qu'elle est partie prenante d'un complot susceptible de menacer la Seiiki tout entière. Si elle a fait entrer cet étranger à Orisima, elle doit bien savoir d'où il arrive à l'origine. Ainsi, elle doit soit être de mèche avec les passeurs, ce qui est passible de mort… soit protéger quelqu'un d'autre, que nous n'aurions pas encore identifié. » Le gouverneur choisit un pinceau dans sa boîte. « S'il s'avère qu'elle a été utilisée, le très honoré seigneur de guerre se montrera peut-être clément. Êtes-vous certain de ne rien savoir de plus sur les raisons de la présence ici de ce Sulyard, ou sur l'identité de ses complices éventuels ? »

Niclays considéra la femme prostrée. Elle le toisait d'un œil noir caché derrière ses cheveux.

« J'en suis certain. »

Dès qu'il eut prononcé ces mots, il eut l'impression de recevoir un nouveau coup de matraque dans le foie.

« Emmenez-la au cachot », ordonna le gouverneur. Quand les gardes la hissèrent sur ses pieds, la femme se mit à hoqueter d'un air paniqué. Pour la première fois, Niclays vit à quel point elle était jeune. Pas plus âgée que Truyde.

Jannart aurait eu honte de lui. Il baissa la tête, dégoûté par son comportement.

« Merci, éminent docteur Roos, déclara le gouverneur. Je soupçonnais qu'il en soit ainsi, mais j'avais besoin de votre confirmation. »

Lorsque les bruits de pas eurent disparu au bout du couloir, le gouverneur passa plusieurs minutes penché sur sa feuille de papier. Niclays n'osa pas l'interrompre.

« Votre seiikinois est excellent », fit enfin remarquer le gouverneur. Niclays sursauta. « J'ai cru comprendre que vous enseigniez l'anatomie à Orisima. Comment avez-vous trouvé nos étudiants ? »

C'était comme si la femme n'avait pas existé.

« J'apprends autant d'eux qu'eux de moi », avoua Niclays en toute sincérité. Le gouverneur sourit. Niclays profita de l'aubaine pour ajouter : « Il me manque cependant certains ingrédients pour… une autre tâche, que l'honoré de longue date Grand Prince de Mentendon a assuré qu'il me fournirait. Je crains en outre que l'honoré capitaine d'Orisima ait détruit mon matériel.

— L'honorable capitaine peut en effet se montrer trop… empressé. » Le gouverneur reposa son pinceau. « Vous ne pouvez pas retourner à Orisima avant que cette histoire soit réglée. Nul ne doit apprendre qu'un intrus a pu franchir les murs, et nous devons purifier le comptoir commercial pour nous assurer qu'il n'y a pas de trace du mal rouge. J'ai bien peur de devoir vous contraindre à l'assignation à résidence à Ginura le temps que nous menions notre enquête. »

Niclays le dévisagea.

Il ne pouvait pas avoir tant de chance. Au lieu de le torturer, ils allaient lui rendre sa liberté.

« Ginura, répéta-t-il.

— Pour quelques semaines. C'est le meilleur moyen de vous tirer de ce mauvais pas. »

Niclays comprit qu'il s'agissait d'une décision diplomatique. Il avait abrité un intrus. Dans la même situation, un citoyen seiikinois aurait été condamné à mort, mais l'exécution d'un colon mentendonien risquerait de mettre à mal l'alliance fragile avec la maison Lievelyn.

« Oui. » Il adopta une mine contrite. « Oui, honoré gouverneur, bien sûr. Je comprends.

— À votre retour, je prie pour que tout soit résolu. Pour vous remercier pour vos informations, je vais m'assurer que vous obteniez les ingrédients dont vous avez besoin, mais vous ne devrez pas dire un mot de toute cette histoire. » Il darda sur Niclays un regard pénétrant. « Ces conditions vous semblent-elles acceptables, éminent docteur Roos ?

— Parfaitement. Je vous remercie pour votre bonté. » Niclays hésita. « Et Sulyard ?

— L'intrus est en détention. Nous attendions de voir s'il développerait des symptômes du mal rouge. S'il ne nous révèle pas qui l'a aidé à entrer en Seiiki, il sera lui aussi torturé. »

Niclays s'humecta les lèvres.

« Je peux peut-être vous aider », déclara-t-il en se demandant ce qui pouvait bien le pousser à se retrouver plus impliqué qu'il ne l'était déjà dans cette histoire. « En tant que son prochain dans la Vertu, je parviendrai peut-être à le convaincre de se confesser – si vous m'autorisez à lui rendre visite avant de partir. »

Le gouverneur sembla y réfléchir.

« Je n'aime pas verser de sang quand cela peut être évité. Peut-être demain, concéda-t-il. Pour l'heure, je dois aviser le très honoré seigneur de guerre de cette malheureuse situation. » Il reporta son attention sur sa table d'écriture. « Reposez-vous bien cette nuit, éminent docteur Roos. »

13

Est

L'épreuve suivante était celle des couteaux. Comme pour les précédentes, elle fut supervisée par le général de mer et un groupe d'inconnus en robe bleue. D'autres membres du clan Miduchi, qui avaient connu leurs propres épreuves cinquante ans plus tôt. Ceux dont Tané partagerait peut-être l'héritage, si son corps ne la trahissait pas.

Ses yeux lui semblaient trop gros pour son crâne. Elle ramassa chaque couteau de ses mains moites et maladroites. Elle s'en tira malgré tout mieux que tous les autres apprentis à part Turosa, dont les aptitudes avec ces lames lui avaient permis de forger sa réputation au sein de la maison Nord.

Onren pénétra dans la salle juste après le score parfait de Turosa. Ses cheveux étaient détachés et non peignés. Le général haussa les sourcils, mais elle se contenta de s'incliner devant lui avant de se diriger vers les couteaux.

Kanperu apparut alors. Le général de mer haussa les sourcils encore plus haut. Onren se saisit d'une lame, se mit en position et la lança vers le premier épouvantail.

Tous les projectiles atteignirent leur cible.

« Un score parfait, commenta le général, mais tâchez de ne plus être en retard à l'avenir, honorable Onren.

— Oui, honoré général. »

Ce soir-là, les gardes de mer furent réveillés par les domestiques et escortés, toujours en tenue de nuit, jusqu'à une rangée de palanquins. Bien installée dans le sien, Tané se rongeait les ongles au sang.

Ils émergèrent de leurs litières auprès d'un vaste lac arrosé par une source. Des gouttes de pluie en perforaient la surface.

« Les membres de la garde de haute mer sont souvent réveillés en pleine nuit pour répondre aux menaces pesant sur la Seiiki, expliqua le général. Ils doivent nager mieux que des poissons, car ils peuvent à tout moment se retrouver séparés de leur vaisseau ou de leur dragon. Huit perles dansantes ont été éparpillées dans ce lac. Si vous en trouvez une, votre note n'en sera que meilleure. »

Turosa se déshabillait déjà. Lentement, Tané se dépouilla de sa chemise de nuit et s'immergea jusqu'à la taille.

Vingt-six gardes de mer pour seulement huit perles. Celles-ci seraient des plus difficiles à repérer dans les ténèbres.

Elle ferma les paupières et tâcha de ne pas y songer. Lorsque le général de mer en donna l'ordre, elle se laissa glisser dans le lac.

L'eau l'engloutit. Une eau pure et douce, rafraîchissante. Ses cheveux se déployèrent autour d'elle telles des algues quand elle tourna sur elle-même, tentant d'apercevoir un éclat vert argenté.

Onren entra dans l'eau sans presque produire la moindre éclaboussure. Elle plongea, ramassa son trésor et remonta vers la surface en un arc gracieux. Elle nageait comme un dragon.

Déterminée à être la prochaine, Tané plongea plus profondément. La source, réfléchit-elle, avait dû repousser les perles vers l'ouest. Elle se tourna dans cette direction, plongea habilement vers le lit du lac et nagea en ne se servant que de ses jambes, laissant glisser ses mains dans le limon en avançant.

Ses poumons lui brûlaient quand ses doigts effleurèrent une perle minuscule. Elle refit surface presque en même temps que Turosa, qui s'ébroua avant d'examiner sa trouvaille.

« Des perles dansantes. Portées par les élus. Elles étaient autrefois les symboles d'un héritage, d'une histoire. » Il déploya un sourire acéré. « À présent, elles sont arborées par de si nombreux paysans qu'il pourrait s'agir de grains de poussière. »

Tané le regarda droit dans les yeux et lui dit : « Tu as bien nagé, honorable Turosa. »

Cela le fit pouffer. « Oh, villageoise. Je vais tellement te ridiculiser qu'ils ne laisseront plus jamais une bouseuse souiller le clan Miduchi. » Il s'éloigna en nageant. « Prépare-toi à couler. »

Il s'élança vers la berge du lac. Tané le suivit de loin.

La rumeur voulait que, pour l'ultime épreuve, les principaux apprentis s'affronteraient. Elle avait déjà remporté son duel contre Onren. Son adversaire serait donc Turosa ou Dumusa.

Si c'était le premier, il ferait tout ce qui serait en son pouvoir pour la briser.

*
* *

Niclays passa une nuit agitée au manoir du gouverneur du Cap-Hisan. La literie était bien plus luxueuse que celle dont il bénéficiait à Orisima, mais la pluie n'avait cessé de marteler le toit de tuiles, l'empêchant de trouver le repos. Pour couronner le tout, l'humidité était insupportable, comme toujours pendant l'été seiikinois.

Au petit matin, il se leva de son lit moite pour aller ouvrir le panneau de la fenêtre. La braise était chaude et épaisse comme du moût, mais au moins pouvait-il voir les étoiles. Et réfléchir.

Aucune personne instruite ne croyait aux fantômes. Des charlatans affirmaient que les esprits des morts survivaient dans un élément nommé l'éther – pures imbécillités. Et pourtant, il entendait la voix de Jannart lui murmurer à l'oreille, lui chuchoter qu'il avait commis un crime en envoyant cette musicienne à la torture.

Les fantômes étaient les voix oubliées par les morts. Les échos d'une âme partie trop tôt.

Jannart aurait menti pour sauver la vie de la jeune femme. D'un autre côté, Jannart savait bien mentir. Il avait joué un rôle l'essentiel de sa vie. Trente années passées à mentir à Truyde. À Oscarde.

Et, bien sûr, à Aleidine.

Niclays trembla. Un frisson glacial lui parcourut le ventre quand il se rappela son regard le jour où on l'avait mis au tombeau. Elle avait toujours su. Elle avait toujours su, et jamais rien dit.

Ce n'est pas sa faute si mon cœur t'appartient, lui avait un jour affirmé Jannart, et c'était la vérité. À l'instar de nombreuses unions entre personnes de sang noble, la leur avait été arrangée par leurs familles. Les fiançailles avaient été conclues le jour des vingt ans de Jannart, une année avant sa rencontre avec Niclays.

Il n'avait pas trouvé le courage de s'opposer à ce mariage. Le nœud qui unissait les fils de leurs destinées l'avait torturé. Si seulement il était arrivé plus tôt à la cour, ils auraient pu devenir compagnons.

Il ricana. Le marquis de Zeedeur n'aurait jamais été autorisé à épouser un fils de rien sans le sou venu de Rozentun. Aleidine était une roturière, mais au moins sa main avait-elle été sertie de bijoux. Niclays, frais émoulu de l'université, n'aurait rien rapporté d'autre à la famille que des dettes.

Aleidine devait avoir désormais dépassé la soixantaine. Ses cheveux auburn étaient sans doute entrelacés d'argent, sa bouche cernée de rides. Oscarde devait avoir au moins quarante ans. Par le Saint, comme le temps passait.

La brise ne le rafraîchissait nullement. Vaincu, il referma le panneau et retourna s'allonger.

Sa peau lui cuisait. Il tenta de dormir, mais son esprit refusait de le laisser en paix, et un feu lui consumait doucement la cheville.

Au matin, rien ne laissait présager la fin prochaine de la tempête. Il observa la pluie détremper le domaine. Des domestiques lui apportèrent du fromage caillé aux fèves, de la loche grillée et du thé d'orge pour le petit-déjeuner.

À midi, une servante l'informa que le gouverneur avait accédé à sa requête. Il irait rendre visite à Triam Sulyard dans sa cellule pour arracher au garçon les informations qu'il pourrait. On lui fournirait en outre une nouvelle canne, faite d'un bois plus léger et robuste. Il supplia qu'on lui donne un peu d'eau. On lui en apporta une gourde.

Un palanquin fermé l'emmena à la maison d'arrêt au crépuscule. Bien à l'abri à l'intérieur de sa litière, Niclays observa les alentours au travers des volets.

En sept ans, il n'avait jamais mis le pied au Cap-Hisan. Il en avait entendu la musique et les bavardages, aperçu les lumières – telles des étoiles tombées du ciel – et avait voulu en arpenter les rues, mais les lieux lui étaient demeurés mystérieux. Son monde avait été limité à une poignée de hautes murailles.

La lumière des lanternes révélait une ville grouillant d'activité. À Orisima, il avait été entouré de souvenirs de Mentendon. À présent, il se rappelait à quel point sa maison était loin. Aucune colonie occidentale ne sentait le cèdre ni l'encens. Aucune colonie occidentale ne vendait d'encre d'encornet ou de flotteurs irisés pour la pêche.

Et, naturellement, aucune colonie occidentale ne faisait honneur aux dragons. Ici, les signes de leur présence étaient partout. Des marchands vendaient des amulettes à tous les coins de rue, promettant chance et secours de la part des seigneurs des mers et de la pluie. Presque chaque rue abritait un autel en bois flotté et un bassin d'eau salée.

Le palanquin s'arrêta juste devant la prison. Lorsque la portière en fut déverrouillée, Niclays descendit et chassa un moucheron qui lui tournait autour de la figure. Deux sentinelles s'empressèrent de lui faire franchir le portail.

La première chose qui le frappa fut l'odeur prégnante de merde et de pisse. Il se plaqua la manche devant le nez et la bouche. Quand ils traversèrent la cour réservée aux exécutions, il sentit ses jambes se dérober. Des têtes en décomposition étaient exhibées sur un étal, la langue gonflée comme une grosse larve recroquevillée sur elle-même.

Sulyard était détenu dans une geôle souterraine. Il était allongé sur le ventre dans sa cellule, un linge enroulé autour de la taille. Les sentinelles eurent la bonté de confier une lanterne à Niclays avant de partir.

Le bruit de leurs pas décrut dans l'obscurité. Niclays s'agenouilla et agrippa l'un des barreaux de bois.

« Sulyard. » Il fit racler sa canne sur le sol. « Remuez-vous. »

Rien. Niclays glissa sa canne entre les barreaux pour bousculer le prisonnier. Celui-ci se retourna.

« Truyde, murmura-t-il.

— Navré de vous décevoir. C'est Roos. »

Il y eut une pause. « Docteur Roos. » Sulyard se redressa. « Je croyais être en train de rêver.

— Si seulement. »

Sulyard était dans un sale état. Son visage avait gonflé comme de la pâte au four, et sur son front était écrit le mot *intrus*. Du sang séché émaillait son dos et ses cuisses.

De ce côté de la mer, Sulyard ne bénéficiait de la protection d'aucun prince. Niclays aurait sans doute été choqué par cet accès de brutalité quelque temps plus tôt, mais les nations de la Vertu employaient des moyens parfois encore plus cruels pour arracher la vérité à leurs prisonniers.

« Sulyard, reprit Niclays, dites-moi ce que vous avez révélé lors de vos interrogatoires.

— Seulement la vérité. » Il toussa. « Que je suis venu ici pour solliciter l'aide du seigneur de guerre.

— Pas à ce sujet. Concernant la manière dont vous avez atteint Orisima. » Niclays se rapprocha. « L'autre femme – la première que vous avez vue, celle sur la plage. Leur avez-vous parlé d'elle ?

— Non. »

Niclays se retint d'attraper l'imbécile à la gorge. Au lieu de quoi, il ouvrit sa gourde.

« Buvez. » Il la fit glisser entre les barreaux. « La première femme vous a conduit au quartier des théâtres au lieu de vous dénoncer. C'est son crime qui vous a fait atterrir à Orisima. Vous devez bien pouvoir la décrire – son visage, ses vêtements, *quelque chose*. Cela vous aiderait, Sulyard. »

Une main maculée de sang s'empara de la gourde. « Elle avait de longs cheveux bruns, et une cicatrice en haut de la joue gauche. Comme un hameçon. » Sulyard but. « Je crois… qu'elle devait avoir mon âge, peut-être moins. Elle portait des sandales et un manteau gris par-dessus une tunique noire.

— Donnez ces informations à vos geôliers, l'encouragea Niclays. Échangez-les contre votre vie. Aidez-les à la retrouver, et ils feront peut-être preuve de clémence.

— Je les ai implorés de m'écouter. » Sulyard paraissait délirer. « Je leur ai dit que je venais de la part de Sa Majesté, que j'étais son ambassadeur, que mon navire avait sombré. Personne n'a voulu me croire.

— Même si vous étiez véritablement un ambassadeur, ce que vous n'êtes à l'évidence pas, vous ne seriez pas le bienvenu. » Niclays jeta un coup d'œil par-dessus son épaule. Les sentinelles ne tarderaient pas à revenir le chercher. « Écoutez-moi bien attentivement, Sulyard. Le gouverneur du Cap-Hisan va m'envoyer à la capitale le temps de l'enquête. Laissez-moi porter votre message au seigneur de guerre. »

Des larmes emplirent les yeux du prisonnier. « Vous feriez cela pour moi, docteur Roos ?

— Si vous m'en dites plus sur votre entreprise. Expliquez-moi pourquoi vous pensez que Sabran a besoin de s'allier avec la Seiiki. »

Il ignorait s'il serait capable de tenir parole, mais il devait découvrir exactement pourquoi ce garçon était là. Ce que Truyde et lui avaient combiné.

« Merci. » Sulyard attrapa la main de Niclays à travers les barreaux. « Merci, docteur Roos. Le Chevalier de la Communion m'a béni en m'envoyant à vous.

— Je n'en doute pas », répondit Niclays avec flegme.

Il patienta. Sulyard lui pressa la main, puis expliqua dans un murmure à peine audible : « Truyde et moi… nous pensons que le Sans-Nom se réveillera très bientôt. Que ça n'a jamais été la lignée Berethnet qui l'a tenu à l'écart. Que, quoi qu'il advienne, il finira par revenir, et que c'est pour cela que ses serviteurs s'agitent. Ils répondent à son appel. »

Ses lèvres tremblaient tandis qu'il parlait. Émettre l'idée que ce n'était pas la maison Berethnet qui empêchait le Sans-Nom de se réveiller était considéré comme de la haute trahison dans la Vertu.

« Qu'est-ce qui vous pousse à croire ça ? » s'enquit Niclays, étonné. « Quel prophète de malheur vous a effrayés, mon garçon ?

— Aucun prophète, monsieur. Des livres. *Vos* livres, docteur Roos.

— Les *miens* ?

— Oui. Les livres d'alchimie que vous avez laissés à la cour, chuchota Sulyard. Truyde et moi avions prévu de venir vous retrouver à Orisima. Le Chevalier de la Communion m'a mené à vous. Ne voyez-vous pas qu'il s'agit d'une quête divine ?

— Non, absolument pas, espèce d'écervelé.

— Mais…

— Vous pensiez réellement que les dirigeants de l'Est se montreraient plus réceptifs que Sabran à cette proposition insensée ? » Niclays ricana. « Vous croyiez pouvoir franchir l'Abysse et risquer vos têtes… sous prétexte que vous avez feuilleté quelques ouvrages d'alchimie ? Des livres que les spécialistes de la discipline mettent des décennies, voire une vie entière, à comprendre ? Quand ils y parviennent… »

Il avait presque envie de plaindre Sulyard pour sa sottise. Il était jeune et ivre d'amour. Le garçon avait dû se convaincre qu'il était tel lord Wulf Valon ou sire Antor Duval, les héros romantiques de l'histoire inyssienne, et qu'il devait honorer sa dame en fonçant affronter le danger.

« Pitié, docteur Roos, je vous en conjure, écoutez-moi. Truyde comprend réellement ces traités. À l'instar des alchimistes du temps jadis, elle pense qu'il règne un équilibre naturel dans le monde. Elle croit sincèrement en votre travail, et elle est convaincue d'avoir trouvé le moyen de le mettre en relation avec notre vie. Avec notre histoire. »

Un équilibre naturel. Il faisait référence aux mots gravés sur la célèbre Tablette de Rumelabar, longtemps disparue, et qui fascinait tant les alchimistes depuis des siècles.

Ce qu'il y a en dessous doit être en équilibre avec ce qu'il y a au-dessus,
en ceci réside la précision de l'univers.
Le feu s'élève de la terre, la lumière descend du ciel.
Trop de l'un embrase l'autre,
en ceci réside l'extinction de l'univers.

« Sulyard, grogna Niclays sans desserrer les dents, nul ne comprend cette fichue tablette. Ce n'est que conjectures et folie.

— Je n'étais pas non plus convaincu, au début. J'étais dans le déni. Mais quand j'ai vu la passion qui animait Truyde… » Sulyard raffermit son étreinte. « Elle m'a tout expliqué. Quand les wyrms ont perdu leur flamme et ont plongé dans leur profond sommeil, les dragons de l'Est sont devenus plus puissants. À présent, ils perdent des forces à nouveau, et l'engeance draconique se réveille. Ne comprenez-vous pas ? Il s'agit d'un cycle. »

Niclays considéra à nouveau le visage fervent. Sulyard n'était pas à l'origine de cette mission.

Truyde. C'était Truyde. C'était de son cœur, de son esprit que cette idée avait germé. Elle était devenue si semblable à son aïeul. L'obsession qui l'avait tué avait perduré dans son sang.

« Vous êtes deux imbéciles, déclara-t-il d'une voix rauque.

— Non.

— Si. Si vous savez que les dragons perdent de leur puissance, pourquoi donc solliciter leur aide ?

— Parce qu'ils demeurent plus puissants que *nous*, docteur Roos. Et parce que nos chances seront meilleures avec eux que sans eux. Si nous voulons avoir le moindre espoir de victoire…

— Sulyard, l'interrompit Niclays d'une voix plus basse. Taisez-vous. Le seigneur de guerre refusera d'entendre cela. Tout comme Sabran.

— Je voulais essayer. Le Chevalier du Courage nous enseigne d'élever la voix lorsque les autres redoutent de parler. » Sulyard secoua la tête, des larmes plein les yeux. « Avons-nous eu tort d'espérer, docteur Roos ? »

Soudain, Niclays se sentit épuisé. Cet homme allait mourir en vain, dans un monde bien loin du sien. Il n'y avait qu'une chose à faire. Mentir.

« Il est exact qu'ils commercent avec Mentendon. Peut-être qu'ils écouteront. » Niclays tapota la main crasseuse qui étreignait la sienne. « Pardonnez son cynisme à un vieillard, Sulyard. Je mesure votre passion. Je suis convaincu de votre sincérité. Je vais solliciter une audience auprès du seigneur de guerre pour en discuter avec lui. »

Sulyard fit basculer son poids sur son coude. « Docteur Roos… » Sa voix se fit pâteuse. « Ne vont-ils point vous tuer ?

— Je vais courir le risque. Les Seiikinois me respectent en tant qu'anatomiste, et je suis un citoyen en règle. Laissez-moi essayer. Je pense qu'ils risqueront, au pire, de se moquer de moi. »

De nouvelles larmes vinrent arroser les yeux injectés de sang du prisonnier. « Je ne sais comment vous remercier.

— Moi, je le sais. » Niclays lui empoigna l'épaule. « Essayez au moins de sauver votre peau. Lorsqu'ils viendront vous chercher, parlez-leur de la femme sur la plage. Jurez-moi que vous le ferez. »

Sulyard acquiesça. « Je le jure. » Il embrassa la main de Niclays. « Que le Saint vous bénisse, docteur Roos. Il y a un siège pour vous à sa grande table, auprès du Chevalier du Courage.

— Qu'il se le garde », marmonna Niclays. Il n'imaginait pas plus grand tourment que de festoyer pour l'éternité avec une bande de vantards morts.

Quant au Saint, il allait avoir du pain sur la planche s'il voulait sauver ce misérable.

Il entendit les sentinelles approcher et se recula. Sulyard posa la joue par terre.

« Merci, docteur Roos. De m'avoir redonné espoir.

— Bonne chance, Triam l'Idiot », répondit doucement Niclays. Puis il se laissa raccompagner sous la pluie.

Un autre palanquin patientait à l'entrée de la prison. Il était bien moins majestueux que celui qui l'avait conduit devant le gouverneur, et quatre nouveaux porteurs étaient venus remplacer les anciens. L'un d'eux, une femme, s'inclina devant lui.

« Éminent docteur Roos, dit-elle, nous avons reçu l'ordre de vous ramener chez l'honoré gouverneur du Cap-Hisan, afin que vous puissiez lui rapporter ce que vous avez appris. Après quoi, nous vous conduirons à Ginura. »

Niclays acquiesça, moulu de fatigue. Il ne révélerait qu'une seule chose au gouverneur : que l'étranger souhaitait contribuer à identifier une deuxième personne lui étant venue en aide. Il ne s'impliquerait pas davantage dans cette histoire.

En grimpant dans la litière, il se demanda s'il reverrait un jour Triam Sulyard. Pour le bien de Truyde, il espérait que oui.

Pour le sien, il ne préférait pas.

14

Ouest

Peu après que les hérauts eurent porté la nouvelle des fiançailles dans toute l'Inys, Aubrecht Lievelyn fit savoir qu'il se préparait à mettre les voiles avec son escorte, qui comprenait quelque huit cents personnes. Les jours suivants se déroulèrent dans une effervescence qu'Ead n'avait jamais connue.

De la nourriture arriva par barges entières depuis les Prés et les Dunes. La famille Sommière envoya des tonneaux issus de ses vignobles. Les femmes de chambre extraordinaires, susceptibles d'être appelées à la royale maisonnée pour des occasions particulières – un anniversaire à commémorer, les Saintes Célébrations – élurent domicile à la cour. De nouvelles robes furent cousues pour la reine et ses dames. Les moindres recoins du palais d'Ascalon furent astiqués et lustrés, jusqu'au plus petit bougeoir. Pour la première fois, la reine Sabran semblait accepter l'idée d'avoir une suite. L'excitation consumait le domaine tel un feu de forêt.

Ead s'efforçait tant bien que mal de tenir le rythme. Même si la fièvre l'avait éprouvée, le médecin royal avait personnellement validé sa reprise du travail. Encore une preuve que les médecins inyssiens étaient des charlatans.

Au moins Truyde utt Zeedeur faisait-elle profil bas. Ead n'avait plus eu vent de rumeurs faisant état de sa sorcellerie.

Pour l'instant, son secret était sauf. En temps normal, il y avait près de mille résidents permanents à la cour, mais alors qu'Ead traversait le palais, chargée de paniers de fleurs et de brassées de draps d'argent, elle avait l'impression de croiser de plus en plus de gens. Elle guettait chaque jour l'arrivée des bannières dorées des Ersyr, et de l'homme qui chevaucherait dessous, déguisé en ambassadeur du roi Jantar et de la reine Saiyma. Chassar uq-Ispad, celui qui l'avait amenée en Inys.

Vinrent d'abord des invités venus d'autres coins du reinaume. Les Ducs Provinciaux et leur famille comptaient parmi les plus reconnaissables. En entrant dans les cloîtres un matin, Ead remarqua Lord Ranulf Lande le Jeune, cousin de feu la reine Rosarian, de l'autre côté de la cour. Il était en pleine conversation avec Lady Igrain Crest. Comme souvent, Ead s'arrêta pour écouter.

« Et comment se porte votre compagnon, mon seigneur ? demandait Crest.

— Il est profondément navré de ne pouvoir être là, Votre Grâce, mais il nous rejoindra bientôt », répondit Lande. Sa peau était brune et couverte de taches de rousseur, sa barbe à peine grisonnante. « Comme je suis heureux que Sa Majesté connaisse bientôt la joie que j'ai trouvée dans l'union.

— Espérons-le. Le Duc de la Courtoisie pense que cette alliance servira à renforcer les mailles de la Vertu, expliqua Crest, même si nous ignorons encore si son intuition se révélera être la bonne.

— J'espère qu'il a une intuition hors pair, pouffa Lande, étant donné son… rôle particulier.

— Oh, certains signes échappent même à Seyton, fit remarquer Crest avec un sourire inhabituel. La chute de ses cheveux, par exemple. Même un faucon ne peut pas distinguer le dessus de sa tête. » Lande réprima un rire. « Naturellement, nous prions tous pour que Sa Majesté donne bientôt vie à une fille.

— Oui, mais elle est encore jeune, Votre Grâce, et Lievelyn également. Laissons-leur déjà le temps d'apprendre à se connaître. »

Ead ne pouvait qu'abonder dans son sens. La plupart des Inyssiens semblaient se moquer du fait que Sabran et Lievelyn se soient à peine croisés ; tout ce qui comptait, c'était ce mariage.

« Il est vital que nous ayons une héritière aussi tôt que possible, récita Crest. Sa Majesté connaît son devoir en la matière.

— Eh bien, nul n'a mieux su guider Sa Majesté dans son devoir que vous, Votre Grâce.

— Vous êtes trop aimable. Elle a fait ma fierté et ma joie. Hélas, mes conseils ne sont plus les seuls à avoir son oreille. Notre jeune reine est déterminée à suivre sa propre voie.

— Comme nous tous, Votre Grâce. »

Ils se séparèrent. Ead eut à peine le temps de se mettre à l'abri avant que la duchesse tourne à l'angle, manquant lui rentrer dedans.

« Mademoiselle Duryan. » Crest reprit contenance. « Bonjour, ma chère. »

Ead fit la révérence. « Votre Grâce. » Crest hocha la tête et quitta les cloîtres. Ead s'en alla dans la direction opposée.

Crest pouvait bien railler Combe, la vérité était que rien n'échappait au Faucon-de-Nuit. Ead trouvait extraordinaire qu'il ne parvienne pas à identifier le commanditaire des coupe-jarrets.

Elle ralentit le pas quand une possibilité lui traversa l'esprit. Pour la première fois, elle songea que Combe pouvait être à l'origine de ces attaques. Il avait les moyens de les mettre au point. De faire venir des personnes invisibles à la cour, cependant qu'il en éjectait d'autres. Il s'était en outre occupé de l'interrogatoire des survivants. Dont il s'était débarrassé.

Combe n'avait aucune raison de souhaiter la mort de Sabran. Lui-même était un descendant de la Sainte Escorte, et son pouvoir était lié à celui de la maison Berethnet… mais peut-être pensait-il pouvoir en grappiller davantage si la reine d'Inys tombait. Si Sabran mourait sans héritier, la population lui laisserait le champ libre par peur de l'avènement du Sans-Nom. En plein chaos, le Faucon-de-Nuit pourrait prendre son essor.

Toutefois, chaque assassin putatif avait bâclé le travail. Ead ne reconnaissait pas là sa patte. Elle n'était pas non plus convaincue qu'il fût prêt à risquer l'instabilité que provoquerait la fin de la maison Berethnet. Ce n'était pas la façon d'agir du maître-espion. Celui-ci ne laissait jamais rien au hasard.

Elle avait à moitié traversé le jardin du Cadran quand elle eut une illumination.

Les échecs des assassins avaient été volontaires.

Chaque attaque semblait avoir été mise en scène. Chaque coupe-jarret s'était trahi tout seul. Même le dernier n'avait pas foncé pour saisir sa chance. Il avait pris tout son temps.

Voilà qui correspondait davantage à Combe. Peut-être n'avait-il jamais voulu tuer Sabran, simplement la manipuler. Lui rappeler qu'elle n'était pas immortelle, que donner naissance à une héritière était primordial. L'effrayer pour la convaincre d'accepter la demande de Lievelyn. Cela ressemblait bien à sa façon d'arranger la cour pour lui donner l'apparence voulue.

Sauf qu'il ne s'était pas attendu à trouver Ead sur son chemin. Elle avait arrêté la plupart des mercenaires avant qu'ils puissent s'approcher suffisamment pour terrifier la reine. Voilà sans doute pourquoi il avait confié au dernier la clef de l'escalier dérobé. Pour accroître ses chances d'atteindre la grande chambre.

Ead s'autorisa à sourire. Pas étonnant que Combe tienne tant à découvrir l'anonyme protecteur. Si elle ne se trompait pas, elle tuait les propres hommes du Faucon.

Bien sûr, tout ceci n'était que pure spéculation. Elle n'avait pas la moindre preuve, comme pour le bannissement de Loth. Et pourtant, elle savait au fond d'elle-même qu'elle était sur la bonne voie.

Le mariage avec Lievelyn était pratiquement scellé. Combe était satisfait. S'il n'y avait plus d'autre tentative d'assassinat, cela confirmerait que son intuition était la bonne. En ce cas, Sabran ne risquerait rien tant qu'elle ne contrarierait pas son maître-espion. Mais lorsqu'elle le ferait, le Faucon-de-Nuit reprendrait son essor, déployant ses ailes sombres au-dessus du trône.

Ead avait la ferme intention de les lui couper. Tout ce qu'il lui fallait pour cela était une preuve – ainsi que l'occasion d'y parvenir.

*
* *

Les invités continuaient d'affluer. Les familles des Ducs Spirituels. Des chevaliers errants, qui traquaient les petits criminels et pourfendaient les wyrms endormis. Des Sanctariens avec leur hérigaut à manches longues. Des barons et des baronets. Des maires et des magistrats.

Bientôt, les visiteurs tant attendus du royaume de Hróth commencèrent à arriver. Le roi Raunus de la maison Hraustr avait envoyé une armée de nobles représentants pour assister à l'union. Sabran les accueillit avec une affection sincère, et le palais résonna bientôt des chansons et des rires nordiens.

Il y avait encore peu, les Yscalins se seraient joints aux festivités. Ead se souvenait parfaitement de la dernière visite des représentants de la maison Vetalda, lorsque la Donmata Marosa était venue célébrer les mille ans du règne Berethnet. À présent, leur absence était un nouveau rappel de leur avenir incertain.

Au matin de l'arrivée prévue d'Aubrecht Lievelyn, les principaux convives et courtisans se rassemblèrent dans la chambre de présence. L'essentiel du conseil des Vertus était également réuni. Arbella Valon s'était remise de sa maladie, au grand regret de certaines des dames de l'antichambre les plus ambitieuses. Elle se tenait désormais à la droite du trône.

Déjà en temps normal, Arbella paraissait frêle, avec ses yeux chassieux et ses doigts noués par les travaux d'aiguille, mais Ead était convaincue qu'elle aurait dû rester au lit ce jour-là. Même si elle souriait à la reine telle une mère emplie de fierté, il émanait de sa personne une forme de tristesse.

Le reste de la salle vrombissait comme une ruche. Sabran, flanquée des six Ducs Spirituels, resplendissants dans leur tenue d'apparat, attendait son fiancé au pied de son trône. Elle était sobrement vêtue d'une robe de velours et de satin cramoisie, qui contrastait élégamment avec sa coiffe bleu nuit. Elle n'arborait ni collerette ni bijoux. Ead l'étudia depuis sa position, au milieu des autres dames de l'antichambre.

La souveraine était des plus resplendissantes. Les Inyssiens semblaient croire que ses ornements faisaient sa beauté, mais en réalité, ils la dissimulaient.

Sabran croisa son regard. Ead se détourna.

« Où sont tes parents ? » demanda-t-elle à Margret, debout à sa droite.

« Ils ont prétexté une indisposition de papa, mais je suis à peu près sûre que c'est parce que maman n'a aucune envie de voir Combe. » Margret gardait la bouche dissimulée derrière son éventail en plumes de paon. « Il lui a dit dans une lettre que Loth était parti pour Cárscaro de son propre chef. Elle n'en croit pas un mot. »

Lady Annes Ru avait été dame de la chambre pour la reine Rosarian. « Elle doit bien connaître les rouages de la cour.

— Mieux que quiconque. Je vois que dame de Ruissemiel n'est pas présente non plus. » Margret secoua la tête. « Pauvre Kit. »

Le comte de Ruissemiel se trouvait avec les autres membres du conseil des Vertus. Il ne paraissait pas le moins du monde troublé par l'absence de son fils, qui lui ressemblait comme deux gouttes d'eau à un détail près : la bouche, qui ne souriait jamais chez le père.

Des trompettes annoncèrent la venue du Grand Prince. Même les tapisseries délicates qui drapaient la chambre de présence parurent frémir d'impatience. Ead loucha vers Combe, dont l'expression rappelait celle d'un chat tenant une souris au bout de sa patte.

Ead sentit ses côtes se serrer de dégoût quand elle le remarqua. Même s'il n'était pas forcément le commanditaire des coupe-jarrets, c'était lui qui avait envoyé Loth risquer sa vie pour permettre la tenue de ce mariage, le tout pour contrecarrer des rumeurs complètement dénuées de fondement. Qu'il pourrisse.

Porte-étendard et trompettistes entrèrent en grande pompe dans la pièce. Des cous se tendirent pour apercevoir l'homme qui allait devenir le prince consort d'Inys. Linora Payance était dressée sur la pointe des pieds, et s'éventait comme si elle risquait de tomber en pâmoison d'un instant à l'autre. Même Ead s'autorisa un accès de curiosité.

Sabran déroula les épaules. Le bruit de la fanfare enfla jusqu'à l'apparition du Grand Prince de l'État libre de Mentendon.

Aubrecht Lievelyn avait les bras puissants et la carrure d'un chevalier chevronné. Rasé de frais, encore plus grand que Sabran, il n'avait en réalité rien d'un loir. Ses cheveux ondulés semblèrent luire comme du cuivre quand il avança dans un rayon de soleil. Ses épaules étaient drapées d'un manteau, qui dissimulait partiellement son pourpoint noir enfilé par-dessus un justaucorps ivoire à manches longues.

« Oh, il est tellement beau », commenta Linora dans un souffle.

Quand il eut rejoint sa fiancée, Lievelyn s'agenouilla devant elle et abaissa le front.

« Majesté. »

Elle conserva un air indéchiffrable. « Votre Altesse Royale, répondit-elle en lui présentant sa main. Bienvenue au reinaume d'Inys. »

Lievelyn baisa son anneau royal.

« Majesté, répéta-t-il, je suis déjà épris de votre ville, et ému par votre acceptation. C'est pour moi un immense honneur de me trouver en votre présence. »

Sa voix était posée. Ead était surprise par sa réserve. Généralement, les prétendants se répandaient en éloges mielleux à l'égard de la personne royale, mais

Lievelyn se contentait de contempler la reine d'Inys, cheffe de file de sa religion.

Sabran, qui haussait les épaules, récupéra sa main.

« Les Ducs Spirituels, descendants de la Sainte Escorte », dit-elle. Ceux-ci s'inclinèrent devant Lievelyn, qui ploya la tête encore plus profondément en réaction.

« Vous êtes plus que bienvenu ici, Votre Altesse Royale, déclara Combe chaleureusement. Nous attendions cette rencontre depuis longtemps.

— Relevez-vous, je vous en prie », demanda Sabran.

Lievelyn s'exécuta. Il y eut un bref silence tandis que les futurs mariés se jaugeaient du regard.

« Nous avons cru comprendre que Votre Altesse Royale avait déjà visité Ascalon par le passé, reprit Sabran.

— En effet, Majesté, pour le mariage de vos parents. Je n'avais alors que deux ans, mais ma mère m'a souvent répété combien la reine Rosarian était belle ce jour-là, et combien son bon peuple priait pour la voir donner rapidement vie à une fille aussi gracieuse et résistante qu'elle. Et vous avez répondu à leurs attentes. Lorsque j'ai appris que Votre Majesté avait intimidé l'aile droite du Sans-Nom, cela n'a fait que confirmer ce que je savais déjà de votre force. »

Sabran ne sourit pas, mais ses yeux se mirent à briller. « Nous nous attendions à rencontrer vos nobles sœurs.

— Elles seront bientôt là, Majesté. La princesse Bétriese est tombée malade, et les autres n'ont pas voulu la laisser seule.

— Nous sommes navrés de l'apprendre. » Sabran tendit la main à nouveau, cette fois-ci à l'intention de l'ambassadeur. « Ravis de vous revoir, Oscarde.

— Majesté. » L'ambassadeur se pencha pour embrasser la bague. « Si je peux me permettre, je souhaiterais vous présenter ma mère, Lady Aleidine Teldan utt Kantmarkt, duchesse douairière de Zeedeur. »

Cette dernière fit la révérence. « Majesté. » C'était une femme époustouflante, à la riche chevelure cuivrée et aux paupières tombantes. Quelques pattes-d'oie semblaient gravées sur sa peau olivâtre. « Quel formidable honneur.

— Soyez la bienvenue en Ascalon, Votre Grâce. Vous aussi, Excellence », ajouta Sabran en regardant la personne derrière elle.

Lorsque Lievelyn s'effaça, Ead retint son souffle. L'ambassadeur qui venait de pénétrer dans la chambre de présence portait une coiffe dorée et une cape de satin éclatante, d'un bleu pied-d'alouette profond. Derrière lui se trouvaient les délégations ersyrienne et lasiane.

« Majesté. » Chassar uq-Ispad s'inclina avec un sourire. Les têtes se tournèrent vers cet homme colossal, à la tête emmaillotée et à l'épaisse barbe noire. « Cela fait très longtemps. »

Il était là.

Après toutes ces années, il avait fini par revenir.

« En effet, confirma Sabran. Nous commencions à croire que Sa Très Éminente Majesté n'enverrait pas de représentants.

— Mon maître n'insulterait jamais Votre Majesté de pareille manière. Le roi Jantar vous transmet ses félicitations, de même que la Grande Souveraine Kagudo, dont la délégation nous a rejoints à Perchette. »

Kagudo était la Grande Souveraine du Domaine de Lasia, à la tête de la plus vieille maison royale du monde connu. Elle descendait en droite lignée de

Sélinu le Gardeur de Serment, et était ainsi du même sang que la Mère. Ead ne l'avait jamais rencontrée, mais elle écrivait souvent à la Prieure.

« Fort heureusement, poursuivit Chassar, le prince Aubrecht venait d'arriver à quai lorsque nous avons mis pied à terre, j'ai donc pu profiter de sa charmante compagnie pour le reste du voyage.

— Nous espérons profiter à notre tour de la charmante compagnie du prince Aubrecht dans un avenir proche », répondit Sabran.

Quelques-unes des demoiselles d'honneur dissimulèrent leurs gloussements derrière leurs éventails. Lievelyn sourit à nouveau.

Les civilités se poursuivirent, les deux fiancés ne se quittant presque jamais des yeux. Chassar coula un regard vers Ead et lui adressa un hochement de tête presque imperceptible avant de se détourner.

Lorsque les présentations furent faites, Sabran invita ses hôtes à la carrière, pour assister à un tournoi. Les participants jouteraient devant un millier de spectateurs. Ils manquèrent perdre la tête en apercevant la reine, l'acclamant pour avoir repoussé un haut-ouestrien. Elle était Glorian Cœurdécu réincarnée.

« Nous vous saluons, Sabran la Magnifique ! s'exclamèrent-ils. Longue vie à la maison Berethnet ! » Les hurlements d'appréciation redoublèrent quand Lievelyn vint s'asseoir près d'elle dans la tribune royale.

« Protégez-nous, Majesté !

— Majesté, votre courage nous donne de l'espoir ! »

Ead trouva une place sur les bancs à l'ombre, aux côtés des autres dames de compagnie. Elle scruta la foule, s'attendant à voir une arbalète ou un pistolet apparaître dans les gradins. Son siden était épuisé, mais il lui restait ses couteaux pour abattre les assassins.

Chassar se trouvait de l'autre côté de la tribune royale. Elle devrait attendre que Sabran se soit retirée pour s'entretenir avec lui.

« Par le Saint, j'ai bien cru que cette présentation n'en finirait jamais. » Margret se saisit d'un verre de vin de fraise qu'un page lui tendait. Deux chevaliers errants abaissèrent leur visière. « J'ai bien l'impression que Sabran apprécie son Prince rouge. Elle s'efforce de le cacher, mais je crois qu'elle en est déjà éprise.

— Lievelyn l'est aussi », répondit distraitement Ead.

Combe était également installé dans la tribune. Elle le jaugea du regard, tentant de déterminer s'il lorgnait la reine comme sa reine ou comme un pion sur son échiquier.

Margret suivit son regard. « Je sais, dit-elle doucement. Il s'en tire à bon compte. » Elle sirota son vin. « Et je déteste ses serviteurs. Ils sont complices de ses crimes.

— Sabran doit impérativement le savoir, murmura Ead. Ne pourrait-elle pas trouver le moyen de se débarrasser de lui ?

— Même s'il m'en coûte de l'admettre, l'Inys a besoin de ses informateurs. Et si Sab le chassait sans bonne raison, d'autres nobles pourraient croire leur position tout aussi fragile. Elle ne peut pas se permettre de faire des mécontents, pas alors qu'il règne une telle incertitude quant à la menace yscaline. » Margret fit la grimace quand les chevaliers errants brisèrent leur lance l'un sur l'autre sous les vivats de la foule. « Après tout, il est déjà arrivé que des nobles se révoltent. »

Ead acquiesça. « La Révolte des coteaux d'Ajonc.

— Oui. Au moins, il y a des lois pour éviter que cela se reproduise. À une époque, on aurait vu les domestiques de Combe parader dans *sa* livrée, comme si leur loyauté n'allait pas principalement à la reine. Désormais, ils doivent se contenter d'arborer son insigne. » Elle fit la moue. « Je déteste que le symbole de sa vertu soit un livre, tu sais ? Les livres sont trop bien pour lui. »

Les deux combattants tournèrent bride pour s'affronter à nouveau. Igrain Crest, qui jusqu'alors discutait avec un baron, traversa les gradins jusqu'à la tribune royale et alla se placer juste derrière Sabran et Lievelyn. Elle se pencha pour murmurer quelque chose à la reine, qui lui sourit en retour.

« Il paraît qu'Igrain est contre cette union, dit Margret, même si elle se réjouit de la perspective d'avoir bientôt une nouvelle héritière. » Elle haussa un sourcil. « Elle était pratiquement Protectrice du Royaume quand Sab était encore enfant. Presque une deuxième mère. Et pourtant, si la rumeur dit vrai, elle préférerait que la reine se marie avec quelqu'un qui a déjà un pied dans la tombe.

— Elle finira peut-être par avoir gain de cause », commenta Ead.

Margret la dévisagea. « Tu penses que Sab va changer d'avis pour le Prince rouge ?

— Tant qu'elle n'aura pas la bague au doigt, je dirais qu'il y a de grandes chances.

— La cour t'a rendue cynique, Ead Duryan. Nous sommes peut-être sur le point d'assister à une romance digne de celle de Rosarian Ire et sire Antor Duval. » Margret entrelaça son bras à celui de son amie. « Tu dois être ravie de revoir l'ambassadeur uq-Ispad après toutes ces années. »

Ead sourit. « Tu n'imagines même pas à quel point. »

Les joutes se poursuivirent pendant plusieurs heures. Ead essaya de rester à l'abri des toiles en compagnie de Margret, sans jamais quitter les gradins des yeux. Enfin, Lord Lemand Pynson, le Duc de la Tempérance en activité, fut déclaré champion. Après avoir offert une bague à son cousin en guise de trophée, Sabran se retira pour échapper à la chaleur.

*
* *

À cinq heures, Ead se trouvait confortablement installée dans l'antichambre, où Sabran jouait du virginal. Tandis que Roslain et Katryen se chuchotaient des choses, et que la pauvre Arbella s'adonnait péniblement à ses travaux d'aiguille, Ead faisait mine d'être absorbée dans un livre de prières.

La reine faisait plus attention à elle depuis sa fièvre. Elle avait été invitée plusieurs fois à jouer aux cartes ou à écouter les dames de la chambre tenir Sabran informée des dernières péripéties de la cour. Ead avait remarqué qu'elles disaient parfois du bien de certaines personnes et conseillait à Sabran de les considérer mieux qu'elle ne le faisait. Si ces recommandations ne faisaient pas suite à des actes de corruption, alors Ead était reine des Ersyr.

« Ead. »

Elle redressa la tête. « Majesté ?

— Venez me voir. »

Sabran tapota un tabouret. Quand Ead s'y installa, la reine se pencha vers elle avec un air de conspiratrice. « Il semblerait que le Prince rouge ne soit pas le loir que nous redoutions. Que pensez-vous de lui ? »

Ead sentait que Roslain la scrutait.

« Il semble courtois et galant, Madame. Si c'est un rongeur, ajouta-t-il d'un ton badin, ce doit être leur prince. »

Sabran rit. Un événement rare. Tel un filon d'or dissimulé dans un rocher, rechignant à se montrer.

« En effet. Reste à savoir s'il ferait un bon consort. » Elle fit planer un doigt au-dessus du virginal. « Bien sûr, je ne suis pas encore mariée. Des fiançailles peuvent toujours être annulées.

— Vous ferez ce qui vous semble le mieux. Il y aura toujours des voix pour vous souffler que faire, comment agir, mais c'est vous qui portez la couronne, déclara Ead. Que Son Altesse Royale se montre digne de trôner près de vous. Elle doit mériter cet honneur, car c'est le plus grand d'entre tous. »

Sabran la considéra longuement.

« Vous dites de belles paroles, fit-elle remarquer. Je me demande si vous les pensez.

— Je suis on ne peut plus honnête, Madame. On trouve toujours à la cour des personnes capables de cajoleries et de duperies, le tout sous couvert de courtoisie, mais je me targue de parler avec le cœur.

— Nous nous adressons toutes avec le cœur à Sa Majesté », intervint Roslain, les yeux brillants de colère. « Sous-entendriez-vous que la courtoisie soit une forme d'artifice, mademoiselle Duryan ? Car la Chevaleresse de la Courtoisie ne…

— Ros, la coupa Sabran, je ne m'adressais pas à toi. »

Roslain se tut, abasourdie.

Dans le silence tendu qui s'ensuivit, l'un des chevaliers du corps pénétra dans l'antichambre.

« Majesté. » Il s'inclina. « Son Excellence, l'ambassadeur uq-Ispad, demande si vous pourriez libérer mademoiselle Duryan un court moment. Si cela vous sied, il l'attend sur la terrasse du Pacifieur. »

Sabran ramena sa cascade de cheveux sur une épaule.

« Je crois que je peux me passer d'elle, répondit-elle. Vous pouvez disposer, Ead. Mais soyez de retour pour les oraisons.

— Oui, Madame. » Elle se leva aussitôt. « Merci. »

Tandis qu'elle quittait l'antichambre, elle évita de regarder les autres femmes. Elle ne devait pas se faire une ennemie de Roslain Crest si elle pouvait l'éviter.

Ead quitta le donjon de la reine et grimpa sur les remparts du côté sud du palais, où la terrasse du Pacifieur dominait le Leste. Son cœur papillonnait telle une pyrale. Pour la première fois depuis huit ans, elle allait pouvoir parler à quelqu'un du Prieuré. Et pas n'importe qui : Chassar, qui l'avait élevée.

Le soleil du soir avait transformé le fleuve en un flot d'or fondu. Ead traversa le pont la séparant du sol carrelé de la terrasse. Chassar l'attendait près de la balustrade. En entendant ses pas, il se retourna et lui sourit. Elle se précipita vers lui telle une enfant vers son père.

« Chassar. »

Elle enfouit son visage contre son torse. Il la serra dans ses bras.

« Eadaz. » Il lui déposa un baiser au sommet du crâne. « Là, lueur de mes yeux, je suis là.

— Je n'avais plus entendu ce nom depuis si longtemps, dit-elle dans un sélinien maladroit. Pour l'amour de la Mère, Chassar, je croyais que tu m'avais oubliée pour de bon.

— Jamais. Tu sais que t'abandonner ici a été comme laisser un morceau de mon âme. » Ils s'avancèrent ensemble jusqu'à une pergola d'églantier et de chèvrefeuille. « Assieds-toi avec moi. »

Chassar avait dû réserver la terrasse pour son usage personnel. Ead s'assit à la table, où une jatte débordait de fruits des Ersyr séchés. Il lui servit un verre de vin blanc de Rumelabar.

« J'ai fait venir tout cela pour toi, dit-il. Je pensais que tu serais heureuse d'avoir un petit souvenir du Sud.

— Après huit ans, j'aurais même pu oublier jusqu'à son existence. » Elle lui décocha un regard sévère. « Je n'avais pas de nouvelles. Tu n'as pas répondu à une seule de mes lettres. »

Le sourire de Chassar s'évanouit. « Pardonne mon long silence, Eadaz. » Il soupira. « Je voulais t'écrire, mais la Prieure a décrété qu'il fallait te laisser seule pour te permettre d'apprendre en paix les us et coutumes inyssiens. »

Ead voulait se mettre en colère, mais elle se trouvait face à l'homme qui la faisait sauter sur ses genoux quand elle était petite, celui qui lui avait appris à lire, et le soulagement des retrouvailles dépassait sa contrariété.

« La mission qui t'a été confiée était de protéger Sabran, reprit Chassar, et tu as honoré la Mère en la gardant saine et sauve. Cela n'a pas dû être facile. » Il marqua une pause. « Les assassins qui la menacent. Tu disais dans tes lettres qu'ils étaient équipés de lames yscalines.

— Oui. Des dagues de parade, plus précisément, venues de Cárscaro.

— Des dagues de parade, répéta Chassar. Un choix d'arme bien étrange, pour commettre un meurtre.

— Je me suis dit la même chose. Ce sont plutôt des armes défensives.

— Mmm. » Chassar se caressa la barbe, comme souvent lorsqu'il réfléchissait. « Peut-être est-ce aussi simple que ça en a l'air, et que le roi Sigoso recrute des sujets inyssiens pour éliminer une reine qu'il méprise… ou peut-être que ces dagues ne sont que des leurres. Pour couvrir la trace du véritable commanditaire.

— Je pencherais pour cette hypothèse. Un membre de la cour est impliqué, affirma Ead. Ces armes ont pu être dégottées au marché noir. Et quelqu'un a laissé les coupe-jarrets s'introduire dans le donjon de la reine.

— Et tu n'as pas idée de qui, dans la royale maisonnée, pourrait vouloir la mort de Sabran ?

— Personne. Ils sont tous convaincus que c'est sa présence qui entrave le Sans-Nom. » Ead fit tourner son vin dans son verre. « Tu m'as toujours dit de me fier à mon instinct.

— Toujours.

— Dans ce cas, je peux t'assurer que quelque chose cloche dans ces attentats contre Sabran. Ça ne se limite pas au choix des armes. Seule la dernière intrusion paraissait… sérieuse. Toutes les autres ont été sabotées. Comme si les assassins tenaient à se faire prendre.

— Ils étaient sans doute mal entraînés. De pauvres désespérés, achetés pour une somme dérisoire.

— Peut-être. Ou peut-être était-ce un fait exprès. Chassar, te rappelles-tu Lord Arteloth ?

— Bien sûr, répliqua-t-il. J'étais surpris de ne pas le trouver en compagnie de Sabran à mon arrivée.

— Il n'est plus là. Combe le jugeait trop proche d'elle, il l'a exilé en Yscalin pour faciliter le mariage avec Lievelyn. »

Chassar haussa les sourcils. « Les rumeurs, murmura-t-il. Je les ai entendues jusqu'à Rumelabar. »

Ead acquiesça. « Combe voulait envoyer Loth à la mort. Et maintenant, je crains que le Faucon-de-Nuit déplace ses pions une fois de plus. Qu'en faisant peur à Sabran, il l'ait poussée dans les bras de Lievelyn.

— Pour qu'elle engendre une héritière au plus vite. » Chassar sembla y réfléchir. « D'un certain côté, ce serait une bonne chose. Sabran serait en sécurité, maintenant qu'il aurait eu gain de cause.

— Mais si elle se met en travers de sa route à l'avenir ?

— Je ne pense pas qu'il irait plus loin que ça. Sans elle, son pouvoir se dissoudrait.

— Je ne suis pas convaincue qu'il le pense. Et je ne trouve pas bien que Sabran ignore tout de ses combines. »

Chassar se figea. « Tu ne dois pas lui faire part de tes soupçons, Eadaz. Pas sans preuve. Combe est un homme puissant, il trouverait le moyen de se venger de toi.

— Je n'en ferai rien. Je ne peux que continuer d'observer. » Elle chercha son regard. « Chassar, mes sortilèges commencent à faire défaut.

— Je sais, répondit-il d'une voix basse. Quand nous avons appris que Feúdel s'était montré, et que Sabran l'avait chassé d'Ascalon, nous avons aussitôt compris la vérité. Nous savions également que cela avait dû consumer ton siden. Tu es restée loin de l'arbre trop longtemps. Tu es une racine, ma chérie. Tu dois boire, sous peine de dépérir.

— Cela n'aura pas forcément d'importance. Je vais peut-être finalement avoir une chance de devenir dame de la chambre. Je pourrai la protéger de ma propre lame.

— Non, Eadaz. »

Chassar lui couvrit la main de la sienne. Une fleur d'oranger, taillée dans une héliolite presque transparente, était montée sur un anneau d'argent passé à son index. Le symbole de leur véritable allégeance.

« Mon enfant, murmura-t-il, la Prieure est morte. Elle était âgée, comme tu le sais, et elle est partie en paix. »

Ead en fut peinée, mais pas surprise. La Prieure lui avait toujours paru vieille, avec sa peau aussi noueuse et ridée qu'un olivier. « Quand ?

— Il y a trois mois.

— Que sa flamme vienne illuminer l'arbre, dit Ead. Qui a repris sa mante ?

— Les Damoiselles rouges ont élu Mita Yedanya, la *munguna*, répondit Chassar. Te souviens-tu d'elle ?

— Oui, bien entendu. » D'après le peu qu'Ead se rappelait, Mita était une femme discrète et sérieuse. La *munguna* était l'héritière présomptive du Prieuré, même s'il arrivait que les Damoiselles rouges élisent quelqu'un d'autre si elles la jugeaient indigne de ce poste. « Je lui souhaite beaucoup de réussite dans son nouveau rôle. A-t-elle déjà choisi sa propre *munguna* ?

— La plupart des sœurs pensent qu'il s'agira de Nairuj, mais en vérité, Mita n'a encore rien décidé. »

Chassar se pencha plus près. Dans la faible lueur qui subsistait, Ead remarqua les rides qui cernaient sa bouche et ses yeux. Il paraissait bien plus âgé que lors de leur dernière rencontre.

« Quelque chose a changé, Eadaz, déclara-t-il. Tu dois le sentir. Les wyrms sortent de leur torpeur, et voilà qu'un haut-ouestrien s'est éveillé. La Prieure craint qu'il s'agisse des prémices de l'avènement du Sans-Nom en personne. »

Ead laissa ces paroles infuser dans son esprit. « Vous n'êtes pas les seuls à le craindre, répondit-elle. Une demoiselle d'honneur, Truyde utt Zeedeur, a envoyé un messager en Seiiki.

— La jeune héritière du duché de Zeedeur. » Chassar fronça les sourcils. « Pour quelle raison voudrait-elle parlementer avec l'Est ?

— La fille s'est mise en tête de solliciter l'aide de leurs wyrms pour nous protéger du Sans-Nom. Elle est convaincue qu'il reviendra – que la maison Berethnet perdure ou non. »

Chassar siffla entre ses dents. « Qu'est-ce qui la pousse à croire ça ?

— Les réveils draconiques. Et sa propre imagination, sans doute. » Ead leur servit à tous deux un peu plus de vin. « Feúdel a dit quelque chose à Sabran. *Le millénaire touche à son terme*. Il a également affirmé que son maître s'éveillait dans l'Abysse. »

L'océan qui s'ouvrait entre les deux côtés du monde. Une eau noire que le soleil ne pouvait pénétrer. Un puits ténébreux que les marins avaient toujours redouté de traverser.

« Des paroles effectivement terribles. » Chassar contempla l'horizon. « À l'instar de lady Truyde et de la Prieure, Feúdel doit croire que le Sans-Nom est voué à revenir.

— La Mère l'a vaincu il y a plus de mille ans, dit Ead. N'est-ce pas ? Si c'est à cela que le wyrm faisait référence, le Sans-Nom devrait déjà s'être réveillé. »

Chassar trempa pensivement les lèvres dans son vin. « Je me demande si cette menace a un lien avec les années perdues de la Mère. »

Toutes les sœurs connaissaient l'histoire des années perdues. Peu après avoir vaincu le Sans-Nom et fondé le Prieuré, la Mère était partie accomplir quelque mystérieuse entreprise et avait péri avant de rentrer. Son corps avait été renvoyé au Prieuré. Nul ne savait qui s'était chargé de le rapatrier.

Une petite faction de sœurs pensait que la Mère était partie rejoindre son soupirant, Galian Berethnet, pour faire un enfant avec lui, donnant ainsi naissance à la maison Berethnet. Cette idée, impopulaire au Prieuré, constituait la légende fondatrice de la Vertu – et justifiait la venue d'Ead en Inys.

« Comment serait-ce possible ? s'enquit-elle.

— Eh bien, répondit Chassar, la plupart des sœurs pensent que la Mère est partie pour protéger le Prieuré d'une menace inconnue. » Il pinça les lèvres. « Je vais écrire à la Prieure pour l'informer de ce que Feúdel a raconté. Elle saura peut-être résoudre cette énigme. »

Ils laissèrent alors s'instaurer un court silence. Le crépuscule avait désormais envahi le ciel, et des bougies commençaient à brûler aux fenêtres du palais.

« Je vais devoir y aller, murmura Ead. Pour prier l'Imposteur.

— Mange un peu, d'abord. » Chassar poussa vers elle la jatte remplie de fruits. « Tu sembles fatiguée.

— Eh bien, répondit Ead d'un ton pince-sans-rire, il s'avère que repousser seule un haut-ouestrien est une affaire très éprouvante. »

Elle piocha parmi les cerises et les dattes délicieusement sucrées. Des parfums d'une vie qu'elle n'avait jamais oubliée.

« Ma chérie, reprit Chassar. Pardonne-moi, mais avant que tu partes, il y a une chose que je dois te confier. Au sujet de Jondu. »

Elle leva les yeux.

« Jondu. » Sa mentor, et sa très chère amie. Son ventre se noua. « Chassar, qu'y a-t-il ?

— L'année dernière, la Prieure a décrété que nous devions reprendre nos efforts pour retrouver Ascalon. Avec les éveils draconiques qui se multipliaient, elle estimait que nous devions faire tout notre possible pour mettre la main sur l'épée avec laquelle la Mère a vaincu le Sans-Nom. Jondu a entamé ses recherches en Inys.

— En Inys, répéta-t-elle en sentant sa poitrine se serrer. Elle serait venue me voir.

— Elle a reçu l'ordre de ne pas s'approcher de la cour. Pour te laisser te concentrer sur ta mission. »

Ead ferma les paupières. Jondu était impétueuse, mais pas au point de désobéir à un ordre direct de la Prieure.

« Nous n'avons plus reçu de nouvelles de sa part depuis son séjour à Perunta, poursuivit Chassar, alors qu'elle était sans doute sur le chemin du retour.

— À quand cela remonte-t-il ?

— À la fin de l'hiver. Elle n'a pas trouvé Ascalon, mais elle nous a écrit pour nous informer qu'elle était entrée en possession d'un objet d'importance et qu'elle avait besoin d'une escorte. Nous avons envoyé des sœurs à sa rencontre, mais elles n'ont pas retrouvé sa trace. Je redoute le pire. »

Ead se leva brusquement et se dirigea vers la balustrade. Soudain, la douceur du fruit avait perdu de son attrait.

Elle se souvenait de la façon dont Jondu lui avait appris à assujettir la flamme pure qui lui brûlait le sang. Ou à manier une épée, à bander un arc. À ouvrir une vouivre du gésier jusqu'à la queue. Jondu, sa plus chère amie – qui, à l'aide de Chassar, l'avait façonnée.

« Elle est peut-être encore en vie, déclara-t-elle d'une voix rauque.

— Les sœurs la cherchent toujours. Nous ne baisserons pas les bras, affirma Chassar, mais quelqu'un doit la remplacer au sein des Damoiselles rouges. Voilà le message que m'a chargé de te transmettre Mita Yedanya, notre nouvelle Prieure. Elle t'ordonne de rentrer, Eadaz. Pour porter le manteau de sang. Nous aurons besoin de toi dans les jours à venir. »

Un frisson à la fois froid et brûlant la parcourut de la nuque jusqu'au bas du dos.

C'était tout ce qu'elle avait toujours souhaité. Devenir une Damoiselle rouge, une tueuse en puissance, était le rêve de chaque petite fille née au Prieuré.

Et pourtant.

« Ainsi, résuma Ead, la nouvelle Prieure se moque de protéger Sabran ? »

Chassar vint la rejoindre près de la rambarde. « La nouvelle Prieure est plus sceptique que l'ancienne concernant le pouvoir de la lignée Berethnet, admit-il, mais elle ne laissera pas Sabran sans défense. Je suis venu avec l'une de tes jeunes sœurs, et je compte la présenter à la reine Sabran pour te remplacer. Je lui expliquerai que l'un de tes proches est mourant et que tu dois rentrer aux Ersyr de toute urgence.

— Cela lui semblera suspect.

— Nous n'avons pas le choix. » Il la contempla. « Tu es Eadaz du Zāla uq-Nāra, servante de Cléolind. Tu ne resteras pas plus longtemps à cette cour de blasphémateurs. »

Son nom complet. Cela faisait si longtemps. Tandis qu'elle digérait ces paroles, un voile d'inquiétude déforma les traits de Chassar.

« Eadaz, reprit-il, ne me dis pas que tu souhaites rester. Te serais-tu attachée à Sabran ?

— Bien sûr que non, répliqua-t-elle d'un ton catégorique. Cette femme est arrogante et capricieuse… néanmoins, il subsiste une chance, si infime soit-elle, qu'elle soit bel et bien la véritable descendante de la Mère. Non seulement ça, mais si elle meurt, le pays doté de la plus grande puissance navale de tout l'Ouest s'effondrera – ce qui ne servira pas nos intérêts. Elle a besoin de protection.

— Et elle en aura. La sœur que j'ai amenée est douée – mais tu dois suivre une autre route, à présent. » Il lui posa une main dans le dos. « L'heure est venue de rentrer à la maison. »

Une chance de retrouver la proximité de l'oranger. Elle pourrait parler sa propre langue et prier la véritable image de la Mère, sans être rôtie sur la place Marian.

Et pourtant, elle avait consacré huit années à apprendre à connaître les Inyssiens – à tout savoir de leurs coutumes, de leur religion, des rouages de ce nid de vipères qu'était cette cour. Elle ne pouvait pas gâcher tout ce savoir.

« Chassar, dit-elle, j'ai très envie de quitter ce palais avec toi, mais tu me demandes de rentrer juste alors que Sabran commence à me faire confiance. Toutes ces années passées ici l'auraient été en vain. Penses-tu pouvoir convaincre la Prieure de me laisser un peu plus de temps ?

— Combien ?

— Jusqu'à ce que la succession soit assurée. » Ead se tourna face à lui. « Permettez-moi de la protéger jusqu'à ce qu'elle enfante. Puis je rentrerai à la maison. »

Il y réfléchit un moment, la ligne fine de ses lèvres pincées disparaissant dans sa barbe broussailleuse.

« Je vais essayer, promit-il. Je vais essayer, ma chérie. Mais si la Prieure refuse, tu devras te soumettre à sa décision. »

Ead l'embrassa sur la joue. « Tu es trop bon avec moi.

— Nul ne sera jamais assez bon avec toi. » Il posa les mains sur ses épaules. « Mais sois attentive, Eadaz. Ne te trompe pas d'objectif. C'est la Mère qui te commande, pas cette reine inyssienne. »

Elle se retourna vers les tours de la ville. « Que la Mère nous commande dans tout ce que nous entreprenons. »

15

Ouest

Cárscaro.

Capitale du royaume draconique de Yscalin.

Dominant une vaste plaine, la ville trônait sur une crête des Fuseaux, la chaîne de montagnes couvertes de neige éternelle entre la Yscalin et les Ersyr.

Loth observa par la fenêtre du coche qui approchait du chemin qui grimpait. Il avait entendu parler de Cárscaro toute sa vie, mais n'avait jamais eu occasion de poser les yeux dessus.

La Yscalin était devenue la deuxième maille de la cotte de la Vertu, quand le roi Isalarico IV avait épousé la reine Glorian II. Pour l'amour de son épouse, celui-là avait abjuré les anciens dieux de son pays pour se consacrer au Saint. À cette époque, Cárscaro était célèbre pour ses masques, sa musique, et les poiriers rouges qui poussaient le long de ses rues.

Plus maintenant. Depuis que la Yscalin avait renoncé à sa dévotion ancestrale pour le Saint et adopté le Sans-Nom comme dieu unique, elle faisait tout son possible pour ébranler la Vertu.

Au point du jour, des fils de nuages lumineux apparurent au-dessus de la Vaste Plaine yscaline. Jadis, cette étendue de terre avait été couverte de lavande, dont le vent charriait parfois les effluves jusqu'à la ville.

Loth aurait aimé voir ça. Il n'en restait malheureusement qu'une immense friche carbonisée.

« Combien d'âmes vivent-elles à Cárscaro ? » demanda-t-il à Lady Priessa, ne serait-ce que pour passer le temps.

« Cinquante mille environ, répondit-elle. C'est une petite capitale. À votre arrivée, vous serez conduits à vos quartiers, sur la galerie des ambassadeurs. Sa Splendeur vous recevra dès qu'elle le pourra lors d'une audience spéciale pour recueillir vos lettres de créance.

— Rencontrerons-nous aussi le roi Sigoso ?

— Sa Majesté est indisposée.

— Je suis navré de l'apprendre. »

Loth plaqua le front contre la fenêtre et contempla la ville dans les montagnes. Bientôt, il serait au cœur du mystère et découvrirait de ses yeux ce qu'il était advenu de la Yscalin.

Un mouvement indistinct attira son attention. Il tendit la main vers le loquet pour avoir une meilleure vision du ciel, mais une main gantée referma brusquement la fenêtre.

« Qu'est-ce que c'était ? » s'enquit Loth, troublé.

« Un coquatrix. » Lady Priessa croisa les mains sur son giron. « Vous feriez bien de ne pas trop vous éloigner du palais, Lord Arteloth. De nombreuses créatures draconiques rôdent dans les montagnes. »

Des coquatrix. Le croisement d'un oiseau et d'une vouivre. « Font-ils du mal aux citadins ?

— S'ils ont faim, ils peuvent en faire à n'importe qui, sauf à ceux qui sont déjà atteints du mal. Nous les nourrissons bien.

— Comment ? »

Pas de réponse.

Le coche entama son ascension cahoteuse. Kit sortit alors de sa torpeur et se frotta les yeux. Il afficha aussitôt son sourire, mais Loth voyait bien qu'il était effrayé.

La nuit était tombée lorsque la porte de Niunda leur apparut. Aussi colossale que la divinité qui lui avait donné son nom, taillée dans du granit vert et noir et illuminé de torches, elle représentait l'unique point d'entrée à Cárscaro. À mesure qu'ils se rapprochaient, Loth commença à distinguer les formes sous son linteau.

« Qu'y a-t-il, là-haut ? »

Kit fut le premier à le comprendre.

« À ta place, je tournerais la tête, Arteloth. » Il se rencogna contre le dossier de la banquette. « À moins que tu veuilles que cet instant vienne hanter le restant de tes nuits. »

Il était trop tard. Il avait vu les hommes et les femmes attachés à la porte par les poignets. Certains étaient déjà morts, ou en avaient tout l'air, mais d'autres, bien vivants et tout ensanglantés, luttaient contre leurs entraves.

« *Voilà* comment nous les nourrissons, Lord Arteloth, déclara Lady Priessa. Grâce à nos traîtres et à nos criminels. »

L'espace d'un terrible instant, Loth se crut sur le point de rendre son dernier repas sur le sol du coche.

« Je vois », commenta-t-il, la bouche pleine de salive chaude. « Bien. »

Il fut tenté de faire le signe de l'épée, mais il aurait alors signé son arrêt de mort.

À l'arrivée de la voiture, la porte de Niunda s'ouvrit. Pas moins de six vouivres étaient là pour la garder. Elles étaient plus petites que leurs suzerains hauts-ouestriens et n'étaient dotées que de deux pattes, mais leurs yeux brûlaient du même feu. Loth se détourna jusqu'à ce qu'ils aient franchi le rempart.

C'était un vrai cauchemar. Les bestiaires, les légendes du passé avaient pris vie en Yscalin.

Une tour de verre et de roche volcanique se dressait au milieu de la cité. Il devait s'agir du Palais du Salut, siège de la maison Vetalda. Le mont sur lequel Cárscaro était bâtie était l'un des plus bas des Fuseaux, mais il était suffisamment imposant pour que son sommet disparaisse derrière la brume qui surplombait le plateau.

Le palais était un édifice terrifiant, mais c'était la rivière de lave qui perturbait le plus Loth. Elle s'écoulait en six cours différents autour et au travers de Cárscaro, avant de plonger dans un unique bassin et de descendre en cascade sur les pentes en contrebas, où elle refroidissait pour former du verre volcanique.

Les chutes de lave étaient apparues à Cárscaro une décennie plus tôt. Les Yscalins avaient mis un temps certain pour construire des canaux permettant de dompter la rivière enflammée. En Ascalon, on murmurait désormais que le Saint avait ainsi envoyé un avertissement aux Yscalins – les prévenant qu'un jour le Sans-Nom deviendrait le faux dieu de leur pays.

Les rues sinuaient telles des queues de rat autour des bâtiments. Loth distinguait à présent les grands ponts de pierre qui les reliaient. Des éventaires surmontés de bannes rouges étaient cernés de personnages en lourde robe. Nombre d'entre eux avaient en outre le visage voilé. Des protections contre l'épidémie apparaissaient un peu partout, allant des simples colifichets accrochés aux portes aux masques ornés d'yeux de verre et d'un long bec, mais certaines habitations portaient malgré tout l'inscription rouge.

Le coche les amena jusqu'aux immenses portes du Palais du Salut, où une rangée de domestiques patientait. Des sculptures de créatures draconiques plus vraies que nature formaient une arche au-dessus de l'entrée. On eût dit le col de la Matrice de Feu.

Loth descendit du véhicule et offrit avec raideur sa main à Lady Priessa, qui la déclina. La proposition avait certes été ridicule. Melaugo lui avait conseillé de garder ses distances.

Les jaculus grognèrent quand le petit groupe s'éloigna du coche. Loth emboîta le pas à Kit, et ils suivirent les serviteurs jusqu'à un vestibule haut de plafond, où pendait un lustre. Il aurait juré que les flammes des chandelles étaient rouges.

Lady Priessa disparut par une porte latérale. Loth et Kit échangèrent un regard déconcerté.

Deux braseros flanquaient un escalier majestueux. Un domestique alluma un flambeau à l'un d'eux. Il conduisit Loth et Kit à travers des couloirs déserts et des tunnels dissimulés derrière des tapisseries et des passages secrets. Ils gravirent des escaliers étriqués, qui donnèrent un peu plus la nausée à Loth, passèrent devant des portraits à l'huile d'anciens monarques de la maison Vetalda, avant d'aboutir enfin dans une galerie au plafond en voûte. Le domestique désigna une première porte, puis une seconde, et leur tendit une clef à chacun.

« Nous pourrions peut-être avoir de quoi… » commença Kit, mais l'homme avait déjà disparu derrière une tapisserie. « Manger.

— Nous mangerons demain », décida Loth. Chaque mot résonnait dans ce couloir. « À ton avis, qui d'autre se trouve ici ?

— Je ne suis pas expert en la matière, mais j'imagine qu'il doit y avoir des Mentendoniens. » Kit frotta son ventre qui gargouillait. « Ils se mêlent toujours de tout. »

C'était vrai. L'on disait même qu'il n'existait pas un endroit au monde où les Mentendoniens refusaient de se rendre.

« Retrouve-moi ici à midi, lui dit Loth. Nous aurons à discuter de la suite des événements. »

Kit le gratifia d'une tape dans le dos et entra dans l'une des pièces. Loth glissa sa clef dans la serrure de la seconde.

Il lui fallut quelques secondes pour s'habituer aux ombres de sa chambre. Les Yscalins avaient peut-être prêté allégeance au Sans-Nom, mais ils ne rechignaient manifestement pas à la dépense pour accueillir les ambassadeurs étrangers. Neuf fenêtres longeaient le mur ouest, dont l'une était plus petite que les autres. En y regardant de plus près, elle s'avéra être la porte d'un petit balcon.

Un lit à baldaquin dominait le mur nord de la pièce. Un bougeoir en fer se dressait à côté. Les bougies étaient dans une espèce de cire irisée, et leur flamme était rouge. Véritablement rouge. Son coffre avait été déposé non loin. Du côté sud, il écarta un rideau de velours et découvrit une baignoire de pierre, remplie d'une eau fumante.

Avec toutes ces fenêtres, il avait l'impression que toute la Yscalin pouvait épier ses faits et gestes. Il tira les rideaux et moucha presque toutes les bougies. Elles libérèrent alors une bouffée de fumée noire.

Il se plongea dans l'eau et y resta allongé un long moment. Quand ses douleurs se furent atténuées, il trouva un savon parfumé à l'olive et entreprit de laver ses cheveux de la poussière qui s'y était déposée.

Wilstan Pynson avait peut-être dormi dans cette chambre-ci, lorsqu'il était venu enquêter sur le meurtre de la reine Rosarian, la femme qu'il avait aimée. Il s'y trouvait peut-être encore quand les champs de lavande avaient brûlé, et quand les pigeons s'étaient envolés pour annoncer que la cotte de la Vertu avait perdu une maille.

Loth se versa de l'eau sur la tête. Si quelqu'un à Cárscaro s'était arrangé pour que la reine Rosarian trouve la mort, cette même personne avait pu essayer de tuer Sabran. De la faire disparaître avant qu'elle offre un héritier à la Vertu. Afin de ressusciter le Sans-Nom.

Avec un frisson, Loth se leva de son bain et s'empara de la serviette pliée non loin. Il se rasa à l'aide de son couteau, ne laissant qu'une touffe de poils à la pointe de son menton et au-dessus de sa lèvre supérieure. Ce faisant, il songea à Ead.

Il était sûr que Sabran était en sécurité avec elle. Dès l'instant où il l'avait aperçue au pavillon des banquets – une femme à la peau acajou et aux yeux scrutateurs, à la posture presque majestueuse –, il avait éprouvé une chaleur intérieure. Pas celle d'un feu de wyrm, mais quelque chose de doré et délicat, comme les premiers rayons d'un soleil estival.

Margret lui avait conseillé pendant un an d'épouser Ead. Elle était belle, elle le faisait rire, et ils pouvaient discuter pendant des heures. Il avait repoussé les conseils de sa sœur – non seulement parce que le futur comte de Bouleaudor ne pouvait pas prendre pour femme une roturière, mais aussi parce qu'il aimait Ead comme il aimait Margret ou Sabran : à la manière d'une sœur.

Il n'avait pas encore connu l'amour qui consume tout sur son passage. Âgé de trente ans, il avait largement l'âge de se marier, et il avait longtemps voulu honorer le Chevalier de la Communion en s'inscrivant dans cette institution des plus sacrées.

À présent, il n'aurait sans doute plus jamais cette chance.

Une chemise de nuit en soie était disposée sur le lit, mais il revêtit la sienne, toute froissée par le voyage, avant de sortir sur le balcon.

L'air était désormais plus frais. Loth posa les bras sur la balustrade. En contrebas, Cárscaro s'étendait vers la falaise la séparant du plateau. L'éclat de la lave arrosait chaque rue. Loth vit une silhouette plonger depuis le ciel pour aller s'abreuver dans la rivière de feu.

À minuit, il se glissa prudemment dans son lit et remonta la courtepointe jusqu'à son menton.

Durant son sommeil, il rêva que ses draps étaient empoisonnés.

*
* *

Peu avant midi, Kit le trouva assis à sa table, dans la partie ombragée du balcon, à contempler le plateau.

« Bien le bonjour, coquin, l'accueillit Loth.

— Ah, malin, quelle merveilleuse journée sur la terre de la mort et du mal. » Kit apportait un tranchoir. « Ces gens vénèrent peut-être le Sans-Nom, mais quelle literie ! Je n'ai jamais mieux dormi que cette nuit. »

Kit n'était jamais grave, et Loth ne put s'empêcher de sourire à son attitude, même ici. « Où as-tu trouvé de quoi manger ?

— La première pièce que je cherche, quand j'arrive dans un lieu que je ne connais pas, c'est la cuisine. J'ai fait des signes aux domestiques jusqu'à ce qu'ils comprennent que j'étais affamé. Tiens. » Il posa le tranchoir sur la table. « Ils vont nous apporter quelque chose de plus substantiel tout à l'heure. »

La planche était couverte de fruits et de noix grillées, d'un pichet de vin de paille et de deux gobelets.

« Tu n'aurais pas dû aller te promener seul, Kit, le rabroua Loth.

— Le ventre a ses raisons », répondit-il. En découvrant la moue de son ami, il poussa un soupir. « D'accord. »

Le soleil était une plaie béante, le ciel un camaïeu de rose. Une brume pâle flottait au-dessus de la plaine. Loth n'avait jamais rien vu de semblable. Ils étaient à l'abri du plus gros de la chaleur, mais leurs clavicules étaient déjà constellées de sueur.

Le spectacle avait dû être à couper le souffle, à l'époque où les lavandes florissaient encore. Loth essaya de s'imaginer déambuler en plein été parmi les couloirs à ciel ouvert, sous la caresse d'une brise chaude et parfumée.

Était-ce la peur ou le mal qui avait poussé le roi Sigoso à corrompre cet endroit ainsi qu'il l'avait fait ?

« Alors », dit Kit, la bouche pleine d'amandes. « Comment va-t-on approcher la Donmata ?

— Avec la plus grande courtoisie. Pour autant qu'elle le sache, nous sommes ici en tant qu'ambassadeurs permanents. Je ne pense pas qu'elle trouvera cela suspect que nous nous enquérions de notre prédécesseur.

— S'ils ont fait quoi que ce soit à Pynson, elle va nous mentir.

— Dans ce cas, nous lui demanderons la preuve qu'il est bien vivant.

— On n'exige pas une preuve auprès d'une princesse. Sa parole est loi. » Kit pela une orange sanguine.

« Nous sommes des espions, à présent, Loth. Tu ferais mieux d'arrêter d'écouter ta nature confiante.

— Que suggères-tu, alors ?

— Qu'on se fonde dans la masse, qu'on agisse comme de bons ambassadeurs, et qu'on découvre ce que l'on peut. Il y a peut-être d'autres diplomates étrangers, ici. Quelqu'un doit bien savoir quelque chose d'utile. » Il adressa à Loth un sourire rayonnant. « Et si tout le reste échoue, je séduirai la Donmata Marosa jusqu'à ce qu'elle m'ouvre son cœur. »

Loth secoua la tête. « Fripon. »

Un grondement parcourut Cárscaro. Kit rattrapa sa coupe avant qu'elle se renverse.

« Qu'est-ce que c'était ?

— Un tremblement de terre », répondit Loth, mal à l'aise. « Papa m'a dit un jour que les montagnes de feu pouvaient en provoquer. »

Les Yscalins n'auraient jamais bâti leur ville ici si elle avait risqué d'être rasée par un séisme. S'efforçant de ne plus y penser, Loth but une gorgée de vin, toujours hanté par l'idée de la splendeur passée de la ville. Fredonnant, Kit sortit sa plume et un canif.

« Poésie ? s'enquit Loth.

— Je n'ai pas encore été frappé d'inspiration. Je sais d'expérience que terreur et créativité ne vont pas souvent de pair. » Kit entreprit d'affûter sa plume. « Non, je vais écrire une lettre. Pour une certaine dame. »

Loth fit claquer sa langue. « Je n'arrive pas à comprendre pourquoi tu n'as encore pas dit à Kate ce que tu ressentais.

— Parce que même si je suis quelqu'un de charmant, je reste sire Antor Duval sur le papier. » Kit lui décocha un regard amusé. « Penses-tu qu'ils fassent partir le courrier par pigeons ou par basilics, de nos jours ?

— Par coquatrix, plutôt. Ils allient les qualités des deux. » Loth observa son ami tirer un encrier d'une bourse. « Tu sais que Combe brûlera toutes les missives que nous pourrons envoyer ?

— Oh, j'ai la ferme intention d'essayer malgré tout. Si Lady Katryen ne me lit jamais, tant pis, mais lorsque le cœur est trop lourd, il finit par déborder. Et le mien déborde inévitablement sur une feuille. »

On frappa à la porte de la chambre. Loth coula un regard vers Kit avant d'aller ouvrir, prêt à faire usage de sa baselarde.

Un domestique en pourpoint et hauts-de-chausse noirs attendait là.

« Lord Arteloth. » Il tenait un diffuseur de parfum. « Je suis venu vous informer que Sa Splendeur, la Donmata Marosa, vous recevra en son lieu. En attendant, Lord Kitston et vous devez consulter le médecin, afin que Sa Splendeur soit assurée que vous ne convoyiez aucune maladie.

— Maintenant ?

— Oui, mon seigneur. »

La dernière chose que Loth voulait était se faire palper par un médecin d'obédience draconique, mais il ne pensait pas avoir le choix.

« Dans ce cas, répondit-il, je vous en prie, montrez-nous le chemin. »

16

Est

Les épreuves de l'eau se succédèrent inlassablement. La nuit où ils durent nager contre le courant dans la rivière rapide. Le duel de filets. La démonstration des facultés à communiquer par signaux avec d'autres cavaliers. Parfois, une journée s'écoulait entre deux rencontres, d'autres fois plusieurs jours. Et bientôt, ce fut l'heure de la dernière.

À minuit, Tané se trouvait dans la salle d'entraînement, à oindre la lame de son épée d'essence de girofle. L'odeur en paraissait incrustée au bout de ses doigts. Elle avait les épaules douloureuses et le cou raide comme une souche.

Demain, cette épée pourrait lui permettre de tout gagner ou de tout perdre. Elle pouvait voir le reflet de ses yeux injectés de sang sur son plat.

De la pluie dégoulinait depuis les toits de l'école. Alors qu'elle retournait à ses quartiers, elle entendit un rire étouffé.

La porte d'un petit balcon était ouverte. Tané jeta un coup d'œil par-dessus la balustrade. Dans la cour en contrebas, là où poussaient les poiriers, Onren et Kanperu étaient assis de part et d'autre d'un échiquier, la tête penchée en avant, les doigts entrelacés.

« Tané. »

Elle sursauta. Dumusa l'observait depuis sa propre chambre, vêtue d'une robe à manches courtes, une pipe à la main. Elle alla rejoindre Tané sur le balcon et suivit son regard.

« Tu ne dois pas être jalouse, déclara-t-elle après un long silence.

— Je ne suis pas…

— Doucement. Moi aussi, je les envie, parfois. Comme ça semble leur venir facilement. À Onren, surtout. »

Tané dissimula sa figure derrière ses cheveux.

« Elle excelle avec tellement peu… » Les mots moururent dans sa gorge. « Avec tellement peu.

— Elle excelle, car elle est sûre de ses capacités. Je suis certain que tu crains que les tiennes ne t'échappent si tu relâches ton effort ne serait-ce qu'un instant. Je suis une descendante de dragonniers. C'est une vraie bénédiction, et j'ai toujours voulu me prouver que j'en étais digne. Quand j'avais seize ans, j'ai tout laissé tomber sauf mes études. J'ai cessé d'aller en ville. Cessé de peindre. Cessé de voir Ishari. Je n'ai fait que m'entraîner, jusqu'à devenir principale apprentie. J'ai oublié comment posséder une faculté. Au lieu de quoi, je me laissais posséder par elle. Tout entière. »

Tané fut parcourue d'un frisson.

« Mais… » Elle hésita. « Je n'ai pas l'impression que tu sois comme moi. »

Dumusa recracha une bouffée de fumée.

« J'ai pris conscience que, si j'avais la chance de devenir dragonnière, je devrais répondre présente dès que la Seiiki m'appellerait. Que je n'aurais pas l'occasion de m'entraîner auparavant. Souviens-toi, Tané, qu'une épée n'a pas besoin d'être aiguisée pendant des heures pour conserver son tranchant.

— Je sais. »

Dumusa lui lança un regard de biais. « Alors arrête de l'affûter. Et va dormir. »

*
* *

L'ultime épreuve aurait lieu dans la cour. Tané déjeuna tôt et trouva une place dans les gradins.

Onren vint s'asseoir près d'elle à l'aube. Elles écoutèrent le roulement lointain du tonnerre.

« Alors, commença Onren, tu es prête ? »

Tané acquiesça, puis secoua la tête.

« Moi pareil. » Onren leva la tête vers la pluie battante. « Tu chevaucheras, Tané. Les Miduchi nous jugent en fonction de nos performances durant toutes les épreuves, et tu as suffisamment fait tes preuves.

— Celle-ci est la plus importante, murmura Tané. Nous nous servirons plus souvent de notre épée que de n'importe quelle autre arme. Si nous n'arrivons pas à remporter un duel à l'école…

— Nous savons tous à quel point tu es douée avec une lame. Ça va aller. »

Tané se tortilla les mains entre les genoux.

Les autres sortaient au compte-gouttes. Quand tout le monde fut réuni, le général de mer émergea à son tour. Le domestique qui l'accompagnait se dressait sur la pointe des pieds pour l'abriter sous son parapluie.

« Votre dernière épreuve sera celle des épées, leur annonça le général. Pour commencer, l'honorable Tané, de la maison Sud. »

Elle se leva.

« Honorable Tané, reprit-il, vous allez aujourd'hui affronter l'honorable Turosa, de la maison Nord. »

Turosa se mit debout sans la moindre hésitation.

« C'est un combat au premier sang. »

Ils se dirigèrent chacun vers une extrémité de la cour pour aller chercher leur épée. Ils se mesurèrent du regard, l'arme au clair, puis s'avancèrent l'un vers l'autre.

Elle allait lui montrer de quoi une simple villageoise était capable.

Ils s'inclinèrent légèrement, avec raideur. Tané empoigna son arme des deux mains. Elle ne voyait que Turosa, les cheveux dégoulinants, les narines dilatées.

Le général de mer ordonna l'assaut, et Tané se précipita vers son adversaire. Ils croisèrent le fer. Turosa approcha tant son visage du sien qu'elle put sentir son haleine et les relents de sueur sur sa tunique.

« Quand je commanderai les dragonniers, siffla-t-il, je veillerai à ce qu'aucun paysan ne monte plus jamais sur un dragon. » Un fracas de lames. « Bientôt, tu retourneras vivre dans le taudis dont ils t'ont sortie. »

Tané se fendit. Il bloqua son assaut juste à hauteur de sa taille.

« Rappelle-moi d'où tu viens ? » lui souffla-t-il si bas qu'elle seule pouvait l'entendre. Il repoussa sa lame. « Les tas de merde dans lesquels vous habitez ont-ils seulement des noms ? »

S'il espérait la provoquer en insultant la famille qu'elle n'avait jamais connue, il se fourrait le doigt dans l'œil.

Il attaqua à son tour. Tané para, et le duel débuta sérieusement.

Il ne s'agissait plus de danser avec des épées en bois. Il n'y avait pas de leçon à retenir, cette fois, pas de talent à affiner. Finalement, sa confrontation avec son rival fut aussi rapide et impitoyable qu'un arrachage de dent.

Son monde était un supplice de pluie et de métal. Turosa bondit très haut. Tané remonta son épée pour dévier le coup porté vers le bas, et son adversaire atterrit accroupi. Il se rua aussitôt sur elle, sans lui laisser le temps de reprendre son souffle, son épée scintillant tel un oiseau fendant l'eau. Elle rendit coup pour coup jusqu'à ce qu'il feinte en lui décochant un coup de poing au menton. Puis un coup de pied dans le ventre l'envoya rouler plus loin.

Elle aurait dû anticiper cette ruse depuis longtemps. Son épuisement avait causé sa perte. Entre les gouttelettes qui pendaient à ses cils, elle vit le général de mer, qui les observait d'un air neutre.

« C'est ça, bouseuse, ricana Turosa. Reste à terre. À ta place. »

Telle une condamnée à mort attendant son exécution, Tané baissa la tête. Turosa la toisa longuement, comme pour décider où lui infliger la blessure la plus douloureuse possible. Encore un pas, et elle serait à sa portée.

C'est alors qu'elle redressa le front et balança les jambes vers Turosa, qui dut sauter pour les éviter. Elle se releva d'une poussée fulgurante en tourbillonnant tel un vent de tempête. Turosa para son premier coup, mais elle l'avait pris au dépourvu. Elle le voyait dans ses yeux. Il n'avait plus le même jeu de jambes sur le sol humide, et quand elle lança un nouvel assaut, il fut trop lent à relever le bras.

La lame de Tané lui rasa la joue, aussi délicate qu'un brin d'herbe.

Une fraction de seconde plus tard, il lui lacéra l'épaule. Elle poussa un hoquet de douleur et il s'éloigna brusquement, l'écume aux lèvres.

Les autres gardiens de mer peinaient à voir. Tané considéra son adversaire, le souffle court.

Si elle n'avait pas entamé la peau, le combat était perdu.

Lentement, de petits rubis germèrent le long de l'estafilade qu'elle lui avait infligée. Tremblant et trempé, Turosa porta un doigt à sa mâchoire et étala un liquide vermillon.

« Honorable Tané de la maison Sud », annonça le général de mer, tout sourire, « la victoire est à vous. »

Elle n'avait jamais rien entendu d'aussi beau.

Quand elle salua Turosa, du sang dégoulina de sa plaie à l'épaule tel du cuivre fondu. Les traits de son adversaire semblaient perdus dans les eaux troubles et profondes de la colère. Il s'était laissé piéger – un piège qui n'aurait dû tromper personne –, parce qu'il s'était attendu à la trouver faible. En le dévisageant, Tané sut qu'il ne la traiterait plus jamais de bouseuse. Le faire reviendrait à reconnaître qu'il s'était laissé dominer par une inférieure.

À présent, le seul moyen qu'il avait de sauver la face était de la traiter en égale.

Sous les cieux déchaînés, le descendant des dragonniers s'inclina devant elle, plus bas qu'il ne l'avait jamais fait.

17

Ouest

Ayant été déclarés sains de corps, Loth et Kit furent admis en présence de la Donmata Marosa quelques jours après leur arrivée. En attendant, ils étaient restés cantonnés dans leurs quartiers, que des gardes postés dans le couloir leur avaient empêchés de quitter. Loth frémissait encore d'angoisse au souvenir du médecin royal, qui avait placé des sangsues là où aucune sangsue n'aurait jamais dû être placée.

Quoi qu'il en soit, Loth se retrouva à pénétrer avec Kit dans la salle du trône caverneuse du Palais du Salut. L'endroit était inondé de courtisans et de nobles, mais ils ne virent aucun signe du prince Wilstan.

La Donmata Marosa, princesse héritière du royaume draconique de Yscalin, était assise sur un trône de verre volcanique, protégé par un dais. Sa figure disparaissait derrière un masque de fer cornu, façonné telle une tête de haut-ouestrien. Son poids devait être considérable.

« Par le Saint, chuchota Kit si bas que seul Loth pouvait l'entendre. Elle porte le visage de Feúdel. »

Des gardes en armure dorée se tenaient devant le trône. Le baldaquin portait les armes de la maison

Vetalda. Deux vouivres noires et une épée brisée en deux.

Pas n'importe quelle épée : Ascalon. Le symbole de la Vertu.

Les dames d'honneur avaient replié le voile d'épidémie, suspendu à de petits diadèmes très ornés. Lady Priessa Yelarigas était postée à la droite du trône. À présent que son visage était visible, Loth y découvrit des joues pâles couvertes de taches de son, des yeux caves et un port de menton fier.

Le ronron des conversations se tarit quand les deux hommes s'arrêtèrent devant le trône.

« Votre Splendeur, annonça l'intendant, permettez-moi de vous présenter deux gentilshommes inyssiens : Lord Arteloth Ru, fils du comte et de la comtesse de Bouleaudor, et Lord Kitston Sommière, fils du comte et de la comtesse de Ruissemiel, ambassadeurs du reinaume d'Inys. »

Un silence emplit la salle du trône, rapidement suivi de sifflements. Loth posa un genou en terre et ploya la tête.

« Votre Splendeur, dit-il, nous vous remercions de nous recevoir à votre cour. »

Les sifflements cessèrent quand la Donmata leva la main.

« Lord Arteloth et Lord Kitston », répéta-t-elle. Son casque de fer conférait à sa voix un écho étrange. « Mon père bien-aimé et moi vous souhaitons la bienvenue dans le royaume draconique de Yscalin. Mes plus sincères excuses pour avoir reporté cette audience – j'étais occupée par ailleurs.

— Inutile de vous justifier, Votre Splendeur, répondit Loth. Il vous appartient de nous recevoir selon votre bon plaisir. » Il s'éclaircit la voix. « Lord Kitston détient nos lettres de créance, si vous voulez bien les recevoir.

— Naturellement. »

Lady Priessa adressa un signe de tête à une domestique, qui vint s'en emparer.

« Lorsque le Duc de la Courtoisie a écrit à mon père, nous avons été ravis que l'Inys souhaite renforcer ses liens diplomatiques avec la Yscalin, reprit la Donmata. Nous aurions eu du mal à croire que la reine Sabran mette en péril notre vieille amitié pour des histoires de… diversité religieuse. »

La diversité religieuse…

« À propos de Sabran, il y a si longtemps que je n'ai pas eu de nouvelles d'elle, fit remarquer la Donmata. Dites-moi, est-elle enfin enceinte ? »

Un muscle tressaillit sous l'œil de Loth. Qu'elle puisse rester assise sous ce symbole blasphématoire tout en vantant son amitié avec Sabran était révoltant.

« Sa Majesté n'est pas mariée, Madame, répondit Kit.

— Mais elle le sera bientôt. » Elle posa une main sur chaque bras de son trône. Comme aucun des visiteurs ne réagit à son commentaire, elle ajouta : « Je crois que vous n'avez pas encore eu vent de la grande nouvelle, messeigneurs. Sabran s'est fiancée à Aubrecht Lievelyn, Grand Prince de l'État libre de Mentendon. Mon ancien promis. »

Loth ne put que la dévisager.

Bien sûr, il savait que Sabran finirait par accepter de prendre époux – une reine n'avait jamais le choix –, mais il avait toujours supposé que ce serait quelqu'un de Hróth, le mieux établi des deux autres pays de la Vertu. Au lieu de quoi, elle avait jeté son dévolu sur Aubrecht Lievelyn, petit-neveu de feu le prince Léovart, qui avait lui aussi courtisé Sabran malgré les décennies qui les séparaient.

« Malheureusement, reprit la Donmata, je n'ai pas été invitée à la cérémonie. » Elle se rencogna dans son siège. « Vous paraissez troublé, Lord Arteloth. Allons, dites-moi ce que vous avez sur le cœur. Le Prince rouge ne serait-il pas digne de partager la couche de votre maîtresse ?

— Les amours de Sabran sont une affaire privée, cracha Loth. Elles n'ont pas à être débattues dans un endroit pareil. »

Un éclat de rire vint rompre le silence de la salle du trône. Loth fut parcouru d'un frisson désagréable. La Donmata se joignit à l'hilarité depuis derrière son masque de fer. « Les amours de Sa Majesté sont peut-être une affaire privée, mais pas ses couches ! Après tout, il paraît que quand la lignée Berethnet s'interrompra, le Sans-Nom reviendra parmi nous. Si elle tient à prolonger sa captivité, ne ferait-elle pas mieux d'ouvrir… son pays au prince Aubrecht ? »

Nouveaux éclats de rire.

« Je prie pour que la lignée Berethnet perdure jusqu'à la fin des temps, répliqua Loth sans trop savoir où il mettait les pieds, car elle nous protège du chaos. »

Dans un geste fluide, les gardes dégainèrent leur rapière. Les rires se turent.

« Prenez garde, Lord Arteloth, l'avertit la Donmata. Ne dites rien qui risquerait d'être interprété comme un blasphème à l'encontre du Sans-Nom. » Elle tendit la main vers ses soldats, qui rangèrent leurs armes. « Vous savez, j'ai entendu dire que *vous* rêviez de devenir prince consort. Seriez-vous de trop basse extraction pour aimer une reine ? » Avant qu'il ait pu réagir, elle tapa dans ses mains. « Peu importe. Nous pouvons remédier à votre célibat ici, en Yscalin. Musiciens ! Jouez la valse des trente tours ! Lady Priessa va danser avec Lord Arteloth. »

Aussitôt, la suivante désignée descendit jusqu'au sol de marbre. Loth s'arma de courage et s'avança dans sa direction.

La valse des trente tours avait autrefois été enseignée dans de nombreuses cours. Elle avait été interdite en Inys par Jillian V, qui la jugeait obscène, mais d'autres reines s'étaient depuis montrées plus conciliantes. La plupart des courtisans finissaient par la connaître, par un biais ou par un autre.

Lady Priessa fit la révérence quand l'orchestre se mit à jouer un air alerte. Loth s'inclina devant sa partenaire avant qu'ils se tournent tous deux face à la Donmata et se prennent par la main.

Loth eut d'abord les jambes raides. Lady Priessa, elle, voletait sur ses pieds. Il sautilla en cercle autour d'elle, sans jamais toucher le sol de ses talons.

Elle l'imita. Ils cabriolèrent et sautèrent çà et là, côte à côte ou face à face – puis la musique s'emballa, et Loth posa une main dans le creux des reins de sa partenaire, l'autre au niveau de sa taille, et la fit décoller de terre. Il la souleva ainsi à plusieurs reprises, jusqu'à en avoir mal aux bras. Son visage et sa nuque étaient alors ruisselants de sueur.

Il entendait Lady Priessa respirer laborieusement. Une mèche de cheveux bruns se libéra tandis qu'ils tournoyaient l'un autour de l'autre, ralentissant à chaque pas, jusqu'à ce qu'ils finissent par joindre les mains pour retourner se poster en face de la Donmata Marosa.

Quelque chose craqua entre leurs paumes. Loth n'osa pas regarder ce qu'elle lui avait glissé dans la main. La Donmata et sa cour applaudirent.

« Vous êtes fatigué, Lord Arteloth, fit la voix sortie du masque. Lady Priessa était-elle trop lourde pour vous ?

— Je crois que les robes yscalines pèsent plus lourd que les dames, Votre Splendeur, répondit Loth en haletant.

— Oh, non, mon seigneur. C'est bien le poids des dames, des gentilshommes et de tout le monde, tant nous sommes remplis du chagrin de n'avoir point encore vu le Sans-Nom revenir pour nous guider. » La Donmata se leva. « Je vous souhaite une longue et paisible nuit. » Le heaume s'inclina. « À moins que vous souhaitiez me demander quelque chose ? »

Loth était douloureusement conscient de la présence du papier dans sa main, mais il tenait là une magnifique occasion.

« Une seule chose, Votre Splendeur. » Il se racla la gorge. « Il y a un autre ambassadeur à votre cour, qui a servi la reine Sabran ici pendant de nombreuses années. Wilstan Pynson, le Duc de la Tempérance. Je me demandais dans quel endroit du palais il logeait, afin que nous puissions nous entretenir avec lui. »

Nul ne bougea ni ne parla.

« L'ambassadeur Pynson, finit par dire la Donmata. Eh bien, Lord Arteloth, nous sommes vous et moi plongés dans les mêmes ténèbres le concernant. Sa Grâce est partie pour Córvugar il y a de cela plusieurs semaines.

— Córvugar », répéta Loth. Il s'agissait d'un port, à l'extrémité sud de la Yscalin. « Que serait-il allé y faire ?

— Il disait avoir des affaires à conduire ailleurs, sans toutefois nous révéler lesquelles. Je suis surprise qu'il n'ait pas écrit à Sabran pour l'en aviser.

— Je le suis moi aussi, Votre Splendeur, répliqua Loth. En réalité, j'ai même de la peine à y croire. »

Il y eut un instant de flottement, durant lequel son sous-entendu navigua dans la pièce.

« J'espère, Lord Arteloth, que vous n'êtes pas en train de m'accuser de mentir ? »

Les courtisans s'étaient rapprochés, tels des limiers ayant flairé l'odeur du sang. Kit agrippa Loth par l'épaule, et ce dernier ferma les yeux.

S'ils espéraient découvrir la vérité, ils allaient déjà devoir survivre à cette cour. Et pour survivre, il leur faudrait en respecter les règles.

« Non, Votre Splendeur. Bien sûr que non. Pardonnez-moi. »

Sans un mot de plus, la Donmata Marosa se glissa hors de la salle du trône, accompagnée de ses dames.

Les courtisans se mirent à murmurer. Mâchoires serrées, Loth tourna le dos aux gardes et sortit d'un pas assuré, Kit se précipitant à sa suite.

« Elle aurait pu te faire arracher la langue pour ça, marmotta son ami. Par le Saint, qu'est-ce qui t'a pris d'accuser une princesse de mensonge en pleine salle du trône ?

— Je n'arrive pas à le digérer, Kit. Le blasphème. La trahison. Le mépris non dissimulé pour l'Inys.

— Tu ne peux pas leur laisser voir que leurs provocations t'atteignent. Ton saint patron est le Chevalier de la Communion. Donne-leur au moins l'impression que tu possèdes cette vertu. » Kit l'attrapa par le coude pour le forcer à s'arrêter. « Arteloth, *écoute-moi*. Morts, nous ne serons plus d'aucune utilité à l'Inys. »

De la sueur perlait sur son visage, et son pouls battait distinctement dans son cou. Loth ne lui avait encore jamais vu l'air si inquiet.

« La Chevaleresse de la Courtoisie est ta patronne, Kit. » Il soupira. « Gageons qu'elle m'aidera à dissimuler mes intentions.

— Même avec son aide, ça ne sera pas facile. »

Kit s'approcha des fenêtres de la galerie.

« J'ai dissimulé ma colère à l'encontre de mon père toute ma vie, dit-il doucement. J'ai appris à sourire tandis qu'il ricanait de ma poésie. Qu'il me traitait d'hédoniste et de chiffe molle. Qu'il maudissait son absence d'autre héritier, qu'il reprochait à ma pauvre mère de ne pas lui en avoir donné. » Il inspira profondément. « Tu m'as aidé à y parvenir, Loth. Car tant que je pouvais me permettre d'être moi-même avec quelqu'un, je pouvais supporter d'être un autre avec lui.

— Je sais, murmura Loth. Et je te promets qu'à compter de maintenant, je ne montrerai mon véritable visage qu'à toi seul.

— Bien. » Kit se retourna vers lui avec un sourire. « Garde la foi : comme toujours, nous survivrons à cette épreuve. La reine Sabran doit se marier. Notre exil ne durera pas trop longtemps. » Il lui frappa amicalement l'épaule. « En attendant, je vais nous chercher de quoi souper. »

Ils se séparèrent. Ce n'est qu'une fois dans la sécurité relative de sa chambre que Loth s'autorisa à regarder le morceau de parchemin que Priessa Yelarigas lui avait glissé dans la main.

Le sanctuaire privé, à trois heures.
La porte se trouve près de la bibliothèque.
Venez seul.

Le sanctuaire privé. À présent que la maison Vetalda avait abandonné les Six Vertus, celui-ci devait être bien poussiéreux.

Il pouvait s'agir d'un piège. Peut-être le prince Wilstan avait-il reçu le même genre de message avant de disparaître.

Loth se frotta la tête à deux mains. Le Chevalier du Courage était de son côté. Il verrait ce que Lady Priessa avait à lui dire.

*
* *

Kit revint à onze heures du soir, lesté d'un agneau baignant dans le vin, d'un morceau de fromage épicé et de tresses de pain d'olives agrémenté d'ail. Ils s'assirent sur le balcon pour manger, tandis que les flambeaux de Cárscaro tremblotaient en contrebas.

« Je paierais cher pour disposer d'un goûteur, déclara Loth en picorant dans le plat.

— Je trouve ça succulent », répondit Kit, la bouche pleine d'un morceau de pain imbibé d'huile. Il s'essuya les lèvres. « À présent, nous devons présumer que le prince Wilstan n'est pas en train de profiter du soleil de Córvugar. Jamais quelqu'un de sain d'esprit ne se rendrait là-bas de son propre chef. Il n'y trouverait que des tombeaux et des corbeaux.

— Tu penses que Sa Grâce est morte ?

— Je le crains.

— Nous devons nous en assurer. » Loth se tourna vers la porte et baissa d'un ton. « Lady Priessa m'a fait passer un message pendant que nous dansions. Elle veut que nous nous retrouvions cette nuit. Elle a peut-être des révélations à me faire.

— À moins qu'elle veuille t'enfoncer un poignard dans le dos. » Kit haussa un sourcil. « Attends. Tu ne comptes tout de même pas la rejoindre, si ?

— À moins que tu aies une autre piste, si. Et avant que tu me poses la question : elle a stipulé que je devais m'y rendre seul. »

Kit fit la grimace et but. « Le Chevalier du Courage t'a prêté son épée, mon ami. »

Quelque part dans les montagnes, une vouivre poussa un cri de guerre. Un hurlement de mort glacial qui transperça Loth.

« Bon, fit Kit en se raclant la gorge. Aubrecht Lievelyn. L'ancien fiancé de notre chère Donmata la tête de wyrm.

— Oui. » Loth contemplait le firmament dépourvu d'étoiles. « Lievelyn semble être un choix respectable. À ce que je sais, il est bon et vertueux. Il fera un bon compagnon pour Sab.

— Sans doute, sauf qu'elle va devoir l'épouser en l'absence de son ami le plus cher. »

Loth acquiesça, perdu dans ses souvenirs. Sabran et lui s'étaient toujours promis qu'au jour de leurs épousailles, ils se conduiraient l'un l'autre vers l'état de communion. Le fait de manquer la cérémonie était un coup de plus que la fatalité lui portait.

En découvrant son expression, Kit poussa un soupir théâtral. « Pauvre de nous deux, dit-il. Je m'étais promis solennellement que, si la reine Sabran se mariait un jour, je demanderais à Kate d'Osier de danser avec moi, et que je révélerais que je suis celui qui lui envoie ces poèmes d'amour depuis trois ans. Désormais, je ne découvrirai jamais si j'aurais trouvé le courage de le faire. »

Loth laissa Kit le distraire tandis qu'ils finissaient de souper. Heureusement que cet ami l'avait accompagné pour ce voyage, sans quoi il serait probablement déjà devenu fou.

À minuit, le palais se tut peu à peu, à mesure que les Yscalins se retiraient dans leurs appartements. Kit regagna sa chambre après avoir fait promettre à Loth de frapper à sa porte au retour de son rendez-vous avec la dame.

Une cloche quelque part à Cárscaro sonnait toutes les heures. Peu avant trois heures, Loth se leva et glissa sa baselarde dans le fourreau à son côté. Il sortit une bougie à la flamme rouge d'un chandelier et quitta la colonnade.

La bibliothèque d'Isalarico constituait le cœur du Palais du Salut. Alors que Loth s'en approchait, il faillit passer sans le voir devant un couloir sur sa gauche. Il se dirigea vers la porte tout au fond, trouva la clef dans la serrure et pénétra dans les ténèbres du sanctuaire privé.

L'éclat de sa chandelle faisait trembler la voûte du plafond. Des livres de prières et des statues brisées jonchaient le sol. Un portrait de la reine Rosarian gisait parmi les décombres, si tailladé qu'elle en était à peine reconnaissable. Tous les symboles de la Vertu avaient été cachés ici et oubliés.

Une silhouette se tenait devant le vitrail au bout du sanctuaire. Elle tenait une bougie brûlant d'une flamme naturelle. Quand il fut assez près d'elle pour la toucher, Loth rompit le silence.

« Lady Priessa.

— Non, Lord Arteloth. » Elle abaissa son capuchon. « Vous êtes en présence d'une princesse de l'Ouest. »

Dans la lumière de sa bougie, ses traits lui furent révélés. Une peau brun foncé, des sourcils fournis, un nez aquilin. Ses cheveux semblables à du velours noir étaient si longs qu'ils lui tombaient aux coudes, et ses yeux étaient d'un ambre si saisissant qu'on eût dit deux topazes. Les yeux de la maison Vetalda.

« Donmata », murmura Loth.

Elle soutint son regard.

L'unique héritière du roi Sigoso et de la défunte reine Sahar. Il avait vu Marosa Vetalda une seule fois auparavant, lorsqu'elle était venue en Inys pour célébrer le millième anniversaire de la fondation d'Ascalon. Elle était alors encore fiancée à Aubrecht Lievelyn.

« Je ne comprends pas. » Il raffermit sa prise sur sa chandelle. « Pourquoi êtes-vous vêtue comme vos dames d'honneur ?

— Priessa est la seule en qui j'aie confiance. Elle me prête sa livrée pour que je puisse me déplacer anonymement dans le palais.

— Est-ce vous qui êtes venue nous chercher à Perunta ?

— Non. C'était bien Priessa. » Lorsque Loth voulut reprendre la parole, elle porta un doigt ganté à ses lèvres. « Écoutez-moi bien attentivement, Lord Arteloth. La Yscalin ne se contente pas de vénérer le Sans-Nom. Nous sommes également sous régime draconique. Feúdel est le véritable roi du pays, et ses espions sont partout. Voilà pourquoi j'ai dû agir comme je l'ai fait dans la salle du trône. Ce n'était qu'une représentation.

— Mais…

— Vous cherchez le Duc de la Tempérance. Pynson est mort depuis des mois. Je l'ai envoyé accomplir une mission pour moi, au nom de la Vertu, mais… il n'est jamais revenu.

— De la Vertu… » Loth la dévisagea. « Qu'attendez-vous de moi ?

— J'ai besoin de votre aide, Lord Arteloth. Je voudrais que vous réalisiez pour moi ce que Wilstan Pynson n'a pu réussir. »

*
* *

L'été touchait à sa fin. La brise charriait un air froid, et les jours raccourcissaient. Dans la bibliothèque privée, Margret avait montré à Ead une grappe de coccinelles nichée parmi les rouleaux d'une étagère, et elles avaient compris qu'il serait bientôt temps de partir vers le sud.

Le lendemain, Sabran avait décrété que la cour irait s'installer à la Maison des Ronces, l'un des plus anciens palais d'Inys. Bâtie sous le règne de Marian II, la demeure s'étendait dans la périphérie d'Ascalon et jusqu'à l'ancienne réserve de chasse de la forêt Coffrée. La cour voyageait généralement à l'automne, mais puisque Sabran avait choisi d'épouser Lievelyn dans un sanctuaire, elle devrait y élire domicile plus tôt qu'à l'accoutumée.

Les déplacements de la cour s'effectuaient toujours dans un chaos de pliage et d'emballage. Ead était montée avec Margret et Linora dans l'une des nombreuses voitures. Leurs biens, enfermés dans des coffres, les suivaient.

Sabran voyageait avec Lievelyn dans un carrosse aux roues dorées. Alors que la procession cahotait sur la Voie Berethnet – la chaussée majestueuse qui coupait la capitale en deux –, le peuple d'Ascalon applaudit et acclama la reine et le futur consort.

La Maison des Ronces était plus confortable que le palais d'Ascalon. Ses fenêtres étaient en verre de forêt, le sol de ses couloirs construit en un damier de pierre couleur de miel ; le mur de brique noire conservait mieux la chaleur que n'importe quel autre matériau. Ead aimait bien cet endroit.

Deux jours après l'arrivée de la cour, elle se retrouva à participer à un bal dans une chambre de présence éclairée à la bougie. Ce soir-là, la reine avait intimé à ses femmes de chambre et à ses demoiselles d'honneur de s'amuser, tandis qu'elle jouerait aux cartes avec les dames de la chambre.

Un ensemble de violes jouait une musique douce. Ead sirotait son vin chaud. C'était étrange, mais elle était presque navrée d'être là, et non avec la reine. L'antichambre de la Maison des Ronces était accueillante, avec ses étagères, sa cheminée, et Sabran y jouant du virginal. Sa musique se faisait plus mélancolique à chaque jour qui passait, ses rires se muaient en silences.

Ead se tourna vers l'autre bout de la pièce. Lord Seyton Combe, le Faucon-de-Nuit, l'observait.

Elle se détourna, comme si elle ne l'avait point remarqué, mais il s'approcha. Telle une ombre traversant une parcelle ensoleillée.

« Mademoiselle Duryan », la salua-t-il. Il portait une lourde chaîne ornée d'un pendentif en forme de livre d'étiquette. « Bonsoir. »

Ead se fendit d'une petite révérence et adopta un masque d'indifférence. Elle était capable de ravaler sa haine, pas de lui accorder un sourire. « Bonsoir, Votre Grâce. »

Il y eut un long silence. Combe la considéra de ses yeux gris si particuliers.

« J'ai le sentiment que vous ne me tenez pas en haute estime, Mademoiselle Duryan.

— Je ne pense pas assez souvent à vous pour me forger une quelconque opinion à votre sujet, Votre Grâce. »

Le coin de sa bouche tressaillit légèrement. « Une pique fort acérée. »

Elle ne présenta aucune excuse.

Un page vint leur proposer du vin, mais Combe déclina d'un geste de la main. « Ne buvez-vous pas, mon seigneur ? » lui demanda Ead poliment, alors même qu'elle s'imaginait l'écarteler à l'un de ses propres chevalets.

« Jamais. Mes yeux et mes oreilles doivent en permanence rester attentifs à la moindre menace envers la couronne, et l'alcool contribue beaucoup à les endormir. » Combe baissa d'un ton. « Que vous pensiez ou non à moi, je tiens à vous assurer que vous trouverez en moi un ami. D'autres personnes à la cour murmurent peut-être à votre sujet, mais je sais que Sa Majesté apprécie vos conseils. Comme les miens.

— C'est très aimable à vous.

— Pas aimable. Sincère. » Il se fendit d'une révérence courtoise. « Pardonnez-moi. »

Il s'éloigna en fendant la foule, laissant Ead songeuse. Combe ne faisait jamais rien sans un but précis. Peut-être était-il venu lui parler parce qu'il avait besoin d'une nouvelle informatrice. Peut-être pensait-il qu'elle parviendrait à extorquer des informations sur les Ersyr auprès de Chassar, afin de les lui transmettre.

Plutôt mourir, charognard.

Aubrecht Lievelyn occupait l'un des hauts sièges. Tandis que Sabran se cachait dans ses appartements, son promis demeurait toujours parmi les sujets de la reine, flattant les Inyssiens de son enthousiasme. Pour le moment, il discutait avec ses sœurs, qui venaient de débarquer du bateau en provenance de Zeedeur.

Les jumelles, les princesses Bédona et Bétriese, avaient vingt ans. Elles semblaient passer leurs journées à rire des secrets que ne peuvent partager que ceux qui se sont formés ensemble dans le même utérus.

La princesse Ermuna, sœur aînée et héritière présomptive, avait une demi-année de plus que Sabran.

Elle ressemblait comme deux gouttes d'eau à son frère, étant grande, saisissante et dotée du même teint blafard. Une épaisse toison écarlate descendait en ondulant jusqu'à ses hanches. Ses manches étaient fendues pour révéler une doublure de soie dorée, mais consolidées par six parements de brocart représentant les Six Vertus. Les demoiselles d'honneur inyssiennes nouaient déjà des rubans autour de leurs propres manches pour l'imiter.

« Mademoiselle Duryan. »

Ead se retourna, puis se fendit d'une profonde révérence. « Votre Grâce. »

Aleidine Teldan utt Kantmarkt, duchesse douairière de Zeedeur et grand-mère de Truyde, s'était rapprochée d'elle. Des rubis de la taille de pièces de monnaie ruisselaient à ses oreilles.

« J'étais particulièrement curieuse de vous rencontrer. » Sa voix était suave et argentine. « L'ambassadeur uq-Ispad affirme que vous faites sa fierté et sa joie. Un parangon de vertu.

— Son Excellence est trop aimable.

— La reine Sabran dit également le plus grand bien de vous. Cela me ravit de constater qu'une convertie peut vivre ici en paix. » Elle jeta un coup d'œil vers les hauts sièges. « Nous sommes plus libres d'esprit à Mentendon. J'espère que notre influence adoucira le sort réservé aux sceptiques et aux apostats de ce pays. »

Ead but.

« Puis-je vous demander comment vous connaissez Son Excellence, Votre Grâce ? s'enquit-elle en orientant la conversation vers un sujet moins compromettant.

— Nous nous sommes rencontrés à Brygstad il y a bien des années. C'était un ami de mon compagnon, feu le duc de Zeedeur, répondit la douairière. Son Excellence était présente aux funérailles de Jannart.

— Sincères condoléances.

— Merci. Le duc était un homme bon, et un père aimant pour Oscarde. Truyde tient de lui. » Quand elle se tourna vers sa petite-fille, en grande conversation avec Chassar, ses traits se contractèrent soudain sous l'effet du chagrin. « Pardonnez-moi, Mademoiselle Duryan…

— Venez vous asseoir avec moi, Votre Grâce. » Ead la conduisit jusqu'à un banc à haut dossier. « Petit, apportez un peu de vin à madame », ajouta-t-elle à l'intention d'un page, qui s'empressa d'obéir.

« Merci. » Alors qu'Ead s'installait près d'elle, la duchesse douairière lui tapota la main. « Je vais bien. » Elle accepta le vin que lui tendait le page. « Comme je le disais, Truyde… Truyde est le portrait craché de Jannart. Elle a en outre hérité de son amour pour les livres et la langue. Il possédait tant de cartes et de manuscrits dans sa bibliothèque que j'ai eu du mal à en disposer après sa mort. Naturellement, il en a légué la plupart à Niclays. »

Encore ce nom qui revenait. « S'agirait-il du docteur Niclays Roos ?

— Oui. C'était un grand ami de Jannart. » Elle marqua une pause. « Et de moi. Même s'il l'ignorait.

— Il était présent durant ma première année à la cour. Son départ m'a beaucoup attristée.

— Ce n'était pas un choix de sa part. » La douairière se pencha si près d'elle qu'Ead put sentir le romarin de son diffuseur. « Je ne révélerais pas ça à n'importe qui, mademoiselle… mais l'ambassadeur uq-Ispad est un vieil ami, et il semble vous faire confiance. » Elle déplia un éventail pour s'en cacher les lèvres. « Niclays a été banni de la cour parce qu'il n'a pas réussi à créer un élixir de jouvence pour la reine Sabran. »

Ead s'efforça de ne pas varier d'expression. « Sa Majesté lui a *demandé* de lui concocter cela ?

— Oh, oui. Il est arrivé en Inys pour son dix-huitième anniversaire, peu après la mort de Jannart, et lui a proposé ses services d'alchimiste.

— En échange de son patronage, je suppose ?

— Exactement. »

De nombreux souverains avaient convoité l'eau de la vie. Jouer sur leur peur de la mort devait être un commerce très lucratif – et l'on murmurait depuis longtemps à la cour que Sabran redoutait l'accouchement. Roos avait ciblé une jeune reine, qu'il avait éblouie de ses immenses connaissances. Un charlatan.

« Niclays n'était pas un imposteur », la détrompa la duchesse, comme si elle avait lu dans ses pensées. « Il était sincèrement convaincu de pouvoir y parvenir. L'élixir de jouvence était sa passion depuis des décennies. » Il y avait une pointe de tristesse dans son timbre. « Sa Majesté lui a offert de somptueux appartements, ainsi qu'un atelier au palais d'Ascalon – mais si j'ai bien compris, il s'est perdu dans les affres du vin et du jeu. Et il s'est servi de ses émoluments royaux pour financer ses addictions. » Elle marqua une pause, le temps que le page lui remplisse son verre. « Au bout de deux ans, Sabran a décrété que Niclays s'était joué d'elle. Elle l'a banni d'Inys et a fait savoir qu'aucun pays allié ne devait lui donner refuge. Feu le Grand Prince Léovart a décidé de l'envoyer à Orisima. »

Le comptoir commercial. « Je suppose que Sa Majesté n'a pas changé d'avis concernant son exil ?

— Non. Il y réside depuis sept ans. »

Ead haussa les sourcils. « Sept ans ? »

À ce qu'elle en savait, Orisima était une île minuscule – peut-être que le terme d'*îlot* eût été plus approprié – rattachée au port seiikinois du Cap-Hisan. Sept années là-bas auraient fait sombrer n'importe qui dans la folie.

« Oui, confirma la duchesse douairière en découvrant son expression. J'ai imploré le prince Aubrecht de le rapatrier chez nous, mais il n'acceptera de le faire que si la reine Sabran le gracie.

— Ne… Ne pensez-vous pas qu'il mérite d'être en exil, Votre Grâce ? » osa Ead.

Après une courte hésitation vint la réponse : « Je crois qu'il a suffisamment payé pour ses erreurs. Niclays est un homme bon. S'il n'avait pas été aussi affecté par le trépas de Jannart, je ne pense pas qu'il se serait comporté comme il l'a fait. Il voulait oublier. »

Ead repensa au nom griffonné à l'intérieur du petit livre d'hérésie de Truyde. *Niclays*. La fille comptait-elle se servir de lui dans son entreprise ?

« J'imagine que votre petite-fille connaît également le docteur Roos ? demanda-t-elle.

— Oh, oui. Niclays était comme un oncle pour elle, quand elle était petite. » La douairière marqua une nouvelle pause. « J'ai cru comprendre que vous aviez quelque influence sur Sa Majesté. En tant que l'une de ses dames, votre opinion doit beaucoup compter pour elle. »

À présent, Ead comprenait pourquoi cette noble dame était venue lui parler.

« La Teldan de Kantmarkt n'est pas étrangère au commerce », reprit Aleidine Teldan d'une voix plus douce. Il y avait une lueur d'espoir dans son regard.

« Si vous intercédez en faveur de Niclays, je ferai de vous une femme riche, Mademoiselle Duryan. »

Voilà ce qui devait se produire avec Roslain et Katryen. Une requête chuchotée, un pot-de-vin, un mot glissé à Sabran. Ead ne comprenait toutefois pas pourquoi la douairière s'adressait à elle.

« Je ne suis pas une dame de la chambre, expliqua-t-elle. Je ne pense pas avoir la moindre influence sur Sa Majesté.

— Je crois que vous êtes bien trop modeste. » La douairière esquissa un sourire. « Je l'ai vue se promener en votre compagnie dans les jardins du bécasseau pas plus tard que ce matin. »

Ead sirota une gorgée de vin pour gagner du temps. Elle ne pouvait pas se retrouver impliquée dans de telles transactions. Ce serait folie que de plaider en faveur d'une personne que Sabran détestait, alors que la reine commençait tout juste à s'intéresser à elle.

« Je ne peux pas vous aider, Votre Grâce, répondit Ead. Vous feriez mieux de vous adresser à Lady Roslain ou Lady Katryen. » Elle se leva et fit la révérence. « Pardonnez-moi. Le devoir m'appelle. »

Avant que la duchesse douairière puisse insister davantage, Ead se faufila vers les portes.

*
* *

La chambre royale de la Maison des Ronces était bien plus petite que son équivalente du palais d'Ascalon. Le plafond était bas, les murs lambrissés de panneaux de chêne sculptés, et des rideaux cramoisis entouraient le lit. Ead était arrivée tôt, mais elle trouva Magret déjà assise à l'intérieur.

« Ead, dit celle-ci d'une voix enrouée par le rhume qui avait contaminé la moitié de la cour. Tu as gâché la surprise. J'espérais avoir fini le lit avant ton arrivée.

— Pour que je puisse continuer à faire la conversation à des nobles que je connais à peine ?

— Pour que tu puisses danser. Tu adorais ça, avant.

— C'était quand la vue du Faucon-de-Nuit me rendait moins nauséeuse qu'aujourd'hui. »

Avec un grognement de dégoût, Margret se leva, une lettre à la main. « Ça vient de chez toi ?

— Oui. Maman dit que Papa réclame à me voir depuis des semaines. Apparemment, il a quelque chose d'important à m'annoncer, mais je peux difficilement m'absenter en cette période.

— Sabran t'y autoriserait.

— Je le sais. Cependant, Maman insiste pour que je reste. Elle pense que Papa ne sait sans doute pas ce qu'il dit, et qu'il est de mon devoir de rester – mais en vérité, je crois qu'elle vit ma vie par procuration. » Margret rangea la lettre dans son corsage avec un soupir. « Tu sais… J'ai été assez bête pour penser que le maître des postes m'apporterait une missive de Loth.

— Il t'a peut-être écrit. » Ead l'aida à soulever une futaine. « Mais Combe intercepte tous les courriers.

— Dans ce cas, je devrais peut-être écrire une lettre pour dire quel mufle il est », maugréa Margret.

Ead sourit. « Je donnerais cher pour voir sa tête. À ce propos, ajouta-t-elle plus bas, on vient de me proposer une grosse somme d'argent. En échange d'une requête à présenter à la reine. »

Margret la considéra en haussant les sourcils. « De la part de qui ?

— La duchesse douairière de Zeedeur. Elle veut que je plaide la cause de Niclays Roos.

— Ça risque de te nuire. Loth m'a dit que Sabran détestait cet homme avec ferveur. » Margret coula un regard vers la porte. « Sois prudente, Ead. Elle a laissé Ros et Kate s'en tirer, mais Sab est loin d'être idiote. Elle sait quand les murmures qu'on lui glisse à l'oreille sont trop doux.

— Je n'ai aucune intention d'entrer dans ce jeu-là. » Ead se toucha le coude. « Je pense que Loth va s'en sortir, Meg. Il sait désormais que le monde est plus dangereux qu'il n'en a l'air. »

Margret renifla avec morgue. « Tu le surestimes. Loth se fiera à quiconque lui sourira.

— Je le sais. » Ead la saisit par les épaules et la fit pivoter vers la porte. « À présent, va donc boire un peu de vin chaud au bal. Je suis sûre que le capitaine Lintley sera ravi de te voir.

— Le capitaine Lintley ?

— Oui. Le très galant capitaine Lintley. »

Margret quitta la pièce, les yeux légèrement brillants.

Linora n'était nulle part en vue. Sans doute était-elle encore en train de danser. Ead s'assura seule de la sécurité de la chambre. Contrairement à celle du palais d'Ascalon, celle-ci comportait deux entrées. La Grande Porte pour la reine, la Petite Porte pour son époux.

Nul n'avait plus attenté à la vie de Sabran depuis l'annonce de ses fiançailles, mais Ead savait que ce n'était qu'une question de temps. Elle vérifia le matelas de plumes, regarda derrière les rideaux, sonda chaque cloison, chaque tapisserie et chaque latte du plancher. Il n'y avait pas de troisième entrée secrète, elle en était certaine, mais la sensation d'avoir laissé échapper quelque chose la tiraillait. Au moins Chassar avait-il disposé de nouveaux sortilèges, plus puissants que les siens, sur le seuil. Il avait récemment croqué dans le fruit.

Ead tapota les coussins rebondis et remplit l'armoire. Elle était en train de charger des tisons dans la bassinoire quand Sabran arriva dans la pièce. Ead se leva et fit la révérence.

« Majesté. »

Sabran la contempla de pied en cap en plissant les paupières. Elle portait une veste sans manches par-dessus une chemise de nuit, et une large ceinture bleue autour de la taille. Ead ne l'avait jamais vue si dévêtue.

« Pardonnez-moi, dit-elle pour combler le silence. Je pensais que vous vous retireriez plus tard.

— J'ai mal dormi ces dernières nuits. Le docteur Bourne m'a dit d'essayer d'aller me coucher vers dix heures pour m'apaiser l'esprit, ou quelque chose comme ça. Connaîtriez-vous un remède contre les insomnies, Ead ?

— Prenez-vous déjà quelque chose, madame ?

— De l'eau-de-nuit. Parfois un lait de poule, lorsqu'il fait froid. »

L'eau-de-nuit était le nom inyssien pour une décoction de valériane. Si elle n'était pas dépourvue de propriétés médicinales, elle était manifestement inefficace.

« Je vous recommanderais un mélange de lavande, de topinambour et de racine, laissé à mijoter dans du lait avec une cuillerée d'eau de rose.

— De l'eau de rose.

— Oui, Madame. Dans les Ersyr, on prétend que l'odeur de la rose provoque de doux rêves. »

Sabran dénoua lentement sa ceinture.

« Je goûterai à votre remède. Jusqu'à présent, rien d'autre n'a fonctionné. Quand Kate arrivera, dites-lui ce qu'elle doit apporter. »

Ead s'approcha d'elle avec un hochement de tête imperceptible et lui prit la ceinture des mains. Les yeux de Sabran étaient profondément cernés.

« Quelque chose perturbe-t-il Sa Majesté ? » Ead l'aida à se dépouiller de sa veste. « Quelque chose qui nuirait à votre sommeil ? »

Elle avait demandé par simple courtoisie, sans attendre de réponse. À sa grande surprise, Sabran lui en donna une malgré tout.

« Le wyrm. » Son regard était rivé sur le feu. « Il a dit que le millénaire touche à son terme. Et cela fait un peu plus de mille ans que mon ancêtre a terrassé le Sans-Nom. »

Elle fronçait les sourcils. Ainsi debout, en tenue de nuit, elle paraissait aussi vulnérable que lorsque l'assassin l'avait observée.

« Les wyrms sont connus pour leur duplicité, Madame. » Ead suspendit la veste au dossier d'une chaise. « Feúdel est encore affaibli par son long sommeil, et son feu n'est pas complètement allumé. Il redoute l'union des Berethnet et des Lievelyn. Il s'exprime par énigmes pour semer la graine du doute dans votre esprit.

— C'est réussi. » Sabran s'écroula sur le lit. « Il semblerait que je doive me marier. Pour l'Inys. »

Ead ne trouva pas de façon acceptable de répondre à cette assertion.

« Ne désirez-vous pas cette union, Madame ? finit-elle par s'enquérir.

— Cela n'importe pas. »

Sabran avait le pouvoir sur tout, sauf là-dessus. Pour concevoir une héritière légitime, il lui fallait prendre époux.

Roslain ou Katryen auraient dû être là. Elles auraient apaisé ses peurs tout en la peignant pour la nuit. Elles savaient ce qu'il fallait dire, connaissaient les bonnes manières de la réconforter, tout en s'assurant qu'elle reste dans le bon état d'esprit pour épouser le prince Aubrecht.

« Rêvez-vous, Ead ? »

Cela sortait de nulle part, mais Ead ne se laissa pas décontenancer. « Je rêve de mon enfance, répliqua-t-elle, et des choses que j'ai pu voir le jour, tissées dans de nouvelles tapisseries.

— Je vous envie. Je rêve de… de choses terribles, murmura Sabran. Je n'en parle pas à mes dames de la chambre, car je pense qu'elles auraient peur de moi, mais… je vais vous les confier, Ead Duryan, si vous voulez bien les entendre. Vous paraissez plus solide qu'elles.

— Naturellement. »

Elle se pelotonna sur le tapis près du feu, à côté de Sabran, qui restait assise, le dos bien droit.

« Je rêve d'une tonnelle dans l'ombre d'une forêt, commença-t-elle, où l'herbe est tachetée de rayons de soleil. L'entrée est une passerelle de fleurs pourpres – des fleurs de sabra, me semble-t-il. »

Elles poussaient à l'autre bout du monde connu. L'on disait que leur nectar scintillait comme la lumière des étoiles. Si loin au nord, elles relevaient de la légende.

« Tout dans cette tonnelle est magnifique et plaisant à l'oreille. Des oiseaux gazouillent de façon charmante, la brise est douce, et pourtant le chemin sur lequel je marche est constellé de sang. »

Ead hocha la tête en signe de réconfort, même si une image commençait à se former au fond de son esprit.

« Au bout du sentier, je découvre un gros rocher, poursuivit Sabran. Je tends la main pour le toucher, mais la main ne semble pas être la mienne. La pierre se fend en deux, et à l'intérieur… » Sa voix se mit à trembler. « À l'intérieur… »

Une femme de chambre n'avait pas le droit de toucher la personne royale. Et pourtant, en voyant son visage tiré, Ead se surprit à saisir les doigts de Sabran entre les siens.

« Madame, lui dit-elle, je suis là. »

Sabran leva la tête. Un instant s'écoula. Elle posa lentement sa main libre sur leurs doigts entrelacés.

« Du sang s'écoule de la fissure, et mes bras, mon ventre en sont recouverts. Je franchis la paroi rocheuse et me retrouve au milieu d'un dolmen, comme on en trouve dans le nord. Je suis entourée d'ossements. De tout petits os. » Elle ferma les paupières, et ses lèvres se mirent à trembloter. « J'entends un rire terrible, et je me rends compte qu'il s'agit du mien. Puis je me réveille. »

Ead n'avait pas quitté la reine des yeux.

Sabran avait raison : Roslain et Katryen auraient été terrifiées.

« Ce n'est pas réel. » Ead raffermit son étreinte. « Rien de tout ceci n'est réel.

— On raconte, dans ce pays, l'histoire d'une sorcière », expliqua Sabran, trop perdue dans ses souvenirs pour l'entendre. « Elle volait des enfants pour les emmener dans la forêt. La connaissez-vous, Ead ? »

Après quelques instants d'hésitation, celle-ci finit par répondre : « La Dame des Bois.

— Je suppose que Lord Arteloth vous l'a racontée, comme à moi.

— Lady Margret. »

Sabran acquiesça, le regard distant. « Tous les enfants du Nord la connaissent. On la leur raconte pour les tenir éloignés des bois maudits où elle rôdait.

Elle vivait bien avant mon ancêtre, et pourtant mes sujets continuent de la craindre. » Son encolure se couvrit de chair de poule. « Ma mère me racontait des histoires de la mer, pas de la terre. Je n'ai jamais cru en la Dame des Bois. À présent, je crains non seulement qu'il y ait eu une sorcière, mais qu'elle vive encore et pratique son art sur moi. »

Ead demeura silencieuse.

« Mais ce n'est qu'un rêve parmi d'autres, reprit Sabran. D'autres fois, je rêve de mon accouchement. Comme depuis que j'ai eu mes premières règles. Je suis en train de mourir en couches, tandis que ma fille se débat pour sortir de mon ventre. Je la sens qui me lacère le corps, tel un couteau passant au travers de la soie. Entre mes jambes, attendant de la dévorer, se trouve le Sans-Nom. »

Pour la première fois en huit années passées à la cour, Ead vit des larmes perler sur les cils de Sabran.

« Le sang continue de couler, aussi brûlant que l'acier d'une forge. Il s'accroche à mes cuisses, les soude l'une à l'autre. Je sais que je suis en train d'écraser mon enfant, mais que si je la laisse respirer… elle tombera entre les mâchoires de la bête. » Sabran ferma les yeux. Lorsqu'elle les rouvrit, ils étaient secs. « C'est ce cauchemar qui me tourmente le plus. »

Le poids de la couronne avait prélevé sa dîme sur elle. « Les rêves trouvent parfois leur source loin dans notre passé, déclara Ead doucement. Lord Arteloth vous a raconté l'histoire de la Dame des Bois, et celle-ci revient vous hanter aujourd'hui. L'esprit s'en va souvent vagabonder dans des endroits étranges.

— Je partagerais peut-être votre avis si je n'avais pas fait ces deux rêves bien avant que Lord Arteloth ne me fasse part de cette légende. »

Loth avait un jour confié à Ead que Sabran ne pouvait s'endormir sans bougie. À présent, elle comprenait pourquoi.

« Alors, vous voyez, Ead, reprit la reine. Mes problèmes de sommeil ne sont pas uniquement liés à la peur des monstres qui se trouvent à ma porte, mais aussi à ceux que mon propre esprit peut faire naître. Ceux qui vivent à l'intérieur de moi. »

Ead serra encore un peu plus sa main.

« Vous êtes la reine d'Inys, dit-elle. Toute votre vie, vous avez su que vous revêtiriez un jour la couronne. » Sabran la dévisageait. « Vous avez peur pour votre peuple, mais vous n'en pouvez rien montrer à la cour. Vous portez une telle armure le jour, que vous êtes bien obligée de la retirer la nuit. La nuit, vous redevenez une femme de chair. Et même la chair d'une reine est sujette à la peur. »

Sabran l'écoutait. Ses pupilles étaient à ce point dilatées qu'elles faisaient presque disparaître le vert de ses iris.

« Dans les ténèbres, nous sommes mis à nu. Notre moi véritable. C'est la nuit que la peur nous assaille le plus violemment, lorsque nous ne pouvons pas la combattre, poursuivit Ead. Elle fera tout ce qu'elle peut pour s'insinuer en nous. Parfois, elle y parviendra peut-être – mais vous ne devez jamais croire que vous *êtes* la nuit. »

La reine sembla y réfléchir. Elle observa leurs mains et décrivit de petits cercles dans la paume d'Ead.

« Toutes vos belles paroles, dit-elle. Je les aime bien, Ead Duryan. »

Ead la regarda dans les yeux. Elle s'imagina deux joyaux tomber au sol et se fracasser de l'intérieur. Tels étaient les prunelles de Sabran Berethnet.

Des bruits de pas devant la porte. Ead se leva et joignit les mains devant elle, tandis que Katryen faisait son apparition en soutenant par la taille Lady Arbella Valon, qui portait sa chemise de nuit. Sabran tendit les bras vers sa plus vieille compagne.

« Bella, dit-elle, venez me voir. Je voudrais discuter des préparatifs du mariage avec vous. »

Arbella sourit et clopina jusqu'à la reine, qui lui saisit la main. Avec des yeux humides et une expression sereine, Arbella se mit à caresser la chevelure noire de Sabran, repoussant des mèches derrière son oreille à la manière d'une mère s'occupant d'une enfant.

« Bella, murmura Sabran, ne pleurez pas. Je ne le supporte pas. »

Ead s'éclipsa.

Lorsque Sabran et Arbella furent couchées, Ead parla de la décoction à Katryen, et même si la demoiselle d'atour parut sceptique, elle s'en alla en chercher. Après qu'elle fut goûtée et servie, les appartements royaux furent scellés, et Ead prit place pour son devoir nocturne.

Kalyba.

Voilà le nom que portait la Dame des Bois au Lasia. Les Inyssiens ignoraient que la sorcière était bel et bien vivante, bien que loin de là. Et que l'entrée de sa tanière était protégée de fleurs de sabra.

Sabran n'avait jamais vu la Tonnelle de l'éternité. Si elle en rêvait, quelque chose se tramait.

Les heures s'égrenèrent doucement. Ead demeura immobile, scrutant le moindre mouvement entre l'ombre et la clarté lunaire.

Son siden l'autorisait à se draper dans les ténèbres. Aucun assassin, si talentueux soit-il, ne possédait ce don. Si un autre coupe-jarret se présentait à l'une ou l'autre porte, elle le verrait.

Aux alentours d'une heure du matin, Roslain Crest, qui était elle aussi de service de nuit, apparut avec une bougie.

« Mademoiselle Duryan, dit-elle.

— Lady Roslain. »

Elles demeurèrent en silence pendant un temps.

« N'allez pas vous figurer que je ne vois pas clair dans vos intentions, finit par déclarer Roslain. J'ai parfaitement conscience de vos manigances. Et Lady Katryen également.

— Je ne pensais pas vous avoir offensée, ma…

— Ne me prenez pas pour une imbécile. Je vous vois vous rapprocher peu à peu de la reine. Essayer de gagner ses faveurs. » Dans la pénombre, ses yeux paraissaient aussi sombres que des saphirs. « Lady Truyde a dit que vous étiez une sorcière. Je peine à croire qu'elle formulerait une telle accusation sans raison.

— J'ai pris les éperons et la ceinture. J'ai renoncé à la foi impie du Chantaube, se défendit Ead. Le Chevalier de la Communion nous demande d'embrasser les convertis. Vous devriez peut-être l'écouter davantage, ma dame.

— Je suis du sang de la Chevaleresse de la Justice. Surveillez votre langage avec moi, Mademoiselle Duryan. »

Un silence pesant s'installa entre elles.

« Si vous tenez réellement à elle », reprit Roslain, radoucie, « votre nouveau rang ne me pose aucun problème. Contrairement à de nombreux Inyssiens, je n'ai rien contre les convertis. Nous sommes tous égaux aux yeux du Saint. Mais si vous ne convoitez que présents et richesses, je m'assurerai que vous soyez chassée de son entourage.

— Je ne convoite ni présents ni richesses. Seulement de servir le Saint de la meilleure des manières possibles. Ne pourrions-nous pas convenir que Sa Majesté est déjà suffisamment isolée ? »

Roslain se détourna.

« Je sais que Loth pensait beaucoup de bien de vous, admit-elle non sans difficulté. Pour cela, je me dois de vous tenir en haute estime. » Elle poursuivit, avec plus de mal encore : « Pardonnez mes réserves. Il est épuisant de surveiller les araignées qui l'entourent et ne pensent qu'à gravir les… »

Un cri s'éleva de la chambre royale. Ead se tourna vers la porte, le cœur tambourinant.

Ses défenses n'avaient trahi aucun mouvement. Il était impossible qu'un coupe-jarret ait pénétré dans la pièce.

Roslain la dévisagea, lèvres entrouvertes, yeux écarquillés. Ead saisit la clef dans la main tétanisée de la dame de la chambre et grimpa les marches en courant.

« Vite, Ead, ouvrez ! s'écria Roslain. Capitaine Lintley ! Sire Gueules ! »

Ead fit pivoter la clef dans la serrure et poussa brusquement le battant. Le feu brûlait bas dans l'âtre.

« Ead. » Une forme remua sur le lit. « Ead, Ros, pitié, vous *devez* réveiller Arbella. » Sabran, dont des cheveux emmêlés s'échappaient de la tresse. « Je me suis réveillée, et sa main était si froide… » Elle se mit à sangloter. « Oh, par le Saint, dites-moi qu'elle… »

Le capitaine Lintley et sire Gueules Lande apparurent à la porte, l'épée au clair. « Par le Saint, Lady Roslain, est-elle blessée ? » aboya Lande.

Tandis que Roslain accourait auprès de sa reine, Ead contourna le lit pour aller s'enquérir de la frêle silhouette recroquevillée sous la courtepointe. Avant même de chercher son pouls en vain, elle comprit. Un silence terrible s'abattit quand elle se recula.

« Je suis désolée, Majesté », dit-elle.

Les deux hommes ployèrent la tête. Roslain fondit en larmes, une main plaquée devant la bouche.

« Elle n'aura pas assisté à mon mariage », commenta faiblement Sabran. Une larme roula sur sa joue. « Elle m'avait promis qu'elle y serait. »

18

Est

Le voyage jusqu'à la capitale fut atroce. Niclays fut ballotté pendant des jours dans le palanquin mal aéré, sans rien d'autre à faire que de somnoler ou d'apercevoir des détails de décor entre les volets en bois.

Ginura se trouvait au nord de la Mâchoire-de-l'Ours, la chaîne de montagnes qui protégeait le Cap-Hisan. La voie commerciale la divisait jusqu'à ses contreforts, où elle croisait une autre route.

Depuis que Niclays était arrivé en Seiiki, il rêvait de visiter Ginura. À l'époque, il avait été heureux d'avoir la chance de vivre dans un endroit que seuls de rares Ouestriens verraient jamais.

Il se rappelait avoir été appelé au palais de Brygstad, où Léovart lui avait appris que Sabran avait ordonné son bannissement de la Vertu. Il avait cru la rage de la reine étanchée après que Seyton Combe l'avait longuement interrogé dans la tour obscure quant à la dilapidation des deniers des Berethnet. Naïvement, il avait pensé que son exil serait de courte durée.

Ce n'était qu'après la troisième année qu'il avait compris que cette minuscule bicoque du bout du monde était censée lui servir de dernière demeure. Il avait alors cessé de rêver de découvertes pour ne plus rêver que de chez lui. À présent, il sentait sa curiosité d'antan se réveiller.

Au premier soir du voyage, ils s'étaient arrêtés dans une auberge au pied des montagnes, où Niclays s'était baigné dans une source d'eau chaude. En observant les lumières lointaines du Cap-Hisan, et la petite pointe que formait Orisima, il avait eu l'impression de pouvoir respirer à nouveau pour la première fois depuis sept ans.

Cette sensation n'avait pas duré. Le matin suivant, les porteurs avaient commencé à se plaindre du Mentendonien au visage de hibou qu'ils traînaient vers le nord, l'espion d'un prince qui crachait sur les dragons et qui devait être affecté du mal rouge. Certains mots avaient alors été échangés, et de là, les cahots avaient empiré. Les porteurs s'étaient en outre mis à chanter l'histoire d'un vieil insolent que personne n'aimait, et qui se retrouvait abandonné au bord d'une route de montagne pour servir de pitance aux lynx.

« Oui, oui, très drôle », leur avait aboyé Niclays en seiikinois. « Et vous connaissez celle des quatre porteurs qui sont tombés d'une falaise et n'ont jamais été retrouvés ? »

Cela les avait fait rire de plus belle.

D'innombrables incidents avaient émaillé la suite du trajet. L'un des brancards du palanquin s'était brisé (« Que le grand Kwiriki emporte cet homme-hibou ! ») et ils avaient été forcés de s'arrêter le temps qu'un menuisier répare les dégâts. Quand ils avaient pu repartir, les porteurs avaient finalement accepté de laisser Niclays dormir.

Lorsqu'il entendit des voix, il entrouvrit les yeux. Les porteurs entonnaient une berceuse datant du Grand Chagrin.

Dors, mon enfant, le vent se lève.
Même les oiseaux se taisent.
Sèche tes larmes. Les cracheurs de feu vont [nous entendre
Dors, maintenant, dors, ou tu les verras venir.
Blottis-toi contre moi et ferme les yeux.

Le même genre de chanson existait à Mentendon. Niclays tenta de se rappeler sa tendre enfance, quand sa mère l'asseyait dans son giron pour l'apaiser, tandis que son père partait dans des colères éthyliques qui les laissaient tous deux tremblants de peur à l'idée de tâter du ceinturon. Par chance, il était parti dans l'une de ces fureurs un jour qu'il se promenait au bord d'une falaise, et ils n'avaient plus eu à subir ses accès.

Pendant un temps, tout avait été paisible. C'était alors qu'Helchen Roos s'était convaincue que son fils devait devenir sanctarien pour expier les nombreux péchés de son père. Elle avait prié quotidiennement pour cette issue. Finalement, Niclays s'était à ses yeux transformé en un hédoniste morbide qui passait son temps à disséquer des cadavres ou à concocter des potions tel un sorcier, tout en s'abrutissant d'alcool. (Force était de reconnaître que cette vision des choses n'était pas tout à fait dénuée de fondement.) Pour elle, la science était le plus grand des péchés, l'antithèse de la vertu.

Évidemment, elle lui avait malgré tout écrit aussitôt qu'elle avait appris ses amitiés inattendues avec le marquis de Zeedeur et le prince Edvart, lui demandant de l'inviter à la cour, comme si les années passées à le tourmenter au sujet de toutes les facettes de son existence ne comptaient pas. Jannart et lui s'étaient amusés à trouver des façons originales de détruire chacune de ses lettres.

Repenser à cela lui permit de sourire pour la première fois depuis des jours. Le trille des insectes forestiers l'aida à se rendormir.

Après deux jours des plus pénibles, durant lesquels il craignit de mourir de chaud, d'ennui et de confinement, le palanquin s'arrêta. Un coup porté sur le toit le tira de sa torpeur.

« Dehors. »

La porte s'ouvrit, laissant pénétrer un rayon de soleil à l'intérieur. Niclays descendit péniblement de sa litière et s'enfonça dans une flaque.

« Par la *ceinture* de Galian… »

L'un des porteurs lui balança sa canne. Puis ils épaulèrent les brancards et repartirent en direction de la route.

« Attendez une minute ! les rappela Niclays. J'ai dit *attendez*, maudits ! Où suis-je censé aller ? »

Leurs rires furent la seule réponse qu'il obtint. Niclays jura, ramassa sa canne et clopina en direction de la porte ouest de la ville. Quand il l'atteignit enfin, le bas de sa robe était détrempé et son visage ruisselait de sueur. Il s'était attendu à trouver des soldats, mais il n'aperçut personne en armure. Le soleil lui cuisait le sommet du crâne quand il pénétra dans l'ancienne capitale de la Seiiki.

Le château de Ginura était colossal. L'édifice en pierre blanche enjambait une grande colline en plein cœur de la ville. Un ami avait expliqué à Niclays que les sentiers des jardins étaient couverts de coquillages et que ses douves d'eau salée scintillaient de poissons transparents.

Il longea les marchés grouillant d'activité de ce qui devait être Bormer, le quartier le plus extérieur de la ville. Ses rues pavées paraissaient onduler sous l'effet des ombrelles en papier, des éventails et des chapeaux. Si près de la cour, les habitants portaient des teintes plus froides qu'au Cap-Hisan – du vert, du bleu ou du gris argenté –, et leurs cheveux pommadés et ostensiblement coiffés étaient ornés de bijoux en verre de mer, de fleurs de sel et de cauris. Les robes de la région étaient chatoyantes et insaisissables, si bien qu'à chaque mouvement de leur propriétaire, elles chatoyaient au soleil. Niclays se rappelait vaguement que le dernier chic à Ginura était de donner l'impression d'émerger tout juste de la mer. Certains courtisans allaient même jusqu'à se lubrifier les cils.

Les cous étaient cerclés de branches de corail ou de minuscules plaques d'acier disposées telles des écailles de poissons superposées. Les lèvres et les joues étincelaient de perles écrasées. La plupart des citoyens n'avaient pas le droit d'arborer des perles dansantes, car elles étaient le symbole de la royauté et de la divinité, mais Niclays avait entendu dire que certaines, difformes et sans noyau, étaient souvent poudrées et vendues aux plus fortunés.

À l'ombre d'un érable, deux femmes se renvoyaient une boule de plumes à coups de raquette. Le soleil se réverbérait sur les canaux, où marchands et pêcheurs déchargeaient leur matériel depuis de gracieux bateaux en cèdre. Il était difficile d'imaginer que l'essentiel de la cité avait été ravagé au cours du Grand Chagrin, cinq siècles plus tôt.

Tandis que Niclays avançait, le malaise finit par éclipser l'émerveillement. Les porteurs, qu'ils soient maudits jusqu'à la Matrice de Feu, avaient emporté la lettre du gouverneur en même temps que tous ses autres biens. Ce qui signifiait qu'il pouvait désormais aisément passer pour un étranger ; il aurait en outre beaucoup de mal à se présenter au château de Ginura pour s'expliquer dans cette tenue. Les sentinelles le prendraient pour un assassin.

Il n'avait toutefois pas le choix. Il ne passait pas inaperçu. Des regards nerveux se portaient régulièrement sur lui.

« Docteur Roos ? » l'appela-t-on en mentendonien. Niclays se retourna.

Quand il vit qui l'avait ainsi hélé, son visage s'illumina. Un homme à l'ossature fine et aux lunettes en écailles de tortue fendait la foule pour venir le rejoindre. Ses cheveux noirs, coupés courts, grisonnaient au niveau des tempes.

« Docteur Moyaka », répondit Niclays, ravi. « Oh, Eizaru, comme je suis heureux de vous voir ! »

Enfin la chance lui souriait. Eizaru était un chirurgien talentueux auquel Niclays avait enseigné pendant un an à Orisima. Lui et sa fille, Purumé, avaient compté parmi les premiers à s'inscrire à ses leçons d'anatomie, et jamais de sa vie Niclays n'avait-il rencontré des personnes aussi avides d'apprendre. Ils l'avaient beaucoup renseigné sur la médecine seiikinoise en échange de son enseignement. Croiser leur chemin avait constitué l'une des rares éclaircies de son exil.

Eizaru parvint à s'extraire de la foule, et ils se saluèrent avant de s'embrasser. En constatant que l'étranger n'était pas seul, les autres s'en retournèrent à leurs affaires.

« Mon ami », déclara chaleureusement Eizaru, toujours en mentendonien. « Je songeais justement à vous écrire. Que faites-vous à Ginura ?

— Après un certain nombre de circonstances désagréables, j'ai obtenu quelque répit en me voyant octroyer le droit de quitter Orisima, répondit Niclays en seiikinois. L'honoré gouverneur du Cap-Hisan a décidé de m'envoyer ici pour m'assigner à résidence.

— Ceux qui vous ont amené ici n'auraient en tout cas pas dû vous abandonner dans ces rues. Êtes-vous arrivé en palanquin ?

— Malheureusement.

— Ah. Ces porteurs sont souvent des fauteurs de troubles. » Eizaru fit la grimace. « Je vous en prie, venez chez moi avant que quelqu'un s'interroge sur votre présence ici. Je veillerai à ce que l'honorée gouverneure de Ginura sache ce qui s'est passé.

— Vous êtes trop aimable. »

Niclays traversa un pont sur les talons d'Eizaru, et ils aboutirent dans une rue autrement plus large, qui conduisait droit à la porte principale du château. Des musiciens jouaient dans des flaques d'ombre, tandis que des vendeurs proposaient palourdes fraîches et raisins de mer.

Il n'aurait jamais pensé pouvoir poser un jour les yeux sur les célèbres arbres des saisons de Ginura. Leurs branches formaient comme un pavillon naturel au-dessus de la chaussée. À présent, ils arboraient le jaune époustouflant de l'été.

Eizaru habitait une modeste demeure près du marché de la soie, adossé à l'un des nombreux canaux qui parcouraient la ville. Il était veuf depuis une décennie, mais sa fille logeait toujours avec lui, afin qu'ils puissent s'adonner ensemble à leur passion pour la médecine. Des fleurs de pluie recouvraient la façade extérieure, et le jardin embaumait l'armoise, la pérille et d'autres herbes aromatiques.

Ce fut Purumé qui leur ouvrit la porte. Un chat à la queue écourtée lui sinuait entre les chevilles.

« Niclays ! » Purumé sourit avant de s'incliner. Elle arborait les mêmes lunettes que son père, mais elle avait la peau beaucoup plus mate ; ses cheveux, retenus en arrière par une bande de tissu, étaient toujours noirs au niveau des racines. « Je vous en prie, entrez. Quel plaisir inattendu. »

Niclays la salua en retour. « Je vous prie de me pardonner de vous importuner, Purumé. Je ne m'y attendais pas non plus.

— Nous étions vos hôtes honorés à Orisima. Vous serez toujours le bienvenu chez nous. » Elle embrassa du regard ses vêtements souillés par le voyage et pouffa. « Mais vous allez devoir vous changer.

— Je suis on ne peut plus d'accord. »

Quand ils furent à l'intérieur, Eizaru envoya deux domestiques au puits. « Reposez-vous un moment, suggéra-t-il à Niclays. J'espère que vous n'aurez pas attrapé une insolation après une journée pareille. Je vais sans tarder me rendre au château de la Rivière blanche pour solliciter un entretien avec l'honorée gouverneure. Puis nous mangerons. »

Niclays poussa un soupir de soulagement. « Ce serait merveilleux. »

Lorsque les servantes furent revenues avec assez d'eau pour remplir une baignoire, Niclays se déshabilla et lava la boue et la sueur qui le recouvraient. La fraîcheur de l'eau était une bénédiction.

Plutôt mourir que de voyager à nouveau dans une litière. Ils le traîneraient pour rentrer à Orisima.

Revigoré, il enfila la robe d'été que les domestiques avaient laissée dans la chambre d'amis. Une tasse de thé fumant l'attendait sur le balcon. Il s'assit à l'ombre pour la boire, regardant les bateaux glisser sur le canal. Après des années d'emprisonnement, Orisima ne lui avait jamais semblé plus lointaine.

« Éminent docteur Roos. »

Il sortit de son rêve éveillé. L'une des servantes était apparue sur le balcon.

« L'éminent docteur Moyaka est de retour, annonça-t-elle. Il réclame votre présence.

— Merci. »

Au rez-de-chaussée, Eizaru l'attendait.

« Niclays. » Son sourire était légèrement malicieux. « Je me suis entretenu avec l'honorée gouverneure. Elle a accédé à ma requête et vous autorise à demeurer ici, avec Purumé et moi, le temps de votre séjour en ville.

— Oh, Eizaru. » Peut-être était-ce dû à la chaleur ou à la fatigue, mais Niclays faillit fondre en larmes à l'annonce de cette bonne nouvelle. « Vous êtes certain que cela ne vous posera pas de problème ?

— Évidemment. » Eizaru le fit pénétrer dans la pièce voisine. « Allons, venez. Vous devez être affamé. »

Les domestiques avaient fait leur possible pour tenir la chaleur à l'extérieur. Toutes les portes avaient été ouvertes, des écrans bloquaient la lumière du soleil, et des bols de glace trônaient sur la table. Niclays s'agenouilla avec Purumé et Eizaru, et ils dînèrent de bœuf marbré, de légumes marinés, de poisson sucré, de laitue de mer et de petites tasses d'algues grillées recouvertes d'œufs de poisson. Tout en mangeant, ils expliquèrent ce qu'ils avaient pu faire depuis leur dernière rencontre.

Il y avait bien longtemps que Niclays n'avait plus eu le plaisir de partager une conversation avec des esprits bien faits. Eizaru exerçait toujours, et proposait désormais tant des remèdes seiikinois que mentendoniens. Purumé, pour sa part, travaillait à une concoction d'herbes permettant de plonger un patient dans un profond sommeil, afin qu'un chirurgien puisse retirer des carnosités sans provoquer de douleurs.

« Je l'appelle le sommeil fleuri, expliqua-t-elle, car le dernier ingrédient est une fleur issue des montagnes du Sud.

— Elle a marché pendant des jours pour trouver cette fleur au printemps, précisa Eizaru avec un sourire fier.

— Ça semble révolutionnaire », commenta Niclays, abasourdi. « On pourrait s'en servir pour étudier l'intérieur de corps *vivants*. À Mentendon, nous ne sommes autorisés qu'à ouvrir des cadavres. » Son cœur s'emballa. « Purumé, vous devez publier ces découvertes. Songez combien cela bouleverserait l'anatomie.

— Je le ferais, répondit-elle avec un sourire las, à un détail près. Le nufeu.

— Le nufeu ?

— Une substance interdite. Les alchimistes l'obtiennent à partir de la bile des cracheurs de feu, détailla Eizaru. La bile est importée clandestinement à l'Est par des pirates sudiens, légèrement transformée, puis fourrée dans une sphère de céramique avec une pincée de poudre à canon. Quand on allume la mèche, la bille explose et laisse échapper une fumée aussi noire et épaisse que du goudron. Si un dragon l'inhale, il s'endort pendant plusieurs jours. Les pirates peuvent ensuite vendre ses membres et organes.

— Une pratique maléfique », confirma Eizaru.

Niclays secoua la tête. « Quel rapport avec le sommeil fleuri ?

— Si les autorités pensent que ma création risque de servir les mêmes buts, elles interrompront mes recherches. Elles pourraient même nous interdire d'exercer. »

Niclays demeura muet de stupeur.

« Tout cela est bien triste, souffla Eizaru. Dites-nous, Niclays – y a-t-il des documents médicaux seiikinois traduits en mentendonien ? Purumé pourrait peut-être publier ses découvertes dans ce cadre. »

Niclays soupira. « À moins que les choses aient évolué de façon spectaculaire depuis mon départ, j'en doute fort. On s'échange des brochures dans certains cercles restreints, mais elles ne sont pas approuvées par la couronne. La Vertu ne tolère pas l'hérésie, ni même le savoir des hérétiques. »

Purumé secoua la tête. Alors que Niclays se servait en crevettes, un jeune homme moite de sueur apparut à la porte.

« Éminent docteur Roos. » Il les salua en haletant. « Je viens de la part de l'honorée gouverneure de Ginura. »

Niclays se prépara au pire. Elle avait dû changer d'avis quant à son séjour ici.

« Elle m'a chargé de vous informer que vous serez convoqué à une audience au château de Ginura quand le très honoré seigneur de guerre le jugera opportun. »

Niclays haussa les sourcils. « Le très honoré seigneur de guerre souhaite me voir ? Vous en êtes sûr ?

— Oui. »

Le messager prit congé après avoir effectué une révérence.

« Ainsi donc, vous allez être reçu à la cour. » Eizaru paraissait amusé. « Préparez-vous. Il paraît que c'est un véritable récif de fleurs de mer. Magnifique, mais urticant.

— J'ai hâte d'y être », commenta Niclays, le front toujours plissé. « Je me demande pourquoi il désire me voir.

— Le très honoré seigneur de guerre aime s'entretenir avec les colons mentendoniens, répondit Eizaru. Parfois, il souhaite juste entendre une chanson ou une histoire de votre pays. À moins qu'il veuille savoir sur quoi vous travaillez. En tout cas, il n'y a pas lieu de s'inquiéter, Niclays, vraiment.

— Et en attendant, vous êtes libre », fit remarquer Purumé, les yeux pétillant de malice. « Permettez-nous de profiter de votre séjour ici pour vous faire visiter notre ville. Nous pourrions aller au théâtre, parler médecine, admirer des dragons en vol… tout ce que vous avez toujours voulu faire depuis votre arrivée. »

Niclays en aurait pleuré de gratitude.

« Sincèrement, mes amis, rien ne me ferait plus plaisir. »

19

Ouest

Loth suivit la Donmata Marosa dans un nouveau couloir. La lumière du flambeau lui cuisait les yeux tandis qu'il progressait difficilement entre les murs suintants.

Après des jours sans lui avoir donné de nouvelles, elle lui avait enjoint de la rejoindre à nouveau dans une pièce enténébrée. À présent, ils se trouvaient dans un dédale de tunnels derrière les murs, où un système de tuyaux en cuivre bien pensé permettait de conduire l'eau depuis les sources chaudes jusqu'aux chambres.

Ils aboutirent enfin sur un escalier en colimaçon. La Donmata en entama l'ascension.

« Où m'emmenez-vous ? s'enquit Loth avec raideur.

— Rencontrer la personne qui a ourdi l'assassinat de la reine Rosarian. »

Il sentit sa paume devenir moite.

« Je suis navrée, au fait, ajouta-t-elle soudain. De vous avoir forcé à danser avec Priessa. C'était le seul moyen de vous transmettre le message.

— N'aurait-elle pu me le faire passer dans le coche ? marmonna-t-il.

— Non. Elle a été fouillée avant de quitter le palais, et le cocher était un espion chargé de s'assurer qu'elle ne s'enfuirait pas. Nul n'est autorisé à quitter Cárscaro très longtemps. »

La Donmata décrocha une clef de sa ceinture. Quand Loth la suivit au travers de la porte qu'elle venait de déverrouiller, la poussière accumulée dans la pièce au-delà le fit tousser. La seule lumière restante émanait de son flambeau. Les meubles empestaient la maladie et la pourriture, l'odeur mordante du vinaigre.

La Donmata souleva son voile et le drapa autour d'une chaise. Loth la suivit vers un lit à baldaquin. Il peinait à respirer tant son souffle était court, et leva sa torche plus haut.

Une silhouette aux yeux bandés était assise sur le lit. Loth distingua une peau cireuse, des lèvres charbonneuses et des cheveux châtains qui tombaient en désordre sur le col d'une chemise de nuit cramoisie. Des chaînes entravaient deux bras émaciés. Des lignes rouges parcouraient ceux-ci, suivant le réseau veineux.

« Qu'est-ce que c'est que ça ? murmura Loth. C'est l'assassin ? »

La Donmata croisa les bras, mâchoires serrées. Ses yeux ne trahissaient pas la moindre émotion.

« Lord Arteloth, dit-elle, je vous présente son seigneur mon père, Sigoso III de la maison Vetalda, roi de chair du royaume draconique de Yscalin. Ou ce qu'il reste de lui. »

Loth contempla l'homme, incrédule.

Même avant la trahison de la Yscalin, il n'avait jamais vu le roi Sigoso autrement qu'en portrait ; celui-ci lui avait alors toujours paru beau et robuste, bien que froid, avec les yeux d'ambre des Vetalda. Sabran l'avait invité à la cour à plusieurs reprises, mais il avait toujours préféré y envoyer des représentants.

« Un roi de chair règne en tant que pantin d'un wyrm. Un titre que Feúdel espère conférer à chaque souverain du monde. » La Donmata fit le tour du lit. « Père souffre d'une forme rare de la peste draconique. Cela permet à Feúdel de… converser avec lui, d'une certaine manière. D'avoir des yeux et des oreilles à l'intérieur du palais.

— Vous voulez dire qu'à cet instant précis…

— Soyez tranquille. J'ai versé un sédatif dans sa boisson du soir, expliqua-t-elle. Je ne peux le faire trop souvent, pour éviter d'éveiller les soupçons de Feúdel, mais cela empêche le wyrm de se servir de lui. Pendant un court moment. »

En entendant sa voix, Sigoso se mit à remuer.

« J'ignorais les wyrms capables de ce genre de chose. » Loth déglutit avec angoisse. « De contrôler un corps.

— Quand un haut-ouestrien meurt, le feu s'éteint dans les vouivres qui le servent, et dans la progéniture de celles-ci. Peut-être s'agit-il du même genre de lien.

— Depuis combien de temps se trouve-t-il dans cet état ?

— Deux ans. »

Il était donc tombé malade quand la Yscalin avait trahi la Vertu. « Et *comment* a-t-il pu se transformer ainsi ?

— Vous devez d'abord entendre la vérité, répondit la Donmata. Mon père conserve assez de mémoire pour vous en faire part.

— Marosa, grommela Sigoso d'une voix rauque. Maro*sssss*a. »

Sa voix fit tressaillir Loth. On eût dit qu'un nœud de serpents à sonnette logeait dans sa gorge.

« Où es-tu, ma fille ? s'enquit le roi très tendrement. Dois-je venir te chercher ? »

Conservant son air neutre, la Donmata se tourna vers lui et entreprit de lui retirer son bandeau. Même si des gants de velours la protégeaient jusqu'aux coudes, Loth retint son souffle pendant toute la durée de l'opération, de peur que Sigoso la morde au travers du tissu ou tente de lui griffer le visage. Lorsque le bandeau fut retiré, le roi dévoila les dents. Ses yeux n'étaient plus de la couleur de la topaze jaune, mais parfaitement gris. Deux cavités de cendre froide.

« J'espère que vous avez bien dormi, Père, répondit la Donmata en inyssien.

— J'ai rêvé d'un clocher et d'une femme à l'intérieur de feu. J'ai rêvé qu'elle était mon ennemie. » Le roi Sigoso considéra Loth en faisant jouer ses bras dans leurs chaînes. « Qui est-ce ?

— Voici Lord Arteloth Ru, de Bouleaudor. Notre nouvel ambassadeur venu d'Inys. » La Donmata se força à sourire. « Je me demandais si vous accepteriez de lui expliquer comment la reine Rosarian était morte. »

Sigoso souffla bruyamment. Il les considéra tour à tour, tel un chasseur jaugeant deux proies potentielles.

« J'ai mis fin aux jours de Rosarian. »

La manière dont il prononça son nom, en le faisant rouler sur sa langue telle une dragée, donna le frisson à Loth.

« Pourquoi ? demanda la Donmata.

— Cette garce vérolée a refusé ma main. La main de la *royauté* », cracha Sigoso. Les tendons de son cou saillaient. « Elle préférait se vendre à des pirates ou à des petits marquis, plutôt que de s'unir avec le sang de la maison Vetalda… » De la bave dégoulinait de sa bouche. « Ma fille, je brûle. »

La Donmata jeta un coup d'œil à Loth avant de se diriger vers la table de chevet, où un linge reposait près d'une cuvette d'eau. Elle le trempa à l'intérieur avant de l'apposer sur le front de son père.

« J'ai fait faire sa robe, reprit Sigoso. Une robe d'une telle beauté qu'une catin aussi vaniteuse que Rosarian ne pourrait y résister. J'ai fait en sorte qu'elle soit arrosée de venin de basilic acheté à un prince marchand, et je l'ai envoyée en Inys pour qu'elle soit dissimulée parmi ses vêtements. »

Loth frissonnait d'effroi. « Qui l'a cachée ? chuchota-t-il. Qui a caché la robe ?

— Il n'accepte de parler qu'à moi, murmura la Donmata. Père, qui a caché la robe ?

— Quelqu'un de proche, au palais.

— Au palais, répéta Loth. Par le Saint. Qui ? »

La Donmata répéta la question. Sigoso gloussa, mais son rire dégénéra en une quinte de toux.

« L'échanson », révéla-t-il.

Loth le dévisagea. Le poste d'échanson n'existait plus depuis des siècles.

La robe avait dû être dissimulée dans la garde-robe royale. La demoiselle d'atour de l'époque était Lady Arbella Valon, qui n'aurait jamais fait de mal à sa reine.

« J'espère, reprit Sigoso, qu'il restait un peu de cette putain à enterrer. Le venin de basilic est si puissant. » Il partit d'un rire haché. « Même les os finissent par céder devant sa morsure. »

Loth dégaina alors sa baselarde.

« Pardonnez le seigneur mon père. » La Donmata contemplait le roi de chair d'un air distant. « Je dirais bien qu'il n'est plus lui-même, mais je pense qu'il l'est autant qu'il l'a jamais été. »

Dégoûté, Loth effectua un pas vers le lit. « Le Chevalier du Courage vous tourne le dos, Sigoso Vetalda, lança-t-il d'une voix tremblante. Il lui appartenait de donner sa main à qui elle jugeait bon. Soyez maudit jusqu'à la Matrice de Feu. »

Sigoso sourit. « J'y suis déjà, répliqua-t-il, et c'est le paradis. »

Le gris de ses yeux tremblota. Des mouchetures rouges semblables à des tisons s'embrasèrent à l'intérieur.

« Feúdel. » La Donmata saisit une coupe sur la table de chevet. « Père, buvez ceci. Cela soulagera votre douleur. »

Elle porta le récipient à ses lèvres. Sans jamais quitter Loth du regard, Sigoso en avala le contenu d'un trait. Submergé par ce qu'il venait d'entendre, Loth laissa la Donmata le reconduire.

Sa propre mère, Lady Annes Ru, s'était trouvée au côté de la reine mère à la mort de celle-ci. Désormais, il comprenait pourquoi ni elle ni Sabran n'avaient jamais pu lui parler du jour où Rosarian avait été parée de cette robe magnifique. Pourquoi Lady Arbella Valon, qui l'avait aimée comme sa fille, n'avait plus jamais émis un son.

Loth s'effondra sur les marches. Agité de tremblements, il prit peu à peu conscience de la présence de la Donmata derrière lui.

« Pourquoi m'avez-vous forcé à l'écouter ? s'enquit-il. Pourquoi ne pas me l'avoir dit, tout simplement ?

— Pour que vous puissiez voir et entendre la vérité, répondit-elle, et la transmettre à Sabran. Et pour que vous y croyiez, et ne quittiez pas la Yscalin en pensant qu'un mystère subsiste. »

La Donmata s'assit sur la marche derrière lui, de sorte que leurs têtes se retrouvent à la même hauteur. Elle déposa un ballot de soie dans son giron.

« Peut-il nous entendre ? Voulut savoir Loth.

— Non. Il s'est rendormi. » Elle-même paraissait éprouvée. « J'espère que Feúdel ne se rendra pas compte que c'est moi qui l'ai interrompu. Il pense peut-être que Père est mourant. Je crois qu'il l'est réellement. » Elle redressa le menton. « Je ne doute pas que le wyrm ait l'intention de le faire remplacer par moi. De faire de moi sa prochaine marionnette.

— Feúdel ne s'offusque-t-il pas de savoir que vous conservez le roi ainsi enchaîné dans une pièce sombre ?

— Il comprend que mon père n'a pas l'air… *royal* dans son état actuel, et que son corps se décompose alors même qu'il respire encore, mais je dois le sortir de ses quartiers dès qu'il l'ordonne. Ainsi, notre seigneur et maître peut observer l'intérieur du palais à loisir. Il peut dispenser ses ordres au sein du conseil restreint. S'assurer que nous ne fomentons pas une rébellion. Nous empêcher d'appeler au secours.

— Si vous tuiez votre père, Feúdel le saurait, comprit Loth. Et il vous punirait.

— La dernière fois que je l'ai défié, il a fait suspendre l'une de mes dames à la porte de Niunda. » Son visage se crispa. « J'ai dû regarder ses coquatrix la réduire en lambeaux. »

Ils restèrent immobiles et silencieux pendant quelques instants.

« La reine Rosarian est morte il y a quatorze ans, songea Loth. Ce qui signifie… que Sigoso n'a pas agi sous contrôle draconique.

— Tous les maux du monde ne proviennent pas des wyrms. »

La Donmata se tourna face à lui, plaquant le dos au mur.

« Je n'ai pas beaucoup de souvenirs de mon père durant mon enfance. Juste de son regard froid, murmura-t-elle. Quand j'avais seize ans, ma mère est entrée dans ma chambre au milieu de la nuit. Leur mariage avait toujours été tendu, mais cette fois, elle semblait terrifiée. Et furieuse. Elle m'a dit que nous allions rejoindre son frère, le roi Jantar, à Rauca. Nous nous sommes vêtues comme des domestiques pour nous éclipser du palais.

» Naturellement, des gardes nous ont arrêtées. Ils nous ont enfermées dans nos quartiers en nous interdisant de parler. Je n'ai jamais autant pleuré de toute ma vie. Maman a soudoyé un soldat pour me transmettre une lettre m'enjoignant de rester forte. » Elle porta la main à son pendentif serti d'émeraudes. « Une semaine plus tard, Père est venu m'informer de sa mort. Il a expliqué à la cour qu'elle s'était ôté la vie, honteuse d'avoir cherché à abandonner son roi… mais je connais la vérité. Elle ne m'aurait jamais laissée seule avec lui.

— Je suis navré, compatit Loth.

— Pas autant que moi. » Le dégoût déformait ses traits. « La Yscalin ne mérite pas son sort, mais mon père, si. Il mérite d'être aussi pourri à l'extérieur qu'il l'a toujours été à l'intérieur. »

Sahar Taumargam et Rosarian Berethnet, toutes deux mortes de la main du même roi. Et pendant tout ce temps, l'Inys l'avait considéré comme un ami dans la Vertu.

« Je voulais révéler la vérité à Sabran. Implorer son aide, lui demander d'envoyer des troupes… mais ce palais est un donjon. Le conseil restreint est tout entier entre les griffes de Feúdel, qu'il a trop peur de contrarier. Tous ses membres ont des proches en ville qui mourraient si l'on provoquait son courroux. »

Loth essuya d'un revers de manche la sueur qui lui perlait au front.

« Sabran était mon amie, lui rappela la Donmata. Le prince Aubrecht a longtemps été mon fiancé. Je sais tout le mal qu'ils doivent penser de moi. »

Loth éprouva soudain une culpabilité certaine. « Pardonnez-nous, souffla-t-il. Nous n'aurions pas dû supposer…

— Vous ne pouviez pas deviner que Feúdel était réveillé. Ni qu'il nous tenait tous sous son aile.

— Expliquez-moi la chute de Cárscaro. Aidez-moi à comprendre. »

La Donmata expira par le nez.

« Il y a deux ans, il y a eu un tremblement de terre dans les Fuseaux. Feúdel s'était éveillé dans une chambre du mont Fruma, où il était allé s'endormir après le Chagrin des Siècles. Nous étions sur le seuil de sa tanière. Prêts à être cueillis.

» Les champs de lavande ont brûlé les premiers. Une fumée noire a étouffé le ciel nocturne. » Elle secoua la tête. « Tout s'est passé si rapidement. Des vouivres encerclaient Cárscaro avant même que la garde ait eu le temps de ressortir les vieilles défenses. Feúdel est apparu pour la première fois depuis des siècles. Il a dit qu'il nous ferait tous brûler si mon père ne venait pas lui rendre hommage.

— Et il l'a fait ?

— Il a d'abord envoyé un leurre, mais Feúdel ne s'y est pas laissé prendre. Il a carbonisé l'émissaire, et mon père a été obligé de se montrer. Feúdel l'a emmené dans les montagnes. Entre cet instant et la fin de la nuit, Cárscaro a sombré dans le chaos. Les habitants pensaient même qu'un deuxième Chagrin des Siècles avait commencé – ce qui était bien le cas, d'une certaine façon. » Une profonde tristesse assombrit son regard. « La panique a gagné tout le monde. Des milliers de gens ont cherché à fuir, mais la seule issue possible était la porte de Niunda, que les vouivres surveillaient. » Elle pinça les lèvres. « Père est revenu à l'aube. Voyant que leur roi était sain et sauf, ses sujets n'ont plus su quoi penser. Il leur a dit qu'ils seraient les premiers témoins de l'essor du monde draconique – à condition qu'ils obéissent.

» Derrière les murs de ce palais, Père a ordonné au conseil restreint d'annoncer notre allégeance au Sans-Nom. Ils ont envoyé des pigeons dans chaque nation, trop lâches pour le défier. Trop lâches aussi lorsqu'il a ordonné le démantèlement de nos défenses. Trop lâches encore quand il a fait brûler la volière, et tous les oiseaux qui se trouvaient encore à l'intérieur. J'ai essayé d'organiser une contre-offensive, en vain. En allant plus loin, j'aurais mis ma vie en péril.

— Mais le reste du pays ignorait la vérité, comprit Loth.

— Cárscaro s'est transformée en une forteresse, cette nuit-là. Nul n'a pu prévenir quiconque. » Elle reposa sa tête contre le mur. « Les wyrms sont encore faibles à leur éveil. Pendant un an, Feúdel est demeuré sous le mont Fruma pour recouvrer des forces. Je l'ai vu se servir de mon père pour faire de notre pays le socle de son pouvoir. Je l'ai vu détruire les Six Vertus. J'ai vu l'épidémie reprendre et se propager parmi mon peuple. Puis ma maison est devenue ma prison. »

Arteloth Ru fit alors précisément ce que Gian Harlowe lui avait déconseillé de faire.

Il saisit la main de Marosa Vetalda.

Elle portait des gants de velours. Il subsistait tout de même un risque, et pourtant il le fit sans l'ombre d'une hésitation.

« Vous êtes le courage incarné, lui dit-il. Et vos alliés de la Vertu vous ont fait défaut. »

La Donmata considéra leurs mains en fronçant les sourcils. Loth se demanda depuis quand personne ne l'avait ainsi touchée.

« Dites-moi comment vous aider », l'encouragea-t-il.

Lentement, elle recouvrit leurs doigts entrelacés de sa main libre. « Vous pouvez retourner dans cette chambre et poser vos mains nues sur mon père », répondit-elle en soutenant son regard.

Il lui fallut un instant pour comprendre. « Vous voulez que je me… contamine ?

— Je vous expliquerai, affirma-t-elle. Mais si vous acceptez, je vous offre une chance de fuir Cárscaro.

— Vous disiez que c'était une véritable forteresse.

— Ma mère connaissait une issue. » Elle tapota alors le ballot dans son giron. « Je voudrais que vous traversiez les Fuseaux pour remettre ça à Chassar uq-Ispad, l'ambassadeur ersyrien. Vous devez le lui transmettre en mains propres. »

L'homme qui avait éduqué Ead, celui qui l'avait présentée à la cour huit ans plus tôt. La Donmata dénoua le ballot de soie. Il renfermait une boîte en fer gravée de symboles.

« Au printemps, une femme a été capturée près de Perunta, en essayant de trouver un navire susceptible de la mener au Lasia. Ses tortionnaires l'ont détenue plusieurs jours, mais elle n'a jamais parlé. Quand mon père a posé les yeux sur le manteau rouge qu'elle portait, Feúdel s'est mis en rage. Il a ordonné qu'elle passe ses dernières heures dans les plus grandes souffrances. »

Loth n'était pas certain de vouloir entendre la suite.

« Cette nuit-là, je suis allée la voir. » La Donmata fit courir ses doigts sur la boîte. « J'ai d'abord cru qu'ils lui avaient arraché la langue, mais quand je lui ai donné du vin, elle m'a révélé s'appeler Jondu. Elle m'a dit que, si la vie humaine avait une quelconque valeur à mes yeux, je récupérerais l'objet qu'elle voulait apporter à Chassar uq-Ispad. » Elle marqua une pause. « J'ai achevé Jondu moi-même. J'ai dit à Feúdel qu'elle avait succombé à ses blessures. C'était toujours mieux que la porte. La boîte qu'on lui avait prise était verrouillée. Personne n'arrivait à l'ouvrir, et ils ont fini par s'en désintéresser. Je n'ai eu aucun mal à la dérober. Je suis sûre qu'elle joue un rôle crucial dans notre combat, et que l'ambassadeur uq-Ispad en saura plus. »

Elle traça du doigt les motifs sur le couvercle.

« Il se trouve sans doute à Rumelabar. Pour atteindre les Ersyr en évitant les frontières armées, il faut traverser les Fuseaux. Le moyen le plus sûr d'y parvenir sans se faire attaquer par les créatures draconiques qui y vivent désormais est d'être contaminé, pour qu'elles ne s'en prennent pas à vous en vous sentant. Jondu m'a juré que l'ambassadeur connaissait un remède contre l'épidémie. Si vous arrivez à lui à temps, vous pourrez tout lui raconter. »

Loth comprit alors. « Vous avez chargé le prince Wilstan de cette mission, devina-t-il. Ou essayé.

— J'ai procédé exactement de la même manière. Je lui ai fait voir mon père pour qu'il lui révèle comment Rosarian était morte. Puis je lui ai confié la boîte. Mais Pynson attendait d'avoir l'occasion de prendre la fuite pour retourner informer sa fille. Il m'a assuré qu'il s'était inoculé la peste. Quand je me suis rendu compte qu'il m'avait menti, je me suis lancée à ses trousses en toute hâte. Il avait abandonné la boîte dans le tunnel secret qui mène aux montagnes. À l'évidence, il n'avait jamais eu l'intention d'honorer ma requête… mais je ne peux lui reprocher d'avoir cru pouvoir rejoindre Sabran.

— Où est-il, à présent ? s'enquit Loth calmement.

— Je l'ai retrouvé non loin du bout du tunnel, révéla-t-elle. Victime d'un amphiptère. »

Loth posa le front sur ses mains jointes.

Les amphiptères étaient des créatures draconiques brutales et dépourvues de membres. Ils étaient dotés de mâchoires puissantes, et l'on disait qu'ils secouaient leurs proies telles des poupées de chiffon, jusqu'à ce qu'elles soient trop faibles pour s'enfuir.

« J'ai voulu rapatrier ses restes, mais j'ai moi-même été attaquée quand je me suis approchée de trop près. J'ai toutefois dit les prières nécessaires.

— Merci.

— Malgré les apparences, je suis restée fidèle au Saint. Et il a besoin de nous à présent, Lord Arteloth. » La Donmata posa la main sur son avant-bras. « Accepterez-vous le sacrifice que je vous demande ? »

Il avala sa salive. « Et Lord Kitston ?

— Il peut rester ici, où je veillerai sur lui. Ou il peut partir avec vous… à condition d'être contaminé lui aussi. »

Même le Chevalier de la Communion n'attendrait pas de lui qu'il y consente. Kit avait déjà beaucoup donné pour son ami et sa patrie.

« Feúdel verra-t-il à travers mes yeux ? s'inquiéta Loth.

— Non. Vous ne contracterez que la version normale de la maladie, assura-t-elle. J'ai déjà éprouvé cette théorie. »

Il préféra ne pas lui demander comment. « Il doit bien exister d'autres personnes restées fidèles au Saint au palais, reprit-il. Pourquoi ne pas envoyer plutôt l'un de vos propres serviteurs ?

— Je n'ai confiance qu'en Priessa, et sa disparition éveillerait des soupçons. Je pourrais y aller moi-même, mais je ne peux abandonner mon peuple à son sort. À défaut de pouvoir le sauver, je me dois de rester et de faire mon possible pour affaiblir Feúdel. »

Il avait mal jugé la Donmata Marosa. C'était une véritable femme de la Vertu, emprisonnée dans cette demeure sans âme qu'elle avait jadis dû adorer.

« Il est trop tard pour moi, mon seigneur, mais pas pour la Vertu. Ce qui s'est passé ici, en Yscalin, ne doit pas se reproduire ailleurs. »

Loth se détourna de ces prunelles pareilles à deux opales de feu et considéra l'insigne de son patron accroché à son pourpoint. Deux mains jointes en communion. Un entrelacement de doigts évoquant le lacs d'amour d'une bague.

Si le Chevalier de la Communion était présent, Loth savait ce qu'il ferait.

« Si vous acceptez, ajouta la Donmata, je vous reconduirai devant le roi de chair, et vous apposerez vos mains sur lui. Puis je vous ferai quitter la Yscalin. » Elle se leva. « Si vous refusez, préparez-vous à passer de longues années à Cárscaro, Lord Arteloth Ru. »

20

Est

Tandis que les autres gardiens de mer célébraient la fin des épreuves dans la salle des banquets, Tané resta allongée dans ses quartiers, éreintée. Elle n'avait plus reparu depuis son affrontement avec Turosa. Un chirurgien avait nettoyé et recousu son épaule, mais le moindre geste l'épuisait, et l'élancement était incessant.

Le lendemain, elle découvrirait ce que c'était de chevaucher.

Elle se rongea au sang l'ongle de l'auriculaire. Pour ne plus se faire souffrir autant, elle se saisit de son exemplaire des *Souvenirs du Grand Chagrin*. Ce livre lui avait été offert par l'un de ses professeurs le jour de son quinzième anniversaire. Elle ne l'avait plus ouvert depuis longtemps, mais ses illustrations la distrairaient.

Aux alentours de minuit, alors que le chant des grillons enflait au-dehors, elle lisait toujours.

Une image représentait une Seiikinoise atteinte du mal rouge. Ses mains et ses yeux étaient cramoisis. Sur une autre page, on découvrait les cracheurs de feu. Leurs ailes de chauve-souris avaient effrayé la Tané de quinze ans, et elles lui donnaient encore le frisson. Sur le dessin suivant, des habitants du

Cap-Hisan assistaient, depuis la côte, à un formidable affrontement. Des dragons tournoyaient et ruaient parmi les vagues. Leurs mâchoires se refermaient en claquant sur les démons qui faisaient pleuvoir du feu sur la Seiiki.

La dernière illustration représentait la comète apparue la dernière nuit du Grand Chagrin – la Lanterne de Kwiriki –, qui pleurait des météores dans la mer. Les démons s'enfuyaient à tire-d'aile, tandis que les dragons de la Seiiki s'élevaient des flots, peints dans des bleus et des argents lumineux.

Un coup porté à la porte interrompit sa réflexion. Tané se leva douloureusement. Quand elle fit coulisser le panneau, elle vit Onren, parée d'une robe vert sombre, les cheveux ornés de fleurs de sel. Elle avait un plateau à la main.

« Je t'ai apporté de quoi souper », annonça-t-elle.

Tané s'effaça. « Entre. »

Elle retourna à son lit. Les chandelles presque éteintes allongeaient les ombres. Onren posa son chargement, révélant un véritable festin. Des brèmes de mer délicates, du fromage de soja roulé dans des œufs de poisson, du varech mariné flottant dans un bouillon à l'odeur agréable, ainsi qu'un pichet de vin épicé accompagné d'une tasse.

« L'honoré général de mer nous a permis de goûter son célèbre vin vieilli en mer, déclara Onren avec un sourire fugace. Je t'en aurais bien gardé un peu, mais il a disparu presque aussitôt qu'il est arrivé. Celui-ci est un peu moins original, mais il suffira peut-être à atténuer ta douleur, lui expliqua-t-elle en la servant.

— Merci, dit Tané. C'est très gentil d'avoir pensé à moi, mais je n'ai jamais trop aimé le vin. Tu peux le boire.

— Les épreuves sont terminées, Tané. Tu peux lâcher prise. Mais… je ne suis pas contre. » Onren s'agenouilla sur les nattes. « Tu nous as manqué, pendant le repas.

— J'étais fatiguée.

— J'étais sûre que tu dirais ça. Ne le prends pas mal, mais tu as l'air de ne pas avoir dormi depuis des années. Et tu as bien mérité un peu de repos. » Elle se saisit de la tasse. « Tu t'es bien débrouillée, contre Turosa. Ce salopard a peut-être fini par comprendre qu'il n'était pas tellement supérieur à ces paysans qu'il déteste.

— Nous ne sommes plus des paysans. » Tané l'étudia. « Tu sembles inquiète.

— Je crois que j'ai laissé échapper ma chance de devenir dragonnière, aujourd'hui. Kanperu se bat aussi bien qu'il… » Elle but une gorgée. « Bref. »

Ainsi donc, elle avait affronté Kanperu. Tané avait été conduite chez le médecin avant d'avoir pu assister aux autres épreuves.

« Tu t'es surpassée tous les autres jours, lui rappela-t-elle. L'honoré général de mer nous jugera équitablement.

— Comment le sais-tu ?

— C'est un dragonnier.

— Turosa en sera un demain également, et pourtant il a passé des années à s'en prendre aux moins nobles que lui. Il paraît qu'il a un jour rossé un domestique qui ne s'est pas incliné assez bas. N'importe lequel d'entre nous aurait été chassé de sa maison d'apprentissage pour s'être comporté de la sorte… mais son sang détient encore le pouvoir.

— Il ne deviendra pas forcément dragonnier pour autant.

— Je suis prête à parier tout ce que je possède. »

Le silence se fit. Tané grignota du fromage de soja.

« Quand j'avais seize ans, on m'a réprimandée pour être allée parier en ville, expliqua Onren. Comme c'était déshonorant, on m'a exclue de tous les cours en me disant que je devrais regagner ma place au sein de la maison Est. J'ai récuré les communs pendant tout le reste de la saison. En attendant, Turosa avait encore une épée à la main, quelques jours à peine après avoir presque assassiné un domestique.

— Nos éminents professeurs avaient leurs raisons. Ils connaissent le véritable sens de la justice.

— Leur raison est qu'il est petit-fils de dragonnier, et pas moi. Et ce sera la même demain, si je suis mise à l'écart en sa faveur.

— Ce ne sera pas la raison », cracha Tané.

Cela lui avait échappé avant qu'elle puisse fermer la bouche, tel un poisson lui ayant glissé entre les doigts.

Onren haussa les sourcils. Le silence s'éternisa, tel un coup de cloche en suspens, pendant lequel Tané se débattit intérieurement.

« Allons, Tané. Dis-moi ce que tu as sur le cœur. » Onren afficha un sourire prudent. « Après tout, nous sommes amies. »

Il était désormais trop tard pour reculer. Les épreuves, l'étranger, sa fatigue et sa culpabilité – tout cela ressurgit violemment, telles des bulles d'eau bouillonnante qu'elle ne pouvait plus contenir.

« Tu sembles croire que si tu n'es pas désignée dragonnière demain, ce ne sera en aucun cas ta faute, s'entendit-elle dire. J'ai travaillé jour et nuit durant notre séjour ici. Alors que toi, tu n'as fait montre d'aucun respect. Tu es arrivée *en retard* à tes épreuves, devant les Miduchi. Tu as passé tes nuits dans des tavernes au lieu de t'entraîner, et tu te demandes pourquoi tu n'étais pas à la hauteur de ton adversaire. Peut-être que ce sera à cause de *cela*, si tu ne deviens pas dragonnière. »

Onren ne souriait plus.

« Alors, répondit-elle d'un ton cassant, tu penses que je ne le mérite pas. Sous prétexte que… je suis allée dans une taverne. » Elle marqua une pause. « Ou est-ce parce que je suis allée dans une taverne, mais que je m'en suis malgré tout mieux tirée que toi à l'épreuve des couteaux ? »

Tané se crispa.

« Tu avais les yeux injectés de sang, ce matin-là, insista Onren. C'est encore le cas. Tu n'as pas dormi de la nuit pour t'entraîner.

— Évidemment.

— Et tu m'en veux de n'en avoir pas fait autant. » Onren secoua la tête. « L'équilibre est nécessaire en toute chose, Tané – cela n'a rien à voir avec un quelconque manque de respect. Ce statut est la chance d'une vie, on ne peut pas la laisser échapper.

— Je le sais, répliqua Tané d'un ton sec. J'espère seulement que toi aussi. »

Sur ce, Onren esquissa un sourire, mais Tané perçut la douleur dans ses prunelles.

« Eh bien, fit son hôte en se levant, dans ce cas, je ferais mieux de te laisser. Je ne voudrais pas t'entraîner dans ma chute. »

La colère retomba aussi vite qu'elle était née en Tané. Elle resta assise, parfaitement immobile, les mains à plat sur le lit, à essayer de ravaler la boule de honte logée dans sa gorge. Elle finit par se lever et par s'incliner bien bas.

« Je suis désolée, honorable Onren, murmura-t-elle. Je n'aurais jamais dû dire ça. C'était inexcusable. »

Onren finit par se radoucir. « Tu es pardonnée. Sincèrement. » Elle soupira. « Je m'inquiète pour toi. » Tané garda le regard baissé. « Tu as toujours travaillé dur, mais durant ces épreuves, j'ai eu l'impression que tu te punissais. Pourquoi ? »

Quand elle lui parlait de la sorte, Tané avait le sentiment de retrouver Susa. Un visage tendre et un esprit ouvert. L'espace d'un instant, Tané fut tentée de tout lui révéler. Peut-être Onren la comprendrait-elle.

« Non, finit-elle par affirmer. J'avais seulement peur. Et j'étais fatiguée. » Elle s'allongea alors. « Ça ira mieux demain. Quand on aura les résultats. »

Cela fit rire Onren. « Oh, Tané. À t'entendre, on croirait que la seule alternative est la prison. »

Tané tressaillit, mais parvint à sourire.

« Je vais te laisser. Nous avons toutes les deux besoin de repos. » Onren vida sa coupe. « Bonne nuit, Tané.

— Bonne nuit. »

Dès que son amie fut partie, Tané éteignit les lampes à pétrole et se glissa sous les draps. L'épuisement et la douleur l'engloutirent enfin, et elle sombra dans un sommeil sans rêves.

Quand elle se réveilla, la lumière était dorée. Elle eut du mal à comprendre pourquoi sa chambre était si lumineuse. C'était comme si elle était restée plongée dans le noir pendant une éternité.

Elle ouvrit une fenêtre. Le soleil se reflétait sur les toits de Ginura, alors même que des rideaux de pluie continuaient de s'abattre.

Une averse solaire. Un heureux présage.

Les domestiques viendraient bientôt lui apporter son nouvel uniforme. Si le dragon au dos du surcot était argenté, elle demeurerait une garde de mer et servirait d'officier dans la marine.

S'il était doré, elle serait une élue.

Elle arpenta sa chambre et alluma un bâton d'encens à son petit autel pour une dernière prière. Elle demanda pardon pour l'impolitesse dont elle avait fait preuve envers Onren, et une fois encore pour la négligence dont elle avait fait preuve à la veille de la cérémonie. Si le grand Kwiriki acceptait de l'absoudre, elle consacrerait sa vie à lui prouver sa dévotion.

Les domestiques arrivèrent en fin d'après-midi. Tané patienta, les paupières closes, avant de se tourner vers elles.

La tunique était en soie aquatique. Bleue comme un saphir. Sur le dos du surcot figurait l'emblème du dragon, brodé de fil doré.

*
* *

Ses nouvelles domestiques lui plumèrent le crâne dans un style militaire. La cicatrice sur sa joue ressortait davantage, et son épaule la faisait souffrir, mais ses yeux étaient aussi brillants que de l'encre fraîche.

Alors que le soleil se retirait, elle émergea de son palanquin et foula le sable pâle de la baie de Ginura. La sélection avait toujours lieu en fin de journée, car leur ancienne vie s'achevait ici. Elle portait de nouvelles bottes en cuir dotées d'un épais talon, afin de mieux accrocher aux étriers.

Un arc-en-ciel nocturne brûlait devant le pourpre fumant du firmament, qui barbouillait sur l'horizon ses intensités de rouge. Des spectateurs se rassemblaient sur les falaises pour admirer ce signe particulier du grand Kwiriki et voir les douze nouveaux dragonniers s'avancer vers l'eau.

Turosa figurait parmi eux. Ainsi que tous les autres descendants de dragonniers. Tané emboîta le pas à

Onren, qui lui sourit. Elle avait gagné sa place au sein du clan Miduchi.

La dernière fois que Tané s'était trouvée sur une plage, l'étranger avait émergé des ténèbres telle une malédiction. Pourtant, les vagues en elle, qui l'avaient poussée vers ce jour depuis le berceau, étaient étrangement calmes et paisibles.

Dix dragons seiikinois patientaient dans la mer, souples et magnifiques. Le couchant et l'arc-en-ciel illuminaient les flots qui clapotaient contre leur corps. Les deux guerriers lacustrins, en revanche, ne semblaient pas encore arrivés.

Quand il fut appelé, Kanperu salua le général de mer, qui lui passa un collier de perles dansantes autour du cou. Il confia ensuite au jeune homme un heaume et une selle rembourrée. Puis le général lui donna un masque pour protéger son visage des éléments, ainsi qu'une épée trempée dans de l'eau de mer, réalisée par le meilleur forgeron de Seiiki, et dont le fourreau était incrusté de nacre.

Kanperu noua les sangles de son heaume autour de son cou, puis s'enfonça dans l'eau, la selle sous le bras. Lorsqu'il fut immergé jusqu'à la taille, il tendit la main droite, paume vers le ciel.

Une dragonne bleu-gris tendit le cou et le considéra de ses yeux pareils à deux pleines lunes. Quand elle inclina la tête un peu plus, Kanperu enroula les doigts dans sa crinière et lui grimpa maladroitement dessus, attentif à ses épines. Dès qu'il fut en selle, sa dragonne poussa un cri obsédant et plongea dans la mer, inondant tous ceux qui se trouvaient sur la plage.

Onren s'approcha ensuite de la berge, tout sourire. Elle ne tendit la main qu'un instant avant que le plus gros des dragons – un imposant seiikinois à la crinière noire et aux écailles pareilles à de l'argent battu – s'approche de la plage en scintillant. Onren eut d'abord un mouvement de recul, mais dès qu'elle eut établi le contact, elle se détendit et escalada son cou comme une échelle.

« L'honorable Miduchi Tané, appela ensuite le général de mer. Avancez d'un pas. »

Onren rabattit son masque sur son visage. Son dragon abaissa la tête et s'éloigna en nageant.

Tané s'inclina devant le général et lui laissa accrocher les perles à la base de son cou, preuve qu'elle faisait partie des élus. Elle empoigna le heaume et la selle, puis l'épée dans son fourreau. Celle-ci lui apparaissait déjà comme le prolongement naturel de son bras. Elle l'attacha à son ceinturon et barbota dans l'eau.

Alors qu'une onde tiède s'enroulait autour de ses mollets, son souffle se raccourcit. Elle tendit la main. Baissa la tête. Ferma les paupières. Son bras était ferme, mais le reste de son corps tremblait.

Une écaille froide effleura ses doigts. Elle n'osait regarder. Elle le devait pourtant. Quand elle le fit, deux yeux brillants comme des feux d'artifice l'observaient depuis la figure d'une dragonne lacustrine.

21

Ouest

Au milieu de la nuit, Loth quitta ses quartiers du Palais du Salut pour la dernière fois.

La peste draconique le contaminait. Un simple contact avec le front du roi de chair, un picotement dans la main, et c'était comme si un sablier s'était retourné dans sa tête. Bientôt, les grains les plus fins de sa raison lui couleraient entre les doigts.

Il avait jeté sur son épaule un sac en cuir rempli des provisions nécessaires à un périple à travers les montagnes. Sa baselarde et son épée pendaient à son côté, dissimulées sous son manteau d'hiver.

Kit le suivait dans l'escalier en colimaçon. « J'espère sincèrement que c'était une bonne idée, Arteloth, déclara-t-il.

— C'était tout le contraire d'une bonne idée.

— La piraterie aurait été une meilleure option.

— Indéniablement. »

Ils s'enfonçaient dans les entrailles de Cárscaro. La Donmata Marosa lui avait expliqué comment atteindre un escalier dérobé à partir du sanctuaire privé, mais les marches étaient de plus en plus étroites. Loth essuya la sueur froide qui lui mouillait le front. Il avait supplié Kit de ne pas le suivre, mais son ami avait insisté pour l'accompagner.

Une éternité s'écoula avant qu'ils foulent à nouveau un sol plat. Loth leva sa torche bien haut.

La Donmata Marosa patientait au pied des marches, dissimulée dans l'ombre de son capuchon. Elle se tenait devant une vaste faille dans la muraille.

« Quel est cet endroit ? s'enquit Loth.

— Une voie de détresse oubliée. Sans doute en cas de siège, conjectura-t-elle. C'est par ici que ma mère et moi devions fuir.

— Et pourquoi ne vous en êtes-vous pas servie pour donner l'alerte ?

— J'ai essayé. » Elle repoussa sa capuche. « Lord Kitston. Êtes-vous désormais contaminé ? »

Kit inclina la tête. « Oui, Votre Splendeur. Je me sens suffisamment parcouru par la peste.

— Bien. » Elle reporta le regard sur Loth. « J'ai envoyé l'une de mes dames. C'était avant que je sache combien de créatures draconiques vivaient dans les montagnes. »

Le sous-entendu était limpide.

La Donmata tendit le bras derrière elle pour attraper deux bâtons de bois, chacun coiffé d'un crochet. « Des houlettes de glace, expliqua-t-elle. Pour garder l'équilibre. »

Ils s'en saisirent. Puis elle confia à Loth un autre sac, lesté de la boîte en fer.

« Je vous en conjure, Lord Arteloth, n'abandonnez pas cette tâche que je vous ai confiée. » Ses prunelles étaient tels deux bijoux à la lumière des flammes. « Faites cela pour moi. Et pour la Vertu. »

Sur ces mots, elle fit un pas de côté.

« Nous vous enverrons de l'aide, promit Loth d'un ton égal. Maintenez votre père en vie aussi longtemps que vous le pourrez. S'il meurt, cachez-vous de Feúdel. Quand nous aurons accompli notre mission, nous aviserons les souverains de la Vertu de ce qui s'est passé ici. Vous ne succomberez pas seule en cet endroit. »

La Donmata Marosa sourit enfin, bien que légèrement. Comme si elle ne savait plus faire.

« Vous avez bon cœur, Lord Arteloth, déclara-t-elle. Si vous parvenez à regagner l'Inys, saluez Sabran et Aubrecht pour moi.

— Je n'y manquerai pas. » Il lui fit la révérence. « Au revoir, Votre Splendeur.

— Au revoir, mon seigneur. »

Ils ne se quittèrent plus des yeux pendant un long moment. Loth finit par incliner la tête une nouvelle fois et s'engouffra dans le passage.

« Que le Chevalier du Courage vous apporte de la joie dans ces heures sombres, dit Kit à Marosa.

— À vous également, Lord Kitston. »

Le bruit de ses pas résonna tandis qu'elle s'éloignait. Loth regretta subitement de ne pouvoir l'emmener. Marosa Vetalda, Donmata de Yscalin, emprisonnée dans sa tour.

Le conduit était d'une obscurité indicible. Une brise attirait Loth telle une main malicieuse. Il trébucha sur le sol irrégulier, manquant se brûler l'œil de son flambeau. Ils étaient cernés des scintillements du verre volcanique et des renflements poreux de la pierre ponce. Le verre réfléchissait la lumière de sa torche, projetant une centaine de reflets différents.

Ils marchèrent pendant ce qui leur parut être des heures, tournant parfois l'angle, mais progressant essentiellement en ligne droite. Leurs bâtons frappaient le sol en rythme.

Quand Kit toussa, Loth se crispa. « Chut, le rabroua-t-il. J'aimerais mieux ne pas réveiller ce qui peut dormir ici.

— Il ne faut pas se retenir de tousser. Et *rien* ne dort par ici.

— Dis-moi que ces murs ne te donnent pas l'impression d'avoir été creusés par un basilic.

— Oh, ne joue donc pas les prophètes de malheur. Considère cela comme une nouvelle aventure.

— Je n'ai jamais cherché l'aventure, répliqua Loth d'un ton las. Pas même une fois. Si on m'avait laissé le choix, je serais à la Maison des Ronces avec une bonne tasse de vin chaud, m'apprêtant à emmener ma reine vers l'état de communion.

— Et j'aimerais me réveiller au côté de Kate d'Osier, mais hélas, on ne peut pas tout avoir. »

Loth sourit. « Je suis content que tu sois venu, Kit.

— J'espère bien », répondit son ami, les yeux pétillants.

Cet endroit évoquait à Loth le Sans-Nom et la façon dont celui-ci avait lacéré la terre jusqu'à retrouver le chemin du monde en surface. Sa mère lui avait souvent raconté cette histoire quand il était enfant, adoptant des voix différentes pour l'effrayer et le faire rire.

Il fit un pas de plus. Le sol fut alors parcouru d'un grondement creux, comme le ventre d'un géant.

Loth se figea, s'accrochant à sa torche. La flamme crachota tandis qu'une bourrasque froide parcourait le tunnel.

« Un tremblement de terre ? » murmura Kit. Comme Loth ne répondait pas, il insista d'un ton tendu. « Loth, est-ce que c'était un tremblement de terre ?

— Chut. Je n'en sais rien. »

Il y eut un nouveau roulement, cette fois plus sonore, et le sol sembla s'incliner. Loth perdit l'équilibre. Il s'était à peine rattrapé qu'une secousse terrible survint – d'abord légère, comme un frisson de terreur, puis de plus en plus violente, au point de lui faire claquer les dents.

« C'est un séisme ! s'écria-t-il. Cours. Cours, Kit. Cours ! »

La boîte métallique rebondissait dans son dos. Ils s'élancèrent dans les ténèbres, cherchant désespérément la moindre trace de lumière devant eux. C'était comme si le manteau de la terre se convulsait.

« Loth ! hurla Kit d'une voix paniquée. Ma torche… Ma torche s'est éteinte ! »

Loth se retourna, à court de souffle, et brandit la sienne. Son compagnon était déjà loin derrière.

« Kit ! » Il rebroussa chemin en hâte. « Debout, mon ami, dépêche-toi. Suis ma voix ! »

Un craquement. Comme de la glace qui se brise. De petits rochers, des gravillons, lui criblèrent le dos. Il se couvrit la tête des deux mains tandis que le plafond du tunnel s'effondrait.

Pendant un long moment, il s'attendit à mourir. Le Chevalier du Courage l'abandonna, et il se mit à gémir tel un enfant. L'obscurité l'aveuglait. Des roches se fracassèrent. Du verre se fêla en tintant. Il se mit à tousser, la bouche pleine d'une poussière écœurante.

Puis, subitement, tout s'arrêta.

« Kit, appela Loth à pleins poumons. Kit ! »

Haletant, il chercha son flambeau – resté miraculeusement allumé – et l'agita dans la direction depuis laquelle son compagnon l'avait appelé. Le tunnel était plein de pierre et de verre volcaniques.

« Kitston ! »

Il ne pouvait pas être mort. Il ne *devait* pas être mort. Loth bouscula le mur de débris avec toute sa fougue, s'y jeta, l'épaule la première, à plusieurs reprises, la frappa de sa houlette puis de ses poings bientôt ensanglantés. Quand la paroi céda enfin, il plongea les mains dans les gravats et entreprit de les déblayer à mains nues. L'air dans ce sous-terrain était tel du miel à moitié figé, il collait à la gorge…

Ses doigts se refermèrent sur une main molle. Il repoussa quelques débris supplémentaires, les muscles déjà douloureux.

Puis, finalement, apparut Kit. C'étaient bien ses yeux, que Loth connaissait par cœur, mais dépourvus de leur humour habituel. Cette bouche, si prompte à sourire, ne le ferait plus jamais. Une tablette, jumelle de celle qu'il avait offerte à Loth lors de la dernière fête de la Communion, pendait à son cou. Le reste de son corps était invisible. Loth distinguait à peine le sang qui suintait ente les pierres.

Un sanglot désespéré l'assaillit. Ses joues étaient humides de sueur et de larmes, ses jointures écorchées, sa salive avait un goût de ferraille.

« Pardonne-moi, dit-il d'une voix pâteuse. Pardonne-moi, Kitston Sommière. »

22

Ouest

Les noces de Sabran IX et Aubrecht II furent célébrées alors que l'été glissait vers l'automne. La coutume voulait que les vœux soient échangés à minuit, un soir de nouvelle lune, car c'était durant les heures les plus sombres qu'avoir de la compagnie était le plus indispensable.

Et il faisait effectivement sombre. Jamais dans l'histoire des Berethnet, un mariage n'avait-il eu lieu si tôt après des funérailles.

Le Grand Sanctuaire de la Maison des Ronces, à l'instar de la plupart des sanctuaires, était rond, comme la forme des boucliers utilisés par les premiers chevaliers d'Inys. Après le Chagrin des Siècles, lorsque son toit s'était effondré, Rosarian II avait ordonné que des vitraux rouges soient installés dans les arches, en mémoire de ceux dont le sang avait été versé.

Au fil des siècles, trois arbres à crapules avaient poussé au travers du plancher et pointé leurs branches au-dessus du sentier. Leurs feuilles brûlaient déjà d'or et d'ombre. Six cents personnes s'étaient rassemblées dessous pour la cérémonie, dont le Très Vertueux Ordre des Sanctariens.

Lorsque la reine d'Inys apparut aux portes sud, les témoins se turent. Ses cheveux étaient enduits d'un lustre ébène et parcourus de fleurs blanches. Une pèlerine recouvrait son encolure. Elle portait une couronne en filigrane d'or, sertie de rubis qui réfléchissaient la flamme de chaque bougie.

Le chœur se mit à chanter, les voix s'envolant haut et clair. Sabran avança d'un pas, puis s'arrêta.

Depuis sa position parmi les porteurs de bougies, Ead observa la reine, figée comme une statue de marbre. Roslain, sa donatrice, lui pressa le bras.

« Sab », chuchota-t-elle.

Sabran se leva. Dans la pénombre du sanctuaire, rares étaient ceux qui pourraient distinguer la raideur de ses épaules, ou le frisson peut-être dû à la fraîcheur ambiante.

Un instant plus tard, elle avança.

Seyton Combe assista à son approche depuis l'endroit où les Ducs Spirituels et leur famille étaient rassemblés. La lueur des bougies révélait le pincement satisfait à la commissure de ses lèvres.

Il avait envoyé Loth à une mort certaine pour que cette nuit puisse s'accomplir. Loth, qui aurait dû accompagner Sabran. La tradition inyssienne voulait en effet que les plus proches amis des fiancés les conduisent jusqu'à l'état de communion.

Igrain Crest, non loin de lui, demeurait insondable. Ead supposait qu'il s'agissait pour elle à la fois d'une victoire et d'une défaite. Elle voulait une héritière, mais pas d'un autre père. Cela prouvait également que Sabran n'était plus cette fille accablée par le chagrin qui avait tant eu besoin de conseils durant sa minorité.

Le Prince rouge entra par la porte à l'opposé du sanctuaire. Sa sœur aînée faisait office de donatrice.

Il portait une cape assortie à celle de sa fiancée, doublée de soie cramoisie et d'hermine, ainsi qu'un pourpoint aux attaches dorées. À l'instar de Sabran, il portait des gants aux manchettes ostentatoires, afin de mieux attirer l'œil au cours de la cérémonie. Un brassard d'or blanc témoignait de sa royauté.

Sabran se dirigea vers lui, le port altier. Sa robe de mariage resterait dans les annales. Elle était d'un cramoisi profond, celui des cerises à vin, et dotée d'une pièce avant noire, enrichie de pièces d'orfèvrerie et de perles. Ses dames d'honneur, dont Ead faisait partie, étaient vêtues à l'inverse, leur robe noire étant rehaussée d'une pièce d'estomac rouge.

Les futurs époux se rejoignirent sur l'ombon du sanctuaire, à l'aplomb d'un baldaquin de brocart tendu entre des piliers ornementés. Les témoins étaient déployés en cercle tout autour. À présent que Sabran, dans la lumière des flammes, se trouvait assez proche de Lievelyn pour qu'il puisse la distinguer clairement, il déglutit.

Sabran saisit la main de Roslain tandis que Lievelyn entrelaçait ses doigts à ceux de sa grande sœur. Tous quatre s'agenouillèrent sur des coussins. Les autres se dispersèrent. Ead moucha son cierge, tout en épiant Chassar parmi la foule.

L'archisanctarien d'Inys, dont les doigts étaient arachnéens, avait une complexion si pâle que des veines bleues étaient visibles au niveau de ses tempes. Une Épée Véritable argentée apparaissait sur l'avant de son hérigaut.

« Mes amis. » Sa voix porta loin dans le silence. « Nous sommes réunis ce soir, dans ce havre de paix, pour témoigner de l'union de ces deux âmes dans l'état sacré de la communion. À l'instar de la

Damoiselle et du Saint, ils veulent s'unir dans l'âme et dans la chair pour la sauvegarde de la Vertu. La communion est un grand service, car l'Inys elle-même est née de l'amour entre Galian, chevalier des Inysca, et Cléolind, hérétique du Lasia. »

La cérémonie venait de commencer, et déjà quelqu'un traitait la Mère d'hérétique. Ead échangea un bref coup d'œil avec Chassar, installé de l'autre côté de l'allée.

Après s'être raclé la gorge, l'archisanctarien ouvrit un livre de prières à la couverture argentée et lut l'histoire du Chevalier de la Communion, qui avait été le premier à rejoindre la Sainte Escorte. Ead l'écouta d'une oreille distraite. Son regard était rivé sur Sabran, qui demeurait parfaitement immobile. Lievelyn l'observait en coin.

À la fin de l'histoire, Roslain et Ermuna, ayant accompli leur devoir, s'écartèrent du couple royal. Roslain alla se poster près de son compagnon, Lord Calidor Eaucalme, qui l'attira près de lui. Elle ne se détourna jamais de Sabran, qui regarda à son tour son amie disparaître sous le baldaquin, au bras d'un homme qu'elle connaissait bien.

« Nous pouvons commencer. » L'archisanctarien adressa un signe de tête à Lievelyn. Le Grand Prince retira le gant de sa main gauche et le tendit. « Sabran la Neuvième de la maison Berethnet, reine d'Inys, votre promis vous tend la main de la communion. L'acceptez-vous, devenant ainsi sa fidèle compagne, depuis ce jour et jusqu'à la fin des jours ? »

Lievelyn réserva à Sabran un sourire qui atteignit à peine ses yeux. Dans la pénombre, il était difficile de déterminer si elle souriait en retour en se saisissant de l'anneau en forme de lacs d'amour que lui offrait l'archisanctarien.

« Ami, déclara-t-elle, je l'accepte. »

Elle hésita, mâchoires serrées, et Ead vit sa poitrine se soulever légèrement.

« Aubrecht Lievelyn, poursuivit-elle, je vous prends à présent comme compagnon. » Elle lui glissa la bague à l'index. De l'or, réservé aux souverains. « Mon ami, mon amant, mon partenaire en toute chose. » Nouvelle pause. « Je jure de vous aimer de toute mon âme, de vous défendre de mon épée, de n'accorder ma faveur à personne d'autre. Je vous en fais le serment. »

L'archisanctarien hocha à nouveau la tête. Ce fut désormais Sabran qui retira son gant gauche.

« Aubrecht Second de la maison Lievelyn, Grand Prince de l'État libre de Mentendon, récita le sanctarien, votre promise vous tend la main de la communion. L'acceptez-vous, devenant ainsi son fidèle compagnon, depuis ce jour et jusqu'à la fin des jours ?

— Amie, répondit Lievelyn, je l'accepte. »

Quand il saisit l'alliance que lui tendait l'archisanctarien, la main de la reine trembla imperceptiblement. C'était là sa dernière chance de renoncer à cette union avant qu'elle soit légalement entérinée. Ead lorgna Roslain, dont les lèvres remuaient à peine, comme pour formuler des encouragements. Ou une prière.

Sabran contempla Lievelyn et lui adressa finalement un léger hochement de tête. Il lui prit alors la main gauche, aussi délicatement que s'il s'était agi d'un papillon, et y plaça l'anneau. Celui-ci rutila à son doigt.

« Sabran Berethnet, clama-t-il, je vous prends à présent comme compagne. Mon amie, mon amante, ma partenaire en toute chose. Je jure de vous aimer de toute mon âme, de vous défendre de mon épée, de n'accorder ma faveur à personne d'autre. » Il lui pressa la main. « Je vous en fais le serment. »

Il y eut un bref silence, durant lequel ils se dévisagèrent. Puis l'archisanctarien ouvrit les bras comme pour étreindre chacun des témoins, rompant ainsi le charme de l'instant.

« Je déclare désormais ces deux âmes unies dans le saint état de la communion sous le regard du Saint et, à travers lui, de toute la Vertu. »

Des acclamations retentirent dans tout le sanctuaire. Cette liesse partagée semblait suffisamment sonore pour faire s'effondrer à nouveau le toit de l'édifice. Tout en applaudissant, Ead étudia les Ducs Spirituels présents dans son champ de vision. Nelda Eaucalme et Lemand Pynson paraissaient ravis. Crest se tenait pareille à un spectre, sa bouche pincée en une ligne dépourvue de lèvres, mais elle tapotait de la pointe de ses doigts dans sa paume, en une pâle imitation d'applaudissements. Derrière eux, le Faucon-de-Nuit était radieux.

Les compagnons s'embrassaient généralement une fois leur union célébrée, mais une telle démonstration ne seyait pas aux personnes royales. Sabran se contenta de saisir le bras que Lievelyn lui présentait, et ils descendirent ensemble de la tribune. Et Ead découvrit que, malgré ses traits tirés, la reine d'Inys souriait pour son peuple.

Ead échangea un regard avec Margret, qui entraîna par le coude une Linora aux yeux mouillés de larmes. Semblables à des fantômes, elles s'éclipsèrent toutes trois.

*
* *

Dans la chambre royale, elles préparèrent le lit et vérifièrent les moindres recoins. Une figurine de bronze à l'effigie du Chevalier de la Communion avait été placée sous la fenêtre au plomb. Ead alluma les bougies disposées sur le manteau de cheminée, tira les rideaux et s'accroupit pour allumer un feu. L'archisanctarien avait insisté pour que la chambre soit particulièrement chaude. Un livre de prières reposait sur la table de chevet, ouvert sur la légende du Chevalier de la Communion. Une pomme rouge était disposée dessus. Un symbole de fertilité, expliqua Linora à Ead tandis qu'elles s'affairaient. « C'est une vieille tradition païenne, développa-t-elle, mais qui plaisait tant à Carnélian II qu'elle a demandé à l'Ordre des Sanctariens de l'inclure au rituel de la consommation. »

Ead s'essuya le front. L'archisanctarien avait manifestement l'ambition de voir cuire une héritière telle une miche de pain.

« Je dois aller leur chercher de quoi boire. » Margret toucha le bras d'Ead avant de prendre congé. Tout en fredonnant, Linora remplit deux bassinoires de tisons et les glissa sous la courtepointe.

« Linora, va donc participer à la fête, lui suggéra Ead. Je me charge de finir.

— Oh, tu es vraiment trop bonne, Ead. »

Quand Linora fut partie, Ead s'assura que la fenêtre était bien verrouillée. La chambre royale avait été scellée et placée sous surveillance toute la journée, et seule Roslain en détenait la clef, mais elle ne se fiait à personne à la cour.

Après un long moment, au cours duquel elle réfléchit à la sagesse de cette décision, Ead sortit la rose qu'elle avait cueillie cet après-midi-là et la glissa sous l'oreiller, du côté droit du lit. L'oreiller brodé de l'insigne des Berethnet.

Que la reine fasse au moins de beaux rêves cette nuit-là.

Les protections se déclenchèrent sous l'effet d'un pas qu'elle connaissait. Une ombre apparut sur le seuil, et Roslain Crest étudia la pièce en se pinçant le menton.

Une mèche de cheveux s'était échappée de sa coiffe en forme de cœur. Elle observa les lieux comme si elle ne les connaissait pas, alors qu'elle y avait dormi d'innombrables fois en compagnie de la reine.

« Ma dame. » Ead fit la révérence. « Est-ce que tout va bien ?

— Oui. » Roslain souffla par le nez. « Sa Majesté requiert votre présence, Ead. »

Voilà qui était inattendu. « Seules les dames de la chambre sont autorisées à la déshabiller le soir de…

— Comme je le disais, l'interrompit Roslain, elle vous a demandée. Et vous semblez avoir achevé votre devoir ici. » Après un dernier coup d'œil à l'intérieur, elle retourna dans le corridor, où Ead la rejoignit. « Une femme de chambre n'est pas autorisée à toucher la royale personne, comme vous le savez, mais je fermerai les yeux pour ce soir. Tant que c'est justifié.

— Naturellement. »

Le boudoir, où Sabran était lavée et vêtue quotidiennement, était une pièce carrée au plafond de plâtre orné de moulures, la plus petite salle de ses appartements royaux. Les rideaux en étaient tirés.

Sabran se tenait pieds nus près du feu, et ôtait ses boucles d'oreilles en contemplant les flammes. Sa robe avait probablement été rangée dans la penderie royale, ce qui expliquait qu'elle se trouve en chemise. Katryen retirait le vertugadin qu'elle portait encore autour des hanches.

Ead s'approcha de la reine et écarta ses cheveux pour accéder à sa nuque, où se trouvait le fermoir de son carcanet.

« Ead, dit Sabran. La cérémonie vous a-t-elle plu ?

— Oui, Majesté. Vous étiez magnifique.

— Ne le suis-je plus ? »

La question avait été posée avec légèreté, mais Ead décela une pointe de doute dans son timbre.

« Vous êtes toujours belle, Madame. » Ead détacha le crochet et ôta les bijoux de la gorge royale. « Mais à mes yeux… jamais autant que maintenant. »

Sabran se tourna vers elle.

« Pensez-vous que le prince Aubrecht sera du même avis ?

— Son Altesse Royale serait folle ou aveugle de ne point le penser. »

Leurs regards se séparèrent quand Roslain reparut dans la pièce. Elle s'approcha de Sabran et entreprit de délacer son corset.

« Ead, commanda-t-elle, la chemise de nuit.

— Oui, ma dame. »

Tandis qu'elle cherchait une casserole pour réchauffer l'habit, Sabran leva les bras pour permettre à Roslain de la débarrasser de sa chemise. Les deux dames de la chambre emmenèrent leur reine jusqu'à la cuvette, où elles la lavèrent de la tête aux pieds. Tout en repassant la chemise de nuit, Ead lui jeta un regard furtif.

Dépouillée de ses atours royaux, Sabran Berethnet ne ressemblait plus à la descendante d'un saint, prétendue ou véritable. Elle était mortelle. Toujours imposante, toujours gracieuse, mais plus douce, d'une certaine manière.

Son corps était tel un sablier. Des hanches rondes, la taille fine, des seins charnus aux mamelons tendus. Des jambes longues, musclées par l'équitation. Quand elle aperçut l'obscurité entre elles, Ead fut parcourue d'un frisson.

Elle reporta son attention sur la tâche en cours. Les Inyssiens n'étaient pas très à l'aise avec la nudité. En dehors du sien, elle n'avait plus vu un corps dévêtu depuis des années.

« Ros, dit Sabran, est-ce que ce sera douloureux ? »

Roslain lui séchait la peau en la tamponnant d'un linge propre. « C'est possible, au début, mais cela ne dure pas. Et pas si Son Altesse Royale se montre… prévenante. »

Sabran considéra la pièce sans paraître la voir. Elle fit tourner autour de son doigt son lacs d'amour.

« Et si je ne peux concevoir ? »

On aurait pu entendre une mouche voler, tant le silence qui s'ensuivit était profond.

« Sabran, intervint Katryen en lui saisissant le bras doucement, bien sûr, que vous le pouvez. »

Ead ne pipa mot. Cette conversation semblait réservée aux intimes, mais nul ne lui avait demandé de sortir.

« Ma grand-mère n'a pas réussi pendant des années, murmura Sabran. Les hauts-ouestriens ont pris leur essor. La Yscalin m'a trahie. Si Feúdel et Sigoso envahissent l'Inys et que je n'ai pas d'héritière…

— Vous en aurez une. La reine Jillian a donné vie à une magnifique petite fille, la dame votre mère. Et bientôt, vous serez maman à votre tour. » Roslain posa le menton sur l'épaule de sa reine. « Quand vous aurez fini, restez immobile un moment, et dormez sur le dos. »

Sabran se pencha vers elle.

« J'aurais tellement aimé que Loth soit là, dit-elle. C'est lui qui devait me conduire. Je le lui avais promis. » À présent que sa poudre avait été lavée, les marques profondes inscrites sous ses yeux paraissaient plus prononcées que jamais. « Et maintenant, il est… perdu. Quelque part à Cárscaro. Et je n'ai aucun moyen de le rejoindre.

— Loth va s'en sortir. Je suis sûre qu'il sera rentré bientôt. » Roslain la serra contre elle. « Il vous apportera alors des nouvelles du seigneur votre père.

— Encore un disparu. Loth, Père… et Bella. Ma fidèle Bella, qui a servi trois reines. » Sabran ferma les paupières. « Qu'elle soit morte si proche de ce jour est de mauvais augure. Qui plus est dans le lit où…

— Sabran, l'interrompit Roslain, c'est votre nuit de noces. Vous ne devez pas couver ces idées noires, elles risqueraient de souiller la semence. »

Ead vida la casserole dans l'âtre. Elle se demandait si les Inyssiens savaient quoi que ce soit d'utile au sujet de l'enfantement, ou si leurs médecins se contentaient de conjectures.

Alors que l'heure approchait, la reine cessa de parler. Roslain lui chuchota quelques conseils à l'oreille, et Katryen la peigna longuement pour retirer le moindre pétale.

Elles la vêtirent de sa chemise de nuit et d'une veste doublée de fourrure. Katryen sortit les cheveux coincés dans son col.

« Ead, lança Sabran tandis qu'elles faisaient face à la porte, les choses se déroulent-elles ainsi, dans les Ersyr ? »

Un pli s'était formé au milieu de son front. Le même pli que lorsqu'elle lui avait rapporté son cauchemar. Ead se surprit à vouloir le lisser.

« À peu près, Madame. »

Quelque part au-dehors, un feu d'artifice siffla vers le ciel. Les célébrations commençaient en ville.

Elles accompagnèrent Sabran hors du boudoir. La souveraine frissonnait, mais parvenait à garder la tête haute.

Une reine ne devait pas montrer sa peur.

Lorsque les portes de la chambre royale leur apparurent, Roslain et Katryen se rapprochèrent de Sabran. Sire Tharian Lintley et deux de ses chevaliers du corps, qui jusqu'à présent montaient la garde, s'agenouillèrent devant elle.

« Majesté, déclara Lintley, par courtoisie, je ne puis protéger votre chambre pour votre nuit de noces. Je remets donc votre protection entre les mains de votre compagnon et de vos dames de la chambre. »

Sabran lui posa la main sur la tête. « Mon bon sire Tharian, répondit-elle, la Chevaleresse de la Courtoisie vous sourit. »

Il se releva, et lui et ses hommes la saluèrent. Lorsqu'ils eurent pris congé, Katryen récupéra la clef que détenait Roslain pour ouvrir les portes.

L'archisanctarien, un livre de prières à la main, se tenait au pied du lit à murmurer. Aubrecht Lievelyn patientait avec ses valets de la chambre. Sa chemise de nuit, brodée de fil noir, révélait ses clavicules.

« Majesté », déclara-t-il. À la lumière des flammes, ses yeux étaient pareils à deux puits d'encre.

Sabran inclina très légèrement la tête. « Votre Altesse. »

L'archisanctarien fit le signe de l'épée.

« Que le Saint bénisse cette couche. Qu'elle porte le fruit de sa lignée éternelle. » Il referma son livre. « Maintenant, il est temps pour les amis de prendre congé, afin que ces nouveaux amis puissent apprendre à se connaître. Que le Saint nous accorde à tous une bonne nuit, car il nous protège dans les ténèbres.

— Il nous protège dans les ténèbres », répétèrent les autres en écho. Seule Ead demeura muette.

Les dames et valets saluèrent. Quand Roslain se redressa, Sabran lui souffla : « Ros. »

Celle-ci soutint son regard. Sans que les hommes puissent la voir, elle saisit si fermement la main de sa reine que leurs doigts blanchirent.

Katryen raccompagna Roslain. Alors qu'Ead franchissait la porte à leur suite, elle se tourna vers la reine, et leurs yeux se croisèrent.

Pour la première fois, Ead vit Sabran Berethnet telle qu'elle était sous son masque : une jeune femme fragile, qui portait sur ses épaules un héritage millénaire. Une reine dont le pouvoir demeurerait absolu à condition qu'elle donne vie à une fille. Une partie d'Ead voulait la prendre par la main pour l'emmener loin de cette chambre, mais cette partie était bien trop lâche pour agir. Elle abandonna Sabran à son sort, comme tous les autres.

Margret et Linora l'attendaient. Les cinq dames de la suite se réunirent dans la pénombre.

« Comment allait-elle ? » s'inquiéta Margret.

Roslain lissa sa robe des deux mains. « Je n'en suis pas sûre. » Elle se mit à faire les cent pas. « Pour la première fois de ma vie, je ne saurais le dire.

— C'est normal qu'elle soit nerveuse, chuchota Katryen. Comment t'es-tu sentie, avec Cal ?

— C'était différent. Cal et moi étions promis l'un à l'autre depuis l'enfance. Ce n'était pas un inconnu. Et le sort de nos nations ne reposait pas sur le fruit de notre union. »

Elles restèrent à veiller, aux aguets du moindre changement dans la chambre royale. Au bout d'un quart d'heure, Katryen alla coller l'oreille à la porte.

« Il lui parle de Brygstad.

— Qu'ils discutent, intervint Ead à voix basse. Ils se connaissent à peine.

— Mais que ferons-nous si leur union n'est pas consommée ?

— Sabran sait ce qu'elle a à faire », affirma Roslain, les yeux dans le vague. « Elle connaît son devoir impérieux. »

L'attente se prolongea un moment. Linora, qui avait fini par s'installer par terre, s'assoupit contre le mur. Roslain, qui semblait s'être transformée en statue de pierre, finit par recommencer à tourner en rond.

« Et si… » Elle se tortilla les doigts. « Et si c'était un monstre ? »

Katryen fit un pas vers elle. « Ros…

— Vous savez, madame ma mère m'a expliqué que Sabran VIII était maltraitée par son compagnon. Il buvait, courait la gueuse et lui disait des choses cruelles. Elle n'en a jamais parlé à personne. Pas même à ses dames d'honneur. Jusqu'à ce qu'un soir… » Elle posa la main à plat sur sa pièce d'estomac. « Jusqu'à ce que cette horrible crapule la *frappe*. Il lui a fêlé la pommette et cassé le poignet…

— Et il a été exécuté pour cela. » Katryen la prit dans ses bras. « Écoute-moi bien. Il ne va rien arriver à Sab. J'ai vu comment Lievelyn se comportait avec ses sœurs. Il a le cœur d'un agnelet.

— Il a peut-être tout d'un agnelet, tempéra Ead, mais les monstres ont souvent des dehors plaisants. Ils savent passer inaperçus. » Elle les regarda tour à tour dans les yeux. « Nous la surveillerons. Nous tendrons l'oreille. Souvenez-vous pourquoi nous portons des couteaux en plus de nos bijoux. »

Roslain soutint longuement son regard avant d'opiner. Un instant plus tard, Katryen en fit autant. Ead vit qu'elles étaient prêtes à tout pour leur reine. Prêtes à prendre une vie, ou à céder la leur.

Au bout d'une heure, quelque chose se passa dans la chambre royale. Linora se réveilla doucement et se plaqua la main sur la bouche.

Ead se rapprocha de la porte. Malgré l'épaisseur du battant, elle en entendit suffisamment pour comprendre ce qui se déroulait à l'intérieur. Quand tout fut terminé, elle adressa un signe de tête aux dames de la chambre.

Sabran avait accompli son devoir.

*
* *

Au matin, Lievelyn sortit de la chambre royale peu après neuf heures. Ce n'est que lorsqu'il eut refermé la Petite Porte derrière lui que les dames d'honneur purent aller rejoindre leur reine.

Sabran était allongée, les draps remontés sur sa poitrine. Lievelyn ou elle avait tiré les rideaux, mais le ciel était couvert, ne prodiguant que peu de lumière.

Elle se tourna vers elles à leur arrivée. Roslain se précipita à son côté.

« Allez-vous bien, Majesté ?

— Oui. » Sabran paraissait fatiguée. « Je crois que oui, Ros. »

Roslain lui baisa la main.

Lorsque Sabran se leva, Katryen lui apporta aussitôt une mante. Alors qu'Ead s'approchait du lit en compagnie de Margret et Linora, les deux dames de la chambre guidèrent la souveraine jusqu'à la chaise auprès du feu.

« Aujourd'hui, je vais rester dans mes appartements. » Sabran repoussa une mèche de cheveux derrière son oreille. « J'ai une soudaine envie de fruits.

— Lady Linora, allez chercher des mûres et des poires pour Sa Majesté, ordonna Katryen. Ainsi qu'une tasse de lait de poule, je vous prie. »

Linora s'exécuta, contrariée d'être ainsi congédiée. Dès que la porte fut refermée, Roslain s'agenouilla devant Sabran, faisant bouffer ses jupons autour d'elle.

« Oh, Sab, j'étais tellement… » Elle secoua la tête. « Est-ce que tout s'est bien passé, avec Son Altesse Royale ?

— Parfaitement, confirma Sabran.

— C'est vrai ?

— C'est vrai. C'était étrange, mais Son Altesse s'est montrée… prévenante. » Elle posa la main sur son ventre. « Se pourrait-il que je sois déjà enceinte ? »

Une grossesse dès le premier soir était peu probable, mais les Inyssiens ne savaient pas grand-chose du corps ni de son fonctionnement. « Vous devrez attendre la date habituelle de votre cycle, répondit Roslain en se levant posément. Si vous ne saignez pas, c'est que vous attendez un enfant.

— Pas nécessairement », intervint Ead. Comme Sabran et ses deux dames de la chambre la dévisageaient, elle se fendit d'une révérence. « Parfois, le corps nous joue des tours, Majesté. Cela s'appelle une grossesse nerveuse. » Margret confirma d'un signe de tête. « Il est difficile de s'en assurer avant que l'enfant se mette à remuer.

— Mais bien sûr, s'empressa d'ajouter Katryen, nous sommes convaincues que vous serez bien vite enceinte. »

Sabran s'accrocha aux bras de son fauteuil.

« Dans ce cas, je vais devoir dormir à nouveau avec Aubrecht, déclara-t-elle. Jusqu'à ce que le doute ne soit plus permis.

— L'enfant viendra en temps et en heure. » Roslain lui embrassa le crâne. « Pour l'heure, attelez-vous à rendre votre mariage heureux. Peut-être que le prince Aubrecht et vous pourriez prendre un mois de miel. Le château de Glowan est ravissant, à cette période de l'année.

— Je ne peux pas quitter la capitale, répliqua Sabran. Pas avec un haut-ouestrien dans les parages.

— Ne parlons pas de hauts-ouestriens, la réprimanda gentiment Roslain en lui caressant les cheveux. Pas maintenant. »

Margret sauta sur l'occasion. « Puisque nous cherchons un nouveau sujet de conversation », déclara-t-elle, une lueur malicieuse dans les prunelles, « si tu nous parlais de ta nuit de noces, Ros ? »

Katryen gloussa, et Roslain eut un léger sourire, tandis que Sabran la gratifiait d'un regard entendu.

Linora reparut avec les fruits tandis que Roslain racontait son union à Lord Calidor Eaucalme. Quand le lit fut fait, elles se replièrent toutes dans le boudoir, où Sabran alla s'asseoir près de la cuvette. Elle demeura silencieuse pendant que Katryen lui enduisait les cheveux de graille et lui versait de l'eau de rose pour se rincer la bouche. À sa demande, Margret joua du virginal.

« Mademoiselle Duryan, dit Katryen, venez aider à rincer la tête de Sa Majesté, je vous prie. Je dois aller voir le grand chambellan.

— Bien sûr. »

Katryen ramassa le panier en osier et sortit. Ead alla alors rejoindre Roslain.

Elle versa l'eau contenue dans l'aiguière, chassant la mousse délicatement parfumée. Alors qu'elle tendait le bras vers un linge, Sabran lui attrapa le poignet.

Ead se figea aussitôt. Une femme de chambre n'avait pas l'autorisation de toucher la reine, et cette fois Roslain n'avait pas promis de fermer les yeux.

« La rose sentait très bon, Mademoiselle Duryan. »

Sabran entremêla ses doigts aux siens. Pensant qu'elle souhaitait en dire davantage, Ead se pencha vers elle – mais Sabran Berethnet l'embrassa sur la joue.

Ses lèvres étaient aussi douces que du duvet de cygne. Ead se retrouva aussitôt couverte de chair de poule et réprima un soupir d'aise.

« Merci, reprit Sabran. C'était très attentionné. »

Ead se tourna vers Roslain, qui paraissait frappée d'horreur.

« Tout le plaisir était pour moi, Madame. »

Dehors, le domaine reposait sous un voile de brouillard. Des gouttes de pluie glissaient sur les fenêtres embuées du boudoir. La reine se rencogna dans son fauteuil comme s'il s'agissait de son trône.

« Ros, dit-elle, quand Kate reviendra, demande-lui de retourner voir le grand chambellan. Elle lui annoncera que Mademoiselle Ead Duryan vient d'être promue au rang de dame de la chambre. »

II

Me déclarer je n'ose

Pensez à la route qu'elle a dû suivre,
Songez au piège avide,
Au filet qu'elle avait elle-même tressé,
Consciemment ou inconsciemment...

— Marion Angus

23

Sud

Le crochet de la houlette de glace s'enfonça dans la neige, et Lord Arteloth Ru ploya la tête pour lutter contre le vent qui mugissait au travers des Fuseaux. Sous ses gants, ses doigts étaient aussi rouges que s'il les avait plongés dans de la garance. La carcasse d'une brebis de montagne était jetée sur son épaule.

Les larmes avaient gelé sur ses joues pendant des jours, mais désormais le froid le pénétrait. Il ne pouvait plus guère penser à Kit maintenant que chaque pas était une torture. Quelque part, le Saint avait fait preuve de miséricorde.

La nuit était tombée. De la neige s'attachait à sa barbe. Il traversa un ruisselet de lave, qui suintait depuis une fissure dans la montagne, et rampa à l'intérieur d'une grotte, où il dormit par intermittence. Quand il en eut la force, il se contraignit à préparer un feu avec le bois qu'il avait ramassé. Il battit le briquet et souffla, aidant la flamme à prendre. Puis il prit sur lui de dépecer la brebis. Quand il avait dépouillé son premier animal au troisième soir, il avait vomi et pleuré à s'en irriter la gorge. À présent, ses mains étaient versées dans les gestes de la survie.

Quand ce fut fait, il se confectionna une broche. Il avait d'abord craint que les wyrms ne remarquent ses feux de camp et se précipitent tels des papillons de nuit vers une bougie, mais cela ne s'était jamais produit.

Il se lava les mains dans la neige devant sa caverne, puis recouvrit les traces de sang pour étouffer l'odeur. De retour dans son abri, il croqua à pleines dents dans la bête et implora la Chevaleresse de la Courtoisie de ne point regarder. Lorsqu'il eut mangé autant qu'il le pouvait, il découpa ce qu'il restait de viande, enterra la carcasse et replongea les mains dans ses gants. La vue de ses doigts maculés de rouge lui donnait la nausée.

Il avait déjà des éruptions cutanées sur tout le dos – du moins en avait-il l'impression. Il ne pouvait pas savoir si les démangeaisons étaient réelles ou issues de son imagination. La Donmata Marosa ne lui avait pas indiqué avec précision de combien de temps il disposait, sans doute pour lui épargner de compter les jours.

Gelé, il retourna près du feu et posa la tête sur son sac. Il se reposerait quelques heures avant de reprendre la route.

Allongé là, emmitouflé dans son manteau, il consulta la boussole qui pendait à son cou. La Donmata lui avait enjoint d'avancer vers le sud-est jusqu'au désert, qu'il traverserait jusqu'à Rauca, la capitale des Ersyr, avant de se joindre à une caravane pour Rumelabar, où Chassar uq-Ispad possédait un vaste domaine. Ead y avait grandi, en tant que sa pupille.

Le périple serait éprouvant, et s'il ne voulait pas connaître le même sort que les autres contaminés, il allait devoir se dépêcher. Il n'y avait aucune carte dans son paquetage, mais il y trouva une bourse pleine de soleils d'or et d'argent. Chaque pièce était à l'effigie de Jantar le Splendide, roi des Ersyr.

Loth remisa la boussole dans sa chemise. Il était brûlant de fièvre. Depuis que ses mains avaient rougi, ses rêves le laissaient trempé de sueur. Il rêvait de Kit, enseveli sous du verre souillé de sang, piégé pour l'éternité entre deux mondes. Il rêvait de Sabran mourant en couches, de son impuissance à empêcher cela. Et, inexplicablement, il rêvait de la Donmata Marosa dansant en Ascalon avant d'être enfermée dans son donjon, à la merci du pantin que son père était devenu.

Il se retourna en percevant un bruissement à l'entrée de la caverne. Les oreilles aux aguets, il resta immobile et attendit.

Des griffes cliquetèrent sur la pierre. Le feu n'était plus que braises, mais il subsistait suffisamment de lumière pour que Loth aperçoive la monstruosité.

Un plumage d'un blanc d'os et des pattes roses squameuses. Trois orteils à chaque pied, une crête de chair au-dessus d'un bec. Loth n'avait jamais posé les yeux sur quelque chose d'aussi hideux, d'aussi *anormal.* Il en appela au Chevalier du Courage, mais ne parvint à sortir de sa terreur.

Un coquatrix.

Un son guttural naquit au fond de la gorge de la créature et vint agiter sa caroncule. Ses yeux étaient pareils à deux ampoules de sang plantées dans son crâne. Toujours immobile, Loth observa son aile déchirée et ensanglantée, ainsi que la terre qui maculait son plumage. Une langue râpeuse, semblable à une limace, vint nettoyer ses plaies.

Débilité par la peur, Loth souleva la lanière du sac attaché à son ventre et s'empara de sa houlette. Tandis que le coquatrix léchait ses blessures, il dégaina son épée et s'approcha discrètement de l'embouchure de la grotte, longeant le mur le plus proche.

La bête redressa brusquement la tête. Elle poussa un hurlement déchirant et se redressa sur ses griffes. Loth s'élança, sauta par-dessus sa queue et détala comme il ne l'avait jamais fait, sortit de son abri et dévala la pente, ses bottes dérapant sur la glace. Tout à sa hâte, il perdit l'équilibre et roula au sol, s'accrochant à son paquetage comme à la main du Saint en personne.

Des serres s'enfoncèrent dans son épaule. Il poussa un cri quand la terre se déroba sous ses pieds. Son épée lui échappa, mais il parvint à retenir sa houlette du bout des doigts.

Le coquatrix s'envola vers le ciel, par-dessus un ravin. Son corps penchait du côté de son aile brisée. Loth se débattit tant et plus, jusqu'à se rendre compte que si l'animal le lâchait, sa chute serait fatale. Il demeura donc inerte entre ses serres, et la chose poussa un cri victorieux.

Ils touchèrent bientôt la terre ferme. Dès l'instant où l'étreinte de la bête se relâcha, Loth jeta un violent coup d'épaule et roula. La collision sembla secouer chaque os de son squelette.

La bête l'avait emmené au sommet d'une petite montagne. Haletant, Loth se mit debout et empoigna sa houlette. Il avait souvent chassé à dos de cheval en compagnie de Sabran, mais il n'avait encore jamais été la proie.

Une queue blanche couverte d'écailles l'atteignit au ventre. Il fut précipité en arrière et se fracassa le crâne contre un rocher, mais il ne lâcha pas son arme.

Qu'il meure ici si tel était le sort qui lui était réservé, mais il emporterait ce monstre avec lui.

Plié en deux par la douleur, il donna néanmoins un coup de son bâton. Le coquatrix tapa des pieds, hérissa les plumes de son cou et se précipita vers lui. Loth projeta sa houlette telle une lance. Le coquatrix s'aplatit pour l'éviter, et seul le bâton bascula dans le ravin.

Cette fois, le coup de queue manqua envoyer Loth au fond du précipice. La chose fonça sur lui dans un frémissement de gloussements humides. Les ergots cliquetèrent à nouveau. Loth se roula en boule et serra les dents si fort qu'il en eut mal aux mâchoires. Un liquide chaud se répandit sur ses hauts-de-chausse.

Un pied puissant s'écrasa dans son dos. Un bec massacra son manteau. Il essaya, secoué d'un sanglot, de s'accrocher à un souvenir joyeux. Le premier qui lui vint fut celui de la naissance de Margret ; c'était un bébé si adorable, avec ses yeux immenses et ses mains minuscules. Et puis il y avait eu ses danses avec Ead, à chaque fête de la Communion. Les parties de chasse, de l'aube jusqu'au crépuscule, en compagnie de Sabran. Des heures passées assis, dans la bibliothèque royale, à écouter Kit lui réciter ses poèmes.

Il y eut un nouveau bruit, et le poids disparut. Loth entrouvrit les paupières et vit le coquatrix tituber tel un géant abruti par l'alcool. Il combattait une autre créature, poilue, celle-là. La bête draconique brailla et hurla en agitant la queue, mais ses efforts furent vains : le nouveau venu lui arracha la gorge.

Le coquatrix s'effondra. Du sang jaillissait en geysers de sa carcasse. Son bourreau poussa un aboiement et l'expédia dans le ravin.

À présent qu'il ne bougeait plus, Loth put distinguer son sauveur. Il avait la forme d'une mangouste, avec sa longue queue et sa fourrure aulne qui blanchissait autour des pattes et du museau – mais d'une mangouste géante, aussi grosse qu'un ours nordien. Ses bajoues étaient noires de sang.

Un ichneumon. L'ennemi juré des wyrms. Les héros de nombreuses légendes inyssiennes, même s'il n'avait jamais réellement cru en leur existence.

Le Saint avait rencontré l'une de ces créatures sur la route reliant le Lasia à l'Inys. Elle avait pris la Damoiselle sur son dos quand celle-ci s'était trouvée trop épuisée pour avancer.

L'ichneumon se lécha les babines pour les nettoyer. Quand il le dévisagea, il les retroussa à nouveau.

Ses yeux ronds étaient de la couleur de l'ambre, semblables à ceux d'un loup, cernés d'une peau noire. Des taches blanches maculaient le bout de sa queue. Pour l'heure, son museau était couvert de touffes de plumes ensanglantées. Il s'approcha de Loth d'un pas étonnamment leste étant donné sa stature, et il renifla son manteau.

Loth tendit la main avec hésitation. Après avoir flairé le gant, l'ichneumon gronda. Il devait sentir le mal qui le rongeait, l'odeur de son ennemi ancestral. Loth resta immobile tandis que son souffle chaud humidifiait sa joue. Après de longues secondes, l'ichneumon ploya les membres antérieurs et laissa échapper un aboiement.

« Qu'y a-t-il, mon ami ? demanda Loth. Qu'est-ce que tu attends de moi ? »

Il aurait juré avoir entendu la bête soupirer. Celle-ci lui passa la tête sous le bras.

« Non. Je suis infecté, avoua-t-il d'une voix épuisée. Ne t'approche pas. »

Il songea alors qu'il n'avait jamais eu vent d'un animal ayant contracté la peste draconique. La fourrure était chaude – une chaleur douce et animale, sans comparaison avec la brûlure d'un feu de wyrm.

Sentant ses forces revenir, Loth épaula son sac. Il referma les doigts sur l'épaisse toison et grimpa sur l'ichneumon.

« Je dois me rendre à Rauca, si tu veux me montrer le chemin. »

L'ichneumon aboya de nouveau et dévala le flanc de la montagne en bondissant. Tandis qu'il courait, vif comme le vent, Loth murmura une prière de remerciement à l'intention de la Damoiselle et du Saint. Il savait désormais pourquoi ils l'avaient envoyé sur cette route, et il entendait la suivre jusqu'à sa fin amère.

À l'aube, l'ichneumon s'arrêta au sommet d'un rocher escarpé. Loth sentit l'odeur de la terre cuite par le soleil et le parfum épicé des fleurs. Devant eux s'étendaient les contreforts arides des Fuseaux – et par-delà ceux-ci, un désert à perte de vue, qui scintillait telle de la poudre d'or sous l'astre de jour. Il aurait presque pu s'agir d'un mirage de chaleur, mais il savait que c'était bien réel.

Contre toute attente, il était parvenu jusqu'au désert du Rêve-Tourmenté.

24

Ouest

Ce début d'automne était d'une douceur amère. Ead attendait que Chassar lui dise si la Prieure acceptait qu'elle reste en Inys un peu plus longtemps, mais aucun message n'arrivait.

Alors que les vents devenaient plus froids et que les tenues estivales étaient peu à peu remplacées par des rouges et des marrons doublés de fourrure, la cour tomba sous le charme du prince consort. À la surprise générale, Sabran et Aubrecht commencèrent à assister ensemble à des spectacles de masques, dans la chambre de présence. De tels divertissements avaient toujours eu lieu, mais la reine n'y participait plus depuis des années, sauf lors des cérémonies de fiançailles. À présent, elle convoquait ses bouffons pour rire de leurs galipettes. Elle demandait à ses demoiselles d'honneur de danser pour elle. Parfois, elle saisissait la main de son compagnon, et ils se souriaient comme s'ils étaient seuls au monde.

Ead restait très proche des événements. Désormais, elle se trouvait rarement loin de la reine.

Peu après le mariage, Sabran avait découvert du sang sur ses draps en se réveillant. Elle s'était mise dans une rage telle que Roslain avait passé la journée à se tordre les mains, cependant que le reste de la royale maisonnée faisait profil bas. Même le prince Aubrecht préféra aller chasser jusqu'à la nuit dans la forêt Coffrée.

Ead trouva cela somme toute prévisible. Sabran était une reine, habituée depuis sa naissance à se voir accorder tout ce qu'elle désirait, quand elle le désirait – sauf qu'elle ne pouvait pas commander à son utérus de se montrer fertile.

« Je me suis réveillée avec une grosse envie de cerises, avait-elle fait remarquer à Ead un matin. À ton avis, qu'est-ce que cela signifie ?

— Les cerises ne sont plus de saison, Madame, avait répondu Ead. Peut-être l'été vous manque-t-il ? »

La reine avait levé le menton en signe de mépris, sans toutefois rien ajouter. Ead avait continué à brosser son manteau.

Elle ne ferait pas ce plaisir à Sabran. Katryen et Roslain gratifiaient la reine de ce que celle-ci voulait entendre, mais Ead était bien résolue à lui dire ce qu'elle devait savoir.

Sabran n'avait jamais été une femme patiente. Elle rechigna bientôt à rejoindre son compagnon pour la nuit, préférant jouer aux cartes avec ses suivantes jusqu'au petit matin. Le jour, elle se montrait fatiguée et vétilleuse. Katryen se plaignait auprès de Roslain que cet état d'esprit ne ferait que rendre son ventre moins fertile, ce qui donnait envie à Ead de lui fracasser la tête jusqu'à ce que toutes ses dents en tombent.

La reine n'était toutefois pas seulement troublée par l'absence de progéniture. Défendre Mentendon des wyrms des Fuseaux se révélait déjà un gouffre financier plus important que prévu. Lievelyn était venu avec une dot, mais celle-ci était déjà presque épuisée.

Ead était désormais dans le secret de ce genre de considérations. Elle faisait partie des intimes. Elle savait que Sabran pouvait passer des heures au lit, clouée sur son matelas par un chagrin qui avait toujours affecté sa lignée. Elle savait qu'elle portait une cicatrice en haut de la cuisse gauche, due à une mauvaise chute depuis un arbre quand elle avait douze ans. Et elle savait à quel point elle espérait une grossesse, qu'elle redoutait au moins autant.

Sabran avait beau appeler la Maison des Ronces son nid, elle s'y trouvait à présent plutôt comme dans une cage. Ses couloirs et ses cloîtres bruissaient de rumeurs. Les murs mêmes semblaient retenir leur souffle.

Ead n'était pas ignorante des ragots. Nul n'aurait pu empêcher les spéculations cherchant à expliquer comment une convertie de basse extraction avait pu devenir dame de la chambre. Elle-même ignorait pourquoi Sabran l'avait choisie parmi toutes les nobles dames de la royale maisonnée. Linora coulait dans sa direction de nombreux regards amers, mais Ead n'en avait cure. Cela faisait huit ans qu'elle endurait les imbécillités de ces rustres de courtisans.

Un matin, elle se vêtit de l'une de ses robes d'automne et sortit prendre l'air avant le réveil de Sabran. À présent, elle devait se lever au chant du coq pour avoir une chance de rester seule avec ses pensées. Elle passait l'essentiel de ses journées avec la reine, qu'elle pouvait approcher presque sans restriction.

L'aube était fraîche et piquante, les cloîtres miséricordieusement silencieux. Seul le roucoulement d'un pigeon ramier brisait la monotonie ambiante. Ead s'enfonça dans le col de fourrure de son manteau en passant devant la statue de Glorian III, la reine qui avait gouverné l'Inys durant le Chagrin des Siècles. Elle y était représentée en armure, enceinte jusqu'aux sourcils, l'épée brandie en signe de défi.

Glorian avait hérité du pouvoir le jour où Feúdel avait massacré ses parents. La guerre était alors inattendue, mais Glorian Cœurdécu ne s'était pas dérobée. Elle avait épousé le vieux duc de Córvugar et avait fiancé leur fille pas encore née à Haynrick Vatten de Mentendon, tout en menant la défense inyssienne. Le jour de la naissance, elle avait emmené son bébé sur le champ de bataille pour prouver à ses troupes qu'il demeurait encore de l'espoir. Ead n'arrivait pas à décider s'il s'agissait de folie ou de bravoure.

Il existait d'autres légendes semblables à la sienne. D'autres reines d'Inys ayant consenti d'énormes sacrifices pour la nation. Telles étaient les femmes dont Sabran portait l'héritage comme un fardeau.

Ead emprunta un passage sur sa droite et aboutit sur un chemin de gravier flanqué de marronniers blancs. Au bout de celui-ci, par-delà les murs du domaine, s'étendait la forêt Coffrée, aussi ancienne que l'Inys elle-même.

Il y avait une serre sur le terrain, tout en verre et fer forgé. Un rouge-gorge s'envola depuis le toit quand Ead pénétra dans sa chaleur moite.

Des nénuphars flottaient dans un bassin. Quand elle trouva les crocus, elle s'accroupit devant et décrocha la paire de ciseaux à sa ceinture. Au Prieuré, une femme devait consommer du safran pendant plusieurs jours avant d'essayer de tomber enceinte.

« Mademoiselle Duryan. »

Elle redressa la tête, surprise. Aubrecht Lievelyn se tenait tout près, emmitouflé dans un manteau brun-roux.

« Votre Altesse Royale. » Elle se leva et fit la révérence, glissant la fleur dans son habit. « Pardonnez-moi, je ne vous avais pas vu.

— Au contraire, c'est moi qui suis désolé de vous déranger. Je ne pensais pas que quiconque se promenait aussi tôt.

— Pas tous les jours, mais j'apprécie la luminosité avant le levant.

— Et moi le calme. Cette cour est tellement bruyante.

— La vie de cour est-elle si différente à Brygstad ?

— Peut-être pas. Il y a des yeux et des murmures partout, mais ceux d'ici sont… non, je ne devrais pas me plaindre. » Il lui adressa un sourire aimable. « Puis-je vous demander ce que vous faites ? »

Son premier instinct fut de se méfier de sa curiosité, mais Lievelyn ne lui avait jamais paru du genre à intriguer. « Je suis sûre que vous n'ignorez pas que Sa Majesté souffre de terreurs nocturnes, répondit-elle. Je voulais broyer un peu de lavande pour la glisser sous son oreiller.

— De la lavande ?

— Elle favorise un sommeil paisible. »

Il acquiesça. « Vous devriez peut-être chercher dans le jardin de l'apothicaire, suggéra-t-il. Puis-je me joindre à vous ? »

La proposition la surprit, et elle pouvait difficilement la décliner. « Oui, naturellement, Votre Altesse. »

Ils quittèrent la serre alors que le sommet de l'orbe solaire poignait au-dessus de l'horizon. Ead se demandait si elle était censée lui faire la conversation, mais Lievelyn paraissait se satisfaire de la beauté du domaine couvert de givre tandis qu'ils progressaient côte à côte. Sa garde royale le suivait à distance.

« Il est vrai que Sa Majesté ne dort pas bien, finit-il par admettre. Ses devoirs lui pèsent.

— Comme les vôtres doivent vous peser.

— Ah, mais j'ai la vie plus facile. C'est Sabran qui portera notre fille. Sabran qui lui donnera la vie. » Se fendant d'un nouveau sourire, il désigna la forêt Coffrée. « Dites-moi, Mademoiselle Duryan. La Dame des Bois est-elle connue pour avoir jamais marché parmi ces arbres ? »

Ead fut parcourue d'un frisson glacial. « Il s'agit d'une légende très ancienne, Altesse. Je dois avouer que je suis surprise d'apprendre que vous la connaissez.

— L'un de mes vieux domestiques inyssiens me l'a contée. Je lui ai demandé de m'éclairer sur certaines des histoires et coutumes du pays. Nous avons nos elfes des bois, nos loups rouges et ainsi de suite à Mentendon, bien sûr – mais une sorcière ayant assassiné des enfants… voilà qui semble particulièrement sanglant.

— L'Inys était autrefois un pays violent.

— En effet. Et grâce au Saint, ça n'est plus le cas. »

Ead considéra la forêt. « À ma connaissance, la Dame des Bois n'a jamais vécu ici, répondit-elle. Son repaire se trouve au nord, près de Bouleaudor, le lieu de naissance du Saint. Les gens ne s'y rendent qu'au printemps, pour faire pèlerinage.

— Ah. » Il pouffa. « Quel soulagement. Je me disais presque que je risquais de la découvrir juste sous ma fenêtre en me réveillant le matin.

— Il n'y a rien à craindre, Altesse. »

Ils arrivèrent bientôt au jardin de l'apothicaire. Celui-ci se trouvait dans une cour, non loin de la grande cuisine, où l'on s'affairait justement à allumer les fourneaux.

« Me ferez-vous l'honneur ? » demanda Lievelyn.

Ead lui tendit ses ciseaux. « Naturellement.

— Merci. »

Ils s'agenouillèrent devant le buisson de lavande. Lievelyn retira ses gants, un sourire enfantin sur les lèvres. Peut-être trouvait-il exaspérant d'être autorisé à faire si peu de choses de ses propres mains. Ses valets de la chambre devaient s'occuper de tout, qu'il s'agisse de lui servir sa nourriture ou de lui laver les cheveux.

« Votre Altesse Royale, dit Ead, pardonnez mon ignorance, mais qui règne sur Mentendon pendant votre absence ?

— La princesse Ermuna fait office d'intendante. J'espère bien sûr que la reine Sabran et moi parviendrons à trouver un arrangement grâce auquel je pourrai passer plus de temps chez moi, afin d'être à la fois consort et souverain. » Il fit glisser une tige entre ses doigts. « Ma sœur est une force de la nature, mais j'ai peur pour elle. Mentendon est un royaume fragile, et notre maison est encore jeune. »

Ead scruta son visage tandis qu'il parlait. Il ne quittait pas des yeux son lacs d'amour.

« Ce royaume est fragile également, Altesse, répondit-elle.

— C'est ce que je découvre. »

Il coupa un brin de lavande et le lui tendit. Ead se leva et s'épousseta, mais Lievelyn ne paraissait pas pressé de partir.

« J'ai cru comprendre que vous étiez née aux Ersyr, dit-il.

— Oui, Altesse. Je suis une lointaine parente de Chassar uq-Ispad, l'ambassadeur du roi Jantar et de la reine Saiyma, et j'ai grandi sous sa tutelle. »

Cela faisait huit ans qu'elle servait le même mensonge, et celui-ci lui venait désormais facilement.

« Ah, commenta Lievelyn. Vous êtes donc de Rumelabar.

— Oui. »

Lievelyn renfila ses gants. Il jeta un coup d'œil vers sa garde, qui patientait à l'entrée du jardin.

« Mademoiselle Duryan, reprit-il d'un ton plus bas. Je suis heureux d'être tombé sur vous ce matin, car j'aurais besoin de vos conseils pour une affaire privée, si vous voulez bien avoir la gentillesse de me les offrir.

— À quel titre, Altesse ?

— En tant que dame de la chambre. » Il se racla la gorge. « J'aimerais emmener Sa Majesté dans les rues, pour faire l'aumône au peuple d'Ascalon, avec la perspective d'un plus long voyage l'été prochain. J'ai cru comprendre qu'elle ne s'était jamais rendue officiellement dans aucune de ses provinces. Avant de lui soumettre l'idée… je me demandais si vous en connaissiez la raison. »

Un prince sollicitant son conseil. Comme les choses avaient changé.

« Sa Majesté ne s'est jamais effectivement promenée parmi ses sujets depuis son couronnement, confirma Ead. À cause de… la reine Rosarian. »

Lievelyn fronça les sourcils. « Je sais que la reine mère a été cruellement assassinée, mais je crois que cela a eu lieu dans son propre palais, pas dans la rue. »

Ead observa son visage sincère. Quelque chose en lui la poussait à l'honnêteté.

« Certaines personnes ne sont pas saines d'esprit en Ascalon, ivres du même mal que celui qui souille la Yscalin. Celles-là se languissent du retour du Sans-Nom. Elles seraient prêtes à faire tomber la maison Berethnet pour arriver à leurs fins. Certaines d'entre elles ont même réussi à pénétrer dans le palais d'Ascalon. Des coupe-jarrets. »

Lievelyn demeura silencieux pendant quelques instants. « J'ignorais cela. » Il paraissait troublé, et Ead se demanda de quoi Sabran pouvait bien lui parler. « Jusqu'où se sont-ils approchés d'elle ?

— Près. Il n'y en a plus eu depuis l'été dernier, mais je suis convaincue que leur maître complote encore contre Sa Majesté. »

Il contracta les mâchoires.

« Je vois, murmura-t-il. Naturellement, je ne souhaite en aucun cas mettre Sa Majesté en danger. Cependant… pour le peuple de la Vertu, elle représente une véritable lueur d'espoir. Maintenant qu'un haut-ouestrien s'est réveillé, il importe de rappeler à ses sujets qu'elle les aime, ainsi que l'attachement qu'elle leur porte. Surtout si elle se voit contrainte de lever davantage d'impôts pour créer, par exemple, de nouvelles armes ou une nouvelle flotte. »

Il était sérieux.

« Altesse, reprit Ead, je vous en conjure, attendez que votre fille soit née avant de soumettre cette idée à Sa Majesté. Une princesse fournira au peuple tout le réconfort dont il a besoin.

— Hélas, il ne suffit pas de vouloir cette enfant pour le faire arriver. Il n'y aura peut-être pas d'héritière avant longtemps, Mademoiselle Duryan. » Lievelyn souffla par le nez. « En tant que son compagnon, je devrais la connaître mieux que personne, mais mon épouse est la descendante du Saint. Quel mortel pourrait jamais prétendre la connaître ?

— Vous y parviendrez, lui assura Ead. Je ne l'avais jamais vue regarder quiconque de la manière dont elle vous regarde.

— Pas même Lord Arteloth Ru ? »

Cela la fit tiquer. « Altesse ?

— J'ai eu vent des rumeurs. On parle d'une histoire d'amour, ajouta-t-il après une courte hésitation. J'ai fait ma demande à la reine Sabran en connaissance de cause, mais… De temps à autre, il m'arrive de me demander si… » Il se racla la gorge, l'air honteux.

« Lord Arteloth compte énormément pour Sa Majesté, lui expliqua Ead. Ils se connaissent depuis l'enfance, et ils s'aiment comme un frère et une sœur. Voilà tout. » Elle ne le quitta pas des yeux. « Quoi que les rumeurs aient pu vous porter à croire. »

Il se radoucit et lui sourit à nouveau. « Je devrais sans doute savoir qu'il ne faut pas se fier à ce que l'on entend. Il y a probablement de nombreux bruits qui courent sur mon compte, ajouta-t-il. Lord Seyton m'a informé que Lord Arteloth était actuellement en Yscalin. Ce doit être un homme d'un grand courage, pour aller affronter le danger aussi intrépidement.

— Oui, Votre Altesse. C'est le cas. »

Il y eut un bref silence, tout juste saupoudré du chant des oiseaux.

« Merci pour vos conseils, Mademoiselle Duryan. C'était fort généreux de votre part. » Lievelyn porta la main à sa broche patronale, la même que celle d'Ead. « Je comprends pourquoi Sa Majesté vous tient en si haute estime. »

Ead fit la révérence. « Son Altesse est trop bonne. De même que Sa Majesté. »

Avec un salut courtois, il finit par prendre congé.

Aubrecht Lievelyn n'avait effectivement rien d'un loir. Il avait suffisamment d'ambition pour amorcer le changement, et il possédait l'espèce d'attirance innée que les Mentendoniens avaient pour les idées dangereuses. Ead espérait sincèrement qu'il tiendrait compte de son conseil. Ce serait pure folie pour Sabran de se montrer en public alors que sa vie était menacée.

Dans les appartements royaux, Ead trouva la reine éveillée. Celle-ci ordonna une partie de chasse. Ne possédant pas de monture rapide, Ead se vit confier un étalon pur-sang issu des écuries royales.

Truyde utt Zeedeur, qui avait hérité du poste de dame de l'antichambre laissé vacant par Ead, serait de la partie. Lorsqu'elles se retrouvèrent face à face, Ead haussa les sourcils. La fille se détourna sans rien laisser paraître pour grimper sur son alezan.

Elle devait perdre espoir concernant son amant. Si Sulyard lui avait écrit, elle n'aurait pas eu l'air si maussade.

Sabran refusa de chasser avec des limiers. Ils devraient abattre leur gibier proprement, ou pas du tout. Alors que le groupe s'enfonçait dans la forêt Coffrée, Ead éprouva un engouement soudain pour cette traque. Elle goûtait la sensation du vent dans ses cheveux. Il lui démangeait de bander la corde de son arc.

La mesure était capitale. Trop de cibles atteintes susciteraient des interrogations quant à ses talents d'archère. Elle resta tout d'abord en retrait, observant les autres.

Roslain, que l'on disait adepte de la fauconnerie, se révéla très maladroite avec un arc. Elle perdit patience dès la première heure. Truyde utt Zeedeur abattit une bécasse. Margret était la meilleure chasseuse des dames d'honneur – Loth et elle pratiquaient souvent ensemble –, mais nul ne se révéla plus doué que la reine. Les rabatteurs avaient peine à la suivre tandis qu'elle filait à travers bois. À midi, elle s'était déjà constitué une belle collection de peaux de lapin.

Quand elle avisa un cerf entre les arbres, Ead faillit le laisser filer. Une dame d'honneur raisonnable aurait abandonné un tel butin à la souveraine, mais elle pouvait sans doute abattre une bête sans éveiller les soupçons.

Sa flèche vola. Le cerf tomba. Margret, montée sur un hongre, fut la première à l'atteindre.

« Sab ! » appela-t-elle.

Ead suivit la reine au trot, jusqu'à la clairière. La flèche avait percé l'œil de l'animal.

Exactement à l'endroit désiré.

Truyde utt Zeedeur fut la deuxième à rejoindre la bête. Elle étudia la carcasse, les traits tendus.

« Apparemment, nous aurons du gibier pour le dîner », se félicita Sabran, les joues rosies par le froid. « J'avais l'impression que tu n'avais pas chassé souvent, Ead. »

Celle-ci inclina la tête. « J'ai peut-être un talent inné, Majesté. »

Sabran sourit. Ead l'imita.

« Voyons si tu en as d'autres en réserve. » Sabran fit volter sa monture. « Allons, mesdames – faisons la course jusqu'à la Maison des Ronces. Une bourse pour la gagnante. »

Les femmes poussèrent des exclamations de joie et éperonnèrent leur monture, laissant aux palefreniers la charge de ramasser leurs proies.

Elles émergèrent de la forêt et traversèrent la prairie au galop. Bientôt, Ead remonta à hauteur de la reine, et toutes deux se retrouvèrent à court d'haleine à force de rire, incapables de se départager. Les cheveux ébouriffés par le vent et les yeux pétillant de bonheur, Sabran Berethnet paraissait presque insouciante – et pour la première fois depuis des années, Ead se sentit soulagée de son propre fardeau. Tels les pistils s'envolant d'un pissenlit.

*
* *

Sabran resta dans d'excellentes dispositions tout le reste de la journée. Le soir venu, elle autorisa toutes les dames d'honneur à se retirer pour qu'elle puisse s'occuper d'affaires d'État dans sa bibliothèque privée.

Ead avait hérité du logement double d'Arbella Valon, plus proche des appartements royaux que ses anciens quartiers. Ces deux pièces contiguës étaient lambrissées et ornées de tapisseries ; il y trônait un vaste lit à baldaquin. Des fenêtres à meneaux ouvraient sur le domaine.

Les domestiques y avaient déjà allumé le feu. Ead retira sa tenue d'équitation et s'épongea à l'aide d'un linge propre.

On frappa à sa porte à huit heures. C'était Tallys, l'adorable jeune servante.

« Votre souper, Mademoiselle Duryan. » Elle lui fit la révérence. Ead avait beau lui répéter que ce n'était pas nécessaire, elle insistait malgré tout. « Le pain est tout chaud. Il paraît qu'un froid terrible approche.

— Merci, Tallys. » Ead se saisit de l'assiette. « Dis-moi, ma petite, comment se portent tes parents ?

— Ma mère ne va pas très bien, admit-elle. Elle s'est cassé le bras et ne va plus pouvoir travailler pendant un moment. Et leur logeur est si exigeant… Je leur envoie tous mes émoluments, mais je ne gagne pas grand-chose. » Elle s'empressa d'ajouter : « Je ne me plains pas, bien sûr, mademoiselle. J'ai énormément de chance de travailler ici. C'est juste une période un peu difficile, voilà tout. »

Ead plongea la main dans sa bourse.

« Tiens. » Elle tendit quelques pièces à la fille. « Cela devrait payer le loyer jusqu'au creux de l'hiver. »

Tallys contempla le trésor. « Oh, Mademoiselle Duryan, je ne pourrais jamais…

— Je t'en prie. J'ai quelques économies, et pas de gros besoins. Et puis, ne sommes-nous pas censés pratiquer la générosité ? »

Tallys acquiesça, les lèvres tremblotantes. « Merci », murmura-t-elle.

Quand elle fut partie, Ead mangea son souper à table. Du pain frais, de l'hydromel et un potage garni de sauge fraîche.

Quelque chose tapota contre la vitre.

Un aigle des sables était juché dehors, les yeux rivés sur elle. Son plumage était doré comme du beurre d'amande, la pointe de ses ailes légèrement plus brune. Ead s'empressa d'aller ouvrir la fenêtre.

« Sarsun. »

Il sautilla à l'intérieur et inclina la tête. Elle lissa du bout des doigts ses plumes ébouriffées.

« Cela faisait longtemps, mon ami, dit-elle en sélinien. Je vois que tu as réussi à échapper au Faucon-de-Nuit. » Il gazouilla. « Chut. Tu vas finir dans la volière, avec ces stupides pigeons. »

Il frotta sa tête contre la paume d'Ead. Celle-ci sourit et lui caressa les ailes jusqu'à ce qu'il tende une patte. Elle récupéra délicatement le rouleau qui y était accroché. Sarsun alla se poser sur son lit.

« Tu as raison, fais comme chez toi ! »

Il l'ignora et entreprit de se lisser les plumes.

Le sceau n'avait pas été brisé. Combe pouvait intercepter tout ce qui leur parvenait par messager ou par pigeon, mais Sarsun était assez malin pour échapper à sa vigilance. Ead décrypta le message.

La Prieure t'autorise à rester en Inys jusqu'à ce que la reine ait une fille. Dès que nous

apprendrons la naissance, je viendrai te chercher.
Pas de discussion, cette fois.

Chassar avait réussi.

La fatigue l'assaillit à nouveau. Elle jeta la missive au feu. Quand elle fut bien au chaud sous ses couvertures, Sarsun vint se loger dans le creux de son bras, comme pour s'y nicher. Ead lui caressa la tête d'un doigt.

Découvrir ce message l'avait emplie d'un mélange de chagrin et de soulagement. L'occasion de rentrer chez elle lui avait été présentée sur un plateau – et pourtant, elle se retrouvait, par choix, toujours en ce lieu qu'elle avait voulu fuir pendant tout ce temps. D'un autre côté, cela signifiait au moins que ses années passées à la cour ne seraient pas perdues. Elle pourrait veiller à ce que Sabran prolonge la lignée.

Au bout du compte, peu importait combien de temps elle resterait. Sa destinée était d'enfiler le manteau rouge. Rien ne pourrait changer cela.

Elle pensa au contact froid de la main de Sabran sur la sienne. Pendant son sommeil, elle rêva d'une rose rouge sang posée sur ses lèvres.

*
* *

À l'aube, Ead était vêtue et en chemin pour les appartements royaux, prête pour la fête du début d'automne. Sarsun avait pris son essor pendant la nuit. Un long voyage l'attendait.

Quand elle passa devant les chevaliers du corps et pénétra dans la chambre royale, Ead eut la surprise de découvrir Sabran debout. La reine portait une robe de soie couleur châtaigne dotée de manches drap d'or ; ses cheveux étaient délicatement tressés de topazes.

« Majesté, dit Ead avec une révérence. J'ignorais que vous étiez levée.

— Les oiseaux m'ont réveillée. » Sabran posa son livre de côté. « Viens t'asseoir près de moi. »

Ead alla la rejoindre sur le banc.

« Je suis heureuse que tu sois là. Il y a quelque chose que j'aimerais te confier en privé avant les festivités. » Son sourire la trahit. « Je suis enceinte. »

Ead réagit d'abord avec prudence. « En êtes-vous certaine, Majesté ?

— Plus que certaine. J'ai largement dépassé la date de mes menstrues. »

Enfin. « Madame, c'est merveilleux, s'enthousiasma Ead. Félicitations. Je suis tellement heureuse pour le prince Aubrecht et vous.

— Merci. »

Alors que Sabran contemplait son ventre, son sourire s'évanouit. Ead vit son front se plisser.

« Tu ne dois le dire à personne, reprit la reine en recouvrant ses esprits. Même Aubrecht n'en sait encore rien. Seulement Meg, les Ducs Spirituels et mes dames de la chambre sont informés de ma condition. Mes conseillers sont d'accord pour ne l'annoncer que lorsque cela commencera à se voir.

— Et quand allez-vous en aviser Son Altesse Royale ?

— Bientôt. Je voulais lui faire la surprise.

— Assurez-vous qu'il ait de quoi s'asseoir quand vous le ferez. »

Sabran lui sourit. « Compte sur moi. Je vais devoir me montrer délicate avec mon petit loir. »

Une enfant assurerait définitivement la place du consort à la cour. Il allait être le plus heureux des hommes.

*
* *

À dix heures, Lievelyn retrouva la reine aux portes du pavillon des banquets. Un dégel argenté faisait luire le sol. Le prince consort portait un surcot épais, doublé de fourrure de loup, qui le faisait paraître plus carré qu'il ne l'était réellement. Il s'inclina devant Sabran, mais là, au vu et au su de tous, elle l'attrapa par la nuque et l'embrassa.

Ead se glaça. Elle regarda Lievelyn prendre son épouse dans ses bras et l'attirer contre lui.

Les demoiselles d'honneur gloussaient toutes. Lorsque le couple se sépara, Lievelyn sourit et embrassa Sabran sur le front.

« Bonjour, Majesté », dit-il. Et ils entrèrent, bras dessus bras dessous, la reine appuyée sur son compagnon, si bien que leurs manteaux se mêlaient telle de l'encre dans leur sillage.

« Ead, s'inquiéta Margret, ça va ? »

Elle acquiesça. Le froid qui lui avait envahi la poitrine se dissipait déjà, mais une ombre indescriptible y subsistait.

Lorsque Sabran et Lievelyn furent à l'intérieur du pavillon, une foule de courtisans se leva pour les acclamer. Le couple royal se dirigea vers la haute table en compagnie des Ducs Spirituels, tandis que les dames d'honneur se répartissaient sur les bancs. Ead n'avait jamais vu les Ducs Spirituels si heureux. Igrain Crest souriait, et Seyton Combe, qui assombrissait généralement chaque seuil qu'il franchissait, semblait ne pouvoir s'empêcher de se frotter les mains.

La fête du début d'automne était l'occasion d'une somptueuse célébration. Le vin noir coula à flots, épais, lourd et sucré ; Lievelyn se vit présenter un énorme cake dégoulinant de rhum – son gâteau préféré depuis l'enfance –, confectionné selon une célèbre recette mentendonienne.

Sur les tables, la récolte de la saison recouvrait des plateaux de cuivre doré. Du paon blanc au bec en feuille d'or, rôti et imprégné de miel et d'une sauce à l'oignon qui lui collait les plumes pour lui donner une impression de vie ; des prunes trempées dans de l'eau de rose ; des demi-pommes en gelée écarlate ; une tarte aux mûres épicée, à la croûte cannelée ; et de minuscules tartelettes de chevreuil. Ead et Margret émirent des commentaires compatissants lorsque Katryen se lamenta sur la disparition de son admirateur secret, dont les lettres avaient cessé d'arriver.

« Sabran vous a-t-elle annoncé la nouvelle ? s'enquit alors Katryen à voix basse. Elle voulait que vous le sachiez, toutes les deux.

— Oui. Gloire à la Damoiselle pour sa miséricorde, répondit Margret. Je commençais à me dire que j'allais mourir d'agacement si j'entendais encore quelqu'un me faire remarquer que Sa Majesté semblait se porter *très bien* ces temps-ci. »

Ead jeta un coup d'œil derrière elles pour s'assurer que personne ne les écoutait.

« Katryen, murmura-t-elle, es-tu vraiment sûre que Sabran n'a pas eu ses menstrues ?

— Certaines. Ne te fais pas de souci, Ead. » Katryen sirota un peu de son vin de mûres. « Sa Majesté devra bientôt composer une maisonnée pour la princesse.

— Par le Saint. Cela provoquera encore plus de parades que la mort d'Arbella, répliqua Margret avec flegme.

— Une maisonnée. » Ead haussa un sourcil. « Une enfant a-t-elle besoin de sa propre suite ?

— Oh, oui. Une reine n'a pas le temps d'élever qui que ce soit. Enfin, ajouta Katryen, Carnélian III a insisté pour allaiter sa fille elle-même, à bien y réfléchir, mais cela ne se produit pas souvent. La princesse aura besoin de nourrices, d'une gouvernante, de précepteurs et ainsi de suite.

— Et combien de personnes composeront cette maisonnée ?

— Environ deux cents. »

Cela paraissait excessif. D'un autre côté, tout en Inys l'était.

« Dis-moi », reprit Ead, toujours curieuse. « Que se passerait-il si Sa Majesté accouchait d'un garçon ? »

Katryen inclina la tête. « Je suppose que cela n'aurait pas d'importance, songea-t-elle, mais cela ne s'est jamais produit, dans toute l'histoire des Berethnet. Le Saint tient manifestement à ce que cette île demeure un reinaume. »

Lorsque les plats furent finalement débarrassés et que les conversations purent battre leur plein, l'intendant frappa le sol de son bâton.

« Sa Majesté la reine Sabran », annonça-t-il.

Lievelyn se leva et tendit la main à sa compagne. Celle-ci s'en saisit et se mit debout. Toute la cour l'imita.

« Gens de la cour, commença-t-elle, nous vous souhaitons la bienvenue au festival du début d'automne. L'époque des moissons, adorée par-dessus tout par le Chevalier de la Générosité. À compter de ce jour, l'hiver entame sa lente approche vers l'Inys. C'est aussi une période que les wyrms détestent, car c'est la chaleur qui entretient leur feu intestin. »

Applaudissements.

« Aujourd'hui, reprit-elle, nous vous proposons une autre raison de nous réjouir. Cette année, pour célébrer la fête de la Générosité, nous effectuerons une sortie en Ascalon. »

Des murmures résonnèrent jusqu'au toit. Seyton Combe s'étrangla sur son vin chaud.

« Durant cette visite, ajouta Sabran d'un air résolu, nous irons prier au sanctuaire de Notre-Dame, nous donnerons l'aumône aux pauvres et nous réconforterons ceux dont les vies et les maisons ont été endommagées par Feúdel. En nous montrant à nos sujets, nous leur rappellerons que nous sommes unis sous l'Épée Véritable, et qu'aucun haut-ouestrien ne pourra nous briser. »

Ead chercha le regard de Lievelyn, qui détourna les yeux.

Son conseil n'avait pas été entendu. Elle aurait dû insister davantage pour qu'il prenne la mesure véritable du danger.

C'était un imbécile, et Sabran également. Des imbéciles couronnés.

« J'en ai terminé. » La reine retourna à sa place. « À présent, je crois qu'il reste un dernier service. »

Des acclamations éclatèrent dans tout le pavillon. Subitement, les domestiques arrivèrent lestés de nouveaux plateaux, et toute inquiétude se dissipa.

Ead ne put rien avaler de plus. Elle n'était pas devineresse, mais toute personne sensée pouvait pressentir que cela s'achèverait dans un bain de sang.

25

Est

Par suite de son arrivée peu glorieuse à Ginura, Niclays Roos devint un hôte honoré de la maison Moyaka. En attendant que le seigneur de guerre daigne le recevoir, il était libre d'aller et venir à sa guise, tant qu'il était accompagné de ses chaperons seiikinois. Par chance, Eizaru et Purumé étaient tout heureux de remplir ce rôle.

Tous trois se joignirent à la foule nombreuse rassemblée pour le festival de la chute de l'été, qui célébrait le commencement de l'automne. De nombreux citoyens seiikinois se rendaient à Ginura pour assister à ce qui était unanimement reconnu comme le plus spectaculaire des quatre festivals des arbres. Des marchands faisaient griller des poissons-lames sur leurs réchauds ou frémir des cubes de citrouille douce dans du bouillon ; ils distribuaient en outre des verres de vin chaud ou de thé pour chasser la fraîcheur. Chacun mangeait à l'extérieur, sous les feuilles dorées qui bruissaient telles des samares en se décrochant des branches ; et quand la dernière feuille fut tombée, tous assistèrent à la naissance des nouvelles, rouges comme le levant, au cours de la nuit.

Pour Niclays, chaque jour était comme une nouvelle vie. Ses amis l'emmenaient se promener sur la plage. Ils lui montraient l'Orphelin-Éploré, la plus grosse masse volcanique de l'Est, qui formait comme une dent unique dans la bouche de la baie. Ils se servaient d'une longue-vue pour admirer les marsouins au large.

Et lentement, *périlleusement*, Niclays se mit à croire à un avenir dans cette ville. Peut-être que les autorités seiikinoises finiraient par oublier son existence. Peut-être que, puisqu'il s'était si bien comporté, elles décideraient de lui laisser vivre le reste de son exil hors d'Orisima. L'espoir était mince, mais il s'y raccrochait tel un marin en perdition à son épave.

Panaya lui envoya ses livres ainsi qu'un message de Muste lui expliquant que ses amis du comptoir commercial lui adressaient leurs chaleureuses salutations et espéraient le revoir bientôt. Niclays en aurait probablement été touché s'il avait considéré un seul d'entre eux comme un ami véritable ou si leurs salutations, chaleureuses ou pas, avaient eu pour lui la moindre importance. Maintenant qu'il avait goûté à la liberté, la simple idée de retourner à Orisima, d'y retrouver les vingt mêmes visages et les mêmes rues, lui était intolérable.

Le *Gadeltha*, un navire mentendonien, mouillait à l'entrée du débarcadère, porteur d'une pile de lettres venant du pays. Deux lui étaient destinées.

La première portait le sceau de la maison Lievelyn. Il l'ouvrit précipitamment et lut la belle écriture manuscrite.

Brygstad, État libre de Mentendon,
par le biais du port d'Ostendeur
Fin du printemps, 1005 EA

Monsieur,

J'ai cru comprendre par les archives de feu mon grand-oncle que vous étiez toujours en exil dans notre comptoir commercial d'Orisima, et que vous aviez sollicité la clémence de la maison Lievelyn. Après étude de votre cas, j'ai le regret de vous informer que vous ne pouvez être autorisé à retourner au Mentendon. Vous avez, par votre comportement, profondément insulté la reine Sabran d'Inys, et vous inviter à revenir à la cour risquerait d'attiser sa rancœur.

Si vous trouviez le moyen d'apaiser la reine Sabran, je serais ravi de reconsidérer cette conclusion malheureuse.

Votre dévoué,

Aubrecht II, Grand Prince de l'État libre de Mentendon, Archiduc de Brygstad, Défenseur des Vertus, Protecteur de la Souveraineté de Mentendon, etc.

Niclays froissa la missive. Une raison politique devait pouvoir expliquer que le nouveau Grand Prince redoute tant de provoquer Sabran. Au moins s'était-il montré courtois, et prêt à revoir sa position si Niclays trouvait le moyen de calmer Son Acrimonie. Ou de s'attirer les grâces de Lievelyn. Lui aussi pourrait être tenté par l'élixir de jouvence.

Il ouvrit la deuxième lettre, le cœur battant. Celle-ci avait été écrite plus d'un an auparavant.

Ascalon, reinaume d'Inys,
par le biais des douanes de Zeedeur
Début de l'été, 1004 EA

Très cher oncle Niclays,

Pardonnez-moi de ne plus avoir écrit depuis si longtemps. Mes corvées au sein de la royale maisonnée m'occupent énormément et m'autorisent rarement à sortir sans chaperon. La cour inyssienne semble profondément concernée par ce à quoi ses jeunes dames consacrent leur temps libre ! Je prie pour que cette missive atteigne Ostendeur avant la prochaine cargaison vers l'est.

Je vous supplie de m'envoyer des nouvelles de votre vie à Orisima. Depuis votre départ, j'ai été très occupée à ne pas oublier les livres que vous m'avez laissés, et qui sont actuellement rangés dans la salle de soie. Je pense avoir une théorie & suis convaincue que l'importance d'un certain objet a été sous-estimée. Voulez-vous bien m'écrire tout ce que vous savez de la Tablette de Rumelabar ? Avez-vous une réponse à cette énigme ?

Avec toute mon affection, Truyde

(Note à l'intention des douanes de Zeedeur : Veuillez remettre au plus vite cette missive aux autorités portuaires d'Ostendeur. Salutations, votre Marquise.)

Niclays relut ces mots, une esquisse de sourire aux lèvres, le regard brûlant.

Il était censé recevoir cette lettre bien avant l'arrivée de Sulyard. Elle aurait pu l'avertir de la venue du garçon, mais Lord Seyton Combe, le maître-espion d'Inys, aurait percé le moindre code.

Il avait répondu à ses lettres précédentes, mais il soupçonnait que ses envois avaient été détruits. Les exilés n'étaient pas autorisés à envoyer du courrier. Et même s'il avait été capable de transmettre un message à Truyde, il n'aurait pas eu de bonnes nouvelles à lui apporter.

Ce soir-là, Purumé et Eizaru l'emmenèrent au bord du fleuve pour observer le vol nocturne des hérons. Le lendemain, Niclays préféra rester dans sa chambre pour reposer sa cheville dans un seau de glace. Tout en soignant une migraine provoquée par l'excitation, il se surprit à penser à Sulyard.

Il aurait dû se sentir honteux de passer du bon temps alors que le garçon croupissait en prison, d'autant que Niclays était censé mener à bien la mission qui lui avait été confiée. Une mission reposant sur une énigme non éclaircie et sur la dangereuse passion que Truyde avait héritée de Jannart.

Une passion pour la vérité. Une énigme qui assaillait désormais Niclays sans relâche. À midi, il demanda un complet d'écriture aux domestiques et coucha les mots sur le papier afin de les avoir sous les yeux.

Ce qu'il y a en dessous doit être en équilibre
avec ce qu'il y a au-dessus,
en ceci réside la précision de l'univers.
Le feu s'élève de la terre, la lumière descend
du ciel.
Trop de l'un embrase l'autre,
en ceci réside l'extinction de l'univers.

Niclays réfléchit à ce qu'il avait appris à ce sujet lorsqu'il étudiait à l'université. Cela provenait de la Tablette de Rumelabar, découverte plusieurs siècles plus tôt dans la chaîne des Sarras.

Des mineurs ersyriens avaient mis au jour un temple souterrain dans ces montagnes. Le plafond était constellé d'étoiles gravées, le sol d'arbres incendiés. Un bloc de pierre de ciel se dressait en son cœur, et les mots inscrits dessus, dans l'alphabet des premières civilisations sudiennes, avaient alors captivé les esprits érudits du monde entier.

Niclays souligna une partie de l'énigme et réfléchit à son sens.

Le feu s'élève de la terre.

Des wyrms, peut-être. Le Sans-Nom et ses sbires étaient censés émerger de la Matrice de Feu, dans le noyau du monde.

Il souligna un autre passage.

La lumière descend du ciel.

L'averse météorique. Celle qui avait mis un terme au Chagrin des Siècles, affaibli les wyrms, conféré de la force aux dragons estriens.

Trop de l'un embrase l'autre, en ceci réside l'extinction de l'univers.

Une alerte sur la disparité. Selon cette théorie, l'univers se retrouvait sous le joug de l'équilibre entre le feu et les étoiles, pesés sur une espèce de balance cosmique. Trop de l'un suffirait à la faire basculer.

L'extinction de l'univers.

Le monde n'avait jamais été aussi près de péricliter qu'à l'arrivée du Sans-Nom et de ses fidèles. Une sorte de déséquilibre dans l'univers avait-il pu *créer* ces créatures de feu ?

Le soleil lui cognait sur le crâne. Il s'assoupit sans s'en rendre compte. Quand Eizaru vint le réveiller, sa joue était collée au parchemin, et il se sentait aussi lourd qu'un sac de millet.

« Bon après-midi, mon ami. » Eizaru pouffa. « Travailliez-vous sur quelque chose ?

— Eizaru. » Niclays décolla la feuille de son visage et se racla la gorge. « Non, non. C'est une vétille.

— Je vois. Bien, si vous avez terminé, je me demandais si vous voudriez m'accompagner en ville. Les pêcheurs ont remonté un filet de crabes argentés venant de la mer Infinie, mais ils partent comme des petits pains sur le marché. Vous devez absolument y goûter avant de retourner à Orisima.

— J'espère très sincèrement ne *jamais* avoir à y retourner. »

Son ami hésita.

« Eizaru, s'inquiéta Niclays, qu'y a-t-il ? »

Eizaru plongea la main dans sa robe, les lèvres pincées, et en tira un rouleau qu'il lui tendit. Le sceau était brisé, mais Niclays vit que c'était celui de la vice-reine d'Orisima.

« J'ai reçu ceci aujourd'hui, déclara Eizaru. Après votre audience avec le très honoré seigneur de guerre, vous devrez repartir. Un palanquin viendra vous chercher. »

Soudain, le rouleau lui parut plus lourd qu'un rocher. Il aurait aussi bien pu s'agir de son arrêt de mort.

« Ne perdez pas espoir, Niclays. » Eizaru posa la main sur son épaule. « L'honorée reine Sabran finira par se laisser fléchir. En attendant, Purumé et moi demanderons la permission de venir vous visiter là-bas. »

Niclays dut fournir un gros effort de volonté pour ravaler sa déception. Elle lui irritait le ventre telle une poignée d'épines.

« Ce serait merveilleux. » Il se fendit d'un sourire. « Alors, allons-y. Autant profiter de la ville tant que je peux encore le faire. »

*
* *

Purumé était absorbée dans la réparation d'un os, si bien que, lorsqu'il fut habillé, Niclays partit seul avec Eizaru vers le marché aux poissons. Un vent vigoureux soufflait vers la ville depuis la mer. Ses lunettes étaient couvertes d'embruns, et dans son humeur du jour, les regards qu'on lui décochait semblaient plus soupçonneux que jamais. Quand ils passèrent devant une boutique de vêtements, la propriétaire le toisa d'un œil torve. « Porteur de maladies », cracha-t-elle.

Niclays était trop abattu pour répondre. Eizaru lorgna la femme avec sévérité, et elle se détourna.

Dans cet instant d'inattention, Niclays marcha sur une botte. Il entendit une brusque inspiration. Eizaru le rattrapa à temps pour lui éviter la chute, mais la jeune Seiikinoise qu'il venait de piétiner n'eut pas cette chance. Son coude heurta un vase, qui vint se fracasser sur les pavés.

Malédiction, il était tel un oliphant dans un magasin de porcelaine.

« Pardonnez-moi, honorable dame, dit-il en se fendant d'une profonde révérence. J'avais l'esprit ailleurs. »

Le marchand contempla les tessons d'un air sombre. Lentement, la femme se retourna vers Niclays.

Ses cheveux noirs étaient rassemblés en un chignon sur le sommet de son crâne. Elle portait un pantalon plissé, une tunique de soie bleu nuit et un surcot de velours. Une belle épée pendait à son côté. En avisant le lustre de sa tunique, Niclays en resta bouche bée. S'il ne se trompait pas, il s'agissait de soie *aquatique*. Ainsi nommée à tort – ce n'était pas de la soie, mais du poil. Des poils de crinière de dragon, plus précisément. Ils repoussaient l'humidité aussi bien qu'une nappe d'huile.

La femme fit un pas vers lui. Elle avait un visage mat et anguleux, des lèvres gercées. Des perles dansantes ornaient son cou.

Mais ce qui le marqua le plus, durant les quelques secondes que se prolongea leur jeu de regards, fut la cicatrice. Elle lui cinglait la pommette gauche, avant de remonter en arc de cercle vers le coin de son œil.

Exactement comme un hameçon.

« Étranger », murmura-t-elle.

Niclays se rendit alors compte que la foule autour d'eux était désormais silencieuse. Sa nuque lui picota. Il avait l'impression qu'il venait de commettre plus qu'une simple bévue.

« Honorable citoyen, que fait cet homme à Ginura ? s'enquit sèchement la femme auprès d'Eizaru. Il devrait être à Orisima, avec les autres colons mentendoniens.

— Honorée Miduchi. » Eizaru la salua. « Nous vous présentons nos humbles excuses pour avoir interrompu votre journée. Voici l'éminent docteur Roos, un anatomiste de l'État libre de Mentendon. Il est ici pour rencontrer le très honoré seigneur de guerre. »

La femme les observa tour à tour. L'âpreté de ses traits témoignait de ses nuits difficiles.

« Comment vous appelez-vous ? demanda-t-elle à Eizaru.

— Moyaka Eizaru, honorée Miduchi.

— Ne quittez jamais cet homme des yeux, honorable Moyaka. Il doit toujours demeurer sous escorte.

— Je comprends. »

Elle décocha un dernier regard à Niclays avant de s'éloigner. Quand elle se retourna, il avisa le dragon doré brodé au dos de sa veste.

Elle avait de longs cheveux bruns, et une cicatrice en haut de la joue gauche. Comme un hameçon.

Par le Saint, c'était forcément elle.

Eizaru dédommagea le marchand et s'empressa d'entraîner Niclays dans une allée pavée. « Qui était-ce, Eizaru ? lui demanda le banni en mentendonien.

— L'honorée dame Tané. C'est une Miduchi. Elle chevauche la grande Nayimathun des Neiges profondes. » Eizaru se tamponna le cou de son mouchoir. « J'aurais dû m'incliner plus bas.

— Je vous rembourserai pour le vase. Un jour ou l'autre.

— Ce n'étaient que quelques pièces, Niclays. Toutes ces choses que vous m'avez apprises à Orisima valent bien davantage. »

Eizaru, décida Niclays, était décidément aussi dépourvu de défauts qu'on peut l'être.

Ils atteignirent le marché aux poissons juste à temps. Des nasses débordaient de crabes argentés, qui scintillaient tels des chevaliers en armure. Niclays faillit perdre de vue Eizaru dans la mêlée qui s'ensuivit, mais son ami finit par émerger, triomphant, les lunettes de guingois.

Le soleil était presque couché quand ils regagnèrent la maison. Niclays fit valoir une nouvelle migraine pour aller s'isoler dans sa chambre, où il s'assit près de sa lanterne et se massa le front.

Il s'était toujours targué de sa vivacité d'esprit, mais son cerveau avait plutôt tendance à lambiner, depuis quelque temps. L'heure était largement venue de se remettre à l'ouvrage.

Tané Miduchi était indubitablement la femme que Sulyard avait croisée sur la plage. Sa cicatrice la trahissait. Elle avait fait entrer un étranger au Cap-Hisan cette nuit-là, avant de le livrer à une musicienne qui pourrissait désormais en prison. À moins qu'elle ait déjà été décapitée.

Le chat sans queue lui sauta sur les genoux en ronronnant. Niclays le grattouilla distraitement entre les oreilles.

Le Grand Édit imposait aux insulaires de signaler les intrus aux autorités toutes affaires cessantes. Cette Miduchi aurait dû le faire. Pourquoi donc avait-elle chargé une amie de le cacher au sein du comptoir commercial mentendonien ?

Quand il comprit enfin, Niclays laissa échapper un « Ha ! » si bruyant que le chat bondit de terreur.

Les *cloches*.

Les cloches avaient sonné le lendemain, annonçant la cérémonie qui avait dû permettre à Miduchi de devenir dragonnière. Si un étranger avait été repéré au Cap-Hisan le soir précédent, le port aurait été fermé le temps de s'assurer que le mal rouge ne s'était pas propagé. Miduchi avait caché Sulyard à Orisima – l'avait isolé du reste de la ville – afin de ne pas perturber la cérémonie. Elle avait fait passer son ambition personnelle avant la loi.

Niclays considéra ses options.

Sulyard avait accepté de parler à ses interrogateurs de la femme à la cicatrice en forme d'hameçon. Peut-être qu'il l'avait fait, mais que personne n'avait su de qui il parlait. Ni voulu croire un intrus sur parole. Niclays, en revanche, était protégé par l'alliance qui unissait la Seiiki à Mentendon. Cela lui avait déjà épargné une condamnation dans un passé récent, et cela pourrait l'aider à nouveau.

Il disposait peut-être encore d'une chance de sauver Sulyard. S'il trouvait le courage d'accuser Miduchi devant témoins au cours de son audience avec le seigneur de guerre, la maison Nadama n'aurait d'autre choix que de diligenter une enquête, sous peine de donner l'impression de trahir ses partenaires commerciaux mentendoniens.

Niclays était à peu près sûr qu'il existait un moyen de tourner cela à son avantage. Si seulement il parvenait à déterminer lequel…

Purumé rentra à la nuit tombée, les yeux injectés de sang ; les domestiques préparèrent le crabe argenté avec un émincé de légumes et un mélange de riz et de marrons cuits à la vapeur. La chair blanche et floconneuse était succulente, mais Niclays était trop absorbé dans ses pensées pour s'en délecter. À la fin du repas, Purumé prit congé, mais les deux hommes restèrent à table.

« Mon ami, dit Niclays, permettez-moi de vous poser une question idiote.

— Seuls les idiots ne posent pas de questions. »

Niclays s'éclaircit la voix. « Cette jeune femme, dame Tané, commença-t-il. Si je ne me trompe, les dragonniers sont presque aussi estimés que les dragons. Est-ce exact ? »

Son ami y réfléchit quelques instants.

« Ce ne sont pas des dieux, finit-il par répondre. On n'érige pas de temples en leur honneur – mais ils sont vénérés. Le très honoré seigneur de guerre est issu d'un dragonnier qui a combattu durant le Grand Chagrin, comme vous le savez sans doute. Les dragons considèrent leur dragonnier comme leur égal humain, ce qui est le plus grand des honneurs.

— À cet égard, poursuivit Niclays d'un ton aussi détaché que possible, si vous saviez qu'un dragonnier avait commis un crime, que feriez-vous ?

— Si j'avais la conviction absolue que c'était le cas, je le signalerais à leur commandant, l'honoré général de mer, au château Fleur-de-Sel. » Eizaru inclina la tête. « Pourquoi cette question, mon ami ? Pensez-vous que l'un d'eux se soit rendu coupable de quelque chose ? »

Niclays eut un sourire entendu.

« Non, Eizaru. Je ne faisais que conjecturer. » Il changea de sujet : « J'ai ouï dire que les douves qui entourent le château de Ginura étaient remplies de poissons transparents. Que lorsqu'ils brillent la nuit, on peut distinguer leurs arêtes. Se pourrait-il que ce soit vrai ? »

Il raffolait des prémices délicieuses d'une excellente idée.

*
* *

Tané trouva une prise du bout du pied et poussa de toute sa force pour attraper une saillie. Derrière elle, la mer s'écrasait contre un lit de pierres.

Elle était à mi-hauteur de l'éminence volcanique qui sortait de la mer à l'embouchure de la baie de Ginura. Cette montagne s'appelait l'Orphelin-Éploré, car elle se dressait seule, tel un enfant dont les parents auraient été emportés par les flots. Alors que ses doigts s'accrochaient à la pierre, son autre main glissa sur des algues.

Son cœur s'emballa. L'espace d'un instant, elle crut qu'elle allait dégringoler et se briser les os – puis elle parvint à se hisser, agrippa la corniche et s'y cramponna telle une patelle. Dans un ultime effort, elle grimpa sur le rebord et s'y allongea, le souffle court. Monter ici sans gants avait été imprudent, mais elle avait voulu se prouver qu'elle en était capable.

Son esprit n'arrêtait pas de retourner vers ce Mentendonien rencontré dans la rue et la façon dont il l'avait dévisagée. Comme s'il l'avait *reconnue*. Ce qui était naturellement impossible, puisqu'elle ne l'avait jamais vu jusqu'alors. Mais pourquoi avait-il arboré cet air surpris ?

C'était un homme robuste. Large d'épaules, le torse imposant, la bedaine proéminente. Les yeux pareils à deux gousses d'ail, rendus tombants par les années, enfoncés dans une figure ronde et cireuse. Ses cheveux gris recelaient encore quelques reflets cuivrés. Une bouche cernée de nombreuses rides d'expression. Des lunettes rondes.

Roos.

Cela lui revint finalement.

Roos. Un nom que Susa lui avait chuchoté si brièvement qu'il avait failli lui échapper.

C'était lui qui avait abrité l'étranger.

Il n'avait rien à faire à Ginura. À moins qu'il soit venu témoigner au sujet de cette fameuse nuit. Cette possibilité s'ancra en elle. Elle se rappela son regard scrutateur et fut parcourue d'un soudain frisson.

Les dents serrées, elle chercha sa prise suivante. Quoique Roos puisse savoir sur Susa ou sur elle, il n'avait aucune preuve. Et l'étranger devait déjà être mort.

Quand elle atteignit le sommet, elle se mit debout, les paumes ensanglantées. Les soies aquatiques fonctionnaient telles des plumes – une brusque secousse, et elles étaient déjà sèches.

De là où elle se trouvait, elle jouissait d'une vue imprenable sur tout Ginura. Le château Fleur-de-Sel brillait dans les ultimes rayons du couchant.

La dragonne l'attendait dans un abri naturel. Son nom véritable était impossible à prononcer pour les humains, qui l'appelaient donc Nayimathun. Éclose bien longtemps auparavant dans le lac des Neiges profondes, elle arborait d'innombrables cicatrices depuis le Grand Chagrin. Chaque nuit, Tané grimpait jusqu'à sa tanière pour s'asseoir auprès de sa dragonne en attendant le lever du soleil. Ainsi qu'elle en avait toujours rêvé.

Parler avait d'abord été difficile. Nayimathun refusait d'entendre Tané employer le langage respectueux qui s'imposait lorsque l'on s'adressait à un dieu. Elles devaient se comporter en égales. En sœurs. Sinon, elles ne pourraient jamais voler ensemble. Dragonne et dragonnière devaient partager un même cœur.

Tané n'avait d'abord pas su comment gérer cette règle. Toute sa vie, elle avait appris à traiter ses aînés avec déférence, et voilà qu'une *déesse* souhaitait qu'elles discutent comme deux proches amies. Peu à peu, avec hésitation, elle avait commencé à raconter son enfance à Ampiki, l'incendie qui avait emporté ses parents, ses années d'entraînement dans la maison Sud. Nayimathun l'avait écoutée patiemment.

À présent, alors que l'océan avalait le soleil, Tané marchait pieds nus pour rejoindre la dragonne, dont la tête était enroulée contre son cou. Cette position évoqua à Tané celle d'un canard endormi.

Elle s'agenouilla près de Nayimathun et posa la main à plat sur ses écailles. Les dragons n'entendaient pas de la même manière que les humains. Le contact les aidait à percevoir les vibrations d'une voix.

« Bonsoir, Nayimathun.

— Tané. » La dragonne entrouvrit un œil. « Assieds-toi avec moi. »

Sa voix était un mélange de conque de guerre, de chant de baleine et de grondement de tonnerre, le tout lissé dans des mots pareils à du verre façonné par la mer. Le simple fait de l'entendre faisait somnoler Tané.

Elle s'assit contre les écailles perpétuellement humides de sa dragonne. Elles étaient délicieusement fraîches.

Nayimathun renifla. « Tu es blessée. »

Du sang perlait encore au niveau de sa main. Tané serra le poing. « Ce n'est rien de grave, répondit-elle. Je suis partie en hâte et j'ai oublié mes gants.

— Inutile de te hâter pour moi, petite chose. La nuit est encore jeune. » Un souffle tremblant parcourut tout le corps de la dragonne. « Je me disais qu'on pourrait parler des étoiles. »

Tané leva le nez vers le ciel, où de minuscules yeux argentés commençaient à poindre. « Des étoiles, Nayimathun ?

— Oui. Vous enseigne-t-on les usages des étoiles, dans vos maisons d'apprentissage ?

— Un peu. Dans la maison Sud, nos professeurs nous apprenaient les noms des constellations, et la manière dont on pouvait s'en servir pour se repérer. » Tané hésita. « Dans le village où je suis née, on disait que les étoiles incarnaient l'esprit de ceux qui avaient fui le Sans-Nom. Qu'ils avaient grimpé à des échelles pour se cacher dans les cieux en attendant le jour où tous les cracheurs de feu reposeraient, morts, dans la mer.

— Les villageois sont parfois plus sages que les érudits. » Nayimathun la contempla. « Tu es ma dragonnière, désormais, Tané. Tu es donc autorisée à partager le savoir de mon espèce. »

Aucun de ses enseignants ne l'avait prévenue que cela se produirait.

« Ce serait un honneur que de les recevoir. »

Nayimathun observa alors le ciel. Ses yeux se firent plus lumineux, comme s'ils reflétaient les rayons de la lune.

« Nous sommes nés de la lumière des étoiles, commença-t-elle. Tous les dragons de l'Est descendent des cieux. »

Assise près de la créature, Tané admira ses cornes claires, le liseré d'épines qui longeait sa mâchoire, et sa couronne, aussi bleue qu'un hématome. Il s'agissait de l'organe qui lui permettait de voler.

Nayimathun la vit la scruter. « Cette partie de moi représente l'endroit où mes ancêtres se sont cognés au fond de la mer en tombant des étoiles, expliqua-t-elle.

— Je croyais... » Tané s'humecta les lèvres. « Nayimathun, pardonne-moi, mais je croyais que les dragons naissaient dans des œufs. »

Elle en était même sûre. Des œufs pareils à du verre couvert de buée, lisses et humides, chacun doté d'un lustre iridescent. Ils pouvaient demeurer pendant des siècles dans l'eau avant qu'un dragon, encore minuscule et fragile, s'en extirpe. Toutefois, mettre en doute la parole d'une déesse faisait trembler sa voix.

« À présent, oui, confirma Nayimathun. Mais cela n'a pas toujours été le cas. » Elle releva le museau vers le ciel. « Nos ancêtres sont issus de la comète que vous nommez la Lanterne de Kwiriki, bien avant qu'il n'existe des enfants de la chair. De la lumière a plu dans l'eau, et de cette eau sont nés les dragons. »

Tané la dévisagea. « Mais, Nayimathun, comment une comète a-t-elle pu accoucher de dragons ?

— En laissant derrière elle une substance. De la lumière d'étoile fondue, tombée dans la mer et les lacs. Quant à la manière dont cette substance s'est transformée en dragons, je l'ignore. La comète vient du plan céleste, que je n'ai pas encore occupé.

» Quand la comète nous survole, poursuivit Nayimathun, nous sommes à l'apogée de notre puissance. Nous pondons des œufs qui éclosent, et nous regagnons tous les dons que nous avons jadis possédés. Mais peu à peu, nos forces décroissent. Et nous devons attendre le prochain passage de la comète pour les recouvrer.

— N'avez-vous aucun autre moyen de reprendre des forces ? »

Nayimathun la contempla de ses yeux millénaires. Tané se sentit soudain toute petite face à ce regard.

« Les autres dragons ne partagent pas forcément cela avec leur dragonnier, Miduchi Tané, gronda-t-elle, mais je vais t'offrir un autre élément de savoir.

— Merci. »

De nouveaux frissons la firent se convulser. Aucun être vivant ne devait être digne d'une telle sagesse divine.

« La comète a mis fin au Grand Chagrin, mais elle avait déjà survolé ce monde de nombreuses fois auparavant, confia Nayimathun. Un jour, il y a bien des lunes de cela, elle a laissé dans son sillage deux joyaux célestes, chacun infusé de son pouvoir. Des fragments solides. Grâce à eux, nos ancêtres pouvaient contrôler les vagues. Leur présence nous permettait de retenir notre force plus longtemps qu'avant. Mais ils sont à présent perdus depuis presque mille ans. »

Percevant la détresse de la dragonne, Tané lui caressa les écailles. Même si celles-ci luisaient comme celles d'un poisson, elles étaient jalonnées de cicatrices, de traces de dents et de cornes.

« Comment des objets aussi précieux ont-ils pu être perdus ? » s'étonna-t-elle.

Nayimathun laissa échapper un crépitement délicat entre ses dents. « Il y a près d'un millénaire, un humain s'en est servi pour replier les flots sur le Sans-Nom, expliqua-t-elle. Voilà comment il a été vaincu. Après quoi, ces deux joyaux ont tout bonnement disparu, comme s'ils n'avaient jamais existé. »

Tané secoua la tête. « Un humain », répéta-t-elle. Elle se rappela les légendes de l'Ouest. « S'appelait-il Berethnet ?

— Non. Il s'agissait d'une femme de l'Est. »

Elles demeurèrent assises silencieusement. De l'eau dégouttait du rocher au-dessus de leur tête.

« Nous disposions autrefois de nombreux pouvoirs, Tané, reprit Nayimathun. Nous pouvions muer tels des serpents, et changer de forme. Connais-tu la légende seiikinoise de Kwiriki et de Celle-qui-marche-dans-la-neige ?

— Oui. » Tané l'avait entendue à de nombreuses reprises au sein de la maison Sud. C'était l'une des plus anciennes histoires de la Seiiki.

> Il y a fort longtemps, alors qu'ils avaient émergé des flots pour la première fois, les dragons de la mer de Dansoleil étaient convenus de se lier d'amitié avec les enfants de la chair, dont ils avaient remarqué les feux sur une plage voisine. Ils leur apportèrent des poissons dorés en offrandes, afin de démontrer leurs bonnes intentions – mais les insulaires, effrayés et suspicieux, leur jetèrent des lances, et les dragons disparurent tristement dans les profondeurs de la mer, pour n'en pas reparaître avant des années.
>
> Une jeune femme, cependant, avait été témoin de l'avènement des dragons, et regrettait leur départ. Chaque jour, elle s'en allait errer dans la grande forêt et chanter le chagrin qu'elle éprouvait pour ces magnifiques créatures apparues sur l'île si fugacement. Dans l'histoire, elle ne portait pas de nom, comme de trop nombreuses femmes dans les légendes d'antan. On l'appelait seulement *Celle-qui-marche-dans-la-neige*.

Par un matin glacial, Celle-qui-marche-dans-la-neige aperçut un oiseau blessé dans un ruisseau. Elle soigna son aile et le nourrit de gouttes de lait. Après une année de soins, l'oiseau devint fort et elle le porta jusqu'aux falaises pour lui laisser prendre son essor.

Ce fut alors que l'oiseau se transforma en Kwiriki, le Grand Ancien, qui, après avoir été blessé en mer, avait adopté une autre forme pour s'échapper. Celle-qui-marche-dans-la-neige avait été emplie de joie, et le grand Kwiriki également, car il savait désormais que les enfants de la chair avaient du bon en eux.

Pour remercier Celle-qui-marche-dans-la-neige d'avoir si bien pris soin de lui, le grand Kwiriki lui sculpta un trône dans sa propre corne – le trône Arc-en-ciel – et lui fabriqua un beau consort, le prince Dansenuit, à partir de l'écume de mer. Celle-qui-marche-dans-la-neige devint la première impératrice de Seiiki, et elle survola l'île avec le grand Kwiriki, enseignant à son peuple à aimer les dragons et à ne plus leur faire du mal. Sa lignée régna sur la Seiiki jusqu'à ce qu'elle s'éteigne au cours du Grand Chagrin et que le premier seigneur de guerre prenne les armes pour la venger.

« Cette histoire est vraie. Kwiriki a effectivement embrassé la forme d'un oiseau. Avec le temps, nous avons pu apprendre à adopter un grand nombre d'apparences, reprit Nayimathun. Nous pouvions changer de taille, créer des illusions, provoquer des rêves ; tel était notre pouvoir. »

Mais plus maintenant.

Tané écouta la mer mugir en contrebas. Elle s'imagina telle une conque, portant ce rugissement au creux de son ventre. Alors que ses paupières s'alourdissaient, Nayimathun l'observa.

« Quelque chose te perturbe. »

Tané se crispa.

« Non, répondit-elle. Je savourais juste mon immense bonheur. J'ai tout ce que j'ai toujours voulu avoir. »

Nayimathun gronda, et des embruns jaillirent de ses naseaux. « Il n'y a rien que tu ne puisses me dire. »

Tané était incapable de soutenir son regard. Chaque particule de son être lui intimait de ne pas mentir en présence d'une divinité, mais elle ne pouvait avouer la vérité au sujet de l'étranger. Pour ce crime, sa dragonne la rejetterait.

Plutôt mourir que de subir cette déchéance.

« Je sais », se contenta-t-elle de répondre.

La pupille du dragon se dilata jusqu'à devenir une flaque ténébreuse. Tané voyait son propre visage s'y refléter. « Je voulais te ramener au château, dit Nayimathun, mais je dois me reposer cette nuit.

— Je comprends. »

Un roulement sourd parcourut Nayimathun. Elle parla comme pour elle-même. « Il s'éveille. L'ombre plane lourdement sur l'Ouest.

— Qui s'éveille ? »

La dragonne ferma les yeux et abaissa la tête, la reposant contre son cou. « Reste avec moi jusqu'au levant, Tané.

— Bien sûr. »

Tané s'allongea sur le côté. Nayimathun se rapprocha d'elle et s'enroula tout autour.

« Dors, dit-elle. Les étoiles veilleront sur nous. »

Son corps immense la protégeait du vent. Tandis que Tané s'assoupissait contre ce dragon dont elle avait toujours rêvé, bercée par les battements de son cœur, elle eut l'étrange sensation de se retrouver dans le ventre de sa mère.

Elle eut aussi le sentiment que quelque chose se refermait sur elle. Comme un filet autour d'un poisson pris au piège.

26

Ouest

La nouvelle de la visite royale en Ascalon se répandit dans toute l'Inys, depuis la baie du Brasero jusqu'aux falaises brumeuses des Monts. Après quatorze longues années, la reine Sabran allait se montrer au peuple de la capitale, qui se préparait à l'accueillir. Et en un rien de temps, le grand jour arriva.

Elle dissimula ses lames en s'habillant. Deux étaient cachées sous ses jupons, une autre derrière sa pièce d'estomac, une quatrième dans l'une de ses bottes. La dague ornementale que portaient toutes les dames de la chambre était la seule qu'elle pouvait exhiber.

À cinq heures, elle rejoignit Katryen dans les appartements royaux, et elles allèrent ensemble réveiller Sabran et Roslain.

Pour sa première apparition publique depuis son couronnement, les dames d'honneur se devaient de rendre la reine plus que magnifique : divine. Elle était parée de velours bleu nuit, d'une ceinture de cornaline et d'une étole de fourrure de chat sauvage qui la faisait ressortir devant le satin bronze et les pelleteries marron qui l'entouraient. Ainsi, elle susciterait des souvenirs de la reine Rosarian, qui adorait le bleu.

Une broche en forme d'épée était épinglée à son corsage. Elle seule, dans toute la Vertu, avait choisi le Saint en personne comme patron.

Roslain, dont les cheveux étaient parés de verre ambre et de rubis doré, s'occupa de choisir les bijoux. Ead se saisit d'un peigne. Tenant Sabran par l'épaule, elle coiffa la cascade brune jusqu'à ce que chaque mèche glisse librement entre ses doigts.

La reine restait raide comme un piquet. Ses yeux étaient irrités par le manque de sommeil.

Ead la coiffa plus délicatement. Sabran inclina la tête à son contact. À chaque coup de peigne, elle se détendait ostensiblement, et ses dents se desserraient. Tout en s'affairant, Ead gardait les doigts posés sur la zone de peau nue derrière l'oreille de Sabran, pour empêcher sa tête de bouger.

« Tu es très belle aujourd'hui, Ead », lui dit la souveraine.

C'était la première fois qu'elle parlait depuis le réveil.

« Sa Majesté est trop bonne. » Ead insista sur un nœud réticent. « Avez-vous hâte de visiter la ville ? »

Sabran ne répondit pas immédiatement. Ead continua de la coiffer.

« J'ai surtout hâte de voir mon peuple, affirma la reine. Mon père m'a toujours encouragée à le faire, mais… j'en étais incapable. »

Elle devait penser à sa mère. La raison pour laquelle elle n'avait vu guère d'autre chose que les intérieurs rutilants du palais pendant quatorze années.

« J'aimerais pouvoir leur annoncer ma grossesse. » Elle caressa sa pièce d'estomac incrustée de pierres précieuses. « Le médecin royal m'a conseillé d'attendre que ma fille s'agite.

— Tout ce que vos sujets désirent, c'est vous voir, répondit Ead. Peu importe la taille de votre ventre. Quoi qu'il en soit, vous pourrez le leur révéler dans quelques semaines. Imaginez combien cela les mettra alors en joie. »

La reine la dévisagea. Puis, subitement, elle lui saisit la main.

« Dis-moi, Ead, comment se fait-il que tu trouves toujours les mots pour me réconforter ? »

Avant qu'Ead ait eu le temps de répondre, Roslain s'approcha. Ead s'effaça, et même si la main de Sabran quitta la sienne, elle en sentait la présence fantôme contre sa paume. Son ossature délicate. Ses jointures rugueuses.

Sabran laissa ses dames la conduire jusqu'à la cuvette. Katryen s'occupa de lui rougir les lèvres, tandis que Ead réalisait six tresses, qu'elle enroula en rosette à l'arrière de sa tête, laissant le reste de sa chevelure ondulée tomber librement. Elles la coiffèrent de sa couronne d'argent.

Quand elle fut prête, la reine se mira dans sa glace. Roslain redressa la couronne.

« Et la touche finale », annonça-t-elle en lui passant un collier autour du cou. Une succession de saphirs et de perles, et un pendentif en forme d'hippocampe. « Vous vous rappelez ?

— Naturellement. » Sabran joua avec le bijou, le regard dans le vague. « Ma mère me l'a offert. »

Roslain lui posa la main sur l'épaule. « Laissez-la vous accompagner, aujourd'hui. Elle serait tellement fière. »

La reine d'Inys se regarda encore quelques instants. Puis elle inspira profondément et se retourna.

« Mesdames, déclara-t-elle avec un léger sourire, de quoi ai-je l'air ? »

Katryen rangea une mèche échappée sous sa couronne et hocha la tête d'un air approbateur. « De la descendante du Saint, Majesté. »

*
* *

À dix heures, le ciel était d'un bleu aveuglant. Les dames d'honneur escortèrent Sabran jusqu'aux portes de la Maison des Ronces, où Aubrecht Lievelyn patientait dans un manteau long en compagnie des six Ducs Spirituels. Seyton Combe, comme à son habitude, arborait un sourire clément. Ead eut envie de le lui faire avaler.

Si fier de lui qu'il puisse paraître, il n'avait pas beaucoup avancé sur l'affaire des coupe-jarrets. Et, à sa grande frustration, Ead non plus. Même si elle désirait plus que tout mener l'enquête, ses tâches ne lui laissaient plus guère de temps libre.

Si les tueurs devaient frapper à nouveau, ce serait ce jour-là.

Tandis qu'on aidait Sabran à grimper dans le carrosse royal, Igrain Crest tendit la main à sa petite-fille.

« Roslain, dit-elle en souriant. Comme tu es belle aujourd'hui, ma fille. Le trésor de mon univers.

— Oh, Grand-mère, vous êtes trop généreuse. » Roslain fit la révérence avant de l'embrasser sur la joue. « Bonjour.

— Espérons qu'il le soit réellement, Lady Roslain, marmonna Ritshard Eller. Je n'aime pas voir la reine se promener au milieu des communs.

— Tout ira bien », le rassura Combe. Sa lourde chaîne reflétait les rayons du soleil. « Sa Majesté et Son Altesse Royale sont bien protégées. N'est-ce pas, sire Tharian ?

— Jamais aussi bien qu'aujourd'hui, Votre Grâce, répondit Lintley avec un salut élégant.

— Mmm. » Eller ne paraissait pas convaincu. « Très bien, sire Tharian. »

Ead partageait une voiture avec Roslain et Katryen. Tandis que le cortège s'éloignait bruyamment du palais pour plonger dans la ville, elle regarda par la fenêtre.

Ascalon était la première et unique capitale d'Inys. Ses rues pavées accueillaient des milliers de personnes venues des quatre coins de la Vertu et au-delà. Avant que Galian regagne l'archipel, ses îles formaient un ensemble de territoires guerroyant constamment, dirigés par d'innombrables souverains et principicules. Galian les avait tous unis sous une couronne unique. *Sa* couronne.

Cette capitale qu'il avait bâtie et nommée comme son épée aurait prétendument été jadis un véritable paradis. À présent, elle était aussi souillée par la filouterie et la crasse que n'importe quelle autre cité.

La plupart des bâtiments étaient en pierre. Après le Chagrin des Siècles, lorsque le feu avait ravagé le royaume, les toits de chaume avaient été interdits par la loi. Seule une poignée de maisons en bois, dessinées par Rosarian II, avaient été autorisées à subsister tant elles étaient belles. Des chevrons sombres, assemblés selon des motifs somptueux, contrastaient fortement avec le blanc des façades.

Les pavillons les plus élégants appartenaient à des familles réellement fortunées. Le quartier de la Reine accueillait une cinquantaine de bijoutiers et deux fois plus d'orfèvres. La rue Mein était réservée aux ateliers, où les inventeurs concevaient de nouvelles armes pour défendre le pays. Sur l'île de Glas, l'allée des Bonds regorgeait de poètes et de dramaturges, l'allée des Hardis de libraires. Des marchandises venues du monde entier étaient vendues sur le grand marché de la place du Globe. Du cuivre lasian rutilant, de la céramique, des bijoux en or. Des peintures mentendoniennes, de la marqueterie, des poteries lustrées. Du verre groseille très rare en provenance de la vieille République sereine de Carmentum. Des brûle-parfums et de la pierre de ciel venus des Ersyr.

Dans les quartiers les plus pauvres que traverserait le cortège royal, comme les Impasses ou les Pavés, la vie était bien moins belle. C'était là que se trouvaient les taudis, les bordels – déguisés en auberges pour échapper à l'Ordre des Sanctariens – et les tavernes où les voleurs de grand chemin venaient compter leur butin.

Des dizaines de milliers d'Inyssiens étaient dehors, en force, attendant d'apercevoir leur reine. Leur présence mit Ead mal à l'aise. Il n'y avait pas eu de tentative de meurtre depuis le mariage, mais elle était certaine que la menace demeurait.

Le cortège s'arrêta devant le sanctuaire de Notre-Dame, censé abriter la dépouille de Cléolind. (Ead savait que ça n'était pas le cas.) Il s'agissait du plus haut bâtiment d'Inys – plus vertigineux encore que la tour alabastrine –, fait d'une pierre pâle qui brillait au soleil.

Ead descendit du carrosse. Il y avait longtemps qu'elle n'avait plus arpenté les rues d'Ascalon, mais elle les connaissait bien. Avant que Chassar ne la présente à Sabran, elle avait consacré un mois à mémoriser les coins et recoins de la cité, afin de ne pas s'y perdre si elle devait un jour fuir la cour.

Une foule s'était rassemblée au sommet des marches du sanctuaire, avide d'attirer l'attention de sa souveraine. Les badauds avaient éparpillé des fleurs-de-reine et des fleurs de nénuphar sur les pavés. Tandis que les demoiselles d'honneur et les femmes de chambre extraordinaires émergeaient des voitures sous la houlette d'Oliva Marchyn, Ead jaugeait l'assemblée.

« Je ne vois pas Lady Truyde, dit-elle à Katryen.

— Elle a la migraine. » Katryen fit la moue. « Je m'attendais à rencontrer beaucoup de monde, dit-elle dans un nuage de buée, mais par le Saint, j'ai l'impression que toute la ville est venue. » Elle désigna le carrosse royal d'un hochement de tête. « Nous y voici. »

Ead s'arma de courage.

Lorsque Lievelyn émergea, les Inyssiens l'acclamèrent, comme si le Saint en personne était revenu. Imperturbable, il les salua de la main avant de la tendre à Sabran, qui descendit avec grâce.

Les acclamations se firent si bruyantes si vite qu'Ead eut l'impression que le son en devenait presque tangible. Elle en eut le souffle coupé et le ventre noué. Elle sentit Katryen frémir d'euphorie près d'elle et vit Margret observer les Inyssiens tomber à genoux devant leur reine. Les chapeaux furent ôtés, les larmes lâchées, et Ead eut le sentiment que la liesse aurait pu faire décoller de terre le sanctuaire de Notre-Dame. Sabran resta figée, comme frappée par la foudre. Ead la vit prendre la mesure de la situation. Depuis le jour de son couronnement, elle était restée recluse dans ses palais. Elle avait oublié ce qu'elle représentait pour son peuple. L'espoir incarné. Son bouclier et son salut.

Sabran recouvra rapidement ses esprits. Même si elle ne salua pas, elle sourit et serra la main de Lievelyn. Ils restèrent un moment côte à côte, laissant leurs sujets les vénérer.

Le capitaine Lintley ouvrit alors la marche, la main posée sur la poignée de sa rapière. Les chevaliers du corps et quelque trois cents gardes, postés le long de la route qu'ils allaient suivre, avaient été réunis pour protéger la reine et le prince consort durant toute leur visite de la ville.

Tout en suivant Sabran, Ead scrutait la foule, épiant visage après visage, main après main. Aucun assassin digne de ce nom ne laisserait filer une occasion pareille.

Le sanctuaire de Notre-Dame était aussi magnifique à l'intérieur qu'à l'extérieur, avec son plafond en voûte. D'immenses fenêtres en trèfle dominaient l'intérieur, arrosant le cortège de flèches de lumière pourpre. Les gardes attendirent à l'extérieur.

Sabran et Lievelyn s'avancèrent vers le tombeau, un majestueux bloc de marbre érigé dans une alcôve derrière l'autel. La Damoiselle était supposée reposer, parfaitement conservée, dans un caveau scellé en dessous. Il n'y avait aucune effigie.

Le couple royal s'agenouilla sur des coussins et ploya la tête. Puis Lievelyn recula d'un pas pour laisser Sabran prier en privé. Les dames de la chambre vinrent prendre place autour d'elle.

« Sainte Damoiselle, dit Sabran à la tombe, je suis Sabran la Neuvième. Ma couronne est la vôtre, mon reinaume est le vôtre, et chaque jour je m'efforce d'apporter la gloire sur la maison Berethnet. Je prie pour être animée de votre compassion, de votre courage et de votre tolérance. »

Elle ferma les paupières, et sa voix ne fut plus qu'un souffle spectral.

« J'avoue ne pas vous ressembler beaucoup. J'ai été impatiente et arrogante. Pendant trop longtemps, j'ai renoncé à mon devoir envers ce royaume, refusant de donner une princesse à mon peuple, cherchant cependant des manières dévoyées de prolonger ma vie. »

Ead l'observait. La reine retira son gant doublé de fourrure et apposa sa main sur le marbre.

Elle priait devant une tombe vide.

« Je vous le demande, en tant que votre descendante aimante. Permettez-moi de mener ma grossesse à terme. Que ma fille soit vigoureuse et pleine de fougue. Qu'elle apporte de l'espoir au peuple de la Vertu. Je donnerais tout pour cela. Je mourrais pour donner vie à ma fille. Je sacrifierais tout le reste pour elle – mais faites que notre maison ne s'achève pas avec moi. »

Sa voix était ferme, mais son visage était une ode à la fatigue. Ead hésita, puis tendit la main vers elle.

Sabran se crispa d'abord. Un instant plus tard, elle se détendit et entrelaça ses doigts aux siens.

Il n'était pas normal qu'une femme en vînt à redouter de n'être point suffisante.

Lorsque Sabran se releva, ses dames en firent autant. Ead se prépara au pire. La prochaine partie du voyage serait la plus périlleuse. Sabran et Lievelyn devaient rencontrer les indigents d'Ascalon et leur distribuer des bourses d'or. En descendant les marches du sanctuaire, la reine resta près de son compagnon.

Désormais, le cortège irait à pied. Ils suivirent à travers la cité la voie Berethnet, flanquée de la garde de la ville. À mi-chemin, alors qu'ils franchissaient la place Marian, un rétameur lança : « Engrosse-la, ou retourne à Mentendon ! » Lievelyn demeura impassible, mais Sabran serra les dents. Alors que l'homme était emmené par les soldats, elle reprit la main du prince.

Pour rallier les Impasses, ils devaient d'abord franchir le quartier de Sylvan-lès-Fleuve, où les rues étaient dans l'ombre des arbres persistants ; le théâtre Carnélian dominait les éventaires. Le bruit était assourdissant, l'air saturé d'excitation.

Alors que Sabran s'arrêtait pour admirer un rouleau de tissu, quelque chose attira l'œil d'Ead vers la boulangerie de l'autre côté de la rue. Accroupie à son balcon, une silhouette avait le nez et la bouche dissimulés derrière un masque. L'homme tendit le bras.

Un pistolet refléta les rayons du soleil.

« Mort à la maison Berethnet ! » s'écria-t-il.

Tout se déroula comme au ralenti. Sabran leva brusquement les yeux, quelqu'un poussa un cri d'horreur, mais Ead était déjà là. Elle percuta la reine et lui enroula le bras autour de la taille en tombant. Elles heurtèrent les pavés tandis que l'arme faisait feu dans un fracas de fin du monde. Des hurlements jaillirent de la foule, et un vieil homme s'écroula, atteint par la balle destinée à la reine.

Ead atterrit douloureusement sur la hanche, enroulée autour de la reine qui l'étreignait en retour, un bras protégeant son ventre. Ead la releva et la confia à Lievelyn. Celui-ci lui fit aussitôt rebrousser chemin.

« La reine ! beugla le capitaine Lintley. Les épées pour la reine !

— Là-haut, désigna Ead. Tuez-le ! »

Le tireur avait déjà sauté sur le balcon voisin. Lintley le visa de son arbalète, mais son carreau le manqua d'un cheveu. Il jura et rechargea aussitôt.

Ead se plaça devant Sabran. Lievelyn dégaina son épée large et protégea le dos de la reine. Les autres dames d'honneur se déployèrent autour de leur souveraine. En observant le tireur, qui bondissait désormais telle une antilope de toit en toit, Ead sentit un frisson glacial la parcourir. Elle regarda l'autre côté de la rue.

Ils ne portaient pas de masque de velours, contrairement aux coupe-jarrets du palais. En revanche, leur visage était dissimulé derrière ces espèces de becs que les médecins portaient pour se protéger de la peste durant le Chagrin des Siècles. Quand le premier s'élança depuis la foule et se précipita vers le cortège royal, Ead lança la dague passée à sa ceinture. Elle transperça la gorge de l'assaillant le plus proche.

La foule se dispersa. Dans le chaos ambiant, un autre complice se retrouva à leur hauteur. « Fot-en-cul de Berethnet ! » cria-t-il à Sabran. Il percuta l'une des Chevaleresses du Corps, qui le repoussa et brandit son épée. « Vive le Sans-Nom !

— Le Dieu de la Montagne ! » L'invocation venait de très près. « Que son règne vienne ! »

Des prophètes de malheur. En un rien de temps, Lintley avait troqué son arbalète pour son épée et pourfendait la menace la plus proche. Le chevalier galant avait disparu, remplacé par un homme trié sur le volet pour protéger la reine d'Inys. La prochaine tentative fut l'œuvre d'une femme, qui tourna les talons et détala dès que Lintley la menaça. Un mousquet déchargea et lui éparpilla les viscères sur les pavés.

Ead chercha le Faucon-de-Nuit du regard, mais la panique était trop grande, les corps trop nombreux. Sabran demeura plantée sur place, les poings serrés le long des flancs, la tête haute.

Ead était envahie d'un calme surnaturel. En dégainant deux autres lames, elle oublia que les dames de la chambre n'étaient pas censées être formées au combat. Elle se départit de ce voile de secret dans lequel elle s'était drapée pendant toutes ces années. Elle ne connaissait plus que son devoir. S'assurer que Sabran ait la vie sauve.

La danse guerrière l'appelait. Comme la première fois qu'elle avait traqué un basilic. Tel le vent sur le feu, elle fondit sur la prochaine vague d'assaillants, faisant tournoyer ses poignards, et ils tombèrent autour d'elle comme des mouches.

Elle revint se mettre en position. Lintley la dévisageait, le visage maculé de sang. Un hurlement lui fit tourner la tête. Linora. Elle gémissait de terreur, implorante, alors que deux prophètes de malheur la jetaient à terre. Ead et Lintley se précipitèrent tous deux vers elle, mais un couteau lui trancha la gorge, faisant gicler le sang. Il était trop tard pour la sauver.

Ead s'efforça de juguler sa stupeur, mais une remontée bilieuse lui brûla la gorge. Sabran observa fixement sa suivante mourante. Les chevaliers du corps encerclaient leur reine, mais eux-mêmes étaient cernés, submergés par la menace. Une autre silhouette masquée fonça sur le couple royal, mais Roslain, avec une férocité qu'Ead ne soupçonnait pas, lui planta sa dague dans la cuisse. L'homme poussa un cri.

« Le Sans-Nom prendra son essor, haleta-t-il. Nous lui jurons allégeance. » Le regard était vitreux. « Mort à la maison Berethnet ! »

Roslain se jeta à sa gorge, mais il l'assomma d'un coup de poing. Sabran laissa échapper un cri de rage. Ead sortit de la mêlée et courut vers elle alors que le filou se fendait en direction de Lievelyn, qui releva l'épée juste à temps pour parer l'assaut.

La lutte qui s'ensuivit fut aussi brève que violente. Lievelyn eut rapidement le dessus, fort de ses années d'entraînement. Un coup de taille brutal suffit à mettre un terme au duel.

Sabran s'écarta du cadavre. Son compagnon contempla son épée et déglutit. La lame dégouttait de sang.

« Majesté, Altesse, suivez-moi », lança un chevalier du corps. Son armure cuivrée était plus rouge qu'auparavant. « Je connais un endroit sûr. Le capitaine Lintley m'a commandé de vous y emmener sans tarder. Nous devons partir sur-le-champ. »

Ead brandit l'un de ses couteaux dans sa direction. La plupart des chevaliers du corps fermaient leur heaume à l'extérieur, et la voix émanant de celui-ci était étouffée. « N'approchez plus, ordonna-t-elle. Qui êtes-vous ?

— Sire Grance Lambren.

— Retirez votre casque.

— Du calme, Mademoiselle Duryan. Je reconnais sa voix, la rassura Lievelyn. Sire Grance courrait un risque en ôtant son heaume.

— Ros… » Sabran essayait d'atteindre sa principale gente dame. « Aubrecht, je vous en prie, portez-la. »

Ead chercha des yeux Margret et Katryen, mais ne les trouva pas. Linora gisait dans une flaque de son propre sang, les prunelles ternies par la mort.

Lievelyn souleva Roslain et suivit sire Grance, qui entraînait Sabran à l'écart. Maudissant vertement le prince pour sa confiance aveugle, Ead s'élança à leur suite. Les autres chevaliers du corps tentèrent de rejoindre leur reine, mais ils étaient submergés.

Qui avait pu organiser un tel essaim ?

Elle rattrapa Sabran et Lievelyn juste alors que Lambren leur faisait tourner l'angle de la voie Berethnet. Il les emmena au travers d'un charnier mal entretenu de l'allée Tremblante pour gagner un sanctuaire en ruine. Il y fit pénétrer le couple royal, mais lorsque Ead en atteignit l'entrée, il lui en interdit l'accès.

« Vous devriez aller chercher les autres dames, mademoiselle.

— Je suivrai la reine, sire, ou vous ne la suivrez pas non plus. »

Lambren resta figé. Ead raffermit sa prise sur ses couteaux.

« Ead. » La voix de Sabran. « Ead, où es-tu ? »

Le chevalier demeura immobile un instant de plus avant de s'écarter. Dès qu'Ead fut passée, il rengaina son épée et verrouilla les vantaux derrière eux. Quand il retira son heaume, Ead reconnut le visage rougeaud de sire Grance Lambren. Il lui jeta un regard de profond mépris.

L'intérieur du sanctuaire était en aussi piteux état que le charnier. Des plantes tendaient leurs vrilles au travers des fenêtres brisées. Roslain reposait sur l'autel ; elle respirait encore. Sabran, qui l'avait couverte de son manteau, tenait sa main molle en s'efforçant de garder contenance.

Lievelyn faisait les cent pas, le visage fermé. « Ces pauvres âmes. Lady Linora… » Il avait une longue traînée de sang sur la joue. « Sabran, je dois retourner dans la rue pour aider le capitaine Lintley. Restez ici avec sire Grance et Mademoiselle Duryan. »

Sabran fut aussitôt devant lui. « Non. » Elle lui saisit les coudes. « Je vous ordonne de rester.

— Je suis aussi fine lame que n'importe qui, répliqua-t-il. Ma garde royale…

— Mes chevaliers du corps sont eux aussi dehors, l'interrompit la reine, mais si nous mourons, leurs efforts pour nous protéger auront été vains. Avoir à nous défendre les exposerait davantage aux assauts. »

Lievelyn lui prit le visage en coupe.

« Ma douce, dit-il, je m'en sortirai. »

Pour la première fois, Ead vit combien il était amoureux de Sabran, et cela l'ébranla. « Maudit, vous êtes mon compagnon. Vous avez partagé ma couche. Ma chair. Mon… mon cœur », le rabroua Sabran. Sa mine était crispée, sa voix rauque. « Et vous ne laisserez pas notre fille orpheline, Aubrecht Lievelyn. Vous ne nous abandonnerez pas là, à vous pleurer. »

Il exprima tout un éventail de sentiments. Une lueur d'espoir illumina ses pupilles.

« Est-ce vrai ? »

Soutenant son regard, Sabran lui prit la main pour la poser sur son ventre.

« C'est vrai », confirma-t-elle tout doucement.

Lievelyn souffla. Un sourire étira ses lèvres, et il lui caressa la joue du pouce.

« Dans ce cas, je suis le plus chanceux des princes, chuchota-t-il. Et je vous jure que notre fille sera la princesse la plus chérie de l'histoire. » Il serra alors Sabran contre lui. « Ma reine. Ma bénédiction. Je vous aimerai tous deux jusqu'à être digne de ma bonne fortune.

— Vous l'êtes déjà. » Sabran lui embrassa la joue. « Ne portez-vous pas mon lacs d'amour ? »

Elle posa le menton sur son épaule. Puis elle lui caressa le dos et ferma les yeux quand il lui déposa un baiser sur la tempe. Toute tension venait d'être effacée. Une flamme mouchée par le rapprochement de deux corps.

On tambourina à coups de poing contre la porte.

« Sabran, appela une voix. Majesté, c'est Kate, avec Margret ! Je vous en conjure, laissez-nous entrer !

— Kate, Meg… » Sabran s'écarta aussitôt de Lievelyn. « Ouvrez-leur, aboya-t-elle à l'intention de Lambren. Faites vite, sire Grance. »

Ead décela la ruse trop tard. Il ne s'agissait pas de Lady Katryen d'Osier, mais d'une imitation. Une pâle imitation.

« Non, s'écria-t-elle d'un ton sec. Arrêtez.

— Comment osez-vous contredire mes ordres ? tempêta Sabran en se retournant vers elle. Qui vous a donné autorité ? »

Elle écumait de colère, mais Ead demeura de marbre. « Majesté, ce n'est pas Katryen…

— Je sais encore reconnaître sa voix. » Sabran fit signe à Lambren. « Laissez entrer mes dames. Tout de suite. »

En tant que chevalier du corps, il obéit.

Ead ne perdit pas un instant. L'un de ses couteaux fendait déjà l'air quand Lambren acheva de déverrouiller les portes et que quelqu'un déboula dans le sanctuaire. L'intrus évita la mort d'une esquive agile, tira sur Lambren, puis braqua son pistolet sur Ead.

Le garde tomba dans un fracas d'armure. La balle s'était logée en plein front.

« Ne bouge pas, l'Ersyrienne », dit une voix féminine. Le canon de l'arme fumait encore. « Lâche ce couteau.

— Pour que vous puissiez assassiner la reine d'Inys ? » Ead ne bougea pas. « Je préfère encore que ce pistolet soit braqué sur *mon* cœur. Mais j'imagine que vous n'aviez qu'une seule balle, sans quoi nous serions tous morts. »

L'assassin ne répondit pas.

« Qui vous a envoyés ? demanda Sabran en carrant les épaules. Qui conspire à mettre un terme à la lignée du Saint ?

— L'Échanson ne vous veut aucun mal, Majesté, sauf quand vous refusez d'entendre la voix de la raison. Sauf quand vous entraînez l'Inys sur des chemins qu'elle ne devrait pas suivre. »

L'Échanson.

« Des chemins », reprit la femme, dont la voix était étouffée par le masque anticontagion, « qui conduiront la nation au péché. »

Alors que le pistolet pivotait vers le couple royal, Ead lança son dernier couteau. Celui-ci atteignit l'assassin en plein cœur au moment où le coup partit.

Sabran tressaillit. Ead, malade de terreur, s'empressa d'aller la rejoindre et chercha une trace d'humidité sur son corsage, mais ne trouva pas de sang. La robe était encore virginale.

Derrière elles, Aubrecht Lievelyn posa un genou à terre. Ses mains étaient plaquées contre son pourpoint, où une tache sombre s'étalait.

« Sabran », murmura-t-il.

La souveraine se retourna.

« Non, fit-elle d'une voix râpeuse. Aubrecht… »

Ead vit, comme de loin, la reine d'Inys se précipiter vers son compagnon et l'aider à s'allonger en hoquetant son nom, tandis que le sang du cœur princier inondait ses jupons. Elle le serrait contre lui en le suppliant de ne pas l'abandonner alors que la vie le quittait. Elle se pencha sur lui, sa tête dans son giron.

Il cessa de bouger.

« Aubrecht. » Sabran leva la tête, les yeux mouillés de larmes. « Ead. Ead, aide-le, par pitié… »

Ead n'eut pas le temps d'aller jusqu'à elle. Les portes s'ouvrirent à nouveau, et un nouvel assassin pénétra dans le sanctuaire, le souffle court. Ead dépouilla le défunt Lambren de son épée et plaqua le coupe-jarret contre le mur.

« Retire ton masque, cracha-t-elle, ou je te jure que je t'arrache le visage en même temps. »

Deux mains gantées révélèrent une complexion pâle. Truyde utt Zeedeur fixa du regard la dépouille du Grand Prince de Mentendon.

« Je ne voulais pas qu'il meure, murmura-t-elle. Je voulais simplement vous aider, Majesté. Je voulais vous forcer à écouter. »

27

Est

Niclays Roos *intriguait*. Et son plan était si dangereux et indéfectible qu'il se demandait presque s'il en était réellement à l'initiative, éternel pleutre qu'il était.

Il allait concevoir l'élixir et racheter son passage vers l'Ouest, même s'il lui en coûtait la vie. Et cela risquait bien de se produire. Pour s'échapper d'Orisima pour de bon, et pour réinsuffler un peu d'allant à ses recherches, il allait devoir courir un risque. Il lui faudrait obtenir ce que la loi estrienne lui avait interdit.

Il lui fallait du sang de dragon, afin d'étudier comment les dieux se régénéraient.

Et il savait précisément par où commencer.

Les domestiques s'affairaient dans la cuisine. « En quoi pouvons-nous vous être utiles, éminent docteur Roos ? demanda l'une d'elles quand il apparut à la porte.

— J'ai besoin d'envoyer un message. » Avant de perdre le peu de courage qu'il lui restait, il lui tendit la lettre. « Elle doit parvenir à l'honorée Tané, au château Fleur-de-Sel, avant le coucher du soleil. Voulez-vous bien la confier aux coursiers de ma part ?

— Oui, éminent docteur Roos. Ce sera fait.

— Ne lui dites pas qui l'envoie », ajouta-t-il d'un ton calme. Elle parut dubitative, mais promit de s'exécuter. Il lui donna suffisamment d'argent pour payer pour la course, et elle partit.

Il ne lui restait désormais plus qu'à attendre.

Le point positif étant que cela lui laissait davantage de temps pour lire. Pendant qu'Eizaru était au marché et que Purumé s'occupait de ses patients, Niclays s'installa dans sa chambre, le chat ronronnant près de lui, et consulta *Le Prix de l'or*, son traité d'alchimie préféré. Son exemplaire était désormais bien usé.

Tandis qu'il s'attaquait à un nouveau chapitre, un fragment de soie délicate s'en échappa.

Son souffle se bloqua. Il ramassa le morceau de tissu et le lissa avant que le chat puisse mettre ses griffes dessus. Voilà des années qu'il n'avait plus réfléchi au plus grand mystère de son existence.

La plupart des livres et documents en sa possession avaient autrefois appartenu à Jannart, qui lui avait légué la moitié de sa bibliothèque, ainsi que sa sphère armillaire, une horloge à bougie lacustrine et quantité d'autres curiosités. Sa collection avait contenu d'innombrables tomes magnifiques – des manuscrits enluminés, des traités rares, des livres de prières miniatures –, mais rien n'avait davantage obsédé Niclays que ce minuscule papier de soie. Pas parce qu'il était couvert d'une écriture qu'il ne pouvait déchiffrer, pas non plus parce qu'il était manifestement très ancien, mais parce qu'en tentant de percer ses secrets, Jannart avait perdu la vie.

Aleidine, sa veuve, l'avait donné à Truyde, qui avait fait le deuil de son grand-père en se passionnant pour ses biens. L'enfant avait conservé ce papier dans un médaillon pendant une année entière.

Juste avant le départ de Niclays pour l'Inys, Truyde était venue le trouver dans sa maison de Brygstad. Elle portait alors une petite collerette, et ses cheveux – les mêmes que ceux de Jannart – s'enroulaient autour de ses épaules.

Oncle Niclays, avait-elle déclaré avec gravité, *je sais que vous allez partir bientôt. Le seigneur mon grand-père était en possession de ce document à sa mort. J'ai essayé de le traduire, mais l'école ne m'a pas enseigné suffisamment de choses*. Elle le lui avait confié d'une main gantée. *Papa dit que vous êtes très intelligent. Je pense que vous arriverez à comprendre ce que ça raconte.*

Cela t'appartient, mon enfant, avait-il répondu, même s'il mourait d'envie d'accepter l'offrande. *La dame ta grand-mère te l'a donné.*

Je crois que ça vous était destiné. J'ai envie que vous l'ayez. Mais promettez-moi de m'écrire pour me révéler ce que cela signifie quand vous l'aurez compris.

Il n'avait jamais été en mesure de lui envoyer la bonne nouvelle. À en juger par l'écriture et le matériau, ce fragment provenait sans doute de l'Est antique, mais c'était à peu près tout ce que Jannart avait pu glaner avant de périr. Des années s'étaient écoulées, et Niclays ne savait toujours pas pourquoi son ami s'y était accroché sur son lit de mort.

Il le roula précautionneusement et le glissa dans la boîte ornementée qu'Eizaru lui avait offerte. Il se sécha les yeux, inspira profondément, et rouvrit *Le Prix de l'or.*

*
* *

Ce soir-là, Niclays soupa avec Eizaru et Purumé avant de faire mine d'aller se coucher. À la nuit tombée, il sortit discrètement de sa chambre et enfila le chapeau d'Eizaru. Puis il se faufila dans l'obscurité.

Il connaissait le chemin. Échappant aux sentinelles, il traversa en hâte les marchés de nuit, la tête baissée et la canne à la main.

Aucune lanterne ne brûlait pour trahir son arrivée sur la plage. Celle-ci était déserte, ou presque.

Tané Miduchi patientait auprès d'un bassin rocheux. Le rebord d'un casque plongeait sa figure dans les ténèbres. Niclays s'installa à bonne distance.

« Votre présence m'honore, dame Tané. »

Elle mit du temps à lui répondre. « Vous parlez seiikinois.

— Bien sûr.

— Que voulez-vous ?

— Un service.

— Je ne vous dois aucun service, rétorqua-t-elle d'une voix basse et froide. Je pourrais vous tuer sans attendre.

— Je me doutais que vous me menaceriez, c'est pourquoi j'ai laissé un message à l'éminent docteur Moyaka pour l'informer de votre crime. » Un mensonge, mais elle ne pouvait pas s'en douter. « Tout le monde dort, chez lui – mais si je ne rentre pas à temps pour brûler ce papier, chacun saura ce que vous avez fait. Je doute que le général de mer vous autorise à demeurer parmi ses dragonniers – vous qui avez risqué de faire entrer le mal rouge en Seiiki.

— Vous ne mesurez pas ce que je serais prête à faire pour conserver ma place. »

Niclays pouffa. « Vous avez laissé un homme innocent et une jeune femme crever dans leurs excréments dans une geôle pour que votre petite cérémonie puisse avoir lieu, lui rappela-t-il. Non, dame Tané. Je ne vous ai pas méjugée. J'ai au contraire l'impression de très bien vous connaître. »

Elle demeura d'abord silencieuse. Puis : « Vous avez parlé d'une jeune femme. »

Évidemment, elle ne pouvait pas s'en douter. « Je doute que vous vous souciiez du sort de ce pauvre Sulyard, mais votre amie du théâtre a été arrêtée, elle aussi. Je tremble à l'idée de ce qu'ils ont pu lui faire subir pour essayer de lui arracher votre nom.

— Vous mentez. »

Niclays la vit pincer les lèvres. La seule partie de son visage qu'il distinguait.

« Je suis venu vous proposer un marché honnête. Je vais rentrer ce soir sans rien divulguer de votre lien avec Sulyard. En échange de mon silence, vous m'apporterez un peu de sang de votre dragon, ainsi que l'une de ses écailles. »

Elle se déplaça tel un oiseau prenant son vol. Soudain, une lame bien affûtée se retrouva plaquée contre la gorge de Niclays.

« Du sang, chuchota-t-elle, et une écaille ? »

Sa main tremblait. Niclays était tenté de battre en retraite, mais il se surprit à rester campé sur ses jambes.

« Vous voulez que je mutile un dragon. Que je profane la chair d'un dieu. » Il voyait ses yeux, à présent, et ils semblaient encore plus dangereux que son arme. « Les autorités ne se contenteront pas de vous décapiter. Vous serez brûlé vif. L'eau qui vous constitue est trop souillée pour être purifiée.

— Je me demande s'ils vous brûleront aussi pour vos crimes. Venir en aide à un intrus. Mépriser l'embargo. Mettre toute la Seiiki en danger... » Niclays serra les dents quand la lame entama la chair de son cou. « Sulyard confirmera tous mes dires. Il se souvient parfaitement de votre visage, je le crains, et notamment de votre jolie cicatrice. Naturellement, personne ne l'a écouté jusque-là, mais si je joins ma voix à la sienne… »

Elle tremblait de plus en plus ostensiblement.

« Donc, résuma-t-elle, vous me menacez. » Elle retira son couteau. « Mais pas pour sauver Sulyard. Vous tirez profit de la souffrance des autres pour votre propre intérêt. Vous êtes à la solde du Sans-Nom.

— Oh non, rien d'aussi excitant que cela, dame Tané. Je ne suis qu'un pauvre vieillard cherchant à quitter cette île pour rentrer mourir au pays. » Un liquide chaud lui coulait dans le cou. « Je comprends que vous ayez besoin de temps pour obtenir ce dont j'ai besoin. Je reviendrai sur cette plage dans quatre jours, au crépuscule. Si vous ne vous présentez pas, je vous conseille de quitter Ginura toutes affaires cessantes. »

Il se fendit d'une profonde révérence et la laissa là, seule avec les étoiles.

***

Le soleil enflait tel le sang coulant d'une plaie. Tané était assise sur la falaise dominant la baie de Ginura ; elle observait les vagues se fracasser en cristaux blancs sur les rochers en contrebas.

La blessure que Turosa lui avait infligée à l'épaule l'élançait encore. Elle but le vin qu'elle avait dérobé aux cuisines, qui la brûla du palais jusqu'à la poitrine.

Elle vivait ses dernières heures en tant que dame Tané du clan Miduchi. Quelques jours à peine après avoir hérité de sa nouvelle identité, elle en serait dépouillée.

Tané fit courir son doigt sur la cicatrice qui lui barrait la joue, cette cicatrice qui avait causé sa perte. Celle qu'elle s'était faite en secourant Susa. Ce n'était pas sa seule balafre – elle avait une autre marque, encore plus profonde, au niveau du flanc. Elle n'avait aucun souvenir de la manière dont elle l'avait reçue.

Elle songea à Susa, qui se morfondait en prison. Puis elle pensa à ce que Roos attendait d'elle, et son ventre se convulsa tel un poisson sur la terre.

Le simple fait de défigurer l'image d'un dragon était passible de mort. Voler le sang et l'armure d'un dieu était plus que criminel. Certains pirates se servaient de nufeu pour endormir les dragons, les hisser sur des galions volés et les dépouiller de tout ce qui pouvait se vendre au marché noir de Kawontay, depuis leurs dents jusqu'au blanc de la chair. Il n'existait pas de crime plus grand dans l'Est et, par le passé, les seigneurs de guerre condamnaient les coupables de telles exactions à des exécutions publiques des plus brutales.

Elle ne commettrait pas un acte aussi cruel. Après toutes les batailles que Nayimathun avait dû livrer durant le Grand Chagrin, Tané refusait de lui infliger une cicatrice de plus. Quoi que Roos puisse vouloir faire de son sang sacré, ce n'était probablement pas pour le bien de la Seiiki.

Et pourtant, elle ne pouvait pas jouer ainsi avec la vie de Susa – pas alors que c'était elle qui l'avait mise dans ce pétrin.

Tané se gratta le crâne et se tira les cheveux ainsi qu'elle le faisait parfois quand elle était plus jeune. Ses professeurs lui avaient toujours tapé sur les doigts pour la forcer à s'arrêter.

Non. Elle n'obéirait pas à Roos. Elle irait trouver le général de mer et lui avouerait tout. Cela lui coûterait

Nayimathun et sa place de dragonnière. Cela lui coûterait tout ce pour quoi elle avait travaillé depuis l'enfance – mais c'était le sort qu'elle méritait, et cela pourrait sauver son amie de l'épée.

« Tané. »

Elle leva les yeux.

Nayimathun flottait au bord de la falaise. Une lumière palpitait au niveau de sa couronne.

« Grande Nayimathun », la salua Tané d'une voix râpeuse.

La dragonne inclina la tête. Son corps dérivait au gré du vent, comme si elle était aussi légère que du papier. Tané posa les mains devant elle et plaqua le front contre le sol.

« Tu n'es pas venue à l'Orphelin-Éploré, ce soir, lui reprocha Nayimathun.

— Pardonne-moi. » Puisqu'elle ne pouvait pas toucher la créature, Tané s'exprimait aussi par signes, tout en lui parlant. « Je ne peux plus te voir. Sincèrement, grande Nayimathun, j'en suis désolée. » Sa voix se brisa, tel du bois putride sous la contrainte. « Je dois aller voir l'honoré général de mer. J'ai un aveu à lui faire.

— J'aimerais que tu voles avec moi, Tané. Nous pourrons parler de ce qui te perturbe.

— Je te déshonorerais.

— Souhaites-tu en plus me désobéir, enfant de chair ? »

Ses prunelles brûlaient tels des cercles de feu, et cette gueule pleine de dents ne souffrait aucune contestation. Tané ne pouvait désobéir à une déesse. Son corps était un vaisseau d'eau, et l'eau leur appartenait.

Il était possible, bien que dangereux, de chevaucher un dragon sans selle. Tané se leva et s'approcha du bord de la falaise. Elle frissonna quand Nayimathun baissa la tête pour la laisser agripper sa crinière, planter une botte sur son cou et se hisser sur son dos. Nayimathun s'envola loin du château…

… et plongea.

Un frémissement chanta dans tout le corps de Tané tandis qu'elles fonçaient vers la mer. Elle ne pouvait respirer, tant à cause de la terreur que de la joie. C'était comme si son cœur avait été hameçonné par sa bouche, tel un poisson pris au bout d'une ligne.

Un éperon rocheux fonçait à leur rencontre. Le vent rugissait à ses oreilles. Juste avant de toucher l'onde, elle rentra instinctivement le menton.

L'impact manqua la désarçonner. De l'eau lui envahit la bouche et le nez. Ses cuisses la faisaient souffrir et ses doigts étaient perclus de crampes tant elle s'accrochait pour ne pas tomber tandis que Nayimathun nageait, faisant onduler sa queue, battant des pattes, aussi gracieuse qu'une orque. Tané se força à garder les yeux ouverts. Son épaule brûlait à cause du feu guérisseur que seuls les flots pouvaient embraser.

Des bulles s'élevaient telles des lunes de mer tout autour d'elles. Nayimathun remonta à la surface, et Tané avec.

« En haut ? s'enquit la dragonne. Ou en bas ?

— En haut. »

Muscles et écailles fléchirent sous la dragonnière. Elle raffermit sa prise sur la crinière humide. D'un bond immense, Nayimathun se mit à survoler la baie, faisant pleuvoir de l'eau dans les vagues.

Tané se retourna pour regarder derrière elle. Ginura était déjà loin en contrebas. On eût dit une peinture, à la fois réelle et irréelle, un monde flottant au bord de la mer. Elle se sentait vivante, *vraiment* vivante, comme si elle n'avait jamais respiré avant ce jour.

Là, elle n'était plus dame Tané du clan Miduchi, ni personne d'autre. Elle n'était qu'une figure anonyme au milieu du crépuscule. Un souffle de vent sur l'onde.

Voilà à quoi sa mort ressemblerait. Des tortues serties escorteraient son esprit jusqu'au palais des Maintes-Perles, et son corps serait offert aux vagues. Il n'en subsisterait que de l'écume.

C'était du moins ce qu'il serait advenu d'elle si elle n'avait pas fauté. Seuls les dragonniers pouvaient reposer avec leur dragon. Quant à elle, elle hanterait l'océan pour l'éternité.

L'alcool ingurgité produisait son effet. Nayimathun s'envola plus haut, chantant dans une langue oubliée. Les souffles de l'humaine et de la dragonne se mêlaient dans un même nuage.

La mer était vaste. Tané se blottit contre la crinière de Nayimathun, là où le vent ne l'atteignait qu'à peine. D'innombrables étoiles scintillaient au firmament, parfaitement limpide à présent qu'elles flottaient au-dessus des nuées. Des yeux de dragons à naître. Lorsqu'elle dormait, elle rêvait de cette armée tombant du ciel pour repousser les ombres. Elle se figurait aussi petite qu'un semis, mais ses espoirs se déployaient telles des branches.

Elle remua, sans énergie, plongée dans une chaleur confortable, avec une légère douleur aux tempes.

Il lui fallut quelque temps pour se réveiller pleinement, tant elle avait été profondément absorbée dans son rêve. Quand elle se souvint de tout, sa peau se glaça à nouveau, et elle eut conscience de reposer sur un rocher.

Elle roula de côté. Dans la pénombre, elle distinguait à peine la silhouette de sa dragonne.

« Où sommes-nous, Nayimathun ? »

Un bruit d'écailles sifflant sur la pierre.

« Quelque part, gronda la créature. Nulle part. »

Elles se trouvaient dans une grotte littorale. De l'eau pénétra par l'embouchure. À l'endroit où les vagues se brisaient contre la pierre, des lumières pâles naissaient et vacillaient, comme le minuscule calmar luisant qui s'échouait parfois sur les plages du Cap-Hisan.

« Explique-moi comment tu nous as déshonorées », demanda Nayimathun.

Tané ramena ses genoux contre elle. Si elle conservait encore un peu de courage, elle n'en avait pas assez pour refuser par deux fois d'obéir à un dragon.

Elle parla doucement. Rien n'était plus secret. Tandis qu'elle racontait tout ce qui s'était passé depuis que cet étranger s'était échoué sur cette plage, Nayimathun ne produisit aucun son. Tané colla le front au sol et attendit son jugement.

« Debout », ordonna Nayimathun.

Elle obéit.

« Ce qui s'est produit ne me déshonore pas, affirma la dragonne. Cela déshonore le monde. »

Tané baissa la tête. Elle s'était promis de ne plus pleurer.

« Je sais que je suis impardonnable, grande Nayimathun. » Elle ne quitta pas ses bottes des yeux, mais sentit sa mâchoire trembloter. « J'irai trouver l'honoré général de mer au matin. Tu p-peux choisir un autre dragonnier.

— Non, enfant de chair. Tu es ma cavalière, qui m'a été confiée devant la mer. Et tu as raison, tu ne peux être pardonnée, mais seulement parce qu'il n'y a pas *eu* de crime. »

Tané la dévisagea. « Mais il y a eu un crime. » Sa voix chevrotait. « J'ai contrevenu à la réclusion. J'ai caché un étranger. J'ai désobéi au Grand Édit.

— Non. » Un sifflement résonna dans la grotte. « L'Ouest ou l'Est, le Nord ou le Sud… cela ne fait aucune différence pour le feu. La menace vient d'en dessous, pas de loin. » Le dragon s'allongea sur le sol, afin de rapprocher ses yeux de Tané. « Tu as caché le garçon. Tu l'as préservé de l'épée.

— Je ne l'ai pas fait par grandeur d'âme. Seulement parce que… » Son ventre se contracta. « Parce que je voulais que ma vie poursuivre son cours normal. Et parce que je pensais qu'il gâcherait tout.

— Cela me déçoit. Cela te déshonore. Mais pas au-delà du pardon. » Nayimathun inclina la tête. « Dis-moi, petite chose. Pourquoi l'Inyssien est-il venu en Seiiki ?

— Il voulait rencontrer le très honoré seigneur de guerre. » Tané s'humecta les lèvres. « Il paraissait désespéré.

— Dans ce cas, le seigneur de guerre doit le recevoir. L'empereur des Douze-Lacs doit entendre ses mots. » Les piquants sur son dos se hérissèrent. « La terre tremblera sous la mer. Il s'éveille. »

Tané n'osa demander ce que cela signifiait. « Que dois-je faire, Nayimathun ?

— Ce n'est pas la question à poser. Tu dois demander ce que *nous* devons faire. »

28

Sud

Rauca, la capitale des Ersyr, était la plus vaste colonie restant au Sud. Alors qu'il progressait péniblement parmi son dédale d'allées cernées de hautes murailles, Loth était submergé par les sensations. Des monticules d'épices multicolores, des jardins d'agrément qui embaumaient les rues, de hauts badguirs ornés de smalt – rien ici ne ressemblait à ce qu'il connaissait.

Dans la confusion de la cité, de rares regards étaient accordés à l'ichneumon à son côté. Ses congénères ne devaient pas être aussi rares ici que plus loin au nord. Contrairement à la créature légendaire, celle-ci semblait incapable de parler.

Loth évitait la foule autant que possible. Malgré la chaleur, il s'était emmitouflé jusqu'au cou dans son manteau, ce qui ne l'empêchait pas de paniquer dès lors que quelqu'un s'approchait de trop près.

Le palais d'ivoire, siège de la maison Taumargam, dominait la ville tel un dieu silencieux. Des colombes voletaient tout autour, transportant des messages entre les habitants de la cité. Ses dômes en or, argent ou bronze étaient aussi brillants que le soleil qu'ils reflétaient ; dans ses parois d'un blanc immaculé, des fenêtres cintrées formaient comme des motifs de dentelle.

C'était de cette maison que Chassar uq-Ispad était l'ambassadeur. Loth voulait se rendre directement au palais, mais l'ichneumon semblait avoir une autre idée en tête. Il conduisit Loth jusqu'à un marché couvert, où l'odeur était aussi douce qu'une pâtisserie.

« Je ne sais vraiment pas où tu comptes aller », maugréa Loth entre ses lèvres gercées. Il était certain que l'animal le comprenait. « On ne pourrait pas s'arrêter boire quelque part, s'il te plaît, coquin ? »

Il aurait mieux fait d'économiser sa salive. Quand ils franchirent un trésor de flasques de selle, chacune remplie d'une eau cristalline, il ne peut plus résister. Il farfouilla dans son sac, en quête de quelques pièces. L'ichneumon se retourna vers lui et grogna.

« Pitié », plaida Loth avec lassitude.

L'ichneumon souffla, mais s'assit sur son arrière-train. Loth se tourna vers un marchand et lui désigna la plus petite bouteille en verre iridescent. L'homme lui répondit dans sa propre langue.

« Je ne parle pas ersyrien, s'excusa Loth d'un air contrit.

— Ah, vous êtes inyssien. Toutes mes excuses. » Le marchand lui sourit, plissant le coin des yeux. À l'instar de la plupart des Ersyriens, il avait la peau dorée et les cheveux bruns. « Cela fera huit soleils. »

Loth hésita. N'ayant jamais eu à se soucier de l'argent, il ignorait comment se comporter devant un marchand. « Ça me… semble très cher », marmonna-t-il, conscient de sa mesquinerie.

« Ma famille compte parmi les meilleurs souffleurs de verre de Rauca. Je ne peux point souiller notre nom en vendant mes articles en dessous de leur prix, mon ami.

— Très bien. » Loth s'essuya le front, trop assoiffé pour discuter. « J'ai vu des gens se protéger le visage derrière du tissu. Je peux vous en acheter ?

— Vous êtes venu sans *pargh*… Eh bien, vous avez de la chance de ne pas être aveuglé par le sable. » Avec un claquement de langue, le marchand secoua un carré de tissu blanc. « Tenez. C'est cadeau.

— Vous êtes trop aimable. »

Loth tendit la main pour s'en saisir. Il avait tellement peur que la peste puisse contaminer l'autre à travers son gant qu'il faillit le lâcher. Lorsque le **pargh** recouvrit toute sa figure à l'exception de ses yeux bleus, il donna à l'homme une poignée de pièces d'or.

« Que l'aube vous éclaire, mon ami, lui lança le marchand.

— Et vous également, répondit Loth de façon maladroite. Vous vous êtes déjà montré fort généreux, mais peut-être pourriez-vous m'aider. Je suis venu aux Ersyr pour rencontrer Son Excellence Chassar uq-Ispad, ambassadeur du roi Jantar et de la reine Saiyma. Savez-vous s'il réside au palais d'ivoire ?

— Ha. Vous auriez bien de la chance de l'y trouver. Son Excellence est presque toujours à l'étranger, ricana le marchand. Mais si vous voulez avoir une chance de le voir à cette période de l'année, c'est plutôt sur son domaine de Rumelabar. » Il donna la bouteille à Loth. « Des caravanes partent de la place des Colombes à l'aube.

— Est-il possible de lui transmettre un courrier par ce biais ?

— Naturellement.

— Merci. Bonne journée à vous, monsieur. »

Loth s'éloigna et vida sa bouteille en trois longues gorgées. Puis il s'essuya la bouche en haletant.

« La place des Colombes, commenta-t-il à l'intention de l'ichneumon. Quel fort joli nom. Veux-tu bien m'y conduire, mon ami ? »

L'ichneumon l'emmena vers ce qui semblait être l'allée centrale du marché, où les éventaires proposaient des sacs de pétales de rose séchés, des jattes de sucre filé et du thé bleu saphir, tout droit extrait de la bouilloire. Le temps qu'ils ressortent, le soleil avait plongé vers l'horizon et les lanternes en verre coloré étaient progressivement allumées.

La place des Colombes était immanquable. Couverte de pavés roses et carrés, elle était entourée d'une muraille reliant quatre pigeonniers en forme de ruche. Loth s'avisa rapidement que le plus proche de lui était destiné au courrier en partance pour l'Ouest. Il pénétra dans la fraîcheur du bâtiment, où des milliers de pigeons bisets nichaient dans des alcôves.

Lors de sa dernière nuit à Cárscaro, il avait écrit une lettre à Margret. Et il pensait savoir comment la lui faire parvenir malgré la surveillance de Combe. Un oiselier s'en saisit en même temps que d'une pièce et promit qu'elle serait expédiée dès l'aube.

Fourbu, Loth autorisa l'ichneumon à le guider vers une auberge, dont les fenêtres étaient aussi finement treillissées que celles du palais. Même si les Ersyriennes à l'intérieur ne parlaient pas l'inysse, il parvint à leur communiquer, à force de gestes amples et de sourires exagérés, son envie de passer la nuit sur place.

L'ichneumon resta dehors. Loth le gratta entre les oreilles.

« Attends-moi, mon ami, murmura-t-il. J'ai très envie de traverser un autre désert avec toi. »

Il obtint un bref aboiement pour toute réponse. Bientôt, la queue de l'ichneumon disparut dans une allée.

Près de cette venelle se tenait une femme. Elle était appuyée contre un pilier, les bras croisés. Son visage était dissimulé par un masque de bronze. Elle portait un pantalon évasé, rentré dans des bottes laissant paraître ses orteils, ainsi qu'un manteau de brocart lui tombant à mi-cuisses. Troublé par son regard insistant, Loth se détourna et rentra dans l'auberge.

On lui réserva une petite chambre donnant sur une cour, où des citronniers doux entouraient un bassin. L'odeur sirupeuse lui fit tourner la tête. Il avisa le lit couvert de traversins et de couvertures en nigelle tressée qui n'attendait que lui. Même s'il n'aspirait qu'à dormir, il s'agenouilla devant la fenêtre pour pleurer Kitston Sommière.

* * *

Le Saint lui accorda le repos quand il n'eut plus de larmes. Il se réveilla au milieu de la nuit, les yeux bouffis et douloureux, avec une vessie pleine qui menaçait d'exploser. Lorsqu'il se fut soulagé, il retourna dans sa chambre à tâtons.

Penser à Kit lui fendait le cœur. Le chagrin était tel un courant intérieur qui asséchait toutes ses pensées positives.

Dehors, les oiseaux étaient rentrés se percher. Les dômes polis du palais d'ivoire absorbaient les lumières et scintillaient telles des bougies. Au-dessus, les étoiles jalonnaient les ténèbres.

Il n'était plus dans l'Ouest. Cette terre n'était pas jurée à la Vertu, mais à un faux prophète. Quand Ead avait confessé avoir trouvé magnifiques les enseignements du Chantaube lorsqu'elle était enfant, Loth avait frissonné. Il n'imaginait pas à quoi pouvait ressembler la vie sans le confort et la structure des

Six Vertus. Il était heureux qu'elle se soit convertie à son arrivée à la cour.

Une brise lui rafraîchit la peau. Il rêvait d'un bain, mais craignait que son mal ne contamine l'eau. Il brûlerait les draps en se levant au matin, et rembourserait l'aubergiste.

Le feu lui démangeait le dos. Ses mains étaient déjà squameuses, et il éveillerait les soupçons à force de porter des gants. Il espérait de toutes ses forces que Chassar uq-Ispad soit bel et bien en possession d'un remède.

Si le Chevalier de la Communion lui avait envoyé l'ichneumon, c'était sans doute qu'il n'était pas censé mourir de la sorte.

Il se recoucha et dormit d'un sommeil sans rêves.

À son réveil, ses membres tremblaient de façon incontrôlable. Il était brûlant de fièvre, mais convaincu qu'autre chose l'avait tiré de sa torpeur. Il chercha son épée à tâtons avant de se souvenir qu'il l'avait perdue.

« Qui est-ce ? » Ses lèvres étaient salées. « Ead ? »

Une ombre bougea devant un rayon de lune. Un masque de bronze se pencha sur lui. Puis tout devint noir.

29

Est

La pluie tombait de nouveau sur la capitale. Tané était agenouillée à la table de ses appartements privés de Fleur-de-Sel.

Après sa confession, Nayimathun l'avait ramenée au château, où elle était restée. La dragonne avait dit qu'elle retournerait chercher Sulyard au Cap-Hisan. S'il bénéficiait de la protection d'un dieu, la cour accepterait de l'entendre. Nayimathun ordonnerait également que Susa soit libérée sur-le-champ. Elles devaient se retrouver sur la plage au lever du soleil, puis aller quérir ensemble le général de mer pour tout lui révéler.

Tané essaya de souper, mais ses mains tremblaient trop. La plupart des dragonniers avaient été réquisitionnés pour aider la garde de haute mer sur la colonie côtière de Sidupi. La flotte de l'Œil-de-Tigre, forte d'une centaine de pirates, avait attaqué et pillait à loisir.

Elle réclama du thé. L'une de ses domestiques attitrées lui en apporta, puis resta près d'elle pour la servir dès qu'elle en avait besoin.

Sa chambre à coucher était plus belle que dans ses rêves les plus fous, avec un plafond à caissons treillissés et des nattes à l'odeur délicate. Des feuilles d'or brillaient aux murs peints et ornementés, et le plus confortable des couchages n'attendait que sa présence.

Malheureusement, au cœur de tout ce luxe, elle était incapable de manger ni de dormir.

Ses mains tremblaient toujours quand elle finit son thé. Si au moins elle parvenait à se reposer, Nayimathun serait là à son réveil.

Tané se dirigeait vers le lit quand le sol bascula ; un roulement de tonnerre gronda sous le château. Elle se précipita près du mur. La force de la secousse lui fit perdre l'équilibre et elle s'affala sur les nattes.

La lanterne crachota. Trois de ses domestiques accoururent jusqu'à sa chambre. L'une d'elles s'agenouilla à son côté, tandis que les autres la saisissaient par les coudes pour la relever. Elle hoqueta en posant le pied gauche, et les filles s'empressèrent de l'accompagner vers le lit.

« Dame Tané, vous êtes blessée ?

— Je me suis foulé la cheville, rien de plus.

— Nous allons vous apporter quelque chose pour la douleur, répondit la plus jeune des domestiques. Attendez ici, honorée Miduchi. » Les trois servantes s'éclipsèrent.

Des cris lointains et indistincts se déversèrent par la fenêtre ouverte. Des séismes pouvaient se produire en Seiiki, mais il n'y en avait plus eu depuis longtemps.

Les domestiques reparurent avec une cuvette pleine de glace. Tané en enroula quelques morceaux dans un tissu, qu'elle plaqua sur sa cheville fragilisée. La chute avait réveillé sa douleur à l'épaule et à son flanc gauche, où se trouvait sa vieille cicatrice.

Lorsque la glace eut pratiquement fondu, elle moucha la lanterne et s'allongea, essayant de trouver une position confortable. Elle avait mal au côté, comme si elle avait reçu un coup de sabot. Et même quand le sommeil l'emporta, l'ancienne blessure palpitait encore, tel un second cœur.

Elle se réveilla brutalement en entendant frapper. Pendant un instant, elle se crut de retour dans la maison Sud, en retard pour ses cours.

« Dame Tané. »

Ce n'était pas la voix d'une de ses domestiques.

Son flanc la faisait souffrir de plus en plus. Les yeux troubles, elle parvint à se lever, essayant de ne pas poser trop de poids sur sa cheville.

Six fantassins masqués patientaient devant sa chambre. Tous portaient la tunique verte de l'armée de terre.

« Dame Tané, reprit l'un d'eux en la saluant, pardonnez notre intrusion, mais vous devez nous accompagner sans tarder. »

Il n'était pas courant que l'armée de terre entre au château. « C'est le milieu de la nuit, dit-elle d'un ton qui se voulait impérieux. Qui me convoque, honorable soldat ?

— L'honorée gouverneure de Ginura. »

La représentante de l'État la plus puissante de la région. Magistrate en chef de la Seiiki, seule autorisée à rendre la justice aux personnes de haut rang.

Soudain, Tané eut conscience de la moindre goutte de sang qui s'écoulait en elle. Son corps semblait déconnecté du sol, et son esprit envisageait mille possibilités terribles, la pire d'entre toutes étant que Roos soit déjà allé consulter les autorités. Mieux valait sans doute y aller prudemment, jouer l'innocente. Si elle fuyait maintenant, ils prendraient cela pour un aveu de culpabilité.

Nayimathun reviendrait bientôt. Quoi qu'il advienne, où qu'on puisse l'emmener, sa dragonne arriverait à sa rescousse.

« Très bien. »

Le soldat se détendit. « Merci, dame Tané. Nous allons demander à vos servantes de vous aider à vous habiller. »

Ses domestiques lui apportèrent son uniforme. Elles posèrent son surcot sur ses épaules et nouèrent une ceinture bleue autour de sa taille. Dès que les filles eurent tourné le dos, prêtes à partir, Tané attrapa un couteau sous son oreiller et le dissimula dans sa manche.

Les soldats l'accompagnèrent le long du couloir. Chaque fois que son pied gauche touchait le sol, une flèche de douleur remontait dans son mollet. Ils lui firent traverser le château à moitié désert, puis sortirent dans la nuit. Un palanquin l'attendait au portail. Elle s'arrêta. Son instinct lui hurlait de ne pas grimper à l'intérieur.

« Dame Tané, lui dit l'un des soldats, vous ne pouvez pas refuser une convocation de l'honorée gouverneure. »

Elle avisa un mouvement du coin de l'œil. Onren rentrait au château en compagnie de Kanperu. En apercevant Tané, ils se précipitèrent vers elle.

« En tant que membre du clan Miduchi », répliqua-t-elle, enhardie par la présence de ses amis, « je crois pouvoir faire comme bon me semble. »

Les yeux du soldat, profondément enfoncés derrière son masque, se plissèrent.

Onren et Kanperu étaient désormais à sa hauteur. « Honorable Tané, s'enquit ce dernier, quelque chose ne va pas ? »

Sa voix était à la fois claire et râpeuse. Une épée sortant de son fourreau. Confrontés à deux autres dragonniers, les fantassins perdirent de leur superbe.

« Ces soldats veulent m'emmener au château de la Rivière blanche, honorable Kanperu, répondit Tané. Ils ne veulent me dire pourquoi je suis convoquée. »

Kanperu observa le capitaine en fronçant les sourcils. Il dominait chacun des soldats de presque une tête. « De quel droit convoquez-vous une dragonnière sans avertissement ? s'enquit-il. Dame Tané est une élue, et pourtant vous l'emmenez d'ici comme une criminelle.

— L'honoré général de mer en a été informé, Lord Kanperu. »

Onren haussa les sourcils. « Très bien. Je veillerai à lui en demander confirmation dès son retour. »

Les soldats restèrent muets. Onren leur jeta un regard sévère avant d'entraîner Tané à l'écart.

« Ne t'inquiète pas, lui dit-elle à mi-voix. Il doit s'agir d'une affaire sans importance. Il paraît que l'honorée gouverneure aime à faire valoir son autorité, même auprès du clan Miduchi. » Elle marqua une pause. « Tané, tu n'as pas l'air bien. »

L'intéressée déglutit.

« Si je ne suis pas de retour dans l'heure, répondit-elle, voudras-tu bien prévenir la grande Nayimathun ?

— Bien sûr. » Onren sourit. « Quel que soit le problème, tout sera bientôt résolu. On se voit demain. »

Tané acquiesça et essaya de sourire en retour. Onren la regarda grimper dans la litière et quitter le domaine.

C'était une dragonnière. Elle n'avait rien à craindre.

Les soldats l'emmenèrent par les rues, lui firent traverser le marché de nuit, passer sous les arbres des saisons. Des rires s'élevaient des tavernes bondées. Ce n'est qu'en dépassant le théâtre impérial que Tané comprit qu'ils ne se rendaient pas au château de la

Rivière blanche, où vivait l'honorée gouverneure. Ils se dirigeaient vers les quartiers sud de la ville.

La peur lui comprima la poitrine. Elle tenta d'ouvrir la portière du palanquin, mais elle était verrouillée de l'extérieur.

« Ce n'est pas la bonne route, s'écria-t-elle. Où m'emmenez-vous ? »

Pas de réponse.

« Je suis une Miduchi. Je suis la dragonnière de la grande Nayimathun des Neiges profondes. » Sa voix se brisa. « Comment osez-vous me traiter de la sorte ? »

Elle n'entendait que le bruit de leurs pas.

Lorsque les porteurs s'arrêtèrent enfin, qu'elle découvrit où ils se trouvaient, son ventre se noua. Ils déverrouillèrent la portière et la firent coulisser. « Honorée Miduchi, lui dit l'un des soldats, veuillez me suivre.

— Comment osez-vous ? souffla Tané. Comment *osez-vous* m'emmener dans un endroit pareil ? »

Une odeur de putréfaction lui envahit les narines, affûtant sa terreur. Elle avait laissé échapper sa chance de prendre la fuite. Même une dragonnière ne pouvait pas affronter toutes ces sentinelles, pas sans épée. Et de toute façon, elle n'aurait nulle part où aller. Elle descendit de la litière et s'avança, tête haute et poings serrés, son côté l'élançant à chaque pas.

Ils ne pouvaient pas l'avoir amenée ici pour la tuer. Pas sans procès. Pas sans Nayimathun. En tant qu'élue des dieux, elle était protégée, en sécurité.

Tandis que les soldats la conduisaient vers la prison de Ginura, le bourdonnement des insectes lui fit lever les yeux. Trois têtes, gonflées par la décomposition et couvertes de chiures de mouches, surveillaient la rue depuis le linteau du portail.

Tané observa la plus fraîche d'entre elles. La touffe de cheveux, maculée de sang, la langue enflée par la mort. Ses traits s'étaient déjà ramollis, mais elle le reconnut. Sulyard. Elle essaya de ne pas perdre contenance, mais sa colonne vertébrale se raidit, son ventre se convulsa et sa bouche s'assécha.

Elle avait entendu dire que, bien loin de là, en Inys, là d'où venait le spectre aquatique, les gens se rassemblaient pour assister à des exécutions publiques. Ce n'était pas le cas en Seiiki. Rares étaient ceux qui savaient que, dans l'enceinte de la prison, une jeune femme de dix-sept ans se trouvait agenouillée près d'un fossé, les bras liés derrière le dos, en attendant le coup de grâce. Ses longs cheveux avaient été rasés.

Les soldats firent avancer Tané jusqu'à la prisonnière et la maintinrent en place. Un officiel lui parlait, mais elle ne l'entendait pas à cause du sang qui lui battait aux tempes. La femme avait levé les yeux en entendant les pas, et Tané le regretta aussitôt, car elle la connaissait.

« Non, dit Tané d'une voix chevrotante. Non. Je vous ordonne de vous arrêter ! »

Susa la contempla. Une fugace lueur d'espoir dans ses prunelles fut rapidement remplacée par le chagrin.

« Je suis choisie des dieux ! s'exclama Tané à l'intention du bourreau. Elle est sous ma protection. La grande Nayimathun vous fera tomber le ciel sur la tête pour ce crime ! » L'homme restait de marbre. « Ce n'est pas elle. C'est moi. *Ma* faute, *mon* crime… »

Susa secoua la tête, les lèvres tremblantes. Des gouttes de pluie perlaient à ses cils.

« Tané, dit-elle d'une voix rauque, ne regarde pas.

— Susa… »

Elle étrangla quelques sanglots. *C'était une erreur. Arrêtez.* Des doigts s'enfoncèrent dans ses bras tandis qu'elle se débattait, perdant toute maîtrise d'elle-même. D'autres soldats arrivèrent en renfort. *Arrêtez.* Elle ne voyait plus que Susa, enfant, couronnée de flocons de neige, qui lui avait souri quand Tané lui avait pris la main.

Le bourreau souleva son épée. Quand la tête roula dans le fossé, Tané tomba à genoux.

Je te protégerai toujours.

*
* *

Comme la dragonnière ne se présenta pas à la plage au jour et à l'heure convenue, Niclays supposa généreusement qu'elle avait eu un contretemps, et il s'installa confortablement. Il était venu avec une sacoche contenant certains de ses livres et rouleaux, dont le fragment que Truyde lui avait confié, qu'il lut attentivement à la lumière de sa lanterne en fer.

Sa montre de gousset était ouverte près de lui. L'horloge – le symbole moderne du Chevalier de la Tempérance. Signe de réglementation, de mesure, de retenue. C'était la vertu des nullards, mais aussi celle des érudits et des philosophes, qui estimaient que cela encourageait l'introspection et la quête de sagesse. Certainement la vertu parmi les six qui était la plus proche d'une pensée rationnelle.

Cela aurait dû être son saint patron. Au lieu de quoi, à son douzième anniversaire, il avait choisi le Chevalier du Courage.

Sa broche rouillait désormais quelque part à Brygstad. Il l'avait arrachée à son vêtement le jour de son bannissement.

Une heure s'écoula, puis une autre. La vérité était indéniable.

Dame Tané avait vu clair dans son jeu.

La promesse de l'aube poignait à l'horizon. Niclays referma brusquement sa montre. C'en était fini de ses espoirs de retour glorieux à Ostendeur, avec son élixir de jouvence nouvellement concocté.

Purumé et Eizaru seraient horrifiés d'apprendre ce qu'il avait exigé de la dragonnière. Cela le rabaissait au rang de vulgaire pirate ; cependant, créer ce fichu élixir était son unique chance de rentrer un jour chez lui, son seul levier potentiel avec les maisons royales de l'autre côté de l'Abysse.

Il soupira. Pour sauver Sulyard, il devait parler avec le seigneur de guerre de Tané Miduchi du crime contre la Seiiki commis par sa subordonnée. Voilà ce qu'il aurait fait d'emblée, s'il avait été quelqu'un de plus respectable.

Alors qu'il remontait la plage d'un pas pesant, il s'arrêta. L'espace d'un instant, il crut que les étoiles s'étaient effacées. Quand il plissa les yeux pour y voir mieux, il aperçut un éclat de lumière et se figea.

Quelque chose descendait.

Quelque chose d'immense.

La créature se mouvait comme si elle s'enfonçait dans l'eau. Une bannière d'un vert iridescent et couturé. Un organe en forme de vessie trônait sur sa tête, luisant d'un bleu chatoyant. La même clarté palpitait sous ses écailles.

Un dragon lacustrin. Niclays le regarda avidement se poser sur la plage, aussi gracieux qu'un oiseau.

Un gros rocher érodé par les flots émergeait du sable telle une épaule. Il se replia derrière, sans jamais quitter le dragon des yeux. À sa manière de tourner la tête, la créature cherchait manifestement quelque chose.

Niclays s'accroupit et éteignit sa lampe. Il observa la créature remonter le rivage en sinuant, se rapprochant de sa cachette. La bête parla.

« Tané. »

Ses membres antérieurs imposants baignaient encore dans l'eau. Niclays était presque assez proche pour toucher ses écailles. L'ingrédient crucial de son projet, presque à portée de sa main. Il resta tapi derrière le rocher, tendant le cou pour ne pas en perdre une miette. Les yeux du dragon étaient pareils à deux têtes d'épingle.

« Tané, le garçon est mort, dit la créature en seiikinois. Ton amie aussi. » Elle montra les dents. « Tané, où es-tu ? »

C'était donc sa dragonne. Cette dernière renifla, ses naseaux se dilatant.

Une lame lui glaça alors le cou et une main lui couvrit la bouche. Niclays laissa échapper un cri étouffé.

La dragonne tourna la tête vers le rocher.

Niclays tremblait comme une feuille. Il n'entendait rien de son propre corps – ni les battements de son cœur, ni sa respiration –, mais il pouvait visualiser en détail l'épée plaquée contre sa gorge. Une lame incurvée. Un tranchant suffisamment affûté pour lui ôter la vie s'il bougeait d'un cheveu.

Un *sifflement* fendit la nuit. Puis un autre.

Et un autre.

La dragonne gronda. Ses griffes résonnèrent contre la pierre, tels deux bretteurs croisant le fer.

Une fumée noire envahit la plage. L'odeur était âcre, un mélange de poils brûlés et de soufre. Et de poudre à canon. *Nufeu*. Soudain, Niclays fut relevé de force – puis il trébucha au travers du nuage de fumée, s'étouffant à chaque bouffée, traîné par une silhouette protégée par un linge. Le sable glissait sous ses pieds, rendant chaque pas périlleux.

« Attendez, haleta-t-il à l'intention de son ravisseur. Attendez, maudit… »

Une queue jaillit hors du nuage et lui porta un coup formidable en plein ventre. Il fut projeté en arrière sur le sable, où il resta à gésir, engourdi et le souffle coupé, ses lunettes pendant à une oreille.

Il remua, enivré par la fumée qui remontait par ses narines avant d'en ressortir.

Un gémissement, semblable à celui d'une baleine échouée. Un bruit sourd qui ébranla le sol. Il vit Jannart s'avancer pieds nus sur la plage, un léger sourire aux lèvres. « Jan », souffla-t-il. Mais son ami avait disparu.

Deux bottes s'enfoncèrent dans le sable près de sa tête.

« Donne-moi une bonne raison d'pas t'étriper », lança quelqu'un en seiikinois. Un poignard au manche en os remuait devant lui. « T'as que'que chose à offrir à la flotte d'l'Œil-de-Tigre ? »

Il essaya de parler, mais sa langue était aussi enflée qu'après une piqûre d'abeille. *Alchimiste*, voulait-il dire. *Je suis alchimiste. Épargnez-moi.*

Quelqu'un souleva sa sacoche. Le temps se fragmenta tandis que des mains couturées fouillaient parmi ses livres et ses rouleaux. Puis le manche du couteau percuta sa tempe, et une vague noire emporta ses soucis.

30

Ouest

Truyde utt Zeedeur était emprisonnée dans la tour obscure. Menacée du chevalet, elle avait fini par avouer de trop nombreux crimes. Après l'annonce de la visite royale, elle avait approché une troupe de théâtre appelée les Serviteurs de la Vérité, une compagnie prétendument indépendante, ne jouissant du patronage d'aucune famille noble et dont les membres étaient traités comme des vagabonds par les autorités. Truyde leur avait promis son propre soutien, ainsi que de l'argent pour leur famille, en échange de leur aide.

L'attaque planifiée était censée convaincre Sabran qu'elle courait un danger mortel, tant à cause de la Yscalin que du Sans-Nom. Elle voulait s'en servir pour forcer la souveraine à ouvrir les négociations avec l'Est.

La suite était relativement évidente. Ceux qui haïssaient réellement la maison Berethnet avaient subrepticement infiltré la performance. L'un d'eux – Bess Sylvestre, dont la maison du quartier de la Reine était truffée d'opuscules rédigés par des prophètes de malheur – avait assassiné Lievelyn. Plusieurs membres innocents des Serviteurs de la Vérité avaient également été abattus dans la mêlée, ainsi que nombre de gardes de la ville, deux chevaliers du corps et Linora Payance, dont les parents endeuillés étaient déjà venus réclamer la dépouille.

Même si Truyde n'avait pas voulu la mort de qui que ce soit, ses bonnes intentions avaient été vaines.

Ead avait déjà écrit à Chassar pour l'informer de la situation. La Prieure ne serait pas ravie d'apprendre que Sabran et son enfant à naître avaient frôlé la mort de si près.

La Maison des Ronces fut drapée de samit gris en signe de deuil. Sabran s'enferma dans sa chambre. La dépouille de Lievelyn fut exposée dans le sanctuaire de Notre-Dame jusqu'à ce qu'un navire arrive pour la rapatrier. Sa sœur Ermuna devait être couronnée, la princesse Bédona devenant héritière présomptive.

Quelques jours après le départ de Lievelyn, Ead se rendit dans les appartements royaux. Généralement, le début de matinée était paisible, mais elle ne parvenait pas à évacuer la tension qui l'habitait.

Tharian Lintley l'avait vue prendre quatre vies durant l'embuscade. Il avait dû se rendre compte qu'elle avait été formée. Elle ne pensait pas que qui que ce soit d'autre ait assisté au bain de sang, et il était évident que Lintley n'avait fait part à personne de son affinité pour les lames, mais elle préférait néanmoins faire profil bas.

Plus facile à dire qu'à faire, pour une dame de la chambre. D'autant que la reine l'avait elle aussi vue tuer.

« Ead. »

Elle se retourna vers une Margret à court de souffle qui la rattrapa par le coude. « C'est Loth, lui chuchota son amie. Il m'a envoyé une lettre.

— Quoi ?

— Viens avec moi, vite. »

Le cœur battant, Ead la suivit dans une pièce inoccupée. « Comment a-t-il fait pour ne pas se la faire intercepter ?

— Il l'a adressée à un dramaturge que Maman finance. Celui-ci a réussi à me la transmettre durant la visite en Ascalon. » Margret tira de ses jupons un message chiffonné. « Regarde. »

Ead reconnut aussitôt son écriture. La revoir lui fit chaud au cœur.

Ma très chère M, je ne peux trop en dire de peur que cette lettre tombe entre de mauvaises mains. Les choses ne sont pas telles qu'elles paraissent à Cárscaro. Kit est mort, et je crains que Sam soit en danger. Méfie-toi de l'Échanson.

« Lord Kitston est mort, murmura Ead. Comment ? »

Margret avala sa salive. « Je prie pour qu'il se trompe, mais… Kit ferait n'importe quoi pour mon frère. » Elle toucha le timbre. « Ead, cela a été envoyé depuis la place des Colombes.

— Rauca », comprit Ead, sous le choc. « Il a quitté Cárscaro.

— Ou il s'en est *échappé*. C'est peut-être comme ça que Kit… » Margret lui désigna la dernière ligne. « Regarde. N'as-tu pas dit que la femme qui avait tiré sur Lievelyn avait évoqué un échanson ?

— Si. » Ead relut le message. « Je suppose que Sam désigne Sabran.

— Oui. Loth disait que c'était un diminutif de Sa Majesté. Cependant, j'ai du mal à comprendre cette énigme. Il n'y a pas d'échanson officiel à la cour.

— Loth a été envoyé chercher le prince Wilstan. Celui-ci enquêtait sur la mort de la reine Rosarian. Peut-être que tout est lié.

— Peut-être », admit Margret, dont le front était couvert de sueur. « Oh, Ead, j'ai tellement envie d'informer Sab qu'il est vivant. Mais Combe découvrira alors comment j'ai reçu cette lettre. J'ai peur que cela se retourne contre mon frère.

— Elle pleure encore Lievelyn. Ne lui donne pas de faux espoirs quant au retour de son grand ami. » Ead lui pressa la main. « Laisse-moi m'occuper de l'Échanson. Je vais le débusquer. »

Margret prit une grande inspiration et acquiesça.

« J'ai aussi reçu une lettre de Papa. » Elle secoua la tête. « Maman le trouve très agité. Il n'arrête pas de répéter qu'il a une information de la plus haute importance à transmettre à l'héritier de Bouleaudor. À moins que Loth revienne…

— Tu penses que c'est l'âge ?

— Possible. Maman me dit de ne pas m'inquiéter. Je rentrerai bientôt, mais pas tout de suite. » Margret remisa la lettre dans ses jupons. « Je dois filer. On se verra peut-être au souper.

— Oui. »

Elles se séparèrent.

Loth avait couru un risque insensé en envoyant cette lettre. Ead ne prendrait pas son avertissement à la légère. Sabran était déjà passée trop près de la mort en ville, cela ne se reproduirait plus.

Pas en sa présence.

*
* *

La grossesse rendait Sabran malade. Roslain se levait au chant du coq pour lui tenir les cheveux tandis qu'elle vomissait dans son pot de chambre. Certaines nuits, Katryen dormait près d'elles, sur un lit gigogne.

Toutefois, seule une poignée de personnes était informée de l'existence de l'enfant. Ce n'était pas le bon moment pour l'annoncer, en ce début de deuil.

Chaque jour, la reine émergeait de la chambre où elle avait passé sa nuit de noces la mine un peu plus défaite que la veille. Chaque jour, les ombres sous ses yeux semblaient plus prononcées. Les rares fois où elle parlait, c'était d'un ton cassant.

« Ead, dit la reine d'Inys, tu partageras ma couche ce soir. »

À neuf heures, les dames de la chambre déshabillèrent leur souveraine, mais pour la première fois, Ead enfila également sa chemise de nuit. Roslain l'entraîna à l'écart.

« Il doit y avoir de la lumière dans la chambre en permanence, l'informa-t-elle. Sabran aura peur si elle se réveille dans le noir. Le plus facile à mon sens est de laisser une bougie brûler sur la table de chevet. »

Ead acquiesça. « Ce sera fait.

— Bien. »

Roslain sembla sur le point d'ajouter quelque chose, mais elle se retint. Lorsque la chambre royale fut sécurisée, elle fit sortir les autres dames d'honneur et verrouilla les portes.

Sabran était allongée sur le lit. Ead vint s'installer à côté d'elle et remonta la courtepointe jusque sous son menton.

Elles demeurèrent silencieuses un long moment. Katryen savait comment entretenir la bonne humeur de Sabran, et Roslain savait la conseiller. Ead se demandait quel pouvait être son rôle. De l'écouter, peut-être ?

Ou de lui dire la vérité. C'était sans doute la qualité que Sabran préférait chez elle.

Cela faisait des années qu'elle n'avait plus dormi si près de quelqu'un. Elle était trop consciente de la présence de la reine, du papillonnement de ses cils noirs comme la suie, de la chaleur de son corps, du va-et-vient de sa poitrine.

La souveraine brisa le silence. « J'ai fait beaucoup de cauchemars, ces derniers temps. Ton remède m'a aidée, mais le docteur Bourne m'interdit de prendre quoi que ce soit pendant ma grossesse. Même de l'eau-de-nuit.

— Je ne voudrais pas le contredire, répondit Ead. Vous pourriez toutefois utiliser de l'eau de rose comme onguent. Cela apaiserait votre peau et repousserait peut-être les mauvais rêves. »

Sabran acquiesça et posa la main sur son ventre. « J'en demanderai demain. Mais ta présence suffira peut-être à repousser les cauchemars, Ead. Même si les roses n'y parviennent pas. »

Ses cheveux détachés formaient comme des rideaux au travers desquels sa figure pointait.

« Je ne t'ai jamais remerciée. Pour tout ce que tu as fait sur l'allée Tremblante. Malgré mon état, j'ai remarqué comme tu t'étais battue pour me protéger. » Elle leva le menton. « Est-ce aussi toi qui as éliminé les autres assassins ? Es-tu le guetteur de la nuit ? »

Son expression était impénétrable. Ead voulait s'en tenir à sa résolution – dire la vérité –, mais le risque était trop grand. Si la nouvelle revenait aux oreilles de Combe, elle serait d'une manière ou d'un autre chassée de la cour.

« Non, Madame, répondit-elle. Peut-être aurait-il su protéger le prince Aubrecht comme je n'ai pas pu le faire.

— Ce n'était pas ton devoir de le défendre », la rassura Sabran. Son profil était mi-or mi-ténèbres.

« C'est ma faute si Aubrecht est mort. Tu m'avais dit de ne pas ouvrir cette porte.

— L'assassin aurait trouvé le moyen de l'atteindre, ce jour-là ou un autre, affirma Ead. Quelqu'un a payé une somme rondelette à Bess Sylvestre pour s'assurer de la mort du prince Aubrecht. Son sort était scellé.

— C'est peut-être vrai, mais j'aurais dû t'écouter. Tu ne m'as jamais fait défaut. Je ne peux plus implorer son pardon à Aubrecht, mais… j'implore le tien, Ead Duryan. »

Il lui fallut fournir un gros effort pour soutenir son regard. Elle ignorait à quel point Ead l'avait trahie.

« Accordé », répondit-elle sobrement.

Sabran souffla par le nez. Pour la première fois en huit ans, Ead éprouva une pointe de remords pour tous les mensonges qu'elle avait formulés.

« Truyde utt Zeedeur doit payer le prix de sa trahison, malgré sa jeunesse, déclara Sabran. Je devrais exiger que la Grande Princesse Ermuna la condamne à mort. Mais peut-être préférerais-tu que je lui accorde mon pardon, Ead, puisque tu en trouves le goût réconfortant.

— Vous devez faire ce qui s'impose. »

En réalité, Ead ne souhaitait pas la mort de la fille. C'était une dangereuse imbécile, et sa stupidité avait provoqué une pluie de morts, mais elle n'avait que dix-sept ans. Largement le temps de se racheter.

Un autre silence s'écoula avant que la reine se tourne vers elle. De si près, Ead distinguait les épais cercles noirs qui entouraient ses iris d'un vert si saisissant.

« Ead, reprit la reine, je ne peux m'en ouvrir à Ros ou Kate, mais je vais le faire avec toi. Je ne pense pas que cela affectera l'opinion que tu te fais de moi. J'ai le sentiment que tu… me comprendras. »

Ead prit la main de la reine.

« Vous pouvez toujours me parler librement », lui assura-t-elle.

Sabran se rapprocha. Ses doigts étaient froids et délicats, dépouillés de leurs bijoux. Elle avait enterré son lacs d'amour dans les jardins engloutis, à l'endroit où serait érigé un monument.

« Tu m'as demandé, avant que j'épouse Aubrecht, si je souhaitais me marier, dit-elle d'un ton presque inaudible. Je peux t'avouer, à toi seule, que ce n'était pas le cas. Et… ça ne l'est toujours pas. »

Cette révélation flotta dans la pièce. C'était une assertion dangereuse. Avec la menace d'invasion, les Ducs Spirituels exhorteraient bientôt Sabran à prendre un autre compagnon, même si elle portait le bébé du précédent.

« Je n'aurais jamais pensé avouer cela à voix haute. » Elle se mit à rire. « Je sais que l'Inys risque une guerre. Je sais que les créatures draconiques sont en train d'ébranler le monde en s'éveillant. Je sais que ma main permettrait de renforcer n'importe quelle alliance existante, et que les autres nations de la Vertu se sont ralliées à nous grâce à l'institution sacrée de la communion. »

Ead hocha la tête. « Mais ?

— J'en ai peur.

— Pourquoi ? »

Sabran resta d'abord immobile. L'une de ses mains reposait sur son ventre, tandis que l'autre était toujours tenue par Ead.

« Aubrecht a été bon avec moi. Tendre et délicat, finit-elle par admettre d'une voix voilée, mais quand il était en moi, et même quand j'ai éprouvé du plaisir, j'ai eu l'impression… » Elle ferma les paupières. « J'ai eu l'impression que mon corps ne m'appartenait plus totalement. Cela… persiste encore aujourd'hui. »

Elle baissa les yeux vers la bosse à peine visible qui déformait son ventre, enveloppé dans la soie de sa chemise.

« Des alliances ont été forgées et renforcées par le biais de mariages royaux, reprit-elle. Si l'Inys dispose de la plus grande flotte de tout l'Ouest, nous manquons d'une armée terrestre digne de ce nom. Notre population est limitée. En cas d'invasion, nous aurons besoin de tout le soutien que nous pourrons recevoir… mais chaque nation de la Vertu s'estimera contrainte de protéger d'abord ses propres côtes. Un mariage, en revanche, peut aller de pair avec des dispositions légales. Une garantie d'assistance militaire. »

Ead resta muette.

« Je n'ai jamais été très attirée par le mariage, Ead, murmura Sabran. Pas le genre de mariage que se doivent d'accomplir les membres de la royauté – né non pas de l'amour, mais de la peur de l'isolement. Et je sais que, si je m'abstiens, le monde ne manquera pas de me juger. Trop fière pour unir ma nation à une autre. Trop pleine de soi pour offrir un père aimant à ma fille s'il devait m'arriver quelque chose. Voilà comment ma décision serait perçue. Qui prendrait la défense d'une telle monarque ?

— Ceux qui l'appellent Sabran la Magnifique. Ceux qui l'ont vue vaincre Feúdel.

— Ils auront tôt fait de l'oublier, lorsque les vaisseaux ennemis noirciront l'horizon, répliqua la reine. Mon sang ne peut chasser les armées yscalines. » Ses paupières semblaient lourdes. « Je ne m'attends pas à ce que tu me réconfortes, Ead. Tu m'as laissée me décharger de mon fardeau, même si mes craintes sont égoïstes. La Damoiselle m'a accordé l'enfant que je lui avais réclamé, et pourtant je ne sais plus que… trembler. »

Même si un feu brûlait dans l'âtre, la souveraine avait la chair de poule.

« Là d'où je viens, expliqua Ead, nous ne considérerions pas vos accomplissements comme *égoïstes*. »

Sabran la dévisagea.

« Vous venez de perdre votre compagnon. Vous portez son enfant. Il est normal de vous sentir vulnérable. » Elle lui serra la main. « Enfanter n'est pas toujours facile. J'ai l'impression que c'est le secret le mieux gardé du monde. Nous en parlons comme s'il n'existait rien de plus merveilleux, mais la vérité est autrement plus complexe. Nul n'évoque ouvertement les difficultés. Les désagréments. L'incertitude. Si bien qu'aujourd'hui, vous éprouvez le poids de votre condition, et vous vous pensez seule à en souffrir. Et vous vous le reprochez. »

Sabran déglutit alors péniblement.

« Vos craintes sont naturelles. » Ead soutint son regard. « Ne laissez jamais personne vous convaincre du contraire. »

Pour la première fois depuis l'embuscade, la reine d'Inys s'autorisa à sourire.

« Ead, dit-elle, je ne sais plus comment je faisais sans toi. »

31

Est

Le château de la Rivière blanche n'était pas ainsi nommé d'après une rivière, mais à cause des douves remplies de coquillages qui entouraient le domaine. Derrière l'édifice se trouvait la forêt millénaire de l'Oiseau-Blessé, et au-delà des bois, le mont Tégo, rude et austère. Une année avant le jour de la Sélection, tous les apprentis avaient été mis au défi de grimper jusqu'à son sommet, où l'esprit du grand Kwiriki était censé descendre pour bénir les méritants.

De tous les apprentis de la maison Sud, seule Tané avait atteint le pic. À moitié gelée, souffrant du mal des montagnes, elle avait gravi la dernière pente en vomissant du sang sur la neige.

Elle n'avait pas été humaine durant cette dernière heure d'ascension. Seulement une lanterne en papier, fine et déchirée par le vent, s'accrochant aux vestiges d'une âme faiblissante. Et pourtant, une fois en haut, elle avait observé le ciel sans rien voir de plus que sa beauté terrible, et elle avait trouvé la force de se mettre debout. Alors elle avait su que le grand Kwiriki était avec elle, *en* elle.

À cet instant précis, ce sentiment ne lui avait jamais paru si lointain. Elle était redevenue cette lanterne abîmée. Presque éteinte.

Elle ignorait combien de temps ils l'avaient retenue à la prison. Les heures étaient devenues un puits sans fond. Elle était restée allongée, les mains posées sur les oreilles, afin de ne rien entendre d'autre que le bruit de la mer.

Puis d'autres mains l'avaient hissée à bord d'un palanquin. À présent, elle était escortée devant un poste de garde, puis jusqu'à une salle dotée d'un haut plafond et de murs sur lesquels étaient reproduites des scènes du Grand Chagrin. Elle aboutit enfin à un balcon couvert.

La gouverneure de Ginura congédia ses soldats. Elle se dressait de toute sa hauteur, l'air profondément dédaigneux.

« Dame Tané », déclara-t-elle froidement.

Tané la salua avant de s'agenouiller sur les nattes. Son titre semblait déjà n'être qu'un vestige d'une autre vie.

Dehors, un pleureur chantait. Ses *hic-hic-hic* de garçon pleurnichard étaient censés avoir fait perdre la tête à une impératrice. Tané se demanda si elle deviendrait folle, elle aussi, en prêtant l'oreille assez attentivement.

À moins que son esprit soit déjà ailleurs.

« Il y a plusieurs jours, reprit la gouverneure, un prisonnier vous a accusée d'un crime des plus sérieux. Il est arrivé clandestinement en Seiiki depuis Mentendon. Conformément au Grand Édit, il a été condamné à mort. »

Une tête sur le portail, les cheveux poisseux de sang.

« Le prisonnier a affirmé aux magistrats du Cap-Hisan qu'à son arrivée ici, une femme l'avait trouvé sur la plage. Il leur a décrit la cicatrice sous son œil. »

Tané posa ses paumes moites sur ses cuisses.

« Dites-moi, reprit la gouverneure, pourquoi une apprentie au dossier immaculé, partie de rien, ayant bénéficié de la chance rare d'être choisie des dieux, risquerait tout – y compris la sécurité des citoyens de l'île – pour faire une chose pareille ? »

Tané mit un temps certain à recouvrer l'usage de sa voix. Elle l'avait jusqu'alors abandonnée dans un fossé souillé de sang.

« Il y avait des rumeurs. Que ceux qui ne respectaient pas la réclusion seraient récompensés. Juste une fois, j'ai voulu faire preuve de témérité. Prendre un risque. » Ce n'était pas son timbre habituel. « Il… il est sorti de la mer.

— Pourquoi ne l'avez-vous pas signalé aux autorités ?

— Je craignais que la cérémonie n'ait pas lieu. Que le port soit fermé, et les dieux empêchés d'entrer. Que je ne puisse jamais voler. »

Comme cela paraissait lâche. Lâche, égoïste et insensé. Quand elle l'avait expliqué à Nayimathun, sa dragonne avait compris. Désormais, la honte l'accablait.

« J'ai cru à un message. Comme s'il était envoyé des dieux. » Elle avait du mal à trouver ses mots. « J'avais été trop chanceuse. Toute ma vie, le grand Kwiriki avait été trop bon avec moi. Chaque jour, j'attendais que son indulgence se dissipe. Quand j'ai vu l'étranger, j'ai compris que l'heure était venue. Mais je n'étais pas prête. Je devais… couper tout lien entre lui et moi. Le cacher jusqu'à avoir obtenu ce que je convoitais. »

Elle ne voyait plus que ses mains, ses ongles rongés au sang, ses doigts noueux et couverts de petites cicatrices.

« Le grand Kwiriki vous a en effet favorisée, dame Tané. » La gouverneure semblait presque compatissante. « Si vous aviez pris une autre décision ce soir-là, vous bénéficieriez peut-être encore de ses grâces. »

L'oiseau dehors continuait son *hic-hic-hic*. Un enfant inconsolable.

« Susa était innocente, honorée gouverneure. Je l'ai contrainte à m'aider.

— Non. Nous avons interrogé la sentinelle qu'elle a convaincue de la laisser pénétrer à Orisima. Elle a agi de son plein gré. Fidèle à vous plus qu'à la Seiiki. » La gouverneure pinça les lèvres. « J'ai appris qu'une dragonne avait réclamé la clémence à son égard. Malheureusement, la nouvelle m'est parvenue trop tard.

— Nayimathun, souffla Tané. Où est-elle ?

— Ce qui me mène à une deuxième question, plus grave encore. Peu avant l'aube, un groupe de chasseurs a débarqué sur la baie de Ginura.

— Des chasseurs ?

— La flotte de l'Œil-de-Tigre. La grande Nayimathun des Neiges profondes a été… capturée. »

Tané oublia tous les autres sentiments. Elle serra les poings.

« La garde de haute mer fera son possible pour la secourir, mais il est rare que nos dieux se voient épargner la boucherie qui les attend à Kawontay. » La gouverneure serra les dents. « Il m'en coûte de l'admettre, mais la grande Nayimathun est très probablement déjà inatteignable. »

Tané fut prise de frissons.

Son ventre se tordait, comme sous l'effet d'un poison. Elle essaya de ne pas imaginer ce que sa dragonne pouvait endurer. C'était si intolérable que sa vision se troubla et ses lèvres tremblèrent.

Elle était condamnée, et n'avait plus rien ni personne à perdre. Peut-être, dans cet acte ultime, parviendrait-elle à ponctionner un peu de la corruption qui souillait la Seiiki.

« Il y a une autre personne impliquée, déclara-t-elle calmement. Roos. Un chirurgien d'Orisima. Il a essayé de me faire chanter. Il m'a demandé de lui apporter des écailles et du sang de dragon pour ses expériences. Il n'y a rien de bon ni de moral en lui. » Ses yeux s'embuèrent. « Il doit les avoir aidés à ravir la grande Nayimathun. Faites en sorte qu'il ne puisse plus faire souffrir aucun autre dragon. Faites-le comparaître devant la justice. »

La gouverneure la contempla quelques instants.

« Roos a été déclaré disparu », finit-elle par répondre. Tané la dévisagea. « Selon ses amis, il s'est rendu à la plage hier soir. Nous pensons qu'il a pu fuir l'île. »

Si Roos accompagnait la flotte de l'Œil-de-Tigre, il était déjà mort. Un homme tel que lui ne tarderait pas à croiser la mauvaise personne.

Cela ne réconforta nullement Tané. Son ennemi était parti, mais sa dragonne aussi. Ainsi que son amie. Et que ce rêve qu'elle n'avait jamais mérité.

« J'ai commis une erreur. » Elle ne pouvait rien ajouter d'autre. « Une terrible erreur.

— Effectivement. »

Un silence s'instaura entre elles.

« Selon la loi, vous devriez être exécutée, reprit la gouverneure. Votre égoïsme et votre avidité auraient pu causer la perte de la Seiiki. Par respect pour la grande Nayimathun, cependant, et pour ce que vous avez pu être, je ferai preuve de clémence. Vous finirez vos jours sur l'île Plume. Vous apprendrez peut-être à bien servir le grand Kwiriki. »

Tané se leva et salua, puis les soldats la ramenèrent au palanquin. Elle avait cru qu'elle supplierait, pleurerait ou implorerait pardon, mais au bout du compte, elle ne ressentait rien.

32

Sud

Le reflet de l'eau dansait sur un plafond en voûte. L'air était frais, mais pas au point de lui donner la chair de poule. Loth prit conscience de tout ceci peu après s'être rendu compte qu'il était nu.

Il était allongé sur un tapis tressé. À sa droite se trouvait un bassin rectangulaire, à sa gauche une alcôve ménagée dans la roche, où brûlait une lampe à pétrole.

Une douleur subite lui laboura le dos. Il se mit sur le ventre pour vomir, puis comprit.

Le feu du sang.

Il ne s'agissait encore que d'un lointain cauchemar avant qu'il quitte l'Inys. Une histoire qu'on se racontait au coin du feu pour se faire peur la nuit. À présent, il savait ce à quoi le monde avait été confronté durant le Chagrin des Siècles. Il savait pourquoi l'Est avait fermé ses portes.

Son sang était pareil à de l'huile bouillante. Il hurla dans le noir de son chaudron, et les ténèbres lui répondirent. Une ruche s'était ouverte quelque part en lui, et un essaim d'abeilles enragées se déversait dans ses organes, les embrasant tour à tour. Et alors que ses os crépitaient dans ce brasier, alors que les larmes faisaient fondre ses joues, il ne désirait rien tant que de mourir.

Un souvenir fugace. À travers la brume cramoisie, il sut qu'il devait s'approcher du bassin qu'il avait vu et s'en servir pour éteindre son feu intérieur. Il chercha à se lever, se mouvant comme sur un lit de tisons ardents, mais une main fraîche lui toucha le front.

« Non. »

Une voix parla, une voix semblable à un rayon de soleil. « Qui êtes-vous ? »

Ses lèvres le brûlaient. « Lord Arteloth Ru, répondit-il. S'il vous plaît, ne v-vous approchez pas. J'ai la peste.

— Où avez-vous trouvé la boîte en fer ?

— La Donmata Marosa. » Il frissonna. « Pitié… »

La peur le fit sangloter, mais quelqu'un d'autre s'approcha pour lui porter une cruche à la bouche. Il but.

*
* *

Quand il se réveilla ensuite, il était dans un lit, bien que toujours nu, dans la même cavité souterraine que précédemment.

Il mit un long moment avant d'oser bouger. Il n'éprouvait plus de douleur, et le rouge avait déserté ses mains.

Loth fit le signe de la croix. Le Saint, dans sa grande miséricorde, avait jugé bon de l'épargner.

Il resta d'abord silencieux, tendant l'oreille en quête de bruits de pas ou de voix. Il finit par se lever sur ses jambes tremblantes ; il était si faible que la tête lui tourna. Les hématomes que lui avait infligés le coquatrix étaient recouverts d'un onguent. Le simple souvenir de sa souffrance était éprouvant, mais de bonnes âmes l'avaient soigné et lui avaient offert l'hospitalité, et il comptait bien être présentable lorsqu'il les rencontrerait.

Il s'immergea dans le bassin. Le contact du sol lisse fut un délice pour ses plantes de pied fatiguées.

Il n'avait aucun souvenir postérieur à son arrivée à Rauca. Une vague image de marché lui revint, le sentiment de se déplacer, puis l'auberge… Après quoi, plus rien.

Sa barbe était trop longue à son goût, mais il ne semblait pas y avoir de rasoir. Quand il fut rafraîchi, il se leva et enfila le juste plié sur la table de chevet.

Il sursauta en la voyant. Une femme en manteau vert, tenant une lampe dans sa paume. Sa peau était d'un brun profond, comme ses yeux, et ses cheveux tombaient en spirales autour de son visage.

« Vous devez venir avec moi. »

Elle parlait l'inysse avec un accent lasian. Loth s'ébroua. « Qui êtes-vous, mademoiselle ?

— Chassar uq-Ispad vous invite à sa table. »

Ainsi donc, l'ambassadeur l'avait d'une manière ou d'une autre retrouvé. Loth voulut l'interroger plus avant, mais il n'eut pas l'audace de questionner cette femme qui le toisait de son regard froid et imperturbable.

Il la suivit à travers une succession de corridors sans fenêtres, taillés dans une pierre rosée et illuminés de lampes à pétrole. Il devait s'agir du lieu de vie de l'ambassadeur, même si cela n'avait aucun lien avec la description qu'Ead lui avait faite de l'endroit où elle avait passé son enfance. Point de galerie à ciel ouvert ni de vue imprenable sur les Sarras. Seulement quelques alcôves de loin en loin, chacune accueillant une statuette de bronze tenant une épée et un globe.

Sa guide s'arrêta devant une entrée protégée d'un rideau translucide.

« Par ici », indiqua-t-elle.

Elle s'éloigna alors, emportant sa lampe.

La pièce derrière la tenture était exiguë, le plafond bas. Un grand Ersyrien était assis à table. Il portait un turban argenté autour du crâne. Il leva la tête à l'arrivée de Loth.

Chassar uq-Ispad.

« Lord Arteloth. » L'ambassadeur lui désigna la chaise vacante. « Je vous en prie, asseyez-vous. Vous devez être très fatigué. »

La table croulait sous les fruits. Loth s'installa en face de son hôte.

« Ambassadeur uq-Ispad, dit-il d'une voix rauque. Est-ce à vous que je dois la vie ?

— Je me suis porté garant de vous, répondit-il, mais non. Nous ne sommes pas sur mon domaine, et le remède que vous avez pris n'est pas le mien. Dans l'esprit d'hospitalité cher aux Ersyr, en revanche, je vous prie de m'appeler Chassar. »

Sa voix n'était pas la même que dans le souvenir de Loth. Celle du Chassar uq-Ispad de la cour était rieuse, sans commune mesure avec ce calme troublant.

« Vous avez beaucoup de chance de vous trouver à cette table, reprit Chassar. Rares sont les hommes qui cherchent le Prieuré et survivent jusqu'à le trouver. »

Un autre homme vint servir à Loth une coupe de vin clair.

« Le Prieuré, Excellence ? s'étonna Loth.

— Vous vous trouvez au Prieuré de l'Oranger, Lord Arteloth. Au Lasia. »

Le Lasia. Certainement pas. « J'étais à Rauca, répondit-il de plus en plus perplexe. Comment est-ce possible ?

— L'ichneumon. » Chassar se servit à boire à son tour. « Ce sont de vieux alliés du Prieuré. »

Loth n'était guère plus avancé.

« Aralaq vous a trouvé dans les montagnes. » Il posa sa coupe. « Il a sommé l'une des sœurs de venir vous chercher. »

Le Prieuré. Les sœurs.

« Aralaq, répéta Loth.

— L'ichneumon. »

Chassar sirotait son breuvage. Pour la première fois, Loth remarqua qu'un aigle des sables était perché non loin, la tête inclinée. Ead avait toujours vanté l'intelligence de ces oiseaux de proie.

« Vous semblez troublé, Lord Arteloth, dit Chassar d'un ton léger. Je vais vous expliquer. Mais d'abord, je dois vous raconter une histoire. »

Il s'agissait, à n'en pas douter, de la cérémonie d'accueil la plus étrange qui soit.

« Vous connaissez la légende de la Damoiselle et du Saint. Vous savez qu'un chevalier a secouru une princesse d'un dragon avant de l'emmener dans un royaume de l'autre côté de la mer. Vous savez qu'ils ont fondé une grande ville et ont vécu heureux jusqu'à leur mort. » Il sourit. « Tout ce que vous pensez savoir est faux. »

Le silence qui régnait dans la pièce était si profond que Loth entendait l'aigle s'ébouriffer les plumes.

« Vous êtes un adepte du Chantaube, Excellence, finit-il par dire, mais je vous demanderai de ne pas blasphémer devant moi.

— Les Berethnet sont les véritables blasphémateurs. Ce sont *eux*, les menteurs. »

Loth en fut si choqué qu'il ne protesta pas. Il savait que Chassar uq-Ispad était un mécréant, mais la stupeur était grande.

« Quand le Sans-Nom descendit dans le Sud, jusqu'à la ville d'Yikala, reprit Chassar, le Grand Souverain

Sélinu tenta de l'apaiser en tirant des vies au sort. Même les enfants étaient sacrifiés, si leur nom était choisi. Sa fille unique, la princesse Cléolind, jura à son père d'être capable de tuer la bête, mais Sélinu l'interdit. Cléolind fut contrainte de regarder son peuple souffrir sans réagir. Un jour, toutefois, son nom sortit du chapeau.

— C'est exactement la version du Sanctarien, intervint Loth.

— Taisez-vous et apprenez. » Chassar choisit un fruit violet dans la jatte devant lui. « Le jour de la mort programmée de Cléolind, un chevalier ouestrien arriva en ville. Il portait une épée baptisée Ascalon.

— C'est précisément…

— Plus un mot, ou je vous tranche la langue. »

Loth ferma la bouche.

« Ce chevalier *galant*, reprit Chassar d'un timbre dédaigneux, promit de tuer le Sans-Nom de son épée enchantée. Mais il posa d'abord deux conditions : premièrement, Cléolind devrait l'épouser et retourner aux Inysca en tant que son épouse et reine ; deuxièmement, le peuple de celle-ci devait se convertir aux Six Vertus de la Chevalerie – un code d'honneur de chevaliers qu'il avait décidé de transformer en religion, dont il serait la divinité. Une foi inventée. »

Entendre décrire le Saint comme un fou vagabond lui était insupportable. *Une foi inventée*. Les Six Vertus étaient le code par lequel tous les chevaliers inyssiens vivaient à l'époque. Loth ouvrit la bouche, se souvint de la menace de son hôte, et la referma.

« Malgré leur terreur, reprit Chassar, les Lasians ne voulaient pas se convertir à cette nouvelle religion. Cléolind l'expliqua au chevalier, et refusa en outre de l'épouser. Toutefois, Galian était à ce point aveuglé par le désir et l'avarice qu'il affronta la bête malgré tout. »

Loth manqua s'étrangler. « Il n'y avait aucun désir en lui. Son amour pour la princesse Cléolind était chaste.

— Tâchez de ne pas vous montrer si agaçant, mon seigneur. Galian l'Imposteur était une brute égoïste et assoiffée de pouvoir. À ses yeux, le Lasia n'était qu'un champ sur lequel récolter une moisson de sang royal et de fidèles adorateurs d'une religion qu'il avait fondée pour son propre profit. Il entendait devenir un dieu et unir les Inysca sous sa couronne. » Chassar resservit du vin tandis que Loth bouillait de rage. « Naturellement, votre Saint bien-aimé souffrit instantanément d'une blessure anodine et se pissa dessus. Et Cléolind, en femme de courage, ramassa son épée.

» Elle suivit le Sans-Nom dans les profondeurs du bassin lasian, où il avait établi son antre. Rares étaient ceux qui osaient pénétrer dans cette forêt, car sa mer d'arbres était vaste et inexplorée. Elle traqua la créature jusqu'à une grande vallée. Poussait là un oranger d'une taille impressionnante et d'une beauté indescriptible.

» Le Sans-Nom était enroulé tel un serpent autour de son tronc. Tous deux se battirent dans la vallée, et même si Cléolind était une valeureuse guerrière, la bête parvint à l'embraser. Dans sa souffrance, Cléolind rampa jusqu'à l'arbre. Le Sans-Nom poussa un hurlement de triomphe, sûr de sa victoire, et ouvrit la bouche pour la brûler à nouveau – mais tant qu'elle se trouvait sous les branches de l'oranger, son feu ne pouvait pas l'atteindre.

» Alors même que Cléolind peinait à y croire, l'arbre se mit à donner des fruits. En en mangeant un, elle fut instantanément guérie – pas seulement guérie, mais *changée*. Elle entendait les murmures de la terre. La danse du vent. Elle était ressuscitée en une flamme vivante. Elle repartit à l'assaut de la bête et plongea Ascalon entre ses écailles. Grièvement blessé, le Sans-Nom s'éloigna en rampant. Cléolind retourna, triomphante, à Yikala, et bannit sire Galian Berethnet de sa terre, lui rendant son épée dans le seul but de lui éviter de revenir la chercher. Il s'empressa de fuir vers les îles Inysca, où il raconta une version arrangée des événements afin de se voir couronné roi d… »

Loth abattit le poing sur la table. L'aigle de sable poussa un cri perçant de protestation.

« Je ne resterai pas assis ici à vous écouter souiller ma foi, déclara-t-il calmement. Cléolind est rentrée avec lui en Inys, et les reines Berethnet sont leurs descendants.

— Cléolind distribua ses richesses, reprit Chassar comme si Loth ne l'avait pas interrompu, et retourna dans le bassin lasian avec ses servantes. Là, elle fonda le Prieuré de l'Oranger, une maison de femmes bénies d'une flamme sacrée. Une maison, Lord Arteloth, de mages. »

De la sorcellerie.

« L'objectif du Prieuré est d'éliminer les wyrms et de protéger le Sud des pouvoirs draconiques. Sa guide est la Prieure – la bien-aimée de la Mère. Et je crains fort, Lord Arteloth, que cette grande dame pense que vous avez assassiné l'une de ses filles. » Loth blêmit, et Chassar se pencha en avant, le regard scrutateur. « Vous possédez une boîte en fer qui se trouvait dernièrement entre les mains d'une dénommée Jondu.

— Je ne suis pas un assassin, se défendit Loth. Jondu a été capturée par les Yscalins. Avant sa mort, elle a confié cette boîte à la Donmata de Yscalin, qui me l'a transmise. » Il s'appuya sur le dossier de sa chaise pour se lever. « Celle-ci m'a supplié de vous la rapporter. C'est chose faite, ajouta-t-il d'un ton désespéré. À présent, permettez-moi de partir.

— Ainsi donc, Jondu est morte. Asseyez-vous, Lord Arteloth, ordonna Chassar d'une voix froide. Vous n'irez nulle part.

— Pour que je vous entende continuer d'insulter ma foi ?

— Parce que celui qui trouve le Prieuré ne doit jamais quitter ses murs. »

Loth demeura interdit.

« C'est une nouvelle difficile à vous annoncer, Lord Arteloth. Je connais bien dame votre mère, et cela me peine de savoir qu'elle ne reverra jamais son fils… mais vous ne pouvez partir. Aucun étranger ne le peut. Le risque serait trop grand que vous parliez du Prieuré.

— Vous… » Loth secoua la tête. « Vous ne pouvez pas… C'est de la *folie*.

— La vie ici est confortable. Peut-être pas autant que la vôtre en Inys, admit Chassar, mais vous serez en sécurité, à l'abri du regard du monde.

— Je suis l'héritier de Bouleaudor. Je suis un ami de la reine Sabran IX. Je ne me laisserai pas ridiculiser ainsi ! » Son dos heurta le mur. « Ead m'a toujours dit que vous aviez beaucoup d'humour. S'il s'agit d'une plaisanterie, Excellence, dites-le-moi maintenant.

— Ah. » Chassar soupira. « Eadaz. Elle m'a fait part de votre amitié. »

Un déclic se fit dans l'esprit de Loth. Et, lentement, il commença à comprendre.

Pas Ead, mais *Eadaz*. Son rayonnement. Ses secrets. Son enfance obscure. Mais non, cela ne se pouvait pas… Ead s'était convertie aux Six Vertus. Elle allait prier au sanctuaire deux fois par jour. Il était absolument impensable qu'elle soit une hérétique, une praticienne des arts interdits.

« La femme que vous connaissez sous le nom d'Ead Duryan n'existe pas, Arteloth. J'ai façonné cette identité pour elle. Elle s'appelle en réalité Eadaz du Zāla uq-Nāra, et c'est l'une des sœurs du Prieuré. Je l'ai introduite en Inys, sur ordre de la précédente Prieure, pour protéger Sabran IX.

— Non. »

Ead, avec qui il avait partagé son vin et maintes danses à chaque fête de la Communion depuis qu'il avait vingt-deux ans. Ead, la femme qu'on lui avait conseillé d'épouser.

Ead Duryan.

« C'est une mage. L'une des plus douées, renchérit Chassar. Elle reviendra ici dès que Sabran aura donné vie à son enfant. »

Chaque mot était tel un nouveau couteau planté dans son dos. C'en fut trop pour lui. Il repoussa le rideau et s'enfuit au hasard des couloirs, jusqu'à se retrouver face à face avec la dame en vert. Il constata alors qu'elle ne tenait pas une lampe à pétrole.

Elle tenait *une flamme*.

« La Mère est avec vous, Arteloth. » Elle lui sourit. « Dormez. »

33

Est

Ils étaient confortablement installés dans la pièce la plus haute du palais de Brygstad, où ils s'accordaient souvent une nuit seuls lorsque le Grand Prince était en déplacement. Des tapisseries pendaient aux murs, les fenêtres étaient embuées par la chaleur de l'âtre. Voilà où le couple royal donnerait naissance. Sous une voûte étoilée.

D'autres fois, ils s'enfuyaient vers le Vieux Quartier, où Jannart possédait une chambre dans une auberge baptisée le *Soleil resplendissant*, réputée pour sa discrétion. Elle accueillait de nombreux amants fuyant les règles du Chevalier de la Communion. Certains, comme Jannart, étaient prisonniers d'un mariage qu'ils n'avaient pas choisi. D'autres n'étaient pas mariés. D'autres encore s'étaient épris de personnes de bien trop haute ou trop basse extraction. Tous s'aimaient d'une manière que la Vertu leur ferait payer.

Ce jour-là, Edvart était parti avec la moitié de sa cour, sa fille et son neveu, pour gagner la résidence d'été de la Forêt nuptiale. Jannart avait promis à Edvart qu'ils le rejoindraient bientôt pour chasser Sanguyn, le loup légendaire, qui rôdait au nord de Mentendon.

Niclays ignorait si Edvart saisissait la nature de sa relation avec Jannart. Peut-être choisissait-il de fermer les yeux. Si l'affaire devenait publique, le Grand Prince n'aurait d'autre choix que de bannir Jannart, son plus proche ami, pour avoir rompu la promesse faite au Chevalier de la Communion.

Une bûche s'effondra dans le feu. Tout près, Jannart était absorbé dans ses manuscrits, étalés en éventail sur le tapis devant lui. Depuis quelques années, il délaissait son art pour s'adonner à sa passion pour l'histoire. Il avait toujours été ému par la perte calamiteuse de savoir durant le Chagrin des Siècles – les bibliothèques incendiées, les archives ravagées, la destruction irrévocable de monuments anciens –, et maintenant que son fils Oscarde s'occupait de certains de ses devoirs envers le duché, il pouvait enfin s'autoriser à reconstituer les trous dans l'histoire.

Niclays était allongé, nu, dans le lit, les yeux rivés sur les étoiles peintes. Quelqu'un s'était donné beaucoup de mal pour qu'elles reproduisent la véritable voûte céleste.

« Que se passe-t-il ? »

Jannart n'avait même pas eu besoin de le regarder pour savoir que quelque chose n'allait pas. Niclays soupira. « La présence d'une vouivre aux portes de la capitale devrait t'affecter, toi aussi. »

Trois jours plus tôt, deux hommes s'étaient aventurés dans une grotte à l'ouest de Brygstad et avaient rencontré une vouivre endormie. Tout le monde savait que les créatures draconiques s'étaient disséminées un peu partout pour se reposer après le Chagrin des Siècles, et qu'en fouillant assez attentivement n'importe quel pays, on était sûr de tomber sur l'une d'elles.

Dans l'État libre de Mentendon, la loi stipulait que, lorsqu'elles étaient découvertes, ces bêtes devaient être laissées en paix, sous peine de mort. Chacun redoutait qu'en éveiller une réveillerait les autres. Cependant, ces hommes s'étaient crus au-dessus des lois. Ivres de leurs rêves de chevalerie, ils avaient dégainé leur épée et essayé de pourfendre la chose. Contrariée par la brutalité de ce réveil, la vouivre avait dévoré ses assaillants et était sortie de sa grotte en furie, toutes griffes dehors. Manquant trop d'énergie pour cracher du feu, elle avait malgré tout réussi à déchiqueter plusieurs habitants d'un bourg voisin avant qu'une âme courageuse lui transperce le cœur d'une flèche.

« Clay, répondit Jannart, c'étaient deux gamins arrogants qui ont fait les imbéciles. Ed veillera à ce que cela ne se reproduise pas.

— Les ducs l'ignorent peut-être, mais les gamins arrogants courent les rues. » Niclays se servit un verre de vin noir. « Quand j'étais petit, il y avait une mine abandonnée non loin de Rozentun. Les enfants racontaient qu'un coquatrix était allé y pondre des œufs d'or avant de s'endormir. Une fillette de ma connaissance s'est cassé le dos en essayant d'y entrer. Un garçon s'est perdu dans le noir. On ne l'a jamais retrouvé. C'étaient deux gamins arrogants.

— Je trouve incroyable d'apprendre encore des choses sur ton enfance après toutes ces années. » Jannart haussa un sourcil avec une moue. « Es-tu jamais parti en quête de la couvée d'or ? »

Niclays pouffa. « Quelle idée. Oh, je me suis bien approché de l'entrée une fois ou deux, mais l'amour de ta vie n'était qu'un abject pleutre, déjà à l'époque. J'ai bien trop peur de la mort pour me lancer dans des aventures pareilles.

— Eh bien, j'en sais gré à ton manque de courage. Je t'avoue avoir moi aussi peur de la mort.

— Je te rappelle que tu es de deux ans mon aîné, et que tu devrais y passer avant moi. »

Jannart sourit. « Ne parlons pas de mort alors que nous avons encore tant d'années à vivre. »

Il se leva, et Niclays se délecta de sa stature puissante, façonnée par des années d'escrime. Désormais âgé de cinquante ans, il était d'une beauté aussi éblouissante qu'à leur première rencontre. Ses cheveux lui tombaient à la taille et s'étaient assombris pour adopter une teinte grenat somptueuse, légèrement argentée aux racines. Niclays ignorait comment il avait pu occuper toutes ces années le cœur de cet homme.

« Très bientôt, j'ai l'intention de t'emmener au lagon Lacté, où nous vivrons sans nom ni titre. » Jannart grimpa sur le lit, posa les mains de part et d'autre de Niclays et l'embrassa. « Et puis, il y a des chances que tu meures avant moi, à ce rythme-là. Si tu arrêtais de me cocufier avec le vin d'Ed… » Il approcha furtivement la main du verre.

« Tu as tes vieux livres poussiéreux, j'ai mon vin. » Niclays gloussa et maintint son verre hors de la portée de son amant. « Nous étions d'accord.

— Je vois. » Jannart fit à nouveau mine de l'attraper. « Et quand sommes-nous tombés d'accord ?

— Aujourd'hui même. Pendant que tu dormais. »

Jannart capitula et roula sur le dos près de lui. Niclays essaya de réprimer la pointe de remords qu'il éprouvait.

Ils s'étaient maintes fois querellés au sujet de son penchant pour la boisson. Il avait suffisamment ralenti pour ne plus subir ces longues heures d'oubli dont il souffrait souvent dans sa jeunesse, mais ses mains tremblaient s'il s'abstenait trop longtemps. Depuis quelques jours, Jannart semblait trop las pour le harceler à ce sujet. Niclays s'en voulait de décevoir de la sorte la seule personne qui l'aimait.

Le vin noir était sa source de réconfort. Sa douceur épaisse emplissait le vide qui s'ouvrait en lui chaque fois qu'il contemplait son doigt dépourvu de lacs d'amour. Cela le torturait de vivre un mensonge.

« Crois-tu réellement que le lagon Lacté existe ? » murmura-t-il.

Un lieu de légendes et de berceuses. Le refuge des amoureux.

Jannart traça du doigt le contour de son nombril. « Oui, répondit-il. En tout cas, j'ai rassemblé suffisamment de preuves pour me convaincre qu'il existait avant le Chagrin des Siècles. Ed a entendu dire que les derniers descendants de la famille de Nerafriss savent où il se trouve, mais qu'ils ne dévoileraient ce secret qu'à ceux qui le méritent.

— Tant pis pour moi, alors. Tu ferais mieux de t'y rendre seul.

— Tu ne te débarrasseras pas de moi si facilement, Niclays Roos. » Jannart se rapprocha suffisamment pour que leurs nez se touchent. « Même si on ne trouvait pas le lagon Lacté, on pourrait partir ailleurs.

— Où ça ?

— Quelque part dans le Sud, peut-être. Là où le Chevalier de la Communion n'a aucune influence. Il existe encore des endroits non cartographiés, par-delà la porte d'Ungulus. Peut-être d'autres continents.

— Je n'ai pas l'âme d'un explorateur.

— Ça pourrait changer, Clay. Tu peux devenir qui tu désires, ne t'avise jamais de croire le contraire. » Jannart lui caressa la pommette du pouce. « Si je m'étais convaincu que je n'étais pas un pécheur, je n'aurais jamais embrassé ces lèvres que je convoitais tant. Les lèvres d'un homme aux cheveux d'or rose, et que la naissance, selon les préceptes d'un chevalier d'un autre temps, rendait indigne de mon amour. »

Niclays essaya de ne pas regarder comme un idiot ces yeux gris de Vatten. Même après tant d'années, contempler cet homme lui coupait encore le souffle.

« Et Aleidine ? » demanda-t-il.

Il essaya de sembler plus curieux qu'amer. La situation était difficile pour Jannart, qui avait passé des années à voleter entre sa compagne et son amant, quitte à mettre en péril son statut à la cour. Niclays ne connaissait pas ce genre de souci. Il ne s'était jamais marié, et nul n'avait jamais cherché à l'y contraindre.

« Elle s'en remettra, lui assura Jannart en plissant le front. Elle deviendra duchesse douairière de Zeedeur, et sera de plein droit riche et puissante. »

Jannart tenait à Aleidine. Même s'ils ne s'étaient jamais aimés comme s'aiment deux compagnons, ils avaient développé une solide amitié durant leurs trente années de mariage. Elle avait géré ses affaires, porté son enfant, dirigé le duché de Zeedeur à son côté, sans jamais cesser de l'aimer d'un amour inconditionnel.

Quand ils partiraient, Niclays savait qu'elle manquerait à Jannart. Sa famille entière lui manquerait – mais à ses yeux, il leur avait fait don de sa jeunesse. Désormais, il voulait vivre ses dernières années avec l'homme qu'il aimait.

Niclays lui attrapa la main, celle qui portait le lacs d'amour en argent.

« Partons bientôt, dit-il pour le distraire. Me cacher tout le temps me fait vieillir prématurément.

— Tu te bonifies avec l'âge, mon renard doré. » Jannart l'embrassa. « Mais on partira. Je te le promets.

— Quand ?

— J'ai envie de passer encore quelques années avec Truyde. Pour qu'elle conserve quelques souvenirs de son grand-père. »

La fillette n'avait que cinq ans, mais elle feuilletait déjà maladroitement, mais avec une moue déterminée, les tomes que Jannart pouvait déposer devant elle. Elle avait ses cheveux.

« Menteur, rétorqua Niclays. Tu veux t'assurer qu'elle prenne ta relève en peinture, puisque Oscarde n'a aucun talent artistique. »

Jannart rit de bon cœur. « Peut-être. »

Ils restèrent allongés silencieusement pendant un moment, les doigts entrelacés. Le soleil baignait la chambre d'or.

Ils seraient bientôt seuls tous les deux. Niclays cherchait à s'en convaincre, comme chaque jour depuis des années. Encore un an à attendre, peut-être deux, le temps que Truyde grandisse un peu. Puis ils quitteraient la Vertu pour de bon.

Lorsque Niclays se tourna vers lui, Jannart lui sourit – ce sourire coquin qui ne lui soulevait qu'un côté des lèvres. Maintenant qu'il était plus âgé, sa joue se plissait alors, ce qui ne faisait qu'ajouter à son charme. Niclays tendit la tête pour accueillir son baiser, et Jannart lui prit la figure à deux mains, comme s'il encadrait l'un de ses portraits. Niclays traça une ligne sur le tissu blanc qui recouvrait le ventre de Jannart, éveillant ses sens. Et même s'ils se connaissaient désormais par cœur, la puissance de leur étreinte sembla toute neuve.

Lorsque le crépuscule tomba, ils étaient dans les bras l'un de l'autre auprès du feu, les paupières lourdes et couverts de sueur. Jannart passa les doigts dans les cheveux de Niclays.

« Clay, murmura-t-il, je dois partir un moment. »

Niclays se redressa. « Quoi ?

— Tu te demandes à quoi je consacre mes journées dans mon bureau. Il y a quelques semaines, j'ai hérité d'un fragment de texte qui appartenait à ma tante, qui a été vice-reine d'Orisima pendant quarante ans. »

Niclays soupira. Lorsque Jannart partait en quête d'un mystère, il était aussi diligent qu'un corbeau sur une carcasse. Si Niclays avait un besoin maladif d'alchimie et de vin, Jannart était mû par sa volonté de restaurer le savoir.

« Dis-m'en plus, l'encouragea Niclays d'un ton aussi enjoué que possible.

— Ce fragment est vieux de plusieurs siècles. J'ai presque peur de le manipuler, tant je crains de le voir tomber en lambeaux. D'après son journal, ma tante le tenait d'un homme qui lui avait demandé de l'emporter le plus loin possible à l'Est, et de ne jamais plus le rapporter.

— Comme c'est mystérieux. » Niclays reposa sa tête sur ses bras. « Mais quel rapport avec ton départ ?

— Je ne parviens pas à déchiffrer ce texte. Je dois me rendre à l'université d'Ostendeur pour voir si quelqu'un connaît cette langue. Je pense qu'il s'agit d'une forme ancienne de seiikinois, mais quelque chose dans ces caractères m'intrigue. Certains sont plus gros, d'autres plus petits, et ils sont espacés d'une étrange manière. » Son regard se fit distant. « C'est un message codé, Clay. Mon intuition me dit qu'il s'agit d'une information capitale d'un point de vue historique. Une chose plus importante que tout ce que j'ai pu étudier jusqu'à présent. Il faut impérativement que je comprenne. J'ai eu vent d'une bibliothèque qui pourrait m'y aider.

— Et où se trouve cet endroit, au juste ? s'enquit Niclays. À l'université ?

— Non. C'est… plutôt reculé. À quelques lieues de Wilgastrōm.

— Oh, *Wilgastrōm*. Palpitant. » Il s'agissait d'une bourgade endormie sur la Lint. Il ne devait pas y avoir de vouivres, là-bas. « Eh bien, reviens vite. Chaque fois que tu pars, Ed essaie de m'enrôler dans quelque partie de chasse ou de raquettes, voire dans un de ces atroces passe-temps qui impliquent de *parler à des courtisans*. »

Jannart se serra contre lui. « Tu survivras. » Son sourire s'étiola, puis un voile sombre ternit fugacement ses prunelles. « Je ne te quitterais pas si je n'avais pas une bonne raison de le faire, Clay. Je t'en donne ma parole.

— Tu as intérêt à la tenir, Zeedeur. »

*
* *

Il existait un royaume entre l'éveil et le rêve, et Niclays en était prisonnier. Alors qu'il sortait de sa torpeur, une larme coula du coin de son œil.

La pluie lui saupoudrait le visage. Il se trouvait dans une barque, aussi secoué qu'un enfant dans un berceau. Des silhouettes l'entouraient, échangeaient des paroles, et une soif redoutable lui brûlait la gorge.

De vagues souvenirs remontèrent à la surface de son esprit. Des mains qui le traînaient. De la nourriture glissée de force entre ses lèvres, manquant l'étouffer. Un tissu plaqué contre son nez et sa bouche.

Il agrippa le rebord de l'embarcation et fut pris d'un haut-le-cœur. Tout autour de lui n'était que vagues vertes, aussi limpides qu'une forêt de cristal.

« Par le Saint… » Sa voix était rauque. « De l'eau, dit-il en seiikinois. Pitié. »

Nul ne lui répondit.

C'était le crépuscule. Ou l'aube. Le ciel était obscurci de nuages, mais le soleil y laissait une traînée mielleuse. Niclays cligna des paupières pour chasser la pluie qui l'aveuglait et observa les voiles orange qui s'élevaient au-dessus de l'esquif, illuminées par un nombre impressionnant de lanternes. Un vaisseau fantôme, enrubanné de brume marine. L'un de ses ravisseurs lui tapa sur la tête et lui aboya quelque chose en lacustrin.

« D'accord, marmonna Niclays, d'accord. »

Il fut relevé par les cordes qui lui entravaient les poignets, et on lui ordonna à la pointe du couteau de s'approcher d'une échelle. La vue de ce navire le laissa bouche bée et acheva de le tirer de sa torpeur.

Un galion de neuf mâts, dont la coque était bardée de fer ; il était au moins deux fois plus long qu'un haut-ouestrien. Niclays n'avait jamais vu de navire aussi colossal, pas même dans les eaux inyssiennes. Il posa ses pieds nus sur les lattes et grimpa, sous les cris et les quolibets.

Il avait été capturé par des pirates, aucun doute là-dessus. À en juger par le vert de jade des vagues, ils devaient se trouver dans la mer de Dansoleil, qui s'écoulait dans l'Abysse – cet océan sombre qui séparait l'Est et l'Ouest, le Nord et le Sud. La mer qu'il avait traversée quand il avait mis le cap vers la Seiiki, tant d'années auparavant.

La mer dans laquelle il mourrait. Les pirates n'étaient pas réputés pour leur clémence, ni pour leur traitement respectueux des otages. Qu'il ait survécu jusque-là sans se faire trancher la gorge relevait même du miracle.

Au sommet de l'échelle, on le mena par sa longe vers l'autre côté du pont. Il était cerné d'Estriens et d'Estriennes, parmi lesquels s'étaient immiscés quelques Sudiens. Plusieurs des pirates dardaient sur lui des regards soupçonneux, mais la plupart l'ignoraient. Nombre d'entre eux avaient un mot en seiikinois tatoué sur le front : *meurtre, vol, incendie, blasphème* – les crimes pour lesquels ils avaient été punis.

Niclays fut ligoté à l'un des mâts, où il eut tout loisir de réfléchir à la tristesse de sa condition. Il n'avait jamais eu vent de navire plus grand que celui-ci, ce qui signifiait donc qu'il avait été ravi par la flotte de l'Œil-de-Tigre : des pirates spécialisés dans la contrebande d'organes prélevés sur des dragons. Entre autres méfaits perpétrés traditionnellement par leur engeance.

Ils lui avaient confisqué tous ses biens, y compris le texte pour lequel Jannart était mort – le fragment qui n'aurait jamais dû revenir dans l'Est. C'était le dernier souvenir tangible de lui qu'il restait à Niclays et, maudite soit son âme, il l'avait perdu. Cette idée lui donna envie de pleurer, mais il devait impérativement convaincre ces pirates qu'ils avaient besoin d'un vieillard dans son genre. Sangloter de terreur n'était pas le meilleur moyen d'y parvenir.

Il eut l'impression que des mois s'écoulèrent avant que quelqu'un l'approche enfin. Le soleil se levait alors.

Une Lacustrine vint se poster devant lui. De la peinture assombrissait ses lèvres. Ses cheveux grisonnants étaient coiffés d'une tiare lourde et dorée, sertie d'ornements affûtés comme des rasoirs ; une vraie petite œuvre d'art. À son côté pendait une épée, tout aussi dorée et deux fois plus tranchante. Les rides qui parcouraient sa peau tannée témoignaient de ses nombreuses années passées en mer.

Elle était flanquée de six pirates, dont un géant moustachu – sans doute un Sépulien –, dont le torse nu était si couvert de tatouages qu'on ne distinguait pas un pigment de peau vierge. Des tigres géants déchiraient des dragons en lambeaux sur son poitrail, et le sang tourbillonnait parmi les embruns jusqu'à ses épaules. Une perle trônait juste au niveau de son cœur.

La cheffe – car il s'agissait indiscutablement de leur cheffe – portait un long manteau de soie aquatique noire. Son bras droit manquant avait été remplacé par une prothèse en bois articulée, dotée d'un coude, de doigts et d'un pouce, le tout encagé au niveau de son épaule et attaché par une sangle de cuir qui lui barrait la poitrine. Niclays ne pensait pas que ce membre rajouté lui était d'une grande utilité en plein cœur d'une bataille, mais il s'agissait d'une innovation remarquable, incomparable à tout ce qu'il avait pu voir dans l'Ouest.

La femme l'examina, puis s'en retourna parmi la foule de pirates, qui s'ouvrit devant elle. Le géant détacha les cordes et emmena Niclays jusqu'à une cabine décorée de sabres et de pavillons ensanglantés.

Deux personnes se tenaient dans un coin. Une femme râblée, à la peau mate couverte de taches de son et à la bouche cernée de ridules, et un homme osseux, aussi grand que pâle, qui paraissait extrêmement vieux. Une tunique de soie rouge en haillons descendait sous ses genoux.

La cheffe des pirates se vautra sur un trône, accepta la pipe de bois et de bronze que l'homme lui tendait, et aspira les vapeurs qu'elle contenait. Elle considéra Niclays à travers un nuage bleuté, puis s'adressa à lui en lacustrin. Sa voix était grave et mesurée.

« Mes pirates prennent généralement pas d'otages, traduisit en seiikinois la femme aux taches de rousseur, sauf quand ils manquent de matelots. » Elle leva un sourcil en étudiant Niclays. « T'es un cas à part. »

Il avait assez de jugeote pour ne pas parler sans permission, mais il inclina la tête. L'interprète attendit que la capitaine reprenne la parole.

« T'as été découvert sur la plage de Ginura en possession d'certains documents, poursuivit-elle. L'un d'eux fait partie d'un manuscrit ancien. Comment tu l'as eu ? »

Niclays les salua bien bas. « Honorée capitaine, répondit-il en s'adressant directement à la Lacustrine, il m'a été légué à sa mort par un ami très cher. Je suis parti avec quand je suis venu m'installer en Seiiki depuis l'État libre de Mentendon, dans l'espoir de découvrir sa signification. »

Ses paroles furent aussitôt traduites.

« T'y es parvenu ? lui demanda-t-on en réponse.

— Pas encore. »

Les prunelles de la capitaine étaient tels des éclats de verre volcanique.

« T'as c'truc depuis une décennie, tu l'portes sur toi comme un talisman, et pourtant t'affirmes rien en savoir. Une allégation fascinante, traduisit l'interprète après que la capitaine eut parlé. P'têt qu'un passage à tabac t'encouragera à dire la vérité. Quand une personne vomit du sang, ses secrets jaillissent souvent en même temps. »

Niclays sentit la sueur inonder son dos.

« Pitié, plaida-t-il, c'est la vérité. Soyez clémente. »

Elle pouffa doucement avant de répondre.

« J'suis pas d'venue suz'raine d'tous les pirates en f'sant preuve de clémence envers les menteurs et les voleurs. »

Suzeraine de tous les pirates.

Il ne s'agissait donc pas de n'importe quelle capitaine. C'était la redoutée suzeraine de la mer de Dansoleil, de la conquérante d'innombrables vaisseaux, d'une maîtresse du chaos à la tête d'une armée de quarante mille pirates. Il s'agissait de l'Impératrice Dorée, l'ennemie de l'ordre, qui s'était arrachée à l'indigence pour bâtir sa propre nation sur les flots – une nation au-delà de la domination des dragons.

« Très honorée Impératrice Dorée. » Niclays se prosterna. « Pardonnez-moi de ne pas avoir fait montre du respect approprié. J'ignorais qui vous étiez. » Ses genoux lui faisaient souffrir le martyre, mais il garda le front contre le plancher. « Laissez-moi voguer avec vous. Je vous offrirai mes talents d'anatomiste, mon savoir, ma loyauté. Je ferai tout ce que vous me demanderez. Mais par pitié, épargnez-moi. »

L'Impératrice reprit sa pipe. « J't'aurais bien d'mandé ton nom, si t'avais fait preuve d'un peu d'courage, mais dorénavant, on t'appellera Lune-de-Mer. »

Les pirates à la porte éclatèrent d'un rire tonitruant. Niclays grimaça. *Lune-de-Mer* – le terme seiikinois pour désigner une méduse. Un amas gélatineux voguant au gré du courant.

« Tu disais être anatomiste, reprit l'interprète en s'interrompant de temps à autre pour écouter la capitaine. Y s'trouve qu'j'ai b'soin d'un chirurgien sur c'navire. Celle qui officiait encore y a peu s'est prise pour une empoisonneuse de génie. Elle voulait s'venger d'moi pour avoir rasé l'tas d'merde qui lui servait d'village, et elle a fait tomber l'ver à soie doré dans mon vin. » L'Impératrice tira à nouveau sur sa pipe, puis recracha une volute de fumée. « Elle a découvert qu'l'eau d'mer pouvait être tout aussi fatale. »

Niclays déglutit.

« J'aime pas gâcher c'qui peut m'servir. Prouve tes compétences, et on r'parlera p'têt.

— Merci, dit-il d'une voix chevrotante. Merci, très honorée capitaine. Pour votre clémence.

— L'est point question d'clémence, Lune-de-Mer. C'est les affaires. » Elle se rencogna dans son fauteuil avant de reprendre la parole. « Veille à toujours m'êt' loyal, reprit l'interprète. Y a pas d'deuxième chance au sein d'la flotte de l'Œil-de-Tigre.

— Je comprends. » Niclays rassembla tout son courage. « Très honorée Impératrice Dorée, j'aurais une question à vous poser, si vous m'y autorisez. » Elle le toisa longuement. « Où est le dragon que vous avez capturé sur la plage ?

— Dans les cales. Ivre de nufeu. Mais plus pour longtemps. » Elle le détailla de pied en cap. « On s'reparle bientôt, Lune-de-Mer. Mais d'abord, tu vas accomplir ta première opération. »

34

Ouest

Lorsque la grossesse de la reine Sabran fut officiellement annoncée, le peuple d'Inys cessa son deuil et alla célébrer la bonne nouvelle dans les rues. Le prince Aubrecht était mort, mais en leur faisant don de l'héritier de la Vertu, il leur avait offert une nouvelle génération de tranquillité face à la menace du Sans-Nom.

Même si elle demeurait traditionnellement la moitié de l'année à la Maison des Ronces, nul ne s'offusqua lorsque Sabran décréta que la cour allait retourner au palais d'Ascalon pour le reste de sa grossesse. Les couloirs de la résidence d'hiver étaient saturés de souvenirs liés au consort, et chacun reconnaissait qu'il était dans l'intérêt de la reine de changer de perspective.

De nombreuses robes furent taillées pour s'adapter à la nouvelle physionomie de Sabran. La chambre d'accouchement fut aérée pour la première fois depuis des décennies. Le palais bruissait sous les bavardages, et à chaque repas, les courtisans levaient leur coupe à la reine. Les rires tintaient et résonnaient telles des cloches.

Ils ne voyaient pas la même chose que les dames de la chambre. Le mal qui la rongeait à toute heure.

La fatigue incessante. La façon dont elle restait éveillée la nuit, mal à l'aise avec les changements qui se produisaient dans son corps.

Roslain avait expliqué aux dames d'honneur qu'il s'agissait de la période la plus périlleuse de la grossesse. Sabran ne devait pas se fatiguer. Elle ne devait plus ni chasser, ni marcher trop vigoureusement, ni entretenir de tristes pensées. Toutes allaient devoir faire en sorte qu'elle conserve en permanence son calme et sa bonne humeur.

La vie de l'enfant importait plus que celle de la mère, puisque rien ne prouvait que les femmes de la maison Berethnet étaient capables de concevoir plus d'une fois. Rien d'étonnant, donc, à ce que Sabran vive en recluse depuis quelque temps. Son lit d'accouchement était le seul endroit où son autorité divine ne la protégerait pas, et chaque jour la rapprochait du terme.

Et si elle doutait encore des dangers qui l'entouraient en permanence, les Ducs Spirituels jugeaient bon de les lui rappeler quotidiennement.

« Il est vital que nous décidions de la marche à suivre. La Yscalin pourrait lancer une invasion d'une minute à l'autre, l'avisa Igrain Crest un matin. Nos défenses côtières ont été renforcées depuis la venue de Feúdel, conformément à vos directives, mais cela ne suffit pas. Nous avons appris que le roi de chair construisait une nouvelle flotte dans la baie des Quarls. Quelque cinquante vaisseaux sont déjà prêts. »

Sabran mit un long moment à répondre. « Une flotte d'invasion. »

Des cernes profonds soulignaient ses yeux.

« Je le crains, Majesté », confirma Crest, radoucie. « Tout comme votre cousin le lord-amiral. »

La Duchesse de la Justice était arrivée pendant le petit-déjeuner de Sabran. Elle se tenait dans un rayon de soleil, qui faisait étinceler sa broche patronale.

« Nous allons immédiatement ouvrir des négociations avec le Hróth, dit-elle. Les peaux-de-loup vont faire peur à Sigoso. Pour renforcer les chances de soutien, nous ferons savoir que Votre Majesté a finalement accepté l'offre de longue date du chef d'Askrdal. Lorsque le roi Raunus entendra…

— Il n'y aura pas d'accord avec l'Askrdal, l'interrompit Sabran. Le roi Raunus est un souverain de la Vertu et mon lointain parent. Voyons combien de troupes il nous offre avant de lui faire la moindre proposition. »

Katryen inspira longuement. Cela ne ressemblait pas à Sabran de contredire Crest.

Cette dernière sembla prise de court. Elle sourit néanmoins.

« Majesté, dit-elle, je comprends que ce puisse être difficile, étant donné la mort récente du prince Aubrecht, mais je pense que vous vous souviendrez de ce que je vous ai dit à la veille de votre couronnement. Une épée doit être ointe, et une union renouvelée. Mieux vaut ne pas être une lointaine parente de Raunus, mais une parente proche et chère. Vous devez vous remarier. »

Sabran regarda par la fenêtre d'un air distant. « Je n'en vois pas l'intérêt pour le moment. »

Cette fois, Crest laissa retomber son sourire. Son attention se porta d'abord sur Katryen, puis sur Ead.

« Majesté, reprit-elle d'un ton raisonnable, peut-être devrions-nous poursuivre cette conversation en privé ?

— Et pourquoi cela, Igrain ? s'enquit Sabran d'un ton égal.

— Parce qu'il s'agit d'une question diplomatique sensible. » Après une pause calculée, elle poursuivit : « Si vous voulez bien nous excuser, Lady Katryen, Mademoiselle Duryan. J'aimerais m'entretenir avec la reine Sabran, seule à seule. »

Les deux jeunes femmes firent la révérence et s'apprêtèrent à prendre congé, mais Sabran intervint : « Non. Ead, Kate, restez ici. »

Après un instant d'hésitation, elles reprirent toutes deux leur place initiale. Sabran s'installa sur son fauteuil et posa les bras sur les accoudoirs.

« Votre Grâce, dit-elle à Crest, quoi que vous souhaitiez dire à ce sujet, vous pouvez le faire devant mes dames. Elles ne se trouveraient pas dans cette chambre si je ne leur accordais pas ma confiance pleine et entière. »

Ead échangea un regard avec Katryen.

Crest se fendit d'un nouveau sourire forcé. « En ce qui concerne le roi Raunus, poursuivit-elle, nous devons obtenir confirmation que Sa Majesté prendra effectivement la défense de l'Inys. J'enverrai sans tarder l'ambassadeur Sterbein à Elding, mais cela renforcerait sa position d'avoir dans ses bagages une lettre d'acceptation. »

Sabran posa alors la main sur son ventre.

« Igrain, répliqua-t-elle d'un ton paisible, vous m'avez longtemps poussée à avoir une héritière. C'était mon devoir impérieux. Pour l'honorer, je ne prendrai pas d'autre compagnon ni même ne l'envisagerai, tant que je serai encore enceinte, de peur que la fatigue engendrée puisse causer du tort à ma fille. » Son regard était perçant. « N'offrez rien de plus à Raunus. Nous verrons ce qu'il nous propose en retour. »

La dérobade était habile. Crest ne pouvait insister davantage sans donner l'impression de négliger le bien-être de l'héritière.

« Majesté, déclara-t-elle avec une déception évidente, je ne peux que vous conseiller. La décision et ses conséquences vous reviennent. »

Elle fit la révérence et quitta l'antichambre. Sabran la regarda partir sans expression particulière.

« Elle est trop insistante », commenta-t-elle doucement, lorsque les portes furent refermées. « Je ne m'en étais jamais rendu compte, plus jeune. Je la vénérais trop pour voir à quel point elle détestait qu'on la contredise.

— C'est simplement que Sa Grâce pense tout savoir. Et qu'elle a autant de volonté que vous.

— Je n'en ai pas toujours eu assez. Autrefois, j'étais du verre fondu, malléable à l'envi. J'ai l'impression d'avoir adopté une forme qui lui déplaît.

— Ne soyez pas sotte. » Elle se jucha sur le bras du trône. « Laissez Sa Grâce manger son pain noir pendant quelques jours. Elle s'en remettra, comme lorsque vous avez choisi le prince Aubrecht. » Elle caressa affectueusement le ventre de Sabran. « Pour l'instant, vous ne devez penser qu'à cela. »

Deux jours plus tard, un signal lumineux fut allumé à Perchette, annonçant une menace envers la côte. Sabran reçut Lord Lemand Pynson, son cousin, alors qu'elle était encore en tenue de nuit.

« Majesté, j'ai le regret de vous informer que l'*Anbaura* a été repéré dans le détroit du Cygne ce matin, annonça-t-il. Même s'il n'a pas attaqué, la maison Vetalda prend manifestement la mesure des défenses de nos côtes. En tant que lord-amiral, j'ai ordonné à notre marine de repousser d'autres éclaireurs potentiels – mais je vous en conjure, cousine, demandez son aide au roi Raunus. Ses vaisseaux nous seraient fort utiles pour protéger notre littoral est.

— L'ambassadeur Sterbein est déjà en route pour Elding. J'ai également réclamé des brûlots à la Grande Princesse Ermuna en échange de notre soutien le long de sa frontière commune avec la Yscalin, expliqua Sabran. Si le roi de chair revenait darder sa langue près de nos côtes, veuillez lui rappeler pourquoi la marine inyssienne est la plus grande du monde.

— Oui, Majesté.

— Envoyez également des mercenaires à la baie des Quarls. Je tiens à ce que vous les choisissiez personnellement, et qu'ils soient d'une loyauté indiscutable envers l'Inys. » Son regard était aussi dur que l'émeraude. « Brûlez-moi cette flotte. »

Son cousin y réfléchit. « Une incursion en territoire draconique pourrait provoquer une réponse armée.

— Le Chevalier du Courage nous enjoint d'avancer au péril du danger lorsqu'il y va de la défense de la Vertu, Votre Grâce. Je ne vois aucune raison d'attendre que le sang coule pour défendre cette île. Envoyez un message à Sigoso. S'il veut jouer avec le feu, c'est lui qui se brûlera le premier. »

Pynson fit la révérence. « Majesté, comptez sur moi. »

Il sortit à reculons. Deux des chevaliers du corps refermèrent les portes derrière lui.

« Si les Yscalins veulent la guerre, je la leur accorderai, mais nous devons nous tenir prêts, murmura Sabran. Si Raunus n'est pas d'humeur généreuse, je serai peut-être contrainte d'épouser ce chef d'Askrdal. Pour l'Inys. »

Se marier à un homme assez âgé pour être son grand-père. Même Katryen, versée dans les manières de la courtoisie, plissa le nez de dégoût. Sabran croisa les bras sur son ventre.

« Venez, dit Ead en lui posant une main dans le dos. Allons prendre l'air tant que la neige est fraîche.

— Oh, *oui.* » Katryen se leva avec impatience. « Nous pourrions cueillir des prunes et des mûres. Et vous savez, Sabran, Meg m'a dit avoir vu un mignon petit hérisson il y a quelques jours. Peut-être pourrions-nous aider les domestiques à chasser ces pauvres petites choses qui se cachent sous les braseros. »

Sabran acquiesça, mais ses traits étaient figés. Et Ead savait que, dans son esprit, elle-même était piégée sous un brasero, qu'une main invisible ne tarderait plus à embraser.

*
* *

Peu après l'annonce, Ead se retrouva à nouveau dans l'antichambre, à broder des roses sur un bonnet de naissance. Puisque l'odeur de ces fleurs lui avait permis d'éloigner les cauchemars, Sabran voulait en voir sur tout ce que sa fille serait susceptible de porter durant ses premiers jours.

La reine était allongée sur un divan dans sa chemise de nuit molletonnée. Elle avait perdu du poids dans les jours qui avaient suivi l'embuscade d'Ascalon, et elle ne pouvait plus dissimuler son ventre.

« Je ne sens rien, dit-elle. Pourquoi ne bouge-t-elle pas ?

— C'est normal, Majesté. » Roslain surfilait l'extrémité d'un lange. Katryen travaillait sur l'autre bout. « Vous ne la sentirez peut-être pas avant un moment. »

Sabran continuait d'explorer du bout des doigts la rondeur de son ventre.

« Je crois que j'ai trouvé un nom pour ma fille. »

La dame en chef redressa si brusquement la tête qu'elle manqua se faire un torticolis. Katryen et elle oublièrent la couverture pour se précipiter vers leur reine. Seule Ead demeura à sa place.

« C'est merveilleux, Sab. » Tout sourire, Katryen posa la main sur celle de la souveraine. « Qu'avez-vous choisi ? »

Les monarques Berethnet portaient six prénoms historiques, parmi lesquels Sabran et Jillian étaient les plus populaires.

« Sylvan. Comme Sylvan-lès-Fleuve, où le seigneur son père a péri. »

Ce prénom n'en faisait pas partie.

Roslain et Katryen échangèrent un regard inquiet. « Sabran, osa la première, ce n'est pas traditionnel. Je ne suis pas sûre que votre peuple l'accepterait bien.

— Ne suis-je point la reine ?

— La superstition se moque du rang. »

Sabran se tourna brusquement vers la fenêtre. « Kate ?

— Je suis d'accord, Majesté. Que l'enfant ne porte pas sur elle l'ombre de la mort.

— Et toi, Ead ? »

Ead voulait lui apporter son soutien. Elle aurait dû pouvoir nommer son enfant comme il lui semblait bon, mais les Inyssiens n'aimaient guère le changement.

« Je suis d'accord. » Elle fit ressortir l'aiguille du tissu. « Sylvan est un nom magnifique, Majesté, mais cela risquerait de rendre votre fille mélancolique. Mieux vaudrait la baptiser comme l'une de vos ancêtres royales. »

Sabran parut soudain en proie à une profonde lassitude. Elle se tourna sur le côté, la joue sur un coussin.

« Alors ce sera Glorian. »

Un nom prestigieux s'il en était. Depuis la mort de Glorian Cœurdécu, il n'avait jamais plus été attribué à une princesse.

Katryen et Roslain émirent toutes deux des bruits approbateurs. « Son Altesse Royale, la princesse Glorian, déclara Katryen sur le ton d'un intendant annonçant son entrée. Cela lui sied déjà. Cela donnera cœur et espoir à vos sujets. »

Roslain acquiesça avec gravité. « Il est grand temps qu'un nom aussi magnifique soit ressuscité. »

Sabran contempla le plafond comme elle l'aurait fait d'un trou sans fond.

En moins d'une journée, la nouvelle s'était répandue dans toute la capitale. On préparait déjà les festivités pour le jour de la naissance, et l'Ordre des Sanctariens prophétisa la grandeur de Glorian IV, qui ferait entrer l'Inys dans un âge d'or.

Ead observa tout ceci avec lassitude et détachement. Bientôt, la Prieure la rappellerait chez elle. Une partie d'elle avait hâte d'être parmi ses sœurs, unies dans la prière adressée à la Mère. Mais une autre partie ne désirait rien tant que de rester.

Elle dut réprimer cette dernière.

*
* *

Ead avait encore une chose à faire avant de partir. Un soir, alors que les autres dames étaient occupées et que Sabran se reposait, elle se rendit jusqu'à la tour obscure, où Truyde utt Zeedeur demeurait emprisonnée.

Les gardes étaient sur le qui-vive, mais elle n'avait pas besoin de siden pour pénétrer dans des lieux interdits. Lorsque l'horloge frappa onze heures, elle atteignit l'étage supérieur.

Seulement vêtue d'un jupon souillé, la marquise de Zeedeur n'était que l'ombre de la beauté de naguère. Ses boucles étaient tout emmêlées et graisseuses, et ses pommettes saillaient sous la peau de sa figure émaciée. Une chaîne sinuait entre ses chevilles et le mur.

« Mademoiselle Duryan. » Son regard restait en revanche aussi intense que jamais. « Êtes-vous venue pour vous vanter de votre victoire ? »

Elle avait pleuré en découvrant son prince mort. Son chagrin semblait s'être apaisé.

« Ce ne serait pas très courtois, répliqua Ead. Et seule la Chevaleresse de la Justice est en mesure de te juger.

— Vous ne croyez pas au Saint, hérétique.

— Quel langage fleuri, traîtresse. » Ead observa la paille trempée d'urine. « Tu ne sembles pas apeurée.

— Pourquoi devrais-je l'être ?

— Tu es responsable de la mort du prince consort. Il s'agit de haute trahison.

— Vous apprendrez que je suis protégée ici, en tant que citoyenne mentendonienne, rétorqua Truyde. La Grande Princesse me jugera à Brygstad, mais je suis convaincue que je ne serai pas exécutée. Après tout, je suis *tellement* jeune. »

Ses lèvres étaient craquelées. Ead sortit une outre à vin de son corsage et la lui tendit. Après quelques secondes d'hésitation, Truyde finit par boire.

« Je suis venue te demander ce que tu espérais accomplir », expliqua Ead.

Truyde avala sa gorgée. « Vous le savez déjà. » Elle s'essuya les lèvres. « Je ne vous le répéterai pas.

— Tu voulais que Sabran craigne pour sa vie. Tu voulais qu'elle ait le sentiment d'avoir trop de batailles à mener seule. Tu imaginais que ça la pousserait à solliciter l'aide de l'Est, résuma Ead. Est-ce aussi toi qui as fait entrer les coupe-jarrets au palais d'Ascalon ?

— Des coupe-jarrets ? »

En tant que demoiselle d'honneur, nul n'avait dû l'en informer.

« Quelqu'un avait déjà tenté de la tuer ? » insista Truyde.

Ead acquiesça. « Sais-tu qui peut être cet Échanson dont la tireuse a parlé ?

— Non. Comme je l'ai déjà dit au Faucon-de-Nuit. » Truyde se détourna. « Il m'a assuré qu'il finirait par m'arracher son nom, d'une manière ou d'une autre. »

Ead estima qu'elle ne mentait pas. Quelles que soient ses fautes, la fille semblait réellement vouloir protéger l'Inys.

« Le Sans-Nom se réveillera, comme l'ont fait ses serviteurs, déclara Truyde. Qu'il y ait une reine en Inys ou le soleil dans le ciel, il prendra son essor. » La chaîne lui avait fait saigner la cheville à force de frottements. « Vous êtes une sorcière. Une hérétique. Pensez-vous réellement que la maison Berethnet soit la seule chose qui retienne cette créature ? »

Ead reboucha l'outre et s'assit.

« Je ne suis pas une sorcière, la détrompa-t-elle. Je suis une mage. Je pratique ce que tu pourrais appeler de la magie.

— La magie n'existe pas.

— Si, affirma Ead, et elle s'appelle le *siden*. Je m'en suis servie pour protéger Sabran des flammes de Feúdel. Cela te confortera peut-être dans l'idée que nous sommes dans le même camp, même si nos méthodes diffèrent. Et même si tu es une dangereuse fanatique dont la folie a causé la mort du prince.

— Je n'ai jamais voulu sa mort. Ce n'était qu'une mascarade. Des intrus mal intentionnés sont venus tout gâcher. » Truyde s'interrompit pour tousser pitoyablement. « Cependant, la mort du prince Aubrecht ouvre grand la porte à une alliance avec l'Est. Sabran pourrait épouser un noble estrien – l'empereur continuel des Douze-Lacs, par exemple. Qu'elle lui offre sa main en échange d'une armée pour éliminer tous les wyrms. »

Ead étouffa un rire. « Elle préférerait boire une coupe de poison à partager la couche d'un adorateur de wyrms.

— Attendez que le Sans-Nom se montre en Inys. Attendez que le peuple comprenne que la maison Berethnet repose sur un mensonge. Certains doivent déjà le penser. » Truyde haussa les sourcils. « Ils ont vu un haut-ouestrien. Ils ont vu que la Yscalin s'enhardissait. Sigoso connaît la vérité. »

Ead lui offrit l'outre à nouveau.

« Tu as couru de grands risques à cause de cette… croyance, commenta-t-elle tandis que Truyde déglutissait. Ce doit aller au-delà du simple soupçon. Dis-moi ce qui t'a convaincue. »

Truyde se recroquevilla, et Ead crut d'abord qu'elle n'allait pas répondre.

« Je vais vous le révéler, car je sais que personne d'autre ne voudra écouter une traîtresse. Peut-être que cela vous fera réfléchir également. » Elle ramassa ses genoux contre elle. « Vous venez de Rumelabar. J'imagine donc que vous avez entendu parler de l'antique tablette de pierre de ciel qui a été déterrée dans une mine.

— En effet, confirma Ead. Un objet d'une grande valeur alchimique.

— J'ai découvert son existence pour la première fois dans la bibliothèque de Niclays Roos, l'ami très cher de mon grand-père. Quand il a été banni, il m'a confié l'essentiel de ses livres, l'informa Truyde. La Tablette de Rumelabar évoque un équilibre entre le feu et les étoiles. Nul n'a jamais su comment l'interpréter. Alchimistes et savants ont théorisé le fait que l'équilibre symbolisait le matériel et le mystique, la colère et la tempérance, l'humanité et la divinité – mais je pense qu'il faut prendre ces mots au pied de la lettre.

— Tu *penses*. » Ead sourit. « Parce que tu es tellement plus intelligente que les alchimistes qui se sont interrogés là-dessus depuis des siècles ?

— Peut-être pas, admit Truyde, même si l'histoire vante les mérites de prétendus érudits qui n'étaient en réalité que médiocres. Non, je ne suis sans doute pas plus intelligente… mais plus disposée à prendre des risques.

— Et quels risques as-tu pris ?

— Je suis allée à Gulthaga. »

La ville qui s'était autrefois dressée dans l'ombre du mont Effroi, et qui se trouvait désormais enfouie sous la cendre.

« Mon grand-père nous a dit qu'il allait visiter Wilgastrōm, reprit Truyde, mais il est mort de la peste draconique, qu'il a contractée à Gulthaga. Mon père m'a révélé la vérité quand j'avais quinze ans. Je me suis rendue en personne à la Cité ensevelie. Dans l'espoir de découvrir ce qui avait pu attirer mon grand-père à ce point. »

Tout le monde pensait que feu le duc de Zeedeur était mort de la variole. La famille avait probablement ordonné qu'on entretienne ce mensonge pour éviter un vent de panique.

« Gulthaga n'a jamais été excavée, mais il existe un moyen de rejoindre les ruines, expliqua Truyde. Quelques textes anciens ont subsisté. J'ai trouvé ceux que mon grand-père étudiait.

— Tu es allée à Gulthaga en *sachant* que l'épidémie de peste draconique y avait cours ? Tu es folle.

— C'est à cause de cela qu'on m'a envoyée en Inys. Pour que j'y apprenne la tempérance – mais comme vous avez pu le constater, Mademoiselle Duryan, la Tempérance n'est pas mon chevalier patron. » Truyde sourit. « Le mien est celui du Courage. »

Ead patienta.

« Mon aïeule était vice-reine d'Orisima. J'ai appris dans ses journaux que la comète qui avait mis un terme au Chagrin des Siècles – et précipité la chute des wyrms – avait également donné de la force aux dragons estriens. » Ses yeux pétillaient. « Mon grand-père possédait quelques rudiments de la langue de Gulthaga. Il a traduit certains traités astronomiques. Ceux-ci révélaient que cette comète, l'Étoile-à-la-longue-chevelure, causait une pluie de météores à chacun de ses passages.

— Et quel rapport avec tout le reste ?

— Je crois que c'est en lien avec la Tablette de Rumelabar. Je pense que le rôle de la comète est de tempérer le feu qui brûle sous le monde. Au fil du temps, celui-ci se renforce, puis la pluie de météores vient le refroidir. Avant qu'il devienne trop puissant.

— Et pourtant, c'est justement en train de se produire. Où est ta comète ?

— C'est bien le problème. Je crois qu'à une période de l'histoire, quelque chose a bouleversé le cycle. Maintenant, le feu brûle trop fort, trop vite. La comète n'a plus le temps de le soumettre.

— Tu *crois* », souligna Ead, agacée.

« Comme d'autres croient aux dieux. Souvent avec moins de preuves, renchérit Truyde. Nous avons eu de la chance durant le Chagrin des Siècles. L'avènement de l'Étoile-à-la-longue-chevelure coïncidait avec celui de l'armée draconique. Elle nous a sauvés à l'époque – mais cette fois, quand elle reviendra, Feúdel aura conquis l'humanité. » Elle attrapa Ead par le poignet et la regarda avec un air de démente. « Le feu reprendra comme à l'époque où le Sans-Nom est venu dans ce monde. Sauf que, cette fois, il nous consumera tous. »

Son intime conviction se lisait à son visage tendu, à sa mâchoire contractée.

Elle conclut triomphalement : « *Voilà* pourquoi je pense qu'il reviendra. Et pourquoi je pense que la maison Berethnet n'a rien à voir avec tout cela. »

Elles se jaugèrent longuement du regard. Ead libéra son poignet d'une secousse.

« J'aimerais avoir pitié de toi, mais je n'y parviens pas, rétorqua-t-elle. Tu as puisé dans les réserves de l'histoire et assemblé des données morcelées pour faire sens à la mort de ton grand-père – mais ta détermination à imposer cette vérité ne suffit pas.

— C'est *ma* vérité.

— Ta vérité a causé de nombreuses morts, Truyde. J'imagine que ça ne t'empêche pas de vivre. »

Un courant d'air se faufila par la meurtrière. Truyde se détourna du froid et se frictionna les bras.

« Retournez auprès de la reine Sabran, Ead. Laissez-moi à mes croyances, et je vous laisserai aux vôtres. De toute façon, nous découvrirons bientôt quelle version de la vérité est la bonne. »

*
* *

En retournant vers le donjon, Ead tentait de se souvenir des mots exacts gravés sur la Tablette de Rumelabar. Les deux premières lignes lui échappaient, mais le reste lui revint :

Le feu s'élève de la terre, la lumière descend
du ciel.
Trop de l'un embrase l'autre,
en ceci réside l'extinction de l'univers.

Une énigme. Le genre d'absurdité au sujet desquelles les alchimistes se prenaient le bec, faute d'avoir quelque chose de plus utile à faire. Lasse de son existence de privilégiée, la fille avait mis au point sa propre interprétation de ce texte.

Et pourtant, Ead ne pouvait s'empêcher d'y réfléchir. Après tout, le feu s'élevait effectivement de la terre – par le biais des wyrms et de l'oranger. Les mages en mangeaient les fruits, devenant à leur tour des vaisseaux pour la flamme.

Les Sudiens de l'ancien temps avaient-ils été porteurs d'une vérité désormais oubliée de l'histoire ?

L'incertitude la tiraillait. S'il existait effectivement un lien entre l'arbre, la comète et le Sans-Nom, le Prieuré le saurait sans doute. Mais tant de connaissances s'étaient perdues au fil des siècles, tant d'archives avaient été détruites…

Ead repoussa ces pensées en pénétrant dans les appartements royaux. Elle ne songerait plus à la prisonnière.

*
* *

Dans la grande chambre, la reine d'Inys était assise dans son lit, serrant entre ses mains une coupe de lait d'amande. Alors qu'Ead était assise auprès du feu à se tresser les cheveux, elle sentait peser sur elle le regard de Sabran, aussi affûté que la lame d'un couteau.

« Tu as pris leur parti. »

Ead s'interrompit. « Madame ?

— Tu t'es rangée à l'avis de Ros et Kate au sujet du prénom. »

Des journées entières s'étaient écoulées depuis cette conversation. Elle devait la ressasser depuis tout ce temps.

« Je voulais que mon enfant puisse porter une partie de son père, expliqua Sabran amèrement. Si morose que cela puisse paraître, il s'agit du dernier endroit où nous nous sommes rendus ensemble. C'est là qu'il a appris que nous allions avoir une fille. Là qu'il m'a promis qu'elle serait toujours aimée. »

Ead fut prise de remords.

« Je voulais vous soutenir, se justifia-t-elle, mais je me suis dit que Lady Roslain avait raison quant à l'importance de respecter la tradition. Je le crois encore. » Elle dénoua sa tresse. « Pardonnez-moi, Majesté. »

Sabran tapota le lit avec un soupir. « Viens. La nuit est froide. »

Ead se leva avec un hochement de tête. Le palais d'Ascalon ne maintenait pas aussi bien la chaleur que la Maison des Ronces. Elle moucha toutes les chandelles sauf deux avant de se glisser sous les couvertures.

« Tu n'es pas toi-même, devina la reine. Qu'est-ce qui te tracasse, Ead ? »

Une fille au crâne rempli d'idées dangereuses.

« Seulement ces rumeurs d'invasion, répondit Ead. Nous vivons une époque troublée.

— Une époque de duperie. Sigoso n'a pas seulement trahi le Saint, mais l'humanité tout entière. » Sabran étreignit sa tasse des deux mains. L'Inys a survécu au Chagrin des Siècles, mais de justesse. Des villages ont été réduits en cendres, des villes incendiées. Notre population a été décimée, et même plusieurs siècles plus tard, mon armée ne pourrait être aussi vaste que celle dont nous disposions à l'époque. » Elle reposa sa coupe. « Je ne veux pas y penser maintenant. Je dois d'abord… donner vie à Glorian. Même si les trois hauts-ouestriens unissaient leurs forces contre mon reinaume, le Sans-Nom ne pourrait pas les rejoindre. »

Sa chemise de nuit était retroussée au-dessus de son ventre, comme pour laisser l'enfant respirer. Des veines bleutées couraient le long de ses côtés.

« J'ai prié la Damoiselle pour qu'elle fasse germer la vie en moi. » Sabran souffla. « Je ne peux pas être bonne reine. Ni bonne mère. Aujourd'hui, pour la première fois, je lui en ai presque… voulu.

— À la Damoiselle ?

— Jamais. La Damoiselle fait ce qu'elle doit faire. » Elle posa une main pâle sur son nombril. « J'en ai voulu à… mon enfant à naître. Une innocente. » Sa voix se tendit. « Le peuple la considère déjà comme sa prochaine reine, Ead. On vante sa beauté et sa splendeur. Je ne m'attendais pas à cela. Une telle soudaineté. À sa naissance, je ne servirai plus à rien.

— Madame, cela n'est pas vrai, la détrompa Ead gentiment.

— Ah bon ? » Sabran fit glisser sa main sur la périphérie de son ventre. « Glorian sera bientôt en âge de régner, et tôt ou tard, on attendra de moi que j'abdique en sa faveur. Quand on me jugera trop vieille.

— Toutes les reines Berethnet n'ont pas abdiqué. Le trône restera vôtre aussi longtemps que vous le désirerez.

— Trop s'y accrocher est considéré comme un acte d'avidité. Même Glorian Cœurdécu a fini par abdiquer, en dépit de sa popularité.

— Peut-être que lorsque votre enfant sera grande, vous serez prête à lui passer le flambeau. À couler des jours plus paisibles.

— Peut-être. Peut-être pas. Que je vive ou que je meure en couches, on pourra toujours me jeter ensuite. Telle une coquille d'œuf.

— Sabran. »

Sans s'en rendre compte, Ead avait posé la main sur sa joue. Sabran la dévisagea.

« Il y aura toujours des imbéciles et des flatteurs prêts à vous abandonner en faveur d'un nouveau-né. Laissez faire. Vous les repérerez bien vite. » Elle gardait captif le regard de sa reine. « Je vous ai déjà dit que la peur était naturelle, mais vous ne devez pas vous laisser consumer par elle. Pas alors que les enjeux sont tels. »

La peau de la reine était fraîche et douce comme un pétale. Une haleine chaude léchait le poignet d'Ead.

« Reste près de moi pour l'accouchement. Et pour la suite, ajouta Sabran dans un murmure. Tu dois toujours rester avec moi, Ead Duryan. »

Chassar reviendrait la chercher d'ici une demi-année. « Je resterai auprès de vous aussi longtemps que je le pourrai », promit Ead. Elle ne pouvait rien garantir de plus.

Sabran hocha la tête et se rapprocha d'elle pour poser la tempe sur son épaule. Ead resta immobile

– s'autorisant à s'habituer à sa proximité, à la forme de son corps.

Sa peau n'était que fraîcheur. Elle humait la douceur laiteuse du graille crémeux dont elle s'était oint les cheveux, percevait le renflement de son ventre. Ead craignait de bousculer l'enfant en dormant, elle fit donc pivoter leurs corps afin que Sabran se retrouve dos à elle et qu'elles puissent s'emboîter comme le gland et sa cupule. Sabran saisit la main d'Ead pour la ramener sur son ventre. Celle-ci remonta les couvertures sur leurs épaules. Bientôt, la reine dormait profondément.

Son étreinte était légère, mais Ead percevait malgré tout un battement de cœur sous ses doigts. Elle songea à ce que la Prieure dirait en la découvrant ainsi. Sans doute la rabrouerait-elle. En tant que sœur du Prieuré, elle était vouée à terrasser des wyrms, pas à soulager une Berethnet en détresse.

Quelque chose en elle se métamorphosait. Un sentiment, aussi infime qu'un bourgeon, déployait ses pétales.

Elle n'aurait jamais dû éprouver autre chose que de l'indifférence pour cette femme. Et pourtant, elle savait désormais que, lorsque Chassar reviendrait, elle aurait de la peine à partir. Sabran aurait plus que jamais besoin d'une amie. Roslain et Katryen seraient occupées avec la nouveau-née et ne parleraient que de langes, de berceaux et de nourrices pendant des mois. Sabran ne vivrait pas bien cette période. Elle ne serait plus le soleil de la cour, mais l'ombre d'une enfant.

Ead s'endormit contre un sillage de cheveux bruns. Quand elle se réveilla, Sabran reposait près d'elle, silencieuse.

Un battement de tambour lui martelait la tempe. Son siden demeurait inactif, mais son instinct s'était mis en branle.

Quelque chose clochait.

Le feu brûlait bas, les chandelles avaient presque achevé de se consumer. Ead se leva pour tailler les mèches.

« Non, souffla Sabran. Le sang. »

À son air torturé, Ead comprit qu'elle dormait. Qu'elle rêvait, probablement, de la Dame des Bois.

Kalyba n'était pas une mage ordinaire. D'après les rares souvenirs qu'en conservait Ead, elle possédait des dons inconnus du Prieuré, y compris celui d'immortalité. Peut-être que transmettre des rêves en était un autre. Mais pourquoi se donnerait-elle la peine de tourmenter la reine d'Inys ?

Ead retourna auprès de Sabran. Celle-ci était trempée. Sa chemise de nuit lui collait à la peau, et des mèches de cheveux étaient plaquées sur sa figure. Inquiète, Ead posa la main sur son front pour s'assurer qu'elle n'avait pas de fièvre et la découvrit gelée. Des paroles incohérentes s'échappaient de ses lèvres.

« Chut. » Ead se saisit du gobelet pour le porter à sa bouche. « Buvez un peu, Sabran. »

La reine avala une gorgée de lait et se laissa retomber sur ses coussins, se contorsionnant tel un chaton attrapé par la peau du cou. Comme si elle essayait de s'extirper de son cauchemar. Ead s'assit à côté d'elle et caressa ses cheveux poisseux.

C'était peut-être parce que Sabran était si froide qu'Ead remarqua à quel point elle-même était chaude.

Une créature draconique rôdait non loin.

Ead s'efforça de rester calme. Quand Sabran fut immobile, elle épongea sa sueur et disposa les draps de manière que seul son visage demeure exposé à la nuit. Elle ne pouvait prévenir personne, car cela trahirait ses dons.

Elle ne pouvait qu'attendre.

La première alerte vint de cris poussés depuis les remparts. Ead fut aussitôt debout.

« Sabran, vite. » Elle passa un bras autour de la reine. « Vous devez m'accompagner immédiatement. »

Les paupières de la souveraine papillotèrent. « Ead, qu'y a-t-il ? » s'inquiéta-t-elle.

Ead l'aida à enfiler pantoufles et mante. « Vous devez vous rendre à la cave à vins sans tarder. »

La clef tourna dans la serrure. Le capitaine Lintley apparut, armé de son arbalète.

« Majesté, dit-il avec une révérence raide, une volée de créatures draconiques menée par un haut-ouestrien est en approche. Nos troupes sont prêtes, mais vous devez nous accompagner tout de suite, avant qu'elles transpercent nos défenses.

— Une volée, répéta Sabran.

— Oui. »

Ead la vit chanceler. Cette femme qui était sortie affronter Feúdel.

Il n'était pas dans sa nature de se cacher.

« Majesté, insista Lintley. Je vous en conjure. Votre sécurité est primordiale. »

Sabran acquiesça. « Très bien. »

Ead enroula la plus chaude des courtepointes autour de ses épaules. Roslain apparut à la porte, le visage austère dans la lumière vacillante de la bougie qu'elle avait à la main.

« Sabran, dit-elle, vite, dépêchez-vous… »

Sabran jeta un dernier regard indéchiffrable à Ead, puis Lintley et sire Gueules Lande l'escortèrent, une main rassurante posée dans le bas de son dos.

Ead attendit qu'ils aient déserté la chambre royale pour se mettre à courir.

Une fois dans ses quartiers, elle se changea et enfila en hâte une cape à capuche avant de se saisir de son arc droit. Elle allait devoir viser juste. Seules certaines parties du corps d'un haut-ouestrien étaient vulnérables.

Ses flèches étaient immenses. Elle les ramassa, puis se protégea le bras d'une manchette de cuir. Il y avait douze ans qu'elle n'avait plus affronté de wyrm sans son siden, mais de la ville entière, c'était elle qui avait le plus de chance de repousser le haut-ouestrien.

Elle devait trouver un poste en hauteur. La maison Carnélian, où logeaient de nombreux courtisans, lui conférerait une vue dégagée.

Elle emprunta l'escalier Florelle, qui rejoignait au troisième étage l'escalier principal du donjon. Elle entendait les chevaliers du corps dévaler celui-ci.

Elle força l'allure. Les marches descendaient en spirale. Elle émergea bientôt dans le froid mordant de la nuit. Le pas leste, invisible aux yeux des gardes, elle longea le jardin du cadran et, d'un bond magistral, attrapa le rebord d'une baie aveugle de la façade nord de la maison Carnélian. Les nombreux ornements de ses murs lui fournirent autant de prises.

Un vent cinglant lui soulevait les cheveux tandis qu'elle grimpait. Son corps n'était plus aussi puissant qu'au Lasia, et elle n'avait plus éprouvé ses membres de la sorte depuis des mois. Lorsqu'elle se hissa enfin sur le toit, elle souffrait de partout.

Les chevaliers du corps et les dames d'honneur émergèrent de la tour de la reine et se rassemblèrent en un essaim protecteur autour de Sabran et Lande. La grappe sortit rapidement du vestibule pour traverser le jardin du cadran.

Tandis que les fuyards étaient à mi-parcours, Ead découvrit une chose encore impensable une année plus tôt.

Des vouivres fondaient vers le palais d'Ascalon en hurlant tels des corbeaux entourant une carcasse.

Elle n'avait rien vu de pareil de toute sa vie. Ce n'étaient pas des créatures ensommeillées, tout juste tirées de la torpeur, qui chassaient le bétail pour recouvrer des forces. Il s'agissait d'une déclaration de guerre. Nous seulement ces vouivres étaient-elles assez hardies pour se montrer dans la capitale, mais elles se déplaçaient en *volée*. Alors que la terreur menaçait de la submerger, elle repensa à ses années de formation au Prieuré.

Les vouivres ne pouvaient voler en nombre que lorsqu'elles étaient unies par un haut-ouestrien. Si elle abattait le maître, elles se disperseraient.

Son souffle formait un nuage de buée devant elle. Le haut-ouestrien ne s'était pas encore montré, mais elle percevait sa pestilence dans le vent, des émanations pareilles à celle d'une montagne de feu. Elle tira une flèche de son carquois.

La Mère avait conçu ces traits. Assez longs pour pourfendre la plus épaisse armure draconique, fabriqués dans un métal du mont Effroi, ils gelaient au moindre contact de la neige ou de la glace.

Ses doigts fourmillaient. Les relents de soufre balayaient la cour, et la neige dégelait autour de ses bottes.

Elle reconnut la cadence du battement d'ailes dès qu'elle l'entendit. Un bruit aussi tonitruant que les pas d'un géant.

À chaque *wouf*, le sol tremblait. Un roulement de tambour de souffrance imminente.

Le haut-ouestrien, presque aussi gros que Feúdel, fendit la nuit. Ses écailles étaient d'une pâleur d'os. Il se posa sans douceur près du beffroi et, d'un coup de queue fracassant, précipita un groupe de gardes dans la cour. D'autres chargèrent, armés d'épées et de pertuisanes. Avec cette monstruosité qui leur bloquait le passage, Lintley et ses chevaliers du corps ne pouvaient plus atteindre l'entrée des caves.

Dans les jours qui avaient suivi la venue de Feúdel, plusieurs armes sur les murailles du palais d'Ascalon avaient été montées sur des billots de bois, afin qu'on puisse les faire pivoter. Des canons crachèrent leurs boulets sur l'intrus. Deux l'atteignirent au flanc, un autre à la cuisse – assez puissants pour briser l'os d'une vouivre –, mais ils ne firent qu'attiser le courroux du haut-ouestrien. Celui-ci frotta les remparts de sa queue hérissée de piquants, balayant les gardes qui essayaient de charger un harpon. Leurs hurlements moururent aussi vite qu'ils étaient nés.

Ead traîna sa flèche dans la neige pour la geler, puis l'encocha. Elle avait vu Jondu abattre une vouivre d'un seul tir bien placé, mais il s'agissait ici d'un haut-ouestrien, et son bras n'était plus assez puissant pour bander l'arc à fond. Des années de travaux d'aiguille l'avaient dépouillée de ses forces. Sans ça, et sans son siden, ses chances d'atteindre la cible étaient maigres.

Elle vida ses poumons. Elle lâcha la corde, et dans un grand claquement, la flèche vola vers le wyrm. Celui-ci bougea au dernier moment, et le trait le manqua de peu. Ead avisa Lintley, à l'angle nord-ouest du jardin du cadran. Il envoyait ses protégés dans la galerie de marbre.

Se replier vers le donjon mettrait Sabran dans la ligne de mire du monstre. Ils étaient pris au piège.

Si Ead parvenait à distraire la créature, et s'ils étaient suffisamment rapides, ils parviendraient peut-être à se glisser derrière elle sans se faire remarquer et à rejoindre les caves.

Elle décocha une autre flèche un instant plus tard. Cette fois, elle visa une partie plus tendre de la tête avant de lâcher la corde. La pointe rebondit contre une paupière en écailles.

La pupille se contracta, et le haut-ouestrien pivota dans sa direction. À présent, elle avait toute son attention.

Elle arma une troisième flèche.

Vite, Lintley.

« Wyrm, lança-t-elle en sélinien. Je suis Eadaz du Zāla uq-Nāra, servante de Cléolind. Je porte en moi la flamme sacrée. Laisse cette ville en paix, ou je veillerai à ce que tu sois abattu. »

Les chevaliers du corps avaient atteint l'extrémité de la galerie de marbre. Le wyrm la toisait de ses yeux aussi verts qu'une feuille de saule. Elle n'avait encore jamais vu d'iris pareils chez une créature draconique.

« Mage, répondit la bête dans la même langue. Ta flamme est épuisée. Le Dieu de la Montagne arrive. »

Sa voix tourbillonna à travers le palais. Ead ne broncha pas.

« Demande à Feúdel si ma flamme est épuisée », rétorqua-t-elle.

Le wyrm siffla.

La plupart des créatures draconiques étaient faciles à distraire. Pas celle-ci. Son regard se tourna vers l'endroit où les chevaliers du corps avaient émergé. Leur armure cuivrée réfléchissait les flammes, attirant l'attention.

« Sabran. »

Ead éprouva un frisson glacial. Le wyrm avait prononcé ce nom avec douceur. Et familiarité.

Cette tendresse ne dura pas. Dévoilant les crocs, la bête rejeta la tête en arrière et s'exprima dans la langue draconique. Alors que des boules de feu pleuvaient des vouivres, les chevaliers du corps, terrifiés, se dispersèrent. La moitié se replia dans la galerie de marbre, l'autre se précipita vers le pavillon des banquets. Lintley faisait partie du deuxième groupe. Margret également. Ainsi que Lande, toujours intrépide. Ead le voyait, le bouclier brandi bien haut, protégeant Sabran de son bras d'épée. La souveraine était pliée en deux sur son ventre.

Le wyrm ouvrit la gueule. La galerie de marbre fondit sous son souffle infernal, carbonisant les chevaliers à l'intérieur.

Ead lâcha sa corde. Avec une puissance formidable, son trait couvrit la distance qui séparait la mage du wyrm.

La pointe toucha.

L'aboiement de douleur fut assourdissant. Elle avait touché l'endroit que Jondu lui avait montré, la membrane souple en dessous de l'aile. Du sang dégoulina le long des écailles et bouillonna autour de la morsure de glace.

Un œil vert se braqua sur Ead. Celle-ci se sentit précipitée à l'intérieur. Dans la mémoire de la chose.

Puis cela se produisit. En décollant, ensanglanté et enragé, le wyrm donna un coup de queue – et le vestibule de la tour obscure, dont les fondations avaient déjà été affaiblies par Feúdel, s'écroula dans la cour. Ainsi que les statues des Grandes Reines qui le dominaient. Ead baissa les yeux à temps pour voir Lande écrasé sous un bloc de pierre. Sabran échappa à ses bras avant qu'un nuage de fumée les engloutisse tous deux.

Le silence qui s'ensuivit était à couper le souffle. Il résonnait d'un secret indicible.

Ead se laissa tomber du toit telle une ombre et courut comme jamais.

Sabran.

La reine était recroquevillée, comme une plume arrachée à un oiseau, près du cadavre de sire Gueules Lande. Les paupières closes. Le souffle court. Ead enveloppa la reine d'Inys dans ses bras et la releva, tandis qu'une tache humide assombrissait sa tenue, prenant naissance entre ses cuisses.

La tête de pierre de Glorian Cœurdécu la regarda saigner.

35

Est

Tout bien considéré, sa première opération à bord de la *Poursuite* – le vaisseau amiral de la flotte de l'Œil-de-Tigre – s'était mieux déroulée que Niclays ne l'avait craint. On lui avait présenté un Lacustrin piqué par un quarl luisant à collerette, une espèce que l'on trouvait rarement dans ces eaux. Le pauvre homme avait hurlé de douleur tandis que sa jambe prenait une allure de cuir brut.

Par chance, Eizaru lui avait un jour expliqué précisément comment apaiser la piqûre de cette bête. Niclays avait donc rassemblé les ingrédients, et voilà le résultat : le pirate ne souffrait plus, même s'il demeurerait mutilé à vie. Il pourrait reprendre les massacres et les pillages très vite.

Quand elle apprit que les Seiikinois avaient envoyé la garde de haute mer pour récupérer le dragon, l'Impératrice Dorée avait ordonné à la flotte de se disperser dans toutes les directions. La *Poursuite* contournerait l'Abysse avant de mettre le cap vers la mer Inapaisée, puis de décharger sa marchandise interdite dans la ville de Kawontay, qui faisait fi des lois. Les dragons estriens, qui avaient peur de l'Abysse, tardaient à y pénétrer.

Cette nuit-là, Niclays se retrouva à grelotter sous la pluie, sur les trois pieds de ponts qu'on l'avait autorisé à occuper pour dormir. Quelques pirates lui avaient décoché des coups de pied dans les tibias en passant. Il se demanda vaguement si quelqu'un s'était déjà senti plus misérable que lui à ce moment.

Telle était sa vie, désormais. Il en venait à regretter sa masure d'Orisima. Soudain, la crémaillère, le trou qui faisait office de foyer, son matelas qu'il laissait s'aérer au soleil, les murs sombres et les nattes tressées commençaient à lui manquer. Rien de tout cela ne lui avait appartenu, mais au moins avait-il eu un toit sur la tête.

Une paire de bottes apparut devant lui. Il se recroquevilla, s'attendant à recevoir un nouveau coup.

« Les dieux pleurent. R'garde-toi. »

L'interprète le toisait de toute sa hauteur, une main posée sur sa hanche. Cette fois, elle portait un châle et des gants qui firent pâlir d'envie Niclays. Un nuage de cheveux noirs marbrés de gris pendait en bouclettes étriquées autour de son visage. Un bandeau de soie empêchait les mèches de lui dégringoler devant les yeux.

« Pas encore l'pied marin, à c'que j'vois, Vieux Rouge », dit-elle.

Niclays cilla. Elle parlait sa langue impeccablement. Il fallait être mentendonien pour parler mentendonien.

« J'imagine que tu t'sens pas assez bien pour souper, mais j'l'ai apporté quand même. » Elle lui tendit un bol avec un large sourire. « L'Impératrice Dorée m'charge de t'dire qu't'es maintenant son maît'-chirurgien. Tu dois être paré à toute heure à t'occuper d'ses mat'lots.

— Le quarl était donc un test, commenta-t-il sinistrement.

— J'en ai peur. » Elle se pencha pour lui embrasser la joue. « Laya Yidagé. Bienv'nue à bord d'la *Poursuite*.

— Niclays Roos. Navré de ne pouvoir me présenter dans un état plus digne, chère madame. » Il lorgna la nourriture. Du riz et de petites boules de viande rosâtres. « Par le Saint. Est-ce de l'anguille crue ?

— Estime-toi heureux qu'elle gigote pas encore. L'dernier otage a dû lui arracher la tête avec les dents. C'était avant qu'sa tête à lui tombe, bien sûr. » Laya se serra contre lui. « Guéris encore que'ques pirates, et tu l'auras p'têt cuite. T'auras p'têt même un vrai lit.

— Vous avez conscience que je risque surtout d'en tuer un. J'ai un diplôme en anatomie, mais je n'ai pas fait d'études de chirurgie.

— T'as qu'à continuer à prétendre le contraire. » Elle l'abrita sous un côté de son manteau. « Tiens. C'est chaud.

— Merci. » Niclays rabattit l'habit sur son épaule et lui adressa un sourire hésitant. « Je vous en prie, détournez mon attention de ce succédané de repas. Dites-moi comment vous en êtes venue à voguer avec la redoutable Impératrice Dorée. »

Tandis qu'il séparait les grains de riz propres de ceux qui étaient souillés de sang, elle lui raconta son histoire.

Laya était née dans la magnifique ville de Kumenga, célèbre pour ses grandes écoles, son vin gorgé de soleil et ses eaux limpides. Enfant, elle voulait tout savoir sur le monde. Sa curiosité était alimentée par son père, un explorateur qui lui avait appris plusieurs langues.

« Un jour, il est parti pour l'Est, déterminé à êt' le premier Sudien à poser l'pied là-bas, poursuivit-elle. Bien sûr, il est jamais rentré. Personne en r'vient jamais. Des années plus tard, j'ai payé les pirates d'la mer d'Carmentum pour m'emmener d'l'aut' côté d'l'Abysse pour l'retrouver. » De la pluie ruisselait sur sa joue. « On a été attaqués par un vaisseau d'c'te flotte. Tout l'monde a été massacré, mais j'ai plaidé ma cause en lacustrin, c'qu'a surpris l'capitaine. Il m'a m'née à l'Impératrice Dorée, et j'suis d'venue son interprète. C'était ça ou l'épée.

— Depuis combien de temps travaillez-vous pour elle ? »

Elle soupira. « Trop longtemps.

— Vous devez souhaiter retourner dans le Sud.

— Bien sûr, mais j's'rais débile d'essayer d'm'enfuir. J'sais pas naviguer, Vieux Rouge, et l'Abysse est immense. »

Elle marquait un point.

« Pensez-vous, Mademoiselle Yidagé…

— Laya.

— Laya. Pensez-vous que l'Impératrice Dorée m'autoriserait à descendre voir le dragon dans les cales ? »

Laya haussa les sourcils. « Et pourquoi tu f'rais ça ? »

Niclays hésita.

Le plus prudent serait de n'en rien dire. Après tout, la plupart des gens redoutaient ou raillaient l'alchimie – mais il supposait qu'après plusieurs années passées sur un vaisseau pirate, Laya ne lâcherait pas le morceau si facilement.

« Je suis un alchimiste, marmonna-t-il. Pas un très grand – plutôt un amateur, en vérité –, mais j'essaie depuis dix ans de créer un élixir de jouvence. » Elle haussa davantage les sourcils. « J'ai jusqu'à présent échoué dans cette entreprise, surtout par manque d'ingrédients de qualité décente. Étant donné que les dragons peuvent vivre pendant des siècles, j'espérais… étudier celui-ci. Avant qu'on atteigne Kawontay.

— Et qu'il soit dépecé et vendu, comprit Laya. En temps normal, j'te l'déconseillerais.

— Mais ?

— L'Impératrice Dorée fait montre d'intérêt pour l'immortalité. Ton alchimie pourrait l'intéresser. » Elle se pencha plus près, si bien que leurs souffles joints ne formaient plus qu'un seul et même nuage. « C'pas pour rien qu'ce vaisseau s'appelle la *Poursuite*, Niclays. Tu connais l'histoire du mûrier ? »

Niclays fit la moue. « *Du* mûrier ?

— Une légende méconnue dans l'Est. Ça r'lève plus du mythe que d'l'histoire. » Laya se vautra contre le plat-bord. « Y a des siècles, une sorcière régnait sur une île nommée Komoridu. Les colombes noires et les corbeaux blancs volaient pour la rejoindre, car c'était la mère des parias.

» L'histoire est racontée du point d'vue d'une femme anonyme, que tout l'peuple de Ginura évite. Elle entend parler de Komoridu, où tout l'monde est le bienvenu, et décide qu'elle a pas d'aut' choix que d's'y rendre. Quand elle y arrive enfin, elle va voir la célèbre sorcière, qui tient son pouvoir d'un mûrier. Une source de vie éternelle. »

À présent, le cœur de Niclays battait comme un tambourin.

« Même si la légende a perduré, reprit Laya, personne a jamais pu trouver Komoridu. Pendant des siècles, l'rouleau sur l'quel l'histoire était contée a été conservé sur l'île Plume. Puis quelqu'un l'a piqué aux archives sacrées et l'a donné à l'Impératrice Doré…

mais il est bien vite dev'nu évident qu'y manquait un bout. Un bout qu'elle pense capital. »

Niclays était aussi électrisé que s'il avait pris la foudre.

Ma tante le tenait d'un homme qui lui avait demandé de l'emporter le plus loin possible à l'Est, et de ne jamais plus le rapporter.

« Oui. Tu lui as apporté. » En avisant son air ahuri, Laya lui sourit. « La dernière pièce de l'énigme. »

L'énigme.

Jannart.

Un grondement fit vrombir la panse du vaisseau. La *Poursuite* gîta, précipitant Niclays contre Laya.

« Est-ce un orage ? » s'enquit celui-ci, une octave plus haut qu'à l'habitude.

« Chut. »

Le bruit suivant fut un écho du premier. Laya se releva, sourcils froncés. Niclays se frictionna les jambes pour recouvrer quelques sensations, puis l'imita. L'Impératrice Dorée se tenait sur le gaillard d'arrière.

Ils se trouvaient sur le seuil de l'Abysse, l'endroit que même les dragons redoutaient, où l'eau était si profonde qu'elle ne paraissait plus verte, mais noire. Pas une vague n'en troublait la surface.

Dans cette mer impossible, chaque étoile, chaque constellation, chaque pli et chaque spirale du cosmos se reflétait. Comme s'il existait deux firmaments, comme s'ils voguaient à bord d'un vaisseau fantôme dérivant entre deux mondes. La mer s'était transformée en un miroir, afin que les cieux puissent enfin se contempler.

« Aviez-vous déjà vu une chose pareille ? » murmura Niclays.

Laya secoua la tête. « Ça a rien d'naturel. »

Pas une vague ne venait clapoter contre la coque. Chaque navire était aussi immobile qu'à terre. L'équipage de la *Poursuite* patientait dans un silence agité, mais Niclays Roos demeurait tranquille, fasciné par la vision de ce double univers. Un monde d'équilibre, comme celui décrit sur la Tablette de Rumelabar.

Ce qu'il y a en dessous doit être en équilibre avec ce qu'il y a au-dessus, en ceci réside la précision de l'univers.

Des mots qu'aucun être vivant ne comprenait. Des mots qui avaient poussé Truyde à envoyer son amoureux outre-mer, afin d'implorer une aide jusqu'alors inédite. Un amoureux qui devait désormais être mort.

Des imprécations s'élevèrent dans toutes les langues. Niclays chancela en arrière quand un nuage liquide balaya le pont, lui inondant les cheveux d'eau chaude. L'instant de calme dont il venait de jouir se dissipa subitement.

Des bulles se mirent à bouillonner autour de la coque. Laya lui attrapa le bras. Elle courut avec lui jusqu'au mât le plus proche et agrippa les cordages.

« Laya ! s'exclama-t-il. Que se passe-t-il ?

— J'sais pas. Accroche-toi ! »

Niclays, hoquetant, battit des cils pour chasser l'eau salée. Il hurla lorsqu'une déferlante s'abattit sur la flotte, détruisant une barque et balayant des pirates par-dessus bord. Les cris étaient étouffés par un bruit qu'il prit d'abord pour du tonnerre.

Puis, la mer s'éleva à hauteur de la *Poursuite*, et il apparut.

Une masse d'écailles chauffées au rouge. Niclays observa, incrédule, la queue qui s'achevait par un bouquet de piquants cruels, ainsi que les ailes assez longues pour servir de pont reliant les deux berges du Bugen. Entre le rugissement de la mer et le mugissement du vent, un haut-ouestrien survola la flotte à basse altitude en poussant une exclamation triomphale.

« MAÎTRE ! hurla-t-il. BIENTÔT. BIENTÔT. BIENTÔT. »

36

Ouest

Les rossignols ne savaient plus chanter. Ead était allongée sur le côté, sur le lit gigogne, à écouter Sabran respirer.

Souvent depuis la venue du wyrm, elle s'était perdue dans des rêves relatifs à cette nuit-là. Comment elle avait porté Sabran jusqu'au médecin royal. La barbelure immonde qu'il avait ôtée de son ventre. Le sang. La forme emmitouflée dans un linge qu'ils avaient emportée. La reine gisant immobile sur son lit, qui paraissait être sa bière.

Une brise souffla au travers de la grande chambre. Ead se retourna.

Même si elle avait surveillé le docteur Bourne et ses assistants pour s'assurer qu'ils faisaient bien tout bouillir avant de toucher Sabran, cela n'avait pas suffi. L'inflammation avait pris racine. La fièvre l'avait ravagée, et elle était restée à l'article de la mort pendant des jours – mais elle s'était battue. Elle avait résisté de toutes ses forces pour survivre, comme Glorian Cœurdécu en son temps.

Finalement, elle avait réussi à sortir de la tombe où elle avait roulé, épuisée de corps et d'esprit. Lorsque la fièvre avait chuté, le médecin royal en avait déduit que la barbelure retirée avait appartenu au haut-ouestrien. Craignant qu'elle ait attrapé la peste, il avait mandé une experte mentendonienne en anatomie draconique. Les conclusions de celles-ci furent effarantes.

La reine d'Inys n'avait pas attrapé le mal rouge, mais elle ne pourrait jamais plus avoir d'enfant.

Un autre courant d'air balaya la pièce. Ead se leva pour aller fermer la fenêtre.

Des étoiles clairsemaient le ciel de minuit. Dessous, Ascalon scintillait à la lumière de ses flambeaux. Certains habitants devaient être éveillés à ce moment même, priant pour qu'on les protège contre ce que les gens du commun nommaient désormais le Wyrm blanc.

Ils n'étaient pas avisés de l'information qui hantait les Ducs Spirituels et les dames de la chambre. En dehors du médecin royal, seuls ces derniers connaissaient le secret le plus dangereux du monde.

La lignée des Berethnet s'achèverait avec Sabran IX.

Ead tailla la mèche d'une chandelle avant de la rallumer. Depuis la venue du Wyrm blanc, la peur du noir de Sabran s'était accrue.

Des fragments de preuves historiques venus du monde entier concordaient : il y avait bien cinq hauts-ouestriens. On en retrouvait la représentation dans les grottes de Mentendon et les bestiaires réalisés après le Chagrin des Siècles.

Selon toute cette documentation, en revanche, aucun d'entre eux n'avait les yeux verts.

« Ead. »

Elle se retourna. La silhouette de Sabran se dessinait derrière les voilages de son lit.

« Majesté, répondit Ead.

— Ouvre la fenêtre. »

Ead déposa la bougie sur le manteau de cheminée. « Mais vous allez prendre froid.

— Je suis peut-être stérile, cracha Sabran, mais jusqu'à mon dernier souffle, je demeurerai votre reine. Exécution.

— Vous êtes encore en convalescence. Si vous attrapez la mort, le secrétaire principal aura ma tête.

— Soyez maudite, chienne obstinée. J'aurai votre tête moi-même, si vous n'obéissez pas à mes ordres.

— N'empêche. Je doute qu'elle me soit très utile lorsqu'elle aura dit adieu à mon cou. »

Sabran pivota brusquement pour lui faire face.

« Je vais vous tuer. » La colère faisait saillir les tendons à son cou. « Je vous déteste tous, bande de vautours outrecuidants. Tout ce qui vous intéresse, c'est ce que vous pourrez picorer sur ma dépouille. Une pension, des terres, une héritière… » Sa voix se brisa. « Soyez tous maudits. Autant me jeter de la tour alabastrine plutôt qu'avaler une nouvelle cuillerée de votre pitié.

— Cela suffit, s'emporta Ead. Vous n'êtes plus une enfant. Arrêtez vos pleurnicheries.

— Ouvrez cette fenêtre.

— Venez l'ouvrir vous-même. »

Sabran partit d'un éclat de rire bref et sinistre. « Je pourrais vous faire brûler pour cette insolence.

— Si cela pouvait vous faire quitter ce lit, je danserais volontiers sur le bûcher. »

Le clocher sonna une fois. Frissonnant, Sabran se laissa retomber sur ses coussins.

« J'étais censée mourir en couches, chuchota-t-elle. J'étais censée donner vie à Glorian. Et donner la mienne en échange. »

Ses seins avaient versé du lait pendant des jours après la fausse couche, et son ventre était encore rond. Même si elle essayait de guérir, son corps ne cessait de raviver la plaie.

Ead alluma deux autres bougies. Elle avait pitié de Sabran, au point d'avoir l'impression que sa poitrine allait imploser, mais elle refusait de se plier aux accès de haine de soi par lesquels la reine se laissait parfois submerger. Les souveraines Berethnet souffraient de ce que les Inyssiens appelaient la *céphalogravité* – des périodes de tristesse, aux causes pas toujours évidentes. Carnélian V était surnommée la Colombe endeuillée, et l'on murmurait à la cour qu'elle s'était donné la mort en se laissant happer par le fleuve. Combe avait chargé les dames de la chambre de s'assurer que Sabran ne suivrait pas le même chemin.

Elle aurait bien aimé être une phalène à la fenêtre de la salle du conseil ce soir. Certains des Ducs Spirituels devaient suggérer que la vérité ne sorte jamais. De mettre du rembourrage sous les robes. De trouver une orpheline quelconque, aux cheveux noirs et aux yeux de jade. D'aucuns l'envisageaient peut-être, mais aucun d'entre eux ne pourrait souffrir de ployer le genou devant quelqu'un d'autre qu'une Berethnet.

« J'étais sûre… » Sabran s'agrippait de pleines poignées de cheveux. « Je dois être aimée du Saint. J'ai repoussé Feúdel. Pourquoi m'a-t-il subitement abandonnée ? »

Ead ravala une pointe de culpabilité. Son sortilège n'avait fait qu'alimenter le mensonge.

« Madame, dit-elle, vous devez garder la foi. Il ne sert à rien de vous appesantir sur… »

Un autre rire sans joie l'interrompit. « On croirait entendre Ros. Je n'ai pas besoin d'une autre Ros. » Sabran joignit les mains. « Peut-être que je devrais penser à des choses plus légères. C'est ce que Ros me dirait de faire. À quoi devrais-je penser, Ead ? Mon défunt compagnon, mon ventre stérile ou l'avènement imminent du Sans-Nom ? »

Ead s'agenouilla pour alimenter le feu.

Sabran ne parlait presque plus depuis des jours, mais chacune de ses paroles était une pique envoyée. Elle avait vertement reproché à Roslain de se faire trop discrète. Elle avait persiflé ses demoiselles d'honneur venues lui servir ses repas. Elle avait fait pleurer une page en lui ordonnant de disparaître.

« Je serai la dernière des Berethnet. Je suis la destructrice de ma propre maison. » Elle empoigna les draps. « Tout est ma faute. Je n'aurais pas dû repousser la grossesse si longtemps. Ni essayer de l'éviter. »

Elle laissa sa tête basculer en avant.

Ead s'approcha de la reine d'Inys. Elle écarta le voilage et s'assit au bord du lit. Sabran était à moitié vautrée, recroquevillée sur son abdomen meurtri.

« J'ai été égoïste. Je voulais… » Sabran souffla par le nez. « J'ai demandé à Niclays Roos de me concocter un élixir, quelque chose qui préserverait ma jeunesse, afin de m'éviter d'avoir à tomber enceinte. Et quand il s'en est révélé incapable, chuchota-t-elle, je l'ai banni à l'Est.

— Sabran…

— J'ai tourné le dos au Chevalier de la Générosité, malgré tout ce qu'il m'avait donné. Je n'ai rien voulu offrir en retour.

— Arrêtez, commanda Ead d'un ton ferme. Vous aviez un immense fardeau à porter, et vous l'avez porté courageusement.

— C'était une mission divine. » Ses joues luisaient de larmes. « Pendant plus de mille ans, une seule dynastie. Trente-six femmes de la maison Berethnet ont accouché d'une fille au nom de l'Inys. Pourquoi pas moi ? » Elle posa la main sur son ventre. « Pourquoi est-ce arrivé ? »

Ead lui saisit alors tendrement le menton.

« Ce n'est *pas* votre faute, insista-t-elle. Ne l'oubliez pas, Sabran. Vous n'êtes en rien responsable. »

Sabran se déroba à son contact. « Le conseil des Vertus va tout essayer, mais mon peuple n'est pas idiot. La vérité finira par éclater. La Vertu s'effondrera, sans ses fondations. La foi dans le Saint sera détruite. Les sanctuaires se videront. »

Cette prophétie portait l'accent de la vérité. Même Ead savait que l'écroulement de la Vertu provoquerait des remous. C'était en partie pour cela qu'on l'avait envoyée ici. Pour préserver l'ordre.

Elle avait échoué.

« Je n'ai pas ma place à la cour céleste, reprit Sabran. Quand je me décomposerai dans la terre, les Ducs Spirituels, qui descendent de la Sainte Escorte, réclameront chacun d'occuper mon trône. » Un nouveau rire triste lui échappa. « Peut-être qu'ils n'attendront même pas mon trépas pour lancer leurs manigances. Ils croyaient mon pouvoir capable d'enchaîner le Sans-Nom, mais ce pouvoir mourra désormais avec moi.

— Dans ce cas, il devrait être dans leur intérêt de vous protéger. » Ead s'efforçait de paraître rassurante. « Pour gagner du temps afin de préparer sa venue.

— De me protéger, peut-être, mais pas forcément de me laisser sur le trône. Certains d'entre eux se demandent sans doute déjà s'ils n'ont pas intérêt à agir rapidement. À choisir un nouveau dirigeant avant que Feúdel revienne nous détruire. » Sabran parlait d'un ton sans vie. « Ils doivent aussi se demander si l'histoire de ma divinité a jamais été vraie. Je me pose la même question. » Elle reposa la main sur son ventre. « Après tout, j'ai montré que je n'étais qu'un être de chair. »

Ead secoua la tête.

« Ils me pousseront à nommer mon successeur, poursuivit la reine. Et si je le fais, les autres le disputeront sans doute. Les nobles hisseront leur bannière en faveur de l'un des prétendants. L'Inys sera divisée. L'armée draconique profitera de sa faiblesse pour revenir. Et la Yscalin semble déterminée à l'aider. » Elle ferma les paupières. « Je ne peux pas voir ça, Ead. Je ne peux pas regarder mon reinaume s'écrouler. »

Elle devait redouter cette issue depuis le début.

« Elle était si… fragile, déclara-t-elle d'une voix râpeuse. Glorian. Comme les nervures d'une feuille. Ce qu'il reste quand le vert l'a désertée. » Elle avait le regard dans le vague. « Ils ont tenté de me la cacher, mais je l'ai vue. »

Une autre dame d'honneur lui aurait assuré que son enfant était en sécurité, à la cour céleste. Roslain aurait dépeint l'image d'un bébé aux cheveux de jais blotti dans les bras de Galian Berethnet, souriant pour l'éternité dans un château au ciel.

Pas Ead. Une telle image ne réconforterait pas Sabran dans son chagrin. Pas encore.

Elle saisit une main glaciale pour la réchauffer entre les siennes. Toute grelottante dans l'immensité de son lit, Sabran ressemblait davantage à une enfant perdue qu'à une reine.

« Ead, reprit-elle. Il y a une bourse d'or dans le coffre. » Elle désigna la boîte où ses bijoux étaient entreposés. « Va en ville. Au marché noir. Ils y vendent un poison nommé la douairière. »

Ead en eut le souffle coupé.

« Ne soyez pas sotte, murmura-t-elle.

— Ne t'avise pas de traiter de sotte la dernière des Berethnet.

— Sauf, bien sûr, si vous parlez comme telle.

— Je te demande cela non pas en tant que reine, mais en tant que pénitente », expliqua Sabran. Ses traits étaient tirés, sa mâchoire tremblait. « Je ne puis vivre en sachant que mon peuple est condamné par l'essor du Sans-Nom ou l'imminence d'une guerre civile. Je ne pourrai jamais être en paix avec moi-même. » Elle retira sa main. « Je pensais que tu comprendrais. Je pensais que tu accepterais de m'aider.

— J'en comprends davantage que vous ne le soupçonnez. » Ead posa la main sur sa joue. « Vous avez essayé de vous transformer en être de pierre. Ne craignez pas de découvrir que ce n'est pas le cas. Vous êtes peut-être une reine, mais vous êtes faites de chair et de sang. »

Sabran sourit d'une manière qui lui brisa le cœur. « C'est justement ça, d'être une reine, Ead. Le corps et le royaume ne font qu'un.

— En ce cas, vous ne pouvez pas tuer le corps pour le royaume. » Ead soutint son regard. « Alors, non, Sabran Berethnet, je ne vous apporterai pas de poison. Pas maintenant. Ni jamais. »

Ses mots provenaient d'un endroit qu'elle s'était efforcée de tenir verrouillé. L'endroit où une rose avait éclos.

Sabran la considéra avec une expression qu'Ead ne lui avait jamais vue. Toute la mélancolie avait disparu, cédant le pas à une intense curiosité. Ead pouvait voir chaque éclat de vert dans ses iris, chaque cil, le reflet des bougies piégé dans ses pupilles. La lueur du feu dansait sur son épaule. Alors qu'Ead la balayait du bout des doigts, Sabran se pencha pour aller à son contact.

« Ead, dit-elle, reste avec moi. »

Sa voix était presque inaudible, mais Ead ressentit chaque mot dans sa chair.

Leurs lèvres étaient proches, à présent, à un souffle d'écart. Ead n'osait bouger, de peur de rompre le charme. Sa peau était tendre, presque douloureuse de sentir celle de Sabran.

Celle-ci lui prit le visage entre les mains. Dans son regard figuraient à la fois une question et la peur de la réponse.

Alors que des cheveux noirs lui caressaient la clavicule, Ead songea à la Prieure et à l'oranger. Elle songea à ce que Chassar lui dirait s'il savait que son cœur battait pour la prétendante, qui priait devant le tombeau vide de la Mère. La descendante de Galian l'Imposteur. Sabran l'attira à elle, et Ead embrassa la reine d'Inys comme elle l'aurait fait d'un amant.

Son corps était de verre filé. Une fleur tout juste ouverte au monde. Lorsque leurs lèvres se séparèrent, Ead comprit, avec une intensité qui lui coupa le souffle, que cela faisait des mois qu'elle désirait l'étreindre ainsi. Déjà lorsqu'elle se trouvait allongée au côté de Sabran, à écouter ses secrets. Déjà lorsqu'elle avait glissé la rose derrière son oreiller. Cette prise de conscience la transperça jusqu'à la moelle.

Elles restèrent immobiles. Leurs lèvres s'attardèrent, se contentant de se toucher.

Son cœur battait trop vite, trop fort. Elle n'osa d'abord pas reprendre son souffle – le moindre mouvement était susceptible de les écarter –, mais Sabran l'enlaça, et sa voix se brisa quand elle prononça son nom. Ead sentit les palpitations d'un autre cœur contre le sien. Aussi douces et rapides que les ailes d'un papillon.

Elle était tout à la fois perdue, trouvée et errante. À l'orée d'un rêve, et pourtant plus éveillée que jamais. Ses doigts découvraient Sabran, déplacés sur sa peau par quelque instinct. Ils suivirent la cicatrice de sa cuisse, se perdirent dans ses cheveux, explorèrent le sillon sous ses seins gonflés.

Sabran se recula pour l'examiner. Ead eut un aperçu de son expression à la lueur des bougies – le front lisse, les yeux sombres et déterminés – avant qu'elles s'unissent à nouveau, et leur baiser fut cette fois chaud, novice, fondateur, la naissance d'une étoile sur leurs lèvres. Elles étaient des rayons de miel secrets, fragiles et complexes. Ead frissonna quand la nuit accueillit sa peau.

Elle sentit celle de Sabran se couvrir de chair de poule. Sa chemise de nuit glissa de son épaule, plus bas, jusqu'à venir reposer autour de ses hanches, si bien qu'Ead put caresser toute la longueur de sa colonne vertébrale et croiser ses mains dans le creux de ses reins. Elle embrassa le cou et la zone dégagée derrière l'oreille, et Sabran souffla son nom, la tête inclinée en arrière pour révéler le creux de sa gorge. Le clair de lune la nimbait de lait.

Le silence de la grande chambre était vaste. Aussi vaste que la nuit et l'ensemble de ses étoiles. Ead perçut chaque bruissement de soie, chaque contact de la main sur la peau, de la peau sur les draps. Leurs souffles étaient étouffés, redoutant un coup porté à la porte, une clef glissée dans la serrure, l'éclat d'une torche dévoilant leur union. Cela attiserait la flamme du scandale, et l'incendie grossirait jusqu'à la consumer toutes deux.

Mais Ead considérait le feu comme son ami, et elle plongeait dans la fournaise pour Sabran Berethnet, pour une nuit avec elle. Qu'ils viennent avec leurs épées et leurs torches.

Qu'ils viennent.

*
* *

Plus tard, elles étaient allongées dans la clarté de la lune de sang. Pour la première fois depuis de nombreuses années, la reine d'Inys dormit sans bougie allumée.

Ead avait le regard rivé sur le baldaquin. Elle savait une chose, désormais, et cela obscurcissait tout le reste de ses pensées.

Quoi que désirerait le Prieuré, elle ne pourrait pas abandonner Sabran.

Alors que celle-ci remuait dans les profondeurs du sommeil, Ead huma son odeur. Un mélange d'onguent et de lilas, mâtiné du trèfle de son diffuseur de parfum. Elle s'imagina disparaître avec elle au lagon Lacté, cette terre légendaire où son nom ne la retrouverait plus.

Cela n'arriverait jamais.

*
* *

Les rayons du soleil coulaient de biais dans la grande chambre. Peu à peu, Ead prit conscience d'elle-même, et de Sabran. Des cheveux noirs drapaient l'oreiller. Peau, contre peau, contre peau. La lumière n'atteignait pas encore le lit, mais elle en avait pourtant l'impression tant elle avait chaud.

Elle n'éprouvait aucun regret. De la confusion, oui, et des gazouillis dans le ventre, mais aucun désir de remonter le temps pour procéder autrement.

On frappa alors à la porte, et ce fut comme si un nuage venait obscurcir le soleil.

« Votre Majesté. »

Katryen.

Sabran leva la tête. Elle contempla d'abord Ead, les paupières lourdes, puis la porte.

« Qu'y a-t-il, Kate ? » Sa voix était enrouée de sommeil.

« Je me demandais si vous aimeriez prendre un bain, ce matin. La nuit a été si froide. »

Voilà deux jours qu'elle essayait de convaincre sa reine de sortir de sa chambre. « Remplis la baignoire, répondit Sabran. Ead viendra frapper quand je serai prête.

— Oui, Madame. »

Les pas se replièrent. Sabran se retourna, et Ead croisa son regard incertain. À présent que le soleil était levé, elles se jaugèrent mutuellement, comme si elles se rencontraient pour la première fois.

« Ead, dit Sabran à voix basse, ne te sens pas obligée de continuer à partager ma couche. » Elle s'assit lentement. « Les devoirs d'une dame de la chambre n'incluent pas ce que nous avons fait cette nuit. »

Ead haussa les sourcils. « Vous pensez que je l'ai fait par obligation ? »

Sabran ramena ses genoux contre sa poitrine et se détourna. Irritée, Ead sortit du lit.

« Vous vous trompez, Majesté. » Elle enfila sa chemise de nuit et alla chercher sa mante sur la chaise. « Vous devriez vous lever. Kate vous attend. »

Sabran observa la fenêtre. Le soleil transformait ses iris en disques de béryl vert.

« Il est presque impossible, pour une reine, de faire la différence entre ce qui vient du cœur et ce qui vient par déférence. » Elle chercha son regard. « Dis-moi la vérité, Ead. Est-ce par choix que tu as couché avec moi cette nuit, ou t'y es-tu sentie contrainte par mon rang ? »

Ses cheveux étaient une touffe emmêlée tombant sur ses épaules. Ead se radoucit.

« Vous êtes sotte, répliqua-t-elle. Nul n'aurait pu m'y contraindre. Ni vous, ni qui que ce soit. Ne vous ai-je point toujours offert la vérité ? »

Sabran sourit alors. « Un peu trop souvent, admit-elle. Tu es la seule à le faire. »

Ead se pencha pour l'embrasser sur le front, mais Sabran lui attrapa la figure entre les mains et joignit aux siennes ses lèvres entrouvertes. Quand elles s'écartèrent enfin l'une de l'autre, le sourire de Sabran était sincère, et aussi rare qu'une rose en plein désert.

« Venez. » Ead lui passa la mante autour des épaules. « J'aimerais vous voir marcher au soleil, aujourd'hui. »

*
* *

La cour recouvra un peu de vie ce matin-là. Sabran convoqua les Ducs Spirituels dans son antichambre. Elle leur montrerait que, bien que souffrant de corps et d'esprit, elle n'était pas encore morte. Elle ordonnerait la conscription de nouveaux soldats, ferait recruter des mercenaires et augmenterait les dotations accordées aux inventeurs, dans l'espoir qu'ils développent de meilleures armes. Lorsque les hauts-ouestriens reviendraient, l'Inys saurait les accueillir.

De l'avis d'Ead, les Ducs n'avaient pas encore évoqué la question d'un successeur, mais ce n'était qu'une affaire de temps. Ils devaient se tourner vers l'avenir, désormais, vers la guerre avec la Yiscalin et les deux hauts-ouestriens résolus à éveiller et à réunir l'armée draconique. Il n'y avait pas d'héritière, et il n'y en aurait pas. Le Sans-Nom s'ébranlait.

Ead retourna à ses devoirs. Mais ses nuits étaient réservées à Sabran. Leur secret était enivrant. Dès qu'elles se retrouvaient derrière les rideaux du lit, elles oubliaient tout le reste.

*
* *

Dans l'antichambre, Sabran jouait du virginal. Elle était trop faible pour faire grand-chose d'autre, et elle n'avait guère d'autre activité pour occuper son temps libre. Le docteur Bourne avait annoncé qu'elle ne serait pas en état de chasser avant au moins un an.

Ead était assise non loin, à l'écouter. Roslain et Katryen demeuraient silencieusement à ses côtés, absorbées dans leurs travaux d'aiguille. Elles confectionnaient des faveurs brodées des initiales royales, qui seraient distribuées en ville pour rassurer le peuple.

« Majesté. »

Les têtes se tournèrent. Sire Marke Bouleaunay, l'un des chevaliers du corps, se tenait à la porte dans son armure cuivrée.

« Bonsoir, sire Marke, répondit Sabran.

— La Duchesse du Courage sollicite une audience, Majesté. Elle est en possession de documents d'État requérant votre signature.

— Bien sûr. »

Sabran se leva. Elle chancela alors dangereusement et se raccrocha au virginal.

« Majesté… » Sire Marke fit un pas vers elle, mais Ead, qui était plus proche, la soutenait déjà. Roslain et Katryen s'empressèrent d'aller l'aider.

« Sabran, vous ne vous sentez pas bien ? » Roslain lui toucha le front. « Je vais mander le docteur Bourne.

— Du calme. » Sabran posa une main sur son ventre et inspira profondément. « Mesdames, laissez-moi seule pour signer les papiers de Sa Grâce, mais soyez de retour à onze heures pour m'aider à me déshabiller. »

Roslain fit la moue. « Je reviendrai avec le docteur Bourne, insista-t-elle. Laissez-le vous examiner, Sab, je vous en prie. »

La reine acquiesça. Tandis qu'elles prenaient toutes congé, Ead jeta un coup d'œil en arrière, et leurs regards se croisèrent.

La plupart du temps, la chambre de présence était bondée de courtisans attendant que Sabran apparaisse pour lui présenter leurs requêtes. Elle était à présent silencieuse, comme depuis que la reine restait cantonnée dans ses appartements. Roslain alla rendre visite à sa grand-mère, et Katryen retourna souper dans ses quartiers. N'ayant pas encore faim, et ne pouvant décrocher son esprit de Sabran, Ead s'installa à une table de la bibliothèque royale.

Alors que l'obscurité grandissait, elle réfléchit, pour la première fois depuis des jours, à la marche à suivre.

Elle devait révéler la vérité à Chassar. Si Sabran ne se trompait pas sur ce qu'il arriverait en Inys, Ead devait impérativement rester pour la protéger, et elle devait s'en expliquer personnellement à Chassar. Après avoir longtemps mûri ses pensées, elle alluma une chandelle, encra sa plume et écrivit :

Ascalon, reinaume d'Inys,
par le biais des douanes de Zeedeur
Fin de l'automne, 1005 EA

Votre Excellence,

Voilà bien trop longtemps que je n'ai plus eu de nouvelles de votre part. Vous êtes sans doute trop occupé par votre diligence auprès du roi Jantar et de la reine Saiyma. Comptez-vous vous rendre en Inys bientôt ?

Votre amie dévouée et très humble pupille,
Ead Duryan

Elle adressa sa missive à l'ambassadeur uq-Ispad. Une lettre courtoise, envoyée par sa pupille.

Le bureau du maître des postes était voisin de la bibliothèque. Ead le découvrit désert. Elle glissa la lettre dans une boîte depuis laquelle elle serait triée, et y adjoignit la somme nécessaire pour un envoi par pigeon. Si Combe jugeait que ce courrier n'avait rien de suspect, un oiseau l'emporterait à Zeedeur, et un autre au centre postal de Brygstad. La missive serait alors acheminée jusqu'à la place des Colombes, d'où un coursier lui ferait traverser le désert.

Chassar recevrait sa convocation au creux de l'hiver. La Prieure ne serait pas ravie de découvrir sa requête, mais quand elle connaîtrait la nature du danger, elle comprendrait.

La nuit était bien tombée quand Ead quitta la bibliothèque royale, juste alors que sire Tharian Lintley y pénétrait.

« Mademoiselle Duryan. » Il inclina la tête. « Bonsoir. J'espérais vous trouver ici.

— Capitaine Lintley. » Ead le salua à son tour. « Comment vous portez-vous ?

— Suffisamment bien, répondit-il avec un léger pli d'angoisse entre les sourcils. Pardonnez-moi de vous déranger, Ead, mais Lord Seyton Combe m'a chargé de vous conduire à lui.

— Lord Seyton. » Son cœur s'emballa. « Sa Majesté m'a demandé d'être de retour dans ses appartements à onze heures.

— Sa Majesté s'est déjà retirée pour la nuit. Sur les ordres du docteur Bourne. » Lintley lui adressa un regard contrit. « Et… eh bien, je ne crois pas qu'il s'agisse d'une simple invitation. »

Naturellement. Le Faucon-de-Nuit n'envoyait pas d'invitations.

« Fort bien, répondit Ead en se contraignant à sourire. Je vous suis. »

37

Ouest

Le secrétaire principal disposait d'un cabinet bien ordonné à l'étage en dessous de la salle du conseil. Son *antre*, ainsi que d'aucuns le surnommaient parfois, même si le prosaïsme de la pièce était presque décevant. À mille lieues de la splendeur dont Combe devait jouir dans sa demeure ancestrale de Castelstrathurn.

Le couloir qui menait à son bureau était longé de domestiques. Tous arboraient la broche de la Chevaleresse de la Courtoisie, avec les ailes indiquant qu'ils étaient les serviteurs de sa lignée.

« Mademoiselle Ead Duryan, Votre Grâce. » Lintley fit la révérence. « Dame de la chambre. »

Ead salua à son tour.

« Merci, sire Tharian. » Combe écrivait à sa table. « Ce sera tout. »

Lintley ferma la porte derrière lui. Combe leva les yeux vers Ead et retira ses lunettes.

Le silence se prolongea jusqu'à ce qu'une bûche s'écroule dans le foyer.

« Mademoiselle Duryan, j'ai le regret de vous informer que la reine Sabran n'a plus besoin de vos services de dame de la chambre. Le grand chambellan vous a officiellement congédiée de la royale maisonnée, avec révocation immédiate des privilèges associés. »

Son cou la picota.

« Votre Grâce, répondit-elle, je ne pensais pas avoir offensé Sa Majesté de quelque manière. »

Combe se fendit d'un sourire. « Allons, Mademoiselle Duryan. Je vois clair dans votre jeu. Je sais à quel point vous me détestez. Vous savez pertinemment pour quelle raison vous êtes ici. » Comme elle ne répondait pas, il poursuivit : « J'ai reçu un rapport, cet après-midi. Stipulant que vous étiez… inconvenablement déshabillée dans la grande chambre la nuit dernière. Tout comme Sa Majesté. »

Même si toute sensation déserta ses jambes, elle parvint à ne pas perdre contenance.

« Qui vous a signalé cela ? s'enquit-elle.

— J'ai des yeux dans toutes les pièces. Même dans les appartements royaux. L'un des chevaliers du corps, tout dévoué qu'il soit à Sa Majesté, me l'a malgré tout rapporté. »

Ead ferma les paupières. Elle était à ce point enivrée par Sabran que la prudence lui avait manqué.

« Dites-moi, Combe, en quoi ce qui se passe dans son lit vous importe-t-il encore ?

— Parce que de son lit dépend la stabilité du royaume. Ou la fin de sa stabilité. Son lit, mademoiselle Duryan, est la seule chose qui se dresse entre l'Inys et le chaos. »

Ead le jaugea du regard.

« Sa Majesté doit se remarier. Afin de maintenir l'illusion qu'elle cherche à concevoir l'héritière qui sauvera l'Inys, expliqua Combe. Cela pourrait lui permettre de demeurer sur le trône plusieurs années de plus. Ainsi, elle ne peut se permettre de prendre pour maîtresses ses dames d'honneur.

— Je présume que vous avez convoqué Lord Arteloth de la même manière, riposta Ead. Au milieu de la nuit, tandis que Sabran dormait.

— Pas personnellement. J'ai la chance de disposer de loyaux serviteurs, prêts à agir en mon nom. Néanmoins, ajouta-t-il avec ironie, les rapports de mes dispositions nocturnes n'ont cessé de fleurir. J'ai conscience de ma réputation à la cour.

— Elle vous va comme un gant.

— Je me suis débarrassé d'un certain nombre de gêneurs au cours de ma carrière de secrétaire principal. Ma prédécesseure payait pour faire disparaître ceux qui la dérangeaient, mais je ne suis pas si dépensier. Je préfère me servir de mes exilés. Ils deviennent mes agents, et s'ils m'offrent ce dont j'ai besoin, je peux encore les rappeler à la cour. Selon des conditions qui profitent à tout le monde. » Combe croisa ses doigts aux jointures épaisses. « Ainsi, mon réseau me susurre des choses.

— Votre réseau vous a déjà susurré un certain nombre de mensonges. J'ai connu Sabran charnellement, mais Loth, non.

— Le cas de Lord Arteloth était différent, admit Combe. Un homme vertueux. Fidèle à Sa Majesté. Pour la première fois, j'ai été peiné de ce que j'avais à faire.

— Pardonnez-moi de ne pas compatir.

— Oh, je n'attends aucune compassion, mademoiselle. Nous qui sommes les dagues cachées de la couronne – les maîtres du chevalet, les chasseurs de rats, les espions et les bourreaux – n'en recevons que rarement.

— Et pourtant, souligna Ead, vous êtes un descendant de la Chevaleresse de la Courtoisie. Cela ne vous sied guère.

— Au contraire. C'est mon travail de l'ombre qui permet à la courtoisie de ne pas perdre la face à la cour. » Combe l'observa quelques instants. « Je pensais ce que je vous ai dit au bal. Vous aviez en moi un ami. J'admirais votre façon de grimper les échelons sans piétiner personne, ainsi que votre comportement… mais vous avez dépassé des bornes infranchissables. Au moins avec elle. » Il paraissait presque navré. « Je le regrette profondément.

— Écartez-moi de son côté, et elle *saura*. Elle trouvera le moyen de se débarrasser de vous.

— Pour le bien de la reine, mademoiselle Duryan, j'espère que vous vous trompez. Je crains que vous estimiez mal la fragilité de son règne depuis qu'elle a perdu toute chance de concevoir. » Combe soutint son regard. « Elle a plus que jamais besoin de moi. Je lui reste fidèle pour ses qualités de souveraine, et pour l'héritage de sa lignée, mais certains des autres Ducs Spirituels ne souffrent plus de la voir sur ce trône. Pas alors qu'elle a failli dans sa principale mission de reine Berethnet. »

Ead s'efforça de demeurer inexpressive, mais son cœur tambourinait contre sa poitrine. « Qui ?

— Oh, j'ai des soupçons quant à l'identité de la personne qui agira en premier. Je compte bien lui servir de bouclier dans les jours à venir. Vous, malheureusement, n'entrez pas dans mes plans. Vous les menacez. »

Peut-être qu'ils n'attendront même pas mon trépas pour lancer leurs manigances.

« Falden, appela Combe plus fort, voulez-vous entrer ? » La porte s'ouvrit sur l'un des domestiques. « Si vous voulez bien avoir la gentillesse de conduire Mademoiselle Duryan jusqu'à son carrosse.

— Oui, Votre Grâce. »

L'homme saisit Ead par l'épaule. Alors qu'il la guidait vers la porte, Combe lança : « Attendez, Maître Falden. J'ai changé d'avis. » Son regard était de marbre. « Tuez-la. »

Ead se raidit. Subitement, le domestique l'attrapa par les cheveux et tira, exposant sa gorge à sa lame.

Les mains d'Ead se mirent à brûler. Elle tordit le bras qui la tenait, et, après un subtil jeu de corps, son bourreau se transforma en victime gisant au sol, hurlant d'agonie, l'épaule déboîtée.

« Là », dit Combe doucement.

Le serviteur se tenait le bras en haletant. Ead contempla ses mains. Réagissant à la menace, ce qui lui restait de siden, ses réserves les plus profondes, avait trouvé le chemin de la surface.

« Lady Truyde a fait courir le bruit de votre sorcellerie il y a quelque temps. » Combe observait la lueur au bout de ses doigts. « Je n'en ai pas tenu compte, naturellement. La rancœur jalouse d'une jeune courtisane, rien de plus. Puis j'ai eu vent de vos aptitudes… *étonnantes* avec vos lames, durant l'embuscade.

— Je me suis entraînée pour protéger la reine Sabran », rétorqua Ead. Extérieurement, elle paraissait calme, mais son sang palpitait dans ses veines.

« Je comprends, désormais. » Combe souffla par le nez. « Vous êtes le guetteur de la nuit. »

Elle avait révélé sa véritable nature. Le point de non-retour était franchi.

« Je ne crois pas en la sorcellerie, Mademoiselle Duryan. Peut-être s'agissait-il d'alchimie dans vos mains. Ce que je crois, en revanche, c'est que vous n'êtes jamais venue ici dans le but de servir la reine Sabran, contrairement à ce que vous prétendiez. Je pense plus vraisemblable que l'ambassadeur uq-Ispad vous a placée ici en tant qu'espionne.

Une bonne raison de plus de vous expédier loin de la cour. »

Ead fit un pas vers lui. Le Faucon-de-Nuit ne bougea pas, ni ne tressaillit.

« Je me suis demandé si vous pouviez être l'Échanson, déclara Ead d'une voix grave. Si vous aviez fait venir ces coupe-jarrets pour effrayer Sa Majesté et la… convaincre d'épouser Lievelyn. C'est peut-être pour cette raison que vous voulez vous débarrasser de moi. Sa protectrice. Après tout, qu'est-ce qu'un échanson, sinon un fidèle serviteur de la couronne, à tout moment susceptible d'empoisonner le vin ? »

Combe lui offrit un sourire las.

« Comme il serait facile pour vous de me mettre tous les maux de la terre sur le dos, murmura-t-il. L'Échanson est effectivement tout près, Mademoiselle Duryan. Je n'en doute pas. Mais je ne suis que le Faucon-de-Nuit. » Il se rassit. « Une voiture vous attend aux portes du palais.

— Et où va-t-elle m'emmener ?

— Là où je pourrai vous tenir à l'œil. En attendant de voir dans quel sens les pièces retombent. Vous connaissez le plus grand secret de la Vertu. Un seul mot de votre part pourrait mettre l'Inys à genoux.

— Vous comptez donc me faire taire en m'incarcérant. » Ead marqua une pause. « Ou comptez-vous vous débarrasser de moi de façon plus définitive ? »

Le coin de la bouche du maître-espion tressaillit. « Vous me peinez. Le meurtre n'a rien de courtois. »

Il la détiendrait là où ni Sabran ni le Prieuré ne pourraient la retrouver. Elle ne monterait pas dans ce carrosse, sous peine de ne jamais revoir la lumière du jour.

Cette fois, de nombreuses paires de mains l'agrippèrent. La lumière s'estompa de ses doigts tandis qu'on l'escortait.

Elle n'avait aucune intention de se laisser enfermer par Combe. Ni de finir avec un poignard entre les omoplates. Alors qu'ils sortaient de la tour alabastrine, elle glissa la main sous son manteau pour en dénouer les manches. Les domestiques continuèrent de l'escorter vers les portes du palais.

Vive comme une flèche, elle libéra ses bras de son habit. Avant que ses ravisseurs puissent l'immobiliser, elle bondit sur le mur le plus proche et se réfugia dans le jardin royal. Des cris de surprise retentirent.

Son cœur cognait contre ses côtes. Une fenêtre était ouverte au-dessus d'elle. La muraille du donjon de la reine était lisse, impossible à escalader, mais du lierre s'y accrochait, suffisamment épais pour supporter son poids. Ead posa le pied sur une branche noueuse.

Le vent lui soufflait les cheveux dans les yeux durant son ascension. La plante craquait sinistrement. Une tige lui claqua entre les doigts, et son ventre se noua, mais elle parvint à agripper une poignée de feuilles et à poursuivre sa progression. Elle finit par se glisser par la fenêtre béante, atterrissant sans un bruit.

Elle enfila des couloirs déserts. Grimpa l'escalier menant aux appartements royaux. Une rangée de domestiques armés en tabard noir se tenait devant la chambre de présence enténébrée. Chaque livrée était ornée des coupes jumelles de la Duchesse de la Justice.

« Je souhaiterais voir la reine, dit Ead à court d'haleine. Sans tarder.

— Sa Majesté est couchée, Mademoiselle Duryan, et le service de nuit a commencé, lui répondit une femme.

— Lady Roslain, dans ce cas.

— Les portes de la grande chambre sont verrouillées, lui répondit-on sèchement, et elles le demeureront jusqu'au matin.

— Je dois impérativement voir la reine, insista Ead avec agacement. C'est une affaire de la plus haute importance. »

Les domestiques échangèrent des regards. Finalement, l'un d'eux, manifestement contrarié, se saisit d'une chandelle et avança dans le noir.

Le cœur battant, Ead tâchait de reprendre son souffle. Elle ne savait pas encore ce qu'elle dirait à Sabran. Il fallait cependant qu'elle la tienne informée des agissements de Combe.

Une Roslain aux yeux lourds de sommeil apparut dans sa tenue de nuit. Des mèches de cheveux s'échappaient de sa tresse.

« Ead, lança-t-elle d'un timbre impatient, peux-tu me dire ce qui se passe ?

— Je dois voir Sabran. »

Les lèvres pincées, Roslain l'attira à l'écart.

« Sa Majesté est fiévreuse. » Elle avait l'air sinistre. « Le docteur Bourne prétend qu'une bonne nuit de sommeil la remettra d'aplomb, mais ma grand-mère a disposé ses domestiques ici pour la protéger jusqu'à ce qu'elle aille mieux. Je vais rester pour prendre soin d'elle.

— Tu dois le lui dire. » Ead lui attrapa le bras. « Roslain, Combe m'envoie en exil. Tu dois…

— Mademoiselle Duryan ! »

Roslain tressaillit. Des domestiques porteurs du livre ailé se tenaient au bout du couloir, accompagnés de deux chevaliers du corps.

« Emparez-vous d'elle, s'écria sire Marke Bouleaunay. Ead Duryan, vous êtes en état d'arrestation. Rendez-vous immédiatement ! »

Ead ouvrit à la volée la porte la plus proche et se précipita dans l'obscurité.

« Ead ! » s'écria Roslain, frappée d'horreur. « Sire Marke, qu'est-ce que cela signifie ? »

Une rangée de balcons mena Ead jusqu'à une autre porte ouverte. Elle courut au hasard des couloirs jusqu'à surgir dans la cuisine privée, où Tallys, la commise, était accroupie dans un coin à dévorer un flan. En apercevant Ead, elle hoqueta.

« Mademoiselle Duryan. » Elle paraissait terrifiée. « Mademoiselle, je ne… »

Ead porta un doigt à ses lèvres. « Tallys, lui dit-elle, y a-t-il une issue discrète ? »

La commise acquiesça aussitôt. Elle prit Ead par la main et la mena à une petite porte, dissimulée derrière une tapisserie.

« Par ici. L'escalier de service, chuchota-t-elle. Partez-vous pour toujours ?

— Pour un temps, répondit Ead.

— Pourquoi ?

— Je ne peux rien te dire. » Ead la regarda droit dans les yeux. « Ne révèle à personne que tu m'as vue. Jure-le sur ton honneur de dame, Tallys. »

Celle-ci déglutit. « Je le jure. »

Des bruits de pas dans le couloir. Ead franchit la porte, que Tallys verrouilla derrière elle.

Elle descendit l'escalier quatre à quatre. Si elle voulait quitter le palais, il lui faudrait un cheval et un déguisement. Il n'y avait qu'une personne susceptible de les lui fournir.

Elle trouva Margret Ru assise dans ses quartiers, en chemise de nuit. Celle-ci leva les yeux et réprima un cri à l'arrivée d'Ead.

« Qu'est-ce que… » Elle se leva. « Ead ? »

La fuyarde referma la porte derrière elle. « Meg, je n'ai pas le temps. Je dois… »

À peine eut-elle formulé ces mots qu'un bruit métallique retentit à la porte, le son d'un poing couvert d'un gantelet.

« Lady Margret. » On frappa à nouveau. « Lady Margret, ici dame Joan Dale, des chevaliers du corps. » Un nouveau coup. « Ma dame, je viens pour une affaire urgente. Ouvrez la porte. »

Margret désigna à Ead son lit défait. Son amie se glissa dessous et laissa les franges retomber derrière elle. Elle entendit Margret marcher sur les dalles.

« Pardonnez-moi, dame Joan. Je dormais. » Elle parlait d'une voix lente et enrouée. « Que se passe-t-il ?

— Lady Margret, le secrétaire principal a ordonné l'arrestation de Mademoiselle Ead Duryan. L'avez-vous vue ?

— Ead ? » Margret se laissa tomber sur le lit, comme stupéfiée. « C'est impossible. Pour quel motif ? »

C'était une actrice émérite. Son timbre chevrotait, entre la stupeur et l'incrédulité.

« Je n'ai pas la liberté de vous en dire davantage. » Des solerets traversèrent la chambre. « Si vous voyez Mademoiselle Duryan, donnez l'alarme aussitôt.

— Naturellement. »

La chevaleresse du corps sortit, refermant la porte derrière elle. Margret mit le verrou et tira les rideaux avant de retourner chercher Ead sous le lit.

« Ead, chuchota-t-elle, par la Damoiselle, qu'as-tu fait ?

— Je me suis trop rapprochée de Sabran. Comme Loth.

— Non. » Margret la dévisagea. « Tu étais pourtant si *prudente*, à cette cour. Ead…

— Je sais. Pardonne-moi. » Elle moucha les bougies et jeta un coup d'œil entre les rideaux. Gardes et écuyers en armes patrouillaient dans tout le domaine. « Meg, j'ai besoin de ton aide. Je dois retourner aux Ersyr, ou Combe me tuera.

— Il n'oserait pas.

— Il ne peut pas me laisser quitter le palais vivante. Pas en sachant… » Ead la considéra avec gravité. « Tu vas entendre des rumeurs sur mon compte, des choses qui te feront douter de moi, mais tu dois savoir que j'aime la reine. Et que je suis certaine qu'elle court un grave danger.

— À cause de l'Échanson ?

— Et de ses propres Ducs Spirituels. Je crois qu'ils comptent se retourner contre elle. Et je suis convaincue que Combe y contribue. Tu *dois* surveiller Sabran, Meg. Reste proche d'elle. »

Margret scruta son visage. « Jusqu'à ton retour ? »

Ead soutint son regard plein d'espoir. Elle risquait de ne pas pouvoir tenir quelque promesse formulée à cet instant.

« Jusqu'à mon retour », finit-elle par confirmer.

Cela sembla redonner courage à son amie. Mâchoires serrées, elle se dirigea vers son armoire et jeta un manteau en laine, une chemise à jabot et une robe chasuble sur le lit. « Tu n'irais pas loin dans cette tenue, commenta-t-elle. Heureusement qu'on fait la même taille. »

Ead se déshabilla pour enfiler les nouveaux vêtements, remerciant la Mère d'avoir mis Margret Ru sur sa route. Une fois le manteau refermé et le capuchon rabattu, Margret la raccompagna à la porte.

« À l'étage inférieur, il y a un tableau de lady Brilda Sommière. Un escalier descendant au corps de garde se trouve juste derrière. De là, tu pourras contourner le jardin royal jusqu'aux écuries. Prends Bravoure. »

Ce cheval faisait sa fierté et sa joie. « Meg, dit Ead en lui serrant les mains, ils vont soupçonner que tu m'as aidée.

— Peu importe. » Elle glissa une bourse de soie dans la paume d'Ead. « Tiens. Il y a de quoi payer ton voyage jusqu'à Zeedeur.

— Je n'oublierai jamais ta bonté, Margret. »

Celle-ci la serra contre elle, si fort qu'Ead en eut le souffle coupé. « Je sais que c'est fort peu probable, dit Margret d'une voix pâteuse, mais si tu venais à croiser Loth sur la route…

— Je sais.

— Je t'aime comme ma propre sœur, Ead Duryan. Nous nous reverrons. » Elle lui déposa un baiser sur la joue. « Que le Saint t'accompagne.

— Je ne connais pas de Saint », répondit Ead avec honnêteté, ce qui suscita le trouble de son amie, « mais j'accepte ta bénédiction, Meg. »

Elle quitta la pièce et traversa rapidement les couloirs, évitant les gardes. Quand elle repéra le portrait, elle emprunta l'escalier dissimulé derrière et émergea dans un corridor aboutissant à une fenêtre. Elle sauta dans la nuit.

Tout était très sombre, dans les écuries royales. Bravoure, que le père de Margret lui avait offert pour son vingtième anniversaire, excitait l'envie de tous les cavaliers de la cour. Il occupait toute la stalle, du haut de ses dix-huit paumes au garrot. Ead posa sa main gantée sur sa robe bai cerise.

Bravoure s'ébroua quand elle le sella. Si la rumeur disait vrai, il pouvait distancer à la course même les chevaux de Sabran.

Ead posa sa botte sur l'étrier, monta et fit claquer les rênes. Bravoure sortit aussitôt de sa stalle et fonça vers les portes ouvertes. Ils franchirent le portail du palais avant qu'Ead entende le premier cri, mais il était dès lors trop tard pour la rattraper. Des flèches tombèrent dans leur sillage. Bravoure poussa un hennissement, mais Ead lui murmura des mots en sélinien, l'encourageant à continuer.

Quand les archers capitulèrent, Ead jeta un dernier coup d'œil à cet endroit qui lui avait servi de prison et de maison pendant huit ans. L'endroit où elle avait rencontré Loth et Margret, deux personnes avec lesquelles elle ne s'était pas attendue à se lier d'amitié. L'endroit où elle avait fini par s'éprendre de la progéniture de l'Imposteur.

Les gardes étaient à ses trousses. Ils traquaient un fantôme, car Ead Duryan n'existait plus.

*
* *

Elle chevaucha sans relâche pendant six jours et six nuits à travers la neige fondue, ne s'arrêtant que le temps de soulager Bravoure. Elle devait conserver son avance sur les hérauts. Combe leur avait sans doute déjà transmis l'ordre de signaler son évasion aux quatre coins du pays.

Au lieu d'emprunter le col du Sud, elle s'en tint aux chemins de campagne et aux champs. La neige recommença à tomber au quatrième jour. Son voyage lui fit traverser les terres généreuses des Dunes, où lord et lady Ruissemiel possédaient leur fief de Coursuave, jusqu'à la bourgade du Boqueteau-du-Corbeau. Elle abreuva Bravoure et remplit son outre d'eau avant de reprendre la route sous le couvert de la nuit.

Elle se concentrait sur tout sauf Sabran, mais même le galop le plus rapide lui laissait tout loisir de penser. Maintenant que la reine était malade, elle était encore plus vulnérable qu'avant.

Alors qu'Ead poussait son hongre à travers une ferme, elle maudit sa propre folie. La cour inyssienne lui avait ramolli le cœur.

Elle ne pouvait révéler à la Prieure ce qui s'était passé avec Sabran. Même Chassar ne le comprendrait pas forcément. Elle-même peinait à bien saisir. Tout ce qu'elle savait, c'est qu'elle ne pouvait laisser la reine à la merci des Ducs Spirituels.

À l'aube du septième jour, elle aperçut les eaux du détroit à l'horizon. Pour un œil non averti, les falaises abruptes marquaient la fin de la terre et le début de la mer infinie. L'on pouvait regarder attentivement, sans se dire un instant qu'une ville se dressait entre les deux.

Sauf qu'aujourd'hui, la fumée trahissait sa présence. Une épaisse nuée noire s'envolant vers le ciel.

Ead observa longuement. Il ne s'agissait pas d'un simple feu de cheminée. Elle avança jusqu'au bord des falaises et observa les toits en contrebas.

« Viens, Bravoure », murmura-t-elle en mettant pied à terre. Elle le conduisit par la bride jusqu'aux premières marches.

Perchette était sens dessus dessous. Les pavés étaient maculés de sang. Le vent charriait des odeurs grasses d'os carbonisés et de chair fondue. Les vivants pleuraient sur les dépouilles de leurs proches, ou erraient dans la plus grande confusion. Nul ne s'intéressa à Ead.

Une femme brune était assise devant les vestiges d'une boulangerie. « Vous, l'apostropha Ead. Que s'est-il passé ici ? »

La femme tremblait comme une feuille. « Ils sont venus cette nuit. Les serviteurs des hauts-ouestriens, ajouta-t-elle dans un souffle. Les machines de guerre les ont repoussés, mais pas avant qu'ils aient pu faire… ça. » Une larme roula jusqu'à son menton. « Il y aura un autre Chagrin des Siècles avant la fin de l'année.

— Pas si je peux l'empêcher », répondit Ead si doucement que l'autre ne put l'entendre.

Elle mena Bravoure jusqu'à la plage. Catapultes et autres pièces d'artillerie gisaient, fracassées, sur le sable. Des cadavres fumants étaient éparpillés çà et là – soldats et wyrms, entremêlés dans une bataille éternelle, par-delà la mort. Coquatrix et basilics jonchaient le sol dans des contorsions monstrueuses, la langue pendante, les yeux picorés par les goélands. Ead marcha au côté de son hongre.

« Chut, lui dit-elle quand il renâcla. Du calme, Bravoure. Les morts ont fait leur lit sur cette plage. »

Apparemment, toutes les créatures draconiques impliquées dans l'attaque avaient été abattues, soit par des machines de guerre, soit à coups d'épée. Sabran en serait bientôt avisée. Heureusement pour elle, sa marine mouillait dans divers ports d'Inys, sans quoi sa flotte entière aurait pu être carbonisée.

Ead traversa la plage. Le vent repoussa sa capuche, faisant sécher la sueur sur son front. D'ordinaire, Perchette regorgeait de navires, mais chacun d'entre eux avait été incendié. Ceux qui n'avaient pas été détruits nécessiteraient un certain nombre de réparations avant de reprendre le large. Seule une chaloupe paraissait intacte.

« T'es perdue ? »

Elle empoigna un couteau sans même s'en rendre compte, et elle pivota, prête à lancer. Une femme leva les mains.

« Doucement. » Elle portait un chapeau à larges bords. « Doucement.

— Qui es-tu, l'Yscaline ?

— Estina Melaugo. D'la *Rose éternelle.* » La femme haussa un sourcil. « T'arrives un peu tard pour embarquer.

— C'est ce que je constate. Ce bateau est à toi, je présume.

— En effet.

— Tu veux bien m'emmener ? » Ead remisa son couteau. « Je cherche à rallier Zeedeur. »

Melaugo la détailla de pied en cap. « Comment dois-je t'appeler ?

— Meg.

— Meg. » Son sourire indiquait qu'elle comprenait que ce n'était pas son vrai nom. « À en juger par ton manteau crasseux, j'dirais qu't'as cavalé sec pendant plusieurs jours. Et t'as pas dû beaucoup dormir, à voir ta trombine.

— Tu cavalerais sec toi aussi, si le Faucon-de-Nuit voulait ta tête. »

Melaugo sourit, révélant un léger diastème entre ses incisives. « Encore une ennemie du Faucon-de-Nuit. Y d'vrait nous payer.

— Qu'est-ce que ça veut dire ?

— Oh, rien. » Melaugo lui désigna l'horizon. « L'navire est là-bas. Généralement, j'réclame d'l'argent pour traverser – mais p'têt qu'avec tous ces wyrms qui nous survolent, on d'vrait apprendre à être plus généreux.

— Jolies paroles pour une pirate.

— J'm'suis tournée vers la piraterie plus par nécessité que par choix, Meg. » Melaugo lorgna Bravoure. « Tu peux pas prendre le canasson.

— Le canasson ira là où j'irai, rétorqua Ead.

— Me force pas à t'laisser là, Meg. » Comme Ead ne lâchait pas la bride de Bravoure, Melaugo croisa les bras en soupirant. « Va falloir faire v'nir l'bateau. Le cap'taine réclam'ra un dédommagement. »

Ead lui lança sa bourse. De l'argent inyssien ne lui servirait à rien dans le Sud.

« Je n'accepte pas la charité, pirate. »

*
* *

Il ne leur faudrait pas longtemps, pour atteindre Mentendon. Ead était allongée dans sa couchette, essayant de somnoler. Quand elle y parvint enfin, elle fut envahie de rêves tourmentés où figuraient Sabran et l'Échanson sans visage. Quand elle n'y parvint plus, elle se rendit sur le pont pour observer les étoiles cristallines, les laissant apaiser son esprit.

Le capitaine, Gian Harlowe, sortit fumer sa pipe. C'était l'homme qui, selon la rumeur, avait aimé la reine mère. Yeux sombres, bouche sévère, cicatrices de variole sur le front et les joues. Il avait l'air d'avoir été sculpté par le vent du large.

Leurs regards se croisèrent d'un bout à l'autre du vaisseau, et Harlowe la salua. Ead l'imita.

Aux premières lueurs de l'aube, le ciel n'était qu'une traînée cendreuse, et Zeedeur pointait à l'horizon. Voilà où Truyde avait passé son enfance, où ses idées périlleuses étaient nées. C'était dans ces étoiles que la mort d'Aubrecht Lievelyn avait été écrite.

Estina Melaugo vint rejoindre Ead à la proue.

« Sois prudente, là-bas, lui conseilla-t-elle. La route est difficile, jusqu'aux Ersyr, et les montagnes sont infestées d'wyrms.

— Je n'ai pas peur des wyrms. » Ead lui adressa un signe de tête. « Merci, Melaugo. Adieu.

— Adieu, Meg. » Melaugo tira sur le rebord de son chapeau et tourna les talons. « Prends soin de toi. »

*
* *

Coincé entre la mer et le fleuve Hundert, le port de Zeedeur avait la forme d'une pointe de flèche. Des canaux hachuraient le quartier nord, bordé d'ormes et de demeures élégantes. Ead n'avait traversé la ville qu'une seule fois, quand Chassar et elle s'étaient rendus en Inys. Ici, les maisons à pignons étaient bâties dans la pure tradition mentendonienne. La flèche ciselée du sanctuaire s'élevait au cœur de la cité.

Le dernier sanctuaire qu'elle verrait avant longtemps.

Elle monta sur Bravoure et l'éperonna pour dépasser les marchés et les bouquinistes, afin de gagner la route du sel qui lui permettrait de quitter la capitale. D'ici quelques jours, elle se trouverait à Brygstad, puis mettrait le cap vers les Ersyr – très loin de la cour qu'elle avait dupée si longtemps. Très loin de l'ouest.

Et de Sabran.

Ne manquez pas *Le prieuré de l'oranger, deuxième partie*, à paraître en avril 2021 aux Éditions J'ai lu.

Personnages de la légende

*Les personnages estriens sont classés par patronyme.
Les personnages ouestriens, nordiens ou sudiens
sont classés par prénom.*

*

LES NARRATEURS

✣ **Arteloth « Loth » Ru** : Héritier présomptif de la riche province nordienne des Prés, en Inys, et du domaine de Bouleaudor. Fils aîné de Lord Clarent et Lady Annes Ru, frère de Margret Ru et plus proche ami de Sabran IX d'Inys.

✣ **Eadaz du Zāla uq-Nāra** (*alias* Ead Duryan) : Initiée du Prieuré de l'Oranger, se fait actuellement passer pour une simple femme de chambre au sein de la royale maisonnée de Sabran IX d'Inys. Descendante de Siyāti uq-Nāra, qui était la plus proche amie de Cléolind Onjenyu.

✣ **Niclays Roos** : Anatomiste et alchimiste de l'État libre de Mentendon, ancien ami d'Edvart II. Sabran IX d'Inys l'a banni à Orisima, le dernier comptoir de commerce ouestrien ouvert en Seiiki.

✣ **Tané** : Orpheline seiikinoise incorporée, enfant, dans une maison d'apprentissage, afin de suivre la formation nécessaire à intégrer la garde de haute mer. Principale apprentie de la maison Sud.

✣ **Capitaine** : Officier responsable de la sécurité du comptoircommercial mententendonien d'Orisima.

✣ **Doyen Vara** : Guérisseur et archiviste de la salle de la Barbe, sur l'île Plume.

✣ **Dranghien VI** : Empereur continuel des Douze-Lacs, actuellement à la tête de la maison Lakseng. Comme toute sa lignée, il prétend descendre de Portelumière, que les Lacustrins considèrent être le premier humain à s'être lié d'amitié avec un dragon quand celui-ci est tombé des cieux.

✣ **Dumusa** : Principale apprentie de la maison Ouest, descendante de Miduchi. Son grand-père paternel était un explorateur sudien, exécuté pour avoir bravé le Grand Édit.

✣ **Général de mer** : Commandant de la garde de haute mer de la Seiiki. Chef du clan Miduchi. Dragonnier actuel de Tukupa l'Argentée.

✣ **Ghonra** : Héritière de la flotte de l'Œil-de-Tigre, fille adoptive de l'Impératrice Dorée et capitaine du Corbeau Blanc. Elle s'autoproclame « princesse de la mer de Dansoleil ».

✣ **Gouverneur du Cap-Hisan** : Fonctionnaire chargé d'administrer la région seiikinoise du Cap-Hisan. Il s'assure notamment que les colons lacustrins et mentendoniens respectent la loi seiikinoise.

✣ **Gouverneure de Ginura** : Fonctionnaire chargée d'administrer Ginura, capitale seiikinoise. Première magistrate de la Seiiki. Traditionnellement, cette fonction est toujours occupée par un membre de la maison Nadama.

✣ **Grande impératrice douairière** : A intégré la maison Lakseng par le biais du mariage. Était la régente officielle durant la minorité de son petit-fils, l'empereur continuel des Douze-Lacs.

✣ **Impératrice Dorée** : Chef de la flotte de l'Œil-de-Tigre – la plus redoutable armada de pirates, forte de quarante mille âmes – et capitaine de son plus gros bâtiment, la Poursuite. Elle est à la tête du commerce illégal de chair de dragon.

✣ **Ishari** : Apprentie de la maison Sud qui partageait la chambre de Tané.

✣ **Kanperu** : Apprenti de la maison Ouest.

✣ **Laya Yidagé** : Interprète de l'Impératrice Dorée. Capturée par la flotte de l'Œil-de-Tigre après avoir tenté de suivre son père aventureux en Seiiki.

✣ **Moyaka Eizaru** : Physicien de Ginura. Père de Purumé. Ami et ancien élève de Niclays Roos.

✣ **Moyaka Purumé** : Anatomiste et botaniste de Ginura. Fille d'Eizaru. Amie et ancienne élève de Niclays Roos.

✣ **Muste** : Assistant de Niclays Roos à Orisima. Compagnon de Panaya.

✣ **Nadama Pitosu** : Seigneur de guerre de la Seiiki et chef actuel de la maison Nadama. Descendant du premier seigneur de guerre, qui a pris les armes pour venger la maison Noziken déchue.

✣ **Onren** : Principale apprentie de la maison Est.

✣ **Padar** : Navigateur à bord de la Poursuite.

✣ **Panaya** : Résidente du Cap-Hisan servant d'interprète aux colons d'Orisima. Compagne de Muste.

✣ **Susa** : Résidente du Cap-Hisan et amie d'enfance de Tané. Gamine des rues jusqu'à son adoption par une aubergiste.

✣ **Turosa** : Principal apprenti de la maison Nord, descendant de Miduchi, réputé pour son agilité à l'épée. Rival de longue date de Tané.

✣ **Vice-reine d'Orisima** : Fonctionnaire mentendonienne chargée de superviser le comptoir commercial d'Orisima.

PERSONNAGES HISTORIQUES ET DÉCÉDÉS DE L'EST

✣ **Celle-qui-marche-dans-la-neige** : Personnage semi-légendaire. Elle a soigné Kwiriki lorsque celui-ci, blessé, avait pris l'apparence d'un oiseau. Pour la remercier, Kwiriki a sculpté le trône Arc-en-ciel et l'a fait régner sur la Seiiki. Fondatrice de la maison Noziken et première impératrice de Seiiki.

✣ **Néporo** : Reine autoproclamée de Komoridu. On ne sait presque rien d'elle.

✣ **Noziken Mokwo** : Ancienne impératrice seiikinoise. Chef de la maison Noziken au cours de son règne.

✣ **Petite Ombre** : Personnage de légende. Jeune paysanne ayant sacrifié sa vie pour rendre à la Dragonne du Printemps la perle qui lui avait été dérobée.

✣ **Chassar uq-Ispad** : Mage du Prieuré de l'Oranger et principal relais avec le monde extérieur. Se fait passer pour l'ambassadeur du roi Jantar et de la reine Saiyma des Ersyr pour se voir autoriser l'accès aux cours étrangères. A aidé à élever Eadaz uq-Nāra après la mort soudaine de sa génitrice. Chassar a le don d'apprivoiser les oiseaux et se sert souvent de Sarsun et Parspa pour mener à bien ses projets.

✣ **Jantar Ier** (le Splendide) : Roi des Ersyr et actuel chef de la maison Taumargam. Époux de la reine Saiyma et allié du Prieuré de l'Oranger.

✣ **Jondu du Ishruka uq-Nāra** : Amie d'enfance et mentor d'Eadaz uq-Nāra. A été envoyée en Inys pour retrouver Ascalon. Comme Eadaz, c'est une descendante de Siyāti uq-Nāra.

✣ **Kagudo Onjenyu** : Grande Souveraine du Domaine de Lasia et actuelle cheffe de la maison Onjenyu. Descendante de Sélinu le Gardeur de Serment par son fils, le demi-frère de Cléolind Onjenyu. Kagudo est une alliée du Prieuré de l'Oranger et est protégée par les Damoiselles rouges depuis le jour de sa naissance.

✣ **Mita Yedanya** : Prieure de l'Oranger. Ancienne munguna, héritière présomptive.

✣ **Nairuj Yedanya** : Damoiselle rouge du Prieuré de l'Oranger et munguna supposée.

✣ **Saiyma Taumargam** : Reine consort des Ersyr et épouse de Jantar Ier.

PERSONNAGES HISTORIQUES
ET DÉCÉDÉS DU SUD

✣ **Chantaube** : Prophète des Ersyr antiques. Il a notamment prédit que le soleil se lèverait du mont Effroi et balaierait Gulthaga, embourbée dans une guerre féroce contre son peuple.

✣ **Cléolind Onjenyu** (la Mère ou la Damoiselle) : Princesse couronnée du Domaine de Lasia et fille de Sélinu le Gardeur de Serment. Fondatrice du Prieuré de l'Oranger. La religion des Vertus de la Chevalerie prétend qu'elle a épousé sire Galian Berethnet pour devenir reine consort d'Inys après qu'il eut vaincu le Sans-Nom pour la sauver. Les membres du Prieuré pensent que c'est Cléolind qui a vaincu la bête, et la plupart estiment qu'elle n'est pas partie avec Galian. Cléolind est morte après avoir quitté le Prieuré pour une raison inconnue, peu après sa fondation.

✣ **Reine-Papillon** : Personnage semi-légendaire. Reine consort bien-aimée des Ersyr, elle est morte jeune, plongeant son roi dans un chagrin éternel.

✣ **Roi-Mélancolie** : Personnage semi-légendaire, prétendument l'un des premiers rois de la maison Taumargam. Il s'en est allé dans le désert, suivant le mirage de sa femme, la Reine-Papillon, où il est mort de soif. Les Ersyriens racontent son histoire édifiante, souvent pour mettre en garde contre l'amour aveugle.

✣ **Sélinu le Gardeur de Serment** : Grand Souverain du Lasia et chef de la maison Onjenyu à l'époque où le Sans-Nom s'est installé à Yikala. A organisé un tirage au sort pour apaiser la bête, jusqu'au jour où sa propre fille, Cléolind, a été désignée pour être sacrifiée.

✣ **Siyāti uq-Nāra** : Très proche amie et servante de Cléolind Onjenyu. Est devenue Prieure de l'Oranger à la mort de Cléolind. Nombre de frères et de sœurs du Prieuré descendent de Siyāti, par le biais de ses sept enfants.

✣ **Zāla du Agriya uq-Nāra** : Sœur du Prieuré de l'Oranger et génitrice d'Eadaz du Zāla uq-Nāra. Empoisonnée lorsque Eadaz avait six ans.

LA VERTU

✣ **Aleidine Teldan utt Kantmarkt** : Membre de la riche famille Teldan, a été anoblie en épousant Lord Jannart utt Zeedeur, le futur duc de Zeedeur. Désormais connue comme la duchesse douairière de Zeedeur. Grand-mère de Truyde.

✣ **Annes Ru** (lady de Bouleaudor) : Fille du baron et de la baronne de Grandherbage. Comtesse de Bouleaudor par suite de son mariage avec Lord Clarent Ru. Mère d'Arteloth et Margret. Ancienne dame de la chambre de Rosarian IV d'Inys.

✣ **Arbella « Bella » Valon** (vicomtesse de Suth) : L'une des trois dames de la chambre de Sabran IX d'Inys et gardienne des joyaux de la reine. Également dame de la chambre, nourrice et demoiselle d'atour de feu Rosarian IV. Depuis la mort de celle-ci, n'a plus jamais parlé.

✣ **Aubrecht II** (le Prince rouge) : Grand Prince de l'État libre de Mentendon, archiduc de Brygstad, actuel chef de la maison Lievelyn. Petit-neveu de feu le prince Léovart et neveu de feu le prince Edvart.

Frère d'Ermuna, Bédona et Bétriese. Il est l'aîné de la fratrie.

✣ **Bédona Lievelyn** : Princesse de l'État libre de Mentendon. Sœur d'Aubrecht, Ermuna et Bétriese.

✣ **Bétriese Lievelyn** : Princesse de l'État libre de Mentendon. Sœur d'Aubrecht, Ermuna et Bédona. Elle est la plus jeune de la fratrie, née juste après Bédona, sa vraie jumelle.

✣ **Calidor Eaucalme** : Deuxième fils de Nelda Eaucalme, la Duchesse du Courage. Compagnon de Lady Roslain Crest et père de Lady Elain Crest.

✣ **Chef d'Askrdal** : Noble de plus haut rang de l'ancien duché d'Askrdal, dans le Hróth. Ami de Lady Igrain Crest.

✣ **Clarent Ru** (Lord Bouleaudor) : Comte de Bouleaudor et Gardien des Prés. Compagnon de Lady Annes Ru. Père d'Arteloth et Margret.

✣ **Elain Crest** : Fille de Lady Roslain Crest et Lord Calidor Eaucalme. Devrait devenir Duchesse de la Justice après sa mère, la prochaine héritière.

✣ **Ermuna Lievelyn** : Princesse héritière de l'État libre de Mentendon et archiduchesse d'Ostendeur. Sœur d'Aubrecht, Bédona et Bétriese.

✣ **Estina Melaugo** : Maîtresse d'équipage sur la Rose Éternelle.

✣ **Gautfred Plume** : Maître de manœuvre sur la Rose Éternelle.

✣ **Gian Harlowe** : Corsaire inyssien et capitaine de la Rose Éternelle. On lui prête une liaison avec Rosarian IV d'Inys, qui lui a offert son navire.

✣ **Grance Lambren** : Membre des chevaliers du corps.

✣ **Gueules Lande** : Plus vieux membre des chevaliers du corps en activité.

✣ **Hallan Bourne** : Médecin royal de Sabran IX d'Inys.

✣ **Helchen Roos** : Mère de Niclays Roos. Brouillée avec son fils depuis des décennies.

✣ **Igrain Crest** : Duchesse de la Justice, Grande Trésorière d'Inys et actuelle cheffe de la famille Crest. A officieusement servi de régente durant la minorité de Sabran IX d'Inys et reste sa fidèle conseillère au conseil des Vertus.

✣ **Jillet Lidden** : Demoiselle d'honneur de la royale maisonnée de Sabran IX d'Inys. Chante souvent à la cour.

✣ **Joan Dale** : Membre des chevaliers du corps, commandante en second après sire Tharian Lintley. Lointaine parente de sire Antor Duval.

✣ **Kalyba** (la Dame des Bois ou la sorcière des Inysca) : Personnage mystérieux de l'histoire inyssienne. Créatrice d'Ascalon. Elle aurait vécu dans les bois maudits au nord de l'Inys, où elle aurait enlevé et assassiné des enfants.

✣ **Katryen « Kate » d'Osier** : Demoiselle d'atour et l'une des trois dames de la chambre de Sabran IX d'Inys. Nièce préférée de Lord Bartal d'Osier, le Duc de la Communion.

✣ **Kitston Sommière** : Poète à la cour de Sabran IX d'Inys et ami de Lord Arteloth Ru. Unique héritier du comte et de la comtesse de Ruissemiel. Héritier présomptif de la province des Dunes.

✣ **Lemand Pynson** : Duc de la Tempérance par intérim et lord-amiral d'Inys en lieu et place de son oncle porté disparu, Lord Wilstan Pynson, qu'il remplace au sein du conseil des Vertus. Chef par intérim de la maison Pynson.

✣ **Linora Payance** : Fille du comte et de la comtesse de Mont-Payance. Femme de chambre ordinaire au sein de la royale maisonnée de Sabran IX d'Inys.

✣ **Margret « Meg » Ru** : Fille et dernière-née de Lord Clarent et Lady Annes Ru. Femme de chambre ordinaire au sein de la royale maisonnée de Sabran IX d'Inys et Gardienne de la bibliothèque privée. Sœur d'Arteloth Ru.

✣ **Marke Bouleaunay** : Membre des chevaliers du corps.

✣ **Marosa Vetalda** : Donmata de Yscalin. Fille de Sigoso III et de sa défunte compagne, la reine Sahar.

✣ **Nelda Eaucalme** : Duchesse du Courage et chancelière du Trésor d'Inys. Chef de la famille Eaucalme.

✣ **Oliva Marchyn** : Mère des Demoiselles, c'est elle qui supervise les demoiselles d'honneur.

✣ **Oscarde utt Zeedeur** : Duc de Zeedeur et ambassadeur mentendonien auprès du royaume d'Inys. Fils de Lord Jannart utt Zeedeur et Lady Aleidine Teldan utt Kantmarkt.

✣ **Priessa Yelarigas** : Première dame de la chambre de la Donmata Marosa de Yscalin.

✣ **Ranulf Lande le Jeune** : Comte de Déorn et Gardien des Lacs. Son père, Ranulf Lande le Vieux, était le prince consort de Jillian VI d'Inys, grand-mère de Sabran IX.

✣ **Raunus III** : Roi de Hróth et chef actuel de la maison Hraustr.

✣ **Ritshard Eller** : Duc de la Générosité et actuel chef de la maison Eller. Membre des Ducs Spirituels.

✣ **Roslain Crest** : Dame en chef de la chambre de la reine Sabran IX d'Inys et héritière présomptive du Duché de la Justice. Sa mère, Lady Helain Crest, occupait la même fonction au sein de la maisonnée de Rosarian IV. Roslain est la compagne de Lord Calidor Eaucalme, mère de Lady Elain Crest et petite-fille de Lady Igrain Crest.

✣ **Sabran IX** (la Magnifique) : Trente-sixième reine d'Inys et actuelle cheffe de la maison Berethnet. Fille de Rosarian IV. Comme tous les membres de sa dynastie, elle prétend descendre de sire Galian Berethnet et de la princesse Cléolind du Lasia.

✣ **Seyton Combe** (le Faucon-de-Nuit) : Duc de la Courtoisie, secrétaire principal et maître-espion de Sabran IX d'Inys.

✣ **Sigoso III** : Roi de Yscalin et actuel chef de la maison Vetalda, se fait à présent appeler roi de chair. Autrefois fidèle à la Vertu, il a renoncé aux Vertus de la Chevalerie et prêté allégeance au Sans-Nom. Père de Marosa Vetalda, qu'il a eue avec Sahar Taumargam.

✣ **Tallys** : Commise de cuisine au sein de la basse maisonnée de Sabran IX d'Inys.

✣ **Tharian Lintley** : Capitaine des chevaliers du corps, la garde personnelle de Sabran IX d'Inys. Roturier de naissance, il est devenu membre du conseil des Vertus à son adoubement.

✣ **Thim** : Déserteur de la Colombe Noire devenu canonnier sur la Rose Éternelle.

✣ **Triam Sulyard** : Ancien page de la basse maisonnée de Sabran IX d'Inys, devenu écuyer de sire Marke Bouleaunay. A secrètement épousé Lady Truyde utt Zeedeur.

✣ **Truyde utt Zeedeur** : Héritière présomptive du duché de Zeedeur. Fille d'Oscarde utt Zeedeur et de sa défunte compagne. Actuellement demoiselle d'honneur au sein de la royale maisonnée de Sabran IX d'Inys.

✣ **Wilstan Pynson** : Duc de la Tempérance, lord-amiral d'Inys et prince consort de feu Rosarian IV d'Inys. Est devenu ambassadeur résident de l'Inys auprès du royaume de Yscalin après la mort de celle-ci. Son neveu, Lord Lemand Pynson, siège en son absence au conseil des Vertus.

PERSONNAGES HISTORIQUES ET DÉCÉDÉS DE LA VERTU

✣ **Antor Duval** : Chevalier ayant épousé Rosarian Ire d'Inys après l'avoir publiquement courtisée. Le père de celle-ci, Isalarico IV de Yscalin, délivra une autorisation spéciale pour permettre au mariage d'avoir lieu, puisque son peuple le soutenait. Sire Antor incarne les idéaux de la chevalerie.

✣ **Brilda Sommière** : Dame en chef de la chambre auprès de Sabran VII d'Inys, qui a fini par devenir sa compagne.

✣ **Carnélian Ire** (la Fleur d'Ascalon) : Quatrième reine de la maison Berethnet.

✣ **Carnélian III** : Vingt-cinquième reine de la maison Berethnet. A provoqué un certain émoi en refusant de recruter une nourrice pour sa fille, la princesse Marian. Est tombée amoureuse de lord Rothurt Ru, mais n'a pu l'épouser.

✣ **Carnélian V** (la Colombe endeuillée) : Trente-troisième reine de la maison Berethnet, célébrée pour sa voix magnifique et ses périodes de tristesse. Arrière-grand-mère de Sabran IX d'Inys.

✣ **Edrig d'Arondine** : Ami de confiance de sire Galian Berethnet, qu'il a servi en tant que chevalier. Lorsque Galian a été couronné roi d'Inys, Edrig a été nommé Gardien des Prés et a reçu le patronyme de Ru.

✣ **Edvart II** : Grand Prince de l'État libre de Mentendon. Edvart et sa fille nouveau-née sont morts peu après Jannart utt Zeedeur durant la Terreur de Brygstad, lorsque la moitié de la cour mentendonienne a succombé à la suée. Son oncle Léovart lui a succédé.

✣ **Galian Berethnet** (le Saint ou Galian l'Imposteur) : Le premier roi d'Inys. Galian est né dans le village inyssien de Bouleaudor, avant de devenir écuyer d'Edrig d'Arondine. La religion des Vertus de la Chevalerie, que Galian a fondée selon les principes du code de la chevalerie, prétend qu'il a vaincu le Sans-Nom au Lasia, avant d'épouser la princesse

Cléolind de la maison Onjenyu, avec laquelle il aurait fondé la maison Berethnet. Vénéré dans la Vertu, honni dans de nombreuses parties du Sud, Galian régnerait, selon ses disciples, sur le Halgalant, la cour céleste, où il attendrait les justes à sa grande table.

✣ **Glorian II** (Glorian Fléaucerf) : Dixième reine de la maison Berethnet. Chasseuse talentueuse. Son mariage avec Isalarico IV de Yscalin fit entrer le pays de ce dernier dans la Vertu.

✣ **Glorian III** (Glorian Cœurdécu) : Vingtième reine de la maison Berethnet, sans doute la monarque la plus célèbre et la plus appréciée. Elle dirigeait l'Inys durant le Chagrin des Siècles et est connue pour avoir mené Sabran VII, sa fille tout juste née, sur le champ de bataille. Cet acte a poussé ses soldats à se battre jusqu'au bout.

✣ **Haynrick Vatten** : Intendant prospectif de Mentendon durant le Chagrin des Siècles. A été promis à la future Sabran VII d'Inys dès ses quatre ans. Les Vatten, qui ont dirigé Mentendon pendant des siècles pour le compte de la maison Hraustr, ont finalement été renversés et exilés à Hróth, mais leurs descendants ont malgré tout exercé le pouvoir à Mentendon.

✣ **Isalarico IV** (le Bienveillant) : Roi de Yscalin et prince consort d'Inys. Il a promis son pays à la Vertu en épousant Glorian II d'Inys.

✣ **Jannart utt Zeedeur** : Feu le duc de Zeedeur, anciennement marquis de Zeedeur. Proche ami d'Edvart II de Mentendon, secret amant de Niclays Roos et compagnon de Lady Aleidine Teldan utt Kantmarkt. Jannart était un historien passionné.

✥ **Jillian VI** : Trente-quatrième reine de la maison Berethnet. Grand-mère maternelle de Sabran IX d'Inys. Jillian était une musicienne talentueuse, une croyante tolérante et militait pour un renforcement des liens entre la Vertu et le reste du monde.

✥ **Léovart Ier** : Grand Prince de l'État libre de Mentendon. N'était pas censé s'asseoir sur le trône, mais a convaincu le conseil restreint de le laisser siéger pour le compte de son petit-neveu, Aubrecht, que Léovart estimait trop tendre et inexpérimenté pour régner. Célèbre pour avoir demandé en mariage de nombreuses femmes nobles ou couronnées.

✥ **Lorain Crest** : L'une des six membres de la Sainte Escorte, amie de sire Galian Berethnet, dame Lorain est connue en Inys pour être la Chevaleresse de la Justice.

✥ **Reine de Jamais** : Sobriquet de la princesse Sabran d'Inys, fille de Marian IV. Elle était la vingt-quatrième femme royale de la maison Berethnet, mais est morte en donnant vie à la future Rosarian II, avant d'avoir pu être couronnée.

✥ **Rosarian Ire** (la Prunelle de tous les yeux) : Onzième reine de la maison Berethnet. Son règne populaire intégrait un certain nombre de traditions venues de Yscalin – le royaume de son père, Isalarico IV.

✥ **Rosarian II** (l'Architecte d'Inys) : Vingt-quatrième reine de la maison Berethnet. Architecte douée qui a beaucoup voyagé durant sa jeunesse, lorsqu'elle était encore princesse. Rosarian a personnellement dessiné de nombreux bâtiments en Inys, y compris le beffroi de marbre du palais d'Ascalon.

✣ **Rosarian IV** (la Reine-Merrow) : Trente-cinquième reine de la maison Berethnet, mère de Sabran IX d'Inys. A été assassinée à l'aide d'une robe empoisonnée.

✣ **Rothurt Ru** : Comte de Bouleaudor. Carnélian III d'Inys s'est éprise de lui, mais il était déjà marié.

✣ **Sabran V** : Seizième reine de la maison Berethnet. Son règne a marqué le début du Siècle du Mécontentement, durant lequel trois reines impopulaires se sont succédé. Célèbre pour sa cruauté et son mode de vie extravagant.

✣ **Sabran VI** (l'Ambitieuse) : Dix-neuvième reine de la maison Berethnet. Surtout célèbre pour avoir fait entrer Hróth dans la Vertu par le biais de son mariage d'amour avec Bardholt Hraustr. Son couronnement a mis fin au Siècle du Mécontentement. Sabran et Bardholt ont été tués par Feúdel, laissant leur fille, Glorian III, essuyer le Chagrin des Siècles.

✣ **Sabran VII** : Vingt et unième reine de la maison Berethnet. Fille de Glorian III d'Inys. Promise à Haynrick Vatten, intendant prospectif de Mentendon, dès le jour de sa naissance. Après la mort de ce dernier et sa propre abdication, Sabran a épousé sa principale dame de la chambre, Lady Brilda Sommière.

✣ **Sahar Taumargam** : Princesse des Ersyr devenue reine consort de Yscalin en épousant Sigoso III. Sœur de Jantar Ier des Ersyr. Morte dans des circonstances suspectes.

✣ **Wulf Valon** : Ami et garde du corps de Glorian III d'Inys. L'un des plus célèbres chevaliers de l'histoire inyssienne, parangon de courage et de galanterie. Ancêtre de Lady Arbella Valon.

✣ **Aralaq** : Ichneumon, élevé dans le Prieuré de l'Oranger par Eadaz et Jondu uq-Nāra.

✣ **Dragon impérial** : Chef de tous les dragons lacustrins, élu selon des méthodes obscures. L'actuel Dragon impérial est une femelle ayant éclos dans le lac des Feuilles-d'Or en 209 EA. Le Dragon impérial conseille habituellement la famille royale humaine de l'empire des Douze-Lacs et choisit auquel de ses héritiers reviendra le trône.

✣ **Feúdel** : Meneur de l'armée draconique, fidèle du Sans-Nom dont il est connu comme l'aile droite. Il a dirigé une campagne impitoyable contre l'humanité en 511 EA. D'aucuns affirment qu'il aurait émergé du mont Effroi en même temps que le Sans-Nom, mais d'autres pensent qu'il en est sorti en même temps que le reste de sa fratrie, durant la Deuxième Grande Éruption.

✣ **Kwiriki** : Considéré par les Seiikinois comme étant le premier dragon à avoir accepté un cavalier humain, vénéré telle une divinité. Il a sculpté le trône Arc-en-ciel – désormais détruit – dans sa corne. Les Seiikinois pensent que Kwiriki est parti rejoindre le plan céleste et qu'il a envoyé la comète ayant mis un terme au Grand Chagrin. Les papillons sont ses messagers.

✣ **Nayimathun des Neiges profondes** : Dragonne lacustrine ayant combattu durant le Grand Chagrin. De nature vagabonde, elle fait désormais partie de la garde de haute mer de la Seiiki.

✣ **Norumo** : Dragon seiikinois faisant partie de la garde de haute mer de la Seiiki.

✣ **Orsul** : L'un des cinq hauts-ouestriens ayant mené l'armée draconique durant le Chagrin des Siècles.

✣ **Parspa** : Dernière hawiz – espèce d'oiseau herbivore géant endémique du Sud – connue. N'obéit qu'à Chassar uq-Ispad, qui l'a apprivoisée.

✣ **Sans-Nom** : Gigantesque wyrm rouge, conçu par une prolifération de siden dans le cœur du monde. Aurait été la première créature à avoir émergé du mont Effroi. Suzerain de l'armée draconique, créée pour lui par Feúdel. On ne sait pas grand-chose du Sans-Nom, mais l'on présume que son but ultime était de répandre le chaos et de soumettre la race humaine. Son affrontement avec Cléolind Onjenyu et Galian Berethnet au Lasia, en 2 AEA est devenu la base de religions et une légende dans le monde entier.

✣ **Sarsun** : Aigle des sables. Ami de Chassar uq-Ispad et messager du Prieuré de l'Oranger.

✣ **Tukupa** (l'Argentée) : Vieille dragonne seiikinoise, descendante de Kwiriki. Traditionnellement, le général de mer de la Seiiki est son dragonnier, mais il lui arrive aussi de transporter le seigneur de guerre de la Seiiki et des membres de sa famille.

✣ **Valeysa** : L'une des cinq hauts-ouestriens ayant mené l'armée draconique durant le Chagrin des Siècles.

Glossaire

Astren : Autre nom pour la magie stellaire. Issu de l'Étoile-à-la-longue-chevelure sous la forme d'une substance nommée « pourriture stellaire ».

Attifet : Coiffe portée par les femmes dans les provinces du nord d'Inys. Elle plonge légèrement au milieu, lui conférant une forme de cœur.

Baldaquin : Dais ornementé se dressant au-dessus d'un lit, ou de l'ombon d'un sanctuaire.

Bois maudits : Forêt primitive du nord de l'Inys, qui sépare les provinces des Prés et des Lacs. Associés à la légende de la Dame des Bois.

Brûlot : Navire mentendonien se servant d'un mécanisme à rouages pour allumer une amorce et provoquer une importante explosion.

Caparaçon : Armure de cheval.

Carcanet : Chaîne ou collier serti de bijoux.

Céphalogravité : Terme inyssien pour désigner la dépression ou un profond abattement. Affection fréquente dans la lignée Berethnet.

Chalemie : Instrument à vent.

Charnier : Lieu où les os étaient enterrés, généralement adjacent à un sanctuaire.

Dipsas : Petit serpent endémique des Ersyr.

Dot : Transfert d'argent réalisé lors d'un mariage.

Dragées : Graines de fenouil enrobées de sucre.

Écuyer : Domestique au service d'un chevalier ou d'un chevalier errant, généralement âgé de quatorze à vingt ans.

Éria : Immense désert de sel situé par-delà la porte d'Ungulus. Aucun être vivant connu ne l'a jamais traversé.

Fasce : Figure horizontale en héraldique.

Futaine : Lourde couverture en tissu sergé.

Graille : Fleur inyssienne. La sève qu'elle produit est une matière première très prisée – mélangée avec de l'eau, elle donne une crème épaisse permettant de nettoyer et parfumer les cheveux. Lorsqu'elle est correctement préparée, sa racine provoque le sommeil.

Halgalant : Vie après la mort dans la religion des Vertus de la Chevalerie. Aurait été bâti aux cieux par sire Galian Berethnet après son trépas. Magnifique château érigé sur une terre abondante et d'où le roi Galian tient sa cour à la Grande Table des justes.

Hallebarde : Arme d'hast seiikinoise dotée d'une large lame incurvée.

Héliolite : Cristal incolore extrait des mines de Hróth, utilisé par les marins de l'Ancien Monde pour repérer le soleil quand le ciel est couvert. L'héliolite est traditionnellement taillée en forme de fleur d'oranger et montée sur les bagues données aux Damoiselles rouges du Prieuré de l'Oranger. Il symbolise l'attraction entre une Damoiselle rouge et la lumière de l'arbre, et sa faculté à toujours le retrouver.

Hérigaut : Vêtement porté par les sanctariens d'Inys, généralement conçu en tissu vert et blanc. D'aucuns supposent que les couleurs symbolisent les feuilles et les fleurs de l'aubépine.

Itchie : Vache de mer.

Mangonneau : Espèce de catapulte. Autrefois utilisé comme engin de siège, a été réemployé pour combattre l'armée draconique durant le Chagrin des Siècles.

Marsouin : Espèce voisine du dauphin.

Massepain : Gâteau de pâte d'amandes.

Matrice de Feu : Le cœur du monde. Source du siden et lieu de naissance du Sans-Nom et de ses serviteurs, les hauts-ouestriens. Le siden est puisé naturellement dans la Matrice de Feu par le biais d'arbres à siden dans le cadre de l'équilibre universel, mais ses engeances draconiques – conséquences du déséquilibre – sont sorties par le mont Effroi.

Merrow : Ancien terme morguien désignant un peuple maritime de légende.

Morguien : Langue originaire de l'île inyssienne de Morga.

Munguna : Héritière présomptive du Prieuré de l'Oranger.

Nomdam : Juron anodin en Inys. Contraction de « Par le nom de la Damoiselle ».

Ombon : Bosse centrale d'un bouclier. En Inys, ce mot désigne également la plateforme au cœur d'un sanctuaire, depuis laquelle le sanctarien fait son prêche et où les cérémonies ont lieu.

Oraisons : Prières.

Page : Serviteur dans un palais royal d'Inys, généralement âgé de six à douze ans. Chargé de transmettre des messages et de porter des ordres de mission aux membres de la noblesse.

Palanquin : Litière fermée.

Pargh : Tissu enroulé autour du visage et de la tête pour protéger les yeux du sable, surtout utilisé dans les Ersyr.

Pertuisane : Espèce de lance inyssienne.

Pigeon biset : Pigeon voyageur, utile pour transporter des lettres.

Pleureur : Oiseau noir de la Seiiki dont les cris évoquent ceux d'un bébé pleurnichard. Selon la légende, une impératrice de Seiiki serait devenue folle à force de l'entendre. D'aucuns prétendent que les pleureurs sont possédés par les esprits d'enfants mort-nés, alors que d'autres pensent que leur chant peut provoquer des fausses couches. En conséquence, ils ont été sporadiquement chassés durant l'histoire seiikinoise.

Poiré : Cidre de poire. La ville de Córvugar, en Yscalin, produisait un célèbre poiré rouge, qui inspira la boisson inyssienne.

Pourpoint : Veste ajustée dotée de longues manches et d'un col haut.

Prieuré : Bâtiment où les chevaliers des îles Inysca se réunissaient dans l'ancien temps. Disparurent au profit des sanctuaires.

Quarl : Méduse.

Rhume des roses : Rhume des foins.

Samit : Tissu lourd et cher utilisé pour l'habillement ou les tentures.

Sanctuaire : Bâtiment religieux inyssien, où les croyants des Six Vertus de la Chevalerie peuvent prier et écouter les enseignements. Les sanctuaires ont succédé aux prieurés, où les chevaliers cherchaient conseil et réconfort. La salle principale d'un sanctuaire est ronde, comme un bouclier, et son centre s'appelle l'ombon. Généralement flanqué d'un charnier.

Sang de bivalve : Teinture bleutée extraite d'escargots de mer dans la mer de Dansoleil. Utilisé pour la peinture et les cosmétiques seiikinois.

Sélinien : Ancienne langue du Sud, peut-être issue de l'autre bout de l'Éria. Finalement incorporée aux divers dialectes du Lasia, mais toujours parlée dans sa forme originelle par les membres de la maison Onjenyu et les servantes du Prieuré de l'Oranger.

Siden : Autre nom de la magie terrestre. Issu de la Matrice de Feu et canalisé par les arbres à siden. Le siden est contrecarré par l'astren.

Smalt : Verre de cobalt d'une couleur bleue riche et profonde.

Soleil de minuit : Dans la forme d'alchimie enseignée à Niclays Roos, le soleil de minuit (aussi appelé soleil rouge ou Soleil de Rosarian) représente la dernière étape du grand œuvre. Le soleil blanc, qui précède le rouge, est un symbole de purification succédant à la première étape, la putréfaction.

Soleils : Principale monnaie des Ersyr.

Sortilèges : Magie protectrice créée à partir de siden. Les sortilèges peuvent être de deux sortes : de terre ou de vent. Un sortilège de terre peut-être appliqué à la terre, le bois ou la pierre, et sert à prévenir un mage lorsque quelqu'un approche. Un sortilège de vent, qui nécessite plus de siden, constitue une barrière contre le feu draconique.

Verger des divinités : La vie après la mort dans la religion polythéiste dominante du Lasia.

Vertugadin : Jupon renforcé par une baleine et porté sous les robes en Inys et en Yscalin pour leur conférer leur forme de cloche caractéristique.

Vignebois : Glycine. Ses fleurs poussent abondamment durant l'été.

Vouivre : Créature draconique ailée et dotée de deux pattes. À l'instar des hauts-ouestriens, les vouivres proviennent du mont Effroi. Feúdel les a croisées avec nombre d'animaux pour créer les soldats de son armée draconique, comme le coquatrix. Chaque vouivre est liée à un haut-ouestrien. Si celui-ci vient à mourir, la flamme de ses vouivres s'éteint, de même que celle de toutes les créatures issues de ces dernières.

Vouivrette : Jeune ou petite vouivre.

Chronologie

AVANT L'ÈRE ACTUELLE (AEA)

2 AEA : Première grande éruption du mont Effroi. Le Sans-Nom émerge de la Matrice de Feu et s'installe dans la cité lasiane d'Yikala, apportant la peste draconique

Le Sans-Nom est vaincu et disparaît

Le Prieuré de l'Oranger est fondé

L'ÈRE ACTUELLE (EA)

1 EA : Fondation d'Ascalon

279 EA : La cotte de mailles de la Vertu est formée lorsque Isalarico IV d'Yscalin épouse Glorian II d'Inys

509 EA : La deuxième grande éruption du mont Effroi donne vie aux hauts-ouestriens et à leurs vouivres

Feúdel donne naissance à l'armée draconique

511 EA : Le Chagrin des Siècles, ou Grand Chagrin, commence, la peste draconique reparaît
512 EA : Chute de la maison Noziken. Le Chagrin des Siècles, ou Grand Chagrin, se termine avec l'arrivée de l'Étoile-à-la-longue-chevelure

*
* *

960 EA : Niclays Roos arrive à la cour d'Edvart II de Mentendon et rencontre Jannart utt Zeedeur

974 EA : La princesse Rosarian est couronnée reine d'Inys

991 EA : Mort de la reine Rosarian IV. Sa fille, la princesse Sabran, est couronnée reine pendant sa minorité. Tané commence officiellement sa formation pour intégrer la garde de haute mer

993 EA : Jannart utt Zeedeur meurt, endeuillant sa compagne, Aleidine Teldan utt Kantmarkt. Edvart II de Mentendon et sa fille meurent de la suée quelques mois plus tard. Léovart, l'oncle d'Edvart, lui succède sur le trône

994 EA : La reine Sahar de Yscalin meurt, faisant de la princesse Marosa Vetalda l'unique héritière du roi Sigoso

995 EA : Fin de la minorité de la reine Sabran. Niclays Roos devient alchimiste de la cour

997 EA : Arrivée d'Ead Duryan à la cour. Tané rencontre Susa.

998 EA : Niclays Roos est exilé au comptoir commercial mentendonien d'Orisima, au Cap-Hisan

1000 EA : Commémoration des mille ans de règne de la dynastie Berethnet

1003 EA : Truyde utt Zeedeur arrive à la cour inyssienne. Feúdel s'éveille sous le mont Fruma et prend le contrôle de Cárscaro. Sous ses ordres, la Yscalin prête allégeance au Sans-Nom

1005 EA : Début du Prieuré de l'Oranger. Tané a dix-neuf ans, Ead vingt-six, Loth trente et Niclays soixante-quatre

Remerciements

Le Prieuré de l'Oranger est le plus long livre que j'aie jamais publié. Il m'a fallu plus de trois ans pour l'écrire. J'en ai couché les premiers mots en avril 2015 et y ai apporté la touche finale en juin 2018. Lorsqu'on se lance dans une quête pareille, il nous faut une armée pour en atteindre le bout.

Merci à vous, mes lecteurs, d'avoir accepté de pénétrer dans ce monde avec moi. Sans vous, je ne serais qu'une fille au crâne bourré d'idées étranges. Souvenez-vous que, qui que vous soyez et où que vous soyez, le royaume de l'aventure ne vous sera jamais inaccessible. Vous êtes votre propre bouclier.

À mon agent, David Godwin, qui a cru au *Prieuré* autant qu'à *Bone Season*, et qui est toujours là pour me rassurer et me soutenir. À Heather Godwin, Kirsty McLachlan, Lisette Verhagen, Philippa Sitters et l'équipe de DGA pour être toujours aussi fantastiques.

À ma Sainte Escorte d'éditeurs : Alexa von Hirschberg, Callum Kenny, Genevieve Herr et Marigold Atkey. Vous avez tous été extraordinaires pour puiser le meilleur dans le *Prieuré*. Merci infiniment de votre patience, de votre sagesse et de votre engagement. Merci aussi d'avoir compris tout ce que j'avais voulu accomplir avec cette histoire.

À l'équipe mondiale de Bloomsbury : Alexandra Pringle, Amanda Shipp, Ben Turner, Carrie Hsieh, Cesca Hopwood, Cindy Loh, Cristina Gilbert, Francesca Sturiale, Genevieve Nelsson, Hermione Davis, Imogen Denny, Jack Birch, Janet Aspey, Jasmine Horsey, Josh Moorby, Kathleen Farrar, Laura Keefe, Laura Phillips, Lea Beresford, Marie Coolman, Meenakshi Singh, Nancy Miller, Sarah Knight, Phil Beresford, Nicole Jarvis, Philippa Cotton, Sara Mercurio, Trâm-Anh Doan et tous les autres – merci de continuer à publier les effusions de mon imagination particulière. Cela reste un rêve et un privilège de travailler avec vous.

À David Mann et Ivan Belikov, les talents à l'origine de cette magnifique couverture. Merci de votre attention au détail, d'avoir su si bien capter l'essence de l'histoire et d'avoir si volontiers écouté mes suggestions.

À Lin Vasey, Sarah-Jane Forder et Veronica Lyons, qui sont allées chercher des perles dans la mer de ce livre pour traquer toutes les choses qui ont pu m'échapper.

À Emily Faccini pour les cartes et les illustrations qui ont fait du *Prieuré* une telle œuvre d'art.

À Katherine Webber, Lisa Lueddecke et Melinda Salisbury – je me souviens parfaitement du jour où vous m'avez dit de me dépêcher de vous montrer ce livre de dragons sur lequel je n'arrêtais pas de faire des commentaires énigmatiques. Vos encouragements appuyés et votre enthousiasme incessant au sujet du Prieuré m'ont donné l'énergie pour m'acharner pendant des mois, puis des années. Il m'aurait fallu bien plus longtemps pour terminer si je ne vous avais pas sues en train d'attendre la partie suivante. Merci. Je vous adore.

À Alwyn Hamilton, Laure Eve et Nina Douglas, mon gang de l'ouest de Londres. Merci à vous pour les cafés, les rires et ~~la procrastination~~ les journées d'écriture, et pour m'avoir donné la volonté de gravir sur mon portable la montagne incessante des révisions structurelles.

Aux personnes merveilleuses – parmi lesquelles Dhonielle Clayton, Kevin Tsang, Molly Night, Natasha Pulley et Tammi Gill – qui m'ont fait part de leurs réactions et offert leur aide sur divers aspects du *Prieuré*. Merci pour votre clairvoyance et votre générosité.

À Claire Donnelly, Ilana Fernandes-Lassman, John Moore, Kiran Millwood Hargrave, Krystal Sutherland, Laini Taylor, Leiana Leatutufu, Victoria Aveyard, Richard Smith et Vickie Morrish, qui se sont tous révélés être des amis et des soutiens incroyables.

Au docteur Siân Grønlie, qui m'a fait découvrir le vieil anglais et a éveillé mon intérêt pour l'étymologie.

À tous les fans de la série *Bone Season*, y compris ses plus ardents défenseurs – merci de vous être montrés aussi patients pendant que j'étais occupée ailleurs, et pour m'avoir accompagnée dans ce nouveau voyage.

Aux libraires, bibliothécaires, chroniqueurs et blogueurs sur tout support, aux auteurs, et aux dévoreurs de livres en général. Je suis tellement fière et heureuse de faire partie de cette grande et généreuse communauté.

Le *Prieuré* conteste, incorpore, réimagine et/ou a été inspiré par des éléments de nombreux mythes, légendes et œuvres fictionnelles historiques, parmi lesquels la légende d'Hoori racontée dans le *Kojiki* et le *Nihongi*, *La Reine des fées* d'Edmund Spenser et diverses versions de Saint Georges et le Dragon, y compris celles incluses dans *La Légende dorée* de Jacques de Voragine, *The Renowned History of the Seven Champions of Christendom* de Richard Johnson et le *Codex Angelicus*.

Je me suis énormément inspirée d'événements réels et de situations historiques. Je suis profondément reconnaissante envers les historiens et linguistes, dont les publications m'ont aidée à décider comment intégrer ces éléments dans le *Prieuré*, comment construire cet univers, comment nommer au mieux ses lieux et ses personnages. La bibliothèque nationale de Grande-Bretagne m'a autorisé l'accès à nombre de textes qui m'ont été utiles au cours de mes recherches. Nous ne devons jamais sous-estimer la valeur des bibliothèques, ni le besoin impératif de les protéger, dans un monde qui semble si souvent oublier l'importance des histoires.

J'adresserai mon dernier remerciement à ma formidable famille, et notamment à ma mère, Amanda Jones – ma meilleure amie –, qui m'a inspirée pour bâtir un monde aussi haut qu'il est vaste.